80권의 세계 일주

80권의 세계 일주

데이비드 댐로쉬와 함께 읽는 영원한 고전과 현시대 명저들

데이비드 댐로쉬 지음
서민아 옮김

Around the World in 80 Books

알에이치코리아

일러두기

- 본문에 등장하는 인물, 도서, 영화, 회화 작품 등의 원어명은 처음으로
  주요하게 언급될 때만 병기했습니다.
- 본문 속 도서 제목들은 원저자가 사용한 원어를 번역해 싣는 것을 원칙
  으로 하되, 국내에 출간된 도서의 경우 해당 제목을 따릅니다.
- 본문에서 한 권의 책으로 엮은 도서는 『 』, 개별 시, 단편 소설, 에세이,
  논문은 「 」, 잡지, 신문, 영화, 회화 작품 등의 경우 〈 〉로 표기했습니다.
- 인명 및 지명은 외래어 표기법을 따르되 널리 알려진 이름이나 표기가
  굳어진 명칭은 그대로 사용합니다.
- 책 속 모든 인용문은 옮긴이의 독자적인 번역입니다.

출항

내가 9학년이었던 1968년 봄, 영어를 가르쳤던 슈타츠 선생님이 나에게 준 한 권의 책으로 내 인생이 바뀌었다. 바로 로렌스 스턴 Laurence Sterne의 희극적인 명작 『신사 트리스트럼 섄디의 인생과 생각 이야기The Life and Opinions of Tristram Shandy, Gentleman』였다. 나는 당시 예닐곱 번째 읽고 있던 『반지의 제왕』을 제쳐두고 완전히 새로운 세계 속으로 빠져들었다. 이 책에는 코담뱃갑, 말이 끄는 마차, 멋쟁이 남자, 난봉꾼, 레이스 달린 부채 뒤로 흘긋거리는 시선 등으로 가득 찬 18세기 영국의 살아 있는 풍경뿐 아니라 내가 상상조차 해본 적 없는 허구의 세계가 존재했다. 제목에서부터 그 참신함이 드러나듯 스턴은 근대 소설의 새로운 형식과 무한한 가능성을 한껏 즐겼다. 새까만 페이지나 대리석 무늬로 채운 페이지로 서사를 중단하길 좋아했고, 여덟 개 장에 이르는 긴 헌사를 끼워 넣고는 최고가를 부르는 입찰자에게 원고를 팔겠다고 제안하기도 했다. 또한 사회 풍자 요소와 철학적인 사변을 자극적으로 뒤섞고, 언어유희와 성적인 농담으로 재미를 살리면서 샌디 가족의 사건 사고에 관한 이야기 속으로 전 세계가 푹 빠져들게 만들었다. 나는 이 책에 완전히 매료되었다. 평생(이래봐야 15년 인생이었지만) 이런 글이 어디에 있다 이제 나왔지? 어디에 가야 이런 책을 더 찾을 수 있을까?

트리스트럼이 직접 나의 길잡이가 되어주었다. 자신의 인생 이야기를 가득 채운 수많은 생각들이 오가는 가운데 그는 책 속 어느 시점부터 "나의 친애하는 라블레, 친애하는 세르반테스"에 대해 이야기한다.[1] 나는 이 신사들에 대해 전혀 아는 게 없었지만, 그들이 트리스트럼 샌디에게 그렇게나 만족스러운 이들이라면 나에게도 충분히 만족스러울 터였다. 나는 학교 버스 정류장 옆 서점에서 그 당시 J. M. 코헨Cohen이 완역한 검정색 표지의 두꺼운 펭귄 출판사판 페이퍼백 『가르강튀아와 팡타그뤼엘Gargantua and Pantagruel』과 『돈키호테』를 발견했다. 두 저자 모두 책값 이상의 재미를 주었고, 한여름이 되자 나는 더 많은 책들을 갈망했다. 하지만 어딜 가야 다음 책을 찾을 수 있을까? 요즘은 아마존 알고리즘에 의지하지만, 당시 펭귄 출판사는 책 뒤편에 방금 그 책을 다 읽은 독자들이 관심을 가질 만한 도서 제목들을 선별해서 제시했다. 나는 또 다른 유쾌한 풍자극을 빨리 찾고 싶어서 그럴듯한 제목의 책을 골랐는데, 바로 『성스러운 희극The Divine Comedy(단테 『신곡』의 원제목—옮긴이)』이었다. 나는 단테의 환상적인 서사시가 내가 기대했던 기막힌 농담이 아니라는 걸 이내 알게 되었지만, 그의 장대한 시각과 비애감 가득한 수사법에 매혹되었다. 여름이 지나고 10학년이 되어 새로운 책임들이 시작되었을 때, 나는 아주 진지하고 초자연적인 작품을 한 권 더 읽기로 결심했다. 단테의 놀랍도록 감각적인 천국 한가운데에서 살아 숨 쉬는 천상의 장미와 작별을 고하는 순간, 파라디조Paradiso(천국)와도 같은 펭귄 출판사판 뒤표지에서 완벽한 제목 하나가 눈에 띄었다. 니콜라이 고골Nikolai Gogol의 『죽은 혼Dead Souls』이었고, 나는 단테에게 기대했던 기발한 풍자가 여기에 있음을 바로 알게 되었다. 시인 워즈워스Wordsworth의 말처럼 그 새벽에 살아 있다는 건 축복이었으며, 어린 독서가가 되는 것은 그야말로 천국에 있는 것 같았다.

　　문학의 기쁨은 개인적으로나 정치적으로 현실 세계에 이익을 가져다주기도 한다. 내가 성년이 되었을 땐 베트남 전쟁이 막바지에 접어들고 있었지만, 여전히 상당히 많은 18세 청년들이 징집되고 있었다. 고등학교 졸업반이 되어 징집 목록에 등록할 때가 다가오자 나는 양심적 병역 거부자로 지정받기 위해 소송을 제기했고, 총기 사용은 오히려 그 사용자를 공격하게 된다는 풍자적인 내용으로 소송 사유를 보완했다. 내가 양심적 병역 거부자로 지정된 데는 순전히 우리 지역 징병 위원회가 할당 인원을 충분히 달성했기 때문이었겠지만, 나는 문학의 힘을 빌려 호소했기 때문이라고 생각했다.

　　다음 해 대학 신입생이 된 나는 독서의 가치에 대해 결정적인 증거를 찾게 되었다. 가을 학기 초 어느 날, 길버트와 설리번Gilbert and Sullivan의 오페레타 〈배심 재판Trial by Jury〉 공연 오디션이 그날 밤 열린다는 표지판을 보았다. 나는 코러스에 지원하고 싶었지만, 다음 날 플라톤의 『국가The Republic』에 관한 수업 준비를 하지 못한 상태였다. 하지만 몇 년 전에 『국가』를 읽었기 때문에 내 제한된 기억들로 충분할 거라 믿고 〈배심 재판〉 오디션을 보기로 했다. 이는 여러 가지 의미에서 플라토닉하지 않은 선택임이 드러났는데, 코러스의 알토 파트에서 사랑스러운 미소를 띤 한 얼굴을 발견했기 때문이다. 요즘 나는 위대한 책들을 주제로 수업할 때, 학생들에게 플라톤을 읽으면 인생을 바꿀 수 있다는 시각적 증거가 있다고 말하면서, 잊지 못할 그해 가을 어느 날 이후 삼십 년이 지나 큰딸의 대학교 졸업식에서 아내와 나, 그리고 세 아이들과 함께 찍은 사진 한 장을 보여준다. 이 모두가 플라톤을 읽은, 정확히 말하면 플라톤을 읽어둔 덕분으로, 한 권의 책이 언제 우리의 인생을 바꿀 경험을 만들어 줄지는 아무도 알 수 없다.

이후로 나는 고전 문학과 현대 문학을 탐구하는 데 몰두했다. 세계 문학의 영역은 오랫동안 소수의 유럽 문학에 집중되어 있었지만, 이제는 『길가메시 서사시Epic of Gilgamesh』에서 『겐지 이야기The Tale of Genji』, 마야의 『포폴 부Popol Vuh』에 이르기까지 전공 이외의 강의 계획서에서는 결코 찾아볼 수 없었던 많은 고전 작품들도 포함된다. 한편 중국의 모옌莫言, 터키의 오르한 파묵Orhan Pamuk, 폴란드의 올가 토카르추크Olga Tokarczuk, 오만의 조카 알하르티Jokha alharthi 같은 다양한 동시대 작가들이 노벨상과 부커상을 수상하고 있다. 나는 이런 변화들에 대해 많은 글을 썼고, 길가메시 관련 책을 제외하고 위의 책들에 대해 학생들과 학자들을 대상으로 강연을 해왔다. 그러나 최근에는 어떻게 하면 더욱 폭넓은 독자층에게 오늘날 유럽을 넘어선 광범위한 세계 문학의 지평을 소개할 수 있을지 고민하기 시작했다. 어떤 종류의 이야기를 전하고 어떻게 구체화하면 좋을까, 하고 말이다.

문학 작품은 작가의 경험 세계와 책의 세계라는 아주 다른 두 세계의 산물이다. 문학 작품은 작가에게 어떤 자원을 제공하고, 작가는 대개 자신의 혼란스럽고 고통스러운 경험을 유쾌한 형식으로 가공하기 위해 이 자원을 이용하고 변형시킨다. 이 책 『80권의 세계 일주』에서 진행할 프로젝트도 예외가 아니다. 이 프로젝트는 전 세계 약 15개국에서 강연한 나의 경험을 바탕으로 하고, 동시에 다양한 문학적 탐구와 허구의 모험을 통해 구체적인 형태를 갖출 것이다.

나는 쥘 베른Jules Verne의 『80일간의 세계 일주Around the Wrold in 80 Days』를 영화로 처음 접했다. 세 살 때인 1956년 태어나서 처음 본 이 영화는 와이드 스크린 형식으로 원작을 각색한 것으로, 강박적으로 시간을 엄수하는 필리어스 포그 역은 배우 데이빗 니븐David Niven이, 그의 하인 장 파스파르투 역은 멕시코의 코미디언 캔틴플라스Cantinflas가 맡았었다. 나는 해럴드 블룸Harold Bloom이 위대한 책들에게 바치는 웅변적이고 독특한 찬사도 염두에 뒀다. 그의 『서양 문학 정전The Western Canon』은 오늘날 전 세계 문학의 지형을 두루 살피지만, 나는 그가 엄선한 스물여섯 명보다 더 많은 수의 작가를 소개하고 싶었다. 쥘 베른의 총 80개 항목은 다소 방대해 보였으나 작품을 논의하기에 적당한 수 같았다. 나의 해외 여행 경험을 바탕으로, 런던의 동쪽에서 출발해 아시아를 지나 태평양을 가로지른 다음 아메리카 대륙을 거쳐 마침내 런던으로 돌아오는 필리어스 포그의 여행 경로를 대략 따라가기로 했다. 나는 문학이 어떻게 세계 속으로 스며들고 세계는 어떻게 문학에 영향을 미치는지 고찰하기 위해, 특별히 기억할 만한 장소와 그 장소에 관련된 책들을 떠올렸고 종종 실제로 다시 방문하기도 했다.

2020년 1월, 나는 예정된 강연회와 학회들을 중심으로 여행 일정을 짜고 있었다. 그러는 동안 코비드-19가 시작되었다. 2월, 오만의 무스카트에는 간신히 다녀왔지만 시카고, 도쿄, 네덜란드, 하이델베르크, 베오그라드에서 예정된 행사들은 연달아 취소되었다. 그리고 곧 세계 각지를 다니기가 힘들어졌다. 그런데 가만, 내가 무슨 생각을 했던 걸까? 증기선으로 기차로 열기구로 코끼리로 역마차로 전 세계를 돌아다닌 사람은 그의 창작자 베른이 아니라 등장인물 필리어스 포그가 아닌가. 베른은 평생 동안 유럽을 벗어나 모험을 한 적이 없었고, 소설을 쓰던 1872년 몇 달 동안은 파리 밖으로 한 발짝도 내딛지 않았다. 그는 전 세계의 중심지 파리에서 세계를 접할 수 있었고, 어느 카페에 앉아 새로 설치된 철도 노선과 증기선 항로로 80일이면 전 세계를 여행할 수 있다는 신문 기사를 읽다가 소설의 아이디어를 떠올렸다.

이제 코비드-19로 카페에 앉아 있는 일조차 허용되지 않을 터였지만, 이내 또 한 명의 문학적 모델이 떠올랐다. 그자비에 드 메스트르Xavier de Maistre의 작은 걸작 『내 방 여행하는 법Voyage Around My

Room』[2]이다. 젊은 프랑스 귀족 드 메스트르는 1790년 이탈리아 피에몬테 지방에서 군인으로 복무하던 중 결투에 참여해 처벌을 받았다. 판사는 그에게 42일간 가택 연금형을 선고했는데, 사실상 이 격리의 근본적인 의미는 40여 일간 행동을 제한함으로써 충동적인 분노의 열기가 가라앉을 시간을 주려는 것이었다. 평소처럼 친구들과 술을 마시고, 카드 도박을 하고, 요염한 이탈리아 여자들에게 추파를 던지면서 저녁 시간을 보낼 수 없게 된 드 메스트르는 자신의 방을 축소된 세계로 여기기로 했다. 당시 부유한 청년들이 유럽 전역을 순회하던 '그랜드 투어 Grand Tour(일종의 18세기식 휴학에 해당하는)'를 패러디하면서, 드 메스트르는 그의 책 속 그림부터 가구에 이르기까지 자신을 둘러싼 방 안의 모든 소재를 일련의 짧은 글들로 생생하게 묘사했다. 나도 똑같이 할 수 있을 것 같아서, 2020년 5월부터 8월까지 16주 동안 인터넷 웹사이트에 나와 함께 여행할 독자들을 초대해 매주 다섯 권의 책으로 세계 곳곳을 탐험했다. 격리 조치로 시간이 붕괴되는 와중에도 가상의 '근무일'과 '주말'을 유지하고 싶었기에, 주말은 쉬고 월요일부터 금요일까지 각각 다른 책을 선정했다. 이 책은 그 탐구 과정이 낳은 결과다.

필리어스 포그의 여정은 대영 제국의 교역로(그리고 동양학자들의 환상)에서 이루어졌지만, 오늘날의 우리는 그물을 더 넓게 던질 수 있는 만큼 포그의 목적지들 몇 곳과 함께 동유럽, 아프리카, 라틴아메리카까지 범위를 확대할 것이다. 쥘 베른은 파리의 한 신문 지면에 소설을 연재했고, 열렬한 독자들은 세계 지도를 펼쳐놓고 필리어스 포그의 여정을 하나씩 따라가면서 다음 목적지는 어디일지, 80일 안에 돌아올 수 있다며 경솔하게 전 재산을 걸었던 런던의 한 클럽에 제시간에 도착할 수 있을지 내기를 걸었다. 포그의 성공은 그의 극단적인 정확성에서 기인했다. 그의 모든 시계들은 정각마다 일제히 울려야 했고, 하인 파스파르투는 매일 아침 8시 23분에 주인에게 차와 토스트를 가지고 와야 했으며, 포그의 면도용 물을 '(포그가) 법으로 정한' 수준보다 2도 낮게 데우면 해고당한다는 규칙이 있었다. 무엇보다 두 사람은 하루 아니 1분도 지체하지 않고 80일 안에 전 세계를 돌아야 했고 포그는 이 임무를 당당히 완수한다. 이 책 역시 80권의 책과 함께 전 세계 16개 지역을 가로지르는 여정을 제공한다. 단, 우리는 포그가 이용한 열기구와 코끼리 대신 펭귄 출판사 판본과 그 밖의 다른 판본을 통해 여행하겠지만.

『80권의 세계 일주』는 위기의 시대와 강렬한 트라우마에 반응한 작품들을 탐구한다. 이 책들이 모두 파멸과 암울한 분위기만을 다루고 있지는 않다. 『데카메론』의 젊은 남녀들은 피렌체에 퍼진 전염병을 피해 도시 밖으로 대피했지만, 그들이 들려주는 백 가지 이야기들은 대부분 더할 나위 없이 희극적이고 풍자적이다. 우리도 힘든 시기에 도피처로서 문학이 필요하다. 외부 활동이 축소되는 시기에 소설과 시를 읽는다면, 상상의 시대와 장소가 그려진 문학의 지도를 이용해 우리가 사는 세계의 거친 물결을 항해하는 동안(장거리 비행으로 인한 탄소 발자국에서 벗어나) 순수한 즐거움은 물론이고 우리의 삶과 우리를 둘러싼 사회적·정치적 투쟁에 대해 깊은 성찰을 할 특별한 기회를 갖게 될 것이다.

우리가 만나게 될 작가들은 자국의 문화와 전통을 넘어선 그 이상의 것을 다루었다. 버지니아 울프는 런던의 동시대 작가 조셉 콘래드와 아놀드 베넷은 물론이고, 찰스 디킨스와 제인 오스틴부터 새뮤얼 리처드슨과 로렌스 스턴으로 거슬러 올라가는 영국의 선대 작가들과 경쟁하듯 대화를 나누었다. 하지만 울프는 체호프(러시아어로), 프루스트(프랑스어와 영어로), 소포클레스(그리스어로)도 읽었고, 일기에 "아서 웨일리Arthur Waley와 함께 잠들겠다"고 묘사했다(아서 웨일리 자신이 아니라 그의 선구적인 번역서 『겐지 이야기』를 의미했다). 민족의 전통을 중요하게 다루는 많은 작가들도 외국의 소재들을 광범위하게 활용했다. 작품이 전적으로 지역적 맥락에서 쓰였더라도 그것이 국경을 넘어가면 일련의 새로운 문학적 관계를 맺게 되므로, 우리는 종종 후대 작가들이 전혀 다른 환경에서 고전 텍스트를 재논의하고 재작업하는 방식들을 보게 될 것이다.

세계적인 유행병이 이 프로젝트 기획에 특별한 계기가 되었지만, 많은 지역에서 전염병보다 한층 더 큰 문제가 되고 아마도 더 오래 지속될 현상은 민족주의, 고립주의, 그리고 국경을 넘는 사람이나 낯선 사상에 대한 두려움이 커지는 것이다. 정치적 담론과 문화적·종교적 관점은 광범위한 지역에 걸쳐 점점 더 폐쇄적으로 변하고 있으며, 우리 모두는 자신이 동의하지 않은 관점에 제대로 귀 기울이기가 점점 더 어려워지고 있음을 발견하고 있다. 이런 시기에 문학은 우리에게 치마만다 은고지 아디치에Chimamanda Ngozi Adichie가 말하는 이른바 "단일한 이야기의 위험"에 저항하는 특별한 기회를 제공한다. 작가들이 민족적·국가적 정체성을 작품에

전적으로 반영하는 것은 아니지만, 우리는 그들이 자신의 경험을 세계에 대한 새로운 관점으로 **재구성**하는 방식을 배울 수 있다.

작가들이 세계 문학이라는 공간에 진입하는 과정 및 외국 작품을 제대로 감상하는 데 방해가 되는 장애 요소를 두고 최근 몇 년간 많은 논쟁이 있었다. 국가와 제국의 수 세기에 걸친 갈등, 세계화된 국제 시장, 신제국주의적 지배로 강화된 불평등한 문화적 지형(전 세계의 영어 사용)이 이 장애에 해당할 것이다. 자국의 경계를 넘어 과감히 모험을 하고자 하는 우리 모두는 부정적이든 짐짓 긍정적이든 문화적 고정 관념에 굴복하지 않도록 경계할 필요가 있고, 작품의 다양성을 제한하는 시장 메커니즘에 대항할 필요가 있다. 이 책은 바로 이 과정에 개입하려 한다. 내가 다룰 다양한 책들과 함께 제시할 다양한 접근 방식이 우리의 문학적 지평을 확장시켜 각자의 세계를 더 넓게 펼칠 기회를 제공하길 바란다.

오늘날 세계 문학의 전체 그림에는 오랜 세월 이어져 내려온 고전 작품뿐 아니라 매력적인 현대 작품, 시와 희곡뿐 아니라 긴장감 넘치는 범죄 소설, 머릿속을 떠나지 않는 판타지 세계, 철학적·종교적 텍스트, 그리고 어린이들에게 그들이 앞으로 진입할 세계를 소개하는 중요한 작품들이 포함된다. 종합하면, 토머스 모어가 『유토피아』로 맞서 싸우려 했던 경제적 불평등의 증가든, 살만 루슈디가 그의 소설에서 분석한 종교의 정치화든, 혹은 천 년 전 무라사키 시키부의 작품에서부터 오늘날 마거릿 애트우드와 조카 알하르티에 이르기까지 우리가 다룰 많은 작품들의 여자 주인공들이 안팎으로 투쟁해야 하는 가부장적 구조든, 이 80개 작품들은 현재의 우리와 깊은 관련이 있고 지속적으로 반복되는 문제들을 통찰하는 데 도움이 될 것이다.

문학은 탄생한 나라의 언어 안에 존재하며, 국경 너머를 생각한다면 곧바로 번역의 문제가 제기된다. 작품이 쓰인 언어를 모른다면 그 작품을 읽는 일이 얼마나 가치가 있을까? 우리는 모두 자라면서 익힌 한두 가지 언어 외에 더 많은 언어를 배워야 하며, 읽을 수 있는 몇 가지 언어에만 스스로를 제한한다면 오늘날의 세계에서 결코 멀리 나아가지 못할 것이다. 나는 내가 알고 싶었던 언어의 극히 일부 외에는 배우지 못했기에 매일 이 문제를 안고 살아간다. 번역은 새로운 언어들을 배우게끔 강력한 자극을 준다. 세계문학 수업을 가르칠 때, 내 이상적인 바람은 학생 한 명 한 명이 지금까지 한 번도 배우려고 생각한 적 없는 언어를 공부하지 않고는 1년을 더 버틸 수 없겠다고 문득 깨닫게 되는 것이었다. 나는 단테와 칼비노의 번역서를 읽으면서 이탈리아어를 공부해야겠다는 자극을 받았고, 아즈텍 제국의 시(스페인어 번역서를 다시 영어로 번역한)를 읽으면서 나우아틀어를 공부해야겠다는 압박감을 느꼈다.

이 책은 『천일야화』에서 페르시아의 가잘ghazals, 아우슈비츠에 천착한 파울 첼란의 시에 이르기까지, 구체적인 예문을 통해 번역 가능성과 번역 불가능성이라는 복잡한 문제를 다룰 것이다. 하지만 번역의 한계를 탐구할 때조차, 우리는 그 어느 때보다 좋은 번역서들이 많이 출판되고 있는 황금기에 살고 있음을 인식해야 한다. 우리가 다룰 80명의 저자들 중 많은 이들이 실제로 저명한 번역가들로도 활동하며 이 책에 소개된 다른 작가들의 작품을 번역하기도 했다. 첼란은 카프카를 번역했고, 훌리오 코르타사르는 마르그리트 유르스나르를 번역했으며, 유르스나르는 제임스 볼드윈을 번역했다. 80권의 책을 선정한 원칙 중 하나는 이 작품들이 모두 우리가 구할 수 있는 훌륭한 번역서라는 것이다. 그리고 다수의 번역본이 있을 경우 특정한 번역본이 어떤 측면에서 우수한지 고찰할 기회를 제공할 것이다.

훌륭한 번역은 새로운 시대와 새로운 독자를 위해 작품을 재창조하고, 숙련된 번역가는 자국의 언어를 활용하여 작품의 힘과 아름다움을 전달하기 위한 창조적인 방법을 찾는다. 또한 영향력 있는 번역은 자국어 자체를 혁신하는 원동력이 될 수 있다.

단테를 영어로 읽는 일과 이탈리아어로 읽는 일이 같지 않다는 것은 엄연한 사실이지만, 오늘날 이탈리아어로 『신곡』을 읽는 일이 보카치오가 1300년대 중반 이 책을 읽었을 때와 동일한 독서 경험이 아니라는 것 또한 사실이다. 오늘날 단테가 프로방스 시인들과 나눈 대화나 피렌체 정치인들과 벌인 언쟁에 특별히 관심을 기울이는 독자는 거의 없을 것이다. 이제 우리는 프리모 레비가 아우슈비츠에서 단테의 시를 암송한다든지, 데릭 월컷이 크레올어를 쓰는 카리브해 지역 어부들의 삶을 효과적으로 묘사하기 위해 단테의 3운구법 형식을 변형하는 등 일련의 새로운 관계 속에서 단테를 읽는다.

필리어스 포그의 여정과 마찬가지로 이 프로젝트는 다른 문학 여행자들이 구성한 일정과 부분적으로만 겹칠 뿐 매우 개인적인 일정을 기반으로 한다. 내가 구성한 여행 일정은 '하나의 세계oneworld' 문학이라는 획일적인 순서가 아닌 세계 문학 중 한 가지 버전을 제안한다. 각 장은 위대한 작품을 남긴 도시나 지역을 중심으로 하고, 나아가 특정한 주제에 초점을 맞춘다. 작가들은 어떻게 도시를 창조하고 도시는 어떻게 작가를 창조하는지, 유럽의 전쟁 유산과 그 밖의 제국의 유산들, 이주와 디아스포라(팔레스타인을 떠나 살면서 유대교의 규범과 생활 관습을 유지하는 유대인-옮긴이)의 문제들, 호메로스의 서사시부터 일본의 하이쿠,『천일야화』의 이야기 속 이야기에 이르기까지 시적·서사적 전통의 살아 있는 유산들 등.

각 장의 공통된 배경과 주제 안에서, 우리는 작가들이 다양한 창조적인 시도로 단일 문화권 안에서도 완전히 다른 방식으로 그들의 조국과 유산을 어떻게 해석하는지 탐구할 것이다. 그리하여 독자들은 각자의 목적에 따라 작가들의 작품을 활용하고, 나는 이따금 내 경험을 예로 들면서 특히나 어려운 이 시기에 문학이 우리 자신과 세계에 대한 감각을 어떻게 일깨워줄 수 있는지 제시할 것이다. 이 80권의 작품들은 헤럴드 블룸의 『서양 문학 정전』의 부제를 다시 불러들여 '시대별 작품과 학파'의 목록을 영구적으로 이어가는 것이 목적이 아니다. 내가 선정한 책들은 **세속적인** 작품들로, 등장인물이 해외로 모험을 떠나거나 외부 세계의 침입을 받는 등 경계를 넘어선 더 큰 세계를 성찰했던 작가들이 쓴 것이다. 예상치 못한 만남, 놀라운 전환, 반전, 병치를 통해 독자들이 오랫동안 익숙했던 작품을 신선한 시각으로 바라볼 수 있는 방법과 함께 흥미진진한 새로운 발견들을 찾길 바란다.

이제 80권의 책들이 우리를 기다리고 있으니 약 2천 년 전 마다
우로스Madaura (오늘날의 알제리 – 옮긴이)의 아풀레이우스Lucius
Apuleius (아프리카 출신의 고대 로마 철학자이자 소설가 – 옮긴이)가 쓴
국경을 넘어선 걸작 『황금 당나귀The Golden Ass』 서두의 한 문장으
로 이쯤에서 서문을 마치겠다. *Lector, intende, laetaberis.* 귀를 기
울이시오, 독자 여러분, 그러면 즐거움을 찾게 될 것이오.[3]

1장

런던

London

도시의 창조

버지니아 울프
댈러웨이 부인

Virginia Woolf, Mrs. Dalloway

리폼 클럽에서 친구들과 세계 일주 내기를 한 뒤, 필리어스 포그는 옷가지를 챙기고 새로 고용한 프랑스인 하인 장 파스파루트를 데리러 가기 위해 클럽에서 몇 블록 떨어진 새빌로 7번지의 집을 향해 성큼성큼 걸어간다. 도중에 그는 50년 후 클라리사 댈러웨이 부인(실제로 존재하는 인물이었다면)이 그날 저녁 파티에 장식할 꽃을 사기 위해 근처 본드 스트리트로 향했을 길을 건넌다. 버지니아 울프는 클라리사의 명상적인 산책으로 소설을 시작하는데, 이는 런던에 바치는 일종의 기쁨의 찬가다.

우린 정말 바보들이야, 빅토리아 스트리트를 건너며 그녀는 생각했다. 왜 그토록 삶을 사랑하는지, 어떻게 삶을 그렇게 바라보면서 삶을 구성하고, 자기 주변에 쌓아 올렸다가, 부수고, 매 순간 새로 창조하는지, 신만이 아실 일이야. 하지만 더할 나위 없이 초라한 여자들, 남의 집 문간에 앉아서 고통 속에 크게 낙심한 (자신의 몰락을 마시는) 이들도 마찬가지지. 그들도 삶을 사랑하기 때문에, 바로 그렇기 때문에 의회의 법으로도 다스릴 수 없지, 라고 그녀는 긍정적으로 생각했다. 사람들의 눈 속에, 활기찬, 터벅대는, 터덜대는 발걸음 속에, 아우성과 소란 속에, 마차, 자동차, 버스, 짐차, 경쾌한 걸음으로 분주히 돌아다니는 샌드위치 맨(포스터가 붙은 판자를 몸 앞뒤에 둘러멘 사람 – 옮긴이), 관악대, 손풍금 속에, 승리의 환희와 잘랑거리는 소리와 머리 위를 지나가는 비행기의 기이하게 높은 울림 속에 그녀가 사랑하는 것이 있었다. 삶이, 런던이, 6월의 이 순간이.[1]

『댈러웨이 부인』은 가장 지역 중심적인 작품들 중 하나로 1923년 6월 어느 하루 동안 런던 중심부의 상류층 거주 지역에서 일어난 일을 그린다. 남자 주인공이 러시아 공주와 바람을 피운 뒤 콘스탄티노플에서 성姓을 바꿔 여자 주인공이 되는, 울프의 기괴한 피카레스크풍 소설 『올랜도Orlando』로 우리의 여행을 시작하는 것이 더 적절했을지 모르겠다. 아니면 전 세계를 누비는 조셉 콘래드Joseph Conrad로 시작해도 좋았을지 모른다. 말레이시아와 라틴아메리카를 배경으로 하는 그의 소설들은 이외에도 『어둠의 심연『Heart of Darkness』에서 우리를 런던에서 벨기에령 콩고로, 그리고 다시 런던으로 데려다준다. 하지만 나는 무엇보다 런던을 배경으로 하는 소설로 시작하고 싶었는데, 이곳이 우리의 출발 지점이기 때문일 뿐만 아니라 『댈러웨이 부인』은 런던이 오늘날 세계적인 도시가 된 과정을 보여주기 때문이다. 클라리사의 전 구혼자 월시는 이혼 문제를 처리하기 위해 인도에서 돌아오고, 딸의 가정교사이자 어쩌면 연인인지도 모를 킬먼 양은 최근에 자신의 조국 독일과 목숨을 걸고 투쟁한 영국에 근본적인 위화감을 느끼며, 이탈리아에서 온 신부 레치아는 런던 생활에 적응하는 한편 전쟁 후유증을 겪는 남편 셉티머스 워렌 스미스를 자살 직전의 위기에서 구하기 위해 고군분투한다.

이들은 제1차 세계대전이라는 매우 불길한 공통점으로 런던으로 모여들었고, 그 여진이 도시 전역과 소설 전체에 이어진다. 클라리사는 "삶, 런던, 6월의 이 순간"을 즐길 때조차 "머리 위를 지나가는 비행기의 기이하게 높은 울림"을 듣는다. 이 비행기는 지상에 있는 사람들이 알아볼 수 있게 공중에 분사한 연기로 글자를 써서 제품을 광고하는 복엽기(날개가 위아래로 2쌍씩 달려 있는 비행기 – 옮긴이)임이 밝혀진다. 그러나 비행기의 접근은 이상하게도 공습처럼 보이며 그 결과는 거의 치명적이다.

갑자기 코츠 부인이 하늘을 올려다보았다. 비행기 소리가 불길하게 군중의 귓속을 파고들었다. 비행기는 나무들 위로 다가오면서 구불구불하고 일그러진 흰 연기를 뒤에 늘어뜨렸고 … 아래로 곤두박질친 비행기는 수직으로 곧장 솟구치더니, 고리 모양으로 곡선을 그렸다가, 돌진했다가, 하강한 다음 다시 상승했고 … 다시 빈 공간이 된 하늘에 글자를 쓰기 시작했다. 아마도 K, E, Y인가? "글락소Glaxo." 코츠 부인은 경외감으로 가득 찬 긴장된 목소리로 하늘을 똑바로 응시하면서 말했고, 그녀의 품 안에서 뻣뻣하고 창백하게 누워 있던 아기도 똑바로 위를 쳐다보았다.[2]

실제로 이러한 공중 광고 문자Sky-writing는 최근에 영국 공군에서 은퇴한 잭 새비지 소령Major Jack Savage이 1923년 그해에 발명한 것으로, 그는 전쟁이 끝난 후 공군에서 퇴역한 항공기를 이용해 공중에 광고 문구를 작성했다.[3]

『댈러웨이 부인』에는 클라리사가 속한 상류층 환경의 안락한 경계 바로 바깥으로 줄곧 혼란이 따라다닌다. 여전히 부서지기 쉬운 전후 세계의 기반은 무엇이든 흔들 수 있다. 복엽기가 머리 위를 나는 동안 커튼이 쳐진 리무진 한 대가 본드 스트리트를 유유히 지나 버킹엄궁으로 향하자, 그 안에 누가 타고 있는지 아무도 볼 수 없는데도 주위에는 흥분이 일었다. 이 별개의 매력은 부유한 신사들과 가난한 꽃장수에게도 애국심을 북돋는 한편, 상실감과 심지어 폭동에 가까운 생각까지 불러일으킨다.

모든 모자 가게와 양복점에서 낯선 이들이 서로를 바라보며 죽은 이들을 생각하고, 국기를 생각하고, 제국을 생각했다. 뒷골목 선술집에서는 어느 식민지 주민이 윈저 왕가를 모욕해 말다툼이 벌어

29

지고, 맥주잔이 깨지고, 일대 소동이 벌어졌는데, 희한하게도 그 소리가 길 건너에서 결혼식을 위해 새하얀 리본이 달린 하얀 리넨 속옷을 사고 있던 아가씨들의 귀에 울렸다. 지나가는 자동차의 표면적인 동요가 가라앉으면서 아주 심오한 무언가가 스쳤기 때문이다.[4]

몇 블록 떨어진 리전트 파크에서는 남편의 불안정한 행동을 몹시 걱정하는 레치아가 영국 전체의 문명이 약해지는 걸 느끼며 원시의 황무지에 버려진 기분을 느낀다.

"밀라노의 정원들을 봐야 하니까." 그녀는 큰소리로 말했다. 하지만 누구에게?
아무도 없었다. 그녀의 말소리는 점점 희미해졌다. 신호탄의 불꽃이 점점 희미해지는 것처럼. 그 불꽃은 어둠 속을 스치며 지나가다 밤에 굴복하고, 어둠이 내려진 집과 탑의 윤곽들 위로 쏟아진다. 황량한 산허리가 부드러워지다 어둠 속에 무너져 내린다. … 아마도 한밤중에, 모든 경계가 사라지고, 이 나라가 태고의 형태로 되돌아가는 때, 로마인들이 처음 이곳에 상륙해서 보았던 것처럼, 언덕은 이름이 없고 강은 알지 못하는 곳으로 굽이쳐 흐르던 시절의 희미하게 누운 형태 - 그녀의 어둠도 그와 같았다.[5]

이미 『어둠의 심연』에서 콘래드의 주인공 말로는 유럽의 아프리카 쟁탈을 로마의 눅눅하고 원시적인 영국 정복과 비교했다. "습지, 숲, 야만, – 문명인이 먹을 만한 음식은 거의 없고, 마실 것이라 곤 템스강물뿐이었다."[6] 울프는 이 비교를 집으로 가지고 온다. 클라리사가 속한 상류층의 안락함(붓꽃과 참제비고깔, 연회색 장갑, 그녀의 파티에 들르는 수상) 속에서 클라리사의 런던은 콘래드의 『어둠의 심연』과 상당히 닮아 있다. 심지어 또 다른 주인공 커츠의 유명한 마지막 말("공포다! 공포!")이 소설 시작 부분에 고조된 분위기를 울린다. 먼저 클라리사는 피터 월시와의 임박한 결혼 소식을 알게 된 "그 순간의 공포"를 회상하고, 전쟁 후유증에 시달리는 셉티머스는 "공포가 거의 수면 위로 올라와 막 타오르려는 것 같았다"고 느끼며, 일자리를 찾아 스코틀랜드에서 막 도착한 19살의 메이지 존슨은 셉티머스의 행동에 불안해하면서 이 마을에 오지 말 걸 그랬다고 생각한다. "끔찍해! 끔찍해! 그녀는 울고 싶었다(그녀는 가족을 두고 떠나왔고, 그들은 그녀에게 무슨 일이 벌어질지 이미 경고했었다). 왜 그냥 집에 있지 않았을까? 그녀는 철제 난간의 손잡이를 비틀면서 울었다."[7]

버지니아 울프는 평생 런던에서 살았지만, 더 넓은 문학 세계의 시민이기도 했다. 울프는 이 소설의 작업을 시작할 무렵 러시아어를 공부했고, 완성할 즈음 그리스어로 소포클레스와 에우리피데스를 읽었다. 또한 콘래드, 헨리 제임스Henry James, 그리고 그녀의 친구인 T. S. 엘리엇Eliot을 포함해 영국에서 활동하는 외국 출신 작가들에게 호기심 어린 깊은 관심을 보였다. 에세이집 『보통의 독자』(『댈러웨이 부인』과 같은 해에 출간했다)에서 울프는 "이런 예들은 특히 우리 문학과 우리 자신과 가장 차별적인 글을 써온 모든 미

사진 1 울프와 사기꾼들

국 작가들에게, 우리 사이에서 평생을 살아왔고 마침내 조지 왕의
신하가 되기로 법적인 조치를 취한 그들에게서 일어날 것이다. 그
렇긴 하지만 그들은 우리를 이해했는가? 그들은 끝까지 외국인으
로 남지 않았는가?"[8]

　　주로 가부장적이고 자본주의적이며 제국주의적인 영국에서 페
미니스트이자 사회주의자이며 평화주의자였던 울프는 종종 자신
을 이방인처럼 느꼈다. 그렇지만 평화적인 반제국주의를 향한 그
녀의 헌신에는 은밀한 전복적인 성향이 배어 있었다. 1910년 울프
는 남장을 하고 오빠 에이드리언과 몇몇 친구들과 함께 에티오피
아 왕족인 척 행세하며 포츠머스에 정박한 HMS 드레드노트 전함
을 '공식 방문'했다(사진 1).

방문자들은 의장대의 환영을 받으며 전함 견학을 안내받았고, 이에 "붕가! 붕가!"라고 외치며 감탄을 표했다. 그들은 라틴어와 그리스어로 의미 없는 헛소리를 주고받았고, 아무것도 모르는 장교들에게 가짜 훈장을 수여한 뒤 들키지 않고 런던으로 돌아왔다. 이들이 〈데일리 미러Daily Mirror〉에 대표단 공식 사진과 함께 이 사기극에 대한 기사를 실었을 때 영국 해군은 크게 당황했다(맨 왼쪽의 수염이 텁수룩한 신사가 울프다).

울프의 작품에는 낯섦과 익숙함이 끊임없이 뒤섞여 있다. 『보통의 독자』에서 울프는 체호프, 도스토옙스키, 톨스토이의 작품 속 생경한 낯섦을 묘사하지만, 빅토리아 시대 소설에선 얻을 수 없는 자료를 찾기 위해 그들에게 깊이 의지했다. 체호프의 단편들에 대한 울프의 묘사는 그 자체로 『댈러웨이 부인』에 대한 설명이 될 수 있다. "일단 눈이 이 음영에 익숙해지면 소설의 '결론' 중 절반은 흔적도 없이 사라지고, 뒤에 빛이 비치는 투명한 무엇(화려하고, 눈부시고, 피상적인…)처럼 보인다. 결론적으로, 아무것도 아닌 것을 다룬 이런 작은 이야기들을 읽다 보면 우리의 지평이 넓어진다. 영혼은 놀라운 자유의 감각을 얻는다."[9] 『댈러웨이 부인』에는 프루스트에 대한 울프의 경탄도 가득 담겨 있다("나의 굉장한 모험은 사실상 프루스트다. 프루스트 이후에 어떤 쓸 것이 남아 있을까?"[10]). 울프는 조이스의 『율리시스』에 대해서는 보다 양면적인 감정이었는데 인쇄된 지면에는 "기억할 만한 재앙"[11]이라고, 개인적으로는 "호텔 구두닦이 소년의 여드름 짜는 소리일 뿐"이라고 묘사했다.[12] 울프는 조이스의 의식의 흐름 기법을 자신만의 형태로 고안하고, 조이스처럼 고대 그리스 시대의 시공간적 통일성을 소설에 적용하면서 체호프, 콘래드, 엘리엇, 조이스, 프루스트뿐만 아니라 소포클레스와 에우리피데스에게 의지한다.

하지만 울프의 런던은 엘리엇의 「황무지」에 묘사된 '비현실적인 도시'가 아니라 지극히 현실적인 세계다. 시시각각 바뀌면서 슬쩍 암시하는 울프의 문장들은 남성 작가들의 인상적인 장악력이 아닌 경험에 대한 뉘앙스와 개방성을 강조한다. 울프가 위대한 에세이 『자기만의 방』에서 썼던 것처럼, 대부분 남성 작가들의 글에서는 "'I'라는 글자 모양의 그림자"를 본문 안에서 수시로 마주친다.[13] 클라리사는 꽃을 사기 위해 본드 스트리트를 걸어가면서 "자신의 유일한 재능은 거의 본능적으로 사람을 아는knowing 것이었다"라고 생각한다.[14] 그녀는 런던의 "많은 사람들, 밤새 추는 춤, 시장을 향해 덜컹거리며 지나가는 짐마차들…"을 사랑한다. "그녀가 사랑한 것은 그녀 앞에 있는 지금, 여기, 이것이었고, 택시를 타고 있는 뚱뚱한 여자였다."[15] 가장 심각하게 고민하는 주제들(세계대전, 광기, 남성과 여성 사이의 좁혀지지 않는 간극)을 "지금, 여기, 이것"이라는 문장으로 표현해 장면을 만들어내는 울프의 능력은 누구도 뛰어넘을 수 없었다.

동시에 울프는 죽음의 문턱에 있는 지금과 여기를 우리에게 보여주고, 거의 고고학자에 가까운 시선으로 런던을 바라본다. 커튼을 친 리무진이 본드 스트리트를 지나갈 때,

그 안에 지체 높은 이가 앉아 있었다는 것은 의심할 여지가 없었

다. … 국가의 영속적인 상징은 시간의 잔해를 체로 거르는 호기심 많은 골동품상들에게나 알려지겠지. 그때 런던은 잡초 무성한 오솔길이 되고, 오늘 같은 수요일 아침 보도를 서둘러 지나가는 모든 이들은 자신들의 유해 속에 뒤섞인 몇 개의 결혼반지와 무수한 썩은 이들 중에 금으로 때운 충전물들과 함께 한낱 뼛조각으로 남게 되리라. 그때는 자동차 안 얼굴도 알려질 것이다.[16]

현지 장면을 파노라마식으로 구성한 울프의 책은 전 세계로 퍼져 나갔고, 그리하여 지도에서 본드 스트리트나 심지어 런던조차 찾을 수 없던 전 세계 독자들에게 열렬한 호응을 얻었다. 1988년 『디 아워스The Hours』에서 마이클 커닝햄Michael Cunningham은 로스앤젤레스와 그리니치 빌리지를 배경으로 이야기를 전개했다. 커닝햄은 다른 대륙을 배경으로 새로운 세대를 대상으로 글을 쓰면서, 문제적 인물 킬먼 양과 자유분방한 샐리 시턴에게 한눈에 반한 클라리사의 모습을 통해 울프가 암시만 했던 동성애 주제를 확장하여, 수십 년 후 클라리사가 샐리 시턴과의 열렬한 키스를 생생하게 회상하는 장면을 그린다. 미묘하게 전복적인 울프의 작품은 결코 당시의 시공간에만 국한되지 않았다. 가장 지역적인 소설로 꼽히는 『댈러웨이 부인』은 가장 많은 세상을 담아낸 책이기도 하다. 하루 동안의 긴 인생 여정, 런던, 6월의 이 순간을 담으면서.

찰스 디킨스
위대한 유산

Charles Dickens, Great Expectations

『댈러웨이 부인』과 같은 해에 발표한 에세이 「데이비드 코퍼필드 David Copperfield」에서 버지니아 울프는 찰스 디킨스의 작품에 대해 평생 동안 느낀 양면적인 감정과 합의를 시도했다. 울프는 우리가 디킨스 소설에서 기억하는 것은 인간의 복잡한 감정들이 아니라,

사람들의 성격에서 드러나는 열정, 흥분, 유머 감각, 괴팍함이고, 런던의 냄새, 맛, 그을음이며, 아주 동떨어진 인생들을 하나로 모아들이는 믿을 수 없는 우연들, 도시, 법정, 이 남자의 코, 저 남자의 절뚝거림, 아치형 입구 아래나 대로에서의 어떤 장면, 그리고

무엇보다 거대하고 지배적인 어떤 인물, 지나치게 활기에 가득 차 혼자서는 존재하지 않지만 자신의 존재를 실현시키기 위해 다른 많은 사람들이 필요해 보이는 인물이다.[17]

울프는 아마 살아 있는 사람 중에 디킨스의 "『데이비드 코퍼필드』를 처음 읽은 것을 기억하는 사람은 거의 없을 것"[18]이라고 언급한다. 또한 디킨스는 실제로 더 이상 작가가 아닌 "하나의 기관, 기념물, 수많은 사람들의 발에 밟혀 먼지가 이는 공공도로"[19](아마도 그의 수많은 등장인물들과 수백만의 독자들이 동시에 밟고 지나간)라고 말한다.

디킨스와 런던만큼 밀접하게 연결된 작가와 도시는 거의 없다. 오늘날까지도 수많은 여행 안내서와 웹사이트들은 '디킨스의 런던'을 걷는 여행에 우리를 초대한다. 이 여행에서는 소설 『오래된 골동품 상점 Old Curiosity Shop』의 중심 배경인 '오래된 골동품 가게'를 포함하여 수십 곳의 장소를 방문할 수 있는데, 오늘날 이 가게 정문에는 'immortalized by Charles Dickens(찰스 디킨스에 의해 길이 남겨지다)'라고 자랑스럽게 새겨져 있다.

내가 런던에 가기 훨씬 전부터 일찍이 상상해오던 그곳은 주로, "런던의 안개는 사실상 인상주의자들에 의해 발명되었다"는 오스카 와일드의 주장을 문학적으로 구현한 찰스 디킨스의 창작물에서 비롯한 것이었다. 오스카 와일드가 뛰어난 에세이 『거짓의 쇠락 The Decay of Lying』에서 던진 질문처럼 "인상주의자들이 아니었다면, 거리로 슬금슬금 내려와 가스등을 흐릿하게 만들고 모든 집을 괴물의 그림자로 바꾸는 이런 근사한 갈색 안개를 어디에서 볼 수 있겠는가?" 그는 "런던에는 수 세기 동안 안개가 있었을지 모른다. 아마 그랬을 것이다. 하지만 아무도 안개를 보지 않았을 것이다. … 예술이 발명하기 전까지 안개는 존재하지 않았다"[20]라고 말한다. 하지만 와일드는 디킨스의 감상적인 분위기를 싫어했기 때문에 디킨스 투어에는 합류하지 않았을 것이다. 그는 『오래된 골동품 상점』의 비극적인 어린 주인공에 대해 "리틀 넬의 죽음을 웃지 않고 읽으려면 얼음같이 차가운 심장을 가져야 한다"[21]라고 선언한다.

버지니아 울프도 디킨스의 런던에 사는 걸 달가워하지 않았다. 울프와 친구들은 그들의 취향에 맞는 도시(그리고 글쓰기 방식)를 만드는 데 열중했다. 울프가 『데이비드 코퍼필드』에 관한 에세이에서 다소 가혹하게 지적한 것처럼, "그의 공감 능력에는 실제로 분명한 한계가 있다. 대략적으로 말하면, 그의 공감 능력은 남자든 여자든 한 해에 2천 파운드 이상을 벌거나, 대학을 나왔거나, 조상을 3대까지 거슬러 올라가 셀 수 있는 사람을 만나게 되면 번번이 실패한다."[22] 또한 울프는 조지 엘리엇George Eliot과 헨리 제임스가 작품에서 특히 중요하게 다루는 복합적인 감정이 보이지 않는 점을 아쉬워하는 한편, 그녀 자신의 방식대로 창조하고자 했던 적극적인 독자 참여의 씨앗을 디킨스에게서 발견한다. 울프는 디킨스의 "무한한 상상력과 명백한 무반성은 이상한 효과를 가진다. 이 요소들은 우리를 단순히 독자와 구경꾼이 아닌 창조자로 만든다. … 미묘함과 복잡함은 우리가 그것들을 어디에서 찾아야 할지 알기만한다면, 또 그것들을 엉뚱한 장소에서 발견했다는 놀라움(이런 문제들에 대해 각기 다른 관습을 가지고 있는 우리에게는 그렇게 보이므로)을 극복할 수만 있다면 모두 그곳에 있다"[23]라고 말한다.

사실 디킨스의 후기 작품들에는 『니콜라스 니클비 Nicholas Nickleby』와 『데이비드 코퍼필드』 같은 초기 소설들보다 훨씬 깊은 예술성과 복잡한 심리 묘사가 담겨 있다. 울프가 『황폐한 집 Bleak House』과 『위대한 유산』 같은 완벽한 걸작들이 아닌 디킨스의 초기 작품들에 집중한 점이 흥미로운데, 아마도 이 걸작들은 편히 읽기엔 너무도 직접적인 현실 자체였을 것이다. 나는 디킨스의 초기 소설들과 달리 이 작품들을 통해 반복해서 읽는 일의 가치를 알게 되었다.

나는 수년에 걸쳐 최소한 다섯 개 판본의 『위대한 유산』을 구했는데, 각 판본마다 이 책을 읽는 다양한 방법을 제시한다. 오래된 판본 하나는 여러 권으로 구성된 『찰스 디킨스 전집』 중 일부다. 소설을 읽는 가장 바람직한 방법은 작가의 모든 작품을 읽는 것이다. 빅토리아 시대 사람들은 이런 전집을 구입해 긴 겨울 저녁 책 읽기에 몰두하길 좋아했다. 디킨스는 1867년 자신의 전집을 감수했지만, 독자들은 초기엔 주간 텔레비전 시리즈를 보듯 그의 소설들을 접했다. 필리어스 포그가 12년 뒤 세계 일주를 한 것처럼, 디킨스는 1860년부터 1861년까지 9개월에 걸친 일정에 맞춰 열심히 글을 써서 그의 잡지 〈연중무휴 All the Year Round〉에 매주 한 편씩 『위대한 유산』을 발표했다.

디킨스 사후 수십 년 동안 그의 소설들은 특히 젊은 독자들이 읽을 만한 대중적인 오락물로 여겨졌다. 내가 가진 『위대한 유산』

판본 중 하나는 세기가 바뀔 무렵 뉴욕에서 '청소년용Books For Boys'
시리즈로 출판되었다(이 판본에는 출간일자가 기재되어 있지 않다).
출판사는 책 뒷면에 이 시리즈의 다른 책 24권을 광고하는데, 여
기에는 『구두닦이 톰 Tom the Bootblack』, 『신문팔이 소년 댄Dan the
Newsboy』, 『거미 섬 난파Wrecked on Spider Island』 같은 솔깃한 제목들이
포함되어 있다. 내가 메인주에서 자랐다면 "메인주 해안 케이프 엘
리자베스에서 살았던 작은 꼽추의 이야기, 너무도 흥미진진한 그
의 시련과 성공"을 그린 『꼽추 잭Jack, the Hunchback』을 틀림없이 재
미있게 읽었을 것이다.

디킨스의 주가는 20세기 중반에 등장한 신비평New Criticism(1930년
대부터 1950년대까지 미국에서 주류를 이루었던 문예 비평 방법으로 철
저하게 작품 자체로만 작품을 분석하는 비평 방법 — 옮긴이) 세대가 그
의 예술성을 깊이 탐구하기 시작하면서 되살아났다. 내가 가진 이
소설의 다음 판본은 '시그넷 클래식Signet Classic'에서 1963년 펴낸
것으로, 탈옥수 매그위치가 무덤에 숨어 있는 으스스한 그림으로
표지가 장식되어 있다. 소설 초반 디킨스의 주인공 핍이 이곳에서
그를 만난다. 이 판본은 영국 소설가 앵거스 윌슨Angus Wilson의 찬
사가 담긴 후기와 함께, 『위대한 유산』은 "탁월한 미스터리와 동시
에 도덕적 가치를 심오하게 고찰하는 훌륭한 구성의 소설"임을 강
조하는 뒤표지가 특징이다. 이처럼 수년간에 걸쳐 다양한 출판사들
이 각기 다른 판본의 『위대한 유산』을 세상에 내놓았다. 시대와 취
향이 변함에 따라 같은 작품이 같은 출판사의 손에서 달라지기도
한다. 다음은 내가 가진 두 권의 펭귄 출판사 판본인데, 첫 번째 판

사진 2 변화하는 표지들

본은 대학 신입생이던 1971년 읽은 것이고 두 번째 판본은 1990년
대 후반에 소설을 가르칠 때 사용한 것이다(사진 2).

두 판본 모두 일반 독자뿐만 아니라 학술 시장을 겨냥한 것이
다. 둘 다 주석이 꼼꼼하게 달려 있고, 저명한 학자들의 서문과 더
깊은 독서를 위한 참고 도서 목록을 추가했다. 이런 유사성과 달리
표지는 크게 다르다. 구판은 J.M.W 터너Turner의 1860년 회화 〈쇠
가격으로 입씨름하는 어느 시골 대장장이, 그리고 정육점 주인이
자기 조랑말에 편자를 박기 위해 대장장이 앞으로 대금을 달아놓다
A country blacksmith disputing upon the price of iron, and the price charged to the
butcher for shoeing his poney〉(1860)가 표지로 사용되었다. 이 이미지는
어린 핍의 위대한 친구이자 보호자인 조 가저리의 대장간을 떠올

리게 하면서, 빅토리아 시대 중반 영국의 현실적인 삶의 단면을 보여준다. 이와 대조적으로 보다 최근 판본의 표지는 독일 낭만주의 화가 카스파르 다비드 프리드리히Caspar David Friedrich의 〈묘지 입구The Cemetery Entrance〉(1825)의 환영 같은 풍경을 사용했다. 시간과 공간 모두 디킨스의 소설과 동떨어진 프리드리히의 안개 자욱한 "죽음의 경관"(한 미술사학자의 묘사에 따라)은 어린 핍이 부모의 묘비를 찬찬히 살펴보면서 그들의 특징을 파악하려 애쓰며 "아버지 묘비에 새겨진 글자 모양을 보고 이상하게도 나는 그가 떡 벌어진 건장한 체격에 피부는 가무잡잡하고 머리카락은 검은색 곱슬머리인 사내였을 거라는 생각이 들었다"[24]고 말한 소박한 교회 묘지보다는, 유령 같은 하비샴 부인의 사티스 저택을 암시한다.

한 소년의 모험 이야기에서 오래전 영국의 생활상, 최초의 상징주의 화가의 풍경에 이르기까지 이 소설의 여러 판본들은 나 자신의 인생 이야기와도 얽혀 있다. 『위대한 유산』을 처음 접했을 때 내 나이는 소설이 시작될 무렵 어린 핍의 나이와 비슷했고, 이후 대학에서 이 소설을 공부했을 땐 핍이 섬뜩한 하비샴 부인이 물려준 것으로 알고 있는 재산을 상속받은 뒤 청년이 되어 런던으로 떠난 때의 나이와 대략 비슷했다. 그리고 삼십 대의 핍이 자신의 인생 이야기를 기록한 즈음에 나는 이 소설을 가르쳤다. 삼십 년이 더 지난 지금 나는 카스파르 다비드 프리드리히가 드레스덴 묘지를 그린(이 그림을 그리기 위해 그는 실제로 우뚝 솟은 출입문을 설계했다) 때보다 십 년 더, 디킨스가 이 소설을 쓴 때보다 이십 년 더 나이가 들었다.

그러나 『위대한 유산』을 펼칠 때마다 나는 "잊지 못할 만큼 을 씨년스러운 어느 날 오후 저녁이 다 되어갈 무렵 … 사물의 인상이 처음으로 생생하고 분명하게" 각인되려는 순간, 교회 묘지 현관 옆 무덤 사이로 탈옥수 매그위치의 섬뜩한 모습이 불쑥 튀어나올 때의 어린 핍으로 되돌아간다. 핍과 나는 다시 한번 우리의 인생 여행을 시작할 준비가 되어 있다.

③

아서 코난 도일
셜록 홈즈

Arthur Conan Doyle, Sherlock Holmes

셜록 홈즈만큼 세상에 자기 존재를 성공적으로 드러낸 문학 속 인물은 거의 없을 것이다. 기네스북에 따르면 그는 문학 역사상 어떤 등장인물보다도 자주 텔레비전과 영화에 등장했다. 중세의 탐정인 바스커빌의 윌리엄과, 왓슨 역할의 순진한 견습생 멜크의 아드소가 등장하는 움베르토 에코의 세계적인 베스트셀러 『장미의 이름』처럼, 수많은 작가들이 셜록과 그의 충실한 조수 왓슨 박사를 공개적으로 혹은 은밀하게 변형해서 재창조했다. 셜록은 이 같은 활발한 사후 세계 활동을 넘어서서 실제 런던에서도 구체적으로 형체를 드러낸다. 최근 영국의 청소년을 대상으로 한 BBC 여론조사에서 응답자의 절반 이상이 셜록이 실존 인물이라고 믿었다. 엄밀히 말해 셜록은 존재한 적이 없지만, 우리는 베이커가 221B 번지에 애정을 담아 재현한 그의 응접실을 방문할 수 있다. 이곳은 지금 셜록 홈즈 박물관이 되었고, 입구 위에 설치된 명판에는 그가 거주 했을 것으로 추정되는 연도가 기록되어 있다.

221B

SHERLOCK HOLMES

CONSULTING DETECTIVE

1881~1904

홈즈와 왓슨이 오늘날 전 세계에서 독보적인 존재감을 누리지 만, 그들의 생명력은 클라리사 댈러웨이가 우리 마음에 울림을 준 복합적인 심리 때문이라고 볼 수는 없다. 실제로 버지니아 울프는 코난 도일의 이야기를 참을 수 없었다. 울프는 그녀의 경쟁자 아놀 드 베넷Arnold Bennett에 관한 에세이에서 이렇게 말했다. "베넷 씨에 게는 등장인물이 사실적일지 모르지만 나에게는 매우 비현실적이 다. … 그는 셜록 홈즈의 왓슨 박사가 자신에게는 사실적이라고 말 한다. 나에게 왓슨 박사는 지푸라기로 채운 자루, 허수아비, 웃음 거리다."[25]

더욱이 셜록 홈즈의 생생한 세계관은 런던에 대한 풍부하고 상세 한 묘사와도 관련이 없다. 최초의 작품 『주홍색 연구A Study in Scarlet』 에서 홈즈와 왓슨이 베이커가 221B 번지로 함께 이사하기로 중요한 결정을 내릴 때, 우리가 읽은 내용은 그들의 아파트가 "안락한 침실 두 개와 넓고 통풍이 잘되는 거실 하나로 이루어져 있으며, 가구도 잘 갖추어져 있고 커다란 창이 두 개나 있어 햇빛도 잘 들었다"는 것이 전부였다.[26] 쾌적하게 비치된 가구들은 딱히 묘사할 가치가 없고, 넓은 창문에서 보이는 바깥의 전망은 셜록이 마약에 빠져들 만큼 을씨년스럽다. 『네 사람의 서명The Sign of the Four』에서 홈즈는 왓슨에게 삶에 활기를 불어넣을 사건이 없을 때 자신은 코카인에 의지한다고 설명하면서 이렇게 말한다. "살 이유가 달리 무엇이 있겠습니까? 여기 창문 앞에 서보십시오. 이렇게 을씨년스럽고, 음울하고, 무익하기 짝이 없는 세상이 또 있었나요? 누런 안개가 거리를 휘감으며 회갈색 집들을 가로질러 떠다니는 광경을 보세요. 이 이상 끔찍하게 따분하고 물질적인 것이 있을 수 있겠습니까?"[27]

코난 도일의 세계는 단서로 동원되는 현실의 물질적 파편들로 일부만 지어진 세계이며, 나아가 이야기에 관한 이야기의 세계다. 『주홍색 연구』의 앞부분에서 홈즈는 에드거 앨런 포의 뒤팽 경감은 "포가 상상한 것만큼 비범한 인물이 결코 아니었고", 프랑스 작가 에밀 가브리오Emile Gaboriau의 르콕 탐정은 "비참할 정도로 서툰 사람이었다"면서 그들의 탐정 소설을 비판한다.[28] 홈즈를 돋보이게 만드는 것은 어떤 인물이나 사물이 아무리 평범할지라도 그 뒤에 숨겨진 이야기를 추론하는 능력이다. 『네 사람의 서명』에서 셜록은 왓슨의 회중시계를 자세히 들여다보면서 이 능력을 증명해 보인다. 시계는 딱히 두드러진 특징이 없는 것 같지만, 셜록의 눈으로 본 시계를 통해 형제의 낭비된 인생과 결국 알코올 중독으로 인한 죽음 등 모든 이야기가 드러난다. 왓슨은 셜록이 자신의 잃어버린 형제(그가 한 번도 언급한 적 없는)에 대해 이토록 많은 사실을 직감하는 데 경악하고, 셜록은 잠시 당황한다. "친애하는 박사님." 그가 다정하게 말했다. "부디 제 사과를 받아주십시오. 이 일을 관념적인 문제로 보다 보니 박사님에게 개인적이고 고통스러운 일일 수 있다는 걸 잊었습니다."[29]

작가들은 종종 작품의 범위 바깥에서 일어나는 사건들을 내비치며, 그들의 이야기가 그저 판지로 만든 무대 세트에서 벌어지는 일이 아님을 암시한다. 『서식스 흡혈귀의 모험 The Adventure of the Sussex Vampire』에서 셜록은 "세계가 아직 준비되지 않은 이야기인 수마트라의 거대한 쥐" 사건을 포함하여 발표되지 않은 일련의 사건들을 언급한다. 여기에서 홈즈는 이야기의 경계 밖에서 더욱 완전하게 살아 있는 삶, 더 정확하게 말하면 '서식스 흡혈귀' 이야기 바깥의 이야기들이 담긴 '사건 사례집'을 향해 손짓한다. 그는 의뢰받은 상황을 처리할 수 있을지 의심스러워하면서, 지침을 찾기 위해 사례집을 뒤적인다. 자신의 아이 목에서 피를 빨아먹고 있는 젊은 어머니의 이야기가 발견되었다. "하지만 우리가 흡혈귀에 대해 무엇을 알고 있지요?" 그는 왓슨에게 묻는다. "정말이지 우리는 그림 형제의 동화로 전환된 것 같군요."[30] 여기에서 '전환되다switch'라는 말은 전기에 대한 은유가 아니라 철도에 대한 은유다. 홈즈는 그가 으레 이성적으로 해결할 수 있는 범죄 장르에서 벗어나 공포 이야기라는 트랙으로 방향이 바뀌는 것은 아닌지 두려워한다. 다행히 이야기 말미에 그가 왓슨에게 말한 것처럼, 그들이 빅토리아 역에서 서식스행 2시 기차에 오르기 직전 "베이커가에서 내 마음을 스쳐 지나간 추리의 기차"³¹ 덕분에 즉시 해결책에 다다른다.

코난 도일은 지구 반대편 상상의 종種과 관련된 가공의 스토리에 대해 메타픽션적인 언급을 함으로써 이야기의 물질성을 강화했다. 아직 세상은 흡혈귀 어머니에 관한 이야기보다 훨씬 기괴한 셜록 홈즈의 이야기를 읽을 준비가 되지 않았을지도 모르지만, 코난 도일은 수마트라의 거대 쥐가 등장하는 이야기에 대비해 세상을 충분히 준비시켰다. 그리고 이 방법은 최소한 열두 명의 후대 작가들이 그를 위해 글을 썼을 정도로 대단히 성공적이었다. 뿐만 아니라 2007년 파푸아뉴기니에서 새로운 종의 대형 설치류가 발견되었을 때 〈뉴욕 타임스〉 기자는 파푸아뉴기니는 "우측으로 아주 멀리 떨어진 몇 개의 섬"(실제로 수마트라와 약 3,000마일 떨어져 있다)에 위치한다는 사실을 인정하면서도, "수마트라의 거대 쥐, 건강하게 살아 있다"³²라는 제목의 기사로 이 발견을 보도했다.

언젠가 수마트라에 거대 쥐들이 나타날지도 모르지만 (필요하다면 열성적인 홈즈 팬들이 밀수를 해서라도) 서식스에서 흡혈귀가 발견될 일은 없으리라는 걸 우리는 알고 있다. 아이의 어머니는 홈즈가 마술적인 힘으로 마법을 부리는 것 같다고 말하지만, 이 위대한 탐정은 어머니의 기괴한 행동에서 현실적인 해석을 찾아냈다. 질투심 많은 이복형제가 그의 어린 라이벌에게 쿠라레 curare (남미 식물에서 채취되는 독극물-옮긴이)를 먹이려 해서 그것을 입으로 빨아낸 것이라고. 홈즈는 왓슨에게 말한다. "우리 탐정 사무소는 현실에 발을 딛고 서 있으며, 앞으로도 죽 그래야 합니다. 세상은 우리에게 충분히 넓어요. 유령까지 찾아다닐 필요는 없습니다."³³ 전 세계에 분포된 홈즈의 팬들인 베이커가의 비정규 조직 네트워크는, 실존하는 네 편의 소설과 쉰여섯 편의 이야기 목록 외에 여행용 트렁크 어디에도 오래전에 잃어버린 실제 사건집 같은 건 없다는 걸 개인적으로 잘 알면서도, 홈즈의 세계를 우리의 차원에 적용하려는 열렬한 추종자들의 욕망을 드러낸다.

홈즈는 세계에서 유일한 '사설 컨설팅 탐정'이다. 그만의 유일한 기술은 다른 탐정들이 풀지 못하는 이야기를 이해하는 것이다. 그는 종종 사회와 거리를 두고 자신의 방에 틀어박힌 채 아무런 방해를 받지 않고 이 위업을 수행한다. 그는 대학에서 친구를 거의 사귀지 않고 2년 뒤에 중퇴했으며, 경찰 조직에 들어간 적이 없고, 기사 작위를 거절했으며, 일정한 수입이 없다. 이야기는 그가 중독으로 빨려 들어가지 않도록 구해주는 유일한 수단이다.

왓슨의 경우 제2차 영국-아프가니스탄 전쟁에서 치명적인 부상을 입고 사회생활이 끝나버린 남자가 되면서 홈즈의 궤도에 들어선다. 왓슨이 『주홍색 연구』 첫 페이지에서 말한 것처럼, "군사 행동은 많은 이들에게 명예와 진급을 가져다주었지만, 나에겐 불행과 재앙 외에 아무것도 남지 않았다." 구체적으로 말하면 왓슨은 "죽음의 마이완드 전투"에서 경력을 끝낼 만큼 중상을 입었다. 이 전투에서 영국은 1880년 7월 약 천 명의 군사를 잃고 굴욕적으로 패배했다. 부상으로 불구가 되고 장티푸스로 수척해진 왓슨이 말한다. "제국의 모든 놈팽이와 게으름뱅이들이 거부할 수 없을 만큼

빠져드는 저 거대한 시궁창, 런던으로" 돌아온다고.[34]

코난 도일은 영국의 제국주의적 팽창이 절정에 이른 시기에 글을 쓰고 있었지만, 왓슨이 말하는 런던은 무너지는 제국의 저 먼 뒷골목처럼 들린다. 하지만 왓슨은 자신을 절실히 필요로 하는 (일부 후대 작가들이 상상한 것처럼 동성애자로서가 아니라 이야기꾼으로서) 홈즈와 함께 새로운 삶을 찾는다. 『보헤미아 왕국의 스캔들A Scandal in Bohemia』에서 보헤미아의 왕이 그들의 방을 찾아와 개인적으로 상담을 요청할 때 왓슨은 방에서 나가려 하지만, 홈즈는 부상당한 의사에서 이제 작가가 된 그에게 남아 있어야 한다고 고집한다. "그대로 있으세요. 나는 내 보즈웰James Boswell(영국의 전기 작가─옮긴이)이 없이는 아무것도 할 수 없으니까."[35] 의학적·사회적·정치적 질서가 모두 붕괴 직전에 놓인 듯 보이는 세상에서 우리들도 이야기꾼들 없이는 아무것도 할 수 없을 것이다.

$$\left(4\right)$$

P. G. 우드하우스
신선한 어떤 것

20세기 가장 인기 있는 소설가로 꼽히는 펠럼 그렌빌 우드하우 스Pelham Grenville Wodehouse는 소란스럽고 다층적인 산문체를 이용하 여 갈팡질팡하는 귀족, 능수능란한 하인, 강인한 젊은 여성, 저명 한 미치광이 의사, 오만한 친척 아주머니들의 세계를 창조하면서 75년의 작가 경력을 이어오는 동안 코믹 소설에 혁신을 일으켰다. 익살스러운 런던과 주변의 시골 영지를 만들기 위해, 우드하우스 는 먼저 자기 자신을 만들어내야 했다. 1881년 태어난 그는 식민 지 치안 판사인 아버지를 따라 곧 홍콩으로 이주했고, 두 살 때 배 를 타고 다시 영국으로 돌아와 친척 아주머니와 아저씨들 손에서 자랐다. 우드하우스는 서른 명에 가까운 그들 모두에게 이야기를 들려주었고, 그의 소설에는 멀리 있는 어머니와 아버지보다 친척 어른들이 더 눈에 띄게 등장한다. 1900년 형을 따라 옥스퍼드에 입학하기 직전, 아버지가 일사병으로 장애를 얻어 은퇴해야만 했다. 그로부터 몇 년 후 우드하우스는 T. S. 엘리엇처럼 은행원으로 취직했고, 밤이면 쉴 새 없이 글을 쓰기 시작했다. 1902년 어느 신문사의 칼럼니스트에게 자신이 여름 휴가를 떠나는 5주간 유머러스한 칼럼을 써달라는 제안을 받았고, 은행 일과 임시직 사이에서 선택해야 했던 그는 은행을 나와 다시는 그곳으로 돌아가지 않았다.

우드하우스는 1909년 뉴욕을 방문하기 시작하면서 더 큰 미국 출판 시장에서 입지를 다지기 위해 노력했고, 브로드웨이 무대용 글을 쓰길 원했다. 그는 제1차 세계대전이 시작되었을 때 뉴욕에 있었고 전쟁이 끝날 때까지 계속 머물렀다. 1917년에는 브로드웨이에서 가장 활발하게 활동하는 작가가 되어, 놀랍게도 총 다섯 개의 쇼가 동시에 공연되는 전무후무한 기록을 세웠다. 우드하우스는 공연에 몰두했고, 이는 그의 소설에 핵심적인 영향을 미쳤다. 나중에 그는 이렇게 썼다. "나는 소설을 쓰는 방법은 단 두 가지뿐이라고 생각한다. 하나는 실제 삶은 완전히 무시한 채 일종의 음악 없는 뮤지컬 코미디로 만드는 것이고, 다른 하나는 삶 속으로 아주 깊숙이 파고들어 다른 건 아무것도 상관하지 않는 것이다."[36]

이 같은 자조적인 진술은 그의 이야기들이 현실에 기반을 두고 있음을 과소평가한 것으로, 그의 이야기들은 무대 연출(무대 위에서 실제 신체의 움직임과 소품의 처리 방식)에 대한 관심, 경제적 궁핍과 가족의 압력이 늘 대기하고 있는 기본적인 현실에 의해 강화된다. 그의 작품들은 대책 없는 젊은 아들을 뒷받침해야 한다며 억울해 하는 아버지들로 가득하고, 아들들은 자신들이 쓸모없고 미성숙하다는 걸 대충 알고 있다. 우드하우스의 가장 유명한 등장인물인 버티 우스터와 그의 친구들은 드론스라는 클럽(우드하우스의 소설에 자주 등장하는, 게으르고 부유한 젊은이들이 모이는 가상의 클럽으로 런던에 위치한다-옮긴이)에 속해 있다. 스스로를 창조하고 발전시킨다는 매우 현대적인 시나리오에서 다소 어긋난 이 수동적인 젊은이들과 균형을 이루는 대상은 그들이 세상 속으로 나갈 때 손을 잡아주는 당찬 여자 주인공들이다.

극장과 함께 우드하우스에게 영원한 영감의 원천이 된 것은 탐정 소설이다. 1975년 94세의 나이에 우드하우스는 코난 도일의 『네 사람의 서명』의 서문을 썼다. 그는 다음과 같이 밝혔다. "내가 작가 생활을 시작했을 때(캑스턴이 막 인쇄기를 발명한 시기였다) 코난 도일은 나의 영웅이었다. 다른 사람들은 하디Thomas Hardy와 메러디스George Meredith를 숭배했을지 모른다. 나는 도일의 팬이었고, 지금도 그렇다."[37] 제1차 세계대전이 시작되기 몇 년 전에 그는 자신의 영웅과 친구가 되었고, 이들은 정기적으로 크리켓 경기를 했다. 소설 속 무기력한 젊은이 버티 우스터와 '신사 중의 신사'인 뛰어난 집사 지브스는, 지브스가 미스터리를 파헤치고 온갖 종류의 개인적인 난관을 해결하면 버티가 경외감을 갖고 그의 능력을 이야기하는 모습이 종종 홈즈와 왓슨을 연상시킨다. 적절하게도 버티에겐 '발가락을 잃어버린 남자'나 '분홍 가재의 미스터리' 같은 제목의 책을 끌어안고 웅크리고 있을 때보다 더 행복한 때는 없다. 반면 지브스는 "내 개인적인 취향은 도스토옙스키와 위대한 러시아인들 쪽에 더 가깝다"라고 고백한다.[38] 다른 장면에서 지브스는 버티에게 그의 정신 상태를 개선하려 하는 약혼자의 권고를 듣지 말라고 경고한다. "주인님은 니체를 좋아하지 않을 거예요. 니체는 기본적으로 건전하지 않습니다."[39]

우드하우스의 익살스러운 리얼리즘은 초기 베스트셀러 『신선한 어떤 것』(1915년 미국에서 『새로운 어떤 것』이라는 제목으로 출간되었다)에서 처음으로 활짝 꽃피웠다. 작가로서 고군분투한 자신의 경험을 바탕으로, 우드하우스는 매머드 출판사를 위해 매달 '탐정 그리들리 퀘일의 모험'을 쓰며 다람쥐 쳇바퀴 도는 일상에 지쳐가는 애쉬 마스든의 이야기를 들려준다. "이 부정한 동맹은 지금까지 2년 이상 진행 중이며, 애쉬에게 그리들리는 달이 갈수록 인간미가 떨어지는 것 같았다. 그는 지나치게 자기 만족적이고 돌아버릴 정도로 진실을 너무 몰라서, 놀라울 만큼의 행운이 따라준 덕분에 그나마 감이라도 잡을 수 있었다. 수입을 위해 그리들리 퀘일에게 의지한다는 건 끔찍한 괴물에게 속박당하는 것과 같았다."[40] 애쉬의 운명은 엠스워스 백작 클래런스의 시골 사유지를 방문하면서 바뀐다. 백작이 가장 사랑하는 것은 상으로 받은 돼지, '블랜딩스의 여황제'다. 블랜딩스에서 애쉬는 여성 잡지에 실릴 귀족 남녀의 이야기를 쏟아내느라 쩔쩔매는 또 한 명의 삼류 작가 조앤 발렌타인을 만난다. 애쉬와 조앤은 그들의 재능을 (그리고 그들의 장르를) 총동원해 클래런스의 시골 사유지에서 벌어지는 우스꽝스러운 미스터리를 해결하는 데 성공하고, 그들의 행운과 연애 생활은 탄탄대로를 걷는다.

우드하우스는 그가 가장 좋아하는 등장인물과 배경, 특히 엠스워스의 블랜딩스성과 런던에 위치한 버티와 지브스의 아파트가 등장하는 장편과 단편으로 이루어진 긴 시리즈를 수년에 걸쳐 발표했다. 1928년 초 한 평론가가 우드하우스의 자기 표절self-plagiarism을 비난하자, 우드하우스는 다음 소설 서문에서 이 혐의를 유쾌하게 다루었다. "어떤 비평가가 (유감스럽게도 그런 사람들이 존재한다) 지난번 내 소설에 대해 '우드하우스의 모든 낡은 등장인물들이 다른 이름으로' 들어 앉아 있다면서 불쾌한 발언을 했다. 내 우수한 지능으로 이번에는 우드하우스의 모든 낡은 등장인물들을 같은 이름으로 집어넣어 이 남자를 눌러주었다. 이 일로 그가 몹시 바보가 된 기분을 느끼면 좋겠다."[41]

우드하우스는 구십 대까지 꾸준히 글을 쓰면서 시들지 않는 열정으로 자신의 인물과 상황을 지속적으로 고쳐나갔다. 그의 소설들은 점차 관습적인 쾌락 그 자체를 노골적으로 즐긴다. 수년 동안 여러 소설에서 버티 우스터를 위협한 무시무시한 정신과 의사 로드릭 글로소프 경은 1960년 스워드피시라는 이름의 집사로 위장하고 나타나 버티를 놀라게 한다. 하지만 버티는 25년 전에 로드릭 경과 함께 떠돌이 음유시인으로 위장한 전적이 있기 때문에 그렇게 놀라서는 안 되었다(『고마워요, 지브스』에서). 반대로 『봄철의 프레드 삼촌Uncle Fred in the Springtime』(1939)에서는 또 다른 인물 이컴 백작이 로드릭 경으로 위장해 블랜딩스성에 머문다.

카프카의 『성』에 등장하는 웨스트웨스트 백작의 소유지처럼 블랜딩스성은 민족적인 매혹을 담고 있다. 둘 다 침입자나 사기꾼인 관찰자들 때문에 서서히 규칙이 드러나는 불가사의하고 폐쇄적인 사회다. 1972년 『신선한 어떤 것』의 개정판 서문에서 89세의 우드하우스는 "다른 집에 쥐들이 있는 것처럼 블랜딩스에는 사기꾼들이 있다"라고 말했다. 그리고 이렇게 덧붙였다. "이제 또 다른 사기꾼이 등장할 때다. 이 부지에 최소한 한 명의 사기꾼도 없다면, 블랜딩스성은 더 이상 블랜딩스성이 아니다."[42] 카프카의 상징주의적 장소들과 마찬가지로, 우드하우스의 희극적인 설정들은 판타지와 리얼리즘의 영역 사이 어딘가에 위치한다. 우리가 알고 있는 세계를 다시 완곡하게 언급할 때조차 이 장치는 자체의 내부적인 논리에 따라 어느 쪽으로도 전개 가능한 중간 지대를 보여준다.

우드하우스의 98권의 책들은 수십 개 언어로 번역되어 수천만 부가 판매되었다. 그는 대단히 인기 있는 작가지만, 노동자 계급 출신도 아니고 노동자 계급을 주제로 다루지도 않았다. 그의 글은 반反근대주의적이지만, T. S. 엘리엇과 제임스 조이스처럼 품위 있는 문체와 저속한 문체, 보드빌(노래와 춤을 섞은 대중적인 희가극으로 19세기 후반에서 20세기 초 사이에 유행했다-옮긴이)의 가사와 셰익스피어를 뒤섞는다. 우드하우스는 이 중간쯤 위치하는 자신의 지위를 이용하길 좋아했다. 1926년 발표한 단편 「커스버트의 의기투합The Clicking of Cuthbert」에서 블라디미르 브루실로프라는 이름의 우울한 러시아 소설가가 미국에서 강연 여행을 하고 있다. 그의 소설들은 "절망적인 비참함에 대한 회색의 연구들"로 "380쪽에서 농

부가 자살할 때까지 아무런 일도 일어나지 않지만", 브루실로프는
사회주의 리얼리즘을 주장하는 동시대 작가 소비에츠키나 나스티
코프와 자신을 비교하길 거부한다. "나 말고 훌륭한 소설가는 아무
도 없다." 브루실로프는 빽빽하게 자라 덥수룩한 수염 사이로 말을
내뱉으며 이렇게 주장한다. "소비에츠키라니, 하! 나스티코프라니,
흥! 모두에게 침을 뱉어주지. 나 말고 훌륭한 소설가는 아무도 없
어. 그래도 P. G. 우드하우스하고 톨스토이는 나쁘지 않지. 좋지도
않지만 나쁘지도 않아. 하지만 나 말고 훌륭한 소설가는 아무도 없
어."⁴³ 블라디미르 브루실로프는 깍듯하게 자신의 창조자에게 톨
스토이보다 더 중요한 자리를 내어주면서 세계 문학의 중심에 우
드하우스를 모신다.

5

아놀드 베넷

라이시먼 계단

Arnold Bennett, Riceyman Steps

1923년 6월 13일, 클라리사 댈러웨이가 그날 저녁 파티에 장식할 꽃을 사려고 본드 스트리트로 향했을 때, 그녀가 걷고 있던 런던은 그해 아놀드 베넷이 그의 걸작 『라이시먼 계단』에서 묘사한 런던과는 달랐다. 베넷의 소설은 '제임스 테이트 블랙 상James Tate Black Prize'이라는 중요한 상을 받았다. 울프의 친구 E. M. 포스터 Forster도 다음 해 『인도로 가는 길A Passage to India』로 이 상을 받았다. 그러나 폭넓은 인기를 얻고 있던 베넷의 작품은 블룸즈버리 Bloomsbury(20세기 초 작가와 예술가, 출판업자 등이 모여들던 런던의 중심지-옮긴이)라는 고상한 지역에서는 판매가 부진했다. 울프는 『댈러웨이 부인』을 시작할 때 베넷의 소설을 떠올리며 한 친구에게 편지로 이렇게 불평했다. "연설문을 준비하기 위해『라이시먼 계단』을 읽어야 하는데 벌써부터 절망에 빠져 있습니다. 너무 지루해요! 양고기 다리 하나가 한 번 빠졌다 나온 (그마저도 의심스럽군요) 옅고 묽은 액체 같아요."[44] 울프는 베넷의 직설적인 문체뿐 아니라 노동자 계급을 배경으로 전개한 사회적 주제들이 싫었다. 두 책의 차이는 내가 가지고 있는 페이퍼백 판본의 표지로도 쉽게 전달될 것이다.

하코트판『댈러웨이 부인』은 심리적으로 고뇌하는 클라리사가 깊은 생각에 잠긴 채 장미를 고르고 있고, 그녀의 가슴에는 과거에 연인이나 다름없던 샐리 시턴을 암시하는 환영 같은 인물이 희미

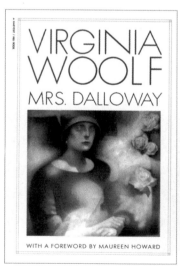
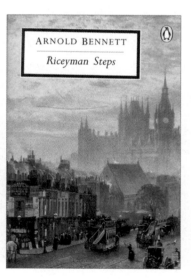

사진 3 상징주의자 울프, 현실주의자 베넷

하게 드러난다. 이와 대조적으로 펭귄판『라이시먼 계단』은 전경에 평범한 집과 상점들과 함께 소설의 배경이 되는 북적이는 마을 광경이 묘사되고 세인트 판크라스 기차역의 인상적인 종탑이 지평선 위로 희미하게 빛난다(사진 3).

울프의 연설문은 에세이「베넷 씨와 브라운 부인Mr. Bennett and Mrs. Brown」이 되었고, 여기에서 울프는 자신의 윗세대 경쟁자인 베넷, H. G. 웰스Wells, 존 골즈워디John Galsworthy에 반대하는 주장을 피력한다. 울프는 그들을 등장인물의 깊이나 완벽한 문체에는 거의 관심을 두지 않고 오직 사회적 갈등에 대한 이야기를 공급하는 데 급급한, 상업적인 중간 소설middlebrow fiction(미국의 비평가 레슬리 피들러가 주창한 개념으로 순문학과 대중소설의 중간에 위치하는 소설 — 옮긴이)을 주도하는 대표자들로 여긴다. 특히 베넷에 대한 울프의 짜증은 베넷이 떠오르는 세대인 모더니스트들에 관해 1923년 3월에 쓴 평론「소설은 퇴락하고 있는가Is the Novel Decaying?」로 촉발되었다. 여기에서 그는 울프를 지목하여 짐짓 추켜세웠다.

> 나의 작은 세계에 큰 반향을 일으킨 버지니아 울프의『제이콥의 방Jacob's Room』보다 영리한 책을 좀처럼 읽은 적이 없다. 이 책은 독창성으로 가득하고 정교하게 쓰였다. 그러나 저자가 독창성과 영리함이라는 세부적인 것에 집착하는 터에, 등장인물들이 독자의 마음속에 생생하게 살아남지 못한다. 나는 이 책을 최근 주의 깊고 호기심 많은 독자들의 주목을 받고 있는 신인 소설가들의 특징으로 간주한다. 그리고 나로서는 아직 다가올 대형 소설가를 발

견하지 못했음을 고백한다.[45]

　울프는 에세이에서 현대 문학사상 가장 파괴적인 해체 작업 중하나를 꾀했다. 울프는 기차에서 본 작고 평범한 노동자 계급 여성을 관찰한 내용을 이야기한다. 그녀의 이름을 '브라운 부인'이라고부르고, 그녀의 생각과 근심을 상상하기 시작한다(울프가 코난 도일을 경멸한 사실을 감안한다면, 전적으로 셜록다운 주의력으로 암시적인세부 내용까지 관심을 기울여 브라운 부인의 인생 이야기를 전개하는 것은 아이러니하다). 울프는 베넷과 그의 동료 작가들이 사회 문제를설교하는 데 지나치게 관심이 많은 나머지 한 사람의 살아 있는초상을 제시하지 못하고, 따라서 "그녀의 성격을 알아차리고 그녀의 분위기에 몰입하지" 못하게 한다고 말한다. 더 큰 문제는 그들의 소설 중 한 권을 덮는 순간, "뭔가 행동을 해야 할 것 같은 (단체에 가입하든지, 더 절실한 기분으로 수표를 쓰든지) 마음이 든다는 것이다. 그렇게 하고 나면 초조함이 가라앉고, 책은 끝이 난다. 이제 그책은 책장에 꽂히고 다시는 읽힐 필요가 없다." 반면에 "『신사 트리스트럼 샌디의 인생과 생각 이야기』나 『오만과 편견』 같은 위대한작품은 그 자체로 완전하다. 이런 책들은 자기 충족적이다. 다시읽어서 더 잘 이해하고 싶다는 욕망 외에 무언가를 더 해야 한다는 욕망을 우리에게 남기지 않는다."[46]

　울프의 공격이 성공해 베넷의 주가는 비평 시장과 심지어 출판업계에서조차 급락했다. 울프의 언니 버네사Vanessa가 표지 디자인을 한 상태가 양호한 『댈러웨이 부인』 초판을 구입하려면, 3만 달러가 훨씬 넘는 가격을 예상해야 할 것이다. 이 글을 쓰는 현재, 에이브북스abebooks.com(미국 최대 중고서점 - 옮긴이)에 등록된 최고가는 5만 6천 달러다. 그렇다면『라이시먼 계단』의 가격은 얼마일까? 최고가는 695달러로 울프 작품의 1퍼센트에 불과하다. 혹은 그의 또 다른 위대한 작품인『클레이행어Clayhanger』를 찾아보면, 초판 최고가가 25달러다. 1910년(안타깝게도 울프가 에세이「베넷 씨와 브라운 부인」에서 공표한 유명한 말에 따르면 "1910년 12월경" 인간의 성격이 바뀌기 직전에) 출간된 이 책은 내가 아는 바로 알로이스 알츠하이머Alois Alzheimer가 1907년 처음 진단한 퇴행성 질환을 다룬 최초의 소설이다. 베넷은 단지 의학적 문제를 설명하는 것으로 그치지 않는다. 그는 가장이 냉혹한 질병에 굴복함에 따라 젊은 클레이행어와 그의 아버지 사이의 변화하는 권력 관계를 꿰뚫어보는 심리학적 초상을 제시한다.

1919년을 배경으로 한『라이시먼 계단』은 어느 중하층 부부의 인색함이 결국 그들 자신에게 해로운 영향을 미치게 된다는 내용이 중심인 일종의 감동적인 연구다. 그들과 대비되는 충직한 하인 엘시는 제1차 세계대전에서 전쟁 신경증을 얻고 돌아온 남편을 보살피기 위해 힘겹게 고군분투한다. 물론 이것은 울프가 전쟁 후유증에 시달리는 셉티머스 워렌 스미스와 그의 신부 레치아를 통해『댈러웨이 부인』에서 다룬 바로 그 주제로, 베넷의 작품은 우리가 울프의 에세이에서 짐작하는 내용보다 훨씬 자세하게 상황을 묘사한다.

『등대로To the Lighthouse』의 추상화가 릴리 브리스코와 시인 오거스터스 카마이클부터 자신의 걸작을 쓰기까지 성性을 전환해가며 300년의 시간이 걸린 올랜도에 이르기까지, 울프의 세계는 예술가와 탐미주의자들로 가득하다. 베넷은 시계처럼 규칙적으로 소설을 만들어냈고, 그의 세계는 예술가들의 세계가 아닌 그들을 둘러싼 상업적인 생활의 세계다. 클레이행어의 아버지는 책과 관련이 있지만, 작가로서가 아니라 마을 최초의 증기 동력 인쇄소 설립자로서 관련이 있다. 『라이시먼 계단』의 구두쇠 주인공 헨리 얼포워드는 작은 제조업체, 양조장, 인쇄소가 있는 런던의 마을 클러큰웰에서 먼지 가득한 중고 책방을 운영한다. 헌책방 주인이라는 궁핍한 조건에서부터 헨리의 아내 바이올렛을 괴롭히는 질병 자궁근종에 이르기까지 온갖 물리적 제약들이 소설을 지배한다.

　문학 안에서 런던이라는 도시를 탐구할 때, 우리는 작가별로 다양한 원칙들과 상이한 물질들로 건설한 일련의 런던들 속으로 들어가게 된다. 이 런던들은 자주 서로 전쟁을 벌이지만, 때로는 전투원들 스스로 인정하는 정도 이상으로 많은 부분들이 겹친다. 오늘날 질병, 전쟁, 적대적인 목소리들로 유발된 전쟁 후유증을 다루기 위해서는 여러 개의 런던이 필요하다. 여러 개의 도시, 국가, 언어도 필요하다. 우리의 다음 단계는 파리가 되겠지만, 사실상 우리는 이미 그곳에 와 있다.

　베넷은 1903년 이후 정기적으로 파리에서 살았고, 『라이시먼 계단』의 중심을 이루는 힘든 결혼 생활은 그와 프랑스 아내와의 실패한 결혼 생활을 반영하는지도 모른다. 그는 오랫동안 프랑스 문학에 헌신해왔고, 1898년에는 이렇게 썼다. "내가 보기에 우리는 불과 지난 몇 년 사이에 진실을 예술적으로 유려하게 표현하려는 열정을, 플로베르, 공쿠르 형제, 모파상에게 활기를 불어넣은 말과 글에 대한 감각을 프랑스로부터 흡수한 것 같다."[47] 진실, 허구, 노골적인 거짓말에 대한 유려한 표현이라면 마르셀 프루스트의 작품만큼 탁월한 예시는 없을 것이다. 이제 그가 우리에게 파리로 들어가는 입구를 제공할 것이다.

2장

파리

Paris

작가들의 낙원

6

마르셀 프루스트

잃어버린 시간을 찾아서

Marcel Proust, In Search of Lost Time

파리를 불멸의 도시로 만든 작가들이 너무도 많다 보니 (파리 또한 너무도 많은 작가들을 불멸의 작가로 만들다 보니) 파리의 작가들은 런던의 찰스 디킨스나 더블린의 제임스 조이스, 교토의 무라사키 시키부처럼 두드러지게 부각되기는 어렵다. 하지만 나에게 파리는 프루스트이며 그런 사람이 나 혼자만은 아니다. 많은 책들이 당시의 거리 풍경이 담긴 사진들을 수록하고 프루스트의 등장인물들 뒤로 '실제' 인물의 초상화를 싣는 등, 우리를 프루스트의 세계로 데려가려 한다. '프루스트의 파리'라는 장르에서 내가 가장 좋아하는 것은 표지에 늠름하고 젊은 마르셀(허구의 인물이 아닌 실제 인

사진 4 프루스트의 파리

물)이 자신의 테니스 라켓을 기타 삼아 어린 숙녀에게 세레나데를 부르는 척하는 모습이 그려진 앨범이다(사진 4).

프루스트의 위대한 소설이 그에게 잃어버린 시간을 되찾아주었다면, 이제 이 소설은 그의 삶과 우리의 시간도 되찾아줄 힘을 갖는다. 그래서 우리는 프루스트의 구절 옆에 파리의 산책자인 사진가 유진 앗제Eugene Atget의 사진이 실린 책을 구입하고, 그곳에 함께 있는 우리의 모습을 상상할 수 있다. 프루스트가 묘사한 현장의 '원형'을 찾고 싶은 독자들의 충동이 어찌나 강했던지, 소설에 등장하는 마을 콩브레의 모델이자 그의 가족이 여름을 보내던 마을 일리에는 실제로 '일리에-콩브레Illiers-Combray'로 이름이 바뀌었다.

그러나 우리는 이 모든 장소들과 그곳을 채운 사람과 사물들이 원래 모습보다 훨씬 다채롭고 인상적으로 변형된 모습임을 잊어서는 안 된다. 프루스트는 제1차 세계대전으로 전투 상황에 처한 마을을 설정하기 위해, 콩브레를 실제 일리에 지역과 관련 없는 위치로 이동시켰다. 이제 마르셀이 잃어버린 시간을 찾아 탐색을 시작하게 만든 유명한 '프티트 마들렌petite madeleine' 맛을 생각해보자.

잠자리의 비극과 그 무대를 제외하면 나에게 콩브레의 그 무엇도 존재하지 않은 지 수년의 시간이 흐르던 어느 겨울날, 내가 집으로 돌아오자 어머니는 내가 추위에 떠는 걸 보시고는, 평소에 차를 마시지 않는 나에게 차를 좀 마시라고 권했다. 나는 처음엔 거절했지만, 딱히 이렇다 할 이유 없이 곧 마음이 바뀌었다. 어머니는 '프티트 마들렌'이라는 통통하고 불룩하고 작은 케이크들 중 하나를 주셨는데, 그 모양이 마치 가리비 껍데기처럼 세로로 홈이 새겨진 금속 틀로 찍어낸 것처럼 보였다. 따분한 하루를 보내고 우울한 내일을 전망하며 의기소침해 있던 나는 곧, 케이크 한 조각을 적신 차를 한 스푼 가득 떠서 기계적으로 입술로 가지고 왔다. 케이크 부스러기가 섞인 따뜻한 액체가 입천장에 닿는 순간, 내 몸에 전율이 흘렀고, 나는 나에게 일어난 놀라운 일에 열중하느라 동작을 멈추었다. 형용하기 어려운 강렬한 쾌감이 그 기원을 알 수 없이 솟아나 내 감각들을, 고립되고 분리된 무언가를, 나를 침범했다. … 이제 나는 평범한, 우연한, 필멸의 존재라고 느끼지 않게 되었다. 어디에서 나에게 올 수 있었을까, 이런 전능한 기쁨이?[1]

적절하게도 이 장면은 코비드-19에 영감을 받은 팟캐스트 '격리된 생활에서 글쓰기: 팬데믹 시대를 위한 매일의 글쓰기 프롬프트Quarantine Quill: Daily Writing Prompts for Our Pandemic Times'에 다시 등장했다. 이 팟캐스트는 파리의 비평적 사고 연구소Paris Institute for Critical Thinking의 안나 폴로니Anna Polonyi가 진행한다. '물리적인 마들렌과 프루스트가 차에 적신 마들렌을 회상하며Reclaiming the Physical and Proust's Tea-Soaked Madeleine'[2]라는 제목의 26회 프로그램에서 폴로니는 프루스트의 유명한 구절을 읽고 물리적인 세계와 연결을 유지하는 일의 중요성을 이야기한 다음, 청취자들에게 물리적인 사물에서 어떤 맛이 나는지 자세하게 묘사하도록 요청한다.

그러나 사색적인 관능을 느끼는 이런 상징적인 순간은 프루스트가 직접 경험한 일이 아니다. 명백한 사실에 기반을 둔 형태는 그의 초기 에세이 「생트뵈브에 반대하며Contre Saint-Beuve」 시작 부분에서 찾을 수 있는데, 여기에서 프루스트는 작가들은 사회와 세계를 바라볼 때 피상적인 관찰보다 더 깊이 들어가야 한다고 주장했다. 이 계시적 순간의 첫 번째 형태에서 프루스트의 요리사(그의 어머니가 아닌)가 그가 평소에 마시던 우아한 라임 꽃차가 아닌 평범한 차 한 잔을 가지고 오고, 그는 여기에… **토스트 한 조각**을 담근다. "그 토스트 조각을 내 입에 넣는 순간, 입천장에 닿은 차의 풍미와 함께 그 부드러운 감촉이 감각되는 순간 나는 괴로운 느낌과, 제라늄과 오렌지 나무가 있는 장면이 느껴졌고, 놀라운 빛과 기쁨을 감각했으며…"[3] 우리는 **바삭한 토스트**pain grillé 한 조각이 빛나고 촉촉하며 여성스러운 프티트 마들렌으로 변모하는 장면에서, 그 모양과 맛과 역사를 중심으로 그가 연상하는 모든 것을 그 물처럼 엮는 데서 프루스트 예술의 진수를 볼 수 있다.

그러나 프루스트의 실제 경험과 그가 소설에서 표현하는 예술적 기교 사이에 심오한 거리가 있다고 해서, 프루스트의 허구의 파리와 실제의 파리를, 즉 콩브레와 일리에를 비교하는 일이 잘못된 것은 아니다. 『잃어버린 시간을 찾아서』 1권 『스완네 집 쪽으로 Swann's Way』의 마지막 문단에서, 나이가 든 마르셀은 파리의 불로뉴 숲으로 돌아와 젊은 시절 그곳을 거닐던 오데트 드 클레시와 다른 우아한 여성들의 흔적을 찾을 수 없어 안타까워한다. "아아!" 그는 외친다. "이제는 옆에 키 큰 하인들을 동반한, 콧수염 기른 정비사가 운전을 하는 자동차들 외에 아무것도 없구나."⁴ 1권의 마지막을 그는 이렇게 마무리한다.

> 우리가 알던 장소들은 우리의 편의를 위해 지도에 표시한 공간적인 세계에만 속하는 것이 아니다. 그 장소들은 그 당시 우리 삶을 구성한 잇따른 인상들 사이에 자리 잡은 가느다란 조각일 뿐이었다. 특정한 이미지에 대한 기억은 특정한 순간을 그리워할 뿐이며 집들도, 도로들도, 거리들도, 아아, 세월만큼이나 덧없다.⁵

하지만 마르셀은 틀렸고, 그가 자신의 실수를 깨닫기까지는 2천 페이지 이상이 지나야 할 것이다. 그러나 프루스트가 평생 사랑했던 연인이 그의 운전기사이자 비서였던 알프레드 아고스티넬리였다는 사실을 알고 있다면, 우리는 이미 그의 실수를 엿볼 수 있다.

1913년 아고스티넬리는 출판을 돕기 위해 『스완네 집 쪽으로』 원고를 타이핑했지만 얼마 후 모든 것을 뿌리치고 프랑스 남부로 떠났고, 이후 비행 수업을 받다 비극적인 사고(그것이 사고였다면)로 사망했다. 그는 '마르셀 스완Marcel Swann'이라는 이름으로 수업에 등록했다.

소설 속 마르셀이 쓸쓸히 불로뉴 숲을 방문하며 처음 에로틱한 애정의 환영을 갈망하는 바로 그 순간, 작가의 잃어버린 연인이 앞에 서서 그를 데려갈 준비를 하고 있다는 걸 전혀 알지 못한다. 오랜 탐색이 끝날 무렵 『되찾은 시간Time Regained』에서 마르셀은 "진정한 낙원은 우리가 잃어버린 낙원이다"[6]라고 말한다. 파리는 대대로 작가들의 낙원이었지만, 대개는 그들의 초창기 환상이거나 현실의 고향을 잃은 후 얻게 된 낙원이었다. 그럼에도 불구하고 앞으로 이어지는 작품들에서 보게 되듯이, 작가들은 마르셀 프루스트와 프루스트의 마르셀, 두 발자취를 따라가면서 다시 찾은 파리에서 스스로를 재발견할 수 있을 것이다.

7

주나 반스
나이트우드

Djuna Barnes, Nightwood

아놀드 베넷은 1903년 파리로 거처를 옮기면서, 브리오슈를 아무데나 던져도 어김없이 아방가르드 화가나 작가를 맞히게 된다는 몽파르나스 인근에 정착했다. 거트루드 스타인Gertrude Stein도 같은 해 파리에 도착해 강 건너 좌안에 정착했고, 피카소는 3년 전에 바르셀로나에서 파리로 왔다. 그 후 여러 해에 걸쳐 전 세계에서 많은 창작자들이 몰려들었는데, 이 대열에는 1920년에 제임스 조이스가, 1921년에 주나 반스와 어니스트 헤밍웨이가, 1923년에 과테말라의 초현실주의자 (그리고 이후 노벨상 수상자) 미겔 앙헬 아스투리아스Miguel Ángel Asturias가, 1928년에는 세네갈의 시인이자 이후 대통령이 된 레오폴 세다르 상고르Leopold Sedar Senghor가 포함되었으며 이 목록은 계속 이어졌다. 어떤 이들은 정치적 압력이나 지역의 침체된 분위기로부터 달아나고 있었고, 또 어떤 이들은 예술적 영감이나 그저 저렴한 집세를 찾아 떠나왔다. 규범적인 성 역할에서 벗어난 보헤미안적 자유에 이끌린 사람들도 있었는데, 여기에는 오랜 기간 예술가들의 살롱을 운영한 거트루드 스타인과 극작가 나탈리 바니Natalie Barney도 포함되었다.

파리에 갓 도착한 이들 중에 주나 반스만큼 성적으로 그리고 예술적으로 모험적인 인물은 좀처럼 찾기 어려웠다. 1892년 뉴욕주 북부에서 태어난 주나 반스는 작가, 일러스트레이터, 저널리스트로 그리니치 빌리지에서 입지를 굳혔다. 반스의 기발하고 예리한 인터뷰는 디자이너 코코 샤넬, 복음 전도사 빌리 선데이Billy Sunday,

사진 5 주나 반스가 그린 스타인과 조이스의 초상화

그리고 브롱크스 동물원의 암컷 고릴라 같은 다양한 유명 인사들을 대상으로 삼았다. 1920년대에 그녀는 파리에 거주하는 외국인 예술가 사회의 저명한 일원이 되었고, 그녀의 드로잉 작품에는 스타인과 조이스의 윤곽이 뚜렷한 초상화가 포함되어 있다(사진 5).

프루스트의 『잃어버린 시간을 찾아서』와 마찬가지로, 『나이트 우드』는 매우 자전적인 작품이다. 이 작품은 미국의 조각가이자 은필화silverpoint 기법을 이용한 화가 셀마 우드Thelma Wood와 반스의 우여곡절 많은 연애를 중심으로 구성된다. 셀마 우드는 소설에서 로빈 보트라는 이름으로 등장하는 한편, 반스는 로빈의 연인 노라 플러드가 되어 미국에서 주최했던 "시인, 급진주의자, 거지, 예술가, 사랑에 빠진 사람들을 위한 빈자들의 살롱"[7]을 파리에서 재현하길 희망한다. 그들의 관계 자체는 예술적인 용어로 묘사된다. "노라의 심장에는 로빈의 화석이, 그의 정체성이 음각으로 새겨진 보석이 누워 있었고, 그것을 유지하기 위해 주변에 노라의 피가 흘렀다."[8]

반스의 걸작은 향수 어린 동시에 자축하는 분위기의 헤밍웨이의 작품 『파리는 날마다 축제A Moveable Feast』와 어조가 전혀 다르다. 주로 다른 지역에서 감정의 난파선을 타다 조난당한 파리 좌안의 퇴폐적인 거주자들의 이야기를 어둡고 아이러니하게 묘사한다. 로빈과 노라는 빈에서 추방당한 탐미주의자이자 자칭 남작인 펠릭스 폴크바인과 관계를 맺게 된다. 펠릭스는 성 정체성이 모호한 프라우 만이 곡예를 하고 오합지졸들이 모여 있는 서커스장에 자주 드나든다. 소설의 중심에는 무면허 낙태 시술자, 도박 중독자, 복장 도착자, 고질적인 수다쟁이인 아일랜드계 미국인 의사 매슈 오코너가 있다. 등장인물들은 항상 실패하는 그들의 연애에 대해 조언을 얻기 위해 매슈에게 의지하고, 폭포수처럼 쏟아지는 매슈의 독백 형식의 말이 길고 장황하게 이어진다. 매슈의 말처럼 "아일랜드 사람들은 바다 밑바닥에 깔린 고래 똥(실례합니다)만큼 평범(용서하십시오)하지만 그들도 상상력이란 걸 갖고 있습니다."[9] 그러나 나중에 그는 청자들 중 한 사람에게 이렇게 경고한다. "나에게는 이야기가 있지만, 당신은 그것을 힘들게 찾아야 할 겁니다."[10]

반스는 파리에서의 경험을 토대로 자신의 불안정하고 방향성을 잃은 삶을 구체적으로 그려내기 위해 수년 동안 몸부림쳤다. 반스는 자신보다 연상인 동시대인들, 특히 프루스트와 조이스의 작품을 다시 씀으로써 차츰 자신의 이야기를 찾아갔다. 영원히 '방랑하는 유대인Wandering Jew' 펠릭스 폴크바인은 조이스의 레오폴드 블룸과 프루스트의 샤를 스완을 혼합한 인물 같고, 그런가 하면 고령의 무면허 의사이자 강박적인 수다쟁이 매슈 오코너는 조이스의 벽멀리건과 프루스트의 샤를뤼스 남작을 반씩 섞어놓은 인물 같다. 기억을 회복하는 프루스트의 드라마 대신, 반스는 자신을 좀먹는 트라우마를 잊지 못하는 인물들의 고통을 다룬다. 로빈이 수차례의 부정을 저지른 뒤 최종에 이르러 노라를 떠나자 노라는 절망하며 말한다. "우리는 기억의 극한에서 우리 삶을 잊을 수 없다. 밀랍에 갇힌 인물들이 그들의 이야기에 따라 탈각되듯 우리도 삶의 일부를 탈각하였으며, 그리하여 우리는 우리의 사랑에 무너졌다"라고.[11]

매슈의 다음과 같은 말들로, 반스는 독자들에게 프루스트의 소설을 떠올리게 한다.

현자들은 잃어버린 시간을 찾는 일만이 우리가 미래를 위해 해야 할 모든 일이라고 말하는데, 이번 생에 내가 원치 않는 모습으로 태어났다면 그것이 내 탓일까요? 내가 원한 건 소프라노의 고음과, 곱슬거리는 털이 풍성한 엉덩이와, 왕의 주전자만큼이나 커다란 자궁과, 고기잡이배의 돛대만큼이나 높게 달린 젖가슴이었는데도요? 하지만 내가 얻은 건 애늙은이의 엉덩이 같은 이 얼굴뿐인데, 이런 걸 행복이라고 생각하시나요?[12]

매슈의 말처럼 로빈이 버린 또 다른 여자 제니 페더브리지는 "자신의 숙소를 둘러보며 거칠고 끔찍하게 울부짖고, 양극단의 한가운데에 제 몸을 묻고, 오래전 한때 그토록 원했던 것으로 되돌아갈 길을 찾기 위해 온 세상을 뒤진다! 기억은 지나가고, 오직 우연에 의해서만, 바람 한 줌, 팔랑거리는 나뭇잎 한 장에 의해서만, 거대하게 밀려드는 회상의 물결이 자신을 훑고 지나가면, 황홀함을 느끼며 이제 기억이 완전히 사라졌다는 걸 깨닫는다."[13]

프루스트의 마르셀은 방대한 기억의 구조를 재구성함으로써 잃어버린 시간을 당당히 회복한다. 반스는 우리에게 훨씬 파편적인 세계와 빈약한 이야기를 들려준다. 프루스트의 번쩍거리는 광학적인 은유(환등기, 만화경, 우리의 마음을 들여다볼 수 있는 확대경) 대신, 반스의 등장인물들은 "심장이라는 눈멀고 거대한 탐조등으로"[14]

밤을 구석구석 훑으려 한다. 펠릭스 폴크바인이 파란만장한 결혼 생활을 실패한 후 자신을 버린 로빈에 대해 말한 것처럼, "우리는 한 사람을 더 많이 알수록 그를 더 적게 알게 된다."[15] 반스의 파리는 교훈을 결코 학습하지 못하는 황폐한 영혼들로 가득하다.

하지만 이 또한 그들의 가장 큰 미덕이 될 수도 있다. 만일 그들이 자신의 모습을 있는 그대로 받아들이고 타락한 세상을 있는 그대로 끌어안을 수 있다면 말이다. 펠릭스와 로빈의 관계가 낳은 유일한 유산은 매슈 오코너가 '부적응아'로 진단한 자폐아 기도다. 하지만 그는 이렇게 덧붙인다. "잠깐! 나는 이 말을 경멸적인 의미로 사용한 게 아닙니다. 사실 나의 가장 큰 미덕은 경멸적인 말을 일반적인 의미로는 결코 사용하지 않는 것이죠."[16] 그리고 그는 소설 후반부에 이렇게 말을 맺는다. "그러니, 나, 오코너 박사는 말합니다. 소리를 죽이며 가만가만 걸어 나가십시오. 교훈 따위 배우지 마십시오. 교훈은 언제나 다른 사람의 몸을 통해 배우게 되는 것이니까요."[17] 빛의 도시ville lumière이자 '잃어버린 세대'의 영혼들을 위한 임시 거처 파리는, 기억과 망각의 장소이자 동시에 고뇌에 찬 이야기꾼들이 지속적으로 찾는 장소다.

⑧

마르그리트 뒤라스
연인

Marguerite Duras, The Lover

파리 출신 작가 중 마르그리트 뒤라스만큼 어린 시절 트라우마를
바탕으로 창의력을 발휘한 이는 없을 것이다. 뒤라스는 열다섯 살
때 식민지 베트남에서 겪었던 일탈적인 연애를 소설로 재구성했
다. 1914년 당시 프랑스령 인도차이나에서 태어난 마르그리트 도
나디외Marguerite Donnadieu는 국외 이주자 사회의 하층민 가정에서
성장했다. 남편을 잃은 어머니는 자신과 세 자녀의 생계유지를 위
해 고군분투했고, 과감히 쌀 농장 일을 시작했다가 실패해 경제 상
황이 크게 악화되었다. 마르그리트는 1931년 대학생이 되어 파리
로 달아났고 이후 평생 동안 계속될 재창조의 과정을 시작했다. 그

녀는 수학, 정치학, 법학으로 공부를 이어갔고, 돌아가신 아버지의 마을 이름을 필명으로 지어 작가의 길을 걷기 시작했다. 전쟁이 시작된 후 파리에서 비시 정부를 위해 일했지만, 그녀와 남편 로베르 앙텔므Robert Antelme는 비밀리에 공산당과 레지스탕스에 가입했다. 앙텔므는 1944년 체포되어 부헨발트와 다하우 수용소에 수감되었다가 간신히 살아남았다. 하지만 결혼 생활은 계속 이어지지 않았다.

전쟁 시기 동안 뒤라스는 폭력적인 가정에서 성장한 기억들을 가공하기 시작했다. 기억 속에서 어머니와 오빠는 정기적으로 그녀를 포악하게 학대했고, 그녀는 나이 많은 동양인 남자와의 연애에서 가족에게 받지 못한 삶의 불빛을 발견했다. 뒤라스 사후인 1996년 원고들 중 전시에 기록한 노트 한 권이 발견되었는데, 70쪽에 달하는 기록에는 그녀의 어린 시절과 청소년 시절 이야기가 담겨 있다. 이 기록은 프루스트가 「생트뵈브에 반대하며」에서 차에 적신 토스트를 먹는 일화 못지않게 명백히 사실적이고, 1984년 마침내 공쿠르상을 수상한 뒤라스의 가장 유명한 작품 『연인』으로 이어지는 변화 과정을 추적하게 해준다. 이 소설이 자전적 색채가 짙다는 것은 뒤라스 자신의 젊은 시절 사진이 책 표지로 자주 사용된다는 점에서 알 수 있다. 나중에 이 사진은 장 자크 아노Jean-Jacques Annaud가 감독하고, 제인 마치Jane March가 모호한 인물을 연기한 1992년 영화에서 이름 없는 여자 주인공의 모델이 되었다(사진 6).

사진 6 여주인공이 된 뒤라스

  그러나『연인』은 소설 작품이고, 심지어 뒤라스가 젊은 시절에 쓴 초기 작품의 형태도 아니었다. 1950년 뒤라스는『태평양을 막는 방파제 Un Barrage contre le Pacifique』를 출간했다. 이 소설은 범람하는 바닷물로부터 논을 지키려는 어머니, 그 어머니와 대비되는 열다섯 살 뒤라스의 인종을 초월한 연애 스토리를 묘사한다.『연인』은 이 이야기의 마지막 버전도 아니었다. 뒤라스는 뛰어난 극작가이자 시나리오 작가였고(가장 유명한 작품은 알랭 레네 Alain Resnais가 영화화한『히로시마 내 사랑 Hiroshima, Mon Amour』이다),『연인』의 시나리오 초안을 작성했지만 감독 아노와 논쟁 후 이 프로젝트에서 물러났다. 아노의 로맨틱하고 에로틱한 버전을 못마땅하게 여긴 뒤라스는『북중국의 연인 the north china lover』(1991)으로 시나리오를 다시 썼다. 그러므로『연인』은 수십 년간 수차례 고쳐 쓴 원고의 한 층으로, 소설에서 우리는 열다섯 살 소녀, 전쟁 일기를 쓴 서른 살 여성, 중년 이후 나이 든 소설가의 운명을 추적할 수 있다. 이미 『연인』의 첫 단락은 서술자의 몸에 새겨진 시간의 흐름에 초점을 맞춘다. "이미 늙어버린 나에게, 어느 날 공공장소의 홀에서 한 남자가 다가왔다. 그는 자신을 소개한 뒤 이렇게 말했다. '오래전부터 당신을 알고 있었습니다. 모두들 당신이 젊었을 땐 아름다웠다고 말하지만, 나는 당신이 그때보다 지금 더 아름답다고 생각한다는 걸 말해주고 싶습니다. 나는 젊은 여자였을 때 당신 얼굴보다 지금 이대로의 얼굴이 더 좋습니다. 황폐해진 얼굴 말입니다.'"[18]

전시 회고록에서 뒤라스는 종종 우울해하는 어머니, 죽은 남편과 밤마다 교감하는 어머니에게 초점을 맞춘다. 죽은 남편이 그녀에게 제방을 쌓는 법을 알려줬지만 바다에 맞서기엔 역부족이다. 뒤라스는 어머니의 폭력을 거침없이 묘사한다. "내가 자식들 중 가장 작고 통제하기가 가장 쉬웠기 때문에, 나는 엄마에게 가장 많이 맞는 아이였다. 엄마는 막대기로 나를 때리곤 했고 거뜬히 후려쳤다." 그러고 나면 그녀의 오빠가 거들었다. "이상한 라이벌 의식으로, 그 역시 나를 때리는 버릇을 갖게 되었다. 내가 궁금한 건 단 하나, 누가 먼저 나를 때릴까, 하는 것이었다."[19] 그럼에도 불구하고 뒤라스는 어머니를 애틋하게, 심지어 존경의 마음으로 기억한다. "어머니는 나를 열심히 때렸고, 노예처럼 열심히 일했다. 어머니는 대단히 훌륭했고, 감정의 세계를 탐험하는 데 있어 스스로 길을 헤쳐나가는 걸 보면 격정적인 운명을 타고났다. … 나는 어머니 같은 방식으로 꿈꾸는 사람을 한 번도 본 적이 없다."[20]

그녀의 실제 연인에 대해 말하자면, 레오는 부유한 베트남 지주의 아들로 뒤라스가 고작 열네 살일 때 그녀에게 접근한다. 그녀의 어머니는 뒤라스가 절대로 그와 잠자리를 갖지 않는다는 조건으로, 금전적인 이득 때문에 그들의 관계를 환영한다. 뒤라스는 레오를 친절하지만 못생기고 영리하지 않은 사람으로 묘사하고("레오는 정말 우스꽝스러웠는데, 그 사실이 내 마음을 몹시 아프게 했다.") "2년간의 애원 끝에 나는 딱 한 번 그와 잤다"라고 언급한다.[21] 이이야기의 윤곽이 『태평양을 막는 방파제』에도 남아 있지만, 여기에서 레오는 부유한 백인 농장주의 아들 '무슈 조'가 되었다. 이야기는 『연인』에서 더 많이 바뀐다. 이제 『연인』에서 연인은 익명의 중국인으로 실제 인물 후인 투이 레Huynh Thuy Le보다 사회적으로 높은 위치에 있지만 로맨틱한 무슈 조보다는 훨씬 아래에 있다. 그와 화자는 열정적이지만 감정적으로는 거리를 둔 불륜 관계를 맺고, 그가 밀회를 위해 사용하는 한적한 스튜디오에서 매일 정사를 나눈다. 이제 학대의 주된 동인은 어머니가 아니라 오이디푸스 콤플렉스에 기반해 질투심에 불타는 오빠다.

몇 가지 지점에서 뒤라스는 『태평양을 막는 방파제』에서 했던 이야기를 분명하게 수정한다. "알다시피 내가 앞에서 썼던 것처럼, 내가 검은 리무진을 탄 부유한 남자를 만난 것은 레앙의 간이식당에서가 아니라, 우리 가족이 제방 옆 그 땅을 떠나고 2~3년 뒤 페리에서, 내가 지금 말하고 있는 그 날, 안개와 열기의 그 빛 속에서였다."[22] 새로운 형태도 마찬가지로 허구지만, 이 노령의 작가가 전쟁 당시와 전후의 파리가 배경인 장면들과 함께 인도차이나 이야기를 배치하자, 이제 이 허구는 한편의 역사 소설이 된다.

> 나는 내 어린 시절을 보듯 전쟁을 본다. 나는 전쟁 시기와 내 오빠
> 의 군림을 동일하게 생각한다. … 나는 전쟁이 오빠와 같다고 본
> 다. 모든 곳에 퍼져 있고, 모든 곳을 침투하고, 훔치고, 감금하고,
> 항상 그곳에서 모든 것과 합치고 뒤섞이며, 몸속에 마음속에 존재
> 하고, 깨어 있을 때나 자고 있을 때나 늘 취한 욕망에 사로잡혀 사
> 랑스러운 영토를, 어린아이의 몸을, 나약한 자들과 패배한 민족들
> 의 육체를 점령한다. 악은 그곳에, 바로 입구에, 우리의 피부에 닿
> 을 정도로 가까이에 있기 때문이다.[23]

놀랍게도 이제 뒤라스는 자신의 젊은 시절 트라우마와 전쟁 사
이의 깊은 연관성을 발견한다.

뒤라스의 화자는 서두에서 "내 인생 이야기는 존재하지 않는다"
고 말한다. "거기에는 어떠한 중심도 없다. 길도 없고, 경계선도 없
다."[24] 그러나 우리는 이 이야기는 결코 존재하길 그친 적이 없으
며, 늘 새로운 형태로 살아 움직인다고 말할 수 있을 것이다. 주나
반스의 『나이트우드』보다 훨씬 파편적이고 모호한 뒤라스의 서정
적인 연작들은 잃어버린 시간의 회복이라기보다 그 시간의 다시
쓰기다. 나치가 점령한 파리 한가운데에서 뒤라스가 딸로서, 연인
으로서, 작가로서 자신을 재발견하는 동안, 정치적·성적 일탈들이
이 환각적인 소설에 한데 뒤얽힌다.

9

훌리오 코르타사르
게임의 끝

Julio Cortázar, The End of the Game

파리가 마르그리트 뒤라스에게 자신의 인생 이야기를 끝없이 다
시 쓸 기회를 제공했다면, 훌리오 코르타사르는 파리에서 다른 모
든 사람들의 이야기를 다시 쓸 수 있는 장소를 발견했다. 1914년
뒤라스와 같은 해에 태어난 코르타사르는 부에노스아이레스에서
재즈 뮤지션이자 작가로 자리 잡으려 수차례 시도를 거듭한 후
1951년 파리로 이주했다. 코르타사르는 소설, 단편집, 시, 여행기,
그리고 『하루 동안 돌아본 80개 나라La vuelta al dia en ochenta mundos』라
는 공감을 불러일으키는 제목으로 출간한 두 권의 에세이와 서평
모음집 등 수십 권의 작품을 끊임없이 펴냈다. 또한 『로빈슨 크루

소』, 에드거 앨런 포의 단편들, 마르그리트 유르스나르Marguerite Yourcenar의 『하드리아누스 황제의 회상록』을 비롯해 중요한 작품들을 스페인어로 번역하기도 했다. 여기에서는 그의 첫 번째 단편집 『게임의 끝Final del Juego』을 여는 획기적인 이야기 「아홀로틀Axolotl」에 집중하고자 한다. 이 이야기는 코르타사르가 파리의 매우 구체적인 장소(1951년 봄, 파리 5구에 위치한 파리 식물원Jardin des Plantes 전시실)에서 작가로서의 길을 발견하는 상황을 그린다.

「아홀로틀」이 작품을 구성하는 시공간에 파리를 정확하게 배치한다고 해서 코르타사르를 단순히 프랑스 작가로, 하물며 **거의** 프랑스 작가로 여기는 것은 아니다. 이 위대한 이민자의 주된 가치는 그가 빛의 도시 파리의 영광을 증언하는 데 있다. 이는 코르타사르의 걸작 『팔방치기Rayuela』 출간 50주년을 기념하여 2013년 어느 작가가 〈르몽드〉에 쓴 기사에서 받은 인상이다. 그는 이 소설은 "분명 아르헨티나인이 프랑스의 수도에 바치는 가장 아름다운 찬사 중 하나다"라고 밝히면서, 코르타사르의 이름을 딴 거리가 없다는 사실을 아쉬워한다. "『팔방치기』를 읽은 수많은 독자들이 책 속 등장인물이 선택한 여정으로 만든 감성적인 지도를 머릿속에 그리며 도시를 종횡으로 누빈다는 걸 시청은 모르는 것 같다."[25]

우리는 실제로 얼마나 많은 관광객들이 히스패닉계 엠마 보바리들처럼 『팔방치기』의 지도를 머릿속에 그려가며 파리 주변을 돌아다니는지 궁금할 수 있다. 그리고 각양각색의 밑바닥 인생을 사는 등장인물들이 소설 속 대서양 연안 극지방 중 하나일 뿐인 그들이 선택한 도시에 그토록 아름다운 오마주를 바친다는 것이 납득이 가지 않을지도 모르겠다. 그러나 파리는 「아홀로틀」의 중심 배경이다. 자전적 이야기 속 화자는 도시의 거대한 식물원을 향해 자전거를 타고 가 정원의 동물원에 사는 사자와 표범들과 교감하는 걸 무척 좋아한다. 그러던 어느 날 그는 사자들이 우울해 하고 그가 가장 좋아하는 표범이 잠들어 있는 걸 발견한다. 그는 충동적으로 수족관 건물로 향하는데, 그곳에서 멕시코 도룡뇽 종인 작은 아홀로틀의 흔들림 없는 시선에 얼어붙는다. "아즈텍 제국의" 아홀로틀과 교감하기 위해 계속해서 동물원을 찾은 서술자는 마침내 수족관 안에 갇혀 있는 이 작은 생물과 하나가 된다. 이야기의 마지막 부분에서 서술자 혹은 아홀로틀은 이제는 바깥에 있는 "그"가 언젠가는 "아홀로틀들에 관한 이 모든 이야기를" 쓸지 모른다며 스스로를 위로한다.[26]

「아홀로틀」은 오비디우스Ovidius의 『변신Metamorphoses』과 카프카의 『변신Metamorphosis』, 그리고 단테를 상기시킨다. "액체 지옥liquid inferno"에는 도룡뇽들이 영원히 떠다닌다. 주요 참고 작품은 역시나 파리 식물원을 배경으로 한 라이너 마리아 릴케의 시 「표범」으로, 이 시에서 시인은 우리에 갇힌 표범의 시선에서 드러나는 광포한 힘에 영감을 받는다.

> 오락가락 지나가며, 스치는 창살에
> 그의 시선은 지쳐버려 아무것도 담을 수 없다.
> 그에게는 마치 천 개의 창살만 있어,
> 천 개의 창살들 뒤로는 어떠한 세계도 존재하지 않는 듯하다.

릴케의 뛰어난 이미지에서 불안하게 서성거리는 표범의 영적인 힘이 어찌나 큰지 오락가락 움직이는 창살인 것만 같다. 시의 마지막 4행에서 표범은 현대 시인의 이미지가 되고, 그의 시선은 연극적으로 변한다.

> 아따금 눈동자의 장막이
> 소리 없이 걷히면, 그 안으로 이미지 하나가 들어와,
> 사지의 팽팽한 고요를 거쳐,
> 심장 속에서 사라진다.[27]

릴케의 표범보다 훨씬 덜 장엄하고 더 기괴한 아홀로틀은 작가와 독자를 액체 지옥 속으로 빨려들게 한다. 망명한 아르헨티나 작가는 유럽 문학의 더 큰 힘에 소비되어, 대도시 윗세대 작가들의 글을 끝없이 다시 쓰는 신세로 전락한 것일까?

유럽의 윗세대 작가들의 글을 다시 쓰는 일에 대한 불안은 12년 출간된 또 하나의 획기적인 아르헨티나 단편 소설, 호르헤 루이스 보르헤스Jorge Luis Borges의 위대한 『**픽션들**ficciones』 중 첫 번째 작품 「피에르 메나르, 돈키호테의 저자」의 핵심 주제다. 현대의 세르반테스가 되길 꿈꾸는 시골 출신 프랑스 작가 피에르 메나르는 가톨릭으로 개종하고, 16세기 카스티아어를 유창하게 구사하고, 중간의 몇 세기 유럽 역사를 잊어버리는 등, 한마디로 "미겔 데 세르반테스Miguel de Cervantes가 **되려고**" 생각한다.[28] 그는 이 계획이 아주 쉽다고 여기며 폐기하고, 대신 자기 모습을 그대로 유지하면

서 세르반테스를 다시 써보기로 한다. 그리고 『돈키호테』의 구절들과 동일하지만 이제는 근본적으로 다른 의미를 지닌 자신만의 단편들을 작품으로 탄생시킨다. 3백 년의 거리를 가로지르며 보르헤스의 화자는 이렇게 선언한다. "세르반테스의 텍스트와 메나르의 텍스트는 언어적으로 동일하지만 후자가 거의 무한할 정도로 훨씬 풍부하다."[29]

코르타사르는 예술적·현실적으로 가장 큰 빚을 진 후원자 보르헤스로부터 벗어나기 위해, 보르헤스를 넘어서서 고전 작품뿐 아니라 오비디우스부터 카프카에 이르는 유럽의 전통을 총동원한다. 이야기가 전개될수록 수수께끼 같은 아홀로틀의 메시지는 명백히 보르헤스처럼 들리기 시작한다. "무심히 정지된 채로 공간과 시간을 없애려는 그들의 비밀스런 의지를 나는 어렴풋이 이해할 수 있

사진 7 "그들의 눈빛이 나를 사로잡았다."

을 것 같았다."**30** 아홀로틀들은 **눈이 멀었다**는 걸 뚜렷하게 알 수 있는 시선으로 그를 얼어붙게 만든다. "무엇보다 그들의 시선이 나를 사로잡았다. … 앞이 보이지 않는 그들의 시선, 표정이 없지만 끔찍하게 빛나는 아주 작은 황금빛 눈동자가 어떤 메시지처럼 나를 꿰뚫었다."**31**(사진 7)

코르타사르는 자기 목소리를 찾을 때까지는 대중 앞에 나타나고 싶지 않았기 때문에, 부에노스아이레스에서 수년 동안 책을 출간하지 않은 채 글만 썼다. 1949년 코르타사르는 마침내 최초의 원숙한 작품을 출간했는데, 『제왕Los Reyes』이라는 제목의 낭독용 희곡으로 크레타섬의 미궁에 사는 미노타우로스에 관한 시적인 명상을 그렸다. 이 작품을 세상에 알린 사람은 다름 아닌 그의 스승 보르헤스로, 그는 부에노스아이레스의 한 저널에 이 책을 소개했다. 같은 해 보르헤스는 단편집 『알렙El Aleph』을 발표했는데, 이 책에 수록된 미노타우로스의 미궁에 관한 자신의 명상록 「아스테리온의 집La casa de Asterion」은 코르타사르의 작품보다 많은 인기를 얻었다. 2년 뒤 코르타사르는 파리로 이주했고, 「아홀로틀」을 시작으로 보르헤스의 미궁을 거쳐 차츰 자신만의 길을 만들어갔다. 이야기의 마지막 화자는 이렇게 밝힌다. "나는 영원히 아홀로틀이다. … 그리고 그가 더 이상 오지 않는 이 마지막 고독 속에서 나는, 어쩌면 그가 우리에 대한 이야기를 쓸지 모른다고 생각하며 스스로를 위로한다. 그가 이야기를 만들 것이라고, 아홀로틀에 대한 이 모든 이야기를 쓸 것이라고 믿으면서."

이 부분은 보르헤스가 4년 뒤에 쓴 유명한 짧은 우화 「보르헤스와 나Borges y Yo」의 결말과 비교할 수 있다. 이 우화에서 보르헤스는 지금 자신의 이야기를 쓰고 있는 존재가 자기 자신인지 혹은 '보르헤스'라는 이름의 형상인지 확신할 수 없다고 표현한다. "이 페이지를 쓰고 있는 존재가 우리 중 누구인지 모르겠다."[32] 작가로서 정체성에 의문을 품은 보르헤스는 실명 위기에 처한 1955년 무렵, 젊은 작가들에게 자신의 영향력이 커지는 것에 위협을 느끼며 양면적인 감정을 표현하고 있는지도 모른다. 이들 작가 중 누가 어떤 작품을 다시 쓰는 것일까? 어쩌면 이 소설 모두에 공통된 제목 '아홀로틀과 나Axolotl y Yo'를 붙일 수도 있을 것이다.

소비하는 측과 소비되는 측(화자와 아홀로틀, 카프카와 릴케, 파리와 부에노스아이레스, 보르헤스와 코르타사르) 사이의 역전 관계는 계속 증식해, 마침내 한 가정과 세상의 역전 관계로 이어진다. 심지어 전염병 때문에 집 이외의 다른 모든 곳을 돌아다닐 수 있는 여건이 제한된 때조차, 우리는 코르타사르처럼 한 편의 짧은 이야기 속으로 들어가 자신을 잃고 또 찾을 수 있다. 시인이자 화가였던 윌리엄 블레이크William Blake의 말처럼 모래 한 알에 세계가 있다. 1951년 봄의 수족관에도, 파리의 식물원에도.

조르주 페렉

W 또는 유년의 기억

Georges Perec, W or the Memory of Childhood

1920년대 폴란드의 커져가는 반유대주의를 피해 페렉의 조부모들은 각자의 가족들을 데리고 파리로 왔다. 그들은 유대인 노동자 계급이 주로 거주하는 마을에 정착했고, 이곳에서 페렉의 부모 아이섹과 시를라가 만나서 결혼했다. 시를라는 미용실 일을 시작했고 아이섹은 주조공으로 일하는 사이 1936년 아들 조르주가 태어났다. 젊은 가정의 새로운 삶은 오래 지속되지 않았다. 전쟁이 발발하자 아이섹은 프랑스 군대에 징집되었고, 여전히 폴란드 시민권을 가지고 있었기 때문에 프랑스 외인부대에 입대해 1940년 전사했다. 시를라는 아우슈비츠로 강제 이송당해 살해되기 전에 간신히 아들을 적십자에 숨겨두었다. 젊은 조르주는 여러 은신처를 떠돌아 다니면서 전쟁 시기를 보내다, 전후 친척에게 입양되었다. 그는 학교에서 우수한 성적을 거뒀고 소르본 대학에서 사회학 학위를 받은 다음 과학 도서관 기록 보관원으로 일하면서 주말에는 글을 쓰기 시작했다.

페렉은 르노도상을 수상한 데뷔작 『사물들 Les Choses』로 일찍이 국제적인 성공을 거두었다. 그가 "일상의 사회학 a sociology of the quotidian"이라고 묘사한 이 책에서 등장인물들은 그들을 둘러싼 물질적 대상의 지배를 받는다. 이후 그는 『잠자는 남자 Un Homme qui dort』(프루스트의 작품에서 제목을 가져왔다)를 쓰기 시작했고, 보르헤스를 다시 쓰지 **않음**으로써 보르헤스를 다시 써 훌리오 코르타사르를 한 단계 앞섰다. 한 인터뷰에서 페렉은 이렇게 말했다. "분명한 건, 내 목표는 보르헤스의 피에르 메나르처럼 『돈키호테』를 다시 쓰는 것이 아니다. 내가 정말 원하는 것은 예를 들어 내가 가장 좋아하는 허먼 멜빌 Herman Melville의 단편 「필경사 바틀비 Bartleby the Scrivener」를 다시 만드는 것. … 그것을 모방해서 다시 쓰는 것이 아니라 다른 작품으로 만드는 것, 정말 똑같은 '바틀비'를, 하지만 조금 더 … 마치나 자신이 그것을 창조한 듯한 그런 글을 다시 쓰는 것이다."[33] 그 결과 그의 텍스트는 전적으로 프루스트, 보르헤스, 멜빌, 단테 등 많은 작가들의 인용문들로 이루어졌다. 그는 책을 완성하기 위해 애쓰는 동안 이렇게 썼다. "완벽한 단절(파편)만이 나를 구할 수 있다! 하지만 이것은 나를 괴롭힌다! 나를 짜증나게 한다!"[34]

페렉은 '잠재적 문학의 작업실 Ouvroir de litterature potentielle'의 줄임

말인 '울리포Oulipo'라는 이름하에 작가들과 수학자들이 모인 아방가르드 단체에 합류했다. 1960년 초현실주의자 레몽 크노Raymond Queneau가 설립한 이 단체는 수학과 게임에서 구성 모델을 찾았고, 페렉은 엄격한 제약 조건 아래 '완벽한 단절'을 도입하기 시작했다. 그의 대표작 『인생 사용법La Vie mode d'emplou』(1978)은 사전에 서사적 장치를 정교하게 배치하여, 체스에서 나이트knight의 이동 방식을 적용해 파리의 하숙집 안 99개 하숙방을 부지런히 돌아다닌다. 또 다른 소설 『실종La Disparition』(길버트 아데어Gilbert Adair가 『빈 공간A Void』이라는 제목으로 훌륭하게 번역했다)은 알파벳에서 가장 많이 사용되는 철자 'e' 없이 전체 텍스트가 쓰였다. 그의 이름을 딴 어느 광장의 명판이 이 업적을 기리고 있다.

PLAC

G ORG S

P R C

CRIVAIN FRANCAIS 1936~1982

이 역작의 뒤를 이어 페렉은 모음 'e'**만** 사용해서 쓴 중편소설 『귀환자들Les Revenentes』을 발표했다.

페렉은 대부분 작품들의 배경을 파리로 설정했고 늘 독특한 각도로 이 도시에 접근한다. 『파리의 어느 장소를 지치게 만드는 시도An Attempt at Exhausting a Place in Paris』(1975)에서 페렉은 생쉴피스 성당Eglisede Saint-Sulpice과 6구 시청 카페Cafe de la Marie du Vle (『나이트우드』

에서 매슈 오코너 박사가 자주 시간을 보내는 곳이 바로 이 카페라는 사실을 말할 수 있어 기쁘다) 사이의 작은 광장에 앉아 며칠 동안 본 모든 것을 묘사한다. 페렉은 비둘기부터 지나가는 사람들, 날씨에 이르기까지 전부를 꼼꼼하게 묘사하고, 지금까지 예술가들과 작가들이 파리를 묘사할 때 늘 생략했던 모든 것을 이야기했다.

같은 해 페렉은 놀라운 작품 『W 또는 유년의 기억』을 출간했다. 이 작품은 근본적으로 달라 보이는 장을 번갈아 배치해 구성한다. 이탤릭체로 이루어진 장들은 티에라 델 푸에고 제도의 해안에서 떨어진 섬 'W'에 위치한 어느 이상적인 공동체를 묘사한다. 이곳의 삶은 끊임없이 계속되는 올림픽 경기들을 중심으로 조직된다. 이 장들 사이 진지한 자전적 이야기가 소개되는데 여기에서 페렉은 자신의 부모님과 전쟁 당시 어린 시절을 기억하려 한다. 『W 또는 유년의 기억』 속 올림픽의 이상은 확실히 울리포적으로, 수학적 선들을 따라 엄격하게 조직된 섬의 네 마을 간의 경쟁으로 이루어진다. 페렉이 서문에서 말한 것처럼, 이와 대비되는 자전적인 장들은 "전쟁 당시 어린 시절의 파편적인 이야기, 위업과 기억이 결여된 이야기, 어수선하게 흩어진 잡다한 이야기, 틈새들, 실수들, 의심들, 짐작들, 변변찮은 일화들로 이루어진 이야기"로 구성되어 있다.[35] 지나간 시간에 대해 프루스트식 회복을 꾀하기는커녕, 페렉은 "나는 유년기의 기억이 없다"라고 단언한다.[36] 이 책에는 "희미한 기억"과 "나는 그것에 대한 시각적 기억이 없다"같은 표현들이 산재해 있다. 『연인』의 뒤라스와 마찬가지로 페렉은 어린 시절부터 남아 있는 몇 장의 사진을 자세히 들여다봄으로써 기억을 되살리려 애쓰지만, 우리에게는 사진이 보이지 않기에 명확한 이해로 이어지지 않는다.

이 책은 의미로 가득하지만, 우리는 최대한 틈새를 메우고 자전적 이야기와 섬 이야기 사이의 상호 작용을 반추하면서 직접 작품을 구성해야 한다. 페렉은 『W 또는 유년의 기억』은 전쟁이 끝날 무렵 구상했던 판타지를 기반으로 하지만, 희망으로 가득 찬 아이의 이야기는 이내 어두워진다고 말한다. 섬의 이데올로기는 오직 승리자에게만 보상을 주고("승리자 만세! 패배자들에게 화 있으라!"[37]), 많은 패배자들은 더욱 가혹한 방식으로 처벌을 받는다. 그들의 운명은 카프카식 법률로 지배당한다. "법은 준엄하지만 예측할 수 없다. 법은 모두에게 알려져야 하지만 알려질 수 없다."[38] 아이들은 전기 철조망 뒤 공동 기숙사에서 자란다. 대부분의 여자아이들은 살해당하는 한편 성장이 허락된 여자아이들은 남자들에게 쫓기다 강간을 당하는 아틀랑티아드Atlantiads라는 한 가지 대회에만 참가한다.

끝에서 두 번째 자전적 장에서 페렉은 해방 후 아홉 살에 파리로 다시 돌아온 일을 상기한다. 더 이상 해방 자체는 기억해낼 수 없지만, 나치 수용소 전시장에 끌려간 기억은 난다. 이제 그는 마침내 사건이 아닌 사진 한 장에 대해 명확한 기억을 갖게 된다. "나는 희생자들이 손톱으로 할퀸 자국들이 드러난 가스실 벽 사진들과 빵조각으로 만든 체스 말 세트를 기억한다."[39]

언젠가 페렉은 자신은 끊임없이 알파벳 철자를 가지고 논다고 언급하면서 스스로를 "철자의 남자"라고 표현했다. 『W 또는 유년의 기억』 속 한 구절에서 그는 'W(프랑스어로 더블-베double-vé라고 발음한다)'를 이중성의 기호로 분석한 다음, V를 W(V가 수평으로 두 개가 나란히 놓일 때)뿐 아니라 X(V를 거울에 수직으로 비출 때)로 바꿀 수 있는 변형 과정에 대해 숙고해보자고 제안한다. 마침내 X는 확장되거나 배가되어 나치의 만卍자나 다윗의 별이 되기도 한다. 페렉의 『W 또는 유년의 기억』에서 double-vé는 두 배의 삶double vie이 된다고 말할 수도 있을 것이다. 그의 책은 판타지와 자서전, 휴식과 홀로코스트, 파리와 아우슈비츠, 그가 살아온 삶과 그의 어머니를 내동댕이친 삶을 연결한다. "어머니는 돌아가시기 전에 자신이 태어난 나라를 다시 보았다." 페렉은 말한다. "어머니는 이해하지 못한 채로 돌아가셨다."**40**

공교롭게도 그의 어머니 시를라의 모국은 내 증조할아버지 레오폴드가 태어난 나라이기도 하다. 하지만 이 이야기는 우리의 다음 장을 위해 남겨두겠다.

크라쿠프

Krakow

아우슈비츠 이후

(11)

프리모 레비
주기율표

Primo Levi, The Periodic Table

몇 년 전 나는 매년 열리는 콘래드 페스티벌에서 강연을 하기 위해 폴란드 남부의 크라쿠프에 갔다. 당연히 콘래드가 이 지역 출신인가 보다 생각하겠지만, 콘래드는 크라쿠프에서 태어나지 않았고 이 도시에 대해 글을 쓴 적도 없다. 그가 크라쿠프에 거주한 기간은 그의 제3, 제4 언어인 영어로 글을 써서 마침내 작가가 되기 훨씬 전에, 프랑스 상선에 합류하기 위해 달아나기 전인 청소년 시절 몇 년에 불과했다. 그는 러시아 제국의 지배하에 태어나 결국 영국 시민권을 취득했기 때문에 심지어 폴란드 시민도 아니었다. 하지만 작가들이 상상의 세계를 창조할 수 있는 것처럼 도시들은 상상의 문학적 유산을 창조할 수 있고, 콘래드는 세계적인 작가로서 명성을 얻고 있는 만큼 국제적인 페스티벌을 위해 좋은 선택이었다.

나는 폴란드에 와서 나의 유산 중 중요한 부분을 되짚어가고 있었다. 내 증조할아버지 레오폴드 댐로쉬는 1832년 크라쿠프에서 북쪽으로 300마일 떨어진 곳에 위치한 포즈난에서 태어났다. 그 역시 폴란드 시민이 아니었고, 당시 폴란드가 프러시아의 속국이던 시절 독일계 유대인이었다. 그는 1850년 베를린으로 떠날 때까지 독일인들이 포젠이라고 부르던 도시에서 살았다. 리스트의 제1바이올린 주자가 되었고, 나중에 포즈난과 크라쿠프 중간쯤에 위치한 브로츨라프로 돌아와 그 도시의 오케스트라를 지휘한 다음, 기대하던 빈의 지휘자 자리가 안톤 루빈스타인Anton Rubinstein에게 넘어간 뒤 경력을 더 쌓기 위해 뉴욕으로 이주했다.

그는 미국을 "미래의 땅das Land der Zukunft"이라고 말했는데, 그의 가족들에게는 그랬지만 레오폴드 자신을 위해서는 그다지 그렇지 않았다. 그는 새로 설립한 메트로폴리탄 오페라에서 시즌 내내 지휘를 하던 중 과로에 의한 폐렴으로 52세에 사망했다. 그는 메트로폴리탄 오페라에서 친구 리하르트 바그너의 작품을 소개했는데, 흥미롭게도 프로망탈 알레비Fromental Halevy의 오페라 『유대 여인La Juive』도 함께 소개했다. 그가 사망했을 때 공개된 초상화에는 비탄에 잠긴 뮤즈가 현이 끊어진 바이올린을 끌어안는 모습이 담겨 있다(사진 8).

사진 8 레오폴드의 초상화

나는 폴란드에 머무는 동안 증조할아버지가 이곳에 계속 남아 있었다면 어땠을지 상상하지 않을 수 없었다. 내가 전후의 포즈난에서 성장해 빅맥 대신 소시지를 먹고 콘래드의 폴란드어 번역본을 읽었다면 어땠을까? 물론 레오폴드가 이곳을 떠나지 않았다면 전혀 다른 후손들을 낳았으리라는 걸 알지만, 내 아버지의 이름은 그의 이름을 따서 지어졌기에, 레오폴드의 옛 동네를 지나는 동안 이 대안의 역사를 자꾸만 상상하게 되었다. 하지만 곧이어 주최측이 나를 크라쿠프로 데리고 갔고 오시비엥침이라는 도시 즉 아우슈비츠를 지나쳤다.

전쟁이 끝나자 홀로코스트에 대한 증언들이 쏟아져 나오기 시

사진 9 포즈난의 구시가지(2013)

사진 10 아우슈비츠의 문(1948)

작했는데 주로 회고록과 소설이 혼합된 형식이었다. 프리모 레비의 『주기율표』(1975)도 바로 그런 작품이다. 마르그리트 뒤라스가 인도차이나 시절을 다양하게 고쳐 쓴 것처럼, 레비도 1944년부터 1945년까지 감금된 시절로 계속해서 돌아와 자신의 경험을 기록하고 이해하기 위해 새로운 방법들을 모색했다. 1947년 레비는 『이것이 인간인가Se questo è un uomo』를 출간했고 이후 1958년 개정했다. 뒤이어 이탈리아로 돌아오는 고통스러운 우회로를 묘사한 『다시 깨어나다 The Reawakening』(1965)를 쓴 이후 『주기율표』 외에도 두 권의 소설과 시, 단편소설 등을 꾸준히 펴냈다. 마지막으로 『가라앉은 자와 구조된 자The Drowned and the Saved』가 그가 1987년 건물 계단에서 추락(사고? 자살?)해 사망하기 전 해에 출간되었다.

레비는 화학자였지만, 사실에 기반을 둔 냉철한 작품 『이것이 인간인가』에서도 상당한 문학적 감수성이 드러난다. 가장 유명한 장인 「오디세우스의 노래The Canto of Ulysses」에서 레비는 그날 먹을 수프를 배급받으러 친구와 함께 막사로 걸어가면서 단테의 『지옥』편 제26곡 중 기억나는 구절을 암송하기 시작한다. 단테와 베르길리우스는 율리시스를 만나고, 율리시스는 배가 지브롤터 해협을 넘어간 뒤 자신이 익사하기까지, 알려진 세상 너머의 지식을 얻기 위해 죽음을 불사한 자신의 탐구 과정을 그들에게 설명하는 부분이다. 레비는 많은 내용을 기억하는 것에 안심하고, 자신의 해석을 기꺼이 들어주는 친구에게 고마워한다.

이 구절을 꼭, 그것도 빨리 들어야만 한다. 내일 그가, 아니면 내가 죽을 수도 있고 우리가 다시 만나지 못할 수도 있으니 너무 늦기 전에 '그분이 원하는 대로'의 뜻을 이해해야 한다. 그에게 말해야 한다. 중세의 이야기에 대해, 그토록 인간적이고 필연적이고 그럼에도 불구하고 전혀 뜻밖인 그 시대착오에 대해 설명해야만 한다. 그리고 나 자신도 이제야 순간적인 직관 속에서 목격한, 이 거대한 무언가를, 어쩌면 우리 운명의 이유를, 우리가 오늘 여기 있어야 하는 이유를 스스로에게 설명해야 한다.[1]

문학은 수감자들의 감춰진 인간성에 생명줄을 제공한다. 그의 말처럼 "수용소가 우리를 동물로 격하시키는 거대한 장치이기 때문에, 바로 그렇기 때문에 우리는 동물이 되어서는 안 된다. 이곳에서조차 우리는 살아남을 수 있고, 그렇기 때문에 우리는 살아남길, 이 이야기를 하길, 증인이 되길 원해야 한다. 그리고 살아남기 위해서 우리는 최소한 문명의 뼈대, 발판, 틀만이라도 지키기 위해 스스로를 강제해야 한다."[2]

레비는 단테의 서사시에서 독서라는 경험 이상의 것을 발견한다. 단테의 서사시는 글을 쓰라고, 자신의 이야기를 말하라고, 증인이 되라고 촉구한다. 하지만 그의 후기 에세이집 『가라앉은 자와 구조된 자』에서 40년 전에 쓴 오디세우스에 관한 장을 다시 읽으면서 레비는 신중하게, 심지어 우울하게 이야기한다. "문학은 나에게 유용했다. 늘 그런 것은 아니지만, 가끔은 아마도 지하의 예상치 못한 길들을 통해서 나에게 제법 도움을 주었고, 아마도 나를 구했는지도 모른다." 이 문장에서 '아마도'가 반복해서 사용된 것이 인상적이다. 의미심장하게도 그는 "화학자라는 내 직업에서 얻은 도움"이 아우슈비츠에서도 똑같이 유용했다고 덧붙인다. 그는 자신이 받은 과학적 훈련이 "정신적 습관이라는 정의하기 어려운 유산"을, 무엇보다 "우연이 내 앞에 데리고 온 개인들에게 절대로 무관심하지 않는 습관"을 물려주었다고 말한다. "그 개인들은 인간이지만 '표본', 확인되고 분석되고 무게가 측정되기 위해 봉인된 봉투에 담긴 표본이기도 하다."[3]

레비의 도덕적 열정과 세심한 관찰의 조합은 『주기율표』에서 절정을 이룬다. 이 책에 수록된 각각의 에세이는 그가 화학자로 일하는 동안 다루었던 원소를 중심으로 구성된다. 레비는 각각의 원소를 정확하게, 독자의 흥미를 불러일으키는 사건으로 의인화하여 묘사하고 각각을 아우슈비츠 이전, 도중, 이후 자신의 삶에서 있었던 에피소드와 연결한다. 조르주 페렉에게 수학이 그랬던 것처럼 레비에게는 화학이 표현할 수 없는 것을 지시하는 수단이었다.

나는 이 프로젝트를 위해 『주기율표』를 다시 읽기 전까지, 이 책이 우연히 같은 해에 출간된 페렉의 『W 또는 유년의 기억』과 놀랍도록 유사하다는 걸 잊고 있었다. 레비의 회고록 『주기율표』의 중심에는 페렉이 묘사한 디스토피아 섬처럼 이탤릭체로 인쇄된 짧은 이야기 두 편이 포함되어 있다. 그 가운데 두 번째 이야기인 「수은Mercury」은 실제로 스케치한 지도를 포함해 가상의 적막한 섬Desolation Island을 묘사한다. 이 "세상에서 가장 고독한 섬"[4]은 페렉의 『W 또는 유년의 기억』에서 파시즘적인 성性 정치를 보완한 형태로 버려짐, 배신, 그리고 새로운 삶의 회복과 남녀의 결합을 통한 재분배라는 드라마의 배경이 된다.

이후에 나오는 「크롬Chromium」 장에서 아우슈비츠에서 돌아온 레비는 그가 몇 달 동안 겪었던 전시 경험을 기록하는 동시에 독일 회사가 그의 회사로 불량 화학 물질을 배송하고 허위 기록한 사건을 해결하는 과정을 묘사한다. 그는 "저 멀리 떨어진 데카르트의 섬, 우리 같은 유기 화학자들에게는 잃어버린 낙원인 훌륭한 무기 화학에 의지함"[5]으로써 이 문제를 잘 해결한다. 책의 마지막 「탄소Carbon」 장에서 레비는 이번에도 『W 또는 유년의 기억』에서 어린 시절의 환상을 다시 찾아가는 페렉과 유사하게 자신의 과거를 향해 더 멀리 거슬러 올라간다. 레비는 자신이 "최초로 품은 문학적 꿈"은 탄소 원자가 땅에서 시작해 공기 속을 떠다니면서 전 세계를 한 번도 아닌 세 번을 돌고 나서 마침내 작가인 자신의 뇌에 도착하는 동안 그 형태가 변형되는 과정을 쓰는 것이었다고 말한다. 이제 레비는 이 쓰지 않은 이야기를 다시 들려주고, 이 책을 맺는 마지막 문장에서 탄소 분자가 "이 내 손을 이끌어 종이 위 이곳에 이 점을, 이 마침표를 찍게 한다"라고 말한다.[6] 지상의 모든 생명체의 구성 요소인 탄소 원자는 문학에서 생명을 얻어 『주기율표』를 마치는 마침표로 변형된다.

프란츠 카프카
변신 외 단편들

Franz Kafka, The Metamorphosis and Other Stories

아우슈비츠를 기반으로 한 페렉의 섬 'W'는 무자비한 동시에 독단적인 카프카식 법률로 다스려졌다. 단테와 함께 카프카는 페렉과 레비 모두에게 주요한 원천이 되는 텍스트인데, 돌이켜 보면 카프카의 작품들은 그들이 경험한 사건들과 깊이 관련되어 있기 때문이다. 아우슈비츠 이후의 세계에서 카프카를 읽는 일은 어떤 의미가 있을까? 뒤라스, 페렉, 레비는 그들의 초기 삶을 반복적으로 다시 쓰는 반면, 카프카의 글에서 우리는 끊임없이 자신의 죽음을 상상하는 작가를 본다. 『심판The Judgment』에서 아버지에게 사형을 선고받는 게오르크 벤데만부터 『변신The Metamorphosis』의 결말 부분에 숨을 거두는 (그래서 가족을 안심시키는) 그레고르 잠자, 1924년 6월 사망 직전에 완성한 마지막 단편 「가수 요제피네 혹은 쥐의 족속 Josephine the Singer, or the Mouse Folk」에 이르기까지 카프카의 모든 작품에는 작가의 대리인 격인 인물이 차례로 죽는다. 카프카의 전집이 살인을 주제로 한 미스터리라면 유일한 질문은 이것일 것이다. 살해되지 **않은** 자는 누구인가?

이 죽음들 중 어느 것도 나치가 원인은 아니지만, 카프카가 사망한 당시 히틀러의 눈에는 나치 집권이라는 욕망이 번득였다. 카프카의 작품에는 그가 품었던 반유대주의의 흔적이 뚜렷하지만, 이는 그의 가족 내 역학 관계와 자신의 심리 상태와 공존한다. 그가 『카프카의 일기』에서 통렬하게 언급한 것처럼, "내가 유대인과 어떤 공통점이 있단 말인가? 나는 나 자신과도 공통점이 거의 없는데."[7] 그러나 아우슈비츠 이후 유럽의 문화적·정치적 경향이 어디로 향하는지 진지한 자각 없이는 그의 작품을 읽는 일이 불가능하다. 카프카의 누나들 엘리와 발리는 폴란드 우치 게토로 강제 이송되어 그곳에서 사망했다. 카프카가 가장 좋아했던 여동생 오틀라는 테레지엔슈타트로 보내졌고, 이후 1943년 10월 아우슈비츠로 이송되는 아이들과 자진해서 동행해 그곳에 도착한 지 이틀 만에 전원 살해되었다.

발터 벤야민Walter Benjamin이 에세이 「이야기꾼The Storyteller」에서 말한 것처럼, "죽음은 이야기꾼이 말할 수 있는 모든 것에 대한 인가이다. … 그의 삶의 '의미'는 오로지 그의 죽음에서만 해명될 수 있다고 말하는 이 문장보다 소설 속 인물의 성격을 더 잘 드러내는 문장은 없을 것이다."[8] 벤야민은 죽음과의 허구적인 만남을 긍정적으로 보았다. "독자를 소설로 이끄는 것은 추위에 떠는 그의 삶이 그가 읽고 있는 죽음으로 따뜻해지리라는 희망이다." 그러나 아우슈비츠에서만 오틀라 외 130만 명이 맞은 죽음의 여파 속에서 카프카를 읽을 때, 우리는 카프카 작품의 그 모든 죽음들로부터 얼마나 많은 온기를 끌어올 수 있을까?

프리모 레비처럼 카프카에게서도 가족, 국가, 문명을 산산조각 낼 수 있는 폭력에 관한 다각도의 설명을 발견할 수 있다. 하지만 이런 파괴적인 세력은 아무리 끔찍한 상황에서도 힘을 실어주는 확고한 비전, 인류애, 아이러니한 유머가 발휘되는 순간들로 저지된다. 카프카는 1910년 『심판』에서 억압적이고 이차원적인 아버지에게 책임을 지웠지만, 재빨리 초점을 확장하고 이해를 심화시켰다. 『변신』(1915)에서 그레고르 잠자는 자신의 수입에 의존하는 가족들 때문에 고통받지만 가정에서 독재자와 유사한 역할을 맡기도 한다. 그는 아버지의 사업 부채를 탕감할 책임을 떠안아야 하는 것에 분개한다. 독일어 'Schuld'는 '죄'를 의미하기도 한다(부채라는 의미도 있다-옮긴이). 유명한 '거대 해충'으로의 갑작스러운 변신은 그를 가족들에게 외면당하게도 만들지만, 가족들 모두 감히 그에게 맞서지 못하고 발끝으로 살금살금 돌아다녀야 한다는 점에서 가정에서 그의 중심적인 위치를 강화하는 방법이 되기도 한다.

전체 에피소드는 화자의 신경 쇠약에서 기인했을 수도 있지만, 꿈같은 시간 왜곡이 특징인 이야기라는 점에서 이 꿈은 소원 성취의 꿈일 수도 있다. 이 가능성은 카프카 특유의 아이러니와 함께 "그것은 꿈이 아니었다"[9]는 그레고르의 부정으로 더욱 강조된다. 그레고르는 무고한 희생자라기보다 좌절된 폭군이다. 변신 전에 그는 여동생이 바이올리니스트로서 끔찍하게 무능하다는 사실을 무시한 채 내 고조할아버지와 같은 동화된 유대인들이 신분 상승을 목표로 거쳐가는 전형적인 경로인 음악 학교에 여동생을 보내기로 하고, 으스대면서 자신이 선물을 주는 역할을 한다고 생각한다. 심지어 아우슈비츠 이후에도 카프카는 친구들에게 이 이야기를 소리 내어 읽어줄 때, 웃음을 참느라 몇 번이고 멈추어야 했다는 걸 우리는 기억해야 한다. 카프카가 가장 좋아하는 작가들 중 한 명인 디킨스의 『오래된 골동품 상점』에 대해 오스카 와일드가 한 말을 바꾸어 표현하면, 작은 그레고르의 죽음을 웃지 않고 읽으려면 돌처럼 차가운 마음이 필요할 것이다.

카프카의 상징적인 단편 「유형지에서In the Penal Colony」(1914)에는 어느 죄수가 등에 형벌을 문신하는 기계에게 사형을 선고받는다. 죄수는 죽음의 순간에야 상황을 깨닫고, 곧이어 감독관은 기계가 그의 시체를 구덩이에 던져 넣을 것이라고 방문 중인 서술자에게 자랑스럽게 설명한다. 많은 평론가들은 이 끔찍한 기계를 이후 프리모 레비가 쓴 절멸 수용소 시스템의 '복잡한 기계'에 대한 예언으로 보는 편이 합리적이라고 해석했다. 그러나 「유형지에서」는 희생시키는 자와 희생당하는 자의 단순한 이야기를 말하는 것이 아니다. 독단적인 권위자에게 부당하게 형을 선고받는 불운한 죄수는 어느 정도 자전적인 카프카의 등장인물 게오르크, 그레고르,

3장 크라쿠프 : 아우슈비츠 이후

요제프 K의 또 다른 형태다.

'탐험 중인 연구자Forschungsreisender' 역시 저자의 또 다른 대역이다. 그는 유형지를 연구하는 외부인으로 사건에 깊이 개입할 수도 없지만, 개입하지 않는다고 나태하다는 비난조차 받지 못하는 인물이다. 여기서 진정한 예술가는 유형지의 장교이자 오만한 건축가인, 살인 기계의 운영자다. 그는 평범한 구경꾼이나 독자들이 결과(모더니즘 서사들 같은)를 도무지 이해할 수 없다 해도 자신의 정교한 타투 기계에만 전념한다. 아이러니가 절정에 달할 때, 기계는 결국 자신의 제작자를 살해하고, 제작자는 죄수의 자리에서 자살로 처리되면서 장교, 죄수, 방문자를 긴밀하게 연결하며 막을 내린다. 그렇다면 독자들은 어떨까? 우리는 등장인물들이 선택한 희생, 공모, 도피의 대안을 찾을 수 있을까?

카프카가 폐결핵으로 죽어가는 동안 쓴 마지막 단편 「가수 요제피네 혹은 쥐의 족속」은 위험한 시대의 예술을 주제로 한 카프카의 가장 심오한 진술이다. 요제피네는 노래로 쥐의 족속을 불러 모아 그들을 격려하지만, 이렇게 모임으로써 적들에게 더 쉽게 발각되어 습격을 받기도 한다. 그녀는 자신의 아름다운 노래로 쥐의 족속을 위로한다고 믿지만, 가련한 '새된 목소리'는 그들을 짜증나게 할 뿐인지도 모른다. 결국 요제피네는 사라진다. 그녀는 죽었을까, 아니면 자신의 족속을 버렸을까? 햄릿은 "나머지는 침묵이다"라고 말할지 모르지만, 요제피네의 경우 애초에 그녀가 무슨 소리를 내기는 했는지조차 분명하지 않다. 서술자(헌신적인지 적대적인지 모호한)는 다음과 같이 결론을 내린다.

그러므로 결국 우리는 아마도 그렇게 많이 그리워하지는 않을 테
지만, 요제피네의 경우, 지상의 고통에서 벗어나, 하긴 그녀는 그
것도 선택된 사람들의 특권이라고 생각할 텐데, 우리 족속들의 수
많은 영웅들 속에서 행복하게 길을 잃을 테고, 우리는 역사가가
아니므로 이내 그녀가 그녀의 모든 무리들과 함께 잊힌 존재가 된
것에 깊은 안도감을 갖게 될 것이다.[10]

그의 작품들은 1920년대에는 바로크풍의 예술적인 우화로 여
겨졌을지 모르지만, 전쟁으로 새로운 리얼리즘을 얻었고 곧이어
전 세계 독자들을 만났다. 기억과 망각, 말과 침묵은 카프카의 작
품 속에, 그리고 그의 사라져가는 발자취를 따라가는 많은 작가들
의 작품 속에 얽혀 있다. 그리고 단테가 프리모 레비에게 영향을
미쳤듯이, 카프카는 파울 첼란에게 영향을 미쳤다.

파울 첼란

시들

Paul Celan, Poems

프란츠 카프카와 마찬가지로, 첼란은 제1차 세계대전 종식과 함께 오스트리아-헝가리 제국이 해체되면서 만들어져 짧게 유지되다 사라진 루마니아 왕국 체르니우치 혹은 체르노비츠Cernăuți/Czernowicz 에서 독일어를 사용하는 유대인들 중 소수 민족으로 태어났다. 카프카와 마찬가지로 첼란은 자신과 동떨어진 히브리어와 이디시어에 깊은 관심을 가졌고, 역시나 카프카와 마찬가지로 더 넓은 공동체의 언어를 배웠음에도 불구하고 (카프카의 경우 체코어를 첼란의 경우 러시아어와 루마니아어를) 여전히 독일어와 독일 전통 문학에 남다른 충성심을 보였다.

첼란은 시인의 꿈을 키우던 학생 시절인 1930년대에 카프카를 알게 되었고, 이후 1938년 프랑스로 떠나 의학을 공부하다 중단했다. 1939년 체르노비츠로 돌아온 첼란은 나치의 점령으로 삶이 전복되기 전까지 문학을 공부했다. 그의 부모님은 1942년 6월에 추방되어 아버지는 강제 노동 수용소에서 티푸스로 사망했고 어머니는 총살당했다. 첼란은 부모님의 죽음으로 큰 충격을 받았고, 같이 숨자고 부모님을 설득하지 않은 것에 대한 죄책감에 시달렸다. 첼란도 곧 체포되어 1944년 러시아가 나치를 몰아내기 전까지 1년 6개월 동안 강제 노동 수용소에서 살아남았다. 그는 부크레슈티에서 2년을 보냈고, 카프카가 이제 막 전 세계에 알려지기 시작하던 시기에 카프카의 단편과 우화 몇 편을 루마니아어로 번역했다. 1947년 공산주의자들이 집권하자 첼란은 파리로 이주해 번역가로 일했고 점차 영향력 있는 시를 발표했다.

첼란의 번역가인 존 펠스티너John Felstiner가 언급한 것처럼, 첼란의 모든 작품은 작가의 곤경에 대한 카프카의 진술로 설명된다. 카프카는 친구 막스 브로트Max Brod에게, 독일계 유대인 작가들은 "세 가지 불가능에 시달리며 산다. 글을 쓸 수 없다는 불가능, 독일어로 쓸 수 없다는 불가능, 다르게 쓸 수 없다는 불가능, 그리고 네 번째 불가능을 추가할 수 있다. 바로 아예 쓸 수 없다는 불가능"이라고 말했다.[11] 전쟁 시기 동안 첼란은 홀로코스트에 관한 초기작이자 그의 모든 시들 중 가장 유명한 「죽음의 푸가Todesfuge」를 썼다. 프리모 레비(역시 카프카를 번역했다)는 "이 시를 바이러스처럼 내 안에 지니고 다닌다"라고 말했다.[12]

새벽의 검은 우유 우리는 저녁에 들이켜네

우리는 들이켜네 한낮에도 아침에도 우리는 들이켜네 밤에도

우리는 들이켜고 들이켜네

우리는 공중에 무덤을 파네 그곳은 눕기에 좁지 않아서[13]

시는 '독일에서 온 명인'인 죽음이 한 여인을 총으로 쏘면서 끝
난다.

납 총알로 그는 당신을 관통하네 정확하게 관통하네

한 남자가 그 집 안에 사네 너의 금빛 머리칼 마르가레테여

그는 자신의 사냥개를 우리에게로 몰아대지 그는 우리에게 공중

의 무덤을 선물하네

그는 뱀들과 노네 꿈을 꾸네 죽음은 독일에서 온 거장

너의 금빛 머리칼 마르가레테여

너의 잿빛 머리칼 줄라미트여[14]

첼란의 살해당한 어머니 프리치Fritzi는 이 시에서 괴테 『파우스
트』의 배신당한 여자 주인공과 아가서(많은 유대인 예술가들에게 울
림을 주는 성서의 시)의 신부라는 두 가지 모습으로 다시 태어난다.
실제로 나의 고조할아버지 레오폴드는 아가서를 바탕으로 합창곡
을 작곡했다. 위대한 화가 안젤름 키퍼Anselm Kiefer는 「죽음의 푸가」
종결부를 이용하여 황금빛 머리카락이 가시 철조망과 뒤얽힌 한

사진 11 안젤름 키퍼, <파울 첼란: 잿빛 꽃>, 2006

쌍의 황량한 그림에 제목을 붙였다. 그는 자신의 그림 〈파울 첼란: 잿빛 꽃 Für Paul Celan: Aschenblüme〉에서처럼 정기적으로 첼란에게로 돌아온다(사진 11). 황량한 풍경 속에 불에 탄 책의 시체들이 놓여 있다.

첼란은 시를 점점 줄여나가면서 침묵에 가까운 상태로 만들었다. 그의 후기 시는 사무엘 베케트 Samuel Beckett 의 후기 작품과 비교되며, 더 직접적으로는 그의 친구 넬리 작스 Nelly Sachs 의 마음속에서 떠나지 않는 시와도 비교될 수 있다. 작스는 나치가 집권하자 어머니와 함께 스웨덴으로 도피했고, 전쟁의 트라우마를 주제로 쓴 시로 1966년 노벨상을 받았다. 작스가 1959년 첼란에게 썼던 것처럼 "파리와 스톡홀름 사이에는 고통과 위안의 자오선이 흐른다."[15] 다음 해 첼란은 뷔히너 Büchner 상을 수상하면서 그의 연설에 '자오선 The Meridian'이라는 제목을 붙였다. 연설에서 그는 시란 "반역의 말, '철사'를 끊는 말, '역사 주변을 어슬렁거리는 자들과 과시

하듯 누비는 자들'에게 더 이상 고개를 숙이지 않는 말이다. 그것
은 자유의 행위다. 그것은 내딛는 한 걸음이다"라고 설명한다.[16]
작스에게 헌정하는 시 「취리히, 춤 슈토르헨(650년 전통을 지닌 취리
히의 대표적인 호텔－옮긴이)Zürich, at the Stork」(1963)에서 첼란은 수년
간 서신을 교환한 후 마침내 만났을 때 나눈 둘의 대화를 회상했다.

> 당신의 신이 주제였다, 나는
> 그에 반反하여 말했다, 나는
> 내가 가졌던, 심장이,
> 희망을 품게 두었다
> 그의 가장 높고, 가장 호흡이 거친, 그의
> 불화하는 말을
> 바라며[17]

첼란의 후기 시들은 간결하면서도 무한한 울림을 준다.

> 뿔피리의 자리
> 광채 깊숙이
> 비어 있는 텍스트
> 횃불의 높이에
> 시간의 구멍에
>
> 깊숙한 그 속에서 소리를 들으라

당신의 입으로[18]

이 시에서 첼란이 창조한 단어 Leertext은 '비어 있는 텍스트'라는 의미로, 성서 연구에서 사용되는 '가르침의 텍스트 Lehrtext'를 활용한 것이다.

우울증으로 점차 괴로워하던 첼란은 여러 차례 입원과 퇴원을 반복하다가 1970년 50세가 되던 해에 센강에 몸을 던졌다. 그러나 그의 시들은 여전히 환하게 빛나고 있다. 1958년 브레멘 문학상을 받은 직후 첼란은 이렇게 말했다. 전쟁의 공포에 뒤이어,

잃어버린 것들 중 다다를 수 있고, 가까이 있고, 남아 있는 것은 이 한 가지였습니다. 언어입니다. 언어, 이것은 잃어버리지 않은 채 남아 있었습니다. 네, 그 모든 것에도 불구하고요. 하지만 이제 언어는 그 자체의 대답 없음을 뚫고 지나가야 했습니다. 치명적인 연설의 수천 겹 암흑을 뚫고 지나가야 했습니다. 언어는 지나가면서 일어난 일을 칭하는 말은 내놓지 않았습니다. 그러나 이 일어난 일을 통과해 갔습니다. 뚫고 지나가면서 다시 드러날 수 있었습니다. 그 모든 것들로 '풍요로워져서' 말입니다.[19]

체스와프 미워시

시선집과 후기 시들(1931~2004)

Czesław Miłosz, Selected and Last Poems(1931~2004)

1945년 1월, 나치는 서둘러 크라쿠프 철수를 준비하면서 대대적
인 폭파 장치를 설치했지만 마지막 순간 장군이 명령을 철회하여,
구시가지의 중심지는 오늘날에도 19세기 후반의 모습과 매우 흡
사하다. 시간에 매인 동시에 시간을 초월한 이 도시의 특성은 체스
와프 미워시에게 적합해 그는 말년에 크라쿠프에 정착했다. 미워
시의 시는 그의 개인적인 경험과 그가 살았던 시대를 반영하는 동
시에 초월한다. 1911년 리투아니아에서 태어난 미워시는 1931년
시를 발표하기 시작했고, 2004년 93세의 나이로 사망하기 전까지
70년 동안 중요한 시들을 계속해서 발표했다. 놀랍도록 오랜 기간

이어진 그의 문학 작업에 필적할 만한 사람은 우리가 다루는 80명의 작가들 가운데는 아마도 P. G. 우드하우스가 유일하다. 두 작가 모두 사라진 세계를 재창조하는 데 인생의 많은 시간을 보냈으므로 이 조합은 그리 부적절하지 않을 것이다.

양 대전 사이 혼란스러운 시기에 성장한 미워시는 '격변설 지지자Catastrophists'라는 이름으로 통했던 리투아니아 빌뉴스의 시인들 모임에 속하게 되었다. 카프카처럼 그들은 무엇이 다가오고 있는지 예견할 수 있었다. 『시에 관한 여섯 편의 강의Six Lectures in Verse』(1985)에서 미워시는 자신의 젊은 자아를 "다르고, 이질적인 … 심판관, 관찰자"라고 회상하면서 이같이 덧붙인다. "그러므로 청소년기의 병약함은 / 한 시대의 병약함을 예측한다 / 끝이 좋지 않으리라는 것을."[20] 격변설 지지자들의 멘토는 염세주의 철학자 마리안 즈제호프스키Marian Zdziechowski(1861~1938)였다. 그는 크라쿠프의 야기엘로니안 대학교에서 20년 동안 학생들을 가르친 후 빌뉴스로 이주했다. 미워시는 후기 시 「즈제호프스키」에서 오래전 그 시절의 그를 상상한다.

> 수업을 하러 여기 크라쿠프의 거리를 그가 걸어간다.
> 그의 동년배들과 함께: 튤, 벨벳, 새틴
> 가느다란 줄기 같은 여자들 몸에 닿으며
> 아르누보의 비뚤어진 식물들.
> 밤의 내부에서 주고받는 눈길과 외침들.

미워시는 1938년 즈제호프스키가 사망하기 얼마 전 그를 만난 일을 회상한다. "폴란드 기병대가 볼셰비키로부터 빼앗은 도시에서, 당신은 '다가오는 끝'을 알고 기다렸다. / …당신이 때마침 죽었다고, 당신의 친구들은 속삭였다."[21]

미워시 자신도 바르샤바 폭격으로 거의 죽을 뻔했지만, 그와 그의 아내는 한참을 남쪽으로 걸어서 크라쿠프 외곽의 어느 마을에 간신히 피신했다. 전쟁이 끝난 후 미워시는 바르샤바에서 일했고, 억압적인 공산주의 정권이 그가 세계주의와 대의를 위해 충분히 헌신하지 않는다고 의심할 때까지 폴란드 외교관으로 복무했다(미워시는 당시 사회주의자였지만 결코 공산주의자는 아니었다). 그는 1951년 파리로 망명했고, 그곳에서 전체주의를 분석한 『사로잡힌 마음 The Captive Mind』을 썼다. 그의 작품은 1950년대부터 1970년대까지 폴란드에서 금지되었고, 그 밖의 다른 나라에서는 소수의 팬들에게만 알려졌다. 1960년 미워시는 버클리의 캘리포니아 대학교로 이직해 그곳에서 약 30년 동안 슬라브 문학을 가르쳤다. 1980년 노벨상을 받았을 때 동료들 중 일부는 그가 시도 쓴다는 사실을 처음 알았다. 그는 국제적인 유명 인사이자 공인이 되어 폴란드로 돌아와서, 폴란드 태생의 교황 요한 바오로 2세와 레흐 바웬사 Lech Walesa 와 만났고, 버클리와 크라쿠프를 일 년에 반씩 나누어 오가다가 2000년 크라쿠프에 영구히 정착했다.

폴란드에도 리투아니아에도 돌아갈 수 없었던 수십 년의 망명 기간 동안 미워시는 기억이라는 주제에 중점적으로 관심을 갖게 되었다. 1986년 아내의 죽음에 관해 쓴 감동적인 시 「내 아내 야니나와의 작별에 관하여 On Parting with My Wife, Janina」에서 그는 이렇게 묻는다.

> 존재하지 않음에 저항하는 방법은 무엇일까? 기억이
> 지속되지 않는다면 어떤 힘이 한때 존재했던 것들을 보존할까?
> 나는 거의 기억하지 못하기에. 나는 아주 조금만 기억한다.**22**

책 한 권 길이의 시 『시에 관한 논문A Treatise on Poetry』(1957)에서 미워시는 크라쿠프의 지식인들을 회상하며 자신조차 기록하지 않은 상실된 이름들을 언급한다.

> 크라쿠프는 칠해진 계란만큼 작았다.
> 부활절 염료 냄비에서 방금 꺼낸.
> 검은 망토를 두른 시인들이 거리를 거닐었다.
> 이제는 아무도 그들의 이름을 기억하지 않지만,
> 그들의 손은 한때 진짜였고,
> 그들의 커프스 단추는 탁자 위에서 빛났다.**23**

훗날 『시에 관한 여섯 편의 강의』에서 그는 바르샤바 파괴로 희생된 아주 평범한 한 사람의 이름을 말한다.

> 아직도 내 마음속에서는 야드비가 양을 구하려 합니다,
> 약간 곱추, 직업은 사서,

3장 크라쿠프 :: 아우슈비츠 이후

아파트 은신처에서 죽은 사람

안전한 줄 알았는데 무너졌지요.

그리고 아무도 두터운 벽을 파낼 수가 없었습니다,

두드리는 소리와 목소리가 여러 날 들렸는데도.

그렇게 이름 하나가 오랫동안, 영원히 사라져서,

아무도 그녀의 마지막 시간을 결코 알지 못할 것입니다.

그는 이 기억을 역사와 운명으로 과도하게 일반화하는 데는 반
대한다.

역사는, 마르크스가 우리에게 말한 것처럼, 반anti 자연적인 것이
아니며,

여신이라면, 눈먼 운명의 여신일 것입니다.

야드비가 양의 작은 두개골, 그곳에서

그녀의 심장이 팔딱거리고 있습니다. 이것만으로

나는 필요성, 법률, 이론에 단호히 반대합니다.[24]

미워시의 마지막 시들은 무덤의 문턱에서 세상을 되돌아본다.
「자신의 책에 서명하는 90세 노시인A Ninety-year-old Poet Signing His
Books」(2002)은 희극적인 승리의 어조로 시작한다. "그래서 결국 나
는 당신네들보다 오래 살았다네, 내 적들아!" 하지만 시인은 아우
슈비츠와 소련의 굴라크에서 구조된 것이 칭찬받을 일이 아님을
깨닫는다. "나는 이 일에서 내 가치를 조금도 찾을 수 없어. / 신은

얼간이들과 예술가들을 보호하지." 그는 또 이렇게 자각한다. "이제 다 늙어서, 나는 증인들 앞에 선다. / 산 자들에게는 아직 보이지 않는 이들."[25]

미워시는 주요 현대 작가들 중에서 특이하게도 종교적인 사상가였다. 그는 가톨릭교와, 단테에서 윌리엄 블레이크에 이르기까지 예지력을 갖춘 시의 조상들과 강력하게 연결되어 있었다. 그는 후기 시들에서 차분한 아이러니와 다가올 삶을 향한 잠정적인 희망으로 자신의 임박한 죽음을 내다본다. "비록 환상이 / 영원한 생명에 대한 이 믿음으로 우리를 결속할지라도, / 우리, 먼지여, 충실한 먼지의 기적에 감사하라."[26] 미워시는 세상을 악마의 힘이 아닌 공정한 신이 다스린다고 확신하지는 않았지만, 누가 뭐래도 이 신은 시를 사랑하는 존재임이 틀림없다는 믿음을 간직했다. 92세에 쓴 시 「천국처럼 Heavenly」에서 미워시는 이렇게 희망을 표현한다. 천국에서, 소크라테스처럼,

> 내가 세상에서 시작한 일을 계속할 수 있길.
> 즉, 끊임없이 노력하고, 노력 그 자체가 될 수 있길.
> 그리고 세상이라는 베틀 위에 희미하게 빛나는 직물을
> 어루만지는 것에 결코 싫증 내지 않길.[27]

올가 토카르추크

방랑자들

Olga Tokarczuk, Flights

놀랍게도 폴란드는 노벨문학상 수상자를 무려 여섯 명이나 배출한 나라다. 1905년 헨리크 시엔키에비치Henryk Sienkiewicz를 시작으로 여섯 명 중 네 명은 오랫동안 바르샤바에 버금가거나 심지어 능가하는 문화의 중심지인 크라쿠프와 깊은 인연이 있었다. 1996년 수상자 비스와바 심보르스카Wisława Szymborska는 8살 때부터 80년 후 사망할 때까지 크라쿠프에 살았고, 첫 번째 시를 발표한 해인 1945년 야기엘로니안 대학교에 입학해 체스와프 미워시와 친구가 되었다. 오늘날 크라쿠프에는 폴란드 국민의 독서를 장려하고 작가들을 해외에 홍보하는 폴란드 도서 연구소가 있다. 이 연구소는 심보르스카, 미워시, 리샤르드 카푸시친스키Ryszard Kapuściński를 비롯한 많은 작가들의 번역을 후원했고, 제니퍼 크로프트Jennifer Croft가 『방랑자들』을 영어로 번역하도록 자금을 지원했다. 그 결과 『방랑자들』 영어판은 2017년 '번역의 발견Found in Translation' 상을, 다음해 맨부커상을 수상했으며, 곧이어 2019년 토카르추크가 노벨문학상을 받았다(2018년 성희롱 파문으로 스웨덴 한림원의 심의가 중단되었고 1년 뒤에 2018년도 노벨상이 동시에 수여되었다). 노벨상 수상 후 2천 명이 넘는 토카르추크의 독자들은 그녀의 작품들을 펴낸 크라쿠프의 출판사 앞에 줄을 서서 사인회를 기다렸다.

『방랑자들』은 *116개의 짧은 에피소드로 읽는 세계 일주*라는 제목을 붙일 수도 있을 터여서, 우리의 여행 도서 목록에서 특히 적절한 선택이라고 할 수 있다. 이 책의 에피소드들은 한 문장에서 30쪽에 이르기까지 다양하며, 많은 부분이 쉴 새 없이 여행하는 서술자의 이야기로 이루어진다. 토카르추크의 말처럼 "내 뿌리는 늘 얕았고 … 나는 싹을 틔우는 방법을 모른다. 나는 식물의 그런 능력을 전혀 가지고 있지 않다."[28] 토카르추크의 기록들은 여행 가방, 와이파이, 공항의 아노미 상태를 묘사하면서 일종의 여행 일지 형태를 띤다. 어느 공항에서 그녀는 광고 하나를 보고서 러시아어로 똑같이 쓴 다음 우리를 위해 이렇게 번역해준다. "이동성은 현실이다." 그리고 무미건조하게 의견을 추가한다. "이건 단지 휴대전화 광고일 뿐임을 강조하겠다."[29]

서술자는 종종 비행기와 기차에서 사람들과의 우연한 만남을 묘사하고, 우리는 그들의 지리멸렬한 삶을 엿보게 된다. 그녀는

"훼손되고, 흠 있고, 불완전하고, 망가진 모든 것들에" 그리고 "정상성에서 벗어나 있는 모든 것들에 끌린다."[30] 나중에 그녀는 이렇게 언급한다. "이야기들은 결코 완전히 통제할 수 없는 어떤 내재적인 관성을 갖는다. 이야기는 나 같은 사람(불안정하고, 우유부단하고, 쉽사리 유혹에 빠지는)이 필요하다. 순진한 사람이."[31] 80권의 책과 함께 떠나는 우리의 여행과 달리, 조롱 섞인 투로 기술하는 그녀의 여행은 확실히 문학적 순례는 아니다. "베르톨루치의 영화들을 통해 모로코를, 조이스를 통해 더블린을, 달라이 라마 관련 영화를 통해 티베트를 여행하는 사람들을 우리는 익히 알고 있다. 문학이나 예술 작품을 통해 널리 알려진 장소에 도착해서 마주한 경험이 너무나 강렬한 나머지 힘이 빠지거나 기절한다는, 스탕달의 이름을 딴 어떤 유명한 신드롬이 있다."[32] 토카르추크의 여행은 심약한 사람을 위한 것이 아니다. 그녀는 전 세계 의학 박물관을 방문해 시체와 신체의 일부를 보존 및 전시하는 방식에 매료된다. 이 박물관들 중 첫 번째 박물관에서 그녀는 말한다. "내 순례의 목적은 늘 다른 순례자다. 이번에 만난 순례자는 조각조각 부서진 상태였다."[33]

이야기들은 1인칭 서술 사이에 산재되어 있다. 어떤 이야기는 화학 약품으로 보존된 신체의 특정 부분과 관련된다. 또 다른 장면은 1796년 한 여인이 신성 로마 제국의 황제 프란시스 2세에게 쓴 편지와 관련이 있다. 여인은 아프리카인 아버지의 보존된 시체를 매장하도록 돌려달라고 간청했는데, 황제는 시체를 박제해 진귀한 물건을 보관하는 진열장에 진열해 놓았다. 실제로 일어난 일이다.

반복되는 주제는 익숙한 삶의 경로에서 벗어난 사람들에 관한 것이다. 어느 나룻배 조종사는 매일 본토와 섬 사이를 오가는 생활을 더 이상 견딜 수 없어 승객 전체를 데리고 바다로 향한다. 한 여성은 남편을 버리고 아기와 함께 아드리아해 크로아티아의 비스섬에서 이틀 동안 휴가를 보낸 다음 무슨 이유에서인지 다시 집으로 돌아가는데, 그녀의 모호한 변명을 받아들일 수 없는 남편은 점점 강박적인 편집증에 빠져든다.

『방랑자들』에는 여러 장의 지도가 삽입되지만, 이 지도들은 결코 우리를 실제 방향으로 안내하지 않는다. 아내와 아이를 찾는 남편의 에피소드에는 그가 머물고 있는 섬 마을을 보여주는 것으로 짐작되는 지도 한 장이 실려 있다(사진 12). 그러나 사실 이 지도는 상트페테르부르크 옛 지도의 세부도이며, 흐르는 물은 아드리아해가 아니라 네바강이다.

사진 12 가짜 아드리아해

그러나 역사와 허구, 신화와 일상적인 현실, 남성과 여성, 1인칭과 3인칭 서술 사이에는 미묘한 관련성들이 얽혀 있기 때문에, 이런 혼란스러운 연결들은 독자에게 서사의 각 신체 부위를 한데 조합하도록 요청한다. 노벨상 강연에서 토카르추크는 문학의 사회적 중요성에 대한 자신의 견해를 설득력 있게 표현했다.

세계는 정보, 토론, 영화, 책, 가십과 작은 일화들이라는 거대한 베틀로 우리가 날마다 직조하는 일종의 직물이다. 오늘날 이 베틀의 범위는 대단히 방대하다. 인터넷 덕분에 사실상 거의 모두가, 책임을 지거나 지지 않는 방식으로, 사랑이나 미움의 감정으로, 선이나 악을 실행하기 위해 이 과정에 참여하고 있는 것이다. 이야기가 바뀌면 세상도 바뀐다. 그런 의미에서 세상은 말로 이루어진다.

그녀는 폭군과 독재자들은 항상 이 사실을 알고 있었다고, "이야기를 가지고 직조하는 이에게 책임이 있다"[34]라고 덧붙인다.

토카르추크는 쉬운 결말에 저항하는 반전 서사의 직조공으로, 종종 여기에 자신의 대안을 포함하기도 한다. 그녀는 헌신적인 채식주의자이자 동물 권리 옹호자지만, 육식주의자들의 동물 학대를 고발하는 『악행에 대한 책Book of Infamy』 같은 것을 쓰기 위해 세계를 여행하고 분노하는 인물까지는 아니다. 『방랑자들』 중간에는 '방랑자들'이라는 제목의 이야기가 있다. 이 이야기에서 러시아 여성 아누슈카는 장애인 아들과 전쟁 후유증에 시달리는 참전 용사 남편을 돌봐야 하는 부담감에 밤잠을 이루지 못하고 깨어 있다. 에피소드는 이렇게 시작한다. "밤이 되면 온 세상 위로 지옥이 떠오른다. 밤에 활동하는 뇌는 낮 동안 부지런히 직조한 의미의 천을 풀고 있는 페넬로페다."[35] 아누슈카는 집을 떠나 여러 날 동안 모스크바의 지하철을 타고 다니며 노숙자가 되었다가, 결국 자신의 황량한 아파트 단지로 돌아온다. 그녀가 다시 집 안으로 들어갈지 그러지 않을지 우리는 알지 못한다.

토카르추크가 자신의 단편적인 서사를 직조하는 페넬로페라면, 또한 그녀는 세계를 여행하는 오디세우스이기도 하다. 지중해 주변을 항해하는 그녀의 여정은 소설의 마지막 지도에 나타난다. 노벨상 수상 연설에서 토카르추크는 다음과 같이 말한다.

내가 평생 매료된 것은 우리가 일반적으로는 인식하지 못하지만 놀라운 우연의 일치나 운명의 섭리로 우연히 발견하는 상호 연결과 영향력의 체계들, 그리고 내가 『방랑자들』에서 흥미를 갖고 탐구한 다리, 너트, 볼트, 용접된 이음부, 연결 장치들이다. … 기본적으로 (나는 그렇게 확신하는데) 작가 정신은 결국 모든 작은 파편들을 집요하게 끌어 모아 다시 이어 붙여서 보편적인 전체를 창조하는 종합적인 정신이다.[36]

베니스-플로렌스

Venice

보이지 않는 도시들

Florence

⑯

마르코 폴로
동방견문록

Marco Polo, The Travels

우리는 이제 비스섬에서 아드리아해를 항해해, 올가 토카르추크의
위대한 선조 마르코 폴로의 고향에 도착했다. 베니스는 오랫동안
많은 여행자들의 고향이었으며, 이곳을 유럽 여행의 주요 정류장
으로 삼았던 귀족들부터 괴테, 헨리 제임스, 마르셀 프루스트로 이
어지는 작가들에 이르기까지 많은 이들의 목적지였다. 『잃어버린
시간을 찾아서』 후반부에 프루스트의 주인공 마르셀은 인생의 많
은 상실들과 글을 쓸 수 없는 자신의 무능함을 곱씹으며, 친분을
쌓은 게르망트의 파리 저택에서 열리는 파티에 가려고 한다. 그런
데 게르망트 저택의 안뜰을 지나가면서 울퉁불퉁한 포석에 발이

걸려 넘어지는 순간 그의 기분이 갑자기 바뀐다. "마들렌을 맛본 순간 미래에 대한 모든 불안과 모든 지적인 의심이 사라졌던 것처럼, 몇 초 전 내 문학적 재능의 실체, 심지어 문학의 실체라는 주제로 나를 공격했던 것들이 마법처럼 뿌리 뽑혔다."[1] 이 포석은 몇 년 전 베니스의 산 마르코 대성당을 방문했을 때 느꼈던 기쁨을 무의식적으로 떠올리게 했다. 이제 그는 지나간 시간을 새롭게 회복하고 마들렌에 대한 어린 시절의 경험을 결합하여, 마침내 대성당을 쌓듯 견고하게 쌓아올린 그의 위대한 '대성당 소설'의 구성 방식을 찾기 시작한다. 젊은 마르셀처럼 나도 그곳의 건축물과 지아코모 카사노바Giacomo Casanova, 존 러스킨John Ruskin, 프루스트 등 많은 작가들의 묘사에 고무되어 수년간 베니스 방문을 꿈꿨다. 마침내 베니스에 도착하기 얼마 전 『잃어버린 시간을 찾아서』를 강의했는데, 대성당 세례당의 울퉁불퉁한 포석을 가로질러 걷기 시작하자 실제로 나 자신의 무의식적인 기억이, 프루스트의 이 구절을 *읽었던* 기억이 선명하게 떠올랐다.

베니스인들은 스스로가 훌륭한 세계 여행자들이었다. 그중 상인 마르코 폴로(1254~1324)보다 더 영향력이 큰 사람은 없다. 콜럼버스는 폴로의 책에 영감을 받아 아시아로 향하는 서쪽 경로를 찾기로 결심했고, 1492년 신기원을 이룬 항해에 사실과 허구가 뒤섞인 폴로의 『동방견문록』을 가지고 갔다. 폴로는 1271년 아버지와 삼촌과 함께 실크로드를 따라 아시아로 향하는 항해를 떠났고, 중국의 몽골 황제 쿠빌라이 칸에게 고용되어 수년 동안 여행을 연장했다. 1295년 마침내 베니스로 돌아왔을 때, 그는 물질적인 부

133

4장 베니스-플로렌스 :: 보이지 않는 도시들

는 거의 이루지 못했지만 귀중한 수집품인 방대한 이야기들을 가지고 왔다.

그에게 문학적 야심이 있었다는 암시는 없지만, 1298년 베니스와 제노아 사이의 갈등에 휘말려 제노아의 감옥에 투옥되었을 때 그곳에서 로맨스 작가 루스티켈로 다 피사Rustichello da Pisa를 만났고, 루스티켈로는 그의 이야기를 들으면서 좋은 소재를 발견했다. 루스티켈로는 폴로를 설득해 그의 기억을 받아적었고, 그것을 프랑스어로 작성해『세계의 경이로움에 대한 책Livre des merveilles du monde』이라는 제목으로 펴냈다. 책은 필사본으로 널리 유통되었고 (인쇄술은 한 세기 반이 지난 뒤에야 발명되었다) 일찍이 1302년에 라틴어로 번역되었다. 곧 지도 제작자들은 지도에 쓸 참고 자료로 폴로의 책을 사용했다.

루스티켈로는 자신의 로맨스 작품에 있는 몇 가지 에피소드를 추가해 폴로의 이야기들을 장식했다. 이 추가된 내용들을 제외하더라도 폴로의 이야기는 직접 관찰한 사실, 믿기지 않는 이야기, 순수한 예측들이 놀랄 만큼 잘 어우러져 있다. 쿠빌라이 칸이 기독교로 개종하길 "매우 열망"했다고 주장할 때처럼 말이다. 여기에서 우리는 벌써 제국의 정복이라는 후기 문학의 주요 주제를 엿볼 수 있다. 즉 가장 계몽이 잘된 원주민들은 유럽인들이 그들에게 진리의 길을 가르치러 오길 열망한다는 것이다. 그렇지만 동시에 폴로는 칸이 초대를 거절한 내용도 기록한다. "당신은 무슨 근거로 내가 기독교인이 되길 바라는가?" 칸이 폴로의 아버지에게 묻는다. "당신도 알다시피 이 지역에 사는 기독교인들은 너무도 무지해 아무엇도 이루지 못하고 무력하다."[2]

폴로 자신은 개종보다 상업에 더 관심이 많았다. 그는 소금이 거래되는 방식을 상인의 시선으로 유심히 지켜보고, 우리에게 중국 수도의 오리 가격을 알려준다(흥정해서 베네치아 화폐 1그로트에 여섯 마리). 한편 우리는 카슈미르의 마법사들이 포도주가 든 술병들을 공중에 떠다니게 해 황제의 손에 쥐어주는 연회 이야기도 듣는다. 공중에 떠다니는 술병들이 어쩐지 호그와트 속 장면처럼 익숙하다는 생각이 든다면, J. K. 롤링이 폴로의 『동방견문록』에서 수년간 소재를 끄집어낸 많은 작가들 중 한 사람이기 때문일 것이다. 콜리지Samuel Taylor Coleridge의 시에 등장하는 '재너두Xanadu'에 대한 로맨틱한 환상은 거대하고 낭만적인 협곡, 폭발할 듯 치솟는 분수, 덜시머를 연주하는 처녀로 완성되는 성적인 풍경을 배경으로 쿠빌라이 칸의 장엄한 환락궁을 눈부신 환영으로 보여준다. 이 모든 동양의 화려함에 사로잡힌 시인은 이렇게 변모한다. "조심하시오! 조심하시오! 그의 반짝이는 눈동자, 흐르듯 찰랑이는 머리카락! / …그가 꿀 이슬을 먹고, 낙원의 젖을 마셨기 때문이오."[3]

"낙원의 젖"은 시적 측면에서 초월적 이미지, 시적 상상력에 대한 은유이지만 민족지학적 사실에서 비롯한 것이기도 하다. 마르코 폴로는 칸이 매년 재너두에서 행하는 의식을 묘사하는데, 칸은 땅과 농작물을 지키는 신령들에게 바치는 제물로 젖을 바람에 흩뿌린다. 폴로는 수도 킨사이Kin-sai(혹은 항저우)를 천국의 도시라고 부르는데 어떤 영적인 특성을 말하는 것이 아니라, "애정과 애무를 고도로 능수능란하게 사용하고, 모든 종류의 사람에게 맞추어 들기 좋은 말을 하여, 한번 그들과 즐긴 외국인들은 완전히 혼이 나가 그들의 달콤함과 매력에 사로잡혀서 절대로 그들을 잊을 수 없다"는 그곳의 수많은 창녀들을 말한다.[4] 이처럼 무의지적 기억은 세계 문학에서 오랜 역사를 가진다.

가장 이국적인 여행은 물질성을 띤 현실에 기반을 둘 때 활기를 띤다. 낙원에는 생전 처음 들어보는 묘약이 아니라 젖이 흘러넘친다. 그러나 여행 문학에서 사실에 기반을 둔 관찰은 언제나 항해자의 상상력을 통해 걸러지며, 여행자가 익히 알고 있는 상상력 풍부한 이야기들에게 영향을 받는다. 프루스트는 존 러스킨의 『베니스의 돌 Stones of Venice』을 읽고 베니스를 안내받았다. 단테는 위대한 선조 베르길리우스에게 지옥을 안내받았고, 베르길리우스는 스승 호메로스에게 지하 세계 이야기의 정보를 얻었다. 이번 장에서 우리는 베니스에서 플로렌스로 그리고 다시 베니스로 돌아오는 여행을 하면서 (상상 속에서 베니스의 마르코 폴로 공항을 통해 이탈리아로 떠나기 전에) 보이지 않는 도시들이 어떻게 보이게 되는지, 보이는 도시들은 어떻게 대성당 소설이 되는지, 그리고 단테의 작품이 어째서 모든 상상 속 천국 중 가장 감각적인지 알게 될 것이다.

17

단테 알리기에리

신곡

우리는 도시가 찰스 디킨스, 제임스 조이스, 오르한 파묵과 같은
저명한 저자들과 동일시되기 시작한 것이 근대에 이르러서라고
생각할지 모른다. '국민 시인'은 19세기의 창작물이었고 유명 작
가는 동시대의 계승자가 되었다. 그러나 일찍이 1456년 피렌체의
화가 도메니코 디 미켈리노Domenico di Michelino는 프레스코화 〈코메
디아가 피렌체를 밝히다The commedia illuminates Florence〉를 발표했다
(사진 13).

이 프레스코화에는 단테가 자신의 시를 도시에 바치고, 지옥에
떨어진 자들을 기다리는 지옥불과 선량한 시민들을 천국으로 이

사진 13 피렌체를 밝히는 단테(1456)

끌어줄 연옥산에 대해 시민들에게 일깨워주는 장면이 담겨 있다. 그러나 우리는 요하네스 구텐베르크가 6년 전에 발명한 가동 금속 활자가 아직 도입되지 않았던 당시의 필사본 문화 측면에서 이 그림의 제목을 해석할 수도 있다. 도메니코의 제목은 텍스트와 삽화의 일반적인 관계를 뒤집는다. 다시 말해, 이야기를 설명하기 위해 장면이 제공되는 채색된 원고가 아니다. 이제 단테의 위대한 시는 그의 도시를 채색해 전 세계가 도시를 볼 수 있게 하는 것이다. 도메니코의 그림은 관람객이 왼쪽에서 오른쪽으로 지옥, 연옥, 그리고… 천국의 예루살렘과 똑같이 닮은 피렌체를 보는 동안 관람객들을 더욱 즐겁게 한다.

깨우침과 마찬가지로 채색은 영적인 과정일 뿐 아니라 시각적인 과정이며, 여행에 대한 글은 언제나 대체로 시각적인 측면을 지닌다. 단테가 전 세계에 미친 영향력은 거대한 지하 세계 도시인 지옥과 연옥산, 그리고 천상의 영역인 천국을 우리에게 **보여준** 그의 탁월한 능력과 관련이 있다. 지옥을 시각적으로 구현한 단테의 이미지는 오늘날 비디오 게임 〈단테스 인페르노Dante's Inferno〉의 핵심이다. 게임 제작사 일렉트로닉 아츠Electronic Arts는 판타지 작품 〈바로우의 인페르노Barlowe's Inferno〉(1999)로 잘 알려진 작가이자 삽화가 웨인 바로우Wayne Barlowe에게 디자인을 의뢰했다. 단테와 바로우를 모두 추종하는 어떤 이는 이 유익한 결합을 두고 게임 웹사이트에 다음과 같이 평을 남겼다.

솔직히 세부적인 내용에 신경 쓴 건 가히 환상적이다. 갇힌 죄인들로 만들어진 벽, 우리가 다가갈 때 배경에서 큰소리로 판결을 외치는 미노스, 죄인들의 비명, 카론의 배 안에서 율리시스를 부르는 한 남자, 먼저 지옥에 떨어진 시체들을 뱉어내고 있는 거대한 해골과 같은 상세한 배경들. 스케일이 엄청나게 거대하고 웅장하며, 단테를 읽은 적이 있고 살아생전에 그의 지옥이 커다란 스크린으로 구현되는 걸 보고 싶은 사람이라면 … 이 비디오 게임에 **결코** 실망하지 않을 것이다.[5]

단테의 시각적 상상력만큼이나 중요한 것은 끝없이 마음을 울리는 시구의 음악적 파노라마다. 단테는 현실의 언어와 초월적인 신학적 통찰력을 매끄럽게 결합한, 새로운 종류의 혁신적인 이탈리아어를 창조하고 있었다. 그는 라틴어로 쓴 논문 「이탈리아어에 대하여De vulgari eloquentia」에서 진정으로 문학적인 이탈리아어를 만들기 위한 프로젝트를 전개했다. 아마도 그는 피렌체에서 수십 년간 지속된 내전에서 그가 속한 '백당White Guelph'이 패하자 유배당한 1302년부터 1305년 사이에 이 작품을 만들었을 것이다. 「이탈리아어에 대하여」에서 단테는 라틴어에 부여된 품격을 동일하게 이탈리아어에도 부여해야 한다고 주장한다. 이것은 일종의 도전으로, '통속' 언어의 보편성 때문만이 아니라 '이탈리아어'를 대신할 언어가 없기 때문이다. 대신 다양한 방언들이 무수히 많아서(지금도 많이 남아 있다), 단테는 시인의 귀에 결함이 없진 않은 열네 개의 방언을 논의한다. 예를 들어, 그는 만일 제노바 사람들이 철자 z를 사용할 능력을 상실한다면, "z는 그들의 방언에서 상당히 많은 부분을 차지하고, 발음을 하면 매우 귀에 거슬리기 때문에" z를 말할 수 없게 된 것이라고 주장한다.[6] (그렇지만 나는 순전히 한 단어 안에 네 개의 z를 음미하는 재미를 위해, 지난번에 출간한 책에서 『소설의 점진적 탈국가화la progressiva denazionalizzazione del romanzo』라는 이탈리아 문학 비평서를 인용했음을 고백한다.)

흥미롭게도 단테는 자신의 토스카나 방언이 다른 지역 방언보다 우수하다고 생각하지 않았다. 그는 "나는 피렌체를 너무도 사랑했기 때문에, 부당하게 추방당한다"라고 선언한 반면, 자신의 동포인 토스카나 사람들은 그들의 방언이 가장 우아하다고 생각해 "스스로 정도를 벗어남으로써 분별을 잃게 되었다"고 주장한다. 또한 그는 토스카나 사람들은 "이 정신적 도취의 가장 악명 높은 희생자들"이라는 점에서만 뛰어나다고 주장한다.[7] 단테의 시는 시 자체에서 그가 추구하는 품격 있는 토착어를 창조했다. 단테의 운문의 힘을 가장 잘 감상하는 방법은 그저 그의 시를 귀로 듣는 것이다.

이제 지극히 단순한 언어로 심오한 감정을 전달하는 단테의 비범한 능력에 대해 한 가지 예를 더 들어보겠다. 『연옥Purgatorio』편 끝에서, 베르길리우스는 더 이상 단테를 안내할 수 없게 된다. 천국의 구역들은 아무리 덕이 높다 해도 이교도들에게는 닫혀 있기 때문이다. 이제 단테를 천국으로 데려갈 사람은 어린 시절 그의 연인 베아트리체가 될 것이다. 그녀가 연옥산 정상에서 영광스럽게 나타날 때, 단테는 그녀를 향해 되살아난 사랑에 사로잡힌다. 그는 베르길리우스에게 위안을 구하지만 그가 사라지고 없다는 걸 알게 된다.

> volsimi a la sinistra col respitto
> 나는 뒤돌아 왼쪽을 향했다, 마치
> col quale il fantolin corre a la mamma
> 어린아이가 무섭거나 괴로울 때
> quando ha paura o quando elli è afflitto
> 엄마에게 서둘러 달려가듯이[8]

단테 이전의 어떤 시인도 그토록 소박한 용어('어린아이fantolin'와 특히 '엄마mamma')를 그토록 엄숙하게 사용할 수 없었을 것이다.

이미 피렌체를 잃은 것처럼, 베르길리우스를 잃은 단테는 그의 잃어버린 사랑 베아트리체를 되찾지만 이제는 연인이 아닌 영적인 관계가 된다. 그리고 새로운 시적인 용어로 베르길리우스의 『아이네이드Aeneid』에 대한 모든 답신들 중 가장 위대한 답신을 써서, 모든 전통적인 고전과 그것을 재창조한 당대의 작품을 통합한다. 단테와 베르길리우스의 관계처럼, 우리 모두는 단테를 읽음으로써 우리 자신을 읽을 수 있다. 단테는 대표적인 고대의 인물들과 자신의 옛 친구들과 적들로 『지옥』편을 가득 채웠다. 그러나 『신곡』은 단테 자신과 관련된 이야기만은 아니다. 시작 부분의 대사에서 말한 것처럼, 그는 **우리** 인생의 여정 한가운데에서 길을 잃었다. "Nel mezzo del cammin di **nostra** vita."[9] 그의 백 편의 칸토(장편 서사시의 한 곡을 일컫는 단위 – 옮긴이)는 우리에게 경고와 희망이 담긴 이야기의 갤러리를, 스스로 인생 여정을 계획할 수 있는 이정표를 제공한다.

18

조반니 보카치오

데카메론

Giovanni Boccaccio, The Decameron

단테의 발자취를 따라가다 보면 그에게 영감을 받은 위대한 많은 작가들 중 단테의 동포인 피렌체 사람 조반니 보카치오(1313~1375) 가 있다. 보카치오는 『데카메론』를 완성하고 얼마 후 단테의 인상 적인 생애에 관해 썼다. 『데카메론』에서 보카치오는 단테가 운문 에서 제시했던 범위와 깊이를 이탈리아 산문으로 가지고 왔고, 더 불어 당시의 정치적 불안에 전염병을 더했다(내가 오늘날 연합되지 않은disunited '미합중국United States'에서 『데카메론』 항목을 쓰고 있노라니 무척 공감이 되는 조합이 아닐 수 없다).

1348년 보카치오는 아버지의 직업이었던 은행원이 되기를 포기한 뒤 어쩌다 보니 법을 공부하게 되어 피렌체에서 세무사로 일하고 있었다(당시엔 그래야 했다). 하지만 그의 진정한 열정은 글쓰기에 있었고, 그는 시인이자 로맨스 소설 작가로 명성을 얻었다. 특히 최초의 심리 소설이라고 할 수 있는 『피암메타Fiammetta』(1343)는 나폴리의 결혼한 귀족 여성과 자신과의 로맨스를 바탕으로 썼다. 작품의 여자 주인공 피암메타는 불륜이 끝난 후 일인칭 시점으로 글을 쓰면서, 유혹적인 젊은 피렌체인에게 푹 빠졌던 자신의 감정을 이해하려 애쓴다. 보카치오는 35세(『신곡』의 배경인 1300년 단테의 나이)가 된 1348년 인생이라는 여정의 한가운데에서 새로운 무언가를 준비하고 있었다.

그때 피렌체에 흑사병이 찾아왔다. 이 전염병으로 피렌체 시민 4분의 3이 사망했고, 그 가운데는 보카치오의 의붓어머니도 있었다. 아버지는 다음 해에 사망했다. 보카치오는 『데카메론』을 쓰기 시작했다. 대니얼 디포Daniel Defoe의 『전염병 연대기Journal of the Plague Year』, 알베르 까뮈Albert Camus의 『페스트La Peste』와 함께, 보카치오의 걸작은 혼란스러운 세상을 이해하려 애쓰는 사람들에게 정기적으로 언급될 만한 이유가 충분하다. 보카치오는 〈뉴욕 타임스〉 지면에서 가져다 쓴 것 같은 세세한 내용과 함께 전염병에 대한 끔찍한 설명으로 책을 시작한다. 보카치오는 3월과 7월 사이에 전염병으로 사망한 피렌체 시민이 10만 명에 달한다고 말한다. 전염병은 무증상으로도 퍼져나갔고 거리엔 시체가 쌓였다.

많은 피렌체 사람들이 기도에 의지하고, 일부 사람들은 사회적 거리두기를 실천하는 반면, 어떤 사람들은 "이 끔찍한 악을 피하는 확실한 방법은 술을 잔뜩 마시고 삶을 실컷 즐기는 것"이라고 주장하면서 무모하게 행동한다. 그리고 그들은 "이 모든 일들을 하나의 거대한 농담으로 대수롭지 않게 여기려" 한다. 도시는 외부인의 출입을 차단하지만 전염병은 여전히 삽시간에 퍼져 머지않아 "우리 도시는 신과 인간의 법에 대한 모든 존중이 사실상 무너지고 소멸되었다."[10] 지금처럼 그때도 많은 부유한 시민들이 도시를 떠난다. "어떤 사람들은 전염병을 피해 달아나는 것보다 더 효과적인 치료법은 없다고 냉담하게 주장했다. 이런 논쟁에 동요되고, 자기 외에 누구도 생각하지 않는 수많은 남녀가 그들의 도시를 버렸다."[11] 하지만 가난한 사람들은 어디에도 갈 데가 없다. "도시의 자기 구역에 갇힌 그들은 매일 수천 명씩 병에 걸렸고, 그들을 돕거나 돌봐줄 사람이 없었기 때문에 그들은 거의 예외 없이 죽음을 맞이할 수밖에 없었다."[12]

사진 14 『데카메론』의 삽화(1903)

가슴 아픈 말이다. 그나저나 보카치오는 어느 쪽일까? 그의 책에 등장하는 일곱 명의 귀족 여성과 세 명의 귀족 남성은 도시를 버리고 시골 영지로 피신하는 냉담한 여정을 택한다(사진 14). 희한하게도 오늘날의 2주 격리를 예상하기라도 한 것처럼, 그들은 집으로 돌아가기 전 14일 동안 그곳에 머물면서 마음껏 먹고 이야기를 나눈다. 아마 그때쯤 전염병 확산이 줄어들기 시작했을 수도 있지만, 사실 그들이 서둘러 집으로 돌아간 동기는 더 오래 머물렀다간 사람들 입에 오르내리게 될 거라는 두려움 때문이다. 일곱 명의 젊고 아름다운 여자들이 세 명의 남자들과 호화로운 휴양지에서 대체 무슨 짓을 했을지 도시 사람들은 궁금하게 여길 테니 말이다.

보카치오는 자신의 이야기가 "최근의 전염병이 낳은 치명적인 대혼란의 아픈 기억"으로 시작하지만, "끝없이 넘쳐흐르는 눈물과 고통"으로 내용이 이어지지는 않을 거라고 말한다. 그는 가파른 언덕 기슭 어두운 숲속에서 길을 잃은 자기 자신을 발견했다는 단테의 『신곡』 도입부를 그대로 되풀이함으로써 비극에서 희극으로의 혼란스러운 전환을 처리한다. 보카치오는 자신의 독자가 될 "가장 고운 숙녀들"을 안심시킨다. "그대들은 가파르고 험난한 오르막을 마주한 보행자들처럼 이 암울한 시작에 고통받겠지만, 그 너머에는 아름답고 기분 좋은 평원이 펼쳐져 있을 것입니다." 그리고 그는 덧붙인다. "믿어주십시오. 이토록 힘겨운 길이 아니라, 다른 경로를 통해 제가 원하는 곳으로 어엿하게 여러분들을 데리고 갈 수 있었다면 기꺼이 그렇게 했을 것입니다."[13]

이 부분은 단테를 연상시키지만, 보카치오의 길은 확실히 지상의 낙원으로 이어지며 신神은 육욕의 목적으로 소환된다. 한 이야기에서 어느 영리한 여성은 탐욕스러운 수사에게 뇌물을 주고, 수사는 엉겁결에 여성과 그녀의 연인 사이에서 중개자 역할을 하게 된다. "어리석은 수사의 순진한 행동에 대해 즐겁게 이야기를 쏟아내며" 서로 즐거워하던 연인은 "희열에 취해 거의 죽기 직전까지" 사랑을 나눈다. 이런 야한 이야기를 하던 아름다운 필로메나는 경건하게 말을 맺는다. "하느님께서 당신의 풍성한 자비로우심으로, 저와 생각이 비슷한 다른 모든 그리스도인들과 함께 저를 곧 비슷한 운명으로 이끌어주시길 기도합니다."[14] 주디스 세라피니-사울리Judith Serafini-Sauli(보카치오에 대한 해설서를 썼다 – 옮긴이)가 말한 것처럼, 보카치오는 『신곡』을 자신만의 매우 인간적인 희극으로 대체했다.[15]

보카치오는 에필로그에서 자신의 이야기들을 향해 제기될 수 있는 문학적·도덕적인 반박에 대해 아이러니한 답변을 제시하며 방대한 편찬물을 마무리한다. 그는 "구멍, 막대기, 사발, 절굿공이, 소시지" 같은 무고한 용어들을 사용하는 것은 부적절하지 않다고 주장하고[16], 이보다 훨씬 불미스러운 역사들이 진지한 교회의 역사에서 발견될 수 있다고 지적한다. 그는 인간의 행동에 대해 오직 진실만을 말할 뿐이라고 강조하면서, 자신이 비난받고 있는 이유를 이렇게 말한다. "어떤 부분에서는 제가 수도사들에 대해 진실을 쓰기 때문이지요. 하지만 뭐 어떤가요?" 그는 가볍고 경박한 이야기를 쓰는 작가라는 비난을 받는 것에 이의가 없다. "저는 제 무게를 재 본 적 없는 숙녀 분들에게 나는 체중이 거의 나가지 않는다고 자신 있게 말한답니다. 도리어 너무 가벼워서 수면 위에 둥둥 떠다닌다고 말이지요."[17] 물론 이 책의 이야기들이 전부 사실이라고 하기는 어렵다. 거짓말쟁이들과 협잡꾼들에게 할애된 8백 쪽을 다 읽은 후 우리는 저자가 어떤 진지한 의도를 부인할 때와 마찬가지로, 그가 전염병에 대한 공포로 자신의 작품을 소개할 수밖에 없었다고 말할 때도 그를 믿지 않는 것이 좋을 것이다.

사실 두 가지 차원은 서로 깊이 연결되어 있다. 서문에서 보카치오는 사랑의 열병을 오래 앓았노라고 말한다. "그 사랑의 따스함이 다른 모든 것을 초월했고, 선한 의도, 도움이 되는 충고, 위험 부담과 공개적인 추문 등 온갖 압박에도 저를 단호하고 꿋꿋하게 견디게 해주었습니다." 그러나 그는 마침내 회복했고, "그리하여 한때 고통의 원천이었던 것은 이제 모든 불편을 떨치고 지속적인 쾌락의 감각이 되었습니다."[18] 다시 말해 그는 이제 항체를 갖게 된 것이다. 그는 이제 새로이 고통받는 사람들을 지원해, "무엇을 피해야 하는지, 그리고 무엇을 추구해야 하는지" 그들이 이해하도록 도울 수 있다.[19] 사랑의 열병을 앓던 시기에 그의 목숨을 구한 것은 대화였다. "누군가 위로를 필요로 하거나 위로에 감사하는 사람이 있다면, 혹은 정말로 그 위로에서 기쁨을 얻는 사람이 있다면 내가 바로 그런 사람이었습니다. … 괴로울 때 나는 때때로 친구들에게서 받은 다정한 대화와 감탄할 만한 동정의 표현들에서 큰 위안을 얻었으며, 그것이 없었다면 나는 죽었어야 했을 거라고 굳게 확신합니다."[20]

보카치오는 백 편의 이야기를 다시 들려줌으로써 자신의 상실을 극복하는데, 가령 『데카메론』의 다섯째 날에 첫사랑 피암메타를 '여왕'으로 만듦으로써 "재난이나 불행에서 살아남아 행복한 상태에 도달한 연인들의 모험"에 헌정한다.[21] 이야기의 치료적 효과는 표현 방식으로 보증된다. 하루에 열 가지씩 정해진 분량을 이야기할 것, 매일의 이야기는 공통 주제와 관련될 것. 나는 이 챕터를 준비하기 전까지, 이 친구들이 돌아가면서 차례대로 이야기하는 중에 이틀을 쉬기도 한다는 사실을 잊고 있었다. 마라톤이나 16주간의 블로그 프로젝트처럼 이들에게도 속도가 중요한 것이다. 『데카메론』 속 백 편의 이야기는 세계 최초의 대화 치료였을지도 모른다.

19

도나 레온
겉으로 보기엔

Donna Leon, By Its Cover

문학 순례자들은 종종 좋아하는 작가의 삶 속에서 자신이 읽은 작품의 배경을 찾는다. 미국의 범죄 소설 작가 도나 레온은 30년 이상 살았던 베니스를 사색적인 기도 브루네티 형사가 등장하는 베스트셀러 시리즈의 배경으로 삼았다. 나는 20년 전 아내와 함께 대운하 해변의 아파트를 임대할 때 도나 레온의 작품을 처음 접했고, 그곳에서 그녀의 소설 선집을 발견했다. 다소 걱정스럽게도 국제 변호사인 아내 로리가 고른 작품은 국제 변호사의 죽음으로 시작하는 『베니스의 심판A Venetian Reckoning』이었다. 예술과 삶이 이루는 조화에는 한계가 있다. 그러나 도나 레온은 자신이 선택한 도시를 내부자인 동시에 외부자로 바라보기에 그만큼 더더욱 좋은 안내자가 된다.

조르주 페렉의 『파리의 어느 장소를 지치게 만드는 시도An Attempt at Exhausting a Place in Paris』와 마찬가지로, 레온의 책들은 관광객들은 결코 보지 않는, 에드가 앨런 포의 「도둑맞은 편지Purloined Letter」(브루네티는 이 단편을 읽었던 것을 회상한다)처럼 빤히 보이는 곳에 숨겨진 일상적인 베니스를 드러낸다. 레온의 베니스에는 인간적인 척도와 삶의 리듬이 있다. 에세이 「나의 베니스My Venice」에서 레온은 도시에 자동차가 없다는 점을 극찬한다. 『겉으로 보기엔』은 소설 전반부 내내 아무도 어떤 형태의 교통수단도 이용하지 않으며, 브루네티는 특별히 시간에 쫓길 때만 경찰 보트를 탄다. 그가 배회하는 도시는 프루스트식 기억의 장소이며, 차이가 있다면 베니스에서는 결코 과거를 잃어버리지 않는다는 것이다.

> 브루네티에게 봄은 향긋한 기억들을 잇따라 안겨주었다. 마돈나 델로르트 성당 안뜰의 라일락, 해마다 마초르보섬의 노인이 가져와 제수이티 교회 앞 계단에서 팔던 은방울꽃 부케 … 이제 봄비는 수상버스 바포레토에서 한데 밀착된 깨끗한 몸에서 나는 상쾌한 땀 냄새, 너무 많이 입은 재킷과 코트, 너무 오래 빨지 않은 스웨터에서 풍기는 곰팡내 나는 겨울이 갔다는 반가운 안도감.[22]

마르셀이 마들렌으로 옛 기억을 떠올렸다는 드문 경험 대신, 브루네티는 자신이 가장 좋아하는 음식과 끊임없이 마주친다. 그해 처음 잡은 껍질이 연한 게 요리, 신선한 참치와 케이퍼, 양파로 만든 푸실리 요리 한 접시 등. 긴장감 높은 수사를 마치고 늦은 시간 집에 돌아온 브루네티는 아내가 자신을 위해 메추라기, 완두콩, 갓 구운 감자 요리 한 접시를 남겨둔 걸 발견한다. 그는 감사하는 마음으로 이렇게 회상한다. "그녀는 사고뭉치였는지는 몰라도 요리를 할 줄 알았습니다."[23]

그러나 베니스는 위협을 받고 있다. 뇌물수수, 부패, 낡은 가부장적 체제가 베니스인들을 사방에서 속박한다. 공무원들은 카지노 소유주들에게 뇌물을 뜯어내고 그들의 탈세를 눈감아준다. 소아성애자 사제들은 이 교구에서 저 교구로 조용히 이동한다. 브루네티 자신은 운 좋게 백작 부인의 딸 파올라와 결혼한 덕분에 어느 정도 신분 상승을 경험한다. 하지만 그의 처가 식구들은 20년이 지난 뒤에야 마지못해 그를 가족으로 받아들이고, 그의 상관인 부경찰서장은 "브루네티는 결혼을 잘해서 귀족들 사이에 슬쩍 끼어들었다"며 부러워한다.[24]

내부적인 문제들에 시달리는 베니스는 보카치오의 피렌체를 휩쓴 전염병처럼 도시를 침입하는 외부의 위협에 속수무책이다. 현대 베니스의 전염병은 관광 산업이다. 소설 도입부에 브루네티와 동료는 희귀 도서들이 도난당한 도서관으로 걸어가다가, 문득 걸음을 멈추고는 헉 하는 소리를 낸다. "초자연적이고 불가능한 것에 대한 그들의 인간적인 반응. 엄청나게 큰 최신 유람선 한 척의 선미가 그들 앞으로 다가오고 있었다. 유람선의 거대한 후미는 어디 할 말 있으면 해보라는 듯 통명스럽게 그들을 노려보았다."[25] 레온은「관광객들 Tourists」이라는 제목의 에세이에서 이렇게 말한다.

> 그들은 셀 수도 없이 많은 사람들을 몰고 와 이 도시 주민들이 천
> 년 동안 몸에 익힌 삶의 구조를 효과적으로 파괴했고, 거의 일 년
> 내내 거주자들의 삶을 견딜 수 없게 만들었으며, 마스크, 플라스
> 틱 곤돌라, 색색의 종이, 조각 피자, 천박한 어릿광대 모자, 아이스
> 크림 상점들을 확산시켰는데, 이 중 마지막 것을 제외하면 어느 것
> 도 주민들은 원하지 않으며 지구상의 누구에게도 필요하지 않다.**26**

지역 공무원들은 그들의 도시를 파괴해서 돈을 벌고 있으므로,
내외부의 위협들이 서로를 강화한다. 거대한 유람선들이 일으키는
환경 파괴에 분노한 브루네티는 이렇게 회상한다. "이런 결정을 내
린 사람들은 대부분 베니스 사람들 아니었나? 그들은 이 도시에서
태어나지 않았나? 그들의 자녀들은 베니스에서 학교와 대학교를
다니지 않았나? 그들이 모이면 다들 베니스 방언으로 말했을 거잖
아."**27**

레온의 소설들에서 생태학적 관심은 점차 뚜렷해지고, 심지어
인물 묘사에도 드러난다. "그녀는 키가 크고 말랐으며, 언뜻 보기에
한때 **작은 호수**에서 아주 흔했던 가녀린 섭금류들 중 하나의 모습
을 하고 있었다. 그 새들처럼 그녀의 머리는 은회색이었다. … 그
새들처럼 그녀도 길쭉한 다리 끝에 넓고 까만 발을 가지고 있었
다."**28** 이 희극적인 묘사에는 **한때 작은 연못**에 그토록 흔했던 섭
금류들이 이제는 사라지고 없다는 함의가 깔려 있다.

『겉으로 보기엔』은 (가상의) 메를라 도서관에 소장된 귀중한 초기 서적들이 훼손된 사건을 통해 이러한 우려를 극적으로 표현한다. 누군가가 고서적들의 삽화를 몰래 뜯어냈는데, 브루네티는 이 과정을 강간에 비유한다. 특히 1550년대에 "가장 위대한 인쇄 도시에서 가장 위대한 저작물을 인쇄한"[29] 조반니 바티스타 라무시오Giovanni Battista Ramuiso(이탈리아의 지리학자이자 저술가−옮긴이)가 여섯 권으로 펴낸 『항해와 여행Delle Navigationi et Viaggi』의 희귀본이 훼손되었다. 적절하게도 라무시오의 개요서에는 마르코 폴로의 『동방견문록』에 대한 최초의 비평과 함께 아메리카 대륙 여행에 대한 베니스식 설명들이 실려 있다.

범인은 내부적·외부적 위협이 한꺼번에 혼재된 인물임이 밝혀진다. 그는 베니스에 방문 중인 미국인 학자인 **척** 행세하며 위조 서류를 꾸민 이탈리아인이다. 브루네티는 침해당한 이탈리아 유산(그리고 거의 나중에 생각난 뒤이은 살인)에 대해 파올라와 논의하면서 레이 브래드버리Ray Bradbury의 『화씨 451 Fahrenheit 451』을 암시하는데, 아이러니하게도 그는 이 책의 제목도 저자의 이름도 기억하지 못한다. 브루네티는 말한다. "책을 모두 없애버리면 기억도 사라져."[30] 그의 아내는 대답한다. "그리고 문화도, 윤리도, 다양성도, 당신이 생각하기로 선택한 것에 반대하는 모든 논쟁들도." 파올라는 헨리 제임스를 전공한 교수이고, 『겉으로 보기엔』은 그 자체로 한 미국인 여성의 『**여인의 초상**Portrait of a Lady』으로 과거와 현재의 이탈리아, 현지인과 외국인, 순수와 부패가 깊숙이 얽혀 있다.

도나 레온의 독자들이 브루네티의 발자취를 따라가고 그가 일하는 (그가 실제로 **존재**했다면 일했을) 경찰서에서 셀카를 찍기 위해 베니스에 모여들면서, 아이러니하게도 이제 도나 레온 자신의 책들이 그녀가 책 속에서 해부하는 바로 그 문제들에 기여하고 있다. ⟨론리 플래닛The Lonely Planet⟩은 이러한 목적의 여행 중 하나로 베니스행을 추천하면서 다음과 같이 정보를 제공한다. "도나 레온과 베니스의 브루네티 경감이 등장하는 레온의 미스터리 소설 팬이라면, 이 시리즈의 가장 대표적이고 매력적인 장소들을 개인 가이드와 함께 찾아가는 투어에 무척 만족할 것이다."[31] 이런 문제를 바로잡는 것은 경감의 권한을 훨씬 넘어서는 일이지만, 도움을 줄 수 있는 외국 관광객이 한 명 있으니 바로 코비드-19다. 2020년 6월, 내가 여기까지 이 글을 마친 그날 ⟨뉴욕 타임스⟩ 1면에 베니스에 관한 기사가 실렸다. 헤드라인이 무엇이었을까? "관광객이 아닌 이탈리아인으로 다시 북적이는 베니스를 상상하다: 팬데믹 이후의 미래에 대한 비전"[32] 내 말이 바로 그 말이다.

20

이탈로 칼비노
보이지 않는 도시들

Italo Calvino, Invisible Cities

『보이지 않는 도시들』(1972)은 마르코 폴로로 시작한 이번 장에 잘 어울리는 책이다. 마술적인 동시에 특정한 장르로 분류하기 어려운 이 책에서 칼비노는 폴로가 몽골 황제를 위해 대사로 활동한 (혹은 그랬다고 주장한) 수년 동안, 땅거미 진 황제의 정원에서 마르코 폴로와 쿠빌라이 칸 사이에 오갔을 일련의 사색적인 대화를 상상한다. 칼비노는 자신이 방문한 중국 전역의 도시들을 보고하면서 '도시와 기호들', '도시와 눈들', '도시와 죽은 자들' 같은 제목으로 도시를 묘사한다. 얼핏 보면 이 제목들이 임의적으로 정해진 것 같지만, 자세히 들여다보면 미묘한 수학적 순서를 발견하게 된다.

총 열한 개의 제목이 있고, 각각의 제목은 아홉 개 장에 걸쳐 점차 숫자를 높이며 동일한 제목으로 다섯 번씩 등장한다. 도시와 기억 1, 도시와 기억 2, 도시와 욕망 1, 도시와 기억 3, 도시와 욕망 2, 도시와 기호들 1, 도시와 기억 4, 도시와 욕망 3, 도시와 기호들 2, 섬세한 도시들 1 같은 패턴이다. 셰헤라자드와 샤리아르 왕의 액자식 구성을 가져와 『천일야화』에서 그녀가 하는 이야기들을 엮은 형태에서는 각 장마다 이탤릭체로 쓰인 마르코 폴로와 쿠빌라이 칸의 대화들로 시작하고 끝난다.

칼비노는 1967년 파리로 이주했고, 앞서 조르주 페렉 편에서 이야기했던 실험적인 단체 '울리포'에 가입했다. 『보이지 않는 도시들』의 수학적 구조는 전형적인 울리포 식이지만 대단히 시적인 경향을 지닌다. 각 장은 상징적인 도시를 묘사하는 보석 같은 산문시로, 폴로와 『천일야화』의 이미지로 가득 차 있다. 많은 도시들이 노골적으로 환상적인 무대다. 어떤 도시는 상수도 파이프와 배관 장치로만 이루어져 있으며 이곳에서 요정들이 아침마다 목욕을 한다. 또 다른 도시는 두 절벽 사이에 걸쳐진 거대한 그물로 지탱된다. "심연 위에 매달린 옥타비아 주민들의 삶은 다른 도시들보다는 덜 불확실하다. 그들은 그물이 아주 오랫동안 견뎌낼 것임을 잘 알고 있다."[33]

도시 발드라다는 호수를 따라 지어져, 베니스가 석호와 운하에 비치듯이 호수에 도시의 모습이 비친다. 책에는 페루의 건축가이자 일러스트레이터인 카리나 푸엔테 프란첸Karina Puente Frantzen이 상상한 발드라다의 모습이 소개된다(사진 15).

사진 15 카리나 푸엔테 프란첸의 발드라다

흥미롭게도 아래쪽 발드라다가 위쪽 발드라다를 그대로 비추지 않고, 일종의 이중 거울 이미지 방식으로 이미지가 묘하게 왜곡되어 왼쪽 아래에 비친 건물들은 오른쪽 위 건물들과 유사하고, 오른쪽 아래는 왼쪽 위 건물들을 유사하게 비춘다.

마르코 폴로는 쿠빌라이 칸에게 말한다.

발드라다의 주민들은 그들의 행동 하나하나가 실제 행동인 동시에 거울 속 이미지라는 걸 알고 있습니다. … 연인들이 벌거벗은 몸을 비틀고 살을 맞대며 상대에게 가장 쾌감을 주는 자세를 찾을 때조차, 살인자들이 목의 검은 정맥에 칼을 찔러 넣고 힘줄 사이에 꽂은 칼날을 누를수록 핏덩이가 쏟아져 나올 때조차, 중요한 것은 그들이 저지르는 성교와 살인이 아니라 맑고 차가운 거울 속 이미지들의 성교와 살인입니다.

그는 이렇게 마무리한다. "두 개의 발드라다는 계속 서로를 위해 살고 그들의 눈은 서로 맞닿아 있지만 그들 사이에는 사랑이 없습니다."[34]

모든 도시는 여성의 이름으로 지어지고, 도시마다 욕망(대부분 남성들이 상상하는)이 퍼져 있다. 여자들은 목줄을 맨 퓨마를 거리로 끌고 다닌다. 한 무리의 남자들은 벌거벗은 여자가 자기들에게서 달아나는 공통된 꿈에 영감을 받아 도시를 건설한다. 운 좋은 여행자들은 여자 노예들의 목욕탕에서 환락을 즐기도록 초대받을 수도 있다. 이대로 팀 버튼식 과장된 비율Burtonian proportions로 이루어진 오리엔탈리즘 판타지에 젖나 보다 싶은 순간, 이내 중세의 풍경 속으로 비행선, 레이더 안테나, 고층 건물 같은 현대적 요소들이 불쑥 튀어나오기 시작한다.

책이 전개될수록 근대성이 점점 더 깊숙이 침투하고, 후반부 도시들 중 몇몇은 도나 레온이 강조한 생태학적 측면에 필적할 만한 현대적인 문제들을 구체적으로 제시한다. 어떤 도시는 인구 과잉으로 아무도 1인치조차 움직일 수 없다. 또 다른 도시는 첩첩이 쌓이다 우뚝 솟은 쓰레기 산들 아래에서 무너지기 직전이다. 책이 끝날 무렵 뉴욕과 워싱턴 DC(이름이 언급됨)는 도쿄, 교토, 오사카처럼 일종의 '연속적인continuous 도시'로 합쳐진다. 칼비노의 텍스트는 과거와 현재, 동양과 서양, 유토피아와 디스토피아의 경계를 넘나들면서 제각기 다른 도시들의 다양한 렌즈를 통해 현대 세계를 바라본다. 칼비노가 토론에서 언급한 것처럼 "보이지 않는 도시들citta invisibiliti은 살 수 없는 도시들citta invivibili, 끊임없이 지구를 뒤덮고 있는 연속적·획일적인 도시들의 중심에서 태어난 꿈이다."[35]

진정한 비교 연구자인 칼비노의 마르코 폴로는 하나의 도시를 고립된 상태로 보지 않으며 모든 도시는 각자의 중요성과 사회적 의미로 연결된다. 그러나 그는 "운하 위의 아치형 다리들, 대리석 입구가 물에 잠긴 웅장한 궁전들, 기다란 노를 저어 지그재그로 움직이는 가벼운 배들의 부산스러운 움직임, 시장 광장에 채소 바구니를 내리는 보트들, 발코니들, 플랫폼들, 둥근 천장들, 종탑들, 석호의 잿빛 속에서 푸른빛을 발하는 섬의 정원들"로 유명한 고대 중국의 수도 킨사이와 닮은 도시를 본 적이 있느냐는 쿠빌라이의 질문에 침묵한다.[36] 이탈리아 독자라면 (그리고 많은 외국 관광객들은) 알고 있듯이, 킨사이는 베니스의 두 배 규모다. 마르코는 그런 곳은 본 적이 없다고 고집스럽게 말하지만, 쿠빌라이는 그에게 왜 태어난 도시에 대해 말하지 않느냐고 물으며 그를 다그친다. "마르코는 미소 지으며 말했다. '그럼 제가 달리 무엇에 대해 말하고 있었다고 생각하십니까?'"[37]

아비시니아(에티오피아)가 더 이상 파시스트 이탈리아의 식민지가 아닌 것처럼, 유럽 제국의 모험 저편에서 재너두와 킨사이는 더 이상 아비시니아의 처녀가 덜시머를 연주하며 여행자를 사로잡는 이국적인 별세계가 아니다. 오히려 쿠빌라이의 제국은 제국주의 이후 유럽의 이미지, 베니스의 기울어진 종탑들과 서서히 가라앉는 궁전들로 상징되는 "끝없고, 형체 없는 폐허"[38]가 된다.

마르코가 사랑하는 도시는 기억 속에서 훨씬 빠르게 무너지고 있다. "기억 속 이미지들은 한번 말로 고정되고 나면 즉시 지워집니다"라고 그는 쿠빌라이에게 말한다. "아마도 나는 베니스를 말해버리고 나면 즉시 그것을 잃어버릴까 봐 두려운가 봅니다. 그러니까 다른 도시들에 대해 말하면서, 어쩌면 나는 이미 그 도시들을 조금씩 잃어버렸는지도 모릅니다."[39] 그러나 그의 상실은 이야기를 듣는 이에게는 이익이다. "쿠빌라이 칸은 마르코 폴로의 이야기 속에서만, 무너질 운명인 벽들과 탑들 사이로 흰개미조차 갉아먹지 못할 만큼 아주 섬세하게 세공된 장식 무늬의 흔적을 알아볼 수 있었다."[40]

도나 레온의 베니스처럼 칼비노의 도시들은 섬세한 장식 무늬의 흔적들을 식별할 수 있는 사람들에게만 숨겨진 이야기와 다층적인 의미를 드러내는 팔림프세스트palimpsest(원래 기록을 지우고 그 위에 다른 내용을 기록하던 고대의 양피지-옮긴이)다. 베니스는 가라앉고 있고, 생태계는 무너지고 있으며, 폭력은 증가하고 있지만, 단테의 『신곡』과 보카치오의 『데카메론』처럼 칼비노의 소설은 우리에게 앞으로 나아갈 길을 제시한다. 단테의 백 편의 칸토와 보카치오의 백 편의 이야기보다 규모는 평범하지만 칼비노의 아홉 개 장은 모두 신중하게 배열되어 있고 질서정연한 구성은 각 장들에서 묘사된 혼란스러운 세계와 대조를 이룬다. 책의 마지막 구절에서 마르코가 단테를 직접적으로 언급하며 쿠빌라이에게 말한 것처럼.

산 자들의 지옥은 미래에 있는 무언가가 아닙니다. 지옥이 있다면 그것은 이미 이곳에 있으며, 그 지옥은 우리가 매일 살고 있는 곳이요, 우리가 함께 있음으로써 만들어지는 것입니다. 지옥의 고통을 피하는 방법은 두 가지입니다. 첫 번째 방법은 많은 사람들이 쉽게 할 수 있습니다. 바로 지옥을 받아들이고 더 이상 지옥이 보이지 않을 정도로 지옥의 일부가 되는 것입니다. 두 번째 방법은 위험하고, 지속적인 경계와 염려를 필요로 합니다. 즉 지옥의 한가운데에서 지옥이 아닌 사람과 대상을 찾아내고 그것들을 알아보는 법을 배운 다음, 그것들이 오래 지속될 수 있게 하고 그것들에게 공간을 부여하는 것입니다.[41]

카이로-이스탄불-무스카트

Cairo

이야기 속 이야기

Istanbul

Muscat

21

고대 이집트의
사랑 노래들

Love Songs of Ancient Egypt

베니스를 떠나 사흘 동안 남동쪽으로 이동한 뒤 우리는 이번 장에서 방문하게 될 중동의 세 지역 중 첫 번째인 카이로에 도착한다. 칼비노가 에우사피아라는 도시를 언급했을 때 그는 분명히 카이로를 떠올렸을 것이다. 삶을 사랑하고 근심은 피하려 하는 에우사피아 사람들은 지하에 그들의 삶을 똑같이 반영한 거대한 죽음의 도시를 건설했다. 죽음의 도시에는 (이집트 무덤 속에 죽은 왕족에게 '모든 좋은 것khet nefret nebet'을 제공하기 위해 작은 조각상들이 매장되어 있는 것처럼) '살아 있는 자들의 모든 직업'들이 갖춰져 있다. 그러나 칼비노의 설명에 따르면, 이 예술적인 사후 세계에 좋은 점만 있는 것은 아니다. "살아 있는 자들의 에우사피아는 지하 도시와 똑같은 도시를 복제하기 시작했다." 심지어 지상의 에우사피아를 자신들 모습대로 건설한 자들은 사실상 죽은 자들이며, "쌍둥이 도시에서는 누가 산 사람이고 누가 죽은 사람인지 더 이상 알 길이 없다"[1]는 소문까지 돈다.

내 경험 속 카이로는 바로 이와 같은 이중 도시다. 우리는 이집트 박물관의 보물들을 즐길 수 있지만, 그곳에 도착하려면 혼잡한 8차선 도로를 누비는 거의 죽음에 가까운 듯한 경험을 통과해야 한다. 나는 십 대 시절에 당시 아버지의 교구에서 몇 블록만 가면 도착하는 메트로폴리탄 박물관을 드나들다가 이 초월적이고 영원한 예술의 땅 이집트와 사랑에 빠졌다. 대학에서 아랍어가 아닌 중세 이집트어를 공부했지만, 동시대 이집트 문화에 대한 인식은 거의 없었다. 그러다 내 오랜 컬럼비아 동창 에드워드 사이드Edward Said를 기념하는 강의를 하러 카이로에 처음으로 갔을 때, 고대 유적지뿐만 아니라 현대 유적지도 방문하게 되었다. 마을 변두리 사카라의 거대한 공동묘지와 피라미드 단지를 답사한 뒤, 나는 나기브 마푸즈Naguib Mahfouz의 소설 『미다크 거리Midaq Alley』의 배경이 된 좁고 번잡한 미다크 거리를 찾아갔다. 그런 다음 마푸즈가 녹차를 마시며 글을 쓰던 칸 엘-칼릴리 시장의 엘-피샤위 카페에 차를 마시러 갔다(사진 16).

두 개의 카이로는 이보다 더 다를 수 없었지만, 둘은 떼려야 뗄 수 없을 만큼 서로 얽혀 있다. 그러나 칼비노의 죽음의 도시 에우사피아와 달리, 고대 이집트와 현대 이집트의 공통점은 생동감이다.

사진 16 오전의 피라미드, 오후의 카페

고대 이집트인들이 사후 세계에 깊이 몰두한 이유는 파티가 끝나
길 결코 원하지 않았기 때문이다. 동양학자들은 죽은 이를 즐겁게
하고 그들을 사후 세계로 안내하기 위해 무덤에 놓인 파피루스 두
루마리를 발굴했지만, 이집트 문화의 활기까지 인식할 수는 없었
다. 오늘날 『사자의 서 The Book of the Dead』라는 침울한 제목으로 알
려진 이 주문 모음집의 실제 제목은 'Sesh en Peret em Herew' 즉
'낮의 도래에 관한 책 The Book of Coming Forth by Day'이다. 무덤 벽에 새
겨진 부조들은 지상의 삶을 환기시키는 것들로 가득하고, 이것을
새긴 예술가들은 찰나의 순간을 영원히 포착하는 기쁨을 누렸다.
4500년 전에 새겨진 제5왕조의 부조에는 파수꾼과 그의 보초 개
코원숭이가 곡식을 훔치려는 도둑을 잡는 장면이 묘사되었다. 도
둑의 머리 위에는 항변하는 말이 새겨져 있다. "흥! 당신의 개코원

숭이나 벌주시지! 나한테서 저 개코원숭이를 치우라고!"

　나를 이집트 문학으로 처음 이끈 것은 현재까지 남아 있는 수십 편의 사랑의 시들이었다. 성서의 아가서에도 반복되는 이 유쾌한 가사들은 사랑의 기쁨을 불러일으키는 내용들로 가득 차 있다.

　　왜 마음으로 대화를 해야 하지요?
　　나는 오직 당신을 품에 안고 싶을 뿐인 것을.
　　아문 신이 살아 있는 한, 나는 당신에게 가리,
　　내 허리에 두른 천을 어깨에 걸치고서.[2]

　어느 시에서는 한 여인이 이렇게 노래한다.

　　내 마음은 당신의 사랑을 잘 기억해요.
　　내 한쪽 관자놀이를 잘 빗어,
　　당신을 보려고 서둘러 왔건만,
　　깜박 잊고 머리카락은 빗지 않았네요.[3]

　아마도 이 시들은 남자들이 지었을 테지만, 여성이 화자인 시들은 연회에서 맨살을 드러낸 여자들이 부른 노래였을 것이다(사진 17). 어떤 시에서 화자는 다산과 재생의 상징인 나일강가에서 그녀의 잘생긴 연인을 만난다.

　　여울에서 내 님을 찾았어요,

그는 두 발을 물에 담그고

잔치를 위해 탁자를 차려

맥주 한 잔으로 잔치를 시작하지요.

내 피부가 붉게 달아오르네요

그이는 키가 크고 날씬하거든요.[4]

신들은 연인들의 세속적인 열정을 보증한다. "나는 뱃사공이 젓
는 나룻배를 타고 하류를 향해 나아간다"라고 한 남자가 말한다.

품에 갈대 다발을 끌어안고

멤피스에 도착하면

진리의 신 프타에게 말하리라

오늘밤 내게 나의 여인을 달라고![5]

사진 17 이집트의 음악가들

이 시들은 '환희의 시 The Poems of Great Delight' 같은 제목을 붙인 시집들로 묶여 무덤에 안치되었다. 확실히 고대 이집트에서는 죽음 이후에야 삶이 시작되는 모양이다.

사랑에 관한 시와 함께, 고대 이집트 문학에는 지혜 문학(구약 성서의 일부를 통틀어 이르는 말―옮긴이)의 주요 작품과 최초의 설화들이 포함된다. 여기에는 이야기 속 이야기가 최초로 사용된 것으로 알려진 '난파선 선원 이야기 The Story of the Shipwrecked Sailor'(기원전 2000년경)가 있다. 한 사령관이 나일강 원정에 실패해, 왕에게 환영 받지 못할 것을 깊이 걱정하면서 고국으로 돌아온다. 그의 부하는 일이란 항상 생각보다 더 잘 풀릴 수 있으므로 걱정하지 말라고 말하며 어느 외딴섬에 난파되었던 자신의 이야기를 들려준다. 그곳에서 그는 커다란 뱀 한 마리를 만나는데, 뱀은 그를 안심시키며 이렇게 말한다. "두려워하지 마시오, 두려워하지 마시오, 작은 인간이여, 창백해 하지 마시오. 실로 신께서는 당신이 살도록 허락하셨소. 신은 당신을 부족한 것 하나 없는(직역하면 '없는 것이 없는'인데, 이것은 허구의 작품에서 매우 흥미로운 주장이다) 이곳 카 Ka섬으로 데려오셨소."[6]

그런 다음 뱀은 상실과 회복에 대한 **자신의** 이야기를 들려주어 선원을 안심시킨다. 이제부터 액자식 구성의 이야기 속 이야기가 시작된다. 뱀은 마법을 이용해 그의 배를 복구하고 그의 선원들을 소생시켜 그들이 가던 길로 돌려보낸다. 하지만 인간 화자들에게는 그런 힘이 없을 수도 있다. 사령관은 이런 긍정적인 이야기에 위로를 받지 못하고 이렇게 쏘아붙인다. "누가 도살될 거위에게

169

5장 카이로·이스탄불·무스카트 : 이야기 속 이야기

아침에 물을 주겠나?"[7] 액자식 구성으로 알려진 가장 초기의 작품
은 스토리텔링 자체의 힘에 의문을 제기한 최초의 이야기이기도
하다.

천일야화

『천일야화』는 수많은 판본으로 이루어져 있다. 어떠한 원고도 똑같은 것이 없고, 번역은 대개 완전히 다르며, 다양한 독자들이 아주 다양한 방식으로 이 책을 읽는다. 앙투안 갈랑Antoine Galland(1646~1715, 『천일야화』를 번역해 처음으로 유럽에 소개한 프랑스의 동양학자-옮긴이)이 『천일야화Les Mille et une nuits』(1704~1717)의 획기적인 번역본을 펴낸 이후로, 수많은 예술가들이 자신의 시대와 자신의 목적을 위해 발레, 회화, 쿠웨이트의 만화책에 이르기까지 이 이야기를 재창조했다. 많은 사람들이 어린 시절에 처음 『천일야화』를 접했고 (엄청난 삭제판으로) 존재하지 않는 바그다드를 중심으로 한 마법의 세계에 들어서고 있음을 느꼈다. 내가 여기에서 강조하고 싶은 것은『천일야화』가 현실에, 특히 주로 카이로에 얼마나 근거를 두고 있느냐 하는 것이다.

처음엔 핵심적인 이야기들이 페르시아에서 쓰였지만(그래서 액자식 이야기에 페르시아식 이름들이 나오고 샤리아르는 사산 왕조의 왕으로 등장한다), 우리가 읽는『천일야화』는 스토리텔링의 두 중심 지역(다마스쿠스와 카이로)에서 전개된다. 비교적 짧은 시리아 판본들은 '천'이 단순히 '많은 수'를 가리킬 수 있기에 반드시 완전한 천일의 밤을 소개하려 하지 않았다. 일부는 이 계통을 더 선호하기도 한다. 후사인 하다위Hussain Haddawy는 자신의 노튼 출판사 번역본을 소개하면서 그가 선호하는 14세기 시리아 필사본은 "다행히도 성장이 저하된" 산물이라고 찬사를 보낸다. 그는 이후에 더 확장된 카이로 버전은 "원본에서 거의 치명적인 것으로 입증된 독이 든 열매를 주렁주렁 맺었다"라고 일축한다.[8]

하지만 이런 경우 '원본'에 대해 말하는 것이 무슨 의미가 있을까? 번역은 새로운 문화적 맥락과 새로운 독자를 위해 텍스트를 다시 쓴(번역 이론가 로렌스 베누티Lawrence Venuti의 말처럼), 많은 판본들 중 하나로 생각하는 것이 바람직하다.[9] 어떤 독자는 하다위처럼 절제되고 매우 차분한『아라비안 나이트』를 선호할 테고, 또 어떤 독자는『아라비안 나이트』의 확장성을 구현하려는 번역본을 선호할 것이다. 루이스 보르헤스가 통찰력 있는 에세이「천일야화의 번역가들The Translators of the Thousand and One Nights」에서 예리하게 언급한 것처럼 이 이야기들은 바그다드의 생활상을 전달하는 것이 아니라, "고대의 이야기들을 카이로 중산층의 천박하거나 저급한 취향에 맞게 각색한 것이다."[10] 1장에서 살펴본 『위대한 유산』의 다양한 판본들처럼, 『천일야화』의 다양한 번역본들은 다양한 독자를 겨냥해 다양한 독서 경험을 제공한다. 『천일야화』에 이상적으로 접근하는 방법은 '최고'의 번역본을 찾으려는 탐색을 완전히 접고 다양한 번역본 읽기를 시도하는 것일지도 모르며, 원-친 어우양Wen-chin Ouyang이 여러 번역본에서 이야기를 선별하고 편집해 에브리맨즈 라이브러리 출판사에서 펴낸 책에서 도움을 받을 수도 있다.[11]

수 세기에 걸쳐 많은 이야기와 시들이 초기 편집본에 추가되었다. 알라딘과 알리바바의 이야기를 포함해 가장 유명한 이야기들 중 일부는 갈랑의 판본에 처음 수록되었는데, 아마도 시리아의 자료 제공자 하나 디아브Hana Diab에게 이야기를 넘겨받았을 것이다. 한 세기 후에 영향력 있는 영어 번역가 에드워드 레인Edward Lane이 1820년대에 카이로에서 자료를 수집했다. 그의 뒤를 이은 리처드 버튼 경Sir Richard Burton과 마찬가지로, 레인은 방대한 민족지학적 자료로 자신의 책을 가득 채워 그가 경험한 현장으로 독자들을 데리고 갔다. 레인은 번역가일 뿐 아니라 예술가이기도 해서 어느 스케치에서 칸 엘-칼릴리 시장에 들어서는 캐러밴을 묘사하기도 했다(사진 18). 재미있게도, 왼편에 터키 복장을 하고 물담배를 피우고 있는 양반은 다름 아닌 레인 자신이다. 나는 그가 스케치를 완성한 뒤 차를 마시러 엘-피샤위 카페로 향했을 거라고 생각하고 싶다.

『천일야화』의 많은 세부적인 내용들은 이 이야기들이 페르시아

사진 18 칸 엘-칼릴리 시장의 에드워드 레인

사산 왕조나 바그다드 아바스 왕조의 산물만큼이나 오스만 제국 시대 카이로와 다마스쿠스의 산물임을 암시한다. 따라서 「바그다드의 짐꾼과 세 여인」에서 한 여인이 잔치에 쓸 호화로운 물건들을 구입할 때 여기에는 터키의 모과, 헤브론의 복숭아, 다마스쿠스의 백합, 알레포의 건포도, 그리고 카이로, 터키, 발칸 지역에서 온 각종 과자들(카이로 시장에서 흔히 볼 수 있는 다양한 종류들)이 포함된다.

구입한 물건들을 나르기 위해 짐꾼을 고용한 여인은 그녀와 두 자매가 함께 사는 집으로 짐꾼을 초대한다. 그들은 모두 옷을 벗고 분수에서 목욕을 하고 성적인 수수께끼 놀이를 한 다음, 함께 만찬을 들면서 이야기를 하고 시를 암송한다. 그때 문 두드리는 소리가 그들을 방해한다. 각각 한쪽씩 눈이 먼 세 명의 떠돌이 탁발승이 자선을 요청하고 있다. 여인들은 그들에게 안으로 들어오라고 청

하는데, 단 놀라운 이야기로 자신들을 즐겁게 하되 자신들과 상관
없는 일은 묻지 않는다는 조건이 있다. 그런데 또 문 두드리는 소
리가 들린다. 고관과 사형 집행인과 함께 변장을 하고 도시를 거닐
고 있는 칼리프, 하룬 알-라시드Haroun al-Rashid다. 그들도 초대되어
이야기의 연회가 펼쳐진다.

　뉴욕대학교 아부다비 캠퍼스에서 강의하는 파울로 레모스 호르
타Paulo Lemos Horta(『천일야화』의 쟁쟁한 번역가들에 관한 훌륭한 책, 『걸
출한 도둑들Marvellous Thieves』의 저자이기도 하다)는 그가 북미에서 이
이야기를 주제로 수업했을 때 학생들은 짐꾼이 개로 변한 여자들
을 만나고, 탁발승이 초자연적인 힘을 지닌 이프릿ifrit(중동 지방의
교활한 악령 - 옮긴이)들을 만난다는 것은 있을 수 없는 일이라며 따
졌다고 한다. 이와 대조적으로 아부다비의 아랍 학생들은 많은 내
용이 상당히 그럴듯하다고 여기고, 오히려 다른 측면에서 깜짝 놀
란다. "남자 없이 여자들끼리만 셋이 산다고요? 어떻게 그럴 수 있
나요?"

　나는 앞서 『데카메론』을 세계 최초의 대화 치료라고 묘사했지만,
셰헤라자드는 3년간의 이야기 대화로 샤리아르 왕의 살인적인 광
기를 치료하므로 그보다 앞섰다고 할 수 있다. 액자식으로 구성된
이 이야기의 마지막 부분에서 시리아 판본은 왕이 그녀의 순결, 지
혜, 말솜씨를 칭찬하면서 "나는 그녀를 통해 뉘우치게 되었다"[12]고
말하지만, 이후 카이로 판본은 명백히 심리적인 내용을 다룬다.
"오 지혜롭고 영리한 이여." 샤리아르가 그녀에게 말한다. "당신은
이상한 일들과 반성할 가치가 있는 많은 일들을 나에게 이야기했

다. 나는 천일 하고 하룻밤 동안 그대의 이야기를 들어, 이제 내 영혼은 변화하고 기뻐하며 삶을 향한 욕구로 뛰고 있다. 그토록 놀라운 말솜씨로 그대의 입을 향기롭게 하고 그대의 이마에 지혜의 도장을 찍으신 신께 감사드린다!"[13]

아무리 환상적인 이야기라도 심리적인 효과뿐 아니라 정치적인 효과를 위해 동원될 수도 있다. 더 나아가, 오늘날은 물리적인 책 자체가 정치적인 역할을 할 수 있다. 팔레스타인의 예술가이자 활동가인 에밀리 자키르Emily Jacir의 매력적인 미술관 설치 작품처럼 말이다. 자키르의 프로젝트에 우울한 영감을 준 것은 1972년 번역가이자 이탈리아 PLO(팔레스타인 해방 기구) 대표인 와일 주에이터Wael Zuaiter가 암살된 사건이다. 그는 뮌헨 올림픽에서 이스라엘 선수들을 살해한 혐의로 이스라엘 측과 연루되었다(그의 지지자들은 정확한 사실이 아니라고 말한다). 모사드 요원들에게 살해당한 당시 그는 『천일야화』를 이탈리아어로 번역하는 중이었고, 그의 시신에서는 총알 구멍이 뚫린 『천일야화Alf Laylah wa Laylah』 한 권이 발견되었다.

에밀리 자키르는 이 실물 책으로 예술 작품을 제작함으로써 이 사건에 답했다. 그녀는 천 권의 빈 책들을 제작했고, 모사드 요원들이 사용한 것과 동일한 종류의 피스톨을 사용하여 한 권 한 권의 책에 총알이 관통되는 장면을 촬영했다. 이후 자키르는 베니스 비엔날레에서 〈영화를 위한 재료들(퍼포먼스)Materials for a Film(Perfromance)〉이라는 설치물을 제작했고 뉴욕 휘트니 미술관에서 더 발전된 형태를 만들었다. 주에이터가 더 이상 살아서 집필하거나 번역하지

사진 19 에밀리 자키르, <영화를 위한 재료들>(2006)

못한 책들을 상징하는, 총알에 뚫린 천 권의 책을 방에 죽 늘어놓았다. 전시실 입구 근처 벽면에는 총알이 박힌 『천일야화』의 각 페이지를 찍은 사진이 진열되었다(사진 19).

자키르의 설치 작품은 급작스럽게 삶이 단절된 한 인물에게 바치는 감동적인 헌사이며, 현대의 셰헤라자드인 자키르 자신이 새로운 시대에서 『천일야화』를 재탄생시켜 계속해서 그 생명을 잇고 있다는 증거이다.

23

나기브 마푸즈
아라비아의 밤과 낮

　　Naguib Mahfouz, Arabian Nights and Days

1911년에 태어난 나기브 마푸즈는 그를 신성 모독죄로 고발한 한 쌍의 근본주의자들에게 1994년 칼에 찔린 후로는 거의 글을 쓰지 않았지만, 2006년 94세의 나이로 사망할 때까지 70년의 작가 생활 동안 34권의 소설, 350편의 단편소설, 수십 편의 영화 대본과 많은 기사들을 발표했다.

거의 모든 작품의 배경인 카이로에서 평생 동안 거주한 마푸즈는 이집트에서 가장 저명한 도시 생활 기록자가 되었다. 이집트의 민족주의자였던 마푸즈는 예술적으로는 국제주의자였다. 그의 작품은 이집트의 전통 소설에 대한 사랑, 러시아 문학에 대한 사랑,

그리고 프루스트, 조이스, 카프카를 포함한 모더니스트들에 대한 사랑을 바탕으로 한다. 암살 시도는 마푸즈가 노벨상을 수상한 1988년 출간된 살만 루슈디의 『악마의 시 Satanic Verses』에 대한 논쟁의 여파로 일어났다. 마푸즈는 루슈디의 이슬람 묘사 방식을 비판하면서도 예술적 자유라는 그의 권리를 옹호했고, 이란 혁명의 최고 지도자 아야톨라 호메이니 Ayatolla Khomeini를 테러리스트라고까지 부르면서 루슈디에게 사형을 언도한 이란의 **파트와** fatwa(이슬람법에 따른 결정이나 명령 – 옮긴이)에 반대했다. 마푸즈의 이러한 태도는 그가 1959년 발표한 소설 『우리 동네 아이들 Children of Gebelawi』이 유대교, 기독교, 이슬람교를 동일시하고 종교보다 세속적인 과학을 장려한다고 받아들인 이슬람교도들의 분노를 끓게 했다.

수년 동안 마푸즈는 이중으로 차별을 받았다. 일부 작품은 종교적인 이유로 아랍 세계에서 금지되었고, 다른 작품들은 처음엔 나세르 정권을 비판했기 때문에, 이후엔 대통령 안와르 사다트 Anwar Sadat의 이스라엘과의 평화 조약을 지지했기 때문이라는 정치적인 이유로 금지되었다. 마푸즈의 작품은 그가 노벨상을 받기 전에는 아랍 세계에 비교적 알려지지 않았지만 이후로 널리 확산되었고 그의 사후에는 그를 기리기 위한 박물관 건립 계획이 진행됐다. 박물관은 일련의 관료주의적인 문제들과 2011년 혁명이 낳은 혼란으로 10년 이상 지연된 후 (마푸즈에게 완벽한 풍자적 주제가 되었을 이야기다) 마침내 개관되었다.

나기브 마푸즈가 문화적·정치적으로 헌신한 바탕에는 아랍어에 대한 깊은 애정이 있었다. 노벨상 수상 연설에서 마푸즈는 (많은 수상자들이 그러는 것처럼) 그의 문학적 선구자들에게 감사를 표한다든지 이 상은 사실상 그의 나라에 주어진 것이라는 말로 시작하지 않는다. 대신 그는 이렇게 말한다. 아랍어는,

> 이 상의 진정한 수상자다. 이 말은, 그러므로 아랍어의 멜로디가 여러분의 문화와 문명의 오아시스에 비로소 떠올라야 한다는 걸 의미한다. 나는 이번이 우리나라의 마지막 수상이 아니길 바라며, 슬픔에 잠긴 이 세상에 기쁨과 지혜의 향기를 퍼뜨린 전 세계 작가들 사이에서 우리나라 문학 작가들이 충분히 공로를 인정받아 이 자리에 앉는 기쁨을 누리길 바란다.[14]

마푸즈의 작품들은 파라오 시대를 배경으로 한 초기 소설부터 사회주의 리얼리즘을 다룬 『카이로 삼부작*Cairo Trilogy*』(1956~1957), 이후 1960~1980년대에 이르는 실존주의, 포스트모더니즘, 메타픽션에 이르기까지 고대와 현대 전 기간에 걸친 이집트의 역사를 총망라했다. 그를 뒤이은 살만 루슈디와 오르한 파묵과 마찬가지로 마푸즈 역시 이집트 문화에 대한 서구의 근대화 압력을 자주 다루지만, 동양과 서양 사이에서 갈피를 잡지 못하는 인물들의 감정에는 거의 관심을 보이지 않는다. 노벨상 수상 강연에서 마푸즈는 스스로를 이집트와 서양이 아닌, 고대와 이슬람이라는 두 문화의 산물이라고 설명한다.

나는 역사의 특정한 나이에 행복한 결혼을 한 두 문명의 아들이다.

첫 번째 문명은 7천 년 된 파라오 문명이고, 두 번째 문명은 1천 4백 년 된 이슬람 문명이다. 신사 숙녀 여러분, 이 두 문명의 슬하에서 태어나 그들의 젖을 빨고 그들의 문학과 예술을 먹고 자라는 것이 나의 운명이었다.

그는 성장 과정에서 뒤늦게 서양 문화를 접했다고 말한다. "그때 나는 당신들의 풍요롭고 매혹적인 문화의 과즙을 마셨다. 이 모든 것에서 (나 자신의 불안과 함께) 영감을 받은 말들이 내게서 흘러나왔다."

정치와 철학적 관심사, 전근대적 유산과 동시대의 삶을 한데 엮는 마푸즈의 능력은 1979년 소설 『아라비아의 밤과 낮』에서 가장 잘 드러난다. 소설은 1천 2일째 날, 셰헤라자드의 아버지인 고관이 자신의 딸이 마침내 어떤 운명을 맞게 될지 고민하며 불안한 마음으로 왕국을 향해 걸어가는 장면으로 시작한다. 셰헤라자드를 계속 아내로 두기로 결정했다고 샤리아르 왕이 말하자 그는 몹시 기뻐했다. "셰헤라자드의 이야기들은 선의의 마법이다.' 그는 기뻐하며 말했다. '그녀의 이야기들은 성찰을 요청하는 세계를 펼쳐 보인다.'"15 마푸즈는 우리에게 스토리텔링의 치료적 힘을 보여주는 것 같지만, 셰헤라자드 자신의 견해는 그다지 긍정적이지 않다. 고관은 셰헤라자드의 승리를 축하하러 갔다가 그녀의 비통한 심정을 알게 된다. "나는 나 자신을 희생했습니다.' 그녀가 비탄에 잠기며 말했다. '무섭게 흘러넘치는 피를 막기 위해서 말이에요.' 그녀가 계속해서 말한다. '그가 내게 다가올 때마다 나는 피 냄새를 말습니다. … 그는 얼마나 많은 처녀들을 죽였습니까! 신을 두려워할 줄 아는 경건한 사람들을 얼마나 많이 제거했습니까! 지금 왕국에는 위선자들만 남아 있습니다.'"[16]

이것은 존 바스John Barth의 단편 「두냐자디아드The Dunyazadiad」 (1972)와 같은 유쾌한 (그리고 여전히 가부장적인) 판타지 작품이 아니다. 이 작품에서 저자는 대단히 섹시한 셰헤라자드와 그녀의 교활한 여동생 두냐자드를 마법처럼 만나 중년의 위기를 치유하고 문학적·성적 능력을 회복한다. 마푸즈의 소설에서 샤리아르는 셰헤라자드의 이야기들은 자신에게 제한된 가치만 지닌다고 밝힌다. 그가 자신의 고관에게 침울하게 말한다. "나는 우울해졌소." 그가 말한다. "셰헤라자드의 이야기들은 죽음 외에 또 무엇을 말한단 말이오? … 사람들이 다른 사람들을 삼키고, 마침내 오직 한 명의 단호한 승리자(쾌락의 파괴자Destroyer of Pleasures)가 그들의 문을 두드리오." 고관은 셰헤라자드의 이야기들에는 결코 치유의 능력이 없으며, "그의 왕은 표면적으로만 달라졌음"을 깨닫는다.[17] 샤리아르는 여전히 폭력적인 전제 군주로 남아, 자신의 권력을 굳건히 하고 백성들의 피를 흘리게 할 부하들을 줄줄이 임명한다. 왕의 경비대장은 의아하게 여긴다. "샤리아르 왕은 대체 이 관리들을 어디에서 데려 온 것일까?"[18]

마푸즈의 동시대 정치적 관점은 분명하며, 그의 세계는 칼비노의 『보이지 않는 도시들』에 필적할 만한 방식으로 중세의 판타지와 동시대의 현실이 혼합되어 있다. 샤리아르는 카이로와 매우 유사한 도시를 다스리고, 등장인물들은 초현실적으로 뒤섞이며 '왕족들의 카페 Cafe of the Emirs'에서 그날의 사건을 논의한다. 카페의 고객으로는 약사 이브라힘 알-아타르, 이발사 우그르와 그의 아들 알라딘, 짐꾼 라가브 등이 있으며, 약사의 친구인 상인 신드바드는 도시에 싫증이 나 다시 바다를 향해 떠나려 한다. 처음에 그들은 세헤라자드와 "그녀의 아름다운 이야기들"[19] 덕분에 이제 그들의 딸들이 무사히 살아났다며 잔뜩 흥분한다. 하지만 마푸즈의 이야기는 이내 어두워진다. 정령이 상인을 함정에 빠뜨려 정치적 암살 사건을 저지르게 한다. 상인은 자신이 수행해야 할 임무에 괴로워하며 한밤중에 거리를 배회하지만, 하룬 알-라시드가 그랬던 것처럼 놀라운 이야기를 접하는 대신, 우연히 열 살 소녀를 발견해 강간과 살인을 저지른다. 그의 친구인 약사는 왕족들의 카페에서 이 범죄에 대해 이렇게 말한다. "그 정령의 존재를 허무맹랑하다고 여긴다면, 이 이야기는 수수께끼가 될 거라네."[20] 상인조차 자신의 충동적인 잔인성을 이해할 수 없다. "그의 영혼은 그가 경험한 적 없는 괴물을 낳았다."[21]

책 전체에 걸쳐 등장인물들은 자신을 이해하려 애쓰고, 부패한 체제에 순응하거나 굴복하지 않으려고 노력한다. 소수의 인물들은 자신의 파멸까지 받아들이면서 권력의 지시에 따르길 거부하는 데 성공한다. 책의 마지막에 샤리아르는 자신에게 혐오감을 느끼며 왕좌를 버린다. "그는 이미 백성들이 그의 과거 악행을 잊었을 때 심장의 반란 앞에 굴복하여 스스로 물러났다. 그의 교육에는 상당한 시간이 필요했다." 자신의 도시를 떠나 방황하던 샤리아르는 천사 같은 젊은 처녀를 만나고, 처녀는 그에게 이름과 직업을 묻는

다. 그는 대답한다. "과거로부터 달아나는 도망자"라고.[22]

　『아라비아의 밤과 낮』은 스토리텔링의 한계와 궁극적인 힘 양자에 관한 놀라운 명상이다. 샤리아르와 마찬가지로 우리도 스토리텔링을 교육받는 데 상당한 시간이 필요하고, 이집트의 경우에는 7천 년이란 세월이 걸렸다.

24

오르한 파묵

내 이름은 빨강

Orhan Pamuk, My Name Is Red   185

디킨스가 런던을 대표하고 마푸즈가 카이로를 대표한 것처럼, 오르한 파묵은 이스탄불을 대표하는 작가가 되었다. 작가와 도시를 동일시하기 좋은 지표는 작가의 생애와 시대에 헌정하는 박물관의 존재 여부다. 카이로의 마푸즈 박물관과 바이마르의 괴테 박물관처럼, 일반적으로 작가가 한때 살았던 집이나 마을에 세워진다. 221B 베이커 가의 셜록 홈즈 박물관처럼, 때때로 작가는 자신이 창조한 가장 유명한 인물에게 대중의 관심을 빼앗기기도 한다. 더블린의 제임스 조이스 박물관은 작가의 삶과 소설이 결합되어 있다. 이 박물관은 『율리시스』의 스티븐 디덜러스가 살고 있는 곳이자 젊은 제임스 조이스가 1904년 총 엿새 동안 머물렀던 더블린 근교 샌디코브의 마르텔로 타워에 위치한다.

파묵은 동명의 소설을 쓰는 동안 자신의 '순수 박물관'을 직접 지어 이 같은 작가의 박물관들을 한층 더 발전시켰다. 남자 주인공 케말은 잃어버린 사랑인 사촌 퓌순을 기리기 위해 자신의 집을 박물관으로 개조했다. 케말은 그들이 함께한 시간을 떠올리게 하는 온갖 종류의 일상적인 물건들을 수집했고, 소설은 이 박물관의 전시물들을 둘러보는 형식을 취한다. 파묵은 소설을 시작하면서 인근의 허름한 건물을 구입했고, 십 년에 걸쳐 책을 쓰는 동안 이 건물을 박물관으로 개조했으며, 2008년 책을 출간했다. 박물관은 2012년 문을 열었는데, 이곳에는 소설의 83개 장을 상징하는 초현실적인 유리 진열장이 배열되어 있다(사진 20).

사진 20 순수 박물관의 파묵

꼭대기 층에는 케말의 다락방 침실이 있고, 침실 벽에는 실제 원고의 페이지들이 붙어 있다. 일 층에는 여러 나라 언어로 번역된 파묵의 소설들뿐만 아니라 여자 주인공의 나비 모양 귀걸이 복제품을 살 수 있는 상점이 있다. 파묵은 건축 교육을 받았고 청소년기에는 화가가 되려 하다가 이후 돌연 소설을 쓰기로 마음을 바꾸었다. 순수 박물관은 그의 이런 개인적인 측면들이 모두 결합되어 있다.

예술의 매력에 오랫동안 심취하던 파묵은 그를 세계적으로 유명한 작가로 만든 책 『내 이름은 빨강』(1998)에서 고전적인 표현양식을 발견했다. 1950년대가 배경인 이 소설은 페르시아 예술의 양식화된 전통에 충실한 오스만 제국의 세밀화가들과 원근법을 기반으로 한 서양의 리얼리즘 방식을 도입하려는 사람들 사이의 투쟁이 중심을 이룬다. 이탈로 칼비노의 도시 옥타비아가 양쪽 절벽 사이에 걸친 그물에 매달린 것처럼, 소설 속 콘스탄티노플은 아시아와 유럽 사이에서 팽팽하게 균형을 유지한다. 등장인물들은 인도산 카펫에 앉아 포르투갈을 거쳐 수입된 중국 찻잔에 차를 마시며 중동의 과거와 서양의 미래 사이에서 아슬아슬하게 균형을 유지한다.

등장인물들은 초상화가 성격과 지위라는 보다 일반적인 특징 대신 그들의 개성(새로운 서양식 가치)을 전달할 수 있다는 생각에 마음을 빼앗기고, 이런 경쟁 문화의 소용돌이치는 매트릭스 속에서 이탈리아 회화 양식이 이슬람 예술의 위대한 전통을 대체하기 시작한다. 전통주의자들은 이에 반대한다. 한 이야기꾼은 나무 한 그루를 스케치하면서 새로운 리얼리즘 화풍으로 보이지 않아 만족스럽다고 말한다. "당신 앞의 초라한 나무인 내가 그런 의도로 그려지지 않은 것에 대해 알라께 감사드립니다. 내가 그렇게 묘사되었다면 이스탄불의 모든 개들이 내가 진짜 나무인 줄 알고 나에게 오줌을 쌌을 거라는 두려움 때문이 아닙니다. 나는 나무가 되고 싶지 않고 나무의 의미가 되고 싶습니다."[23]

역사는 서구화된 사실주의자들의 편에 서 있지만, 세밀화가들은 그저 그들이 감탄하는 이탈리아 화가들보다 더 이탈리아인이 되려고만 노력한다면 결코 성공할 수 없다. 『내 이름은 빨강』은 술탄의 세밀화가들 가운데 살인자를 찾는 이야기다. 살인자는 새로운 화풍에 반대하는 경쟁자들을 죽이는 서구주의자임이 밝혀진다. 그러나 책의 마지막에서 그는 자신의 비밀 걸작(술탄이 된 자기 모습을 그린 자화상)이 실패작이며, 서구의 기술을 어설프게 모방한 것임을 깨닫는다. "나는 악마가 된 기분입니다." 그는 고백한다. "내가 두 사람을 살해해서가 아니라 내 초상화가 이런 식으로 그려졌기 때문입니다. 나는 이 그림을 만들기 위해 그들을 제거한 게 아닌가 하는 생각이 드는군요. 하지만 지금 느끼는 이 고립감이 나를 두렵게 합니다. 그들의 전문적인 기술에 통달하지 않고서 서유럽의 대가들을 모방하는 것은 세밀화가를 더욱더 노예로 만듭니다."[24]

살인을 한 세밀화가는 두 세계 어디에도 완전히 합류하지 못하고 괴로워하다가 결국 버림받는다. 그러나 『내 이름은 빨강』은 실현되지 못한 낭만적·문화적 욕망과 가슴 아픈 외로움 속에서도 곳곳에 희극적인 요소들이 가득 차 있는 활기 넘치는 작품이다. 파묵의 소설은 그토록 날카롭게 제기한 문제에 대한 사실상 최선의 대답이며, 사라진 오스만 제국의 과거를 현재의 목적에 맞게 재창조한 강렬한 혼합물이다. 파묵의 말처럼 그는 1950년을 1590년으로 바꾸는 등 숫자를 바꾸어 자신의 어린 시절에 대해 썼다. 그는 서양 소설의 모든 기술을 이용했고 새로운 방식으로 변형하기도 한다. 그의 책은 59개의 짧은 장으로 나뉘며, 각 장은 '나는 검정이다', '나는 셰큐레다', '나는 나무다' 등 화자를 소개하는 제목으로 이루어진다.

나지브 마푸즈처럼 파묵은 주권적 자유를 가진 채로 서양 문화에 접근한다. 에세이 「마리오 바르가스 요사와 제3세계 문학Mario Vargas Llosa and Third World Literature」은 파묵 자신의 자화상처럼 읽힌다. 그는 이렇게 쓴다. "제3세계 문학을 구분하는 무언가가 있다면" 그것은 "그의 작품이 예술(소설이라는 예술)의 역사가 묘사되는 중심에서 어떻게든 멀리 떨어져 있다는 작가의 인식이며, 그는 자신의 작품에서 이 거리를 반영한다." 그러나 이것은 작가에게 결코 불리하게 작용하지 않으며,

> 외부인이라는 이 감각은 오히려 고유성에 대한 불안에서 그를 자유롭게 한다. 그는 자기 목소리를 찾기 위해 조상들이나 선구자들과 강박적인 경쟁을 벌이지 않아도 된다. 그는 새로운 영역을 탐구하고 있고, 그의 문화에서 한 번도 논의한 적 없는 주제를 다루며, 지금까지 그의 나라에서 한 번도 본 적 없는 먼 곳의 새로운

독자층에게 종종 말을 걸고 있기 때문이다. 그리고 이것은 글에 그 자체의 고유성과 진실성을 부여한다.[25]

『내 이름은 빨강』은 카페를 배경으로 현지 사람들이 모여 사건을 논의하거나 이야기꾼이 자신의 이야기들을 풀어내는 반복적인 장면 등에서 마푸즈의 작품과 연관성을 가진다. 이런 유사점에 주목해 나는 파묵에게 마푸즈에 대해 물었고 그는 "마푸즈의 장서들"을 모두 갖추고 있다고 답했다. 그는 다양한 서사 형식을 이용하는 마푸즈의 작업 방식을 좋아한다고 말했다. "그런 방식은 나처럼 그를 일종의 셰헤라자르트Shehrazat로 만듭니다." 그리고 덧붙였다. "내가 있는 이 세계에서 살아남아 계속해서 글을 쓰려면 교활한 셰헤라자르트가 되어야 합니다."[26] 번역이라는 주제에 걸맞게도 카이로의 샤흐라자드Shahrazad가 유럽에서는 셰헤라자데Scheherazade가 되고 터키에서는 셰헤라자르트Shehrazat로 다시 태어난다.

『천일야화』는 페르시아의 시와 예술과 함께 『내 이름은 빨강』에서 자주 연상된다. 여자 주인공 셰큐레는 셰헤라자드를 떠올리게 하는 인물로 자신이 이야기 속의 이야기꾼임을 잘 알고 있다. 그녀가 독자에게 말한다. "지금부터 내가 하는 말에 놀라지 마세요. 수년 동안 나는 여자들과 훌륭한 미인들의 이미지를 찾으려고 내 아버지의 책들에 그려진 그림들을 샅샅이 뒤졌습니다." 대개 여자들은 수줍게 눈을 내리깔지만 그들 중 소수는 대담하게 독자를 바라보았다. 셰큐레는 말한다.

나는 그 독자가 오랫동안 궁금했어요. … 한쪽 눈은 책 속의 세상을 다른 한쪽 눈은 책 바깥의 세상을 바라보는 저 아름다운 여인들처럼, 나 역시 아무도 알지 못하는 저 먼 시간과 장소에서 나를 지켜보고 있는 당신과 이야기를 나누길 간절히 원합니다. 나는 매력적이고 똑똑하며, 누군가 나를 지켜보고 있다는 사실이 즐겁습니다. 혹시나 내가 가끔 한두 차례 거짓말을 하게 된다면, 그건 당신이 나에 대해 잘못된 결론을 내리지 않게 하기 위해서랍니다.[27]

『내 이름은 빨강』은 서구화가 초래한 정체성 혼란과 문화적 기억에 대한 도전들을 탐구하고, 그 과정에서 파묵은 서구화된 살인자와 카페 이야기꾼의 전통주의자 나무가 인식하는 이분법적 선택을 초월한다. 파묵은 이스탄불 내부와 그 너머에, 소설의 페이지 안과 밖에 동시에 살고 있듯, 오스만 제국의 과거와 포스트모던의 현재에 동시에 살고 있다. 이중적 정체성을 직접적으로 표현하기 위해 파묵은 소설에서 셰큐레의 아들 이름을 오르한으로 짓는다. 한편 셰큐레의 이름은 파묵의 어머니 이름이기도 하다.

소설의 마지막 구절에서 셰큐레는 아들에게 자신의 이야기를 물려주면서 아들이 이를 삽화가 그려진 설화로 만들어주길 바라지만, 그녀는 독자에게 그 결과물을 너무 곧이곧대로 받아들이지 말라고 경고한다. "유쾌하고 그럴듯한 이야기를 위해 오르한이 하지 못할 거짓말은 없답니다."[28]

25

조카 알하르티

천체

Jokha Alharthi, Celestial Bodies

노벨상은 사실상 아랍어에 주어진 것이라는 나지브 마푸즈의 말이 옳다면, 마찬가지로 2019년 맨부커 인터내셔널상은 **영어**로 쓰인 아랍어 글에게 주어졌다고 말할 수 있을 것이다. 상금 5만 파운드는 작가 알하르티와 그녀의 책을 번역한 마릴린 부스Marilyn Booth에게 균등하게 배분되었다. 『천체』는 알하르티가 태어나기 8년 전인 1970년에야 비로소 노예제가 폐지된 나라를 배경으로 등장인물들이 마을 생활에서 전근대적인 패턴이 지속되는 것을 느끼는 가운데 완벽하게 세계화된 오만의 삶을 동시에 그리고 있어, 양쪽 언어에 수여하는 이 상을 받는 것이 더더욱 적절하다. 알하르티의

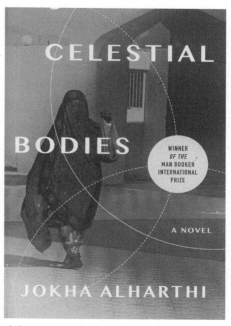

사진 21 천체와 부커상 표식

소설은 이미 24개 이상의 언어로 번역되고 있다. 갑작스럽고 예상 치 못한 이 책의 성공으로 짐작컨대 현대의 세계 문학이 형성되는 과정에서 국제적인 상들이 주요한 역할을 하는 것 같다. 소설의 아 랍어 제목 'Sayyidat al-Qamar'는 직역하면 '달의 여인들'이라는 의미로, 현재 미국판 표지에 새겨진 부커상 휘장이 마치 오만 여성 의 몸 위에 겹쳐진 천상의 궤적에 뜬 보름달처럼 보여 묘하게 어울 린다(사진 21).

이 소설의 성공은 작품을 알리는 데 상의 가치와 함께 번역가들 이 얼마나 중요한 역할을 하는지를 보여준다. 2000년대 초 알하르티는 남편과 어린 자녀와 함께 에든버러에 살고 있었다. 그녀는 소설 한 권과 단편집 한 권을 출간했지만, 오만의 작은 문학 시장을 고려할 때 안정적인 직업이 필요해 아랍 고전 시로 박사 학위를 준비하고 있었고, 이후 무스카트에 있는 술탄 카부스 대학교에서 아랍 문학 교수가 되었다. 그러나 에든버러에서 그녀는 영어로 논문을 쓰는 일이 자신에게 맞지 않다는 걸 알았다. 알하르티는 한 인터뷰에서 이렇게 말했다.

> 나는 **유창한** 영어를 쓰고 **유창한** 에세이를 쓸 거라는 기대를 받았고 또 그렇게 하는 것 같았지만 그런 적이 없었습니다! **한 번도** 그런 적이 없었어요. 그래서 어느 날 밤 아파트에 돌아와 아기를 재우고, 노트북 앞에 앉아서 생각했습니다. 꼭 오만이 아니더라도 다른 삶, 다른 언어였다면 어땠을까 하고 말이지요. 그리고 나는 내 언어를 너무도 사랑하기 때문에, 내 언어로 글을 써야 할 필요성을 느꼈습니다.[29]

동시에 그녀는 고국을 떠나 아랍 문학을 공부하면서 자신의 문화에 대해 "다른 시각을 갖게" 되었다고 말한다. 알하르티는 모국어의 따뜻함을 그리워하면서 새로운 소설을 쓰기 시작했다. 그녀는 자신의 논문을 조언하던 마릴린 부스에게 원고를 보여주었고, 부스는 이 소설이 무척 마음에 들어 자신이 번역하겠다고 제안했다. 젊은 오만 여성의 작품을 출간하려는 출판사를 찾는 일은 힘들었고, 2010년에 최고의 오만 소설로 상을 받았지만 2018년에야

스코틀랜드의 작은 출판사에서 번역본이 출간되었다. 그러다 올가 토카르추크의 『방랑자들』 이후 1년 만에 부커상을 받게 되면서 책의 운명은 극적으로 바뀌었다.

알하르티의 소설은 이야기 속 이야기라는 아랍 문학의 전통을 이어가는 동시에, 파묵의 복수의 서술자들이 사용하는 원근법주의와 별반 다르지 않은 서술적 관점이 포함되어 있다. 소설의 짧은 장들(알하르티의 경우 58개 장, 『내 이름은 빨강』은 59개 장)은 세 자매와 그들의 가족들에 초점을 맞춘다. 「짐꾼과 바그다드의 세 여인」의 자매들처럼 알하르티의 여자 주인공들은 강인하지만 현대의 오만이라는 현실에 살고 있어, 그들의 판타지 세계는 상상 속에서 펼쳐지고 그들의 꿈은 거의 이루어지지 않는다.

소설의 첫 문장에서 "자신의 싱거 Singer 재봉틀에서 영원히 헤어나오지 못하는 마야는 바깥세상에는 관심이 없는 것 같았다."[30] 그녀는 어느 젊은 남자에 대한 몽상에 빠져 있다. 런던에서 수년간 공부한 뒤 학위도 없이 오만으로 돌아온 그 남자에게 한눈에 사랑에 빠진다는. 하지만 그는 그녀를 알아보지 못하는 것 같고, 그녀는 어쩔 수 없이 중매 결혼을 받아들인다. 하지만 조용한 반항의 표시로 그녀는 딸의 이름을 '런던'이라고 짓는다. 마을의 여자들은 어리둥절해한다. "누가 딸 이름을 **런던**이라고 지어요? 이보세요, 그건 장소 이름이에요. 아주 멀리 기독교인들 나라에 있는 곳이라고요. 우리 전부 얼마나 놀랐다고요!"[31] 그녀의 남편은 그녀에게 헌신하지만, 그가 그녀도 자신을 사랑하느냐고 묻자 그녀는 소리내어 웃는다. "티브이에서 하는 그런 말들을 어디에서 들은 거예요?" 그녀가 묻는다. "아니면 밖에 달린 위성방송 안테나 때문인지도 모르겠군요. 이집트 영화를 내보내는 방송 말예요. 그런 영화에 푹 빠진 거예요?"[32]

마야의 자매들 역시 애매하게 성공한다. 아스마는 자기 중심적인 예술가와 결혼해 많은 자녀들에게 헌신한다. 셋째 동생 카울라는 캐나다로 이주한 첫사랑을 애타게 그리워한다. 그녀는 그가 언젠가 돌아와 자신과 결혼할 거라고 믿으며 들어오는 혼담을 모두 거절한다. 놀랍게도 정말로 그가 오지만 그는 자신의 여자 친구와 함께하기 위해 2주 뒤에 다시 몬트리올로 떠난다. 그 후 십 년 뒤, 캐나다의 여자 친구는 마침내 그를 내쫓는다. "그가 돌아왔다. 그는 회사에서 좋은 자리를 얻었고 아내와 아이들을 알아가기 시작했다."[33] 그러나 다섯 아이들이 성장하자 카울라는 이혼을 고집한다. "그녀는 단지 과거를 견딜 수 없었을 뿐이었다. 이제 모든 것이 차분해졌고 잘 정돈되었다. … 그녀는 평화로웠고, 그래서 그녀의 마음은 용서하기를 그만두었다."[34]

마푸즈와 파묵처럼, 알하르티는 지역적인 동시에 세계적인 문학의 틀 안에서 글을 쓴다. 그녀의 등장인물들은 이슬람교 이전의 시인 임루 알 카이스Imru al-Qays와 현대 시인 마흐무드 다르위시Mahmoud Darwish를 인용하지만, 그녀의 세계관 속 대부분의 사람들은 이 시인들을 거의 알지 못한다. 자매의 아버지는 자유분방한 베두인 여인의 유혹에 빠져 마음을 사로잡힐 때, 10세기 시인 알-무타나비Al-Mutanabbi의 시를 인용하며 사랑하는 베두인 여인을 사막의 가젤로 묘사한다. 아버지의 연인이 묻는다. "당신이 전에 말한 알-무타나비라는 사람, 당신 친구예요?" 그녀는 비유적 표현을 좋아하지 않는다. "그러면 가젤이 되새김질하는 것처럼 난 내 말을 씹는 건가요?[35]

인터뷰에서 알하르티는 가브리엘 가르시아 마르케스, 밀란 쿤데라, 미시마 유키오, 가와바타 야스나리, 안톤 체호프를 비롯해 그녀가 좋아하는 세계적인 작가들에게 공을 돌린다. 뿐만 아니라 과거 영국의 오랜 식민지였던 지역을 배경으로 했기에 소설에는 '글로벌 잉글리시'의 세계가 계속 머물고 있다. 마야의 남편 압달라는 영어를 배우라는 압력에 마지못해 굴복한다. "내 나라에서! 내 아랍 국가에서 식당, 병원, 호텔이 죄다 '이곳에서는 영어만 사용한다'고 떠들고 있다니."[36] 시간이 지나, 이제는 성장한 딸 런던이 약혼자의 로맨틱한 몸짓에 열광하자 그녀의 친구 하난이 영어로 대답한다. "그게 뭐 So What?"[37] 그러다 환멸을 느낀 런던이 파혼하자 하난은 그를 잊으라고 충고한다. "자! 런던. 하난이 그녀에게 말했다. 삶은 계속 돼. 아흐마드하고 관련된 건 그냥 딜리트 키를 눌러버려, 오케이? 그녀는 자신의 주장을 강조하기 위해 영어로 렛 잇 고 Let it go 하라고 말했다."[38] 여기에서 하난은 영어와 함께 최신 컴퓨터 용어를 사용한다.

조카 알하르티는 부커상을 수상한 최초의 아랍 여성이자 영어로 번역된 책을 쓴 최초의 오만 여성이다. 알하르티는 두 세계에 동시에 살고 있으며, 그녀의 웹사이트 jokha.com는 아랍어와 영어 두 가지 버전이 있다. 아랍어 버전 홈페이지는 『천체』에 실린 제사 題辭를 게시했다. "Fi algharbat, kama fi alhub, nataearaf ealaa 'anfusina

197

5장 카이로·이스탄불·무스카트 :: 이야기 속 이야기

bishakl 'afdal(사랑에서와 마찬가지로 소외 속에서, 우리는 자신을 더 잘 알게 된다)." 소외와 자유, 시와 산문, 오만과 더 넓은 세계가 알하르티의 이야기라는 거미줄에 한데 얽혀 있다.

6장

콩고-나이지리아

The Congo

식민지 시대 이후의 만남들

Nigeria

조셉 콘래드
어둠의 심연

Joseph Conrad, Heart of Darkness

마르코 폴로 시대 이후, 여행자들은 국경을 넘어 더 넓은 세계에 각자 자신의 지역들을 대변하는 중요한 역할을 해왔다. 특별한 영향력이 있는 이야기는 그것이 사실이든 허구이든 먼 지역의 독자들뿐 아니라 그 지역 자체에도 지속적인 영향을 미쳤다. 여행자가 제공한 이야기는 다른 문화적 감각을 지닌 후대 작가들에게 다양한 영감을 주기도 하고 종종 분노를 일으키기도 한다. 조셉 콘래드의 가장 유명한 작품은 그 기원과 아프리카 작가들의 수용 측면 모두에서 외부인이 세계 문학의 지도 위 어떤 장소에 자리 잡을 때 그에게 열리는 가능성과 뒤따르는 문제를 보여준다.

1874년 열여섯 살의 나이에 선원이 되기 위해 폴란드를 떠난 콘래드는 프랑스와 영국 상선에서 경력을 쌓은 뒤 1890년대 중반에 마침내 작가가 되기로 결심했다. 『어둠의 심연』에서 콘래드는 강을 따라 여행하던 생생한 경험을 바탕으로 제국의 이상이 광기로 이어지는 불안함을 묘사하기 위해 밀도 있고 환각적인 단어들을 그물처럼 엮었다. 1890년 그는 벨기에의 왕 레오폴드 2세가 노예 노동과 다름없는 수단을 이용해 천연자원을 개발하려고 설립한 회사에서 콩고강의 증기선을 조종하는 일을 구했다. 1885년 콩고는 중앙아프리카에서 실종된 것으로 추정되는 리빙스턴 박사의 행방을 찾아 유명해진 저널리스트이자 탐험가인 헨리 모턴 스탠리 Henry Morton Stanley의 홍보에 힘입어 국제적인 인식을 얻게 되었다.

스탠리는 『리빙스턴 구출기 How I Found Livingstone』(1872)와 『가장 어두운 아프리카에서 In Darkest Africa』(1890)와 같은 베스트셀러에서 원주민의 무기들, 가슴을 드러낸 여자들을 묘사한 민족지학적 판화와 지도, 그리고 위대한 백인 남자가 온갖 장애를 극복하는 극적인 장면들을 묘사한 삽화들을 풍부하게 실어 자신의 모험을 극화했다. 다음 페이지의 판화에서 스탠리는 원주민에게 거센 강물에 휩쓸릴까 봐 두려워 귀중한 종이 상자를 떨어뜨리다간 총으로 쏘겠다고 위협한다(사진 22). "총알과 거센 물길로 위험에 처한 동료를 바라보느라 모든 남자들이 하던 일을 멈추었다. 정작 그 남자는 엄청난 두려움에 떨며 권총을 바라보는 것 같았고, 몇 차례 필사적인 노력 끝에 무사히 상자를 강가로 가져오는 데 성공했다."[1] 어느 쪽을 더 놀라워해야 할지 모르겠다. 이 장면이 실제로 일어났다는

"LOOK OUT, YOU DROP THAT BOX, I'LL SHOOT YOU."

사진 22 종이 상자를 구조하는 스탠리

사실인지, 아니면 스탠리가 이 일을 자랑스러워하며 전면 삽화에 쓰기로 결정했다는 사실인지.

스탠리는 레오폴드 왕의 대리인 역할을 맡아 콩고강을 따라 교역소를 설치하고 부족장들과 관계를 맺었다. 그는 『콩고와 자유국가 설립』(1885)에서 식민지 제국 건설자로서 자신의 성공을 자세히 언급하면서, "대단히 관대한 국제 콩고 협회의 왕실 설립자"[2]라는 찬사를 쏟아부었다. 이 구절은 식민지 경제 착취의 중심이었던 상아 무역에서 원주민 중개인을 다루는 어려움을 중점적으로 다룬 장에서 나온다. 1899년 콘래드는 『어둠의 심연』에서 자신의 증기선 선장 경험뿐 아니라 스탠리의 작품들을 활용했다. 주인공 찰리 말로는 고용 제의를 받았을 때 "무지개 색들로 표시된 크고 번들거리는 지도"를 보았다고 말하고, "나는 황색 지역으로 가고 있

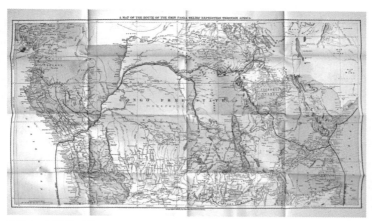

사진 23 **노란색 세상으로**

었다. 그것은 지도의 한복판에 있었다"고 설명한다.[3] 콩고는 스탠리의 『가장 어두운 아프리카에서』 맨 뒤에 수록한 접힌 지도에서 실제로 황색으로 칠해져 있다(사진 23). 말로는 미스터리한 상아 무역상 커츠를 만나기 위해 지도의 '한복판'인 상류로 과감히 향하지만, 유럽의 이상이 붕괴되는 끔찍하고 야만적인 현장 한가운데에서 죽어가는 그의 모습을 발견할 뿐이다.

독자들은 말로와 강 상류의 모험을 동행하면서 발견한 것에 대해 첨예하게 의견이 나뉘어왔다. 우리는 실제로 아프리카를 본 것일까, 아니면 말로의 환상을 본 것일까? 유럽 제국주의의 본질적인 부패를 본 것일까, 아니면 제국주의의 실패를 본 것일까, 아니면 콘래드가 제국주의를 비판하면서도 인종 차별주의를 강화할 정도로 너무도 극명한 원시주의를 보고 있는 것일까? 이 마지막 관점은 치누아 아체베Chinua Achebe가 1977년에 쓴 에세이 「아프리

카의 이미지: 콘래드의 『어둠의 심연』에 나타난 인종 차별주의」에서 주목할 만한 진전을 보여주었다. 아체베는 콘래드를 공격하며 이렇게 말한다. 그가 제시하는 아프리카는,

> 인식 가능한 모든 인간성이 결여된 형이상학적 전쟁터에 다름 아니며, 방황하는 유럽인이 위험을 무릅쓰고 그 안으로 들어간다. 이런 식으로 아프리카를 옹졸한 유럽인 개인의 마음을 파괴하기 위한 소품 역할로 축소하는 것에는 당연히 터무니없고 비뚤어진 오만함이 있다. 그러나 심지어 그건 중요한 문제가 아니다. 진정한 문제는 아프리카와 아프리카인의 비인간화로, 이것은 전 세계에서 조성되어왔고 또 계속해서 조성되고 있는 아주 오래된 태도이다. 그리고 문제는 이러한 비인간화를 기념하고, 인류의 일부를 비인격화하는 소설을 위대한 예술 작품으로 부를 수 있느냐는 것이다. 내 대답은 아니, 그럴 수 없다, 이다.[4]

아체베는 콘래드의 텍스트는 아프리카인들을 말로의 모험을 위협하는 배경으로 취급하기 때문에 이 점을 반드시 바로잡아야 한다고 제안했다. 콘래드는 독자에게 말로의 시선으로, 일종의 문학적 인상주의 안에서 아프리카를 경험하도록 강요하지만, 말로는 객관적인 관찰자와는 거리가 멀다. 콘래드는 여러 지점에서 말로의 서사적 권위를 불안정하게 만들어, 커츠뿐 아니라 말로가 그토록 자주 탐닉하는 인종적 편견에 대한 지지를 약화시킨다.

이 중편소설의 핵심은 콘래드가 매우 모호한 액자식 구성을 사

용한다는 것이다. 이야기는 아프리카가 아닌 런던 외곽 템스강에 정박한 유람선 **넬리호**에서 시작되고, 그림자 같은 서술자는 아이러니한 불신을 저변에 흘리며 말로를 묘사하면서 그의 "언제 끝날지 모를 이야기"를 전한다. 땅거미가 질 무렵, 말로는 "물론 당신들은 그때가 되면 지금 이 안에 있는 나보다 더 많은 것을 보게 되겠지"라고 청중들에게 실언을 하는 순간에도 점점 짙어져가는 어둠에 휩싸인다.[5] 말로는 상아를 우상으로 삼았다며 커츠를 비난하지만, 회의적인 서술자는 말로가 "유럽식 옷을 입고 연꽃도 없으면서 마치 설법하는 부처인 양 자세를 취한다"[6]라고 말한다. 말로는 자신을 배우 험프리 보가트와 비슷한 인물로 여기지만, 동시에 그는 모든 환상을 잃어버렸다는 환상을 갖고 있는 인물처럼 보인다.

소설 초반 콩고 임무에 배치시켜 달라고 인맥 좋은 이모에게 부탁해야 하는 난처한 상황을 시작으로(실제로 콘래드 자신이 그랬던 것처럼), 콘래드는 소설 전반에 걸쳐 말로의 제국주의적 남성성을 미묘하게 풍자한다. "나, 찰리 말로는 여자들을 동원했소. 일자리를 잡기 위해서 말이오. 세상에!"[7] 소설 마지막에 커츠가 죽은 뒤 영국으로 돌아온 말로는 커츠의 약혼자를 찾아가 애도를 표한다. 그녀가 연인이 마지막으로 남긴 말을 알려달라고 간청할 때, 말로는 더 이상 환멸 나는 지식을 갖춘 위엄 있는 인물로 보이지 않는다. "오싹한 느낌이 내 가슴을 죄는 듯했어. '이러시면 안 됩니다.' 나는 소리 죽여 말했지."[8] 말로의 목소리는 권위적이기는커녕 강간 사건 피해자처럼 들린다. 이런 압박을 받으며 말로는 진실만을 말한다는 평소 원칙을 차마 고수하지 못하고, 커츠가 실제로 남긴 마지막 말("끔찍해! 끔찍해!")을 밝히는 대신 커츠는 마지막에 그녀의 이름을 말했다고 전한다. 말로에게서 듣고 싶은 말을 들은 커츠의 약혼녀(우리는 그녀의 이름을 끝까지 듣지 못한다)는 희열에 찬 비명을 지르고는 마음속에서 커츠를 떨쳐낸다.

콘래드가 아프리카에 대한 인종 차별주의적 고정관념을 이용하는 방식은 아체베처럼 그것에 대항하기 위해서가 아니라, 이른바 계몽된 유럽인인 자신과 아프리카인 타자 사이의 경계가 얼마나 얄팍한지 보여주기 위해서다. 이야기 초반에 말로는 런던 너머로 해가 지는 모습을 바라보며 말한다. "이곳 또한 한때는 세상의 어두운 부분 중 하나였다"라고. 그는 템스강을 향해 항해하는 상상 속 로마 군단의 암울한 경험을 떠올린다. "보급품들이나 주문품들, 자네가 좋아하는 것을 싣고 이 강을 거슬러 올라가는 거지. 모래톱, 습지, 숲, 야만인. 문명인이 먹을 만한 건 거의 없고, 마실 것이라곤 템스강물뿐일 거야. … 추위, 안개, 폭풍우, 질병, 유배, 죽음. 공기 속에도 물속에도 덤불 속에도 죽음이 숨어 있을 테고. 이곳에서 그들은 파리 떼처럼 죽어가고 있었겠지."[9] 영국은 "가장 어두운 아프리카"를 반영하고, 말로가 자신의 이야기를 하는 동안 런던에 밤이 찾아온다. 이질적인 대륙에서 돌아온 말로의 귀환은 대영제국의 심연에 문명과 야만이 끈끈하게 혼재되어 있음을 드러낸다.

27

치누아 아체베

모든 것이 산산이 부서지다

Chinua Achebe, Things Fall Apart   207

현재까지 아프리카 문학 중 가장 유명한 작품인 『모든 것이 산산
이 부서지다』(57개 언어로 번역되어 2천만 부가 판매되었다)는 유럽인
들이 출현하기 전 우무오피아의 이보족 마을 내부에 흐르는 긴장
을 묘사하다가, 개신교 선교사들이 도착하자 실제로 모든 것이 무
너지기 시작한다. 잇따른 종교 투쟁은 유럽의 강압적인 탄압으로
이어지고, 치안 판사는 자신이 구상한 책 '니제르강 하류 원시 부
족의 평화 조약The Pacification of the Primitive Tribes of the Lower Niger'에 이
갈등을 쓰기로 결정하면서 소설은 불길하게 끝난다. 반反식민지
주제가 이 이상 분명하게 드러날 수는 없지만, 이것만이 이 책을

읽는 유일한 방식은 아니다.

내가 가진 1994년 랜덤하우스 판본은 이와 뚜렷한 대조를 이루는데, 인종이나 제국에 대해 한마디도 언급하지 않은 채 책을 소개하는 놀라운 위업을 보여준다. 앞표지에는 나딘 고디머Nadine Gordimer가 "영광스럽게도 대단히 정열적이고 관대하며 뛰어난 재능을 타고난" 작가로 아체베를 칭찬하고, 뒤표지에는 이런 글이 실려 있다. "두려움과 분노가 인생을 지배한 어느 '강인한 남자'의 단순한 이야기 『모든 것이 산산이 부서지다』는 놀랍도록 절제되고 미묘한 아이러니로 쓰인 작품이다. 이 책은 독특하고 풍요로운 아프리카인의 특성은 물론이고 시대와 장소를 불문하고 모든 인간들의 공통된 특성에 대한 아체베의 예리한 인식을 보여준다."

언어적으로 이 책에 접근하는 독서 방식도 있다. 이에 관한 이해는 아체베의 1962년 에세이 「아프리카 작가와 영국 언어」를 기반으로 한다. 여기에서 그는 비교적 널리 읽히지 않는 토착 언어 대신 영어나 프랑스어로 글을 쓰는 일의 가치를 주장한다. "싫어도 인정할 건 인정하자. 아프리카의 식민지주의는 많은 것들을 혼란에 빠뜨렸다. 하지만 지금까지 여러 길을 갔던 많은 사람들을 하나로 모았다. 그들에게 서로 대화할 수 있는 언어를 주었다. 그들에게 노래를 주지는 못했더라도 적어도 한숨을 쉴 혀는 주었을 것이다." 그리고 이렇게 결론을 맺는다. "나에게는 다른 선택이 없다. 나는 이 언어를 받았고, 이것을 계속 사용할 생각이다."[10] 동시에 그는 이 과정에서 영어를 새로 만들어야 한다고 강조한다. 『모든 것이 산산이 부서지다』에서 아프리카 사회 내부에 대한 아체베의 묘사는 구전된 이야기와 속담이 포함된 영어 산문을 만들려는 그의 프로젝트와 밀접하게 연결되어 있다. 표준 문어체 영어와 구어체 아프리카어를 혼합해 사용하는 그의 방식은 이후 만나게 될 월레 소잉카Wole Soyinka와 조르주 응갈Georges Ngal 같은 후대 작가들에게 주요한 영향을 미쳤다.

『모든 것이 산산이 부서지다』를 읽으면서 식민지적·보편적·언어적 차원을 결합할 수도 있지만, 독자 개개인의 관점을 추가할 수도 있다. 내 경우 언어와 문학을 공부하는 학생으로서뿐만 아니라 성공회 선교사의 아들이라는 보다 구체적인 정체성을 통해서도 아체베의 소설에 접근한다. 『모든 것이 산산이 부서지다』는 1890년대를 배경으로 하지만 선교사들의 전도는 당시에도 끝나지 않았고, 아체베가 묘사하는 마을의 생활상은 내 아버지가 묘사한 1930년대와 1940년대 필리핀 이고로트 산악 지대 사람들의 모습과 종종 일치한다.

아버지가 말년에 정리한 비공식적인 회고록에 따르면, 그가 25살에 뉴욕의 신학교를 졸업하자마자 태평양 너머로 떠난 동기는 종교적 열정이 아니라, 무책임한 아버지와 고압적인 어머니로부터 벗어나려는 열망 때문이었던 것으로 보인다. 이 열망은 "멀리 떨어진 곳에서도 매력적인 모습을 찾을 줄 아는, 내 기질 속 낭만적인 측면"으로 강화되었다. 아버지는 "신학교 근처에 정박해 있던 원양 여객선들의 커다란 호루라기 소리"를 언급하면서 "그 소리는 내게 강한 방랑벽을 불러일으키며 어서 떠나라고 요구했다"고 말한다. 한 손에 성경책을 들고 눈빛을 반짝이며 여행을 시작한 아버지의 흥분된 모습이 그의 사촌 레오폴드 맨스(재능 있는 음악가이자 일찍이 성공한 과학자)가 고등학생 시절에 발명한 컬러 필름으로 찍은 한 장의 사진에 생생하게 담겨 있다. 대서양 연안에서 7천 마일 떨어진 곳에서야 내 아버지는 댐로쉬 자신, 레오폴드 자신이 될 수 있었다.

3년 후 양쪽 집안 친구들의 주선으로 어머니는 아버지를 만나기 위해 시애틀에서 배를 타고 출발했고, 두 사람은 어머니가 도착한 지 3주 만에 약혼했다. 스튜디오에서 찍은 사진 한 장에는 이제 막 새로운 삶을 시작하려는 젊은 부부의 모습이 담겨 있다(사진 24).

마닐라 북쪽 마운틴주의 외딴 소도시에 발령받은 아버지는 이 고로트족의 언어 중 하나를 유창하게 사용하게 되었고(아버지 세대

사진 24 젊은 선교사들

사진 25 산악 지대 여성들(1949)

의 선교사들에게는 드문 일이었다), 아버지는 마을 지도자들과 몇 시
간씩 신학, 의학, 주된 공통 관심사인 날씨에 이르기까지 모든 것
을 논의했다. 어머니는 강인한 여성들로 이루어진 마을 공동체들
을 알게 되었다. 화가를 꿈꾸던 어머니는 복잡한 무늬로 짠 스커트
를 입은 이고로트 여성들을 스케치하길 좋아했다. 이 책에 소개하
는 수채화에는 산길을 활보하는 세 여성의 모습이 담겨 있다. 한
여성은 치마 사이로 탄탄한 다리 근육을 과시하고, 다른 여성은 입
에 파이프를 물고 있으며, 마지막 여성은 만삭의 몸에도 아랑곳하
지 않는다(사진 25).

이런 부모의 역사는 오늘날 아체베의 소설을 시작하려는 백인
독자에겐 시대 착오적이고 정치적으로 미심쩍게 보일 수 있지만,

아체베의 소설에서 그 자신의 경험과 가장 가까운 것도 바로 이런 측면이다. 1930년(내 아버지가 필리핀을 향해 떠나기 불과 7년 전)에 태어난 아체베는 선교 단체가 운영하는 학교에서 학생들을 가르쳤던 열정적인 개종자의 아들이었다. 아체베가 대학에서 영어와 신학을 공부한 뒤 처음으로 가진 직업은 고향 오기디에서 멀지 않은 개신교 학교 교사직이었다. 소설에서처럼 마을 사람들은 질병과 사악한 영혼의 구역인 "나쁜 덤불" 구역에 학교를 짓도록 허락했다. 그곳에서 몇 개월을 일한 뒤, 아체베는 나이지리아 방송국에 취직하기 위해 라고스로 이사했고 라디오 방송 대본을 쓰기 시작했다.

중등 남학교에서 아체베가 경험한 일들은 훌륭한 전도사 브라운 씨의 임무에 반영된다. 엄격한 후임자 스미스 신부와 달리, 브라운 씨는 원시적인 미신과 부족의 폭력으로 간주되는 것들과 싸우면서도 지역의 관습에 관대하고 자신의 힘을 과신하지 않는다. 내 아버지가 회고록에 기록한 것처럼, 산속의 부족들에게는 이미 "우리 문명에서 피할 수 없는 가장 최악의 것"이 주어졌고 (여기에서는 독한 술과 저지대 주민들에 의한 착취가 언급된다) 그는 "우리는 최고라고 여기는 것을 그들에게 제공하기 위해 노력하고 있었다"고 생각했다. 나이지리아에서와 마찬가지로 필리핀에서도 교회를 지을 땐 학교와 병원도 함께 건축했다.『모든 것이 산산이 부서지다』에서 보편적 형제애라는 기독교의 메시지는 특히 마을 생활의 주변부에 있는 사람들에게 호소력이 있었다. 초기 개종자들 가운데는 전통적으로 악마로 간주되어 숲에 버려져 죽은, 쌍둥이를 낳은 여인들이 포함됐다.

아체베의 남자 주인공 오콩코는 훌륭한 인물이지만 그리스 비극만큼이나 프로이트적인 비극적 결함을 지녔다. 무능한 아버지가 부끄러운 오콩코는 남성성에 집착하고 사내답지 못하거나 여성스럽게 보이는 모든 행동을 경멸한다. 그는 걸핏하면 아내와 아이들을 때리고, 어느 충격적인 장면에서는 자신의 양아들을 처형하는 데 가담하기도 한다. "목소리를 가다듬은 남자가 몸을 일으켜 도끼를 쳐들자, 오콩코는 시선을 돌렸다. 무언가를 세게 내리치는 소리가 들렸다. 항아리가 떨어져 모래 위에 부서졌다. 그는 이케메푸나가 자신을 향해 달려오면서 외치는 소리를 들었다. "아버지, 저 사람들이 날 죽여요!" 두려움에 멍해진 오콩코는 도끼를 뽑아 들고 그를 내리쳤다. 그는 자신이 나약하다고 여겨지는 것이 두려웠다."[11] 이 사건은 그가 사랑하는 맏아들 은워예가 개종하게 된 한 가지 요인으로, 은워예는 이름을 이삭으로 바꾸고 아버지와 소원해진다. 아체베는 2008년 한 인터뷰에서 이렇게 말했다. "오콩코는 그가 여성들을 그렇게 대한 일의 대가를 치르고 있으며, 그의 모든 문제들, 저지른 모든 잘못들은 여성성에 대한 공격으로 볼 수 있다."[12]

오콩코의 여성성 거부는 도덕적 결과뿐 아니라 문학적 결과도 초래한다. 그는 여성들이 즐겨 말하는 이야기와 속담에는 거의 주의를 기울이지 않는다. 대신 아들들이 거친 남자로 성장하길 바라면서 "아들들이 자신의 오비obi에 함께 앉도록 권하고, 이 땅의 이야기들(폭력과 유혈로 이루어진 사나이들의 이야기들)을 들려주었다."

그러나 그의 맏아들은 별로 확신이 없다. "은워예는 남성적이고 폭력적인 것이 옳다는 것은 알았지만, 어쩐지 어머니가 들려주던 이야기들이 여전히 더 좋았다."[13] 어머니의 이야기들은 그에게 장차 개종할 가능성의 길을 열어주었다. 아체베 자신도 소년 시절 어머니와 할머니가 들려주던 이야기들이 그가 라디오라는 구전 매체에서 실력을 기른 뒤 소설가로서 획기적인 활동을 펼칠 밑거름이 되어주었다.

아체베는 그의 삶에서처럼 예술에서도 문화와 관점이 상호 작용하며 서로 보완하는 관계를 추구했다. 그는 이보족 속담을 종종 인용했다. ***"무언가가 서 있는 곳에는 그 옆에 다른 존재도 서 있을 것이다."*** 그는 1988년 이렇게 의견을 밝혔다. "어떤 것이든 한 가지 방법만 있는 것은 아니다. 이 속담을 만든 이보족 사람들은 이를 강하게 주장한다. 어떤 것도 절대적인 것은 없다는 것을. 그들은 과잉에 반대한다. 그들의 세계는 이중성의 세계다. … 하나의 신이 있다면, 괜찮다. 다른 신들도 존재하게 될 것이다. 하나의 관점이 있다면, 괜찮다. 두 번째 관점도 생길 것이다."[14] 그리고 그의 선구적인 소설에 이어 세 번째, 네 번째, 그리고 더 많은 관점들이 등장할 것이다.

28

월레 소잉카
죽음과 왕의 기병

젊은 월레 소잉카는 아프리카 최초의 노벨상 수상자가 되기 25년 전인 1961년에 『모든 것이 산산이 부서지다』를 라디오극 형식으로 공연했다. 1년 뒤 소잉카는 아체베가 아프리카 작가와 영어를 주제로 연설했던 우간다의 마카레레 대학교 학회에 참석했다. 『죽음과 왕의 기병』(1975)에서 소잉카는 아체베의 많은 주제들을 다루면서, 1970년대에 빠르게 세계화되고 있는 탈식민지 세계에 대해 새로운 주제를 전개했다. 이 희곡은 오늘날 새롭게 확장되고 있는 미디어 환경에서 전 세계적으로 입지를 굳히고 있다. 2020년 6월에는 이 희곡의 넷플릭스 영화 버전이 어느 나이지리아 여성의 데뷔 소설을 원작으로 한 시리즈물과 함께 발표되었다. 영화 제작 관련 보도 자료에서 소잉카는 프로듀서가 여성이라는 사실에 기뻐했다고 전한다. "선구적인 나라들에서조차 남성이 주도하는 창작 산업에서 여성이 만들어낸 강력한 도전과 뛰어난 작품성을 보는 것은 언제나 즐거운 일이다. 모 아부두 Mo Abudu(가장 성공한 아프리카 여성으로 알려진 미디어계의 주요 인물로 미디어 소유주이며 드라마 프로듀서로도 활동하고 있다 – 옮긴이)가 프로듀서로서 이 분야에 뛰어든 것은 특히 고무적이다. 아무리 사소하게라도 실현 가능한 환경을 조성하는 데 기여했다면 그것만으로도 성취감을 얻게 될 것이다."[15]

『모든 것이 산산이 부서지다』와 마찬가지로, 소잉카의 희곡은 지역의 종교적 관습에 적대적인 식민지 행정부와 갈등을 겪는, 강하지만 결점이 있는 남자 주인공을 중심으로 전개되며, 이 주인공의 가부장적인 집착은 주변 여성들의 관점과 상반된다. 또한 이 희곡은 아들의 충격적인 죽음에 따른 문화와 세대 간의 충돌을 극적으로 묘사하기도 한다. 그러나 『죽음과 왕의 기병』은 많은 다양한 문학적 요소들을 결합하는 동시에 실제 사건을 기반으로 한다. 1946년 요루바 왕이 사망하자, 왕의 기병으로 알려진 왕의 벗이자 고문인 엘레신은 사후 세계로 왕을 수행하는 전통에 따라 자살을 준비했다. 당시 나이지리아는 여전히 영국의 식민지였으며, 식민지 치안 판사는 자살 의식을 행하지 못하도록 엘레신을 체포했다. 그러나 이 자비로운 행위는 엘레신의 장남이 아버지를 대신해 자살하면서 역효과를 초래했다.

소잉카의 친구인 두로 라디포Duro Ladipo는 'Oba Waja' 즉 '왕이 죽다'라는 제목으로 이미 이 주제에 대한 희곡을 썼다. 이 짧고 논쟁적인 희곡(『죽음과 왕의 기병 Norton Critical Edition』 재판본에 실려 있다)은 이 비극의 책임을 영국 제국주의자들에게 돌린다. 태곳적부터 이어져온 사회적·우주적 질서 안에서 마땅히 수행해야 할 엘레신의 역할을 그들이 인정하지 않았기 때문이다. 엘레신은 성적인 언어로 한탄한다. "유럽인에 의해 / 내 매력은 발기 불능이 되었고 / 내 약물은 그들의 조롱박 안에서 썩어버렸다."[16] 소잉카는 음악, 노래, 춤으로 많은 의미를 전달하는 요루바의 전통극을 바탕으로 훨씬 복잡한 희곡을 발전시켰다. 또한 그리스 비극의 전통을 바탕으로, 거침없는 에야로자가 이끄는 시장 여인들에게 그리스 비극의 코러스 역할을 맡긴다. 2년 전 소잉카는 에우리피데스의 『바커스의 여제관들he Baccae』을 각색한 『바커스의 여제관들: 성찬식 The Bacchae: A Communion Rite』이라는 작품을 출간했는데, 이 작품에서 그는 그리스 비극과 기독교의 희생을 대담하게 연결시켜, 무아지경에 빠진 바커스의 여제관들이 테베의 펜테우스 왕을 난도질하는 것으로 성찬식의 한 형태를 보여줬다.

소잉카의 엘레신은 소포클레스의 오이디푸스와 공통점이 많다. 두 사람 모두 다른 등장인물들(오이디푸스의 아내 이오카스테, 소잉카의 치안 판사 필킹스)이 고대의 역사로 치부하려는 선조들의 양식을 계승해야 할 필요성에 직면한다. 두 희곡 모두 공동체의 명맥을 위해 주인공의 자기희생이 필요하다. 『죽음과 왕의 기병』 또한 시각과 실명에 관한 대화로 완성되는, 인식과 반전의 소포클레스적인 조합으로 끝난다. 엘레신의 아들 올룬드는 아버지가 마땅히 해야 할 자살을 감행하지 않자 크게 실망한다. 올룬드가 아버지를 향해 노골적인 혐오감을 드러내자 엘레신은 울부짖는다. "오 아들아, 네 아비를 보고 네 눈을 멀게 하지 말거라!"[17] 아버지의 실패에 대한 아들의 눈먼 통찰은 마지막 장면까지 이어진다. 엘레신이 올룬드의 시신을 보게 될 때, 아들의 끔찍한 성공 앞에서 아버지의 황폐한 시각이 배가된다.

소잉카의 희곡은 셰익스피어의 비극과도 비교될 수 있다. 리어 왕이 세 딸에게 왕국을 물려준 뒤에도 여전히 대규모 수행단을 유지하려 한 것처럼, 엘레신 역시 세속에 대한 애착에서 벗어나지 못하고 죽기 마지막 순간에 어느 처녀와 잠자리를 치르기 위해 자살을 미룬다. 『햄릿』의 메아리도 들린다. 영국 의대를 다니다 고향에 돌아온 올룬드(햄릿이 독일에서 철학을 공부한 것에 해당하는 현대적인 설정)는 살인적인 혼돈 상황을 치유하려 하다 젊은 햄릿처럼 목숨을 잃는다.

소잉카는 아프리카와 영국을 중첩시킨 콘래드의 방식에서 한 걸음 더 나간다. 『어둠의 심연』에서 말로는 콩고강과 템스강을 연결한다. 그리고 이제 소잉카의 시장 여인들 중 한 명이 이렇게 묻는다. "이 땅과 백인의 땅을 씻는 바다가 같은 바다 아닌가요?"[18] 소잉카는 1946년 발생한 사건에서 제2차 세계대전의 한가운데로 이야기를 이동함으로써 문명과 야만의 뒤얽힘이라는 주제를 복잡하게 드러낸다. 엘레신이 자살 의식을 행할지 모른다는 생각에 치안판사 필킹스의 아내 제인이 두려움을 드러내자 올룬드는 반박한다. "그게 집단 자살보다 더 나쁜가요? 필킹스 부인, 장군들이 이 전쟁에 젊은이들을 내보내는 것을 당신들은 뭐라고 부릅니까?"[19]

『모든 것이 산산이 부서지다』처럼 소잉카의 희곡은 식민지 지배에 직면했을 때 전통을 유지하기 위해 고군분투하는 한 공동체의 비극을 묘사한다. 그러나 1975년 나이지리아의 상황은 독립의 문턱에서 아체베가 글을 쓰고 있던 1958년의 상황과 크게 달랐다. 1960년 의회 정부가 설립되었지만 1966년 군사 쿠데타로 전복되었고, 인종적·경제적 갈등이 점차 커지면서 1967년부터 1970년까지 비아프라 내전이 발발했다. 소잉카는 비아프라 반군에 동조한 혐의로 2년간 수감된 뒤 영국으로 망명해 그곳에서 희곡을 썼다. 소잉카는 이 조치를 식민지 시대에 배치시켰지만, 전통적인 관습을 따름으로써 개인적인 욕구를 충족하려는 엘레신의 시도는 1970년대 나이지리아 군사 지도자들의 유사한 노력을 떠올리게 한다. 우리는 조르주 응갈의 작품에서도 비슷한 점을 발견하게 될 것이다.

아프리카 작가들에게 영어를 재창조하라는 아체베의 요구를 바탕으로, 소잉카는 영어를 자원이자 무기로 사용한다. 필킹스와 동료 관리자들은 아프리카인 하급자들에게 퉁명스러운 말투를 사용하고, 하급자들은 종종 식민지 계층에서 낮은 지위를 드러내는 크레올식 혼성 영어로 말한다("미스타 프린킨 님Mista Pirinkin, sir"). 소잉카는 등장인물들 사이에서도 언어의 정치를 활용한다. 나이지리아인 병장 아무사가 엘레신의 자살을 막기 위해 그를 체포하러 가자, 시장 여인들이 막아선다. 여인들은 그를 성적으로 조롱한 뒤, 영국식 억양을 취하며 말한다. "뻔뻔한 놈What a cheek! 이렇게 무례할 수가What impertinence!"**20** 이제 그들은 극중에서 작은 연극을 펼치며 자기만족적인 식민지주의자 역할을 맡는다. "내게는 아무사라는 아주 충직한 황소 한 마리가 있지요." "진실을 말하는 원주민을 본 적이 없답니다."**21** 한편 아무사는 어눌한 피진어 pidgin(해당 언어를 못하는 사람이 사용하는 단순화된 형태의 언어 – 옮긴이)로 말한다. "우리 지금 가지만, 우리가 당신 경고하지 않은 거 말하지 마We dey go now, but make you no say we no warn you."**22**

비록 식민지 개척자들을 위해 일하고 있지만, 아무사는 자기 나라 문화의 전통적 가치에 대해 깊은 존경심을 간직하고 있으며, 필킹스와 제인이 가장무도회를 위해 요루바 족의 에군군 egungun 가면

220

사진 26 에군군 코스튬

극 의상을 입자 몸서리를 친다(사진 26). 에군군은 기이한 힘으로 가득 찬 망자의 혼령들이다.

아무사는 필킹스에게 간청한다. "부탁드립니다 선생님, 그 드레스로 뭘 하실 생각이십니까? 그 옷은 죽은 자들의 제례를 위한 것이지 인간의 것이 아닙니다."[23] 필킹스는 그런 '미신'을 믿느냐며 아무사를 조롱할 뿐이다.

이런 인종, 성별, 언어의 전쟁 속에서 제인 필킹스의 입장은 특히 흥미롭다. 그녀는 둔감한 남편에게 충실하지만, 실제로 무슨 일이 일어나고 있는지 이해하기 위해 진심으로 노력하고, 가부장제 사회를 사는 여성으로서 자신과 토착민들 사이에 유사한 점들이 있음을 차츰 인식하게 된다. 그녀와 필킹스가 가장무도회로 향할 준비를 할 때, 멀리서 불길하게 울리는 북소리를 들으며 제인은 남편에게 어쩌면 그가 "애초에, 평소처럼 훌륭하게" 엘레신의 문제를 처리하지 않았는지도 모르겠다고 넌지시 말한다. 필킹스는 참다못해 대꾸한다. "이 여자야, 입 닥치고 옷이나 입어." 그러자 제인은 토착민 하인의 말투로 대답한다. "네, 나리, 알겠사옵니다."[24]

올룬드는 가장무도회장에 도착하자마자 제인에게 아버지의 계획된 자기희생이 타당한 행위임을 이해시키려 애쓰지만, 여기에서 우리는 그녀의 이해에 한계가 있음을 알게 된다. "당신이 아무리 교묘하게 설명하려 해봐야 그건 여전히 야만적인 관습이에요. 아니 그보다 훨씬 나쁜, 봉건적인 관습이지요!"[25] 제인은 야만성에서 봉건성으로 비난의 방향을 돌리는데, 말로가 현대의 콩고를 고대 로마 제국 시대의 영국과 비교한 것처럼, 제인은 현대 나이지리아를 중세 유럽과 연관 짓는다. 그러나 콘래드가 아프리카에 대한 시대착오적인 관점에 문제가 있음을 전혀 시사하지 않은 반면, 철저히 현대적인 의대생 올룬드는 아프리카의 관습이 중세의 야만적인 행위로 분류될 수 없음을 보여준다. 우리는 현지에 뿌리를 둔 세계 문학의 걸작 소잉카의 작품 속에서 고대와 현대, 아프리카 문화와 서양 문화의 깊은 상호 연결성이 구현되는 것을 본다.

29

조르주 응갈

지암바티스타 비코,
혹은 아프리카 담론에 대한 강간

월레 소잉카가 『죽음과 왕의 기병』을 출간한 해와 같은 해인
1975년, 콩고의 소설가이자 학자인 조르주 응갈은 뛰어난 중편 소
설 『지암바티스타 비코』에서 언어 및 정체성과 관련된 주제를 비
극적이 아닌 풍자적인 방식으로 탐구했다. 응갈이 천착하는 안티
히어로는 세계 무대에 이름을 날리려 안달하는 아프리카 지식인
비코다. 비코가 속한 아프리카 연구소는 유럽 중심의 범세계주의
자들과 서양 문화를 무조건 거부하는 외국인 혐오증에 걸린 아프
리카 중심주의자들 사이에서 분열되어 있다. 그는 위대한 아프리
카 소설을 쓰기 위해 2년 동안 고군분투해왔고, 책을 완성해 파리

와 로마의 여러 학회에 초청되길 간절히 바라고 있다. 그러나 비코는 글을 쓰는 대신 제자이자 조수인 니에수와 전화 통화로 시간을 보내면서 아프리카 동료들을 대상으로 음모를 꾸미고, 최신 글쓰기 이론을 개발하고, 이력서를 채우기 위한 방도를 찾는다.

비코는 "아프리카 문학의 나폴레옹"[26]이 되겠노라는 목표를 달성하려면 대표작을 만들어내야 한다는 걸 알지만, 아체베와 소잉카처럼 아프리카 문화와 유럽 문화를 조합하는 일이 결코 간단한 문제가 아니라는 것 또한 알고 있다. 영감을 찾아 헤매던 비코는 자신과 이름이 같은 이탈리아 인본주의자 지암바티스타 비코가 1725년 〈신과학New Science〉에 발표한 논문에서 모든 언어는 원시인들의 시적 외침에서 시작되었다고 주장한 내용을 떠올린다. 마침내 영감을 받은 비코는 국제적인 명성을 얻기 위한 티켓으로 구전을 이용할 수 있을 거라고 판단하고 지나칠 정도로 실험적인 문체를 사용한다. "이 부분에서는 돌연 불분명한 문체를 사용하고, 저 부분에서는 심오하고 투명한 문체를 사용하는 거야. … 마침표? 그건 말도 꺼내지 마!"[27]

이제 막 목표를 손에 쥔 그때 불행이 닥친다. 연구소에서 아프리카 중심주의자들이 우위를 차지하게 되고, 그들은 비코를 향한 일련의 혐의들을 공론화한다. 표절, 아프리카를 방문한 이탈리아 페미니스트와의 문란한 성행위, 무엇보다 소설의 부제를 "아프리카 담론에 대한 강간"으로 정하고 서양의 착취를 묘사하기 위해 신비한 구전 문화를 매춘처럼 팔아먹으려는 음모를 꾸밈으로써 아프리카를 배신한 것. 분노한 부족의 원로들은 비코와 니에수를 체포한다. 그들은 공개 재판을 벌이고, 두 사람이 중앙아프리카 일대를 두루 방문하면서 토착민과의 관계를 회복하라는 판결로 재판을 마무리한다.

세계화 시대에 정체성의 문제를 예리하게 풍자한 『지암바티스타 비코』는 대도시 중심지와 과거 식민지였던 주변 지역 사이의 곤혹스러운 관계를 선구적으로 탐구한 작품이다. 응갈 자신도 아프리카, 유럽, 북아메리카에서 생활하면서 전 세계를 누볐다. 그는 벨기에령 콩고 시기인 1933년에 태어나 콩고가 독립 투쟁을 하던 시기에 성년이 되었다. 프랑스어와 반투 족의 여러 언어들 중 하나를 사용했으며 예수회 학교에서 철학과 신학을 공부했다. 그는 1975년 한 인터뷰에서 선생님들이 "자유롭고 인본주의적인 정신"을 지닌 분들이었다고 말했다. "이것은 학생들에게 논쟁적·비판적·반순응적 정신을 길러주었다. 식민지 시대 하늘 아래에서 드문 일이었다."[28] 응갈은 카리브해 시인 에메 세제르Aime Cesaire에 관한 논문으로 스위스에서 박사 학위를 받은 뒤, 1968년에 모교와 이후 루붐바시 대학교의 프랑스어권 문학 교수로 복귀했다. 이곳의 동료들 중 한 명이 그와 경쟁적인 우정을 쌓은 소설가이자 비평가인 발렌틴-이브스 무딤브Valentin-Yves Mudimbe였다. 응갈은 1973년부터 1975년까지 2년 동안 해외에서 강연을 하고 학생들을 가르치면서 이 소설을 쓰기 시작했고 루붐바시로 돌아와 완성했다.

응갈은 『지암바티스타 비코』를 작업하면서, 제자들에게 둘러싸이는 것을 좋아하는 성향이나 외모 등 무딤브의 여러 개인적인 특성을 소설의 안티히어로에게 부여했다. 무딤브는 2년 전 소설 『밀물과 썰물 사이에 Entre les eaux』를 출간하여 호평을 받았는데, 그의 주인공 역시 아프리카 문화와 서양 문화, 가톨릭과 혁명적 행위 사이에서 갈팡질팡한다. 그러나 무딤브는 응갈의 작품을 두고 유사한 주제를 풍자적으로 다룬 것으로 인정하기보다, 오히려 이 소설을 개인적으로 받아들였고 실제로 응갈을 명예훼손으로 고발해 법적으로 불만을 제기했다. 놀랍게도 이제 응갈은 자신의 주인공처럼 대학의 경쟁자에게 법적 소송을 당하게 되었다. 이것은 삶이 예술을 모방한다고 말할 수도 있겠지만, 더 정확히 말하면 무딤브는 응갈의 **예술**이 **삶**을 지나치게 가까이 반영하고 있다고 비난한 것이었다.

1970년대 학문적 갈등은 나라 전체의 정치적 격동을 반영했다. 1960년 탈식민지화 이후 새롭게 독립한 콩고 민주공화국 지도자들은 서구주의자들과, 식민지 시대를 단절하고 아프리카의 문화적 정체성을 강조하고자 하는 민족주의자들로 나뉘었다. 마르크스주의자인 수상 파트리스 루뭄바Patrice Lumumbar가 벨기에와 미국 CIA의 지원을 받는 반대파들에게 암살당한 후 몇 년간 혼란스러운 시기가 이어졌다. 결국 1965년 육군 참모총장 조세프-데지레 모부투Joseph-Désiré Mobutu가 권력을 잡아 30년 이상 집권하면서 많은 반대파들을 살해하고 자신과 측근들의 부를 축적했다. 그는 나라 이름을 자이르Zaire로 새로 짓고 '자이르화Zaïrisation'를 장려하여 국민들에게 출생할 때 지은 유럽식 이름 대신 아프리카식 이름을 사용하도록 요구했다. 그는 조세프-데지레라는 자신의 이름을 버리고 모부투 세세 세코 은쿠쿠 와 자 방가Mobutu Sese Seko Nkuku wa za

Banga(승리에서 승리로 나아가는, 모든 것을 정복하는 전사)가 되었다. 이 정책으로 인해 1970년대에 응갈은 자신의 세례명인 조르주로 책을 출간하지 않고, 대신 '음팡(콩고의 주 이름–옮긴이)의 영적 지도자'라는 상징적인 의미의 이름 '음브윌 아 음팡Mbwil a Mpang'을 사용했다.

『지암바티스타 비코』는 국가의 정치에 대해 전혀 언급하지 않지만, 부족 원로들의 공개 재판과 그들의 잔인한 처벌 방식으로 정권의 관행을 반영한다. 그러나 응갈의 날카로운 풍자는 자신의 주인공에게까지 확장돼 비코의 허영심, 자기 과시, 불안과 과대망상이 뒤섞인 불안정한 모습을 유쾌하게 해부한다. 비코는 놀랍도록 상징적인 인물로, 두 개의 각기 다른 문화권에 발을 걸친 사람들이 겪는 현실적인 긴장들을 구체적으로 표현하고, 이 긴장은 문체와 내용 모두에서 문학적인 혁신을 낳았다. 비코는 구전으로 전해 내려오는 프랑스어를 탐구하여 아프리카어로 옛 식민지 언어를 재창조하자는 아체베의 요청에 응답한다. 응갈은 아체베와 소잉카와 더불어 토착민이 사용하는 구어체와 스토리텔링 방식에 깊이 매료되어, 그의 주인공에게 순응주의와 독창성, 프랑스 구조주의와 부족의 구전 지식, 독립성과 권위주의 사이에서 길을 모색하고, 자신의 아프리카-이탈리아 이름을 진정한 자기 것으로 만들기 위해 노력하도록 촉구한다.

번역은 세계적인 명성을 얻으려는 비코의 전략 중 핵심 요소다. 그는 니에수에게 이렇게 말한다.

오늘날 여러 개의 국제 언어에 대한 지식 없이는 어떤 **학자**도 살아남을 수가 없어. 영어와 프랑스어는 말할 것도 없어, 그건 두말할 필요도 없지. 스페인어, 러시아를 알면 좋아. 일본어는 더 좋고, 중국어는 열 배는 더 좋아. 미래는, 그리고 미래의 열쇠는 아시아, 특히 중국이 쥐고 있으니까. 서양인들은 황색 인종을 끔찍하게 두려워하지만, 그들이 언제까지 버틸 수 있을까? 그들은 황열병과 싸우고 확산을 막는 방법을 알고 있지. 하지만 그들은 황색 인종에게 대항하기 위해 할 수 있는 게 아무것도 없어. 번역! 그것이 내 출간 목록을 채워줄 거야.[29]

비코 자신이 일본어나 중국어를 아는 것은 아니지만, 그는 방문 중인 동료 싱-치앙 추와 히타치 후야푸시아 야마에게 자신의 글 중 일부를 번역하도록 부탁할 계획이다. 그는 자신이 번역했다는 인상을 주기 위해 번역가들의 이름을 숨긴 채 에세이를 출간하려 한다. 마르크스주의자인 비코는 동료들의 노동을 이런 식으로 착취하는 것에 윤리적으로 잠깐 꺼림칙함을 느끼지만, 니에수는 "의무론적으로 말하자면, 지적으로 부정직한 일이 아니라" 그저 동료들끼리 협력한 것일 뿐이라며 그를 안심시킨다.[30]

『지암바티스타 비코』는 허영심, 자기 방어, 권력욕이 집단마다 만연해 있는 불평등한 권력 관계의 세계에서 예술 창작의 위험성에 관해 설득력 있게 관조한다. 이처럼 응갈의 중편 소설은 1970년대와 1980년대의 탈식민지화와 식민지 독립 이후의 논쟁에서 어느 쪽에도 위안을 주지 않았고, 지금까지 프랑스어로만 출간되었다. 나는 이 책이 번역되어야 한다고 오랫동안 말해왔고, 마침내 내 말을 행동으로 옮기기로 결심했다.『지암바티스타 비코, 혹은 아프리카 담론에 대한 강간』은 이제 현대 언어 협회Modern Language Association의 '원문과 번역Texts and Translations' 시리즈에서 영어와 프랑스어로 출간되고 있다. 이제 이 소설을 맞이할 때가 되었다.

30

치마만다 은고지 아디치에
숨통

Chimamanda Ngozi Adichie, The Thing Around Your Neck

치마만다 은고지 아디치에는 치누아 아체베의 고향에서 멀지 않은 나이지리아 남동쪽 에누구에서 태어나 대학 진학을 위해 미국에 왔고, 이후로 두 나라 사이를 오가며 활동했다. 아체베에게 크게 영향을 받은 아디치에는 소잉카와 응갈이 1970년대 중반에 막 묘사하기 시작한 '완전히 세계화된 세계'에서 여성의 관점으로 유사한 주제를 발전시킨다. 아디치에는 32세인 2009년에 단편집 『숨통』을 발표했지만, 이전에 발표한 두 권의 책[나이지리아와 비아프라 내전을 다룬 『보라색 히비스커스Purple Hibiscus』(2003)와 『태양은 노랗게 타오른다Half of a Yellow Sun』(2006)]이 이미 32개 언어로 번역되었다.

2013년 아디치에의 테드TED 강의 '우리는 모두 페미니스트가 되어야 한다We Should All Be Feminist'는 비욘세의 앨범 〈Flawless〉에 샘플링되기도 했다.

『숨통』을 출간한 직후 아디치에는 '단편적 이야기의 위험The Danger of a Single Story'을 주제로 한 테드 강연으로 2400만 회 이상의 조회 수를 기록했다. 강연에서 아디치에는 소설이 우리에게 줄 수 있는 다양한 관점이 중요하다고 강조한다(우리가 다양한 종류의 글을 찾을 수 있다면). 대학 교수의 딸이었던 아디치에는 어릴 때부터 책을 가까이했다.

> 내가 읽은 것은 영국과 미국의 동화책들이었습니다. 어릴 때 글도 썼습니다. 일곱 살 무렵엔 읽고 있던 이야기와 똑같은 이야기를 연필로 써서 크레용으로 삽화를 그리기 시작했고, 그러면 어머니는 가엾게도 의무적으로 그걸 읽어야 했어요. 모든 등장인물이 흰색 피부에 푸른 눈을 가졌습니다. 모두들 눈雪 속에서 놀았어요. 그들은 사과를 먹었고요. … 자, 나는 나이지리아에 살았는데도 불구하고 그랬습니다. 나는 나이지리아 밖으로 나가본 적이 없었어요. 그곳에는 눈이 없었습니다. 우리는 망고를 먹었어요.

아디치에는 아프리카 소설을 발견하면서 쓸 수 있는 것들에 대한 감각이 바뀌었다(그녀는 치누아 아체베와 프랑스어권 작가 카마라 라예Camara Laye의 이름을 언급한다). 아디치에는 이렇게 말한다. "나는 문학에 대한 인식에서 정신적인 변화를 경험했습니다. 내가 알고 있는 것들을 쓰기 시작했어요. 아프리카 작가들을 발견한 일이 나에게 미친 영향은 이랬습니다. 책이라는 것에서 단 하나의 이야기만 읽지 않도록 나를 구해준 겁니다."[31]

아디치에의 단편들은 다양한 관점을 제공한다. 그녀의 단편들은 나이지리아뿐 아니라 미국을 배경으로 삼기도 하며, 종종 하나의 이야기에 결정적인 인식의 변화가 담겨 있다.

아디치에의 글은 폭로와 절제가 결합되어 있다. 첫 번째 단편 「1번 감방Cell One」에서 화자의 오빠는 감옥에 있는 동안 교도관들에게 가혹한 대우를 당하지만 그런 이야기를 하지 **않음**으로써 그의 성격을 보여준다. "은나마비아는 1번 감방에서 자신이 당한 일을 말하지 않았다. … 매력적인 오빠가 자기 이야기를 매끈한 드라마로 만드는 건 아주 쉬운 일이었을 테지만, 그는 그렇게 하지 않았다."[32] 단편들은 여자들이 실망스러운 결혼 생활에 대처하거나, 남편이 아내의 죽음을 애도하고 아내의 유령은 밤에 남편을 위로하는 등, 내려지거나 내려지지 않은 결정에 대한 도덕적·심리적 결과들을 탐색한다. 정권을 비판한 남편을 추적한 경찰이 집에 침입해 실수로 여자의 아들을 총으로 쏜다. 아들을 잃은 여자는 이제 해외로 달아난 남편과 합류하기 위해 비자를 신청하러 미국 대사관에 와 있다. 이야기는 회의적인 영사관 직원들에게 동정심을 얻자고 아들이 살해된 비극을 크게 떠들길 거부하는 어머니를 중심으로 전개된다. 그녀는 나이지리아에 머물며 아들의 무덤을 돌보기로 결정한다.

아디치에의 단편들은 국가 정치의 측면이든 성gender 정치의 측면이든 정치적 경향이 강하다. 그녀는 2005년 한 인터뷰에서 이렇게 말했다. "인위적인 수단 때문에 부족한 자원이 더 부족해지는 곳에서 삶은 언제나 정치적이지요. 그런 삶에 대해 글을 쓸 때, 당신도 정치적인 역할을 맡습니다."[33] 하지만 아디치에는 정치적인 시선으로만 자신의 글이 읽히길 원치 않는다. 몇 년 뒤 그녀는 이렇게 언급했다. "내가 어떤 글을 쓰든 누군가는 내가 아프리카의 정치적 억압을 쓰고 있다는 걸 보여줄 방법을 찾을 것입니다. 나는 종종 이런 질문을 받아요. '당신은 그것을 당신 나라의 정치 상황에 대한 은유로 사용하려 했습니까?' 그러면 나는 생각하지요. 글쎄, 그건 아닌데. 아니, 그건 한 여자와 한 남자에 대한 이야기였어. 그건 피비린내 나는 정치적 억압에 대한 이야기가 아니었다고."[34]

「점핑 몽키 힐Jumping Monkey Hill」이라는 제목의 단편은 아프리카 작가들에게 가해지는 대표적인 요구를 날카롭게 묘사한다. 여자 주인공 우준와는 남아프리카의 호화로운 사유지에서 열리는 2주 간의 작가 연수에 참석한다. 이 연수는 에드워드라는 나이든 백인 남자가 주관하는데 그는 모임의 매력적인 여성들에게 추근댄다. 연수 기간 동안 참가자는 단편 하나씩을 써서 모임에서 발표한다. 에드워드는 한 짐바브웨 작가에게 그녀의 이야기는 별로 정치적이지 않기 때문에 '진정성'이 없다고 잔소리를 한다. "글은 확실히 야심차게 썼지만, 이야기 자체는 '그래서 어쩌라고?'라는 질문을 하게 만들더군요. 끔찍한 무가베 치하의 짐바브웨에서 일어나고 있는 다른 모든 일들을 고려할 때 뭔가 너무 구식인 느낌이 있었어요."[35] 그는 작품을 인정하지 않는 바로 그 행위로 자신의 특권을 주장하면서, 자신은 "옥스퍼드에서 훈련받은 아프리카 언어 연구자로서가 아닌, 진정으로 아프리카에 열중하고 아프리카 현지에 서양의 생각을 강요하지 않는 사람으로서" 말하고 있는 거라고 주장한다.[36] 우준와가 어느 은행가가 그의 사업을 필요로 하는 두 여성을 유혹하기 위해 터무니없는 노력을 하는 이야기를 낭독하자, 에드워드는 "개연성이 없다"고 일축하면서 이렇게 선언한다. "이건 안건 작성문이지 실제 사람들의 이야기가 아니군요." 우준와는 자신의 삶에서 직접 가져온 내용이라고 반박한다. 그녀는 눈물을 흘리며 숙소로 돌아오고, 이 단편의 메타픽션적인 마지막 문장은 이러하다. "그녀는 자신의 숙소로 돌아오면서, 이야기에서 이런 결론은 개연성이 있다고 여겨질지 궁금했다."[37]

234

치누아 아체베는 아디치에의 소설 『태양은 노랗게 타오른다Half of a Yellow Sun』에 대해 "고대 이야기꾼들의 재능을 타고난 새로운 작가"라는 안내문으로 극찬했다. 2010년에는 아디치에가 에브리맨 출판사에서 출간한 아체베의 『아프리카 삼부작African Trilogy』에 서문을 작성했다. 그러나 그즈음 아디치에의 글은 이미 아체베의 궤도를 상당히 넘어서 있었다. 「점핑 몽키 힐」에서는 작가 둘이 아체베의 유산에 대해 논쟁을 벌인다. "짐바브웨 작가는 아체베가 지루하고 자기 스타일이랄 게 없다고 말했고, 케냐 작가는 그건 신성모독이라고 말하면서 짐바브웨 작가의 와인 잔을 와락 붙잡자, 마침내 그녀는 당연히 아체베는 숭고한 존재라고 말하며 웃으면서 자신의 말을 철회했다."[38]

단편집의 마지막 작품 「고집 센 역사가The Headstrong Historian」는

『모든 것이 산산이 부서지다』를 미묘하고도 단호하게 다시 쓴다. 다른 단편들은 현재를 배경으로 하는 반면, 이 단편은 주인공 느왐그바가 19세기 말 이보족 마을에서의 삶을 회상하는 것으로 시작한다. 몇 년 뒤 그녀는 죽은 남편 오비에리카를 떠올리는데, 이 이름은 아체베의 소설 주인공 오콩고와 가장 친한 친구의 이름이다. 이것은 단순한 우연의 일치처럼 보일 수도 있지만 곧 직접적인 연결이 이루어진다. 아이를 낳을 수 없는 느왐그바는 남편을 위해 후처를 찾기로 결심했다. 그녀와 가장 친한 친구는 "오비에리카의 후처로 오콩고 집안의 젊은 처녀를 즉시 제안했다. 그 처녀는 엉덩이가 예쁘고 펑퍼짐한데다 예의바르고, 머릿속을 헛소리들로 가득 채운 요즘 젊은 처녀들하고 달랐다."**39** 그런데 느왐그바가 아들을 갖는 데 성공하자 아디치에는 아들의 기독교 개종, 소원해진 가족 관계 등을 포함해 『모든 것이 산산이 부서지다』의 주요 주제들을 다시 소환한다. 그러나 오콩고의 남성성 과잉의 세계와 달리, 아디치에의 마을에는 강력한 여성 협의회가 있어 느왐그바의 남편이 죽은 후 사촌이 그녀의 땅을 훔치지 못하도록 제지한다. 결국 아들은 결혼을 해서 딸을 낳는데, 느왐그바는 그녀를 환생한 오비에리카로 여기고 이름을 '내 이름은 사라지지 않을 것이다'라는 의미인 '아파메푸나Afamefuna'라고 짓는다.**40**

몇 년 뒤, 죽어가는 느왐그바는 이제 세례명 그레이스로 불리는 아파메푸나의 방문을 받는다. 『모든 것이 산산이 부서지다』를 다시 쓴 이 소설의 정점에서 그레이스는 '나이지리아 남부 원시 부족의 평화 조약'이라는 제목의 장이 있는 영국 교과서를 들고 있다.**41**

'니제르강 하류' 평화 조약이라는 아체베의 식민지 역사는 이제 '나이지리아 남부'로 국유화되었지만, 그와 달리 유럽의 남성적 담론에서는 거의 변화가 없는 것 같다. 미래로 건너뛴 어느 장면에서 우리는 그레이스가 역사 교수가 되어 상을 받게 되리라는 걸 알게 된다. 그녀는 런던과 파리의 기록 보관소들을 다니며 "'총탄에 의한 평화 회복: 나이지리아 남부의 역사 복원'이라는 제목으로 책을 쓰기 위해 기록 보관실의 곰팡내 나는 파일을 뒤지면서 할머니 세대의 삶과 냄새를 다시 상상한다."[42] 아디치에의 이야기 자체가 『모든 것이 산산이 부서지다』를 다시 쓰는 바로 그 순간, 한 나이지리아 여성의 역사는 신식민지주의의 교과서를 대체한다.

이제 이 이야기는, 그리고 단편집은 현재로 돌아와, 죽어가는 할머니 곁에 있는 그레이스를 보여주기 위해 다시 쓴 글들을 남겨두고 끝이 난다. "그러나 그날 어스름한 저녁 빛 속에서 할머니의 침대 옆에 앉아 있을 때, 그레이스는 미래를 생각하지 않았다. 그녀는 할머니의 손을, 오랜 세월 도자기를 빚느라 굳은살이 밴 손바닥을 그저 잡고 있을 뿐이었다."[43] 이 같은 인간의 상호 연결성, 그리고 한 여성의 일상적인 예술성은 곧 아디치에의 재능을 완벽하게 반영한다.

7장

이스라엘/팔레스타인

Israel

낯선 땅의 이방인들

Palestine

㉛

히브리 성서

238

The Hebrew Bible

우리가 사하라 사막 이남의 아프리카에서 살펴본 제국주의자들의 식민지 정복과 지배에 대한 문제는 더 멀리 북쪽에서도 깊은 역사를 지니고 있다. 지난 4천 년 동안 이스라엘/팔레스타인 지역은 현지 주민들과 여러 외국 세력들 사이에서(그리고 한가운데에서) 우려스러운 갈등이 끊이지 않았다. 나는 몇 년 전 예루살렘에 처음 방문했을 때, 스코푸스산에 위치한 히브리 대학에서 강의를 하기 위해 택시를 타고 가다가 유독 큰 공터를 지나가게 되었다. 택시 기사에게 이렇게 큰 부지가 왜 텅 비어 있느냐고 묻자 기사는 이렇게 대답했다. "이 땅은 곳곳이 피로 뒤덮여 있습니다." 더 이상의 설명은 없었고 필요한 것 같지도 않았다.

역사상 가장 많이 팔린 책인 성서는 2~3천 년 전 이 지역의 종교적·문화적·정치적 생활상을 웅변적으로 표현한다. 대부분의 성서 작가들은 자신이 '문학'을 쓰고 있다고는 전혀 생각하지 않았겠지만, 성서는 오늘날 우리에게 깊은 문학적 즐거움을 제공한다. 요나서(구약 성서의 예언서 중 하나로 예언자 요나가 자신이 겪은 사건들을 재미있고 교훈적으로 기록했다-옮긴이) 같은 소수의 문헌을 제외하면 성서 작가들은 확실히 소설을 쓸 목적으로 글을 쓰지는 않았으며, 연회에 제공할 이집트풍의 '탁월한 즐거움의 노래들'이 아닌, 전례적·예언적 목적으로 시를 지었다. 그러나 히브리 성서는 활기찬 시적·이야기적 전통에서 발전했고, 신약 성서는 여기에 헬레니즘적 요소들이 추가되었다. 몇 가지 예외를 제외하면[어떤 학자는 "역대기(구약 성서에 포함된 이스라엘 역사서-옮긴이) 속 죽음의 나열"을 이야기했다][1], 성서의 종교적 메시지들은 종종 탁월한 문학적 수단을 통해 독자에게 전달된다.

히브리 성서는 공정한 만큼 자비로우며 유일하고 전능한 하느님이라는 초월적인 비전을 제시한다. 신은 역사에 근거한 동시에 시편과 예언서, 스토리텔링으로 강화한 질서 안에서 그가 선택한 백성들과의 계약을 구체적으로 드러낸다. 그러나 제국주의 열강들의 서사시적 작품들과 달리, 성서의 이야기와 시는 반복되는 침략의 트라우마와 거듭된 흡수의 위협, 그리고 문화적 기억의 상실이 깊이 얼룩져 있다. 이런 위험들은 기원전 597년 바빌로니아의 왕네브카드네자르가 예루살렘을 정복하고 지도자들과 백성들을 강제로 유배시켰을 때 절정에 이르렀다.

바빌로니아 유배는 인상적인 시편 137편 같은 위대한 구절에 영향을 주었다.

> 우리는 바빌론 강변 곳곳에 앉아,
> 시온을 생각하면서 울었다.
> 그 강변 버드나무 가지에
> 우리의 수금을 걸어 두었더니,
> 우리를 사로잡아 온 자들이
> 거기에서 우리에게 노래를 청하고,
> 우리를 짓밟아 끌고 온 자들이
> 저희들 흥을 돋우어 주기를 요구하며,
> "우리들을 위해 시온의 노래 한 가락을 부르라!"
> 고 하는구나.
> 우리가 어찌 이방의 땅에서
> 주님의 노래를 부를 수 있으랴?[2]

가장 절정에 이르는 부분, 'eik nashir et-shir-Adonai al admath nekhar?'에서 'nekhar' 즉 '이방'이라는 단어는 바빌로니아 배경에 걸맞는 적절한 선택이다. 이 말은 '적' 혹은 '반역자'라는 의미의 아카드어 'nkarum'과 어원이 같다.

이렇게 말해도 괜찮다면, 성서의 작가들은 종종 이라크와 연약한 장소, 다시 말해 '이집트의 향락'에 미혹되는 연약한 장소 사이에 끼어 있었다. 성서의 걸작 중 하나는 창세기 37절에서 50절의 요셉 이야기로, 비옥한 나일강 어귀의 삼각주에서 일자리를 찾기 위해 주기적으로 위험을 무릅쓰는 이주 노동자들에게 이집트는 위태로운 매력을 제시한다. 이야기의 도입부에서 요셉의 아버지가 요셉을 편애하고 질투심 많은 형들은 그를 죽이려다 마침 이집트에 팔 향신료를 싣고 가는 대상들을 보게 된다. 이 지나가던 상인들이 가족 갈등의 안전밸브를 제공하는데, 형들은 상인들에게 요셉을 팔아넘기고 상인들은 이제 그를 이집트의 관리 보디발에게 판다.

이집트는 이스라엘이 아닌 모든 것이었다. 무수한 신전과 변형된 마법들이 존재하는 다신교의 땅, 오랫동안 확립된 문화적 전통과 엄격한 사회적 계층으로 이룩한 부유하고 안전한 나라. 이런 환경에서 일반적으로 외국인 노예는 성공할 가능성이 없지만, 하느님은 요셉이 하는 모든 일마다 번영하게 해 보디발은 그에게 집안의 큰 책임을 맡긴다. 하지만 그때 요셉을 향한 열정으로 들끓는 보디발의 아내가 그를 유혹한다. 요셉이 그녀를 거부하자, 그녀는 요셉이 자신을 강간하려 했다고 주장하고 그가 이방인임을 강조한다. 그녀는 집에서 일하는 종들에게 말한다. "이것 좀 보아라. 주인이 우리를 웃음거리로 만들려고 이 히브리 녀석을 데려다 놓았구나!" 그녀의 종들은 사실상 거만한 여주인보다는 요셉과 공통점이 더 많았을 테지만, 보디발의 부인은 일꾼들 간의 결속을 차단하기 위해 약삭빠르게 민족적 충성심을 불러일으킨다("우리를 웃음거리로 만들려고 l'zahak banu").

이 에피소드에서 요셉은 이국의 땅에서 밀려난 것만이 아니다. 오늘날 프라하에 가면 종종 카프카적 경험을 하는 것처럼, 요셉은 다른 나라의 이야기에도 얽혀 있다. '두 형제 이야기'라는 이집트 이야기는 쫓겨난 아내가 저지른 거짓 고소 사건을 다룬다.[3] 이야기의 주인공 바타는 형 아누비스를 위해 일하고 있는데, 아누비스의 아내가 그에게 자신의 정부가 되어달라고 요구한다. 바타가 거절하자 그녀는 남편에게 바타가 자신을 유혹하려 했다고 말한다. 두 이야기는 매우 다양한 방식으로 이 주제를 발전시킨다. 이집트 이야기는 동물들이 말을 하고 주인공이 황소와 소나무로 변신하는 등 동화의 논리로 진행된다. 부서진 조각의 형태로 변신한 그는 파라오의 정부가 된 형수를 임신시킨 뒤, 차기 파라오로 다시 태어나 형수를 처형한다. 이와는 대조적으로 요셉은 꿈을 해석하는 하느님이 주신 능력 외에 아무런 기적적인 능력이 없으며, 파라오를 위해 신중하게 재정을 관리하며 마침내 성공해서 자신을 노예로 팔았던 형들을 너그럽게 용서한다.

요셉의 성공에는 모호한 저의가 숨어 있다. 요셉은 곡식을 저장하던 풍요로운 몇 해가 지나고 7년의 기근이 이어지는 동안, 굶주린 이집트인들에게 곡식을 나눠주는 대가로 파라오에게 노역을 바치게 하여 사실상 전체 인구를 노예로 만든다. 이민자 요셉은 이 일을 성공적으로 해내지만, 그에게 유리한 사업은 아니다. 정작 그의 후손들은 혜택을 누리지 못할지도 모른다. 요셉이 죽자 곧 "새로운 왕이 이집트를 다스리게 되었는데, 그는 요셉을 알지 못했다"(출애굽기 1:8). 그리고 그는 히브리인 이주 노동자 전체를 노예로 삼는다. 이제 하느님은 이스라엘 백성의 이집트 탈출을 이끌 위대한 지도자 모세를 보내지만 (훗날 아프리카계 미국인 노예들이 영감을 얻기 위해 이 이야기에 의지하게 된다) 모세는 간신히 목숨을 건져자신의 이야기를 시작한다. 모세의 어머니는 학살을 피해 나일강에 그를 떠내려 보내고, 모세는 파라오의 딸에게 발견되어 양자로자라지만, 이후 히브리인 노예를 매질하는 감독관을 죽인다. 모세는 이집트에서 달아나지만, 우리가 예상하듯이 선조들의 고향으로돌아오지 않고 대신 그 사이의 지역, 아라비아 반도의 미디안 땅에정착한다. 이곳의 현지인들은 그가 이집트인이라고 생각한다. 모세는 미디안 여자와 결혼해서 아들 하나를 낳는다. 모세는 아들에게 게르손Gershon이라는 공감을 불러일으키는 이름을 지어준다. 게르손은 '이방인, 이국에 거주하는 자'라는 의미의 'ger'라는 단어에서 유래되었다. "그가 가로되 '내가 타국에서 객이 되었음'이라 하였더라"(출애굽기 2:22, 킹제임스 성경의 웅변적인 표현으로).

모세가 동화되기 직전에, 마침내 하느님은 불타는 덤불 형태로나타나 그의 백성들을 해방시키도록 요청한다. 하느님은 이스라엘을 "젖과 꿀이 흐르는 땅"으로 묘사하지만, 그곳은 "가나안족과 헷족과 아모리족과 브리즈족과 히위족과 여부스족이 사는 땅"(출애굽기 3:8)이기도 하다고 다소 불길하게 덧붙인다. 성서의 요셉에서카프카의 요제프 K에 이르기까지, 소수 집단의 등장인물들은 종종 고향에 있을 때조차 낯선 땅의 이방인 신세가 되는 자신을 발견한다.

많은 이스라엘인들에게도 그곳은 오랫동안 고향이 아니었을 것

사진 27 유배지로 떠나는 이스라엘 백성

이다. 히브리인 열두 개 부족은 기원전 1048년경 사울의 통치하에 통일된 왕국을 건설했지만, 930년 솔로몬의 사망 이후 왕국은 북쪽으로 이스라엘, 남쪽으로 더 작은 유다 왕국으로 갈라졌다. 750년 아시리아인들이 북부 왕국을 침략해 그곳에 살고 있는 열 개 부족 중 상당수를 추방하고 메소포타미아 전역에 다양한 집단들을 정착시켰다. 한 부조 작품은 쇠약한 소의 옆구리에 드러난 갈비뼈를 통해 유배의 비참한 상황을 강조한다(사진 27).

"이스라엘 자손을 기억하기 위한 돌로서"(출애굽기 28:12) 열두 부족의 이름을 새긴 보석을 양 어깨에 각각 여섯 개씩 다는 등, 출애굽기 28장에서 대사제 아론이 하느님 앞에 설 때 착용한 정교한 복장에는 이런 파괴적인 패배의 현실이 기저에 깔려 있다. 그는 또한 네 줄의 보석으로 장식한 가슴받이를 착용해야 했다.

첫째 줄에는 홍보석과 황옥과 취옥을 박고, 둘째 줄에는 녹주석과 청옥과 백수정을 박고, 셋째 줄에는 풍신자석과 마노와 자수정을 박고, 넷째 줄에는 녹수석과 얼룩마노와 벽옥을 박되, 이 보석들을 모두 금퇴에 물려라. 이 보석들은 이스라엘의 아들의 수대로 열둘이 되게 하고, 인장 반지를 새기듯이 보석마다 각 사람의 이름을 새겨서, 이 보석들로 열두 지파를 나타내게 하여라. … 아론이 성소로 들어갈 때에는, 이스라엘의 아들들의 이름이 새겨진 가슴받이를 달고 들어가게 하여, 이것을 보고 나 주가 언제나 이스라엘을 기억하게 하여라. (출애굽기 28:17~29)

시와 종교적 의식의 친밀한 관련성을 보여주는 이 구절은 아가서의 절정 부분에도 반복된다.

도장 새기듯, 임의 마음에 나를 새기세요.
도장 새기듯, 임의 팔에 나를 새기세요.
사랑은 죽음처럼 강한 것,
사랑의 시샘은 저승처럼 잔혹한 것.[4]

연인들은 이렇게 단언하지만, 보석으로 장식한 열두 부족의 이름을 아론의 가슴에 도장 새기듯 새긴 제사장은 북쪽 왕국이 멸망한 지 2~3세기가 지난 후에 이 글을 쓰고 있었고, 그는 열두 부족 중 열 부족은 오래전 세상에서 사라졌다는 걸 알고 있었다. 그들은 오늘날 주님의 기억 속에 살아 있고, 성서의 시와 산문 덕분에 우리의 기억에도 살아 있다.

32

신약 성서

The New Testament

고대 근동의 문화들은 종종 충돌을 빚었지만, 유사한 필사 문화를 비롯해 공통점도 많았다. 서로 다른 문자 체계에도 불구하고 중복 되는 문화적 전통을 따라 아가서와 이집트 연가가 연결되고, 노아 의 이야기는 그 기원인 메소포타미아 홍수 이야기와 연결된다. 근 동 정체성의 기저를 이루는 지표로 일인칭 대명사 'I'를 들 수 있는 데, 히브리어에서는 ani, 아랍어에서는 ana, 아카드어로는 anakum, 이집트어로는 anek이다. 이스라엘 백성들은 바빌로니아, 이집트, 아시리아, 페르시아의 침략의 물결을 거치는 동안에도 어떻게든 꺾이지 않고 세력을 유지시켰지만, 예수의 탄생 무렵 다른 종류의

사진 28 마사다에서 본 풍경

도전이 일어났다. 팽창하는 로마 제국의 군사력으로 강화된 헬레니즘 문화의 부드러운 힘이 그것이었다. 기원전 2세기 이집트의 유대인들은 그리스어로 번역된 성서가 필요했고, 예수 시대에 새롭게 세워진 로마의 속국들 중 적어도 상류층 사이에서는 그리스어가 히브리어와 아람어를 차츰 몰아내고 있었다.

그레코-로만Greco-Roman 문화의 유혹적인 힘은 기원전 30년대 헤롯 대왕이 지은, 사해 높은 곳에 자리한 궁전 요새 마사다에 방문했을 때 내 마음에 깊이 각인되었다(사진 28). 마사다는 서기 66~73년 제2차 유대-로마 전쟁 시기 로마 군대에 포위당해 점령되었고, 현대 이스라엘에서 외국의 지배에 맞서는 저항의 상징이 되었다. 그러나 그곳에서 내가 가장 깊은 인상을 받은 것은 헤롯왕의 칼리다리움calidarium(뜨거운 열탕－옮긴이)이었는데, 왕의 목욕 마지막 단계를 위해 바닥 아래 관을 통해 증기를 유입하는 방식이었을 것이다. 나는 지구에서 가장 뜨거운 장소 중 한 곳의 태양이 작열하는 산꼭대기에 있었다. 며칠 전 이곳을 방문한 관광객이 열사병으로 사망했다는데, 이런 곳에서 헤롯왕은 *사우나*가 필요했을까? 하지만 당연히 그는 필요했다. 그의 시대에는 로마만 한 곳이 없었을 테니까. 로마 사람들은 콘래드가 『어둠의 심연』 서두에서 환기하는 저 멀리 축축한 영국의 식민지를 포함하여 황량한 외곽 소도시에도 정교한 광장과 상쾌한 목욕 단지를 짓는 걸 무척 좋아했다. 휴양 도시 바스Bath의 이름을 따온 로마의 목욕탕 바스bath는 지금도 방문할 수 있다. 그레코-로만 문화의 냉혹한 압력 아래 이집트, 바빌로니아, 그리고 많은 소규모 문화권들의 문학은 예수 탄생 무렵 사라졌다. 그들의 문자 체계는 그리스 철자로 이후에는 로마 철자로 대체되었고, 지중해는 로마어 'mare nostrum'('우리의 바다'라는 의미-옮긴이)으로 불리게 되었다.

그러나 지역 유대 공동체 내부의 개혁 운동이 입소문이 날 수 있었던 것은 바로 이 새롭게 통합된 세계 덕분이었다. 상선과 로마의 군용선은 오늘날 유람선과 보잉 747기와 마찬가지로 입소문을 확산하는 매개체 역할을 했다. 심지어 사도들은 해외 선교를 시작하기 전에 세계화된 예루살렘에서 자신들의 신앙을 전파할 수 있었다. 『사도행전』에 기록된 것처럼, "예루살렘에는 하늘 아래 모든 나라에서 온 경건한 유대인이 살고 있었고" 더불어 비유대인의 수도 점차 늘어갔다. 하느님은 요셉에게 이집트에서 파라오의 꿈을 해석하게 해주었다면, 이제 오순절에 사도들에게 가능한 모든 언어를 이해할 수 있는 기적적인 능력을 부여한다.

> 사람들이 모여들어 제자들이 저마다 자기네 말로 말하는 것을 듣
> 고 어리둥절해 했다. 그들은 놀라고 어안이 벙벙하여 물었다. "말
> 하는 이들은 모두 갈릴리 사람들이 아닌가? 그런데 어떻게 우리
> 가 저마다 자신이 태어난 지방의 말을 듣고 있는 것인가? 바대 사
> 람, 메대 사람, 엘람 사람과 메소포타미아와 유대와 갑바도기아의
> 거주자들과, 본도와 아시아의 거주자들, 브루기아와 밤빌리아의
> 거주자들, 이집트와 구레네에 속하는 리비아의 여러 지역에 거주
> 하는 사람들, 그리고 로마에서 온 방문자들, 유대 사람과 개종자들,
> 크레타 사람과 아라비아 사람인데, 우리는 그들이 하느님이 행사
> 하신 능력에 대해 하는 말을 각자의 언어로 듣고 있지 않은가."[5]

오순절 언어의 기적이 없었어도, 신약 성서의 저자들은 그리스
어라는 도구로 그들이 알고 있는 세계를 전달할 수 있었을 것이다.
이 새로운 기회는 전례 없는 문학적 도전(전 세계 독자를 위해 현지
의 이야기를 전달할 방법은 무엇일까?)을 제시했다. 이는 오늘날 작가
들에게 근본적인 문제이며, 주변부 지역에 살고 있어서 다른 지역
독자들은 터키나 태국의 문학과 역사에 대해 아무것도 알 수 없을
거라고 가정하게 되는 경우 특히 그렇다. 신약 성서는 더 넓은 세계
를 목표로 하는 주변부 지역의 글쓰기에 대한 초기 사례 중 하나다.
예수가 십자가에서 남긴 놀라운 최후의 말을 계속해서 다시 쓰
는 이유는 바로 이런 변화하는 청중들 때문이다. 서기 50년 쓰인

것으로 추정되는 가장 초기의 복음서인 마르코 복음은 예수의 발언을 아람어로 전하고 다음과 같이 번역한다. "세 시경 예수께서 큰 소리로 부르짖으셨다. '엘로이, 엘로이, 레마 사박타니?' 이 말씀은 '나의 하느님, 나의 하느님, 어찌하여 나를 버리셨나이까?'라는 뜻이다"(마르코 15:34). 이후 마태오는 마르코를 따라서 글을 쓰지만, 그는 '엘로이Eloi'를 히브리어 형태인 '엘리Eli'로 바꾼다. 현대 독자들은 종종 이 단어를 실존적인 절망의 외침으로 받아들이고 있지만, 복음서 저자들은 예수가 하느님의 변함없는 존재를 의심했다고 여길 리 없었을 것이다. 예수는 이전에 자신의 필연적인 죽음을 예언했으며, 겟세마네 동산에서 체포되기 직전 비탄에 잠겨 불안해하면서도 하느님께 오직 이렇게 청할 뿐이다. "하실 수 있다면, 이 잔을 저에게서 거두어 주십시오. 그러나 제가 원하는 대로 하지 마시고 아버지께서 원하시는 대로 하십시오"(마태오 26:39). 그렇다면 십자가에서 예수가 한 말의 진정한 의미는 무엇일까?

예수의 최후의 말을 기록하면서, 마태오와 마르코는 독자들이 이 말의 출처를 알 거라고 기대한다. 예수는 시편 22장을 인용하고 있기 때문이다.

> 나의 하느님, 나의 하느님, 어찌하여 나를 버리십니까?
> 살려달라 울부짖는 소리 들리지도 않사옵니까?
> 나의 하느님, 온종일 불러봐도 대답 하나 없으시고,
> 밤새도록 외쳐도 모르는 체하십니까? (시편 22:1~2)

이 시편은 아들 압살롬이 왕위를 찬탈하려고 시도했을 때, 다윗 왕이 하느님에게 보호를 구하는 기도로 전통적으로 해석되었다. 시인은 자신의 고뇌를 말로 표현하고, 곧바로 하느님의 변함없는 도움을 환기시킨다.

> 그러나 당신은 옥좌에 앉으신 거룩하신 분,
>
> 이스라엘이 찬양하는 분,
>
> 우리 선조들은 당신을 믿었고
>
> 믿었기에, 그들은 구하심을 받았습니다.
>
> 당신께 부르짖어, 죽음을 면하고
>
> 당신을 믿고서, 실망하지 않았습니다. (시편 22:3~5)

근동 지역의 시들은 전체 내용이 알려진 만큼 첫 구절만으로도, 우리는 예수가 시편 전체를 암송함으로써 고통 속에서 스스로를 위로하고 있었음을 짐작할 수 있다. 오늘날 누군가가 "제때에 꿰맨 한 땀이…"라고 말하면 이 구절을 아는 사람이 반사적으로 "나중에 아홉 땀의 바느질을 던다"라고 받아치는 것과 마찬가지로, 유대인 청중들은 첫머리만 들어도 곧장 내용을 파악했을 것이다.

시편은 예수뿐 아니라 '십자가형이라는 불명예'에서도 의미를 찾고 순서대로 서술하려는 마태오와 마르코에게도 도움이 되었다. 특히 마태오는 항상 예수의 생애와 가르침이 성서의 예언들을 어떻게 실현시키고 있는지 보여주려 하고, 같은 시편("겉옷은 저희끼리 나눠 가지고 / 속옷을 놓고서는 제비를 뽑습니다") 22:18에서 직접 구절을 가져와 로마 군인들이 예수의 옷으로 제비뽑기를 한다는 구체적인 내용을 덧붙인다. 실제로 일부 복음서 사본들은 이 구절을 인용하여, "예언자를 통해 하신 말씀을 실현시키기 위해"[6] 군인들이 예수의 옷을 나누어 가졌다고 말한다.

이는 아주 좋은 방식인데, 그렇다면 루카의 복음은 어떨까? 여기에서는 예수의 최후의 말이 감정적으로 훨씬 절제되어 있다. "아버지, 제 영을 아버지 손에 맡깁니다"(루카 23:46). 하지만 이 변화는 실존적 두려움을 억제한 표현이라기보다, 신흥 종교를 찾는 청중의 규모가 확장된 상황을 반영한 것이다. 루카는 마르코보다 약 30년 뒤에 복음을 기록하고 있었고, 그는 자신의 복음을 그리스인 친구 "존귀하신 테오필로스 님"(하느님을 사랑하시는 분)에게 보내는 형식을 취한다. 루카는 유대인과 비유대인이 혼합된 청중을 염두에 두고 있으며, 그의 비유대인 독자들은 시편 22장을 언급해도 이해하지 못하리라는 것을 알고 있다. 그리하여 루카는 문맥에서 일부만 취해도 청중이 혼란스러워하지 않을 구절로, 예수가 언급한 **다른** 시편을 인용한다.

야훼여, 당신께 이 몸 피하오니
다시는 욕보는 일 없게 하소서.
옳게 판정하시는 하느님이여, 나를 구해주소서.
귀 기울여 들어주시고,
빨리 건져주소서.
이 몸 피할 바위가 되시고

성채 되시어 나를 보호하소서.

당신은 정녕 나의 바위, 나의 성채이시오니

야훼 그 이름의 힘으로 나를 이끌고 데려가소서.

당신은 나의 은신처이시오니

나를 잡으려고 쳐놓은 그물에서 나를 건져주소서.

진실하신 하느님, 야훼여,

이 목숨 당신 손에 맡기오니

건져주소서. (시편 31:1~5)

몇십 년 뒤, 요한 복음은 성경 내용을 전혀 언급하려 하지 않고, 예수는 단지 "다 이루었다"(요한 19:30)라고만 말한다(이것은 대개 '끝났다'로 번역되어 자칫 '다 틀렸다'는 의미로 잘못 암시될 수 있다. 그러나 예수가 그리스어로 한 말 'Tetelestai'는 목표 즉 'telos'에 도달했다는 의미다). 요한은 여전히 주기적으로 히브리 성서를 인용하지만 이전 복음서들의 절반 분량에 불과하며 외국 독자를 위해 자주 설명을 덧붙인다. 그는 모든 곳의 독자들을 위해 예수의 생애와 가르침의 의미를 알리는 데 중점을 둔다.

예수는 단 한 번 죽었지만, 그의 죽음은 복음서들에서 세 가지 다양한 방식으로 다시 태어났다. 처음엔 유대교 내부의 개입으로, 마지막엔 이른바 요한의 보편적 문학이라는 형태로. 이 양극단 사이에서 루카는 국내외 다양한 청중들이 읽을 수 있는 형태로 지역을 기반으로 한 작품을 쓰고 있다(오늘날 많은 세계 작가들이 추구하는 해결책이다). 루카-행전Luke-Acts에서 루카의 서술 범위는 나사렛 예수에서 로마의 바오로까지 확대된다. 마지막 구절에서 바오로는 "자신의 비용을 들여 꼬박 2년 동안"(사도행전 28:30) 로마에 살면서 이 위대한 제국의 심장부로 찾아오는 모든 이들에게 예수의 가르침을 담대하게 선포한다. 바오로는 기독교를 세계 종교로 옮기는 데 중심적인 역할을 했다. 루카는 지중해 세계 전역의 많은 청중들을 위해 글을 쓰면서, 마땅히 세계 문학 작품으로 여겨질 최초의 이야기를 만들었다.

D.A. 미샤니
사라진 파일

『사라진 파일』의 첫 장면에서, 하루가 끝날 무렵 한 여자가 지친 아비 아브라함 형사에게 찾아와 십 대 아들이 아직 학교에서 돌아오지 않았으니 찾아달라고 부탁한다. 아비는 아마 아들이 어디 가서 여자 친구를 만나고 있거나 대마초를 피우고 있을 거라고 여자를 안심시키고는 버럭 소리를 지른다. "왜 히브리어로 쓴 탐정 소설이 없는 줄 아세요?" 그가 계속해서 말을 잇는다.

우리에겐 그런 범죄가 없기 때문입니다. 우리는 연쇄 살인이 없어요. 납치도 없고, 길거리에서 여자를 덮치는 강간범도 많지 않아요. 여기에서 범죄가 일어나면 주로 이웃 사람, 삼촌, 할아버지가 범인이고, 범인을 찾고 미스터리를 해결하기 위해 복잡한 수사를 할 필요가 없어요.[7]

말할 것도 없이 미샤니는 아비가 틀렸음을 증명할 것이다.

아비의 주장은 미샤니가 성장한 1980년대의 상황을 반영한다. 치마만다 아디치에처럼 미샤니는 조숙한 독자였고, 역시나 그녀와 마찬가지로 그가 발견한 책들(적어도 그가 끌린 탐정 소설 장르)은 영국에서 들어온 것들이었다. 에세이 「히브리 탐정의 수수께끼 The Mystery of the Hebrew Dective」에서 밝힌 것처럼, 미샤니는 여덟 살에 코난 도일의 열렬한 팬이 되었고, 열두 살 무렵엔 지역 공립 도서관에서 구할 수 있는 애거서 크리스티의 책을 전부 읽었다. "나는 그 밖의 다른 탐정 소설은 거의 비치되지 않은 도서관 책장 앞에 서서 혼잣말로 물었다. 이제 어떻게 하지? 내가 읽을 다른 탐정 소설은 정말 없는 거야?"[8]

이어서 미샤니는 이스라엘에서는 인종, 계급, 민족주의가 장르 소설을 지속적으로 억압해왔다고 말한다. 대신 모사드 첩보기관과 이스라엘 국내 안전부 신 벳 Shin Bet에서 실제로 일어났던, 주로 아랍-이스라엘 간 충돌을 다루는 스릴러물과 스파이 소설들이 있었다. 일반적인 국내 범죄는 주로 미즈라흐 유대인 Mizrahis(중동 혹은 북아프리카 혈통의 유대인)이 대다수였던 현지 경찰이 조사했고, 그들의 업무는 국가를 대표한다거나 심지어 극적인 갈등을 겪는 것으로는 보이지 않았다. 미샤니의 소설들은 이 간극을 메우고, 교활

하리만치 탁월한 구성과 감정적 깊이를 더해 그의 탐정 소설들을
세계적으로 유명하게 만들었다. 도나 레온과 마찬가지로 미샤니는
가장 국제적인 문학 장르에 참여하고 있으며, 그녀와 마찬가지로
그 역시 자신이 선택한 지역인 모래로 가득한 텔아비브 교외 홀론
의 정취를 전달하면서 좋은 평가를 받고 있다.

우리가 루카의 복음에서 보았던 것처럼, 작품이 해외로 진출하
면 그 의미가 바뀐다. 미샤니의 경우, 현재 출판되고 있는 히브리
판본과 2013년 미국 판본을 비교하면 알 수 있듯이, 이 과정에서
더욱 지역적인 **동시에** 더욱 국제적으로 변모했다(사진 29). 『사라
진 파일Tik ne'edar』의 정형화된 표지는 배낭을 멘 십 대 소년을 보여
준다. 'tik'은 '가방' 혹은 '파일'을 의미하므로 히브리어를 이용한

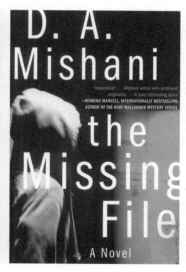

사진 29 히브리어와 영어 판본

말장난을 보여주고, 소년의 사라진 책가방(소설 내용의 핵심 단서)과 함께 길을 잃어버린 사건을 암시한다. 제목 아래 소제목으로 우리는 이것이 아비 아브라함의 첫 번째 수사라는 사실을 알게 된다. 또한 특정한 지역적 혹은 국제적인 관련 내용 없이 오직 해결해야 할 미스터리에만 중점을 둔다.

이와 대조적으로 미국 판본은 세계 독자들을 위해 재구성했다. 본명 드로 미샤니보다 영국식 이름인 'D. A. 미샤니'로 이름을 바꾸었고, 표지는 쿠르트 발란데르KURT WALLANDER 미스터리 시리즈의 세계적인 베스트셀러 작가, 헨닝 만켈Henning Mankell의 극찬으로 장식되어 있다. 앞표지는 이 책의 세계적인 인기를 강조하는 반면 뒤표지는 지역적이다. 상단의 묘사는 "텔아비브의 조용한 교외"에 소설을 위치시키는 반면, 가운데 광고 문구는 "이곳의 장소 감각이 매혹적"임을 강조하고, 마지막 인용문은 "독특한 장소에서 펼쳐지는 조마조마한 미스터리 소설, 독자들은 예정된 속편을 간절히 기다릴 것"이라고 알린다.

나는 유럽인 동료 루이즈 닐손, 테오 드핸과 함께 『세계 문학으로서의 범죄 소설』(2017) 전집을 동시 출판할 때 미샤니에게 처음 관심을 갖게 되었다. 당시 미시건 대학교 대학원생이었던 마얀 에이탄도 크게 기여했는데, 그녀는 탐정 소설이 지역색이라는 겉치장을 넘어서서 실제로 지역의 현실을 제공한다는 주장에 회의적이었다. 그녀는 미샤니가 숭배하는 헨닝 만켈의 북유럽 누아르 물에 나오는 한 구절을 예로 들었다.

왈란더가 건물을 나섰을 때 경찰서와 위스타드 병원 위 하늘은 모두 칠흑같이 어두웠다. 시간은 일곱 시가 지났다. 그는 크리스티안스타드 도로에서 우회전했고 프리뎀스가탄에서 다시 우회전해 보행자들 사이로 빨려 들어가고 있었다. … 그는 그들의 걸음 속도와 보조를 맞추지 않으려 애썼다. 천천히, 더 천천히. 즐거운 9월 초순 저녁이었다. 앞으로 몇 달 동안 이런 날은 많지 않을 것이었다.[9]

그런 다음 에이탄은 이 구절은 사실 미샤니의 소설에서 가져왔으며, 우리에게 장난을 친 것이라고 밝혔다. 그녀가 한 일은 이름 몇 개를 바꾸고(홀론 기술 연구소를 위스타드 병원으로, 피치먼 거리를 크리스티안스타드 도로로), 기분 좋은 이스라엘의 5월 저녁을 스칸디나비아의 9월로 바꾼 것이 전부였다.

에이탄의 예리한 관찰력을 바탕으로, 여기에 때로는 이름조차 바꿀 필요가 없다고 덧붙일 수도 있다. 아비는 어린 시절 이후 자기 마을이 얼마나 달라졌는지 되돌아보는데, 그 변화들은 주로 세계적인 체인점들의 등장과 관련이 있다.

네베 레메즈와 키랴트 샤레트 사이의 모래 언덕들, 그가 평생 살았던 회색의 두 마을은 거의 사라지고 아파트 건물들, 공공 도서관, 디자인 박물관, 쇼핑몰로 대체되어 달 위의 우주정거장처럼 어둠 속에서 빛나고 있었다. 키랴트 샤레트로 가는 중간 지점 그의 왼편에는 자라, 오피스디포, 컵 오브 조의 환한 네온사인이 그

를 손짓하며 불렀고, 그는 길 건너 쇼핑몰에 들어갈까 생각하고 있었다.[10]

그러나 지역적 차이는 여전히 남아 있다. 복음서 저자들이 히브리 성서를 언급하는 것처럼, 이 차이는 종종 외국의 독자보다 현지 독자에게 더 크게 다가온다. 미즈라흐 유대인들의 이름은 샤라비, 만수르와 같이 일반적인 아랍어 이름처럼 들리기 때문에, 미샤니의 동포들에게 미즈라흐 이민자들과 이스라엘 '태생' 시온주의자들 간의 민족적 긴장은 그들의 이름으로 암시된다. 이 차이는 신벳의 장교 유리가 깔보는 듯한 태도로 아비를 대하는 것에서 알 수 있다. "안전부의 유리는 나이로 보나 지위로 보나 아마 그보다 아래일 텐데도 마치 식당 주인이 가장 지위가 낮은 설거지 담당자에게 대하듯 그에게 말했다."[11] 그럼에도 불구하고 유리의 불쾌한 태도에 깔린 민족적 차별이 외국 독자에게는 분명하게 드러나지 않을 것이다.

지역적 차이는 번역에서도 계속해서 강한 인상을 남긴다. 아비는 정신 사나운 아버지, 잔소리 많은 유대인 어머니와 우스꽝스럽고도 어색한 소통을 한다. 그는 경찰 업무를 위해 브뤼셀로 출장가는 길에 엄마의 전화를 받아 비가 올지 모르는데 옷 좀 챙겨 입지 그랬냐는 말을 듣는 최초의 형사임에 틀림없다. 더욱 우울한 사실은, 실종된 소년의 어머니는 학대받는 아내로 주어진 환경 안에서 할 수 있는 선택이 제한된다는 것이다. "그녀는 길을 잃은 사람처럼 보였다. 그녀는 무언가를 결정하거나 주장하는 데 익숙하지 않았다. '그 아이에게 도대체 무슨 일이 일어난 건지 모르겠어요.' 그녀가 말했다. '이런 식으로 사라지다니, 그 아이답지 않아요.'"[12] 나중에 상황이 더 악화되자, "그녀의 징징거림은 집 밖에 버려져 안으로 들어가려 애쓰는 개의 그것처럼 연약하고, 숨 막히고, 파편적으로 들렸다."[13]

『사라진 파일』은 읽는 이 각자의 차등적인 기준에 따라 지역적인 동시에 세계적이므로, 이 균형은 다양한 독자들이 다양한 방식으로 맞추게 될 것이다. 이스라엘의 배경에 익숙한 사람들은 이 세계관을 더 잘 인식하겠지만, 그렇지 않은 독자라도 미샤니가 창조한 범죄 소설의 세계를 충분히 즐길 수 있을 것이다. 내가 가장 좋아하는 상호 텍스트성을 감지할 수 있는 순간은 아비 아브라함이 등장하는 범죄 소설 시리즈의 두 번째 작품 『폭력의 가능성A Possibility of Violence』의 첫 부분이다. 그가 슬로베니아계 벨기에인 여자 친구 마리앙카와 함께 브뤼셀의 어느 공원 벤치에서 앉아 "보리스 아쿠닌Boris Akunin의 탐정 소설"[14]을 읽다가 잠시 휴식을 취하고 있는데, 갑자기 정신이 불안정한 여자가 그들에게 다가와 말을 건다. 아비는 자신이 처한 이 상황이 셜록 홈즈와 같은 주인공 에라스트 페트로비치 판도린이 등장하는 보리스 아쿠닌의 시리즈물 중 1권 『겨울 여왕The Winter Queen』 첫 장면이 변주된 것임을 깨닫지 못한다.

그는 사건을 자주 오해한다고 여기는 애거서 크리스티의 벨기에인 주인공 에르퀼 푸아로의 고향에 있다고 생각하지만, 방금 아쿠닌의 러시아로 옮겨졌다는 사실을 알지 못한다. 그러나 드니 디드로Denis Diderot의 『운명론자 자크와 그의 주인Jacques le fataliste』에서 (번역되지 않은 채) 가져온 『사라진 파일』의 제사에서 보듯이, "그들은 어떻게 만났을까? 다른 사람들처럼 우연히Comment s'étaient-ils rencontrés? Par hasard, comme tout le monde." 사실 그들은 우연히 만난 것이 아니라, 미샤니가 세계 문학의 거대한 틀 속에 그의 이스라엘 탐정을 정확히 위치시킴으로써 저자의 의도에 의해 만난 것이다.

34

에밀 하비비

비관 낙관론자 사이드 씨의
비밀 생활

Emile Habibi, The Secret Life of Saeed the Pessoptimist   263

미샤니의 미즈라흐 유대인 인물들이 이스라엘에서 사회적 약자의
삶을 경험하는 한편, 팔레스타인 사람들의 상황은 이보다 훨씬 열
악했다. 하비비 같은 팔레스타인 기독교인들에게도 사정은 다르지
않았다. 1921년 영국이 지배하던 시기 이스라엘 하이파의 아랍계
기독교인 가정에서 태어난 에밀 하비비는 1940년대에 기자가 되
어 좌파 일간지 〈알-이티하드Al-Ittihad(연합)〉를 편집했다. 영국의
지배에 대한 아랍인과 유대인의 저항은 1930년대 이후 계속 커져
갔지만, 1947년 말 유엔이 팔레스타인 분할 계획을 세운 후 공개
적으로 내전이 발발했고 그로 인해 1948년 5월 14일 이스라엘 국

가 수립을 일방적으로 선포하게 되었다. 다음 날 아랍 연합국이 이스라엘을 침공했다. 그들은 확실한 승리를 기대했지만, 일 년여 간의 힘든 싸움 끝에 1949년 패했다. 아랍어로 'Nakba(재앙)'로 알려진 이 기간 동안 약 70만 명의 팔레스타인인이 망명했다.

이후 3년 동안 같은 수의 유대인이 새로운 국가로 이주했고, 이스라엘에 남은 팔레스타인 사람들은 이스라엘의 냉혹한 지배를 받게 되었다. 이 시기 하비비는 저널리즘 활동을 계속하면서 자신의 정치 활동을 강화했다. 그는 이스라엘 공산당을 공동 창당했지만, 당원들이 미하일 고르바초프의 소련 개혁에 반대하자 1991년 당을 탈당했다. 하비비는 팔레스타인에 대한 이스라엘의 정책을 날카롭게 비판했지만, 두 국가의 평화로운 공존이라는 목표는 지지했다. 그는 20년 동안 이스라엘 국회에서 일한 뒤 1972년 사임한 후 작가 생활에 몰두했고, 1974년 대표작 『비관 낙관론자 사이드 씨의 비밀 생활』을 출간했으며, 1990년대 초 팔레스타인 해방기구와 이스라엘 정부로부터 문학상을 수상했다. 이스라엘 정부가 주는 상을 받았다는 비판에 대해 하비비는 이렇게 썼다. "돌과 총탄의 대화보다는 상들의 대화가 더 낫다."

많은 탈식민지 작가들과 마찬가지로, 하비비는 지역의 전통과 유럽의 전통을 결합한다. 그의 안티히어로는 전형적인 아랍의 사기꾼 모습을 하고, 이야기는 볼테르의 『캉디드』에서 끌어온 용어들로 구성된다. 주인공 사이드는 1948년부터 1949년까지 이어진 아랍과 이스라엘의 전쟁 이후 팔레스타인 공산당에 대항하는 이스라엘 경찰 측 정보원으로 활동하면서, 언젠가 고향 하이파에 살면서 연인 유아드와 재회하길 꿈꾼다. 유아드Yuaad는 이스라엘에서 강제 추방되었지만 그녀의 이름에는 '돌아올 것이다will return'라는 의미가 있다. 사이드는 결국 다른 여자와 결혼해 아들 하나를 둔다. 어둡고도 희극적인 일련의 사건 사고들은 저항 운동가로 활동하던 아들의 피살로 절정에 이른다. 사이드는 자신이 외계인들과 접촉하고 있다고 확신하게 되고, 과거 영국 교도소 자리에 위치한 정신병원에 감금되는 동안 자신의 이야기를 글로 쓴다. 소설이 끝날 무렵 사이드가 사라지는데, 그는 죽었거나 혹은 이스라엘 도시 아크레의 고대 지하 묘지에 숨어 있거나, 어쩌면 외계인 친구들에 의해 우주로 유괴되었을지 모른다.

사이드의 집안은 그들이 얻은 화려한 별칭, 비관 낙관론자라는 이름으로 통한다. 그의 집안은 대대로 부정한 결혼 생활과 정치적 타협이라는 오랜 역사를 이어오고 있다. 아내들은 늘 부정을 저질렀고, 남자들은 이스라엘 정부와 중동 전역의 독재자들을 위해 일했다. 사이드는 "정부가 고지대 갈릴리의 민들레와 물냉이 유통 위원회 책임자로 임명한 최초의 아랍인이 우리 집안 출신"이라고 자랑스럽게 말하지만, 나중에 터무니없이 하찮은 대가를 받고 이 지위를 팔아치운다. 그는 노력을 멈추지 않는데 정의라든가 뭔가 의미 있는 공헌을 위해서가 아니라 "아직 성공하지 못했지만, 갈릴리 저지대의 유통권도" 얻기 위해서다.[15]

이 집안의 비관 낙관론의 한 예로 사이드는 형제 중 한 명이 산업재해로 사망했을 때 어머니의 반응을 인용한다. "어머니는 쉰 목소리로 말했다. '그래도 얼마나 다행이냐, 차라리 이런 방식으로 그렇게 되어서 말이다!'" 방금 남편을 잃은 며느리가 이보다 더 나쁜 일이 있을 수 있냐며 화를 내면서 따지자 어머니는 차분하게 대답한다. "그 애가 살아 있는 동안 네가 달아난 일 아니냐, 아가, 딴 놈하고 달아난 일." 사이드는 무미건조하게 덧붙인다. "우리는 어머니가 가족사를 너무도 많이 알고 있었다는 걸 기억해야 할 겁니다." 머지 않아 젊은 과부는 다른 남자와 달아나고, 그 남자가 불임이라는 사실이 밝혀진다. "어머니는 그가 그렇다는 말을 듣고는 가장 좋아하는 말을 되풀이했다. '그러니 왜 우리가 신을 찬양하지 않겠니?'" 사이드는 이렇게 결론을 맺는다. "그렇다면 우리는 무엇인가? 낙관론자인가, 비관론자인가?"[16]

한 개의 장이 '캉디드와 사이드와의 놀라운 유사성'에 할애된다. 캉디드를 모방한다며 외계인 친구에게 비난을 들은 사이드는 이렇게 쏘아붙인다. "나를 비난하지 마. 이제 이 행성에 엘도라도가 존재하게 된 것 말고는 볼테르 시대 이후로 아무것도 달라진 게 없는 우리의 생활 방식을 비난하라고."[17] 시온주의자의 유토피아주의를 어리석게 환기시키는 극단적 낙관론자의 주장이다. 이런 하비비의 풍자에 걸려들지 않은 사람이 없다. 볼테르는 스스로를 이성의 목소리이자 결정권자로 보았고, 캉디드는 명예롭고 결백했지만, 사이드는 순진한 동시에 타락했다. 1948년 그는 협력 단체였던 팔레스타인 노동자 연합 대표로 있을 때 달아난 아랍인들이 버리고 간 재산을 훔친다. 재산 관리인과 하이파에 새로 취임한 아랍 지도부가 집들을 털고 남은 나머지를 빼돌린 것이다. 이후 1956년 (제2차 중동 전쟁이 발발한 해-옮긴이) 몇 년 뒤에 벌어진 6일 전쟁

(1967년 6월 5~10일 사이에 벌어진 제3차 중동 전쟁–옮긴이) 기간에 사이드는 극빈자들이 결혼식 접시를 한 세트당 1파운드에 파는 걸 보고 이렇게 비판 낙관적인 결론을 내린다. "옛날엔 거저였던 게 이젠 1파운드에 팔리는군. 모든 것이 참으로 발전하고 있어!"[18]

소설 전반에 걸쳐 우리는 타협과 저항이 얼마나 복잡하게 얽혀 있는지 목격한다. 이스라엘 국가에 협력해온 팔레스타인 사람들은 "국가 전체를 철저하고 완벽하게 잊게 만들려는" 이스라엘의 프로그램에 연루된다.[19] 하비비는 자세한 상황을 이야기함으로써 이 주제를 절실하게 느끼게 한다. 그리하여 1948년 전쟁 이후 점령군은 교실을 징발해 칠판을 탁구대로 사용한다. 그러나 하비비가 풍자하는 대상이 이스라엘 국가와 팔레스타인 부역자들만은 아니다. 소설을 관통하는 것은 중동 아랍 엘리트들에 대한 엄중한 비판으로, 그들은 자신들의 권위주의와 탐욕으로부터 대중의 관심을 돌리기 위해 팔레스타인 국민들을 난민 수용소에 가두고 이스라엘을 향한 분노를 조장한다. 시리아의 대위, 이라크의 소령, 레바논의 중령, 그리고 "다양한 왕들에게 담뱃불을 붙여드리는 일이 전문이었던" 친척 등 항상 타협을 일삼아온 사이드 집안 사람들이 "아직 점령되지 않은 모든 아랍 국가"에 흩어져 살고 있다는 것은 놀랄 일이 아니다.[20]

『캉디드』를 다룰 때 알게 되겠지만, 볼테르는 종교적 교조주의를 풍자했지만 자신의 귀족 계급에 대해서는 부드럽게 질책을 가했다. 이와 대조적으로 하비비는 아랍인과 이스라엘인 모두의 입장에서 현 상황에 대해 동일하게 지면을 할애하고, 그의 기구한 주인공 사이드가 아이러니한 동정심을 불러일으킬 때조차 권력뿐 아니라 무력함도 부패할 수 있음을 암시한다. 볼테르의 여자 주인공 퀴네공드는 생존을 위해 해야 할 일을 하지만 파란만장한 이야기 내내 침착한 자세와 근본적인 고결함을 유지하는 반면, 사이드의 선택들에는 비겁함과 배신이라는 훨씬 골치 아픈 조합이 수반된다. 그의 아들은 마침내 사이드의 수동적인 태도에 저항하고, 죽음을 맞으면서도 궁극적인 성공을 향한 유일한 희망인 지속적인 저항(사려 깊은 아랍인과 유대인이 똑같이 현 상황에 대항하는, 하비비가 원하는 저항)으로 향하는 길을 가리킨다. 사이드는 언젠가는 상황이 달라질 거라고 희망하지만, 그것은 사람들이 부역이나 총알이 아닌 더 나은 대안을 찾을 때에야 가능한 일이다. 사람들은 새로운 기반 위에서 사회를 건설하기 위해 협력해야 하지만, 사이드 자신은 그런 시도를 할 생각이 없다. 소설이 끝날 무렵, 사이드는 높은 기둥(텔레비전 안테나처럼 보이는)에 성스러운 고행자처럼 앉아 구름처럼 하늘로 날아오르는 자기 모습을 발견한다. 발아래 선조들과 사랑하는 사람들이 모두 모여 있는 모습이 보인다. 그의 잃어버린 아내 유아드가 그를 올려다보며 말한다. "이 구름이 지나가면 태양이 다시 빛나겠지!"[21]

35

마흐무드 다르위시

나비의 짐

Mahmoud Darwish, The Butterfly's Burden

나는 에드워드 사이드의 저서를 통해 마흐무드 다르위시의 시를
처음 접했다. 사이드의 많은 저서들 가운데 내가 개인적으로 가장
좋아하는 책은 『마지막 하늘을 지나After the Last Sky』(1986)로, 이 책
에서 그는 팔레스타인 사람들의 일상생활을 찍은 프랑스 사진작
가의 사진들로 망명자의 고향에 대한 기억을 환기시킨다. 사이드
는 다르위시의 시「땅은 우리에게 다가오고 있다The Earth Is Closing on
Us」에서 제목을 가져왔다. 이 시에서 시인은 (당시 베이루트에서 망
명 생활을 하고 있었다) 이렇게 묻는다.

마지막 국경을 지나 우리는 어디로 가야 하나?

마지막 하늘을 지나 새들은 어디로 가야 하나?

마지막 공기 한 모금을 마신 식물들은 어디에서 잠을 자야

하나?[22]

캐나다 예술가 프레다 구트만Freda Guttman은 2008년 공감을 자아내는 콜라주 작품에서 이 구절을 인용했다(사진 30). 구트만은 이 시를 근사하고도 모호하게 사용한다. 작품 맨 아래에 시의 첫 행이 나오고, 여기서부터 위를 향해 이미지를 거슬러 읽을수록 1948년 나크바Nakba(대재앙) 시기 동안 팔레스타인 난민들이 차츰 사라지는 모습을 보게 된다. 그러나 이 방향을 따라가면 세 개의 행으로 이루어진 질문의 순서가 달라진다. 세 개의 행은 위에서 아래로 읽어야 하는데, 그러다 보면 추방된 팔레스타인 난민들에게 점차 초점을 맞추게 된다.

존재와 부재는 2008년 다르위시가 사망하기 2년 전에 출간한 후기작『부재가 존재하는 곳에서Fi Hadrat al-Ghiyāb』에 이르기까지 그의 작품 전체에 밀접하게 관련되어 있다. 다르위시는 짧은 경구, 산문시, 짧은 산문 등이 수시로 전환되는 이 책에서 혼란과 무수한 망명의 경험을 회상한다. 이 경험들은 그가 일곱 살이던 1948년, 이스라엘 군대가 마을을 침입해 가족들이 한밤중에 레바논으로 달아나던 때부터 시작되었다.

그 시절 우리에게 빛과 소리 외에 적이라고는 없었다. 그날 밤 행

Where should we go after the last frontiers?

Where should the birds fly after the last sky?

Where should the plants sleep after the last breath of air?

The earth is closing in on us pushing us through the last passage, and we tear off our limbs to pass through.

사진 30 프레다 구트만의 <땅은 우리에게 다가오고 있다>(2008)

운 외에 우리 편은 아무도 없었다. 두려움 가득한 부드러운 음성이 당신을 꾸짖는다. 얘야, 기침을 하지 말거라, 기침은 죽음이라는 목적지로 데리고 간단다! 아버지, 성냥에 불을 붙이지 마세요. 작은 불꽃이 언뜻 보이기만 해도 총알이 빗발치듯 쏟아질 거예요. … 멀리서 빛이 보이면, 당신은 관목이나 작은 바위의 형태를 취하고 숨을 참아야 했다. 모함하는 빛이 당신의 말을 듣지 않도록.[23]

일 년 뒤 가족은 레바논에서 돌아왔지만, 이스라엘이 마을을 파괴해버려 그들은 새 이스라엘 국가의 국경 안에 위치한 아크레에 정착했다. 고국에서 떨어져 있기에 그들은 이제 '존재하는 부재자'라는 모순적인 범주 속에서 고국으로 돌아갈 권리를 끊임없이 정당화해야 했다. 다르위시는 1960년대에 강경한 정치적 성향의 시를 발표하기 시작했고 모스크바, 카이로, 베이루트, 튀니지, 파리에서 망명 생활을 하기 전까지 수차례 투옥되었다. 그는 친구 에밀 하비비와 함께 하비비의 생애와 업적을 주제로 작업하기 위해 1995년 돌아왔지만, 공교롭게도 그가 도착한 때 하비비의 장례식이 치러졌다. 이후 그는 요르단의 암만과 웨스트 뱅크의 라말라 사이를 오가며 활동했다.

다르위시는 팔레스타인 투쟁이 필수적인 만큼 전 세계의 시와 소통하면서 자신의 작품을 발전시켰다. 그가 아주 일찍부터 전념한 것은 시적 언어 자체였다. 『부재가 존재하는 곳에서』에서 다르위시는 어린 시절의 자신에게 이렇게 말한다. "너는 시를 사랑해, Nūn이라는 글자의 고무된 리듬이 널 백야로 데리고 가지. … 시인

없이는 어떠한 부족도 승리할 수 없고, 사랑에 무릎을 꿇지 않는 한 어떠한 시인도 승리할 수 없어." 그는 이렇게 덧붙인다. "셰헤라자드의 끝없는 밤에서 하나의 이야기가 또 다른 이야기를 낳듯 너는 모르는 방들로 들어서겠지. 주변의 무엇과도 닮지 않은 마법의 세계 속에서 이야기의 일부가 되어."**24** 그는 "말은 존재다. 이 게임은 당신에게 마법을 걸어 당신이 그 일부가 되게 할 것이다"라고 생각한다. 하지만 또한 "어떻게 세상을 포용할 만큼 충분한 공간을 가질 수 있을까?"**25**라며 궁금해 한다.

다르위시는 30권이 넘는 많은 시집으로 세상을 포용했다. 1980년대와 1990년대의 시들을 엄선한 시선집 『불행히도, 그것은 낙원이었다Unfortunately, It was Paradise』(2013)와 1998년부터 2003년까지의 시들을 모은 짧은 세 권의 책 『나비의 짐』이 있지만, 그의 시를 포괄적으로 모은 영어로 된 시 전집은 없다. 따라서 다르위시의 작품에 대해 폭넓은 관점을 얻으려면 책, 저널, 신문기사 등으로 여러 나라에 흩어진 출판물들을 합쳐야 한다. 다르위시가 『나비의 짐』에 수록된 후기 시 「당신은 결코 존재하지 않은 것처럼 잊힐 것이다」에서 말한 것처럼, "나는 메아리의 왕. 내 유일한 왕좌는 여백이다."**26**

다르위시의 후기 시들은 종종 초기 시들을 반영한다. 『나비의 짐』은 전집에 있는 1998년 시에서 제목을 가져온 것이지만, 원래는 1977년 시의 한 구절이었다. 또한 다르위시는 종종 그가 가장 좋아하는 과거와 현재의 시인들을 그대로 되풀이한다. 그의 2003년 시집 『당신이 한 일에 사과하지 말 것』(『나비의 짐』 제3권)

에는 9세기 시리아 시인 아부 탐맘Abu Tammam의 시 "당신은 당신이 아니며 / 고향은 고향이 아니다"와 스페인 모더니즘 시인 페데리코 가르시아 로르카Federico Garcia Lorca의 시 "그리고 지금, 나는 내가 아니며 / 그리고 집은 나의 집이 아니다"에서 이중으로 제사를 인용한다. 다르위시는 이런 유사한 시의 구절들을 "마음의 텔레파시, 혹은 운명의 텔레파시"라고 묘사한다.[27]

다르위시는 특히 팔레스타인 동료 시인들과 열정적으로 교류했다. 파드와 투칸Fadwa Tuqan(1917~2003)은 「광야에서 잃어버린 얼굴 Face Lost in the Wilderness」에서 위험한 기억의 끌림(잃어버린 나라, 잃어버린 연인, 혹은 둘 모두에 대한)의 깊은 양면성을 표현한다.

아니! 기억하라고 하지 말라. 사랑의 기억은
어둡고, 꿈은 흐려졌다.
사랑은 광야의 밤에
잃어버린 환영.
친구여, 밤이 달을 죽였다.
내 마음의 거울에서 당신은 피난처를 찾지 못하고,
내 나라의 흉한 얼굴만 발견할 뿐.
아름답고도 훼손된 그녀의 얼굴,
소중한 그녀의 얼굴…[28]

다르위시는 「팔레스타인 상처의 일기: 파드와 투칸을 위한 루바이야트Diary of a Palestinian Wound: Rubaiyat for Fadwa Tuqan」에서 이렇게 답한다.

> 카르멜산이 우리 안에 있고,
> 우리의 눈썹 위에 갈릴리 지방의 풀이 자라니
> 우리는 기억하지 않을 자유가 있다.
> 말하지 말라, 나는 우리가 강처럼 그곳까지 흐르길 바란다고
> 이 말은 하지 말라.
> 우리는 조국의 육체 속에 존재하고 조국은 우리 안에 존재한다.
> …
> 오 자매여 이 모든 죽음을 내게 맡겨라.
> 이 모든 방랑을 맡겨라.
> 보라! 나는 그것을 엮어 재앙 위에 별을 만들고 있다.[29]

다르위시는 그의 30년 친구인 에드워드 사이드와도 많은 대화를 나누었다. 「망명에 대한 성찰들Reflections on Exile」이라는 제목의 에세이에서 사이드는 망명을 이렇게 묘사했다.

(망명은) 인간 존재와 고향, 자아와 그것의 진정한 집 사이에서 강요된 치유할 수 없는 균열이며, 그 본질적인 슬픔은 결코 극복될 수 없다. 그리고 문학과 역사에는 영웅적이고 낭만적이며 영광스럽고 심지어 큰 승리를 거둔 망명 생활의 일화들이 담겨 있는 것이 사실이지만, 그것은 소외의 절절한 슬픔을 극복하기 위한 노력일 뿐이다. 망명의 업적들은 영원히 떠나온 무언가를 상실함으로

써 영구적으로 훼손된다.[30]

사이드가 2003년 67세의 나이에 백혈병으로 사망했을 때, 다르위시는 그를 위해 애도의 시를 지었다. 이 시에서 그는 망명의 고통뿐 아니라 자유도 강조했다. "외부 세계는 망명이다. / 망명은 내부의 세계다. / 그리고 당신은 둘 사이에 무엇인가? / … 문화를 가로질러 자유롭게 여행함으로써 / 인간의 본질을 찾는 사람들은 / 모두 앉을 공간을 찾을 수 있을 것이다."[31] 2004년 그가 애도의 시를 낭독하는 비디오가 있는데, 그의 두 손의 움직임이 목소리만큼이나 웅변적이다.[32]

다르위시는 단일하거나 고정된 추론에 결코 만족하지 않는 비판적 사고를 다룬 사이드의 '대위법(두 개 이상의 선율을 조화롭게 배치하는 작곡 기술—옮긴이)적' 접근을 떠올리며, 그를 애도하는 시에 「대위법 Tibaq」이라는 제목을 붙였다. 그와 사이드가 서로 도전적인 질문을 던지고 있으며, 시 자체도 대위법적으로 애도의 감정과 인터뷰가 혼합되어 있다. 시는 사이드를 지적인 방식으로 저항하는 영웅으로 구현하고("그는 이야기를 공유하기 위해 / 트로이의 권리를 수호하는 / 마지막 서사시의 영웅과 같았다"), 뿐만 아니라 뉴욕과 아이비리그 대학에서 일상적인 삶의 기쁨을 즐기는 누군가로도 묘사한다.

뉴욕. 에드워드는 나른한 새벽에
깨어 일어난다. 모차르트를

연주한다.

대학의 테니스 코트 주변을

달린다.

국경을 가로지르고

장벽을 넘어 아이디어의 여정을

생각한다. 뉴욕 타임스를 읽는다.

분노에 찬 논평들을 작성한다.

동양 여인의 마음 속 약점으로 장군을 안내하는

동양학자에게 악담을 퍼붓는다. 샤워를 한다. 우아한 옷을

고른다. 화이트 커피를

마신다. 새벽녘에 소리 지른다.

돌아다니지 마.[33]

시는 이렇게 끝난다.

안녕히,

고통스러운 작별의 시여.[34]

2013년 내 아들 피터는 대학을 졸업한 뒤 요르단에서 학생들을 가르칠 때, 모자이크 예술가에게 부탁해 이 시에서 인용한 한 구절을 돌에 새겨 나에게 선물했다(사진 31).

"그는 국경을 가로지르고 장벽을 넘어 아이디어의 여정을 생각한다."

사진 31 '국경을 넘나드는 아이디어의 여정'

에드워드 사이드와 마흐무드 다르위시의 삶과 업적에 대한 (그리고 우리 자신의 문학적 여정에 대한) 완벽한 이미지다.

8장

테헤란-시라즈

Tehran

장미 가득한 사막

Shiraz

36

마르잔 사트라피

페르세폴리스

Marjane Satrapi, Persepolis

2011년 아내와 내가 이란에 가기 전까지 나는 스스로를 미국의 매체에 상당히 회의적인 소비자라고 생각했었다. 예상대로 이란에는 '미국에 죽음을'이라는 슬로건이 새겨진 이슬람 혁명 시기의 벽화들이 보존되어 있었고, 지도자 아야톨라 호메이니의 많은 이미지들이 곳곳에 보였는데, 그 가운데 하나는 이란-이라크 전쟁에 참전한 순교자들의 영혼을 상징하는 무수한 꽃잎들이 산들바람에 흩날리고 그들에게 축복을 내리는 이미지였다. 그러나 우리는 이란의 중산층이 서양 문화와 중동 문화를 오랫동안 편안하게 받아들여왔다는 사실을 알지 못했고, 나는 '시아파'가 이슬람교 중에서

اين انقلاب بی نام خمينی (ره)
در هيچ جای جهان شناخته شده نيست .
THIS REVOLUTION ISNOT RECOGNIZED ANYWHERE IN THE WORLD
WITHOUT IMAM KHOMEINI NAME .
HAVE A NICE

사진 32 이슬람 혁명의 브랜드화

도 특히 엄격한 (심지어 '극단적으로 보수적인') 교파라는 가정을 무의식 중에 흡수하고 있었다. 그래서 많은 이란 사람들이 종교적 관례를 유연하게 실천하고 있다는 사실이 놀라웠다. 예를 들어, 그들은 하루 다섯 차례 기도를 세 그룹으로 나누어 수행함으로써 현대 시대에 보다 용이하게 적용했으며, 종교적 신심이 깊어도 현대 세계의 문화에 적극적으로 참여할 수 있다고 판단했다.

내가 시라즈로 내려가는 길에 테헤란 도심 공항의 현수막에서 발견한 것처럼, 심지어 이슬람 혁명 자체에도 최신 유행하는 메시지가 주입("이맘 호메이니 Imam Khomeini의 이름 없이 이 혁명은 세계 어디에서도 인정받을 수 없다"는 내용―옮긴이)되어 있었다(사진 32). 현수막이 지시한 대로 우리는 혁명과 이맘의 이름을 결부시키면서, 즐거운 하루를 보내고 행복한 방문을 이어갔다.

이런 복합적인 상황들이 마르잔 사트라피의 베스트셀러 『페르세폴리스』에 훌륭하게 설명되어 있다. 이 책은 2000~2001년 프랑스에서 처음 네 권으로 출간된 뒤, 2003~2004년 영어로, 이후 여러 나라의 언어로 번역되었다. 사트라피는 2007년 책을 기반으로 한 애니메이션 영화의 각본과 감독을 맡아 상을 받았다.[1] 사트라피는 책의 서문에 이렇게 썼다.

> 1979년 혁명 이후 이 오래된 훌륭한 문명은 주로 근본주의, 광신주의, 테러리즘과 관련하여 이야기되고 있다. 인생의 절반 이상을 이란에서 살아온 이란인으로서, 나는 이 이미지가 사실과 거리가 멀다는 것을 안다. 그러므로 『페르세폴리스』를 쓰는 일은 나에게 무척 중요했다. 나는 일부 극단주의자들의 잘못된 행동으로 나라 전체가 판단되어서는 안 된다고 생각한다. 또한 자유를 지키려다 감옥에서 목숨을 잃었거나, 이라크와의 전쟁에서 사망했거나, 여러 억압적인 정권하에서 고통을 받았거나, 가족과 헤어지고 조국으로부터 달아나야 했던 이란 사람들이 잊혀지지 않길 바란다.
> 용서할 수는 있지만 잊어서는 안 된다.[2]

『페르세폴리스』는 잊어서는 안 되는 기억들을 보존하기도 하지만 그것을 왜곡하거나 억압할 수도 있는 언어와 이미지의 모호한 힘을 탐구한다. 이 책은 자서전인 동시에 혁명과 그 여파에 대한 간략한 역사서이며, 오늘날 세계 문화의 복잡성에 관한 성찰이다. 사트라피는 샤 정권과 이후 대체된 억압적인 이슬람 국가에 반대한, 종교와 관련 없는 가족의 역사를 이야기한다. 이란과 이라크의 전쟁 시기 테헤란에 폭격이 쏟아지는 와중에, 마르잔의 부모님은 마르잔이 14살 때 오스트리아의 학교로 그녀를 유학 보냈다. 마르잔은 적응하기 위해 몸부림치다 차츰 과도한 약물 복용에 빠지고 한동안 노숙자로 지내게 된다. 18살에 집으로 돌아온 마르잔은 그래픽 디자인을 공부하고, 짧고도 만족스럽지 못한 결혼 생활을 보내다가, 마침내 4년 뒤에 영원히 이란을 떠난다. 책의 마지막 컷에서 마르잔은 희망을 품고 있는 부모님과 눈물로 하루하루를 보내는 할머니에게 작별 인사를 한다. 그리고 그 컷의 하단에 이렇게 말한다. "나는 1995년 3월 이란의 새해에 할머니를 딱 한 번 다시 보았다. 할머니는 1996년 1월 4일에 사망했다. … 자유에는 대가가 따랐다."[3]

프리모 레비와 파울 첼란과 마찬가지로, 마르잔은 트라우마에도 불구하고 언어의 한계에 맞서고, 그녀의 경우 언어적 표현뿐만 아니라 시각적 표현의 한계도 탐색한다. 친구가 폭격 속에서 사망할 때, 어린 마르잔은 친구의 팔 한쪽이 건물의 잔해 밖으로 튀어나온 모습(좋아하는 팔찌를 여전히 찬 채로)을 발견한다(사진 33). 우리는 섬뜩해 하는 마르잔의 반응에 이어 캄캄한 다음 컷을 마주한다.

페르세폴리스는 기원전 6세기부터 4세기까지 아케메네스 제국의 공식 수도였다. 우아한 부조 작품들로 유명하며 여러 세대에 걸쳐 방문객들이 흔적을 남겼다. 내가 이곳을 방문했을 때, 나는 '스탠리 〈뉴욕 헤럴드〉 1870'이라고 적힌 낙서를 보고 깜짝 놀랐다.

사진 33 죽음을 마주한 마르잔

콘래드의 숙적 헨리 모턴 스탠리는 리빙스턴 박사를 찾아 나서기 위해 아프리카로 파견되기 직전, 이곳에 자신의 고용주를 자랑스럽게 광고하고 있었다. 사트라피가 책 제목으로 고대 페르시아 문명을 환기한 것은 대단히 중요한 몸짓이기도 하지만, 그녀는 책 전체에 걸쳐 이란의 예외주의를 풍자하고, 고대의 영광이니 현대의 순교 같은 유사한 미사여구 속에 사리사욕 가득한 정책을 감추려는 정치적·종교적 지도자들의 노력을 조롱한다. 사트라피는 페르세폴리스에 대한 어느 묘사에서, 1971년 샤 레자 팔레비가 키루스 대왕의 페르세폴리스 설립 2500주년을 축하하기 위해 대규모 파

그는 고대 세계를 지배했던 키루스 대왕의 무덤까지 찾았단다.

우리가 수호하노니, 키루스 대왕 영면하시리.

나랏돈을 2500년 왕조 시대와 관련된 말도 안 되는 행사들이나 쓸데없는 짓거리에 죄다 쏟아부었어…. 요직에 있는 사람들에게 강한 인상을 심어주기 위해서였지. 정작 사람들은 아무 관심이 없었거든.

사진 34 페르세폴리스의 페르세폴리스

할머니는 정말 기쁘구나. 드디어 혁명이 일어났으니까 말이다. 왜냐하면 샤가…

됐어요, 나 배고파요!

너 주려고 책 사왔어. 사람들이 왜 혁명을 일으켰는지 알 거야.

할아버지 애기는 한마디도 안 하시잖아!

티를 열었지만, 정작 자신의 더 큰 영광을 위해 이곳을 이용한 것을 풍자한다(사진 34).

오르한 파묵의 많은 등장인물들처럼, 『페르세폴리스』에서 마르잔은 여러 문화들 사이에 고통스럽게 끼어 있는 자신을 발견한다. 오스트리아에서 돌아온 후 그녀는 자살 충동이 일만큼 심각한 우울증에 빠진다. "내 불행은 한 문장으로 요약될 수 있다. 나는 아무것도 아니었다는 것. 나는 이란에서는 서양인이었고 서양에서는 이란인이었다. 나는 정체성이 없었다. 내가 왜 사는지 더 이상 알 수 없었다."[4] 하지만 마르잔은 고난을 겪는 내내 반체제적 경향을 꿋꿋하게 유지한다. 또한 씁쓸하고 자조적인 유머 감각도 갖고 있어 끊임없이 반복되는 전쟁과 억압이라는 비극적인 이야기에 변화를 줌으로써 책의 많은 순간을 희극적으로 만든다. 마르잔이 이란-이라크 전쟁에서 심각한 장애를 입고 전선에서 돌아온 어린 시절 친구를 방문했을 때 둘은 대화를 잇지 못하고 망설이고 있는데, 마침내 친구가 쾌활한 목소리로 야한 농담을 던지고 그들은 웃음으로 다시금 소통의 능력을 회복한다.

마르잔의 저항 정신은 부모님, 할머니, 그리고 아야톨라 정권에게 처형당한 사랑하는 삼촌에 대한 기억에 이르러 고무된다. 마르잔이 아직 어린 꼬마였을 때, 삼촌은 그녀에게 샤 정권에 의해 수년간 수감 생활을 했던 이야기를 들려주면서 모든 내용을 빠짐없이 기억하라고 일렀다. "우리 가족의 기억을 잊어서는 안 돼. 너에게는 쉽지 않을지라도, 네가 전혀 이해하지 못할지라도 말이야." 마르잔은 잠옷 차림으로 삼촌 의자에 책상다리를 하고 앉아 대답한다. "걱정 마, 절대 잊지 않을게."[5]

『페르세폴리스』는 사적·문화적 기억에 대한 특별한 책이지만, 매우 개인적인 틀 안에서 쓰였으며 이란의 역사와 문화 전체를 다

룬 것은 결코 아니다(그렇게 주장하지도 않는다). 예를 들어, 우리가
이 책에서 만나는 이란 사람들은 거의 예외 없이 이상주의적 좌파
들이거나 억압받는 이슬람 신도들이다. 정체성에 대한 사트라피의
현대적이고 비종교적인 탐구를 보완할 좋은 책은 이제 우리가 살
펴보게 될 파리드 우-딘 아타르의 12세기 작품 『새들의 회의』로,
수피교의 신비주의로 가득한 이 작품은 그의 문화와 이데올로기
에 대한 비판의 기초를 읽을 수 있다.

37

파리드 우-딘 아타르

새들의 회의

Farid ud-Din Attar, The Conference of the Birds

영적인 세계를 탐구하는 모든 이야기들 중 가장 위대한 이야기인
아타르의 걸작은 신비한 우화와 현실의 이야기가 결합되어 있다
는 점에서 단테의 『신곡』, 보카치오의 『데카메론』과 연관성이 있
다. 뿐만 아니라 이 작품은 12세기 후반 아타르가 시를 쓰기 몇 세
기 전, 페르시아 원작이 만들어졌을 『천일야화』의 액자식 이야기
들과도 유사하다. 이 작품은 새들에 대한 탐구라는 전체적인 틀 안
에, 일련의 역사적인 일화들과 믿기지 않는 이야기들과 교훈과 오
락이 조화롭게 혼합되어 있다. 아타르는 그보다 한 세기 뒤의 단테
나 오늘날의 마르잔 사트라피와 마찬가지로, 제국의 정복 전쟁과

내분의 여파로 인해 시를 썼다.

셰익스피어의 등장인물 프로스페로가 한 유명한 말처럼, "우리는 꿈으로 이루어진 존재들이며 / 우리의 초라한 삶은 / 잠으로 둘러싸여 있다."[6] 아타르 역시 우리의 초라한 삶을 실체 없는 꿈의 세계로 묘사하지만, 그 자신의 삶은 잠이 아닌 침략으로 둘러싸여 있었다. 아타르는 테헤란에서 동쪽으로 4백 마일 떨어진 니샤푸르에서 태어났다. 이곳은 중국에서 레반트로 이어지는 실크로드를 따라 주요 도시가 되었고, 동서 양쪽의 침략자들에게 유혹적인 목표물이었다. 니샤푸르는 아타르가 9살쯤 되던 1154년 오구즈 투르크 부족에게 약탈당했다. 아타르는 1221년 칭기즈 칸이 이 도시를 파괴할 때 목숨을 잃었다.

시의 에필로그에서 아타르는 자신의 이름, 더 정확하게 말하면 그의 필명으로 말한다. '아타르'는 약용이든 향료용이든 허브를 판매하는 상인이라는 의미로, 교훈과 즐거움을 동시에 제공하는 작품을 쓴 그에게 적합한 이름이다. 그는 자신을 실패한 사회로부터 떠나온 일종의 심리적 망명자로 묘사한다.

> 나는 아타르, 약물을 파는 사람이지만
> 내 마음은 사향 염료만큼이나 어둡지
> 모든 일에 소금도 감각도 없는
> 사람들을 위해 혼자서 슬퍼하느라
> 나는 천을 펼치고 내 빵 껍질을 적시지
> 내가 펑펑 흘린 짭짤한 눈물에

내가 요리하는 것은 내 마음, 그리고 나는 축복을 받지
때때로 가브리엘 대천사가 내 손님으로 오면,
천사가 나와 함께 식사를 하는데 내 어찌
모든 어리석은 자들의 빵을 부술 수 있으랴?

정치적 의미가 명확하지 않을까 봐 그는 계속해서 이야기한다.

신께 감사드리며, 나는 말하지, 나는 가치 없는 사기꾼들과
어울리지도 않고 법정을 어슬렁거리지도 않는다고
왜 이렇게 내 심장을 전당잡히는가? 왜 그런 멍청한 바보를
위대하고 현명하다고 칭송하는가?
폭군은 나를 먹여주지 않으며, 나는 황금을 얻고자
헌정된 책을 판 적도 없지.

단테가 시인들 집단에서 환영받는 것과 다르지 않게, 그는 이렇게 선언한다. "윗세대 시인들이 나를 환영하는데, 그렇다면 왜 / 내가 자기중심적이고 따분한 사람들을 찾아다녀야 하는가?"[7]
시의 본문에서 아타르는 삶에 질서를 가져다줄 지도자를 찾는 혼란스러운 새들의 공동체를 가장하여 정치적·도덕적으로 파산한 사회에 비판을 가하기 시작한다. 공동체의 현명한 새 후투티는 훌륭한 영적 안내자인 시모르그라는 이름의 신비로운 새를 알고 있으니 그를 찾으러 가자고 제안한다. 그들의 여정은 맨 처음 탐색의 골짜기에서 시작해 사랑, 통찰, 초탈, 통합, 경외, 미혹, 마지막

으로 무無의 영역에 이르기까지 힘겨운 일곱 개 단계를 거쳐야 한다. 그는 새들에게 말한다. "그리고 그곳에 당신들은 꼼짝 않고 매달려 있다. 마침내 끌려와(그 충동은 당신의 것이 아니다) / 기슭 없는 바다에 한 방울 물방울로 흡수될 때까지."[8]

후투티의 어리석은 친구들은 이 계획에 열성적으로 동의하지만, 이내 의심하기 시작한다. 아타르는 각각의 화자들을 새의 외모, 서식지, 노래, 시적인 연상과 연관된 다양한 근거로 재치 있게 연결시킨다. 나이팅게일은 자신의 장미와 연인들을 떠나는 것을 견딜 수 없다. 오리는 개울에서 뒤뚱거리며 걷는 것이 마냥 좋아서 사막으로 여행을 떠나길 거부하고, 보석으로 치장한 자고새는 오직 보석에만 관심이 있다. 매는 왕의 신하라는 자신의 신분에 지나치게 얽매인다. "나는 궁정 예절을 잘 알지." 그는 거드름을 피우며 주장한다. "왕에게 다가갈 때 내가 경의를 표하는 방식은 / 정해진 법도를 정확하게 지키는 것이라네." 아이러니하게도 매는 그가 그토록 섬기길 좋아한 바로 그 왕에 의해 눈이 먼다. "내 눈은 가려져 볼 수 없지만, / 나는 내 군주의 손목 위에 당당히 앉아 있네."[9]

시의 대부분은 새들의 탐색을 가로막는 세속적인 애착들을 주제로 전개된다. 새들은 계속해서 걱정과 반대를 반복하고 후투티는 다양한 전략(논리, 도덕적 가르침, 잇따른 이야기들)을 동원해 이에 대응한다. '샤 마흐무드와 공중 목욕탕의 화부' 이야기에서 미천한 목욕탕 종업원은 샤를 크게 환대하지만 궁정으로의 승격을 거절한다. 종업원은 샤에게 이렇게 말한다. "당신이 왕이 아니었다면 행복하셨을 겁니다, 폐하. / 소인은 이 큰 불 위로 장작을 삽질하는 것이 행복합니다. / 그러니 폐하께서 보시다시피 소인은 폐하보다 못하지도 더 잘나지도 않습니다. … / 소인은 폐하 옆에서는 아무 것도 아닙니다, 폐하."[10] 많은 이야기들과 마찬가지로 이 이야기는 두 가지 차원으로 다루어진다. 즉 세속적인 측면에서 부와 권력에 대한 고결한 거절을 보여주는 한편, 영적 차원에서 샤는 신을 상징 하고 목욕탕 종업원은 신 앞에서 보잘 것 없음을 겸손하게 인정하 는 속인을 상징할 수 있다. 화부의 대답은 안분지족을 가리킬 수도 있지만, 달리 생각하면 장작을 태우는 업무는 특권층을 즐겁게 하 는 이들의 고통을 암시한다.

> 향이 나는 장작이 타고 있었고, 그 향기는
> 나른한 만족감으로 누군가를 한숨짓게 만들었다.
> 어떤 이가 그에게 말했다. "당신의 한숨은 황홀함을 의미하오.
> 장작을 생각하시오. 그것의 한숨은 고통을 의미한다는 것을."[11]

시 전체에 걸쳐 세상의 유혹을 포기한 이는 수피교 탁발승들이 다. 일반 사람들은 그들이 미쳤다고 생각하지만, 수피교도들은 세 속적 성공의 허무함과 만물은 궁극적으로 일치한다는 생각에 동 조한다. 신성한 빛이 너무 밝아서 가물거리는 우리의 자아는 햇빛 속 그림자처럼 녹아 사라질 터이며, 무함마드 자신조차 모든 자아 를 소멸의 길로 인도한다. 이슬람 전통에 따르면 무함마드는 메카 에서 예루살렘까지 하룻밤 사이에 기적적으로 여행을 한 다음 날 개 달린 짐승 보라크를 타고 하늘로 승천했다. 아타르의 묘사에서는 이런 물리적인 승천 자체가 증발한다.

> 먼저 자아를 버려두고 준비하여라.
> 보라크를 타고 하늘을 여행할
> 무無의 잔을 마시고 입어라.
> 망각을 의미하는 망토를
> 당신의 등자는 공허, 부재는
> 당신을 빈 방으로 데리고 가는 말馬임에 틀림없다.
> 몸을 파괴하고 당신의 시야를
> 실체 없는 가장 어두운 밤의 콜kohl로 장식하여라.
> 먼저 당신 자신을 잃고, 그런 다음 이 상실을 잃고,
> 당신이 상실한 모든 것으로부터 다시 물러나라.[12]

최종적으로 후투티는 여행을 떠나자고 새들을 회유하는데, 이 상황은 단 한 페이지로 묘사된다. 진정한 투쟁은 여행 자체가 아니라, 여행에 착수하기 위한 의지력을 모으는 일이다. 10만 마리의 새들이 여행을 떠나지만, 고된 원정에서 살아남은 새는 30마리에 불과하다. 마침내 그들은 페르시아의 세밀화에 자주 묘사되듯 웅장한 초월적 존재일 거라 기대한 시모르그에게 도달한다(사진 35).

하지만 놀랍게도 그들은 대단히 이국적인 이 존재가 그들의 모습과 닮았다는 사실만 확인할 뿐이다. "그들은 응시했고, 마침내 감히 이해하게 되었다 / 그들이 시모르그였으며 그렇게 여행은 끝이 났다."[13] 시모르그는 설명한다. "나는 그대들 눈앞에 놓인 거울

사진 35 시모르그

이다. 그리고 내 영광 앞에 오는 모든 것들은 / 그들 자신, 그들 자신의 고유한 현실을 본다."[14] 이제 그는 시 전체에 영감을 주었을 말장난을 드러낸다. 페르시아어로 '시 모르그si morgh'는 '30마리의 새'를 의미한다는 것을. 그는 계속해서 말한다. 만일 40마리나 50마리의 새가 도착했다면, 그들은 40마리나 50마리의 모습으로 그와 만났을 것이라고. 그리고 이제 그들은 생각한다. "그들의 삶, 그들의 행동이 하나씩 시작되고"[15] 그들의 영혼은 과거의 야망과 악행으로부터 해방되리라고.

　『잃어버린 시간을 찾아서』의 마지막에서 프루스트는 자신의 소설은 독자들이 스스로를 들여다보게 하는 광학 기계라고 묘사한다. 아타르의 비세속적이면서 세속적인 걸작에서 역사와 이야기, 신성한 코란, 그리고 독자가 읽고 있는 시는 거울의 방이 되고, 그곳에서 우리는 자신의 심장을 시로 요리하는 시인의 안내에 따라 다중으로 굴절된 우리 자신을 본다.

38

하피즈와 시라즈의 시인들

사랑의 얼굴들

중동 지역에서 일반적으로 그렇듯, 이란에서 시는 전통적으로 가장 선호하는 문학 양식으로 오늘날에도 고전 시가 활발하게 명맥을 이어가고 있다. 페르세폴리스에서 남서쪽으로 40마일 떨어진 도시 시라즈는 오랫동안 시 창작의 중심지였고, 오늘날에도 사람들은 시라즈에서 가장 유명한 시인 하피즈(1315~1390)의 무덤 주변 정원에서 저녁 산책을 즐긴다. 아내와 내가 테헤란에서 시라즈로 이동했을 때, 행사 진행자인 시라즈 대학교의 알리레자 아누시라바니는 어느 날 저녁 내과 의사인 그의 며느리와 함께 우리를 그곳에 데리고 갔는데, 그녀는 외우고 있는 하피즈의 시 몇 편을 암송하기 시작했다.

하피즈는 서양에 알려진 최초의 페르시아 시인들 중 한 명으로, 괴테는 이 원문의 느낌을 조금이나마 맛보기 위해 페르시아어를 공부했다. 이후 괴테는 하피즈에 대한 시 몇 편을 쓰기 시작했고, 하피즈의 많은 심상들과 '인생의 즐거움에 대한 고상한 향유'라는 그의 주제를 이용하여 마침내 『서동 시집』(1819)에 시들을 정리했다. 그리하여 어느 시에서 시인은 연인의 풍성한 머리카락을 손가락으로 쓸어내리며 이렇게 마무리한다. "그리하여 하피즈여, 그때 당신이 그랬던 것처럼, / 이제 우리는 다시 시작합니다So hast du, Hafis, auch getan, / Wir fangen es von vornen an."16

괴테는 수 세기를 가로질러 위대한 선대 시인의 사후에 그와의 대화를 만들어내면서(그는 격식을 갖춘 'Sie'가 아니라 친근하게 'du'라는 호칭을 사용한다) 페르시아 시인들이 좋아했던 일종의 장난기 어린 시적 대화에 참여하고 있었다. 우리는 딕 데이비스Dick Davis의 시집 『사랑의 얼굴들: 하피즈와 시라즈의 시인들Faces of Love: Hafez and the Poets of Shiraz』에서 이런 시적 환경을 잘 이해할 수 있다. 이 시집에는 하피즈와 그의 동시대 시인 두 사람, 자한 말렉 카툰Jahan Malek Khatun(당대엔 이례적인 여성 시인)과 하피즈보다는 덜 심오하지만 솔직한 에로티시즘에서 독보적인 오바이드-에 자카니Obayd-e Zakani의 시들이 뛰어난 번역과 함께 실려 있다.

이들은 극심하게 변화하는 환경에서 시를 썼다. 그들은 1343년부터 1353년까지 이 지역을 다스린 아부 에스하크라는 예술 후원자(그리고 시라즈 포도밭들의 후원자)의 통치 기간 중에 유명해졌다.

이후 모바레즈 알-딘이라는 군사 지도자가 그를 내쫓고 시인들을 죽이거나 추방했으며 음악 공연도 금지했다. 대화와 암송, 가벼운 연애를 위해 인기 있는 모임 장소였던 도시의 많은 와인 상점을 (적어도 그보다 많은 수의) 젊고 잘생긴 상점 종업원들과 함께 폐쇄했다. 5년 뒤, 모바레즈의 아들 쇼자는 아버지의 눈을 멀게 해 감옥에 가둔 뒤 왕좌를 차지했다. 와인 상점은 다시 열렸고 시인들도 돌아왔다.

하피즈는 그의 생애 동안 페르시아에서 가장 저명한 시인이 되었고, 이후 그의 시집은 시적 친교의 장면을 담아낸 표지만큼이나 근사한 붓글씨가 특징인 수많은 채색 필사본에 영감을 주었다(사진 36). 세 명의 시인 모두가 시라즈를 지상 낙원이라고 말한다. 그

사진 36 하피즈의 시집들

러자 하피즈는 "시라즈 정원의 향을 풍기는 산들바람만이 당신이 가야 할 길을 안내하는 보초병"이라고 말한다.[17] 다시 자한이 말한다.

> 이곳 시라즈에 봄이 오면 이곳에 비할 즐거움이 어디에 있을까?
> 개울가에 앉아, 포도주를 마시고, 입을 맞추고,
> 북과 비파와 수금과 피리 소리가 한데 어우러지는 소리를 듣고
> 잘생기고 젊은 연인이 가까이 있으니, 시라즈는 더할 나위 없는
> 행복이라네.[18]

오바이드는 모바레즈의 명령으로 유배를 떠나 있는 동안 시라즈를 잃어 애통해했다.

> 우리의 슬픔을 태워 없애던 시라즈의 포도주는 어디에 있나?
> 우리에게 포도주를 내어오던 활기차고 어여쁜 소년들, 그들은 어디에 있나?
> 내일 천국에 포도주나 즐거움이 없다면,
> 오늘의 시라즈처럼, 신의 천국은 지옥이 되리.[19]

시라즈의 시인들은 시라즈가 만들어준 우정을 종교적 의례만큼이나, 아니 종교적 의례의 한 형태로 높이 평가했다.

> 고행자는 낙원의 그늘에서

코사르의 수증기를 마시고 싶어 하네.

하피즈는 포도주를 그리워 하네.

둘 중에 신의 선택이 내려질 때까지.[20]

하피즈는 신이 자신의 선택을 승인할 거라고 기대한다. 자한의 경우 자신의 욕망을 대단히 개방적으로 표현한다. "우리가 누웠을 때 우리의 옷이 얼마나 부럽던지 / 그것들 없이, 너와 나, 꼭 끌어 안았으면!"[21]

이 시인들에게 가장 유명한 형식은 느슨하게 연결된 일련의 2행시(간혹 4행시로 번역되기도 한다)인 가잘ghazal로, 종종 목걸이에 달린 진주로 비유된다.

하피즈, 이제 당신의 시가 완성되어,

당신이 구멍을 뚫은 진주는 시의 것이 되었네.

달콤하게 노래하라– 하늘이 당신의 시를 허락하여

플레이아데스의 목걸이가 되었으니.[22]

가잘의 각 연은 운을 맞춰 주제어인 동일한 단어로 끝난다. 이 구조는 자한의 시들 중 한 편을 번역한 데이비스의 작업물에서 잘 나타난다.

잠깐 이리 와서, 자지 말고, 내 곁에 앉아요, 오늘 밤은.

불행한 내 마음의 처지를 깊이 생각해줘요, 오늘 밤은.

당신 얼굴로 나를 환하게 비추고,
달빛의 사랑스러움을 밤에 건네주세요, 오늘 밤은.

이제 이 낯선 이에게 친절을 베풀고, 흉내 내지 말아요,
나를 곤두박질치도록 내버려 두는 인생을, 오늘 밤은.

시는 이렇게 끝난다.

잠시나마 꿈속에서 당신을 볼 수 있다면,
이 세상 모든 기쁨을 전부 알게 되겠지, 오늘 밤은.**23**

시인들은 관례적으로 가잘의 끝에 자신의 이름을 넣는다. 이 시
에서도 자한은 '세상'을 의미하는 자신의 이름으로 말장난을 하고
있다.

자한에게 실제로 연인들이 있었는지는 확실하지 않지만, 전통
에 따라 그녀에게는 두 명의 남편이 있었다. 그러므로 자한은 자신
의 불륜을 고백했다기보다 평범한 비유를 가지고 노는 자신의 기
술을 드러냈을 것이다. 그러나 이런 놀이를 즐기는 여성을 보는 일
을 모두가 즐거워한 것은 아니었다. 오바이드의 작품으로 짐작되
는 어느 시는 자한의 시들을 글자 그대로 받아들여 그녀 이름의
의미를 모욕적으로 이용한다.

신이시여, 세상은 믿음 없는 창녀입니다.

이 창녀의 명성이 부끄럽지 않으십니까?

가서 다른 년을 찾으시지요- 신께서

몸소 자한에게 수치심을 느끼게 할 수는 없으니.[24]

그의 또 다른 시에서는 여성의 생식기가 예술의 후원자가 된다.

보지가 말한다. "이 자지는 걸작이야.

아래에 불알이 아주 근사하게 걸려 있지.

당신은 말하겠지, 머리끝부터 발끝까지, 마치 그것들이

내 필수 조건을 정확하게 따른 것 같다고."[25]

하피즈와 자한은 결코 그렇게 상스럽지 않았지만, 확실히 비슷한 관심사를 가지고 있었다. 파리드 우-딘 아타르는 그의 심장을 시로 요리했지만, 자한은 다른 종류의 식사를 염두에 두고 있다.

재치 있는 친구들과, 사막 가장자리에서 소풍을 즐겨요.

탬버린과 수금과 비파는 정말 달콤하죠.

만약 내 연인이 잠시 들린다면,

내 몸의 불같은 열기로 그의 간을 구워주겠어요.[26]

아마도 '그의 간'은 자한이 구체적으로 명시하기엔 다소 조심스러운 신체 부위를 의미할지도 모른다.

시라즈의 시인들은 코란에서 신을 말하는 명칭이 '친구'임을 상기하면서 깊은 우정의 미덕을 찬양하고, 하피즈는 자신들이 설교한 내용을 실천하지 않는 엄격한 광신자들을 반복해서 조롱한다. "우리 설교자는 내가 하는 말을 듣고 싶어 하지 않겠지만, / 그처럼 위선자로 사는 한 결코 이슬람교도가 될 수 없을 거야."[27] 시라즈에는 다수의 이슬람교도 사이에 유대인과 기독교인도 있었기에, 하피즈는 그들도 신에게 다가갈 수 있다고 시사한다. 그는 어떤 시에서 이렇게 말한다. "모두가 **친구**를 찾지. 그리고 사랑은 모든 이의 집에 있어 - 모스크에도 / 유대교 회당에도."[28] 하피즈는 아타르가 수피즘에서 발견한 자아의 소멸을 와인에서 그리고 사랑에서 발견한다.

> 사랑하는 이와 사랑받는 이 사이에
> 분열은 없겠지만,
> 하지만 하피즈, 당신은
> 자아의 베일을 걷어야 해요.[29]

혹은 다른 시의 마지막 구절에서 이렇게 말한다.

> 하피즈가 한 것처럼 아무도
> 생각의 베일을 걷지 않았고,
> 혹은 그의 날카로운 펜처럼, 한 줄 한 줄
> 곱슬거리는 언어의 결을 빗지 않았네.[30]

시라즈의 시인들은 주제와 심상(나이팅게일, 장미, 흘러넘치는 포도주와 눈물)의 레퍼토리를 끝없이 연주하며 곱슬거리는 언어의 결을 빗질하면서, 이승의 삶이라는 사막 한가운데에서 시의 정원을 만들었다.

39

갈리브
장미 가득한 사막

Ghalib, A Desertful of Roses

페르시아의 가잘은 아랍의 시 카시다qasida에서 유래하여 16세기 무굴 제국이 인도 북부를 정복하면서 더 멀리 동쪽까지 전파된다. 페르시아어는 무굴 왕실에서 여전히 권위 있는 문학적 언어로 사용되었고, 현대의 가장 위대한 가잘 시인 갈리브는 페르시아어와 우르두어를 모두 사용하여 가잘을 지었다.

1797년 태어난 미르자 아사둘라 베그 칸Mirza Asadullah Beg Khan은 인도로 이주한 터키 귀족 집안의 후손으로 열한 살에 이미 조숙한 재능을 드러냈고, 곧이어 갈리브('승리를 거둔')라는 필명으로 글을 쓰기 시작했다. 겸손은 결코 그의 주된 특성이 아니었다. 갈리브는 무굴 제국의 황제 바하두르 샤를 비롯해 강력한 후원자들의 후원을 받았지만, 하피즈처럼 정치 권력이나 종교의 정통성 문제에는 똑같이 회의적이었다. 바하두르는 재능이 부족했던 그의 시 선생이 사망한 후에야 다소 마지못해 하며 갈리브를 델리의 궁정 시인으로 임명했다.

갈리브의 생애 동안 사람들은 모호하게 혹은 심지어 모순된 용어로 표현하는 그의 정치적·종교적 견해를 어떻게 해석해야 할지 확신할 수 없었다. 따라서 어떤 시에서 그는 이렇게 선언한다. "나는 천국이 존재하지 않는다는 걸 알지만, 그 생각은 / 갈리브가 가장 좋아하는 환상들 중 하나다."[31] 또 다른 시에서는 자신의 신앙심을 주장한 다음 즉시 이렇게 진술한다. "나는 오직 한 분의 신만을 믿는다. 그리고 내 종교는 계율을 어기고 있다. / 모든 종파가 산산조각이 나면 그들은 진정한 종교의 일부가 될 것이다."[32]

갈리브는 좀 더 이해하기 쉬운 시를 써달라는 간청을 거부했다. 갈리브는 자신의 가잘에서 이같이 말한다. "나는 어려운 글을 써야 한다. 그러지 않으면 쓰기가 어렵다."[33] 친구에게 보낸 편지에서는 "나는 문장들을 함축적으로 남겨둔다"고 썼으며, "그러나 모든 표현은 그것의 때가 있고 모든 의견은 그것의 자리가 있다"는 하피즈의 말을 인용하여 자신을 변호했다.[34] 이 차이는 직관적으로 감지할 수 있는 것이지 언어로 표현할 수 있는 것이 아니다.

낭송될 때조차 그의 시는 침묵을 드러내고, 또한 그 침묵이 그의 내면에 있는 것인지 혹은 주변 세계에 있는 것인지에 대해 불확실함을 드러낸다.

세상이 침묵의 마법에 걸린 도시인지,

혹은 내가 말하기와 듣기의 땅에 있는 이방인인지.[35]

갈리브는 일종의 무굴 제국의 모더니스트로서, 전통의 파편들을 끄집어내 무엇보다 가잘과 그의 시집 안에서 (에즈라 파운드의 말처럼) "이제 그것을 맞춰가고 있다." "갈리브, 우리는 망각의 길을 찾아낸 것 같아요. / 이것이 세상에 흩어진 페이지들을 한데 묶는 끈이기에."[36] 갈리브는 사랑의 슬픔에 눈물을 흘리고 시와 우정, 포도주에서 위안을 얻는 등 하피즈와 그 밖의 시라즈의 시인들이 자주 드러내는 이미지들을 사용한다. 하지만 그는 고전적 비유들의 의미에는 확신이 크게 없다. "그녀의 눈썹은 꾸벅 절을 하지만, 나머지는 분명치 않아. / 그녀의 눈은 무엇일까? 화살일까 아니면 다른 무엇일까?"[37] 그는 자신의 시들에 매우 현대적인 요소를 도입하기도 한다.

당신과의 나의 운명은, 자물쇠 같아,

글로 새겨졌어요, 우리가 딸깍 소리를 내는 순간, 멀어지네.[38]

일반적으로 가잘은 일련의 느슨한 2행 연구 형태를 취해, 종종 진주로 엮은 목걸이에 비유된다. 각각의 연구는 주로 직접적인 서사나 주제 전개보다는 일반적인 운율과 리듬에 의해 이웃하는 연구와 연결된다. 즉 프란시스 프리쳇Frances Pritchett과 오언 콘월Owen T. A. Cornwall은 이렇게 말한다. "듣는 이의 관점에서 가잘은 겉보기에 똑같은 초콜릿 상자와 같다. 하나씩 깨물어봐야만 그 속이 크림인지, 견과류인지, 혹은 리큐어로 가득 차 있는지 알 수 있다."[39] 정해진 구조 안에서 시인(혹은 함께 가잘을 짓는 시인들)이 다음에 무엇을 표현할지 내다보는 즐거움이 있는 것이다. 전통적으로 2행 연구의 두 번째 행은 첫 행과 아주 명확한 관계를 맺지만(간혹 뜻밖의 관계를 맺기도 하지만), 갈리브는 자신의 시에서 심오하고 매혹적인 모호함을 창조하길 좋아했다. 그의 친구가 언급했듯이, 갈리브는 "일반적인 원칙을 최대한 피했고, 넓은 대로 위로 나아가길 원치 않았으며, 모든 연聯이 널리 이해받길 바라기보다 자신의 사고방식과 표현 방식에서 독창성과 전례 없는 무언가가 발견되길 선호했다."[40] 적절하게도 에이드리언 리치Adrienne Rich는 그녀가 번역한 갈리브의 또 다른 가잘에서 아르튀르 랭보Arthur Rimbaud의 유명한 비문법적 구절 '나는 또 다른 사람이다Je est un autre'를 참조한다.

> 나는 또 다른 사람I is another, 올해는 장미가 장미가 아니야.
> 지각에 의미가 없다면, 지각이란 무엇인가?[41]

갈리브는 가장 아름다운 그의 가잘 중 한 편에서, 자신을 불행하게 만들었다고 알려진 (그리고 그가 시를 쓸 수 있게 해주었다고 알려진) 여인과의 복잡한 역학관계 속에서 부서진 자기 모습과 자신의 시를 동일시한다.

> 나는 음악의 꽃도, 악기의 현도 아니야.

나는 그저 스스로 부서지는 소리일 뿐.

당신은 물결치듯 찰랑이는 머리카락의 그늘 속에 앉아 있어야 했지.
나는 더 깊이, 더 검게 헝클어진 그 속을 들여다보게 되었네.⁴²

그리고 다른 시에서는 이같이 말한다.

내가 있는 곳은 나에게조차
나에 대한 소식이 들려오지 않는 곳.⁴³

　　갈리브의 웅변적이고 아이러니한 가잘들은 전 세계 청중들에게
다가갔다. 최근 그의 작품들이 프란시스 프리쳇이 만든 훌륭한 웹
사이트 '장미 가득한 사막'을 통해 인터넷에 유포되었다.⁴⁴ '이 프
로젝트에 관하여About this project'라는 페이지에서 프로젝트의 기원
을 설명한 대로, 그녀는 1999년 세 권으로 이뤄진 학술서 판본과
해설서를 작업하기 시작했다. 그러나 이후 9·11 테러가 발생했고,
프리쳇은 더 많은 사람들에게 이 세계적인 무굴 제국 시인을 접하
게 해야겠다고 결심했다. 그녀는 그 결과 "지금까지 내가 수행한
학문적인 작업 중 가장 큰 작업"이라고 말한다. 프리쳇은 이후 사
이트를 방대한 개요서로 발전시켰다. 우르두어로 쓰인 갈리브의
가잘 234편 전체를 아랍어-페르시아어 원본 형태뿐 아니라 로마
알파벳과 힌디어 데바나가리 문자를 발음대로 표기한 형태로도
볼 수 있다. 각각의 가잘이 단어 대 단어로 직역되어 있고, 많은 낭

송 링크도 제공한다.

'가잘에 대하여About the ghazals' 페이지에서 프리쳇은 "진지한 문학적 방식으로" 갈리브를 번역하는 것은 "불운한 임무이며 기본적으로 불가능"하다고 말하지만, 그럼에도 불구하고 지난 백 년에 걸쳐 발표된 약 50편의 가잘에 각각 영어 번역본을 싣고 갈리브의 가장 유명한 가잘들 중 두 편(20번과 111번)의 번역본을 모아서 정리했다. 대다수의 번역들이 평범하지만, 시인이자 번역가인 에이드리언 리치와 W. S. 머윈Merwin이 111번 가잘의 첫 2행시를 매우 다르게 번역한 데서 볼 수 있듯이 최고의 번역가들은 아름다운 결과물을 만들어낸다. 리치는 2행 연구를 다음과 같이 번역한다.

> 모두가 아닌 일부만이 장미나 튤립으로 돌아온다.
> 그곳의 어떤 얼굴들은 여전히 먼지에 가려져 있으리!

이와 대조적으로 머윈은 각 행을 구두점 없는 짧은 연으로 확장한다.

> 드문드문 피어 있네 장미 한 송이 튤립 한 송이
> 얼굴 몇 개
> 단지 몇 개로
> 하지만 생각해보라 저 얼굴들을
> 여전히 먼지에 뒤덮여 있는

프리쳇은 다른 가잘들에 대해 시적인 번역을 제공하지는 않지만, 그녀의 직역과 해설은 그녀의 갈리브 전집을 포함하여 우리가 구입할 수 있는 모든 갈리브 전집을 감상하는 데 이상적인 동반자가 되어준다. 우리는 인쇄된 책이 없어도 『장미 가득한 사막』 속으로 몇 시간씩 빠져들 수 있다. 프리쳇의 웹사이트는 갈리브와 그의 세계를 향한 그녀의 사랑으로 가득하고, 출판물 형태로 몇백 명의 독자에게 다가가는 대신 **매주** 1만 4천 명 이상의 방문자 수(16개월마다 1백만 건의 조회 수)를 기록한다.

갈리브가 작품 속에 온 세상을 들여다 놓을 때, 이후 프랑스에서 프루스트와 스테판 말라르메Stéphane Mallarmé가 그러길 열망했듯이, 갈리브의 가잘들 속 깨진 거울들은 우리에게 고통 너머에 무엇이 있는지 엿보게 한다. 갈리브는 그의 시 중 한 편의 마지막 구절에서 특유의 표현으로 자신의 독자, 혹은 독자로서의 자신 모두에게 이렇게 말한다.

그것을 의미의 보고가 가득한 마법의 세상이라고 생각하자—
모든 단어가, 갈리브, 그 세계가 내 시 속으로 들어온다.[45]

40

아그하 샤히드 알리

오늘 밤 나를
이스마엘이라 불러주오

가잘의 또 다른 주요한 시인은 인도 카슈미르계 미국인 시인 아그
하 샤히드 알리(1949~2001)다. 알리는 인도 북부의 스리나가르에
서 태어나 델리에서 대학을 다녔고, 이후 1976년 미국으로 유학을
떠나 펜실베이니아 주립대학교에서 영문학 박사 학위를, 애리조나
대학교에서 예술학 석사 학위를 받았다. 이어서 일련의 창의적인
글쓰기 프로그램을 이끌었고, 매사추세츠 앰허스트 대학교의 예술
학 석사 프로그램을 지도했다. 그가 인도에서 성장했다는 점을 감
안하더라도 미국의 현대 시인에게 가잘은 놀라운 선택이었다. 에드
워드 사이드는 1983년 에세이 「세속적 비평」에서 오래된 '파생 관

계 filiations(자연적인 혈통이 보증하는 관계―옮긴이)'를 의심 없이 고수
하는 데 반대하고, 자유롭게 선택하는 현대적인 '제휴 관계 affiliations
(문화를 통해 동일화를 거친 관계―옮긴이)'를 높이 평가한다.[46] 사이
드에 따르면, 가잘은 무굴 제국을 포함하여 연이은 패권국의 보호
아래 아랍어에서 페르시아어로, 우르두어로 퍼져 나갔기에 문학적
파생 관계의 전형적인 예로 간주된다. 그러나 샤히드 알리는 이 고
전적인 형식을 영어로 되살리기 위해 적극적인 제휴 관계를 선택
하고, 당시 미국 예술학 석사 프로그램에 만연한 개인주의적인 자
유 형식의 시를 밀어냈다. 그는 현역 가잘 시인일 뿐 아니라 기획
자이기도 했다. 샤히드 알리의 시집 『황홀한 분열 Ravishing Disunities』
에는 그가 다양한 분야의 동시대 시인들(그러지 않았다면 운 rhyme과
율 meter을 문학사의 쓰레기통으로 격하시켰을 사람들)에게 요청하여 구
한 가잘들이 망라되어 있다.[47]

샤히드 알리는 비종교적인 가정에서 성장했지만, 그의 가잘들
에는 그에겐 상실된 언어들로 쓰인 페르시아 문학과 아라비아 문
학의 전통뿐만 아니라 코란이 깃들어 있다. 번역가들은 대개 가잘
의 의미를 전달하는 동시에 '단운 구성 monorhyme scheme'을 그대로
유지하길 단념하지만, 시라즈의 시인들에게서 볼 수 있듯이 딕 데
이비스는 때때로 동일한 압운으로 이어지는 2행 연구를 만드는 데
성공했다. 샤히드 알리는 영어로 시를 쓰고 있었고 압운 형식을 만
드는 데 어려움이 없었지만, 간혹 전략적 효과를 위해 압운을 포기
하기도 했다. 「아랍어 Arabic」라는 제목의 시에서 알리는 자신이 말
할 수 없었던 언어에 대해 다음과 같이 회상한다.

세상에 남은 유일한 상실의 언어는 아랍어다-

이 말은 아랍어가 아닌 언어로 나에게 한 말이었다.

조상님들, 당신들은 가족 묘지에 음모를 남기셨군요-

왜 내가, 당신들 눈에서, 아랍어로 된 기도문을 찾아야 하나요?[48]

(딕 데이비스의 번역문은 다음과 같다-옮긴이)

The only language of loss left in the world is Arabic –

These words were said to me in a language not Arabic.

Ancestors, you've left me a plot in the family graveyard –

Why must I look, in your eyes, for prayers in Arabic?

　여기에서 그는 운이나 심지어 정해진 율조차 없는 해체된 가잘을 제시한다. 그의 시는 마치 잃어버린 원본을 번역한 것 같다. 시의 표현을 빌리면, 상실의 언어 자체를 상실한 것이다.

　아랍어와 페르시아어의 '부재하는 존재(마흐무드 다르위시가 말했을 법한)'는 알리의 작품 전반에 퍼져 있으며, 그는 가장 최근의 관심사에 이를 동원한다. 그의 많은 작품들, 특히 그의 시집 『반 인치의 히말라야 The Half -inch Himalayas』(1987)와 『우체국 없는 나라 The Country Without a Post Office』(1997)에는 장기간 지속된 카슈미르 분쟁이 등장한다. 그의 마지막 시집 『오늘 밤 나를 이스마엘이라 불러주오』(2003)에는 제1차 걸프전과 이스라엘-팔레스타인 분쟁에 대한 언급이 많다. 이 시집은 전쟁, 신앙, 필멸의 존재라는 궁극적인 현실을 정치적인 측면뿐 아니라 개인적인 측면에서 직시한다. 알리는 52세에 뇌종양으로 죽어가는 동안 이 시집을 완성했다.

아랍어가 이제 '세상에 남은 유일한 상실의 언어'라면, 그 이유 중 하나는 이스라엘에서 히브리어가 부활했기 때문이다. 오랫동안 디아스포라 유대교의 잃어버린 언어였던 히브리어는 이제 다시 한번 살아 있는 언어이자 헤게모니를 갖춘 언어가 되었다. 그 주변의 아랍어는 팔레스타인인들이 상실을 기록하는 매체로 전환되었다. 그러나 알리가 아랍어가 상실되어 코란의 언어를 번역할 수 없다고 해서, 고전 시들 속에 뒤섞여 여전히 남아 있는 그 신성한 역사가 지워지는 것은 아니다. 알리의 시 「아랍어」는 이렇게 계속된다.

314

마즈눈은 옷이 찢긴 채 여전히 레일라를 위해 울고 있다.
오, 이것은 사막의 광기, 그의 미친 아랍어다.

누가 이스마엘의 말을 듣는가? 지금도 그는 외친다:
아브라함이여, 칼을 버리고 아랍어로 시편을 암송하라.

망명지에서 마흐무드 다르위시는 세상에 이렇게 쓴다:
당신들 모두 덧없이 사라지는 아랍어 단어들 사이를 지나갈 것이오.

'이스마엘'의 히브리어 뜻인 '하느님이 들으실 것이다'를 아이러니하게 이용한 이 시는 기억하는 역사를 다시 쓴다. 즉 하느님은 아브라함에게 이스마엘의 동생 이삭을 희생하라는 수수께끼 같은 명령을 내리지만, 알리는 이 시에서 이스마엘에게 폭력적인 명령에 맞서 외치게 한다. 그리고 이제 그의 상실한 아랍어를 다르위시의 오랜 망명과 동일시한다.

알리의 시에서 코란은 여전히 예언적 힘을 지닌다. 코란의 두 번째 장sūrah은 배교자들에게 가혹한 운명을 명한다. 이라크에 폭탄이 쏟아지거나, 스페인 내전 시기에 시인 가르시아 로르카Federico Garcia Lorca가 살해되는 등 「아랍어」에서 이 운명은 이제 정치적 동기가 낳은 폭력으로 실현된다.

> 코란은 인간과 돌의 불을 예언했다.
> 그래, 아랍어로 이야기된 대로, 이제 모든 예언이 실현되었다.

> 로르카가 죽었을 때, 그들은 발코니를 열어놓은 채 보았다:
> 그의 **카시다들**이 수평선 위에서 아랍어로 매듭이 땋아진 것을.

이러한 상실은 1948년 시온주의자 갱단인 스턴 갱이 주민들을 학살한 후 파괴한 팔레스타인 마을로까지 확대된다. "데이르 야신 마을 집들이 있던 곳에서, 당신은 울창한 숲을 보게 될 것이다. / 그 마을은 완전히 파괴되었다. 아랍어의 흔적은 없다."[49] 이 모든 상실 속에서 시는 여러 언어와 문화를 가로지르는 시적 연관성을 구축하고, 이스라엘의 위대한 시인 예후다 아미차이Yehuda Amichai를 인용하며 끝을 맺는다.

오 아미차이여, 나도 아름다운 여인들의 옷을 보았다,
그리고 당신과 마찬가지로, 죽음, 히브리어, 아랍어 안에 있는 다른 모든 것들도.

그들은 나에게 샤히드가 무슨 의미인지 알려달라고 했다-
들으시오: 그것은 페르시아어로 '사랑하는 사람', 아랍어로 '목격자'라는 의미라오.

하피즈와 갈리브와 마찬가지로, 샤히드 알리는 성스러운 역사와 세속적인 역사 사이, 정치적인 글쓰기와 미학적 예술성 사이, 고전적 전통과 현대적 전통 사이, 그리고 그의 경우 구세계와 신세계 사이의 뚜렷한 구분을 허문다. 『오늘 밤 나를 이스마엘이라 불러주오』의 제목은 이 시집의 끝에서 두 번째 시 「오늘 밤Tonight」에서 가져온 것으로, 이 시의 마지막 구절은 이슬람 전통과 멜빌의 『모비 딕』의 유명한 첫 구절이 어우러진다.

사냥이 끝나고, 기도의 부름Call to Prayer이 들린다.
오늘밤 상처 입은 가젤의 부름으로 희미해진다.

당신의 사랑을 얻으려는 나의 경쟁자들- 당신은 그들을 모두 초대했는가?

이것은 단순한 모욕일 뿐, 오늘 밤은 작별이 아니다.

그리고 나, 샤히드는 달아나 그대에게 말한다-

신이 내 품에서 흐느낀다. 오늘 밤은 나를 이스마엘이라

불러주오.**50**

시집은 단 하나의 2행 연구로 구성된 감동적인 시 「존재Existed」

로 끝난다.

당신이 떠나면 내 외침이 존재했다는 걸 누가 증명할까?

내가 존재하기 전 내 모습이 어땠는지 나에게 말해주시오.**51**

이 시는 짧지만 여러 가지 의미로 읽힐 수 있다. '당신'과 '나'는

누구일까? 갈리브나 수피교 시인 루미Rumi의 시에서처럼 수신자

는 아마도 신이나 인간의 연인 같은 ***사랑하는 무엇***일 수 있다. 아마

도 신만이 우리가 존재하기 전 우리 모습을 말해줄 수 있을 것이

다. 혹은 시인은 연인에게서 자기 모습이 비치는 걸 발견한다. 그

러나 샤히드 알리는 독자인 우리에게 전하고 있는지도 모른다. 우

리가 책을 덮은 후 그를 잊는다면 그의 외침은 영원히 사라질 거라

고. 다른 한편으로 어쩌면 독자가 시인에게 촉구하는 것인지도 모

른다. 우리의 외침을 시로 옮기길 멈추지 말라고. 그러나 시인과 신,

혹은 그의 연인이나 독자 사이의 대화는 시인과 시 자체의 대화일

사진 37 아그하 샤히드 알리

지도 모른다. 여기에서도 '당신'과 '나'는 서로 자리를 바꾸어, 시인
이 자신의 시에게 나를 버리지 말라고 요청하거나, 마지막으로 시
가 죽어가는 시인에게 영원히 떠나지 말라고 간청하는 의미로 읽
을 수도 있다. 이러한 시를 읽는 유일한 방법은 시를 다시 읽고 시
인, 시, 혹은 우리 자신 안의 다양한 모습들을 음미하는 것뿐이다.

캘커타/콜카타

Calcutta

다시 쓰는 제국

Kolkata

41

러디어드 키플링

킴

Rudyard Kipling, Kim

한때 인도 동부 해안의 작은 마을이었던 칼리카타(영국인은 캘커타라고 불렀다)는 영국 동인도 회사의 본부가 되었고, 이후 대영제국식민지 인도의 수도가 되었다. 도시는 변화하는 정체성을 반영해 2001년 콜카타로 이름이 바뀌었다. 이 도시는 영국의 철자와 발음으로 알려졌을 때조차, 다양한 작가들의 작품 속에서 다양한 방식으로 표현되었다. 두 명의 노벨상 수상자, 러디어드 키플링과 라빈드라나드 타고르의 작품에서 근본적으로 달리 묘사되는 인도의 모습으로 시작하겠다. 많은 차이점에도 불구하고 두 사람 모두 인도를 그 자체로 세계 전체로, 더 정확하게 말하면 중첩되고 맞물리고 해체되는 다양한 세계들로 보았다.

키플링은 1865년 봄베이(지금은 뭄바이로 이름이 바뀌었다)에서 태어나 주로 힌디어를 사용하는 유모들 손에 자란 뒤 여섯 살에 영국으로 유학을 떠났다. 키플링은 열여섯 살에 인도로 돌아와 라호르에서 〈민군관보Civil and Military Gazette〉 기자로 일했다. 아버지는 라호르 박물관 관장이 되었다. 키플링의 편집자들은 지면에 여유가 있을 때면 이 젊은 기자의 시와 단편을 기꺼이 실어주었다. 키플링은 스물한 살에 첫 번째 시집 『부문별 노래Departmental Ditties』(1886)를 출간했고, 2년 뒤 『산중야화Plain Tales from the Hills』와 네 권 이상의 단편소설을 출간했다. 그의 초기 작품들에는 독자들이 알아봐 주길 기대하는 지역적 배경과 속어가 나온다. 가령 등장인물이 '펠리티에서 티핀'을 즐겼다면, 독자들은 영국이 여름 수도로 정한 심라Shimla에 있는 최고급 호텔에서 점심을 먹었다는 의미라는 설명을 굳이 들을 필요가 없었다.

하지만 키플링은 이미 내부자인 동시에 외부자로서 글을 쓰고 있었다. 1881년 인도로 돌아온 뒤, 그는 어린 시절 많은 시간을 보낸 장소들을 '영국에서 교육을 받고 돌아온' 사람의 시각으로 보게 되었다. 작품들이 해외에서 인기를 얻자, 키플링은 한 발짝 더 나아가 먼 곳의 독자들을 위해 그의 지역적 지식을 번역했다. 『산중야화』는 라호르와 캘커타에서 발표된 지 1년 후인 1889년 뉴욕과 에든버러에서 재출간되었고 독일에서도 번역되었다. 곧 더 많은 언어들로 번역될 예정이었지만, 대영제국 안팎에서 영어가 사용된 덕분에 키플링은 번역본 없이도 세계적인 작가로 떠오르고 있었다.

1890년 『산중야화』는 인도, 영국, 미국에서 여러 판본으로 출간되었고 그의 작품들은 캐나다, 남아프리카, 오스트레일리아에서 널리 읽히기 시작했다. 키플링의 나이 스물다섯 살 때였다.

키플링은 자신의 경력 초기부터 전 세계 독자를 위해 글을 썼다는 점에서 최초의 세계적 작가라고 해도 좋을 것이다. 특히 1889년에 인도를 영원히 떠나 처음엔 런던에서 다음엔 버몬트에서 지내다가 최종적으로 다시 영국에 정착한 후, 이야기 안에 설명과 직접적인 번역을 능숙하게 녹여내게 되었다. 소설 『킴』(1901)은 아버지가 근무하는 박물관 입구의 활기찬 장면으로 시작함으로써 정치적으로나 언어적으로 외국 독자들을 위한 발판을 마련한다.

> 그는 시의 명령을 무시하고, 현지인들이 자이브 게르Ajaib-Gher, 즉 불가사의한 집이라고 부르는 라호르 박물관 맞은편 벽돌 단상 위 잠잠마의 포신 위에 걸터앉았다. '불을 내뿜는 용' 잠잠마를 손에 쥔 자는 펀자브 지역을 손에 쥔 것이니, 그만큼 거대한 녹색의 청동 조각은 언제나 정복자가 가장 먼저 손에 넣을 전리품이다. 영국이 펀자브 지역을 정복했고 킴은 영국인이었으므로, 킴의 행동은(킴이 랄라 디나나트의 아들을 포이 밖으로 내쫓은 것은) 어느 정도 타당했다.[1]

몇 페이지 만에 키플링은 계속해서 많은 힌두어를 제시하면서 (마술jadoo, 고행자faquirs, 버터기름ghi, 경찰관parhari 등), 때로는 괄호 안에 번역하고 때로는 부연 설명으로 정의하며, 때로는 문맥 속에서 의미를 암시한다.

소설 전반에 걸쳐 키플링은 다양한 상황에서 현지 관습을 설명한다. 킴은 우리에게 인도를 보여주는 지식이 풍부한 내부자이기도 하다가, 어떤 부분에서는 그 자신도 (따라서 우리 자신도) 설명이 필요한 영국계 아일랜드인 외부자이기도 하다. 이제 막 청소년기에 접어든 킴은 소년인 동시에 성인 세계에서는 초보자라 정치적 음모에 대해 속속들이 배워야 할 게 많다. 책의 많은 부분에서 킴은 연로한 티베트 승려와 동행하는데, 승려는 고대 동양 사상은 능숙하게 설명하지만 인도 관습에는 대체로 무지해, 그럴 땐 킴이 설명해 준다.

하지만 이야기에 등장하는 많은 유럽인들은 훨씬 더 무지한데, 영국인뿐 아니라 경쟁국 프랑스와 러시아의 요원들 모두 인도 대륙과 주변 국가를 지배하려는 '그레이트 게임Great Game'에서 권력을 차지하기 위해 다투고 있다. 키플링의 소설에서 가장 흥미로운 게임 플레이어는 후리 춘데르 무케르지, 즉 영국 식민 정부의 인도인 직원 '바부'다. 키플링은 앞서 「어떻게 되었는가What Happened」라는 시에서 이 이름을 사용했는데, 이 초기 시에는 토착민들에게 유럽의 무기를 장착하며 뽐내도록 허용할 때의 위험성이 불안하고 재미있게 묘사된다. "후리 춘데르 무케르지, 보우 바자르의 자존심 / 토착민 언론사 '바리스터-엣-라'의 소유주"는 무기를 휴대할 권리를 부여받았지만 이는 썩 즐겁지 않은 형태로 확산된다.

하지만 언제나 기쁨을 드리고자 간절히 바라옵는 인도 정부도

이런 끔찍한 자들에게 허가를 내렸습니다-

야르 모호메드 유스프자이, 살인과 절도를 일삼는 자,

비카네르 출신의 심부 싱, 빌족의 탄티아,

마리족 족장 킬라 칸, 시크교도 조와 싱,

자트 출신 펀자브인 누비 바크쉬, 압둘 허크 라피크-

그는 와하브파 신도였습니다. 마지막으로 어린 보 힐라우

그는 법을 이용해- 스나이더식 총도 가져갔습니다.[2]

스나이더는 최신 정밀 소총이었다. 곧이어 무케르지가 사라지는데, 그의 무기 때문에 살해당한 것으로 보인다. 시는 이렇게 끝난다.

무케르지는 어떻게 되었습니까? 마호메드 야르에게 물어보십시오.

보우 바자르에서 시바의 신성한 황소를 몰고 가고 있는데요.

침착한 누비 바크쉬에게 물어보십시오- 육지와 바다에 물어보십시오-

인도의 의원들에게 물어보십시오- 나한테만 묻지 마시고요![3]

그의 초기 작품이 대체로 그렇듯이, 키플링은 독자들이 현지의 풍경(여기에서는 캘커타의 중앙 도로인 보우 바자르)을 안다고 가정하고, 1857년 '반란Mutiny'으로 영국이 인도의 통치권을 거의 잃을 뻔한 상황에서 인도에 거주하는 영국인 공동체의 긴장감을 공유한다. 여기에서 인도의 민족적·문화적 다양성에 대한 그의 관심은,

힌두교도가 장악한 인도 국민 회의가 인도인들이 정치 문제에 목소리를 낼 수 있게 하려고 설립되었지만, 그들이 관리하기에는 이 나라가 너무도 다양성이 강하고 토착민들을 신뢰할 수 없었다는 것을 시사하기 위해서만 동원된다.

15년 뒤, 『킴』의 후리 춘데르 무케르지는 훨씬 더 복잡한 인물이 된다. 킴이 인도 사회의 민족지학적 안내자 역할을 한다면, 후리는 기회가 될 때마다 실제로 민족지학적 관찰을 한다. 그의 가장 큰 포부는 영국 왕립학회 회원이 되는 것이다. 하급 식민지 주민이라는 후리의 위치를 고려할 때, 이 꿈은 비현실적이고 터무니없기까지 하다. 그러나 키플링은 초기 시에서처럼 후리의 허세를 조롱하는 대신 이 불가능한 꿈으로 후리와 영국 정보원 대장 크레이튼 대령 사이의 유대감을 형성한다. 크레이튼도 왕립학회에 논문을 보내는데, "그 역시 마음 깊은 곳에 자신의 이름 뒤에 'F. R. S.(왕립학회 회원이라는 표시─옮긴이)'라는 명칭을 붙이고 싶은 포부가 자리 잡고 있었다. … 그래서 크레이튼은 미소를 지었고, 같은 욕망으로 움직이는 후리 바부를 더 좋게 생각하게 되었다."[4]

후리의 민족지학적 능력(키플링의 기자로서의 안목과 같은)은 그가 인도인과 유럽인 모두의 태도와 동기를 통찰하는 능력을 갖추게 한다. 그는 기구한 동양인을 연기함으로써 유럽 사람들에게 자신의 동기를 위장하는 데 능숙하다. 주요 에피소드에서 후리는 영국의 탄압으로 희생된 술고래인 척하면서 한 쌍의 러시아 요원을 제압한다. "그는 국가에 반역하는 태도를 보이면서, 자신들에게 백인 교육을 강요했다느니 백인들의 급료를 충당하기 위해 자신들에게는 급료도 주지 않았다느니 하며 식민지 정부를 향해 심한 욕설을 퍼부었다. 그렇게 억압과 부당한 처지에 대해 한참을 지껄이더니 이윽고 자기 조국의 처지가 비참하다며 두 뺨에 눈물을 흘리는 것이었다." 그런 다음 그는 "**벵골 하층민**의 사랑 노래들을 부르면서('하층민'은 근사한 암시다)" 비틀비틀 걸어가더니 젖은 나무 둥치 위로 고꾸라진다. 스파이들은 완전히 속아 넘어간다.

> "저 친구는 이 지역 출신이 확실하군." 두 외국인 중 키가 큰 사람이 말했다.
> "빈Wien의 그 끔찍한 안내원을 닮았는걸."
> "변화하고 있는 인도의 축소판이지. 동양과 서양이 뒤섞인 기괴한 잡종." 러시아인이 말을 받았다. "동양을 지배할 수 있는 사람은 바로 **우리**야."[5]

키플링은 단순히 「백인의 임무White Man's Burden」의 시인으로만 여겨지는 경우가 많지만, 이 책에서 그는 '혼종성'이 평론가 호미바바Homi Bhabha의 탈식민지 이론의 핵심 요소가 되기 수십 년 전에 이미 문화적 혼종주의의 편에 굳건히 서 있다. 이 혼종성은 자신의 고정관념에 희생되고 있는 거만한 러시아 요원에게만 괴물처럼 보인다.

후대의 많은 영미권 작가들은 일반적으로, 그리고 정당한 이유로 키플링의 정치적 견해를 거부한다. 하지만 여러 가닥으로 이루어진 영어를 녹여내 '키플링어Kiplingese'라고 불린 독특한 언어로 글을 썼던 그의 전략들을 후대 작가들이 개선하거나 전복한다는 점에서 분명 그에게 빚을 지고 있다. 오스카 와일드가 디킨스와 터너가 런던을 발명했다고 생각했던 것처럼, 키플링은 많은 외국 독자들을 위해 인도를 발명했다고 말할 수 있다. 키플링은 『킴』 출간 6년 후에 노벨상을 수상했다. 심사평은 "관찰력, 독창적인 상상력, 정력이 넘치는 아이디어, 그리고 뛰어난 서사 능력은 세계적으로 유명한 이 작가의 작품의 특징"이라며 그를 높이 평가했다.[6] 그로부터 6년 뒤, 아무리 정력이 넘치는 아이디어라 해도 키플링의 아이디어를 좋아하지 않았던 라빈드라나트 타고르에게 노벨상이 수여되었다. 『집과 세상』에서 타고르는 그의 조국, 국민, 그리고 국민이 필요로 하는 모든 것에 대해 근본적으로 다른 그림을 그린다.

42

라빈드라나트 타고르
집과 세상

Rabindranath Tagore, The Home and the World

타고르의 가장 유명한 소설 『집과 세상』에 접근할 때, 우리는 그가
자신의 위치를 이해하는 복잡한 특징들을 파악할 필요가 있다. 그
는 예기치 않게 아시아 최초의 노벨문학상 수상자가 된 지 불과
3년 만인 1916년 출간한 이 소설에서 인도, 특히 벵골의 사회적·
정치적 문제들을 정면으로 다루고 있다. 그의 노벨상 수상은 일종
의 요행이었다. 타고르는 벵골어로 쓴 그의 철학적인 시집 『기탄
잘리Gitanjali』의 형편없는 영어 번역에 짜증이 나 직접 시인 휘트먼
의 문체와도 같은 유려한 번역에 착수했다.

밤낮으로 내 핏줄에 흐르는 것과 똑같은 생명의 물줄기가 세상 속
을 관통하며 리듬에 맞추어 춤을 춘다.
똑같은 생명이 대지의 흙먼지를 뚫고 나와 무수한 풀잎 속에서 기
쁨으로 싹을 틔우고, 잎과 꽃의 격정적인 물결 속으로 부서진다.
똑같은 생명이 탄생과 죽음의 요람인 바다 속에서 밀물과 썰물로
흔들린다.
나는 이 생명 넘치는 세상의 손길로 내 팔다리가 영광스러워지는
걸 느낀다.
그리고 내 자부심은 이 순간 내 핏줄 속에서 춤추는, 태곳적부터
이어져 온 그 약동하는 생명에서 비롯한다.[7]

　1912년 영국을 방문하는 동안 타고르는 예이츠에게 원고를 보
여주었고, 예이츠는 시인이자 신비로운 예언자로 타고르를 칭송하
는 서문을 써서 책을 빛냈다. 타고르의 번역은 원숙하진 않았지만
당시 독자들을 매료시켰다. 이듬해 타고르에게 노벨상이 수여되었
을 때, 그는 크게 놀랐고 소란에 짜증이 났다. 키플링이 인도의 통
역사로 이름을 날렸다면, 이제 타고르는 진정한 현지인 정보 제공
자의 역할을 맡게 되었다. 그는 세계 여행자가 되어 수차례의 해외
여행에서 작가, 예술가, 고위 인사들을 (미국의 알베르트 아인슈타인
부터 그의 친구이자 때로는 연인이며 부에노스아이레스의 영향력 있는
문학잡지 〈수르 Sur〉의 창립자인 빅토리아 오캄포 Victoria Ocampo에 이르기
까지 모든 사람을) 만났다.
　타고르의 첫 번째 세계 일주는 1916년 『집과 세상』을 출간한

지 몇 달 뒤에 시작되었다. 그는 일본을 방문한 다음 미국으로 건너가 전역의 많은 청중들에게 연설한 뒤 유럽을 향해서 고국으로 돌아왔다. 〈뉴욕 타임스〉 인터뷰 기사 '라빈드라나트 타고르 경과의 대담'에서 타고르는 인도의 새로운 목소리일 뿐 아니라 동양 정신의 화신으로 묘사되었다. 기사의 부제목은 그를 이렇게 소개한다. "벵골의 시인이자 노벨상 수상자가 지금 이 나라에서 그의 시적 신념을 전하고 문학에 대한 동양적 태도를 설명한다."[8] 인터뷰 진행자는 조이스 킬머Joyce Kilmer로, 그 자신도 상당히 재능 있는 시인이지만 안타깝게도 오늘날엔 종종 패러디되는 "나는 결코 보지 못할 것 같다 / 나무처럼 사랑스러운 시를"이라는 구절로만 알

사진 38 타고르의 초상화(1916)

려져 있다. 킬머는 타고르의 시가 휘트먼의 「풀잎들Leaves of Grass」과 유사하다는 점에 주목했고, 그가 휘트먼과 닮았지만 "더 섬세하다" 고 묘사했다. 타고르의 이 섬세하고 영적인 모습은 나의 고모할머니 헬렌이 뉴욕에서 그를 만났을 때 그린 스케치에서 두드러지게 표현된다(사진 38).

『집과 세상』은 타고르가 이제 막 세계적인 현상으로 부상하기 시작할 즈음 쓰인 작품이다. 이 책은 인도에 도래한 근대성이 공적 영역과 사적인 가정의 영역 모두에서 전통적인 삶에 심오한 (파괴적인 동시에 창조적인) 영향력을 미치는 것에 초점을 맞춘다. 소설은 세 명의 중심인물(귀족 지주 니킬, 그의 불안한 아내 비말라, 그리고 유혹적인 정치 선동가 산딥)이 벌이는 논쟁으로 이루어진다. 산딥은 스와데시Swadeshi라는 새로운 운동(영국의 지배력을 약화시키고 독립을 위한 경제적 기반을 구축하려는 목적으로 인도 제품을 장려하고 영국산 물건을 배척하자는 운동)에 비말라를 참여시킨다. 그는 단조로운 가정에서 벗어나 이 운동의 간판이 될 수 있는 여신이라며 비말라를 추켜세운다. 한편, 니킬은 그녀가 집을 빠져나가는 걸 보면서도 인도의 전통적인 아내 역할 안에 머물도록 강요하지는 않는다.

타고르의 신중한 진보주의자 니킬은 종종 그의 자화상처럼 보인다. 니킬은 타고르의 정치 에세이에서 직접 가져온 용어들로 때때로 산딥과 논쟁을 벌이지만, 그의 의식 속에서 이야기의 중심인물은 비말라다. 비말라는 산딥의 로맨틱하고 정치적인 유혹에 어떻게 반응할지 결정해야 한다. 그의 연인이 될지, 집을 박차고 나와 세상 속으로 모험을 떠날지. 더 넓은 세상의 문턱에 서서 변화

331

가 필요하다는 것을 알면서도 가정에 충실한 비말라는 이런 의미에서 타고르의 자화상이기도 하다.

당시 타고르는 스와데시 운동에 참여하려던 참이었다. 헌신적인 반제국주의자인 그는 초기에는 이 운동을 지지했지만, 열혈 당원들의 폭력성이 커지자 점차 환멸을 느꼈다. 이후 그는 간디와 절친한 친구가 되어 그의 비폭력 독립 운동을 지지했지만, 1910년대에 힌두교도 지주들과 제조업자들에게 유리하도록 값싼 영국산 수입품 재고를 불태워 가난한 이슬람교도 상인들의 생계를 무너뜨린 편협한 민족주의를 날카롭게 비판했다.

소설 후반 성난 이슬람교도 폭도들은 부유한 힌두교도 지주들의 사유지를 공격하고, 산딥은 힌두교에 기반을 둔 자기 당에게 찾아온 기회를 환영한다. 니킬은 산딥에 반대한다. "이런 식으로 이슬람교도들을 우리에게 대항하는 도구로 사용하는 일이 어떻게 가능한가? 우리 자신의 편협함으로 우리가 그들을 이렇게 만들었기 때문이 아닌가?"⁹ 처음엔 타고르의 소설이 독립에 필요한 결정적인 행동을 지지하지 않는다고 비판을 받았지만, 오늘날에는 힌두교와 이슬람교 간의 긴장을 고조시키는 배타적 민족주의의 위험성을 진단하는 선견지명을 보여준다.

또한 『집과 세상』은 모호하고도 자유로운 새로운 세계에서 결혼의 유대를 다시 생각하는 니킬과 비말라의 개인적인 투쟁을 묘사하기도 한다. 타고르의 세 주인공은 모두 스스로를 분열된 인격으로 묘사하고 서사 자체도 분열된다. 각각의 장에서 비말라, 니킬, 산딥이 번갈아 이야기하는 것은 분명하지만, 전반적으로 작가의 의식은 드러나지 않은 채 그들이 쓴 메모나 일기의 형태로 서사가 진행된다.

따라서 이 소설은 재판에 선 일련의 화자들이 이야기를 하는 아쿠타가와 류노스케Ryūnosuke Akutagawa의 1922년 단편 「덤불 속에서In a Budding Grove」(구로사와의 영화 〈라쇼몽Rashomon〉의 기반이 된 작품)나 다수의 서술자들로 구성된 윌리엄 포크너William Faulkner의 『내가 죽어 누워 있을 때As I Lay Dying』(1930)와 같은 모더니즘 작품들을 예견한다. 그러나 무엇보다 타고르는 시인이었기에, 텍스트 전체에 시와 노래가 등장한다.

실제 시 구절 외에 등장인물들의 산문체 서술도 사실상 본질적으로 서정적이다. 이 책을 종종 톨스토이나 타고르의 벵골 출신 윗세대 작가 반킴 찬드라 채터지Bankim Chandra Chatterjee 같은 소설가들과 비교하면서 접근하지만, 경전 『바가바드 기타Bhagavad Gita』의 철학적 대화와 시인 로버트 브라우닝Robert Browning의 극적인 독백 중간쯤으로 생각하는 편이 더 바람직할 것이다. 소설은 여러 차례 『바가바드 기타』를 인용하고(산닙은 자신의 사악한 목적들을 위해 내용을 왜곡한다), 결정적인 순간에 산닙은 그가 비말라에게 말하듯 강력한 여성에게 사로잡힌 한 남자의 목소리로 전하는 브라우닝의 독백 「크리스티나」를 인용한다. 놀랍게도 심지어 산닙이 브라우닝의 시를 벵골어로 번역하려 했다는 사실이 밝혀진다. 그는 니킬과 비말라에게 말한다. "실제로 한때는 내가 금방 시인이 되겠구나, 생각한 적도 있었지만 너무도 친절하신 신의 섭리가 그런 재앙으로부터 나를 구해주었습니다."[10] 따라서 산닙조차 타고르가 시인 대신 정치인이 되었다면 그런 모습이 되었을지 모를 일종의 자화상이다.

이런 내용들은 소설을 읽기 위한 문학적 맥락이지만, 지금 나는 다른 때였다면 의식하지 않았을 다른 양상이 눈에 띄었다. 즉 『집과 세상』은 감염에 관한 소설이라는 것이다. 우리는 『데카메론』에서 보카치오가 피렌체를 황폐하게 만든 페스트와 사랑의 열병을 연결시킨 것을 확인했다. 타고르는 질병의 이미지를 정치적·낭만적 열정과 연결시킨다. 산닙의 심복들은 "역병을 일으키는 세균을 옮기는 파리 떼처럼" 거짓말을 퍼뜨리고, 비말라는 "그들의 흥분에 감염"되었음을 깨닫는다.[11] 코비드-19와 마찬가지로 바이러스는 외국에서 유입된다. 니킬은 외친다. "너무도 끔찍한 죄의 전염병이 외국에서 우리나라로 들어왔구나."[12] 반대로 선한 충동도 바이러스처럼 퍼질 수 있어, 소설이 끝날 무렵 산닙은 니킬에게 "당신이 동반한 전염병이 나를 정직하게 만들었다(적어도 어느 정도는)"라고 말한다.[13] 산닙과 비말라의 몸에서는 실제 정치판처럼 다양한 전염병이 전쟁을 벌인다. 페르시아의 시적 전통에서 볼 수 있었듯, 타고르에게 있어 우리의 분열된 영혼을 치유할 수 있는 대상은 시와 노래다. 헬렌 고모가 그의 초상화를 스케치하기 직전 타고르는 〈뉴욕 타임스〉 인터뷰에서 이렇게 말했다. "시인의 참된 기능은 동료들을 안내하거나 해석하는 일이 아니라, 충만한 음악으로 자신의 삶에 다가오는 진리를 표현하는 일이다."

43

살만 루슈디

이스트, 웨스트

Salman Rushdie, East, West

335

타고르가 1916년 소설에서 극적으로 표현했던 종파 간 갈등은 1947년 인도의 독립 즉시 폭발했다. 인도는 힌두교가 지배하는 인도 연합과 파키스탄의 이슬람교 자치령(지금은 파키스탄과 방글라데시로 다시 나뉜다)으로 분할되는 충격적인 결과를 맞았다. 폭력의 물결 속에서 천만 명 이상의 사람들이 종교적 노선을 따라 떠돌아다녔다. 살만 루슈디는 이런 갈등의 시기에 태어났고 오랜 영향들이 그의 작품 대부분에 드러난다. 가장 잘 알려진 소설 『한밤의 아이들Midnight's Children』(1981)에서 루슈디는 1947년 8월 15일, 인도 독립의 첫 시간에 태어난 1001명의 '한밤의 아이들' 중 한 명인 살

9장 캘커타/콜카타 :: 다시 쓰는 제국

림 시나이를 화자이자 주인공으로 등장시켰다(실제로는 2개월 전에 태어났다). 살림은 봄베이에서 가난한 힌두교도 미혼모의 아들로 태어났지만, 부유한 이슬람교도 가족의 아이와 뒤바뀐다. 살림은 원래 아이가 누려야 했을 호사를 누리며 성장하고, 바뀐 아이는 거리의 범죄자로 자라 살림과 앙숙이 된다.

복잡하게 전개되는 루슈디의 소설은 『천일야화』와 『인도로 가는 길』, 발리우드 영화에 이르기까지 여러 작품을 망라하지만, 여기에서는 오늘날의 글로벌 시대로 독자들을 안내하는 뛰어난 단편집 『이스트, 웨스트』(1994)에 담긴 루슈디의 핵심 주제를 중점적으로 살펴보려 한다. '이스트'라는 제목에 속하는 세 편의 단편은 인도를 배경으로 하고, '웨스트'라는 제목에 속하는 세 편의 단편은 유럽을 배경으로 하며, '이스트, 웨스트'라는 제목에 속하는 나머지 세 편의 단편은 대륙을 오가며 펼쳐진다. 루슈디는 이 단편집 전체에서 리얼리즘과 판타지를 교묘하게 뒤섞는다.

'이스트' 항목의 단편 「예언자의 머리카락The Prophet's Hair」은 완벽하게 환상적인 이야기로 보인다. 스리나가르의 하즈라트발 사원에서 예언자 무함마드의 머리카락이 담긴 유리병이 도난당해 사람들 사이에서 큰 소동이 일어나고, 그것을 손에 얻은 고리대금업자 하심의 삶에도 격변이 일어난다. "마치 착복한 유물의 영향으로 어떤 유령 같은 액체로 가득 채워지기라도 한 것처럼"[14] 하심은 갑자기 종교에 열성적으로 변하고, 스스로를 억제하지 못해 가족들에게 가혹한 진실을 말하기 시작하면서 치명적인 결과를 초래한다. 유물의 존재로 실질적인 혜택을 입은 수혜자는 단 한 사람, 하심의 눈먼 아내로 그녀는 기적적으로 시력을 회복한다.

이 이야기의 마술적 사실주의는 구체적인 현실에 기반을 둔다. 1963년 12월 26일, 하즈라트발에서 실제로 무함마드의 머리카락이 든 유리병이 도난당했다. 온 지역에서 대규모 시위가 벌어졌고, 유물을 되찾기 위해 아와미 행동위원회라는 단체가 형성되었다. 유물은 며칠 후에 발견되었다. 이 사건으로 카슈미르의 이슬람교도들은 자신들의 문화가 힌두교 다수파에게 포위당하고 있다는 인식이 확고해졌다. 아와미 행동위원회는 잠무 카슈미르 국민 전선을 창설하고 카슈미르 독립을 위한 무장 투쟁을 시작했다.

이 소설의 정치적 함의는 보다 개인적인 함의에 의해 더욱 짙어진다. 루슈디의 1988년 소설 『악마의 시 The Satanic Verses』는 무함마드와 그의 아내들을 불경하게 묘사한 데 크게 불쾌감을 느낀 무슬림교도들의 시위를 촉발했고, 이란의 아야톨라 호메이니는 사형 선고를 발표하고 루슈디를 살해한 자에게 거액의 포상금을 약속했다. 루슈디는 영국에서 경찰의 보호하에 숨어 지내는 동안 『이스트, 웨스트』를 썼고, 몇몇 단편들은 그의 상황을 우회적으로 반영한다. 「예언자의 머리카락」에서 고리대금업자 하심은 소설가 루슈디와 마찬가지로 나비, 사모바르(러시아 가정에서 사용했던 주전자―옮긴이), 목욕 장난감 등 온갖 종류의 잡동사니들을 모으는 열렬한 수집가다. 하심은 이 유리병을 다른 물건들과 마찬가지로 미학적 대상으로 취급할 수 있다고 잘못 생각한다. "당연히 나는 종교적인 가치 때문에 이것을 가지려는 게 아니야." 그는 혼잣말을 한다. "나는 세상에 살고 있는 세속적인 사람이지. 나는 이것을 대단히 진귀하고 눈부신 아름다움이 깃든 순전히 세속적인 물건으로 보는 거라고."[15] 그는 곧 자신과 가족이 대가를 치르고 나서야 내용보다 형식을, 의미보다 아름다움을 높이 평가할 수 없음을 알게 된다. 「예언자의 머리카락」은 양날의 메스로 원리주의자들의 독선적인 분노뿐 아니라 저자의 자기중심적인 세속주의를 파헤친다.

『이스트, 웨스트』 마지막 항목의 단편 「체코프와 줄루Chekov and Zulu」는 제목에서부터 이중성을 새겨 넣는다. 그러나 이 이야기는 러시아인과 남아프리카인을 다루지 않는다. 오히려 주인공들은 영국 첩보기관의 인도인 직원들(키플링의 현대판 후리 바부)로 자신들이 〈스타 트렉Star Trek〉 속 역할을 연기하고 있다고 상상하길 좋아한다. 그들은 일본인 술루(〈스타 트렉〉에서 우주선 엔터프라이즈 호의 조종사 - 옮긴이)의 이름을 줄루로 고쳐 사용한다. "줄루는 과격분자라는 혐의를 받기에 더 어울리는 이름이지." 체코프가 말한다. "야만인으로 의심받기에도. 반역자로 추정되기에도."[16] 줄루는 시크교도 분리주의자 집단에 잠입하다 곤경에 처하자 체코프에게 긴급 메시지를 보낸다. **"나를 전송시켜줘.**(〈스타 트렉〉에서 커크 함장이 귀환할 때 내리는 지시 - 옮긴이)"[17]

앞서 줄루는 1984년 인디라 간디가 자신의 시크교도 경호원들 중 한 명에게 암살당한 직후에 첩보 활동 중 사라진 적이 있다. 이 이야기의 시작 부분에서 인도 대사관은 이 일을 조사하기 위해 체코프를 런던 교외에 있는 줄루의 집으로 보낸다. 체코프와 '줄루 부인'과의 대화는 인도어와 영어로 이루어진 희극적인 내용이 일품이지만, 그녀의 남편이 동료 시크교도들과 수상한 거래를 해서 이

익을 취하고 있다는 의혹이 드러나기도 한다.

> "집을 정말 아름답게 꾸미셨습니다. 줄루 부인, 와우 와우. 고상한
> 장식이 정말 엄청 많네요. 커트 글라스도 엄청 많고요! 그 망나니
> 줄루가 월급을 엄청 많이 받는 모양이지요, 저보다도 많이요, 영
> 리한 녀석."
> "아니에요, 어떻게 그럴 수 있나요? 딥티dipty(공사公使를 뜻하는 인
> 도어)의 탄카tankha(봉급을 뜻하는 인도어)가 보안 책임자의 봉급보
> 다 훨씬 많겠죠."[18]

영어와 힌두어 어휘가 아무렇게나 뒤섞인 문장(키플링이 그랬던
것처럼 더 이상 이탤릭체로 쓰거나 번역하지 않는)은 이중 문화를 접하
고 있는 등장인물들의 삶 속으로 독자들을 빠져들게 한다.

두 친구는 자신들을 〈스타 트렉〉의 다국적 승무원들과 동일시
하여 이미 소년 시절에 별명을 지어놓았다. "용감무쌍한 외교 비행
사. 새로운 세계와 문명을 탐험하는 것이 우리의 오랜 임무죠."[19]
하지만 세계적인 양상은 결코 평탄하지 않다. 체코프와 줄루는 오
리지널 텔레비전 시리즈를 통해 〈스타 트렉〉의 열혈 추종자가 된
것이 아니었다. "알다시피 그것을 볼 수 있는 TV가 없었어요." 체
코프가 회상한다. 드라마를 볼 수 없었던 그들은 "소설로 만든 싸
구려 문고판 몇 권"을 읽고 팬이 된다.[20] 의미심장한 사실은, 미래
의 인도 정치인과 공무원을 양성하기 위해 영국의 통치 말기에 설
립된 영국식 엘리트 교육기관에 이들이 다니고 있다는 것이다. 루

슈디의 인도인 독자들은 알겠지만, 이 학교의 가장 유명한 졸업생은 인디라 간디의 아들들인 산제이와 라지브였다.

성인이 된 후 두 친구는 영국과 인도를 오가며 정치 활동과 간첩 활동을 펼친다. 이야기가 끝날 무렵, 체코프는 반대파를 제압하기 위해 테러의 위협을 이용하는 영국과 인도 두 정부 간 공모에 휘말리고, 타밀족 분리주의자가 라지브 간디를 암살할 때 폭발에 휩쓸려 사망한다. 마지막 순간 체코프는 전 세계의 테러 확산을 수출입 측면에서 생각한다.

> 시간이 멈추었기 때문에, 체코프는 개인적으로 많은 것들을 관찰할 수 있었다. "이 타밀족 혁명가들은 영국에서 교육을 받고 돌아온 자들이 아니야." 그가 말했다. "그래, 마침내 우리는 자국에서 물건을 생산하는 법을 알게 됐고 더 이상 수입할 필요가 없는 거야. 말하자면 그 고리타분한 만찬 회동은 이제 펑 하고 사라지는 거지." 그리고 덜 건조하게 말을 잇는다. "비극은 사람이 어떤 식으로 죽느냐가 아니야." 그는 생각했다. "어떤 식으로 살아왔느냐지."[21]

이즈음 줄루는 (인도 정부가 시크교도들을 탄압하기 위한 구실로 테러 위협을 이용하는 것에 분개하며) 공직에서 사임한다. 그는 봄베이에 정착해 사설 보안 회사 대표가 되는데, 회사 이름을 '줄루 방패와 줄루 창'이라고 지어 네덜란드 정착민들에게 저항하고 영국에 맞서 싸운 남아프리카공화국의 줄루족에게 경의를 표한다. 미래주의적 판타지와 제국주의의 역사(〈스타 트렉〉과 남아프리카공화국의 호전적인 부족)는 두 문화가 공존하는 줄루의 봄베이에서 하나로 합쳐진다.

루슈디는 그보다 앞선 키플링과 타고르와 마찬가지로, 고국의 독자와 전 세계 독자 모두를 위해 글을 쓰지만 그에게는 '고국'이라는 용어조차 모호하다.

『한밤의 아이들』의 갑작스러운 성공 이후 1982년에 쓴 성찰적 에세이 「상상의 고국들Imaginary Homelands」에서, 루슈디는 오랜 세월 봄베이를 떠나 있어 자신의 기억이 파편적이고 불확실하다는 걸 알면서도 소설에서 어린 시절을 재현하려 시도했다고 기술한다. 울림을 주는 농담처럼 그는 이렇게 말한다. "인도 작가는 죄책감으로 물든 색안경으로 인도를 회고하려는 시도를 한다." 그리고 이렇게 덧붙인다. "우리의 정체성은 복수형이면서 동시에 부분적이다. 때로 우리는 두 문화를 아우르는 것 같다가도, 때로는 이도 저도 아닌 것처럼 느껴진다." 하지만 그는 이러한 이중적 정체성은 여기에 수반되는 모든 압박감에도 불구하고 작가에게 비옥한 토양이 된다고 주장한다. "문학이 어느 정도 현실에 진입하기 위한 새로운 시각을 찾는 작업이라면, 우리의 거리, 우리의 긴 지리적 관점이 다시 한번 그런 시각을 제공할지도 모른다."[22]

44

잠양 노르부

셜록 홈즈의 만다라

Jamyang Norbu, The Mandala of Sherlock Holmes

1903년 셜록에 싫증이 난 아서 코난 도일이 『마지막 사건 The Final Problem』에서 자신의 유명한 탐정을 제거한 지 10년이 지난 뒤, 그는 대중의 요구에 굴복해 셜록을 다시 살려냈다. 『빈 집의 모험 The Adventure of the Empty House』에서 홈즈는 런던에 다시 나타나 왓슨을 놀라게 한다. 홈즈는 사실 자신은 그의 숙적 모리아티 교수와 함께 라이헨바흐 폭포에 빠진 것이 아니라, 모리아티 부하들의 복수를 피하기 위해 신분을 숨기고 유럽으로 달아났다고 설명한다. "그래서 나는 2년 동안 티베트를 여행했고, 라싸를 방문해 라마승과 며칠을 보내면서 즐겁게 지냈습니다."[23] 90년 뒤, 티베트의 운동가이자 작가인 잠양 노르부는 이 체류에 대해 이야기하기로 결심했다. 노르부는 티베트 망명자 공동체를 위한 중국 독립 투쟁 관련 에세이들을 쓰고 있었는데(그의 에세이 중 일부는 『티베트의 그림자Shadow Tibet』라는 에세이집에 수록되었다), 더 폭넓은 독자층에 다가가고 싶어 세계적인 장르인 탐정 소설로 방향을 돌렸다.

『셜록 홈즈의 만다라』에서 셜록은 봄베이에서 미스터리한 살인 사건을 해결한 다음 티베트로 여행을 떠나 당시 젊은 청년이었던 달라이 라마의 생명을 구한다. 이 과정에서 노르부는 매우 세속적인 목적으로 셜록을 고용한 반면 셜록은 놀랍도록 초월적인 인물로 거듭난다. 노르부의 소설은 1999년 인도에서 출간되어 상을 받았고, 2001년 미국에서 『셜록 홈즈: 사라진 시간들Sherlock Holmes: The Missing Years』이라는 제목으로 출간되었다(출판사는 미국 독자들이 만다라에 관심이 있을 거라고 전혀 생각하지 않았거나, 아마 만다라가 무엇인지 알지도 못했을 것이다). 이후에 출간된 영문판은 두 가지 제목을 모두 사용하기로 결정하여 『셜록 홈즈의 만다라: 사라진 시간들』이라는 제목을 붙였다. 영어로 출간된 책들은 제각기 국내 시장에 맞추어 새로운 형태를 취했고, 미국 내에서도 다양한 인쇄본이 만들어졌다(사진 39).

노르부는 코난 도일 이야기를 활용하는 것 외에도 영국령 인도를 환기하기 위해 키플링을 여러 차례 끌어들여, 키플링의 등장인물들과 마찬가지로 그의 등장인물들도 "펠리티에서 티핀"을 즐긴다.[24] 화자가 필요했던 노르부는 왓슨 박사의 자리에 『킴』의 후리춘데르 무케르지를 채워 넣고, 조연이었던 그를 소설의 지배적인

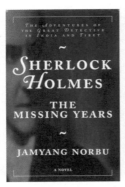

사진 39 미국판, 영국판, 다시 미국판

목소리로 승격시켰다. 노르부는 서문에서 코난 도일을 처음 읽었을 때 접했던 수수께끼 같은 빅토리아 시대 용어에 대해 이렇게 말한다. "이야기를 처음 접하는 티베트 소년에게는 세부적인 내용들이 다소 당혹스러웠다. 'gasogene(탄산수 제조기)'은 일종의 휴대용 가스 난로고 'Penang lawyer(머리 부분에 봉을 박은 지팡이)'는, 세상에, 페낭 출신의 변호사라고 한동안 생각하고 다녔다. 하지만 이런 사소한 장애물들은 이야기를 감상하는 데는 전혀 방해되지 않았다."[25] 그런데 이 용어들은 티베트 출신 소년들에게만 이해하기 어려운 것이 아니다. 나도 'gasogene'과 'Penang lawyer'의 의미를 찾아 보아야 했다. 노르부는 역사 소설을 이용하여 문학이라는 경기장의 높이를 고르게 맞춘다. 그는 키플링과 코난 도일의 가상의 세계와 그 언어를 현대 영국 작가 못지않게 완벽하게 익힌다.

노르부의 후리는 『킴』에서처럼 대영제국의 첩보기관 정보원으로 활동한다. 하지만 그는 봄베이에 막 도착한 의문의 노르웨이인

(다름 아닌 변장한 셜록 홈즈)의 동기를 떠보기 위해 파견되고 이내
적수를 만난다. 후리는 해운 회사의 안내인인 척 나름대로 변장을
해 환심을 사려 한다. "사트야나라얀 사타이라고 합니다. 입학은
못했어요, 알라하바드 대학교에." 하지만 홈즈는 즉시 후리의 과거
사실에서 모순된 부분을 알아차린다. "당신은 아프가니스탄에 가
본 적이 있는 것 같군요(『주홍색 연구』에서 홈즈와 왓슨이 처음 만났을
때 홈즈가 왓슨에게 한 유명한 말이 여기에서 멋지게 사용된다)." 당황한
후리는 키플링의 등장인물 바부처럼 과장된 말투로 버럭 소리를
지른다.

> 뭐라고요…! 오, 아니, 아닙니다, 선생님. 저는 아우드에서 제일 겸
> 손한 힌두교 신자입니다. 지금은 꽤 괜찮은 해운 회사의 **임시** 대
> 리인으로 반-공식적인 위치에 있어요. 보수 높고 돈 잘 버는 일을
> 하고 있다고요. 아프가니스탄이라고요? 하! 하! 아니, 선생님, 그
> 나라는 지독하게 춥고, 필수적인 시설이며 문명화된 편의시설도
> 없는 데다, 원주민들은 전부 야만인들(최악의 이슬람교도들)을 살해
> 하고 있어서 영국법의 위엄으로는 구제할 수도 없는걸요. 그런데
> 왜 내가 아프가니스탄에 갑니까?

홈즈는 속지 않는다. "'글쎄, 왜일까요?' 그는 다소 불길하게 들
리는 낮은 웃음소리를 내며 말했다."[26] 후리의 문제는 그가 만나본
유럽인 중에 오리엔탈리즘의 선입견에 사로잡히지 않은 사람은 셜
록이 처음이라는 것이다. 실제로 셜록은 그의 본모습을 알아본다.

노르부는 단순히 후리를 놀리는 것이 아니다. 오히려 그는 기민한 비밀 요원이라는 키플링의 묘사를 기반으로, 첩보원이자 민족지학자로서 후리의 능력을 돋보이게 한다. 소설의 표제지에서 우리는 그가 『킴』에서 환상을 품었던 것처럼, 실제로 왕립학회 회원이 되었고, 캘커타와 상트페테르부르크의 여러 학회의 회원이 되었음을 알게 된다. 소설이 진행됨에 따라, 후리와 홈즈는 티베트에 침입하는 중국인 적들에게 맞서면서 서로에게서 많은 것을 배우고 절친한 친구가 되어 헤어진다. 『킴』에서 묘사된 후리의 모습인 흥분 잘하고 미신을 믿는 제국의 충성스러운 하인은 내 몇몇 인도 친구들에겐 불편하게 읽히겠지만, 대영제국은 노르부의 관심사가 아니다. 노르부는 중국 제국주의를 향한 자신의 공격을 강화하기 위해 애정 어린 패러디 형식으로 키플링을 파헤친다.

노르부는 후리를 철저한 합리주의자로 만들어 키플링을 넘어서고, 반면에 신비한 구도자 홈즈는 그의 강력한 관찰력을 이용해 세속적 환상의 베일을 뚫는다. 소설이 진행됨에 따라 우리는 홈즈의 코카인을 흡입하는 습관이 삶의 본질이 고통이라는 불교의 인식이 정서에 미치는 영향력을 무디게 하기 위한 시도임을 알게 된다. 홈즈와 후리가 티베트에 도착하자 홈즈는 내면의 보디사트바bodhisattva(산스크리트어로 구도자라는 뜻 – 옮긴이)와 접촉한다. 그는 마약을 끊고 신들에게 경의를 표하면서 이렇게 선언한다. "이제부터 과학, 논리, 그리고 허버트 스펜서Herbert Spencer(1829~1903, 영국의 사회학자, 철학자, 심리학자 – 옮긴이) 씨는 더 이상 존재하지 않는다. 신들에게 승리를Lha Gyalo!"[27] 티베트에서 홈즈와 후리는 모리아티 교수

못지않은 악당의 공격을 받고, 교수는 환생한 승려로 밝혀진다. 홈즈 또한 "화이트 가루다 사원의 전 원장이며 오컬트의 대가 중 한 명인 그 유명한 강사르 툴쿠 trulku(열반에 들기를 포기하고 중생 구제를 위해 세상 속으로 다시 태어난 깨달은 자-옮긴이)"의 환생임이 밝혀진다.[28] 극적인 대립 속에서 모리아티와 홈즈는 영적 능력을 사용하여 필사적으로 싸운다. 모리아티가 패하고, 공산주의 이전 시대의 남은 기간이나마 티베트를 지배하려 했던 그의 중국 지지자들의 목표는 좌절된다.

잠양 노르부는 셜록 홈즈를 이른바 티베트 문학의 영역으로 가지고 오면서, 그의 정치적 목적을 위해 위대한 탐정을 재창조하는 것 이상의 일을 해냈다. 또한 원작에는 이미 내재되어 있지만 서양 독자들에게는 거의 알려지지 않은 영적인 차원을 드러냈다. 가령 어느 이야기에서 홈즈는 왓슨에게 이렇게 묻는다. "이 비참함과 폭력과 공포의 순환은 어떤 목적을 위해 사용되는 것일까요? 이것은 반드시 어떤 목적이 있어야 합니다. 그렇지 않으면 우리 우주는 상상할 수 없는 우연에 지배를 받게 됩니다. 하지만 어떤 목적일까요? 인간의 이성으로는 결코 답을 찾을 수 없는 크고 영원한 문제가 있습니다."[29]

키플링과 코난 도일을 창조적으로 다시 읽음으로써 탄생한 노르부의 『셜록 홈즈의 만다라』는 장르 소설과 정치적 주제를 메타픽션 형식으로 혼합한다. 이 책에서 티베트 불교는 종교와 과학, 고대와 현대, 동양과 서양의 이상적인 조화 속에서 탐욕과 정복욕을 초월하는, 전 세계를 위한 도덕적 자원임을 보여준다. 이 책은 프랑스어, 독일어, 헝가리어, 스페인어, 베트남어를 비롯해 많은 나라의 언어로 번역되었다. 이 책의 세계적인 활약이 보여주는 더 큰 반전은 2003년 미국에서 원제『셜록 홈즈의 만다라』로 재출간되었다는 것이다. 앞 사진들 중 세 번째 표지인데, 이 소설의 여러 번역본들이 만다라나 사원의 이미지를 통해 티베트의 정통성을 뒷받침하는 것과 달리 새 판본은 그런 이미지들을 포함하지 않았다. 대신 포스트모던 시대의 독자를 대상으로 한다. 표지는 미국 화가 마크 탠시Mark Tansey의 회화 〈인간에 대한 데리다의 질문Derrida Queries de Man〉 속 묘사로, 홈즈와 모리아티로 위장한 위대한 해체주의자들이 라이헨바흐 폭포 위 좁은 길에서 몸싸움을 벌이고 있다. 그들 주변의 우뚝 솟은 절벽들은 돌이 아닌 텍스트로 이루어져 있다.

도나 레온과 D. A. 미샤니의 소설들처럼,『셜록 홈즈의 만다라』는 먼 곳의 독자에게도 재미와 교훈을 동시에 선사함으로써 전 세계 독자들에게 다가가는 범죄 소설의 힘을 증명한다. 이 소설은『티베트의 그림자Shadow Tibet』에 실린 한 에세이에서 노르부가 피력한 희망을, 정치적 행동이 실패한 곳에서도 문학은 성공할 수 있음을 구체적으로 보여준다.

어쨌든 루쉰의 작품들은 그의 숙적 국민당의 선전과 이념보다 오래 살아남았고, 중국 공산당과 그 당원과 지지자들이 사라진 뒤에도 오랫동안 계속해서 읽히고 존경받으리라는 것은 의심할 나위가 없다. 좋은 문학은 독재보다 오래 지속될 수 있을 뿐더러 나아가 히틀러나 스탈린, 마오 같은 이들이 남긴 황폐해진 정치적 · 심리적 황무지들을 재생하는 효과도 있는 것 같다.

그러므로 니체는 틀렸고 사도 요한은 옳았다. "태초에 말씀이 있었으니…"[30]

45

줌파 라히리

축복받은 집

Jhumpa Lahiri, Interpreter of Maladies

루슈디나 노르부 같은 망명자와 국외 이주자들이 만들어낸 인도 문학의 세계화는 이후 이민자 자녀들의 작품에서 한층 더 발전한다. 그들은 부모 세대와 전혀 다른 나라에 살지만 여전히 삶 속에 존재하는 부모들의 고국을 한 세대라는 거리를 두고 회고한다. 줌파 라히리는 퓰리처상 수상작인 단편집 『축복받은 집』(1999)에서 이러한 관심사를 감동적으로 표현한다. 라히리는 부모가 인도에서 영국으로 이주한 뒤 1967년 런던에서 태어났고, 이후 두 살 때 아버지가 대학 사서직을 얻게 되어 미국 로드아일랜드주로 이사했다. 이전 세대의 이민자들은 대개 고국과 거의 접촉이 없었지만,

라히리의 어머니는 그녀가 인도에 있는 친척들과 연결되어 있기를 바랐다. 라히리가 성장하는 동안 가족들은 벵골로 자주 여행을 갔기 때문에, 라히리는 그 경험을 통해 다소 거리감은 있었지만 지속적인 연결을 느낄 수 있었다.

루슈디의 『이스트, 웨스트』와 마찬가지로, 라히리의 『축복받은 집』은 아홉 편의 단편으로 구성되어 있다. 일부는 인도를 배경으로 나머지는 미국을 배경으로 하며, 효과적인 구성을 위해 아홉 편 중 세 편만 인도에서 일어나는 일을 다룬다. 등장인물들은 대개 미국에 영구적으로 정착한 이민자 본인이 아닌 그 자녀들이다. 하지만 그들의 삶은 여전히 잠정적이고 상당히 불안정하다. 첫 번째 단편 「일시적인 문제A Temporary Matter」는 젊은 부부인 아내 쇼바와 남편 슈쿠마의 이야기다. 각각 애리조나와 뉴햄프셔에서 자란 그들은 매사추세츠주 캠브리지에서 열린 벵골 시인들의 시낭송회에서 만나 시인들이 쓰는 문학적인 벵골어를 이해하기 어렵다는 이야기를 하면서 가까워졌다.

라히리는 그들의 식료품 저장실에 인도 향신료와 이탈리아 파스타가 뒤섞여 있는 장면과 같은 세부적인 상황을 예리하게 관찰함으로써 두 문화 속에서 자란 쇼바와 슈쿠마의 생활을 묘사한다. 라히리는 보스턴 대학교에서 르네상스 시대 연극으로 박사 학위를 받았고, 이야기는 부부의 아파트라는 무대에서 거의 단막극처럼 전개된다. 부부는 몇 달 전 첫 아이를 사산해 그 슬픔을 극복하기 위해 고군분투한다. 표현되지 않는 그들의 감정은 마을이 정전되어 촛불을 밝힌 몇 차례의 저녁 시간 동안 고조되고, 제목 '일시

사진 40 코나라크의 태양신 사원

적인 문제'처럼 이야기가 끝날 무렵 그들의 결혼 생활도 일시적인
것이 될 듯해 보인다.

표제작 「축복받은 집」에는 뉴저지 출신의 젊은 부부 라즈 다스
와 미나 다스, 그들의 미국인 3세 자녀 티나, 로니, 보비가 등장한
다. 인도에서 휴가를 보내는 동안 가족은 복잡하게 뒤얽힌 연인들
의 에로틱한 조각들로 유명한 코나라크의 거대한 태양신 사원을
방문한다(사진 40).

그들은 카파시 씨(이름은 나오지 않는다)라는 가이드의 안내를
받는데, 그는 병원에서 일하며 받는 수입을 보충하기 위해 관광 안
내 일을 병행한다. 그는 여러 언어를 할 줄 아는 능력을 이용해 병
원에서 구자라트어를 쓰는 많은 환자들과 그 언어를 모르는 의사

사이에서 통역을 하는 '질병 통역사'로 일한다. 투어가 진행되면서, 카파시 씨는 지루해하는 라즈와 매력적이지만 자기중심적인 미나를 불편하게 여긴다. 이 부부는 아이들이 부모의 이름까지 부르며 투덜대는데도 아이들을 훈육하지 못하기 때문이다. 관광객들은 사원의 복잡한 조각들을 겨우 흘깃 쳐다만 본다. 라즈는 조각들을 보고 "cool"[31]하다고 말하고 미나는 "neat"하다고 말한다. "카파시 씨는 그 말이 정확히 무슨 의미인지는 모르겠지만 호의적인 반응이라는 느낌이 들었다."[32] 그런데 그는 미나에게 조각들을 자세하게 가리키는 동안 그것들이 새롭게 보이기 시작한다. "카파시 씨는 사원에 수없이 많이 가보았지만, 상반신을 드러낸 여자들을 바라보면서 문득 아내가 완전히 벗은 몸을 본 적이 없다는 생각이 들었다."[33]

라즈는 아이들과 떠나고, 카파시는 미나와 단둘이 남게 된다. 그는 갑자기 친밀감을 느끼면서 미나와 편지로 우정을 쌓는 상상을 한다. 그러다 그들이 자세히 들여다보았던 정열적인 인물들에게 감동을 받아서 그랬는지, 뜻밖에 미나가 그에게 고백한다. 보비는 남편의 아이가 아니며 남편의 친구인 펀자브인과 하룻밤을 보낸 결과물이라고. 카파시는 미나가 자신의 결혼 생활 문제를 그가 통역해주길 바란다고 여기고, 그녀가 라즈에게 이 사실을 전하기로 결정한다면 자신이 중재하게 되리라 상상한다. 하지만 미나의 감정을 캐물으려는 순간 카파시의 노력은 역효과가 난다.

그는 문제의 핵심에 도달하기 위해 가장 명백한 문제부터 시작하기로 결심하고 이렇게 물었다. "다스 부인, 당신이 실제로 느끼는 감정은 고통입니까, 죄책감입니까?"

그녀는 그를 향해 돌아서서, 서늘한 분홍빛 입술에 겨자씨 기름을 잔뜩 묻힌 채 그를 노려보았다. 그녀는 무슨 말을 하려고 입을 열었지만, 카파시 씨를 노려보는 순간 어떤 인식이 눈앞을 스치는 듯해 이내 입을 다물었다. 그는 이 상황에 좌절감을 느꼈고, 그 순간 자신이 제대로 무시조차 당하지 못할 만큼 별 볼 일 없는 존재라는 걸 깨달았다.[34]

편지를 통해 유대감을 갖는다는 카파시의 상상은 결코 실현되지 않을 것이다.

『축복받은 집』에 실린 대부분의 단편은 이민 2세대에 관한 것이지만, 마지막 단편 「세 번째이자 마지막 대륙The Third and Final Continent」에서 라히리는 그녀의 부모가 겪은 이민 경험을 소설화하여 들려준다. 이야기의 화자는 젊은 벵골인으로, 그는 대학에 가려고 캘커타에서 런던으로 이주한 뒤 MIT에서 사서로 일하기 위해 매사추세츠주 캠브리지로 거처를 옮겼다. 첫 번째 단편에서처럼, 그가 미국 생활에 적응하는 모습 역시 식생활 등의 가정 생활과 연관된다. "당시 나는 아직 소고기를 먹지 않았다. 우유를 사는 단순한 집안일조차 내게는 생소했다. 런던에서는 매일 아침 병에 든 우유가 집으로 배달되었다."[35]

부모는 그를 위해 결혼을 주선했고, 그는 미국으로 이사하기 전 캘커타의 고향 집에 가서 결혼식을 올렸다. 이야기 초반에 그는 아직 첫날밤을 치르지 않은 아내 말라가 미국에 도착하길 초조하게 기대하고 있다. 그는 크로프트 부인이라는 어느 노부인의 집에 방을 얻어 살고 있었지만, 말라가 도착할 때를 대비해서 작은 아파트로 이사했고, 말라는 그곳에서 서툴게 정착하기 시작한다. 처음 몇 주를 어색하게 보내면서 그는 그녀에게 진실한 감정을 전혀 느낄 수 없다는 걸 깨닫는다. 결혼 생활이 실패할 것 같다고 느끼던 어느 날, 그는 그녀와 함께 크로프트 부인을 방문하고 부인은 말라에게 "완벽한 숙녀!"라며 단언한다.[36] 부인의 옛날식 표현은 그녀가 백 살이 넘은 고령의 노인인 탓이다. 크로프트 부인은 말라가 현대 미국에 어울리지 않는다고 생각하기보다 오히려 말라에게 유대감을 느끼는데, 아마도 말라의 옷차림과 태도에서 영국령 인도의 여운을 느끼고 자신의 젊은 시절을 떠올렸는지 모른다. 화자는 말한다. "나는 크로프트 부인의 거실에서 경험한 그 순간을 말라와 나 사이의 거리가 좁혀지기 시작한 순간이라고 생각하고 싶다."[37]

『축복받은 집』은 루슈디의 『이스트, 웨스트』에 대한 대답이자, 심지어 그에 대한 비판으로도 여겨질 수 있다. 마술적 리얼리즘은 가정적 리얼리즘으로 대체되어, 발리우드식 현란함이 아닌 절제된 웅변으로 전달된다. 화자와 크로프트 부인이 반복해서 이야기하는 토론 주제는 최근에 있었던 미국 최초의 달 착륙에 대해서다. "나는 우주비행사들이 인류 역사상 누구보다 먼 거리를 여행하여 '고요의 바다' 기슭에 착륙했다는 기사를 읽었다."[38] 가상의 행성에서 외계 생명체들에게 맞서는 〈스타 트렉〉의 '용감한 우주비행사들' 대신, 우리는 실제 달에 있는 우주비행사들에 대해 듣는다. 이 획기적인 항해는 화자와 아내의 항해와 대조된다. "나처럼 말라도 집을 떠나 멀리 이곳으로 왔다. 내 아내가 되겠다는 것 외에 아무런 이유도 없이, 어디로 가는지 무엇을 발견할지 알지 못한 채."[39]

이야기가 끝날 무렵, 하버드에 다니는 부부의 아들이 등장한다. "그가 낙담할 때마다 나는 세 개의 대륙에서 살아남을 수 있다면 정복하지 못할 장애물은 없을 거라고 아들에게 말한다. 영원한 영웅인 우주비행사들이 달에서 보낸 시간이 고작 몇 시간이라면, 나는 이 새로운 세계에서 거의 삼십 년을 머물렀다."[40] 매사추세츠주 캠브리지라는 지구촌 지역의 긴장과 기회를 드러내기 위해 극적인 암살, 마법의 유물, 화려한 언어 능력은 필요하지 않다. 라히리의 화자는 이 이야기의 마지막이자 이 책의 마지막 구절에서 이렇게 말한다. "나는 내가 지나온 모든 걸음걸이, 내가 먹은 매 끼니, 내가 아는 각 사람, 내가 잠을 잔 모든 방 하나하나에 어리둥절해질 때가 있다. 모든 것이 평범해 보이지만, 내 상상을 넘어설 때가 있는 것이다."[41]

10장

상하이-베이징

Shanghai

서역기행

Beijing

오승은

서유기

Wu Cheng'en, Journey to the West

인도에서 중국으로 동쪽을 향해 이동해, 중국에서 인도를 향해 서쪽으로 이동하는 소설로 이번 장을 시작하겠다. 『서유기』는 7세기 무렵 17년 동안 중앙아시아와 인도를 여행하며 공부한 현장Xuanzand이라는 승려의 실제 여행을 기반으로 한다. 그는 6백 편이 넘는 귀중한 불경을 수집하여 645년 마침내 중국으로 돌아왔고, 동료들과 산스크리트어 원문을 번역하고 해설을 작성하면서 여생을 보냈다. 현장법사의 황제는 그가 경험한 획기적인 여행을 기록하도록 요청했고, 그의 『대당서역기Great Tang Records of the Western Regions』는 약 천 년이 지난 뒤 중국 전통 소설의 '사대 고전' 중 하나인 『서유기』

의 기반이 되었다.

1592년 익명으로 발표된 『서유기』는 명나라의 하급 관리 오승은이 쓴 것으로 일반적으로 알려져 있다. 오승은의 설명에 따르면, 현장법사는 삼장 즉 '세 개의 바구니'로 불리는데, 이는 그가 고향에 가지고 온 세 가지 범주의 불교 경전을 이른다. 현장법사는 자비의 여신 관음보살이 그를 위해 보내신 네 명의 기상천외한 동료들과 함께 여행한다. 교화된 강의 요괴, 인간화된 돼지, 말로 변신한 용, 가장 중요한 인물로 말 많고 제멋대로 날뛰는 원숭이 손오공, 즉 '공空을 깨달은 원숭이'가 바로 그들이다. 이들이 모두 모여 일종의 경전 원정대가 된다. 100개의 장이 진행되는 동안 그들은 야생동물부터 산적, 악귀에 이르기까지 여든한 차례의 위험과 시련을 극복하고, 마침내 인도에서 목적을 이루고 부처에게 직접 불경을 선물 받는다.

역사적 인물 현장은 황제가 해외여행을 금지했음에도 불구하고 인도로 모험을 떠난 순례자였지만, 오승은은 이야기에 유교적인 무게를 덧붙인다. 그는 삼장을 황제의 충실한 신하로 그리고, 황제는 그에게 불경을 찾도록 명령하며, 첫 장과 마지막 장은 16세기 제국의 통치 상황과 관료주의에 대한 우려들로 이야기를 구성한다. 더욱이 서사의 많은 부분을 차지하는 여든한 차례의 모험에는 대중적인 도교에서 흔히 볼 수 있는 연단술과 변신 장면이 등장한다. 현장이 불교 경전 분석과 철학적 논쟁에 전념했다면, 오승은의 화자는 세계를 근본적으로 정신의 구조물로 보고 침묵의 명상을 통해 의미를 가장 잘 파악할 수 있다는 도교의 관점으로 이해한다.

어느 시점에서 삼장과 손오공은 산스크리트어 문헌인 『반야심경』의 의미에 대해 논쟁을 벌이고 있다. "'이 원숭이 놈아!' 삼장이 쏘아붙였다. '감히 내가 『반야심경』의 해석을 모른다고 말하는 것이냐! 그러는 너는 어떠하냐?'" 손오공은 해석할 수 있다고 주장하지만 이내 침묵한다. 돼지와 요괴가 손오공은 무지해서 답을 못하는 것이라며 놀리자 삼장이 그들을 나무란다. "비난을 멈추어라!" 그가 말한다. "오공은 그것을 말로 표현할 수 없는 언어라고 해석한 것이다. 이것이야말로 진정한 해석이다."[1]

소설에 따르면 부처는 중국에서 이렇게 말한다. "중국인들은 탐욕스럽고 욕정이 가득하며 살인을 일삼고 다투기를 좋아한다. 그들이 참된 경전을 알면 얼마간 개선되지 않겠느냐?" 그래서 부처는 중국 황제에게 영감을 주어 경전 '세 바구니'를 받아올 순례자를 보내도록 했다. "바구니 하나는 극락을 설명하는 비나야Vinaya가 담겨 있고, 다른 하나는 이승을 이야기하는 샤스트라tm Sastras가 담겨 있으며, 마지막 하나는 지옥에 떨어진 자들을 구제하는 수트라스Sutras가 담겨 있다. 모두 1만 5,144개 두루마리에 쓰였고 35부로 나뉜다. 이 경전들은 완전함에 이르는 길이며 선행에 이르는 유일한 관문이다."[2]

『서유기』를 읽는 모든 독자들이 기본적으로 궁금해 하는 것은 이 종교적인 우주론과 인간 세계의 사회적·정치적 지형들 사이의 관계다. 이야기를 영어로 번역한 두 명의 중요한 번역자 아서 웨일리Arthur Waley와 앤서니 유Anthony Yu는 매우 다른 접근 방식을 취했다. 4권으로 구성된 앤서니 유의 번역본은 745편의 성찰적 시를 포함한 작품 전체를 담았으며, 1백 쪽에 이르는 서문에서 이 책을 영적 자기 수양의 우화로 이해할 수 있게끔 종교적·철학적 배경을 자세하게 설명한다. 이에 따르면 손오공은 끊임없이 애쓰려는 마음을 내려놓고 깨달음을 얻어야 한다는 불교의 개념 '마음의 원숭이'를 구현한 것이다.

이와는 대조적으로 아서 웨일리의 1943년 번역본은 원작을 바탕으로 현대 소설을 창작했다(그가 이전에 『겐지 이야기』에서도 그랬던 것처럼). 웨일리는 거의 모든 시를 생략했고 원문을 과감하게 축약했으며 무법 상태인 손오공의 업적들에 초점을 맞추었다. 심지어 그는 자신의 번역본에 '원숭이'라는 제목을 붙였다. 웨일리에 따르면, 소설의 첫 일곱 개 장은 손오공의 마법적 기원(그는 돌에서 태어난다)을 자세히 설명하고, 손오공이 자신의 막강한 연단술과 스스로를 분할해 전체 원숭이 군대를 만드는 능력에 힘입어 극락을 침입한 뒤 지배하려는 시도가 거의 성공할 뻔한 과정을 그린다. 극락의 옥황상제가 하찮은 벼슬로 그를 매수하려 하지만 손오공은 만족하지 않는다. 관리들이 그를 연행하려 하자, 손오공은 옥황상제의 한계를 시험하는 힘센 장군 같은 목소리로 말한다. "당신들이 저지르지 않은 죄가 무엇이 있는가?" 옥황상제의 신하들은 분노하며 그를 비난한다. "죄 위에 죄를 쌓고도 네가 무슨 짓을 저질렀는지 깨닫지 못하느냐?" 손오공은 태연히 답한다. "맞는 말이다. 모두 다 맞는 말이다. 그래서 이제 날 어찌할 텐가?"[3]

관료주의는 저승의 세계도 지배한다. 손오공은 어둠의 땅으로 끌려가 염라대왕의 서기관들에게 자신의 기록을 찾아보라고 다그치지만, 그는 기록의 범주 어디에도 해당되지 않는다. "관리가 황급히 옆방으로 뛰어 들어가 대여섯 권의 장부를 가지고 나온 다음 열 부씩 나누어 하나하나 살펴보기 시작했다. 대머리 곤충, 털 많은 곤충, 날개 달린 곤충, 비늘로 뒤덮인 곤충. … 그는 절망하여 포기하고 원숭이 명단을 펼쳐보았다. 그러나 인간의 특성을 지닌 원숭이 왕은 찾을 수 없었다." 마침내 손오공은 기타 범주에서 자신의 이름을 찾아낸다. "혈통: 천연 산물, 주석: 돌 원숭이."[4] 여기에는 수명이 342년이라고 되어 있지만 손오공은 자신이 불멸의 존재가 되었다고 주장하고, 자신의 이름과 원숭이 부하들 이름 위에 대담하게 줄을 그어 지운다. 지하세계 관료들은 두려움에 휩싸여 그를 막지 못한다.

신비주의와 현실의 정치는 이야기 전반에 걸쳐 자연스럽게 조화를 이룬다. 이야기의 절정에서 삼장법사와 일행은 마침내 오랫동안 찾아 헤매던 인도의 성스러운 산에 다다른다. 그곳에서 부처는 두 제자에게 자비롭게 명하여 이들을 경전 보관실에 데려가, "이 승려들이 동녘에 가지고 돌아가 그곳에서 영원히 이익이 되도록"[5] 경전을 잘 선별하여 충분히 많은 양의 두루마리를 가져 가도록 한다. 모든 것이 순조롭게 돌아가는 듯하지만, 삼장법사는 부처의 제자들에게 예물을 주는 걸 소홀히 하고, 제자들은 무겁기만 한 가짜 두루마리 꾸러미를 포장해 속이는 것으로 이에 복수한다. 집으로 돌아가는 길에 순례자들은 충격적인 사실을 발견한다. 두루마리에 아무런 글자도 쓰여 있지 않은 것이다. 삼장법사는 울면서 외친다. "이렇게 글자 한 자 적혀 있지 않은 텅 빈 책을 가져가 봐야 무슨 소용이 있는가? 당나라 황제를 어찌 대면할 수 있겠는 가?"[6] 그들은 서둘러 성스러운 산으로 되돌아가고, 부처는 미소를 지으며 무슨 일이 일어날지 처음부터 알고 있었다고 대답한다. 부처는 제자들이 엉겁결에 옳은 일을 했다며, "이 텅 빈 글은 실제로 글이 적히지 않은 참된 경전들이며, 글이 적힌 경전만큼이나 훌륭하기" 때문이라고 말한다. 하지만 부처는 "당신들 동녘 땅에 사는 사람들은 너무도 어리석고 깨달음이 없으니, 이제 당신들에게 글이 적힌 경전을 내어주지 않을 수 없다"라고 인정한다.[7] 아타르의 『새들의 회의』에서 깨달음에 이르는 길은 미혹과 무無의 영역을 관통하는 것이듯, 이 지점에서 언어와 인식은 한계에 다다른다.

아서 웨일리의 원숭이가 중심인 축약본이든 앤서니 유의 방대한 판본이든 『서유기』는 역작이며, 현세의 문학과 **초월적** 문학을 모두 다룬 훌륭한 작품이다. 백 편의 칸토로 이루어진 단테의 『신곡』과, 희극적인 불운들로 이루어진 장황한 서사를 바탕으로 역시나 이상주의적인 주인과 그의 현실적인 동반자가 중심인 『돈키호테』를 결합한다면 유럽 문학계에서도 『서유기』와 유사한 효과를 얻을지 모른다. 세르반테스는 1592년 오승은의 걸작이 등장한 지 불과 몇 년 뒤인 1605년 『돈키호테』 1권을 발표했다. 이 두 위대한 작가는 서로를 알 리 없었지만, 그들의 주인공인 돈키호테와 삼장법사, 그리고 그들의 조수인 산초 판자와 손오공은 단테가 말한 것처럼 "우리 인생 여정의 한가운데에서nel mezzo del cammin de nostra vita 먼 길을 함께 걸을 수 있었다."

47

루쉰

아Q정전과 그 밖의 이야기들

Lu Xun, The Real Story of Ah-Q and Other Stories

오승은이 현장법사의 '서쪽으로의 여행'을 극화했다면, 현대 중국 문학을 대표하는 인물 중 한 명인 루쉰은 '동쪽으로의 여행'에서 인생의 방향을 발견했다. 루쉰은 1904년 일본으로 가서 의학 공부를 시작했고, 어느 교수가 수업 시간에 보여준 사진 한 장 때문에 진로를 바꾸었다. 교수는 러일 전쟁(1904~1905) 당시 일본이 점령한 만주에서 일본 군인이 중국인 첩보원을 참수하려 하고 중국인 군중들은 그 광경을 소극적으로 구경하고 있는 사진을 자랑스럽게 보여주었다. 주위 학생들이 박수를 치는 모습에 충격을 받은 루쉰은 문학을 위해 의학을 포기하기로 결심했다. 그는 첫 단편집

『납함吶喊』 서문에 이렇게 썼다. "국가가 육체적으로 아무리 건장한들 국민이 지적으로 허약하다면 그들은 총알받이가 되거나 물끄러미 쳐다보는 구경꾼이 될 뿐이니 질병으로 죽는 이가 많다 해도 애석해할 이유가 없을 것이다. 우리의 첫 번째 과제는 그들의 정신을 개조하는 것이었으며 당시 나는 이 목적을 위한 최선의 수단이 문학과 예술이라고 판단했다."[8]

루쉰은 유교적 전통을 세우는 데는 거의 관심이 없었다. 그를 비롯한 많은 개혁가들은 유교적 전통을 완전히 없애야 한다고 생각했고, 루쉰은 영감을 얻기 위해 세계 문학으로 눈을 돌렸다. 1907년 도쿄에서 루쉰과 그의 동생 저우쭤런은 서양 문학 번역 잡지 〈새 생명Xinshen〉(잡지 이름 자체가 단테의 『새로운 인생Vita Nuova』를 떠올리게 한다)을 발행하기로 계획했다. 그러나 기대했던 기고자들과 후원자들이 중도 하차했고 잡지는 빛을 보지 못했다. 루쉰은 『납함』 서문에서 역설적으로 이렇게 말한다. "우리의 '새 생명'은 결국 사산되고 말았다."[9]

실패에도 불구하고 형제는 중국으로 귀국하자마자 잡지 사업에 대대적으로 착수했다. 특히 그들은 중국 '신문화' 운동에서 가장 중요한 잡지 〈새 청년〉과 밀접한 관계를 맺었다. 이 잡지는 1915년 상하이의 프랑스 조계지에서 〈청년Qīngnián〉과 〈젊음La Jeunesse〉이라는 두 가지 제목으로 처음 발행되었다. 다음 해에 프랑스 제목은 사용을 중단하고, 중국어 제목 'Xīn Qīngnián' 즉 '새 청년'으로 바꾸어 현대화를 강조했다. 편집자들은 서양식 단편소설 등 새로운 문학 형식을 도입했고, 엘리트 문학 작품에 사용되던 양식화된 고

사진 41 <새 청년>

전 중국어 대신 서민들의 토착어를 향상시키려 노력했다. 그들은 새로운 시와 소설을 출판했고, 라 마르세예즈La Marseillaise에서 오스카 와일드에 이르기까지 많은 작품을 번역하여 중국의 한자와 로마의 알파벳을 자유롭게 배치했다(사진 41).

중국과 서양의 글자를 상호 교차시킨 잡지의 배열은 루쉰의 가장 유명한 작품 『아Q정전』(1921~1922)의 시작 부분에 특징적으로 나타난다. 루쉰은 소설 서문에서 아Q에게는 지금은 역사에서 사라진 'Quei' 같은 제대로 된 중국 이름이 있었을 거라고 주장한다. 그는 "공자는 '이름이 바르지 않으면 그 말이 진실하게 들리지 않을 것이다'라고 말하지만, 나는 아Q의 성이 무엇인지 모른다"라고 밝힌다.[10] 루쉰이 어느 학자에게 자문을 구할 때, 학자는 <새 청년>이 로마 알파벳을 옹호한다고 비난하면서 "아무도 아Quei의 철자조차 제대로 파악하지 못할 정도로 민족의 본질을 손 쓸 수 없는 쇠퇴의 길로 몰고 갔다"라고 말한다. 이에 루쉰은 다음과 같이 결정한다. "파악하기 어려운 Quei를 편의상 영어 알파벳으로 줄여서 Q, 아Q라고 표기하는 수밖에 달리 방법이 없다. 이 타협은 나를 〈새 청년〉의 담당자들 같은 변절자들 수준으로 끌어내린다." 그리고 그는 "나에게 유일하게 위안이 되는 것은 '아'라는 글자가 완벽하게 정확하다는 사실이다"라고 덧붙인다.[11]

혁명의 변화가 마을을 휩쓰는 동안 아Q는 삶을 헤매고 있다. 타고르의 『집과 세상』에서처럼, 혁명가들과 지방의 관리들은 자신의 이익을 위해 서로 협력한다. 이야기가 끝날 무렵 아Q는 그가 저지르지 않은 강도 행위로 처형된다. 치안 판사는 책임을 물을 누군가가 필요하기 때문이다. 일종의 중국판 캉디드인 아Q는 자신의 죽음을 당연하게 받아들인다. "사실 그는 이 상황을 그렇게 나쁘게 여기기 않았다. … 변화무쌍한 인생에서 두려움, 차분함, 여명의 감각 사이를 오가다 보면, 사람은 때로 목이 잘릴 운명을 맞기도 하는 것이다."[12]

루쉰은 「광인일기」(1918)에서 혁명과 반동, 온전한 정신과 광기 사이의 아주 작은 차이를 탐구했다. 고골의 『광인일기』에 느슨하게 바탕을 둔 루쉰의 단편은 날카로운 사회 풍자, 분절된 형식, 토착어 산문체 사용으로 독자들에게 충격과 영감을 주었고, 토착어로도 문학적 가치가 높은 작품을 쓸 수 있음을 증명했다. 작품에 흐르는 주제는 과거와의 단절에 맞서는 사람들의 저항이다. 루쉰의 광인은 마을 사람들이 자신을 죽여서 잡아먹으려 한다고 믿는다. 그는 사람들이 자신에게서 등을 돌리기 시작한 건 "이십 년 전,

내가 낡은 출납 장부를 발로 밟은 적이 있는데, 그 후부터 그들은 나의 적이 되었다"라고 생각한다.[13]

　이야기는 루쉰이 의학 공부를 하면서 익힌 현대식 용어에 진지한 고전 중국어를 뒤섞은 서문으로 시작한다. 하지만 자세히 읽어보면 '의학 연구에 도움이 될 수 있는', 겉으로는 명확해 보이는 '피해망상증'의 객관적인 사례 연구가 아닌가 의심하게 만든다. 화자는 일기를 발견하게 된 상황을 기술하는 것으로 이야기를 시작한다.

> 학교에서 나는 두 형제와 절친한 친구 사이가 되었다. 그들의 이름은 언급하지 않겠다. 그러나 졸업 후 세월이 흐르면서 우리는 차츰 연락이 끊겼다. 얼마 전 우연히 그들 중 한 명이 심각한 병에 걸렸다는 소식을 접하고는 고향에 가는 길에 여정을 멈추고 그들을 방문했다. 집에는 두 형제 중 한 사람만 있었는데, 그는 병을 앓았던 이는 동생이라고 나에게 말했다. 그는 내게 걱정해주어 고맙다고 말하면서, 동생은 오래전에 완전히 회복되었고 지금은 고향을 떠나 적절한 관직에 빈자리가 나길 기다리는 중이라고 했다. 그는 활짝 미소를 지으며 당시에 동생이 썼던 두 권의 일기를 나에게 보여주었다.[14]

　모든 내용이 괜찮아 보이지만, 루쉰은 왜 형제 중 한 명을 광인으로 만들었을까? 왜 그들의 이름을 밝히지 않겠다고 하는 걸까? 여기에서 핵심 구절은 "집에는 두 형제 중 한 사람만 있었는데, **그**

는 병을 앓았던 이는 동생이라고 **나에게 말했다**"일 것이다. 화자는 누가 형이고 누가 동생인지 알고 있을까? 우리가 정말 제정신인 형제를 만나고 있고, 그가 미친 사람이 아니라는 걸 확신할 수 있을까? 이 익명의 형제가 일기를 건넬 때 활짝 미소를 지은 건 대체 무슨 의미일까?

화자가 광인을 만난 거라면, 진짜 형은 어떻게 되었을까? 일기는 유명한 마지막 기록으로 끝난다. "인육을 먹어보지 않은 아이들이 혹시 아직도 있을까? 아이들을 구하라…."[15] 어쩌면 광인은 이 절망적인 글을 쓴 뒤 정신을 되찾고 엄격한 시험에 통과하여, 지금은 정직하고 선량한 시민이 되어 있을지 모른다. 그러나 다른 가능성도 동일하게 존재한다. 그는 형이 자신을 죽이고 잡아먹으려 한다고 확신하고 먼저 공격을 가한 것이다. 제정신인 화자는 형제의 집을 방문하면서 자신이 과학과 합리의 세계에 살고 있다고 생각하지만, 이제 곧 형제의 디저트가 될지도 모를 일이다.

루쉰은 『납함』 서문에서 〈새 청년〉에 기고해 달라는 친구의 요청으로 이 단편을 쓰게 되었다고 말한다. 처음에는 이 요청을 거부했다. "나는 이렇게 대답했다. '감옥을 상상해보자. 창문도 문도 없고 절대로 부술 수도 없는 이곳에 수많은 사람들이 깊이 잠들어 있고, 모두들 곧 질식해서 죽게 될 것이다. 그들이 잠든 채 죽게 내버려 두면 아무것도 느끼지 못할 것이다. 그런데도 소리를 질러 그들 중 잠귀가 밝은 사람들을 깨우고, 죽기 전에 위로조차 할 수 없는 고통을 겪게 하는 것이 옳은 일일까?'" 그의 친구가 대답한다. "그러나 비록 우리가 그 소수의 사람들만 깨우는 데 성공한다 해도 희망이 있다. 언젠가는 감옥이 무너지리라는 희망이." 루쉰은 마지못해 동의한다. "그가 옳았다. 아무리 애를 썼지만, 내 안에 있는 희망이란 느낌을 도저히 지울 수 없었다."[16]

그는 자신의 작품의 지배적인 분위기인 비관주의가 독자들을 낙담하게 만들 뿐이었다는 사실에 줄곧 괴로워했다. "나는 젊은 세대들(나 역시 젊은 시절에 꿈꾸었던 영광스러운 꿈을 꾸고 있는)에게 나를 괴롭힌 외로움을 전염시키고 싶지 않았다."[17] 루쉰은 동포들의 영혼을 치유하기 위해 의학에서 문학으로 방향을 돌렸지만, 이제 자신의 이야기가 치유가 필요한 바로 그 질병을 퍼뜨릴까 봐 두려웠다. 그러나 루쉰이 비관주의와 희망 사이에서 심리적 내전을 겪으며 쓴 결과물인 「광인일기」는 문학적 혁명을 일으켰다. 다음 항목에서 살펴보게 될 장아이링은 한 세대가 지난 후 새로운 시대의 세계 전쟁에 휘말린 중국에서 토착 언어의 혁명을 한층 더 발전시킨다.

48

장아이링

경성지련

장아이링(1920~1995, 에일린 창Eileen Chang이라고도 알려져 있다)은 중요한 현대 중국 작가 중 한 명인 동시에 중국 문학계에서 가장 세계적인 인물이기도 하다. 장아이링은 19세기 중반 이후 영국인, 프랑스인, 미국인이 정착해온 중국에서 가장 국제적인 도시 상하이에서 태어났다. 어머니는 영국에서 잠시 교육을 받았고, 어린 시절에는 전족을 한 채 알프스에 스키를 타러 다니기도 했으며, 훗날 외도를 일삼고 아편에 중독된 남편과 이혼했다. 장아이링은 상하이의 성공회 학교에서 영어를 배웠다. 영국 소설에 몰두하게 되었지만(가장 좋아했던 작가는 H. G. 웰스와 서머싯 몸이었다), 『홍루몽』

사진 42 홍콩의 장아이링

등의 중국 고전 소설에도 똑같이 매력을 느꼈다. 1939년 런던 대학교에서 전액 장학금을 받았지만, 제2차 중일전쟁의 격변으로 영국에서 학업을 지속할 수 없게 되자, 홍콩에 가서 영어를 공부한 뒤 상하이로 돌아와 이십 대 중반에 저명한 작가로 입지를 굳혔다 (사진 42).

그녀는 일본이 수립한 중국 괴뢰 정부에서 부역한 문학가 후란 청과 결혼했고, 그의 잦은 외도로 몇 년 후 결혼 생활을 끝냈다. 성적·정치적 배신이 중첩되는 설정은 그녀에게 문학적 주제로만 국한된 것이 아니었다. 1955년 미국으로 이주한 뒤 수년 동안 부분적인 자전 소설 『색, 계Lust, Caution』를 집필하고 수정했으며, 이후 이 작품은 2007년 대만 영화감독 이안에 의해 격정적인 (그리고 성적으로 노골적인) 영화로 만들어졌다.

일찍이 장아이링은 전통과 현대성, 쇠퇴해가는 가부장제와 태동하는 페미니즘, 아시아 문화와 유럽 문화 사이에서 아슬아슬하게 균형을 유지하는 (혹은 사로잡힌) 상하이의 복잡한 삶을 바라보는 예리한 안목을 키웠다. 1940년대 초반을 배경으로 하는 단편들은 일제 강점기에 쓰였고, 공개적인 정치적 발언을 피하고 있지만 전시 상황이 늘 배경에 깔려 있다. 「봉쇄Sealed Off」라는 단편에서, 알 수 없는 이유로 군인들이 거리를 봉쇄해 전차에 갇히게 된 남자와 여자는 순간적으로 짧은 유대감을 갖게 된다. 남자는 서양식 신문으로 싼 시금치 찐빵 몇 개를 집으로 가지고 가는 길이다.

> 찐빵에 신문지가 들러붙어, 그는 진지하게 그것을 떼어냈다. 찐빵에 잉크가 묻어 글자가 거울에 비친 것처럼 반대로 찍혀 있었다. 그는 글자를 알아볼 수 있을 때까지 자세히 들여다보았다. "부고 … 구인 공고 … 주식 시장 상황 … 지금 상영 중 …" 모두 일반적이고 유용한 표현들인데, 어째서인지 찐빵에 찍힌 글자로 읽으니 우스워 보였다.[18]

근처에서 한 의대생이 정교하게 인체 구도를 그리고 있는데, 옆자리 승객이 "이런 입체파, 이런 인상파는 요즘 너무 유행이야"라며 오인한다. 의대생이 각각의 뼈와 근육에 주의 깊게 꼬리표를 붙이는 걸 본 다른 구경꾼은 이렇게 주장한다. "이건 중국 회화의 영향이지. 요즘엔 서양 미술에도 종종 글이 추가되거든. 확실히 '동양식이 서양으로 퍼지고 있는' 한 예라고 할 수 있단 말이지."[19]

전차에 갇혀 있는 여성 우취위앤이었다면 이런 실수를 하지 않았을 것이다. 그녀는 영어를 전공했고, 지금은 졸업한 대학에서 학생들을 가르치고 있다. "대학에서 강의를 하는 이십 대 아가씨라니! 여성의 직업적 성취에 신기록을 세웠군."[20] 우취위앤은 자신의 성공에 자부심을 느끼지만, 스스로를 번역 속에서, 심지어 여러 언어의 번역 속에서 길을 잃은 사람이라고 여기며 혼란과 외로움을 느낀다. "인생은 히브리어에서 그리스어로, 그리스어에서 라틴어로, 라틴어에서 영어로, 영어에서 중국어로 번역된 성경책 같았다. 우취위앤은 그것을 읽을 때 중국어에서 상하이어로 번역했다. 어떤 것들은 번역이 되지 않았다."[21] 고지식하고 억압적인 가족에 대한 반항으로 우취위엔은 정부가 되어달라는 사업가의 갑작스러운 제안을 반쯤 수락하지만, 전차가 다시 출발하기 시작하자 사업가는 자기 껍질 속으로 숨고 추파는 허사로 끝난다. 이야기의 마지막에 우취위앤은 이렇게 회생한다. "도시가 봉쇄되는 동안 일어났던 모든 일은 없던 일이 되었다. 상하이 도시 전체가 꾸벅꾸벅 졸면서 터무니없는 꿈을 꾼 것이다."[22]

장아이링의 여러 편의 이야기들에서 전쟁 기간의 정치학은 공공연하게 성性의 정치학으로 번역된다. 중편소설 『경성지련』(1943)에서 가난한 젊은 여성 바이류쑤는 부유한 한량 판류위앤과 오랜 기간 작은 언쟁을 벌인다. 그러던 어느 날 그는 바이류쑤를 홍콩으로 데리고 가 호화로운 (그리고 이름도 적절한) 리펄스 베이 호텔Repulse Bay Hotel(repulse는 퇴짜, 거부라는 의미가 있다 – 옮긴이)에 방 두 개를

나란히 예약한다. 이 순간에도 판류위앤은 자신이 헌신하지 않아
도 바이류쑤가 자신에게 항복하길 바라는 듯 명확한 행동을 미루
고 있다. 바이류쑤는 "그가 갑자기 가식을 버리고 기습하려 들까
봐 두렵다. 하지만 그는 매일같이 신사적인 태도를 유지했는데, 그
것은 마치 부동자세로 서 있는 대단한 적을 마주하는 것 같았
다."[23] 하지만 그녀는 자신의 입장을 고수함으로써 언쟁에서 그를
훨씬 능가할 수 있었다. 어느 시점에서 판류위앤이 자신은 정직을
무엇보다 높이 평가한다고 주장하자, 바이류쑤는 그를 흘겨보며
대꾸한다. "당신이 생각하는 완벽한 여성이란 순수하고 고상하되
여전히 추파를 던질 준비가 된 사람이지. … 당신은 내가 남들 앞
에서는 착하지만 당신과 함께 있을 땐 못되길 바라잖아." 판류위앤
이 무슨 말인지 모르겠다고 말하자, 바이류쑤는 말을 바꾼다. "당
신은 내가 남들에겐 못되고 당신한테만 착하길 바란다고." 당황한
판류위앤은 불평한다.

> "지금 또 말을 뒤집는군! 당신은 날 더 혼란스럽게 만들고 있어."
> 그는 한동안 말이 없더니 이렇게 말했다. "당신 말 뜻은 그게 아
> 니야."
> 바이류쑤는 웃었다. "하, 이제야 이해하네."[24]

마침내 그들은 연인이 되고, 판류위앤은 바이류쑤를 위해 홍콩
의 언덕에 있는 한적한 집을 임대하지만 그럼에도 여전히 헌신은
하지 않는다. 1941년 12월 7일 일본은 진주만을 기습 공격한다.

바로 다음 날엔 홍콩을 침공하기 전 도시를 폭격하기 시작해 대대적인 파괴를 일으킨다. "이윽고 밤이 되자 그 죽은 도시에는 … 텅 빈 공기의 흐름만이, 어둠 속으로, 공허의 공허 속으로 들어가는 진공의 교량만이 존재했다. 여기에서, 모든 것이 끝났다." 그러나 이 충격적인 사태의 전환은 결국 판류위앤과 바이류쑤를 화합하게 한다. 오승은의 손오공을 좀 더 우울하게 표현한 버전에서 그들도 "공空을 깨닫게 된다." 장아이링은 "그들은 서로를 보고 알았다. 서로를 온전히 알게 된 것이다. 그것은 서로를 깊이 이해한 단 한 순간에 불과했지만, 그들이 함께하며 행복하게 지내기에 충분했다." 그리고 특유의 아이러니한 표현으로 이렇게 덧붙였다. "한 십 년쯤은."[25]

　　장아이링은 루쉰이 개척한 토착어를 완성했지만, 문학이 "아이들을 구하고" 새 청년 세대에게 영감을 줄 수 있다는 확신은 부족했다. 바이류쑤는 자신의 젊음이 지나가는 것을 걱정하면서 이렇게 회상한다.

　　걱정 마. 몇 년이 지나면 너는 늙을 테고 어차피 여기에서 젊음은 별로 가치가 없어. 청춘은 사방에 널려 있어. 반짝이는 새로운 눈, 부드러운 새로운 입, 영민한 새로운 두뇌를 가진 아이들이 줄줄이 태어나고 있지. 시간이 흘러 해가 갈수록 눈은 점점 침침해지고, 마음은 점점 무뎌지는데, 또 다른 세대의 아이들이 태어나. 나이 든 세대들은 진홍색과 황금색의 흐릿한 안개 속으로 빨려 들어가지. 반짝이는 황금색 작은 얼룩은 앞서간 이들의 겁에 질린 눈동자야.[26]

이야기의 마지막에 바이류쑤는 향로에 불을 피우지만, 조상을 기리거나 생존에 감사하기 위해서가 아니라 모기를 쫓기 위해서다. 화자는 이렇게 끝을 맺는다. "홍콩의 패배는 바이류쑤의 승리를 가져왔다. 그러나 이 불합리한 세상에서 누가 원인과 결과를 구별할 수 있겠는가?" 혹은 우리는 에밀 하비비의 『비관 낙관론자 사이드 씨의 비밀 생활』을 따라서 이렇게 물어볼 수 있다. 누가 낙관주의와 비관주의를 구별할 수 있겠는가? 이처럼 제국과 가족과 성별이 서로 전쟁을 벌이는 세계에서 바이류쑤는 침착한 생존자다. "바이류쑤는 역사에서 자신의 위치에 어떤 미묘한 부분이 있다고 생각하지 않았다. 그녀는 일어나서, 미소를 짓고, 모기 쫓는 향로를 발로 걷어차 탁자 아래로 밀어 넣었다." 볼테르의 퀴네공드도, 명 왕조 시대 위대한 소설 속 여자 주인공들도 그 미소의 의미를 알아보았을 것이다. "도시와 왕국을 무너뜨린 전설적인 미녀들은 아마도 모두 그러했을 것이다"라고 화자가 말한 것처럼.[27]

49

모옌

인생은 고달파

378   Mo Yan, Life and Death Are Wearing Me Out

농민 가정에서 태어난 관모예Guan Moye가 열한 살이던 1966년 문화대혁명이 발발했다. 그는 학교를 그만두고 십 년 동안 들판과 공장에서 일한 뒤 군대에 입대했다. 이때부터 글을 쓰기 시작해 필명을 모옌('그는 말할 수 없다'라는 뜻)으로 지었다. 아이러니하게도 집 밖에서는 생각을 말하지 말라는 아버지의 경고에 주의를 기울인 것이다. 중국 사회주의 리얼리즘을 배경으로 성장한 모옌은 폭넓은 독서를 시작했다. 루쉰의 작품들과 『서유기』를 포함한 고전 설화들에 강한 흥미를 갖게 되었고 서양의 소설가들과도 친분을 맺기 시작했다. 2012년 노벨상 수상 강연에서 모옌은 이렇게 말했다.

나의 문학적 영토인 가오미현 동베이향을 창조하는 과정에서 나는 미국 소설가 윌리엄 포크너와 콜롬비아의 가브리엘 가르시아 마르케스에게 많은 영감을 얻었다. 나는 두 작가의 작품을 두루 섭렵하지는 않았지만, 새로운 글쓰기 영역을 창조하는 그들의 대담하고 거침없는 방식에 용기를 얻었고, 작가는 자기에게만 속하는 장소가 있어야 한다는 것을 배웠다. … 몇 페이지만으로도 나는 그들이 무엇을 하고 있고 어떤 방식으로 해야 하는지 충분히 이해할 수 있었고, 그로 인해 내가 무엇을 해야 하고 어떤 방식으로 해야 하는지도 알 수 있었다.[28]

2006년 발표한 소설 『인생은 고달파』는 이런 모든 자료들과 그 밖의 자료들까지 종합해 1950년부터 2000년까지 중국의 서사시적 역사 이야기를 엮는다.

이야기는 1950년대의 농업 집단화 운동을 거쳐 문화대혁명, 마오쩌둥 사망, 그리고 도래한 중국의 세계적인 번영까지 이어진다. 소설 대부분의 화자를 맡은 서문뇨의 이야기는 그가 소설 첫 문장에서 말한 것처럼 1950년 1월 1일에 시작한다(1947년 인도가 독립한 순간 태어난 1001명의 아이들을 언급하는 살만 루슈디의 『한밤의 아이들』을 연상시킨다). 정치에 관심이 없는 부유한 지주 서문뇨는 공산주의자들이 마을에서 권력을 잡았을 때 총살당한다. 그는 자신이 부당하게 살해당한 것에 억울해하고, 그의 영혼은 염라대왕의 저승 법정으로 내려오자마자 지상으로 돌려 보내달라고 고집을 부린다. 염라대왕은 마지못해 허락하지만, 서문뇨는 마을로 돌아왔을 때 자신이 나귀로 환생했다는 사실에 충격을 받는다. 그는 서문 집안의 예전 머슴 남검에게 고용되어 성장한다. 이야기가 진행되면서 서문뇨는 황소, 돼지, 개, 원숭이로 죽음과 환생을 반복하다 마침내 "새로운 세기, 새 천년의 첫날, 불꽃이 가오미현의 하늘을 밝게 비춘" 자정에 인간의 아기로 환생한다.[29]

서문뇨가 동물로 환생하는 과정은 『서유기』에서 삼장법사의 동료들을 연상시킨다 해도 적절할 것이다. 1장에서 서문뇨가 환생을 할 마을로 안내받을 때 "우리는 죽마를 탄 남자들과 마주쳤다. 그들은 불교 경전을 가지러 가는 당나라 승려의 여정을 재연하고 있었다. 승려의 제자인 원숭이와 돼지는 둘 다 내가 아는 마을 사람들이었다."[30] 서문뇨는 염라대왕이 마땅히 해야 할 일을 소홀히 하고 심술을 부려 자신을 계속해서 동물로 환생하도록 선고한다고 생각하지만, 삼장법사가 빈 경전이 최고의 경전임을 깨닫듯, 마침내 그는 염라대왕이 언제나 자신의 궁극적인 길을 계획하고 있었음을 알게 된다. 서문뇨는 증오에서 완전히 벗어날 때까지 동물로 다시 태어나야 하고, 그때에야 비로소 밀레니엄 베이비가 될 수 있으며, 소설의 마지막에서야 본격적으로 이야기가 시작될 수 있다.

서문뇨는 수십 년 동안 환생을 반복하면서 대약진운동과 문화대혁명에서 불의와 억압을 경험하고, 루쉰의 아Q를 연상시키는 순진한 놀라움으로 이 상황을 관찰한다. 하지만 그의 목숨은 한 번의 처형으로 끝나지 않는다. 동물의 모습으로 환생해 굶주린 마을 사람들에게 잡아먹히고, 폭동 속에서 산 채로 불에 태워지고, 익사하고, 남검과 함께 충성스럽게 자살하고, 마지막으로 질투심 많은

사진 43 트랙터 부대(1965)

어느 남편의 총에 맞는다. 남검은 완고한 개인주의자로, 마을에서 유일하게 인민공사에 참여하길 거부하는 농부다. 그는 여러 모습으로 환생한 서문뇨의 도움으로 몇 년을 간신히 버티다 결국 자살한다. 이 과정에서 우리는 영광스러운 진보라는 당의 번듯한 말 뒤에 숨겨진 현실을 보게 된다(사진 43).

두 번째 화자는 남검의 아들 남해방이다. 그의 어머니는 서문뇨의 첩이었지만, 서문뇨가 처형된 직후 남검과 결혼했다. 남해방은 서문뇨, 작가로 등장하는 제3의 인물 모옌 자신과 현저한 대조를 이루며 마을 권력 구조의 일부가 된다. 모옌은 주변의 모든 사람들에게 조롱을 당하는 풍자적인 인물로 계속 등장한다. "모옌에게는 이상한 재능이 있었다." 서문뇨는 말한다. "당시에는 아무도 그 녀석에게 관심이 없었다. 그는 믿을 수 없을 정도로 못생겼고, 아주 특이한 방식으로 행동했다. 툭하면 헛소리를 지껄여서 사람들이 머리를 긁적이게 만들어, 어떤 사람들은 그를 성가시게 여겼고 어떤 사람들은 그를 따돌렸다. 그의 가족들조차 그를 바보 천치라고 불렀다."[31] 하지만 마을 사람들은 그를 경계하는데, "모옌이 조만간 틀림없이 그들에 대해 글을 쓸 테고, 서문촌의 모든 주민은 모옌의 악명 높은 책들 속에서 자기 자신을 발견하게 될" 터이기 때문이다.[32] 여기에서 우리는 『율리시스』에서 더블린을 재현하려는 제임스 조이스의 야심을 보는 것 같다. 또한 『피네간의 경야』에서 조이스 자신의 대역인 문필가 셈을 비호감 인물로 신랄하게 묘사하는 장면이 연상되기도 한다. 서문뇨는 "내 이야기는 1950년 1월 1일에 시작한다"라고 선언하면서 소설을 마치고[33], 그리하여 모옌은 그가 소설을 쓰던 당시 중국에서 번역되고 있던 『피네간의 경야』에서 조이스가 했던 유명한 방식처럼 우리를 그의 첫 문장으로 돌아오게 한다.

그러나 모옌의 순환은 포스트모더니즘보다 불교에 더 가깝고, 다섯 차례의 환생은 1949년 이후 수십 년 동안 이어진 중국 역사와 중첩된다. 소설 중반에 서문뇨는 이렇게 말한다.

얼마 후 내가 개로 환생했을 때, 시 정부 영빈관의 경비견으로 배정된 노련하고 지식이 풍부하며 지혜로운 내 친구 독일 셰퍼드는 이렇게 결론을 내렸다. 1950년대에는 사람들이 순수했고, 1960년대에는 광적이었으며, 1970년대에는 자신의 그림자를 두려워했고, 1980년대에는 말과 행동을 삼갔으며, 1990년대에는 그야말로 사악했지. 미안, 나는 늘 이렇게 앞서간다니까. 모옌이 늘 사용하

는 수법인데, 어리석게도 내 말투에 녀석의 수법을 써먹고 있군.[34]

1950년대 사람들의 순수함이 불행을 막은 것은 아니었다. 서문
뇨를 살해한 자는 그에게 침착하게 설명한다. "나는 당신을 제거해
야 할 의무가 있소. 개인적인 증오가 아니라 계급적인 증오 때문이
오."[35] 더 넓은 범위의 집단화·산업화를 위한 야심 찬 5개년 계획
들은 대규모 기근으로 이어졌다. 소설의 어느 장에서는 마을 사람
들이 수확기에 철을 제련하는 사업에 동원되면서 자신들의 농작
물을 잃는다. 소설이 끝날 무렵 마을에 번영이 (그리고 BMW가) 찾
아온다. "서문촌을 문화대혁명을 테마로 하는 휴양지로 만들어"[36]
골프장, 놀이공원, 카지노를 건설할 계획이 진행 중이다. 이 거대
한 단지를 위해 농부들은 그들의 밭을 징발당하고, 이후 관광객들
을 위해 마을의 역사를 재연하는 배우로 일하게 될 것이다.

모옌의 이 주목할 만한 소설은 정치를 모르는 (혹은 "이해하지 못
하는") 동물 화자를 이용해 어느 정도 보호막을 치면서, 용납할 수
없는 체제 비판이라는 아슬아슬한 줄타기를 한다. 그는 반체제 작
가들을 지지하지 않는다는 비판을 받아왔지만, 문학 내부에서 풍
자적으로 체제를 비판하는 방식을 선택했다. 루쉰과 장아이링처
럼, 모옌은 혼란스러운 시대에 변화하는 정치적 흐름 속에서 살아
남기 위한 도전들을 극적으로 보여준다. 또한 그의 소설은 (다양한
화자들, 중국어와 외국어의 상호 텍스트를 확산하는 방식으로 개방성을
상징적으로 드러내면서) 증오를 종식시키고 다양한 관점들에 눈을
뜨자고 호소한다. 서문뇨는 세 번째로 환생한 자기 모습을 발견하

자 이렇게 말한다. "이제 나는 한 살도 안 된 젊고 팔팔한 돼지로 인생을 즐기게 되었다. 환생을 거듭하는 건 사람을 지치게 만들지 모르지만 나름대로 장점도 있다."[37]

50

베이다오

시간의 장미

마치 모옌 소설 속 주인공의 실제 모습인 듯한 베이다오는 한 생
애 동안 수차례 환생을 경험했다. 1949년 태어난 자오 젠카이Zhao
Zhenkai는 베이징 중산층 집안에서 어린 시절을 보낸 뒤 홍위병으
로 활동하다 환멸을 느껴, 베이다오('북섬 North Island'이라는 의미로
독립 혹은 고립을 암시한다) 라는 필명을 사용하여 반체제 시인으로
일찍부터 이름을 알렸다. 이후 여러 나라에서 수년간 망명 생활을
하다가 오십 대에 홍콩의 교수직을 맡아 중국으로 돌아왔다. 하지
만 아직 그의 변신은 끝나지 않았는데, 그는 뇌졸중으로 4년 동안
말을 할 수 없었기 때문에 시각 예술가로 다시 태어난 뒤 마침내

회복되어 다시 시인이 되었다. 거듭되는 생과 사에 서문뇨는 지쳤는지 몰라도 베이다오는 그렇지 않았다.

작가 활동 초반기 베이다오는 젊은 시인들 집단에 소속되었다. 이 집단은 시를 활성화하기 위해 노력하고, 루쉰과 그의 동료들이 1910년대와 1920년대 신문화운동에서 시작한 토착어 혁명을 새로운 방식으로 이어나가고 있었다. 베이다오는 서양 시인들에게 영감을 받았지만 그들을 모방하는 것이 아니라(간혹 그런 비난을 받기도 했다), 한시漢詩 안에서 '새로운 것을 만들기 위해' 노력하면서 놀라운 언어 병치와 음역의 변화를 특징으로 하는 불규칙한 자유시를 썼다. 베이징의 기성 문화계 인사들은 이들이 행하는 모호한 실험들에 의구심을 품으며 이 집단에 '안개에 싸인 시인들'이라는 별명을 붙이기도 했지만, 이들을 위험할 정도로 정치적인 시인들로 여기진 않았다.

1970년대 중반 민주화 논쟁이 고조되자, 베이다오는 문화대혁명과 민주적 운동을 억압하는 사회에 대한 환멸을 시에 표현하기 시작했다. 그의 1976년 시 「대답」은 민주화 시위자들 사이에서 구호가 되었다. 이 시는 '안개에 싸인' 모호함과 외견상 불합리한 추론들로 가득 차 있다.

이제 빙하기도 끝났는데,
왜 사방에 얼음이 있는가?
희망봉이 발견되었는데,
왜 사해에서는 수많은 돛들이 서로 경쟁하는가?[38]

문화계의 훌륭한 관료(아니면 진정으로 훌륭한 포퓰리스트 혁명가)라면 이런 구절들을 어떻게 만들었을까? 갈리브와 마찬가지로, 베이다오는 어렵지 않은 시를 쓰기가 어렵다는 걸 알았던 것 같다. 이런 시들은 유럽의 자유시보다는 그 자체로 이중적으로 표현하는 하피즈나 갈리브의 아이러니한 2행 연구와 더 유사해 보인다. 그러나 베이다오가 자신의 불신을 완곡한 표현으로 드러냈음에도 불구하고, 당의 노선에 복종해야 한다는 명령에 도전하고 있음을 누구나 알 수 있다.

> 나는 하늘이 파랗다는 것을 믿지 않는다
> 나는 천둥의 메아리를 믿지 않는다
> 나는 꿈이 거짓이라는 것을 믿지 않는다
> 나는 죽음에 보복이 없다는 것을 믿지 않는다.[39]

구체적인 죽음은 명시되지 않지만, 베이다오의 독자들이라면 농촌 집단화 시기 기근으로 사망한 수백만 명의 주민들이나 경찰에 연행된 반체제 인사들의 죽음을 떠올릴 것이다. 이 구절은 베이다오에게 더욱 개인적인 의미를 지녔을 것이다. 그의 숙모는 부르주아 반혁명 분자로 조사를 받은 후 1968년에 자살했다.

「대답」은 1978년부터 1979년 겨울까지, 반체제 사상을 표현할 수 있었던 잠깐의 시기에 민주화 운동가들이 '민주주의의 벽'에 게시한 글들 중 하나였다. 그러나 베이다오는 시가 세상을 바꿀 수 있다고는 믿지 않았다. 그의 시 「시의 예술」은 이렇게 시작한다.

내가 속한 그 큰 집에는

탁자 하나만 남아 있고,

끝없는 습지대에 둘러싸인

달은 다른 구석에서 나를 비춘다.

깨지기 쉬운 해골의 꿈은 여전히

멀리서, 해체되지 않은 교수대처럼 서 있고

백지에는 진흙이 묻은 발자국이 찍혀 있다.[40]

이 집은 황무지에 둘러싸여 있고, 우리가 가진 종이는 진흙 묻은 발자국에 짓밟힌 백지뿐이다. 이 발자국들이 우리가 읽는 텍스트가 아니라고 할 수 있을까?

베이다오는 1980년대 초 해외에 알려지게 되면서 처음 해외 여행을 가게 되었지만, 그는 타국에 알려진 자신의 시가 큰 위안을 줄 거라고 낙관하지 않았고, 고국에 돌아가서도 큰 영향력을 발휘할 거라고 생각하지 않았다. 그는 「언어」라는 시에서 이렇게 썼다.

많은 언어들이 전 세계를 날아다닌다

언어의 생산은

인류의 조용한 고통을

늘이거나 줄일 수 없다.[41]

그러나 그는 곧 세계 전역으로 비행을 시작해야 했다. 그와 몇 몇 '안개에 싸인 시인들'은 천안문 광장에서 시위가 진압된 후

1989년 추방되었다. 그는 17년 동안 유럽과 미국에서 생활했으며 그의 많은 시들은 망명의 경험을 전한다. 그는 「길의 노래」에서 "끝없는 여행의 끝에서 / 밤은 황금의 열쇠를 전부 돌리지만 / 당신을 위한 문은 열리지 않는다"라고 썼다. 이 구절에서 '당신'은 시인일 수도 있지만, 지시 대상을 중국 자체로 바꿀 수도 있다. "나는 당신을 향해 곧장 걸어간다 / 당신이 역사의 부채를 펼칠 때 / 그것은 고립된 노래로 접힌다." 시는 이렇게 끝난다. "석양이 제국을 봉인하고 / 대지의 책은 이 순간의 페이지를 넘긴다."[42]

그에게 망명은 결혼 생활의 붕괴를 비롯한 많은 상실을 의미했지만, 전 세계 시인들과의 폭넓은 교류를 가져다주기도 했다. 그는 마흐무드 다르위시의 요청으로, 국제작가회의 대표단으로 2002년 팔레스타인을 방문했다. 대표단에는 노벨상 수상자인 월레 소잉카와 주제 사라마구가 포함되었다. 그의 에세이집 『푸른 집』(2000)에서 베이다오는 앨런 긴즈버그, 옥타비오 파즈, 게리 스나이더를 비롯한 몇몇 시인 친구들을 다정하게 묘사한다. "게리의 얼굴은 잊기 힘들다. 깊은 주름은 기본적으로 전부 수직이다."[43] 스웨덴 시인 토마스 트란스트뢰메르에게 바치는 시에서는 자신에게도 적용할 수 있는 표현으로 친구에게 찬사를 보낸다. "머리 없는 천사들과 춤을 추면서 / 당신은 균형을 유지했지."[44]

2001년에 베이다오는 병세가 위중한 아버지를 만나기 위해 잠시 중국 방문을 허가받았다. 이 방문 기간 동안 그는 「검은 지도」라는 제목의 시에서 이렇게 썼다. "나는 집에 왔다 – 잘못 든 길보다 더 먼 길을 / 한평생만큼 오랜 길을 돌아서 왔다 / … 완두콩만큼 작은 내 아버지의 생명의 불꽃 / 나는 아버지의 메아리다."[45]
2011년 뉴욕에서 베이다오가 『시간의 장미』에 실린 시 몇 편을 웅변적으로 낭독하고, 그의 번역가 엘리엇 바인베르거Eliot Weinberger가 번역한 시를 낭독하는 영상이 있다. 그들은 「검은 지도」로 시작해서 표제시 「시간의 장미」로 낭독을 마친다.[46]

베이다오는 2006년 중국으로 영구 귀국 허가를 받았다. 그는 홍콩대학교 교수로 홍콩에 정착했고 재혼해서 아들을 두었다. 그의 삶은 마침내 안정된 듯 보였지만, 2012년부터 뇌졸중을 앓았고 4년 동안 문장을 완성하는 데 심각한 어려움을 겪었다. 베이다오는 그림으로 창작의 방향을 돌렸지만 안정적으로 선을 긋기가 어렵다는 걸 알고는 종이 위에 먹으로 수천 개의 점을 찍어 인상적

사진 44 베이다오, <순간Moment>(2013)

인 수묵화 풍경을 그리기 시작했다(사진 44). 그는 에세이 「먹과 점의 계시The Ink Point's Revelation」에서 이 그림에 대해 "결합, 분리, 변이, 흐름 등 모든 것이 이 점들 안에서, 그리고 이 점들로 창조된다"고 썼다. 그는 "글이라는 매개체는 사실 점과 매우 가깝고 때로는 서로 구별하기 어렵다. 어떤 의미에서 이 점들은 항상 글쓰기 뒤에 숨어 있고, 존재하지만 이름이 없는 존재다"라고 덧붙였다.[47]

베이다오의 그림과 마찬가지로 그의 시에 공통적으로 드러나는 특징에 대해 시인 마이클 파머는 "복잡한 겹침과 교차, 갑작스러운 병치와 균열, 아무렇게나 추는 춤의 패턴으로 이루어진 운문"이라고 일컫는다.[48] 그의 초기 시와 최근 시를 폭넓게 아우른 시집 『시간의 장미』는 표제시로 끝난다. 시 전문을 소개하겠다. 베이다오의 시와 시각 예술처럼 그의 삶 또한 사라짐 속에서 드러나는 것처럼, 한 개의 연이 4행으로 구성된 이 시를 2행 연구로 설정하면, 샤히드 알리가 하피즈와 갈리브를 재구성하여 탄생시킨 일종의 가잘처럼 인식할 수 있을 것이다. 또한 그의 시와 그림처럼 사라져가면서 나타나는 베이다오의 삶을 볼 수 있다.

파수꾼이 잠들 때
당신은 폭풍과 함께 돌아온다
포옹하며 늙어가는 것은
시간의 장미다.

새의 길들이 하늘의 윤곽을 드러낼 때

당신은 뒤돌아 저녁노을을 본다
사라짐 속에서 드러나는 것은
시간의 장미다.

칼이 물속에서 굴절될 때
당신은 플루트의 노래를 밟고서 다리를 건넌다
음모 속에서 외치는 것은
시간의 장미다.

펜이 수평선을 그릴 때
당신은 동양의 징 소리에 깨어난다
메아리 속에서 피어나는 것은
시간의 장미다.

거울 속에는 언제나 이 순간이 있다
이 순간은 부활의 문으로 이어진다
그 문은 바다로 열린다
시간의 장미다.[49]

도쿄-교토

Tokyo

동양의 서양

Kyoto

51

히구치 이치요

봄 잎 그늘에서

Higuchi Ichiyō, In the Shade of Spring Leaves

1872년 도쿄의 가난한 가정에서 태어난 히구치 이치요는 아버지의 건강이 악화되기 전까지는 훌륭한 고전 교육을 받았다. 아버지는 그녀가 열일곱 살에 세상을 떠났다. 히구치 이치요는 고전 시를 쓰는 데 일찍부터 재능을 드러내어 작가가 되기로 결심하고, 나쓰코라는 본명 대신 '한 개의 잎'이라는 의미로 이치요라는 필명을 사용했다. 하지만 시인으로는 생계를 유지할 수 없었고, 아버지가 돌아가신 후 그녀와 어머니, 여동생은 도쿄의 홍등가 변두리에서 바느질을 하며 근근이 생계를 유지하고 있었다(사진 45). 스무 살에 소설로 방향을 돌려, 초기에는 "가벼운 문학 잡지"[1]라는 평을

사진 45 1890년대 도쿄에 전시된 낮은 계급의 게이샤

들었던 〈미야코노하나都之花(수도의 꽃)〉와 같은 신생 잡지들에 점
차 훌륭한 단편소설들을 발표하기 시작했다.

몇 년 사이 이치요의 명성은 빠르게 높아졌지만, 그녀는 1896년
24살의 나이로 폐결핵을 앓다 비극적으로 생을 마감했다. 그때까
지 이치요는 당대의 주요 여성 작가로 인정받았다. 여기에서는 이
치요의 단편 중 내가 가장 좋아하는 작품 「갈림길Separate Way」을 중
점적으로 살펴보겠다. 이 작품은 로버트 라이언스 댄리Robert Lyons
Danly의 전집 『봄 잎 그늘에서』에 수록된 단편들 중 하나로 여성과
청년들(빠르고 불안한 변화의 시대에 자신의 길을 찾기 위해 몸부림치는
일본의 '새로운 젊은이들')의 삶에 주의 깊게 관심을 기울인다.

당시의 기술 혁신과 함께 〈미야코노하나〉 같은 출판물들은 전

성기를 맞았다. 일본은 목판 인쇄라는 오랜 전통을 가지고 있었지만, 서양의 인쇄기가 수입되면서 더 많은 독자들에게 다가갈 계기가 마련되었다. 1876년 대일본인쇄사Dai Nippon Printing Company가 설립되었고, 회사의 웹사이트에 명시되어 있듯이 "활판 인쇄를 통해 국민의 지식과 문화 수준 향상에 기여하고자 하는 창업자들의 열정적인 열망"을 실현하는 것이 목적이었다.[2] 많은 종류의 신문과 정기 간행물이 생겨나면서 히구치 이치요 같은 특권층 출신이 아닌 작가들도 수입과 독자를 얻을 수 있는 상업적 매체를 획득했다.

히구치 이치요는 헤이안 시대의 무라사키 시키부, 17세기의 이하라 사이카쿠Ihara Saikaku 등 주로 일본 작가들과 함께 언급되지만, 애초에 이치요의 작품은 일본 전통뿐만 아니라 세계 문학에 비추어 읽혔다. 이것은 이치요의 중편소설 『키재기 Child's Play』에 대해 1896년 작가 모리 오가이Mori Ōgai가 쓴 열정적인 서평에서 분명하게 드러난다. 그는 이렇게 썼다. "『키재기』에서 놀라운 점은 등장인물들이 짐승 같은 존재들이 아니라, 이른바 자연주의자들이 최대한 모방하려 애쓰고 입센이나 졸라의 기법들에서 흔히 마주치는 존재들이라는 점이다. 그들은 우리와 함께 웃고 우는 실재하는 인간 개개인들이다." 그는 이렇게 결론을 맺었다. "나는 이치요에게 진정한 시인이라는 칭호를 부여하길 주저하지 않는다."[3] 독일에서 여러 해 거주했던 오가이는 서양화된 소설을 발전시키는 데 앞장섰는데, 그가 『키재기』에 찬사를 보내며 이치요에게 '진정한 소설가'가 아닌 '진정한 시인'이라는 칭호를 부여한 것은 주목할 만하다. 시는 여전히 일본 문학 장르 상위에 있었고, 그는 이치요에게서 시적인 산문으로 구체적인 현실을 다루는 드문 재능을 보았다.

모리 오가이가 평론에서 밝힌 것처럼, 이치요의 작품에는 입센의 분위기가 감돌았다. 같은 해에 발표한 이치요의 가슴 아픈 단편 「갈림길」의 주제들은 입센의 희곡 『인형의 집A Doll's House』 같은 작품에서 진전을 보인다. 입센의 노라와 마찬가지로, 이치요의 여자 주인공 오쿄는 엄격하고 불평등한 성별과 계급 관계로 이루어진 세상에서 최선을 다해 자신의 길을 개척하고 있다. 오쿄는 바느질을 하며 생계를 위해 애써왔지만, 독립적인 삶을 살기 위한 몸부림을 그만두고 첩으로 들어가 애정 없는 계약을 맺기로 결심한다. 노라와 마찬가지로 오쿄 역시 이해심 없는 남자(여기에서는 젊은 고아 키치조)의 시선으로 관찰된다. 그는 오쿄가 어쩌다 그토록 깊은 타락의 길로 빠져들 수 있었는지 납득하지 못한다. 이야기는 조이스적 '통찰'에 비유할 수 있는 미미하지만 변화를 일으키는 순간을 보여주어, 키치조는 그의 고용주들과 오쿄가 맺은 유사 가족 간 유대의 약점을 깨닫는다. 우리는 오쿄의 연인(혹은 주인)에 대해 확실하게 아는 바가 없지만, 로맨스는 상업적 거래로 축소된다. 키치조는 성적인 타락을 깨닫게 되는데, 이것은 일 년 뒤 미국의 "작은 잡지" 〈챕북The Chap-Book〉에 처음 연재된 헨리 제임스의 소설 『메이지가 알고 있었던 일What Maisie Knew』에 등장하는 젊은 여자 주인공의 타락과 다르지 않다.

이치요는 마비된 동시에 급격한 변화를 겪는 일본을 보여준다. 이러한 상황은 키치조의 신분에서 전형적으로 드러난다. 키치조는

397

11장 도쿄-교토 : 동양의 서양

친척 하나 없는 고아로, 덧없는 세상에서 그에게 유일한 기준점은 오쿄다. 이야기가 끝날 즈음 키치조는 그가 유일하게 의지하는 대상을 잃는다. "이 모든 게 무슨 의미가 있어." 그가 서글프게 말한다. "무슨 인생이 이따위야! 사람들은 친해졌다가는 이내 사라지지. 내가 좋아하는 사람들은 늘 이래."[4] 갑작스러운 해피엔딩이나 대중적인 멜로 드라마에서 일어날 법한 가슴 절절한 동반 자살은 일어나지 않으며, 사회 변화를 고취하는 입센 식의 감동적인 연설도 없다. 도덕적 결론에 가장 근접한 대사("그 소년은 정직에 대한 자신의 생각을 굽히지 않았다."[5])는 거의 툭 내뱉는 말에 가깝고, 우리는 키치조의 엄격한 도덕성을 칭찬해야 할지 그의 완고함을 애석하게 여겨야 할지 판단하기 어렵다. 이야기는 키치조와 오쿄의 암울한 마지막 대화로 끝난다.

"이런 일을 하고 싶어 하는 사람이 누가 있겠어. 하지만 이미 결정된 일이야. 넌 상황을 바꿀 수 없어."
그는 눈에 눈물을 글썽이며 그녀를 바라보았다.
"이 손 치워요, 오쿄."[6]

「갈림길」의 비극은 큰 비극이 일어나지 않는다는 점이다. 곤경을 면하기 위해 이용되는 대중적인 로맨스의 재료들도 없다. 키치조는 친절한 노파가 그를 집으로 초대하기 전까지 거리에서 공연하는 노숙자였다. 하지만 그가 '할머니'라고 부르는 이는 요정들의 대모가 아니었다. 노파는 자신의 우산 가게에서 사실상 그를 노예처럼 부리며 착취했다. 심지어 노파는 이야기가 전개되기 2년 전에 죽었고, 가게의 새 주인은 좀처럼 그를 받아들이려 하지 않는다. 키치조는 오쿄에게서 대안 가족의 유대를 찾으려 한다. "당신은 꼭 우리 누나 같아요." 키치조는 오쿄에게 이렇게 말한 뒤 묻는다. "정말 남동생이 없었나요?"[7] 그러나 오쿄는 외동딸이고, 그녀역시 인생에서 자신을 지지할 가족이 없다. 가족의 유대라는 키치조의 환상에 공감할 수 없는 오쿄는 그에게 어떤 기적적인 해결책이 나타나길 바란다. 오쿄는 이렇게 묻는다. "신원을 알 수 있는 증거물 같은 거 없어? 이름이 새겨진 부적 같은 거라든지? 뭐든 가지고 있을 거 아니야."[8] 대중적인 이야기나 인형극이라면 이러한 부적이 키치조의 (기왕이면 고귀한) 태생을 드러냄으로써 그에게 잃어버린 가족을 찾아줄 것이다. 하지만 그와 오쿄는 잘못된 시대에살고 있다.

실제로 그들은 **잘못된 장르**에 살고 있다. 그들의 이야기는 〈미야코노하나〉 같은 전형적인 잡지에서 오쿄가 읽었을지 모르는, 해피엔딩으로 끝나는 재미있는 이야기도 아니고, 키치조가 거리에서공연했던 대중적인 연극도 아니다. 오쿄와 키치조는 입센에게서뚜렷하게 볼 수 있는 직접적인 진술과 도덕적 확실성에서 벗어나, 19세기 리얼리즘이라는 현대 세계(심지어 **세기말** *fin de siècle* 모더니즘의 세계)에 살고 있다. 로버트 라이언스 댄리는 이치요의 "암시적이고 생략된 문제"[9]에 대해 썼는데, 이는 서양 작가들이 동시에 실험하고 있던 특성이다. 이치요가 단편을 발표한 지 3년 후, 『어둠의심연』에서 이름을 밝히지 않은 화자는 청중들에게 말로의 언제 끝날지 모를 이야기의 의미는 "견과류의 씨처럼 껍데기 속에 들어 있지 않고 바깥에서 이야기를 둘러싸, 마치 이글거리는 불빛이 안개를 피어올리듯 그 의미를 피어올린다"라고 말한다.[10] 이치요의 주요 단편들도 이와 같다고 말할 수 있다.

첫 단편을 성공적으로 판매한 이치요는 집에 돌아와 이 사실을 알렸고 극적인 순간을 일기에 기록했다. "보세요, 어머니, 저 오늘 〈미야코노하나〉에서 첫 회분 원고료로 10엔 받았어요!" 그러자 여동생이 말한다. "언니 이제 전문적인 작가가 됐네." 그리고 덧붙였다. "누가 알아? 언젠가 유명해져서 일본 지폐에 언니 얼굴이 나올지!" 이치요는 웃으면서 동생에게 너무 흥분하지 말라고 말했다. "일본 지폐에 여자 얼굴이 나온다고?"[11] 진정한 시적 정의의 실천으로 2004년부터 5천 엔 지폐에 이치요가 등장했다. 이치요는 황후에 이어, 그리고 그녀가 가장 좋아하는 작가이자 우리가 이제 살펴볼 무라사키 시키부에 이어 이 같은 영예를 얻은 세 번째 여성이다.

52

무라사키 시키부
겐지 이야기

무라사키 시키부는 히구치 이치요가 가장 존경하는 선대의 일본 여성 작가였다. 시키부도 시인에서 소설가로 방향을 돌렸다. 무라사키의 걸작은 총 54첩으로 구성된 800여 편의 시들을 시작으로 하는 방대한 규모로 오늘날 우리에게 여러 차원에서 도전 의식을 북돋는다. 1920년대 『겐지 이야기』를 최초로 영어로 번역한 아서 웨일리는 대부분의 시를 삭제하고 남아 있는 서정시들을 산문으로 바꾸어, 『겐지 이야기』를 유럽의 소설 혹은 어른들을 위한 일종의 정교한 동화에 가깝게 만들었다. 웨일리의 접근 방식은 번역본 속 표지에 실린 제사로 잘 드러난다. 그가 선택한 제사는 출처가 일본이 아닌 프랑스 작가 샤를 페로Charles Perrault의 『신데렐라』에서 인용했으며, 그가 프랑스어로 인용한 부분은 다음과 같다. "Est-ce vous, mon prince? lui dit-elle. Vous vous êtes bien fait attendre!"("왕자님, 당신인가요?" 그녀가 말했다. "정말 오래 기다리셨군요!")[12] 여기에서 신데렐라의 잘생긴 왕자님은 무라사키의 '빛나는 왕자님' 겐지와 중첩되고, 여자 주인공의 서늘한 침착함을 강조하는 인용문은 전혀 일본적이지 않은 직설적인 방식으로 표현된다.

아서 웨일리 이후, 1976년 에드워드 세이덴스티커Edward Seiden-sticker(여기서 인용할 번역본), 2001년 로얄 타일러Royall Tyler, 2016년 데니스 워시번Dennis Washburn의 세 차례에 걸친 완역본이 출간됐다. 세 사람 모두 무라사키의 시에 큰 비중을 두고 번역했다. 전근대 일본 문학에서 우위에 있던 시의 가치는 무라사키가 산문 작가로 활동하는 데 큰 영향을 미쳤다. 그녀의 이야기는 시적인 순간을 중심으로 구성되며, 등장인물의 성장이라든지 시작과 중간, 끝이 분명한 플롯 등 현대 소설의 주된 요소에는 거의 관심이 없었다. 주인공 겐지와 그의 어린 신부 무라사키(무라사키 시키부 자신의 필명에서 이름을 가져왔다)는 내용이 3분의 2쯤 진행될 무렵 사망하고, 이야기는 다음 세대의 새로운 인물들로 다시 시작된다. 작품의 후반부는 다른 사람, 아마도 무라사키의 딸이 썼을 거라는 추측이 있지만, 대부분의 이야기는 한 명의 저자가 자신의 주제를 더 깊은 차원에서 검토했다고 보는 편이 맞을 것이다. 이야기는 54첩에서 잠정적으로 중단되지만, 서양 소설 독자들이 예상하는 방식으로 끝나지 않는다. 무라사키는 언젠가 이야기를 더 길게 끌고 갈 계획이 있었는지도 모르지만, 절정에 이르는 '소설적' 결말이 그녀의 계획에서 필수적인 부분은 아니었던 것 같다.

무라사키는 행동뿐 아니라 인물도 시적으로 그려낸다. 인물은 대개 이름이 아니라 계속해서 바뀌는 별칭으로 식별되며, 이 별칭은 주로 그들이 인용하거나 지은 시의 구절에서 가지고 온다. '무라사키'는 고유명사는 아니지만 연보라색 꽃을 피우는 식물의 이름으로, 겐지의 연애와 관련된 몇 편의 시에서 등나무와 함께 사용된다. 실제로 '무라사키'는 겐지의 첫사랑이자 아버지의 배우자인 후지츠보의 별칭으로 처음 등장한다. 이 별칭은 나중에야 이야기의 주요 여자 주인공인 무라사키의 조카에게 옮겨진다. '겐지'라는 이름 자체는 단지 (미나모토라는) '성을 가진 자'라는 의미이며, 아버지인 천황이 사생아인 그에게 부여했다. 요컨대 겐지는 황족으로 인정은 받았지만 배제된 여러 겐지들 중 **한 명**에 불과하다. 무라사키가 그녀의 주요 인물들을 생생하게 묘사하는 만큼 인물들은 동료애, 갈망, 경쟁심, 몽상 등 시적인 순간이 펼쳐지는 서사 안에서 세대를 거듭할수록 반복되는 이야기 패턴을 보여준다.

일대 변혁을 일으킨 무라사키의 모노가타리라는 장르는 일본 문학 장르 체계의 최상위에 있는 시뿐 아니라 시와 산문 소설 사이에 위치한 역사서와도 경쟁해야 했다. 더욱이 일본 작가들은 중국 작가들의 더 큰 명성에 가려져 있었다. 중세 유럽의 라틴어처럼 중국어는 상류층 남자들이 사용한 반면, 여자들은 중국어를 배울 기회조차 없었다. 토착어로 쓰인 모노가타리는 여성들 사이에서 인기를 얻었지만, 오늘날의 '칙릿chick lit'처럼 도덕적 가치관이 의

심스러운 가벼운 오락물로 여겨졌다. 이러한 견해에 반박하여, 무라사키는 이야기 안에서 자신의 작품을 분명하게 옹호했다. 25첩 「반딧불이」에서 겐지의 집안 여자들이 봄철 우기에 삽화가 그려진 연애 소설을 읽으며 즐거운 시간을 보내고 있다. 겐지는 '가장 열렬한 독자'이자 그의 어린 피후견인 타마카즈라의 처소를 우연히 지나간다. 방 안을 둘러보면서,

> 겐지는 그림과 필사본이 어지럽게 널려 있는 광경이 신경 쓰이지 않을 수 없었다. "이게 다 얼마나 성가신 일이냐." 어느 날 그가 말했다. "여자들은 유쾌하게 속기 위해 태어난 것 같구나. 이런 옛날 이야기들 안에 진실이라곤 티끌만큼도 없다는 걸 잘 알면서, 온갖 잡다한 이야기에 빠져서는 놀림감이 되질 않나, 이 더운 빗속에서 머리카락이 온통 축축해지고 헝클어진 것도 까맣게 모른 채 이런 이야기를 연신 베껴 적고 말이다."¹³

하지만 그는 이처럼 다정한 성차별적 판단을 내리자마자, 이를 정당화하면서 이렇게 덧붙인다. "그래도 이 모든 꾸며낸 이야기들 속에서 진실한 감정과 그럴듯한 사건들을 찾을 수 있다는 건 인정해야겠구나." 그러고는 다시 한번 입장을 바꾸어 이야기의 진실성을 재차 공격하면서 이 칭찬을 깎아내린다. "틀림없이 이런 이야기들은 거짓말을 많이 해본 사람들이 지어냈을 것이다." 그러나 타마카즈라는 그 대답으로 벼루를 옆으로 밀어내며 (그녀도 직접 이야기를 쓰기 시작한 것일까?) 지지 않고 반박한다. "난 알아요." 그녀가 쏘

아붙인다. "거짓말에 익숙한 사람이 그런 견해를 가질 수 있다는 걸 말이죠."[14]

진실을 말하는 소설 속 거짓과 겐지의 기만적인 마음속 유혹이 대조를 이루며 대화가 이어진다. 결국 겐지는 이렇게 인정한다. "소설에서처럼 현실에서도 그런 것 같구나. 우리는 모두 인간이고 저마다 견해가 다르지."

심지어 그는 어린 딸에게 소설책을 접해도 좋다고 허락하고, 이후 "적합하다고 생각되는 연애 소설을 고르는 데 많은 시간을" 할애하며(그러는 과정에서 이 책들을 즐긴 것은 말할 것도 없다) "소설을 옮겨 적고 삽화도 그려 넣으라고 지시했다."[15] 이 장면은 무라사키가 글을 쓰던 시기 문학 안팎의 환경에 대해, 우리가 소설의 기술적 측면을 다루는 논문에서 배울 수 있는 내용만큼이나 많은 것을 말해준다.

겐지와 그의 삶에 등장하는 여성들은 사방 벽이 종이로 만들어져 있어 모든 사람이 항상 다른 사람의 시선을 받는 (그리고 험담의 대상이 되는) 가부장적인 궁정 사회에서 삶의 가능성을 협상하려 노력한다(사진 46).

궁정 생활에 대한 무라사키의 묘사를 전후 맥락에 맞게 설명하는 좋은 자료는 동시대 작가 세이 쇼나곤Sei Shōnagon의 일기『잠들기 전 읽는 책The Pillow Book』이다. 이 책에서 쇼나곤은 좋은 연인의 행동을 이렇게 묘사한다.

좋은 연인은 새벽에도 다른 때 못지않게 우아하게 행동할 것이다.

사진 46 관음하는 겐지

그는 얼굴에 낭패감을 드리우며 침대에서 빠져나온다. 여인은 그에게 다급히 말한다. "이리 오세요, 친구여, 날이 밝아오고 있어요. 누군가 당신이 이곳에 있는 걸 발견하면 어쩌려고요." 그는 이별의 괴로움을 말하려는 듯 깊은 한숨을 내쉰다. 그는 일어나자마자 곧바로 바지를 입지 않는다. 대신 여인 곁으로 다가가 지난 밤 하지 못하고 남겨둔 말들을 속삭인다. 이윽고 그는 격자창을 들어 올리고, 두 연인은 쪽문 옆에 함께 선다. 그동안 그는 그들 사이를 떼어놓을 다가오는 낮이 몹시 두렵다고 그녀에게 말하고는 조용히 문을 빠져나간다. 여인은 그가 가는 모습을 지켜보고, 이 이별의 순간은 그녀에게 가장 매력적인 기억들로 남을 것이다. 사실 남자에 대한 애정은 우아한 작별의 모습에 크게 좌우된다.[16]

무라사키의 서사는 인간의 열정과 자연의 아름다움을 강조하는 동시에, 구애에서 정치적 성공에 이르기까지, 보름달 아래 흐르는 음악에서 바람에 흩날리는 커튼 사이로 언뜻 보이는 매력적인 이방인과 시를 주고받는 순간에 이르기까지, 모든 세속적 쾌락은 무상하다는 불교적 감각이 배어 있다. 무라사키가 세상을 떠난 뒤 겐지는 그녀의 오래된 편지들을 읽는다.

오랜 세월이 흘렀지만, 마치 어제 쓴 것처럼 먹물이 선명했다. 편지들은 천 년이 지나도 남아 있을 것 같았다. 하지만 이 편지들은 그를 위한 것이었고, 그는 그것을 다 읽었다. 그는 가장 가까운 친구들 중 두세 명의 여자들에게 편지를 없애는 모습을 봐달라고 부탁했다. 죽은 이의 필적은 언제나 우리를 감동시키는 힘이 있으며, 이것은 평범한 편지가 아니었다. 그는 눈물 때문에 앞이 보이지 않았고, 흘러내린 눈물은 먹물과 섞여 종이에 쓰인 글씨를 알아볼 수 없게 되었다. … 분명 지나치게 과장되어 보일 거라는 생각에 흐르는 눈물을 참으려 애쓰다가, 겐지는 애정이 듬뿍 담긴 쪽지 하나를 흘긋 보고는 여백에 이렇게 썼다.
"나는 더 이상 해초를 모으지도, 쳐다보지도 않는다네. 이제 그것들은 연기가 되어, 먼 하늘에서 그녀와 함께하겠지."[17]

평생 동안 연인과 수천 번 시와 편지를 주고받은 겐지는 어쩔 수 없이 그녀에게 다시 한번 편지를 써보지만, 답시는 결코 돌아오지 않을 것이다. 무라사키가 죽어가고 있을 때 황후가 그녀를 방문한 적이 있었다. "겐지는 서로가 서로를 더 아름답게 바라보는 둘을 응시하면서 그들이 이대로 천 년을 함께하길 바랐습니다. 하지만 당연히 시간은 이 소원을 거슬러 흘러가지요. 이것이 위대하고 슬픈 진실입니다."[18] 인생에서 시간은 이런 소망을 거슬러 흐르지만 예술에서는 그렇지 않다. 무라사키는 1000년경부터 1012년 사망할 때까지 위대한 소설을 썼다. 천 년 뒤 겐지의 세계는 완전히 사라졌지만『겐지 이야기』는 계속해서 살아 있다.

53

마쓰오 바쇼

깊은 북쪽으로 가는 좁은 길

Matsuo Bashō, The Narrow Road to the Deep North　　　　409

마쓰오 바쇼(1644~1694)는 무라사키 시키부와 함께 세계 문학사에서 가장 저명한 전근대 일본 작가로 꼽힌다. 19세기 후반부터 전 세계 독자들은 바쇼의 하이쿠의 명상적인 아름다움에 매료되었고, 에즈라 파운드Ezra Pound와 유럽의 이미지즘 작가들은 연못 속의 개구리를 쓴 바쇼의 유명한 하이쿠에 강한 영향을 받았다.

오래된 연못
개구리 뛰어드네-
물소리 퐁당[19]

사진 47 고요한 폭포

바쇼는 개구리나 물고기 같은 자연을 세밀히 관찰하고 시와 그림으로 표현함으로써 삼매三昧(잡념을 버리고 한 가지 대상에만 정신을 집중하는 경지 – 옮긴이)를 실천했다. 바쇼는 친구가 그린 풍경에 하이쿠를 더했고, 이렇게 시와 그림이 한데 어우러져 우레 같은 소리를 내는 거대한 폭포를 조용히 묘사한다(사진 47). 하지만 바로 이 시에서 '삼매에 든' 자아는 은연중에 이 장면에 비친 자기 모습을 바라본다.

조용히, 조용히,
노란 산 장미들 떨어진다–
급류의 소리[20]

폭포 위로 휘몰아치는 급류 속으로 장미들이 조용히 떨어지는 모습은 덧없는 삶의 이미지가 된다.

바쇼는 흔히 오두막 밖에서 자신의 필명을 딴 바나나 나무(바쇼) 아래 앉아 쉬고 있는 고독한 은둔자로 여겨져 왔다. 그러나 이런 시각은 바쇼의 사회성과 그가 여럿이 쓰는 협력 시(렌가renga)를 하이쿠보다 더 선호하여 이 작업에 깊이 참여했다는 사실은 간과한다. 바쇼의 하이쿠 중 상당수는 그가 일본 전역을 여행하며 마주친 사람들과의 만남에서 영감을 받았으며, 그는 이를 일련의 시적 여행기인 '하이분haibun(그가 만든 용어)'에 기록했다. 바쇼의 여행은 명상적인 침잠보다는 깊은 불안과 더 관련이 있었다. 그는 『깊은 북쪽으로 가는 좁은 길』 시작 부분에서 이렇게 말한다. "신들이 내 영혼을 사로잡아 뒤집어놓은 것 같고, 길가의 영상들이 사방에서 나를 손짓하는 것 같아서, 나는 한가로이 집에 머물 수가 없었다."[21]

바쇼는 자연과 연결되어 시에 활기를 불어넣기 위해 에도(지금의 도쿄)의 안락한 생활에서 벗어난다. 바쇼의 여행기는 『겐지 이야기』와 마찬가지로 시와 산문이 매력적인 조화를 이룬다. 또한 바쇼는 죽음을 무릅쓰고 삶의 덧없는 아름다움을 탐구하면서 인내심의 한계를 시험하기도 한다. 피할 수 없는 죽음은 바쇼의 여행 기록에서 지속적인 관심사다. 『깊은 북쪽으로 가는 좁은 길』의 유명한 시작 부분처럼, 바쇼는 자신이 산적들에게 잡혀 죽임당하거나 극심한 피로로 쓰러지는 상상을 하면서 찰나의 시공간을 여행하고 있다.

날과 달은 영원의 여행자들이다. 흘러가는 세월도 그렇다. 세월의 무게에 굴복할 때까지 배를 저어 바다를 건너는 사람들이나 말을 타고 땅 위를 달리는 사람들은 삶의 매 순간을 여행을 하며 보낸다. 많은 옛사람들도 길에서 죽었다. 나 자신도 방랑하고 싶은 강한 열망으로 가득 차, 바람에 따라 흐르는 구름에 오랫동안 유혹을 받았다.[22]

또 다른 여행기『날씨에 바랜 해골에 대한 기록들The Records of a Weather-Exposed Skeleton』은 길에서 죽겠다는 적극적인 의지를 강조하는 하이쿠로 시작한다.

날씨에 바랜 해골로 뒹굴리라 다짐하지만
어쩔 수 없네 가슴에 스미는
매서운 바람[23]

여기에서 가을바람을 막지 못하는 바쇼의 약한 마음은 바람의 우울한 선율을 전하는 대나무 피리를 닮았다.

매우 사적인 바쇼의 시는 종종 사회성을 띠기도 한다. 그의 하이쿠에는 벗어나려 하지만 끊임없이 마주치는 혼란스럽고 불안정한 사회 속에서 평온을 찾는 과정이 반영된다. 가장 인상적인 부분은『날씨에 바랜 해골에 대한 기록』에 기록된 여정을 시작하면서 버려진 아이를 만나는 장면이다. "후지강을 따라 터벅터벅 걷다가, 세 살도 되지 않은 작은 아이가 강둑에서 불쌍하게 울고 있는 모습을 보았다. 부모에게 버려진 게 분명했다. 아이의 부모는 이 아이가 물살 센 강처럼 거칠게 흐르는 인생이라는 험난한 바다를 건널 수 없어, 아침 이슬보다도 짧게 생을 마칠 운명이라고 생각했음에 분명하다." 그는 의아하게 여긴다.

이 아이는 어쩌다 이토록 철저하게 비참한 상태가 되었을까? 아이를 소홀히 한 어미 때문일까, 아이를 버린 아비 때문일까? 아, 이 아이의 부당한 고통은 훨씬 크고 거대한 무언가, 거부할 수 없는 하늘의 뜻이라고들 말하는 것 때문이리라. 그렇다면, 아이야, 하늘을 향해 목소리를 높이렴. 나는 너를 두고 떠나야 한단다.[24]

우리는 바쇼가 이 가슴 아픈 만남에 대해 비세속적인 초탈로 도피한다고 여길지 모른다. 그러나 더 자세히 들여다보면, 바쇼의 반응이 상당히 복잡하다는 것을 알 수 있다. 첫째, 그는 날것 그대로의 장면을 자연과 비교해 가공한다. "아이는 가을바람에 살짝만 흔들려도 부서지는 싸리나무꽃처럼 연약해 보였다." 둘째, 그의 시적 인식은 실제적인 반응을 낳는다. 그 광경이 "너무도 측은해서 나는 얼마 안 되는 내 음식을 아이에게 주었다." 그리고 세 번째 반응은 하이쿠에서 볼 수 있다.

울고 있는 잔나비들을 동정했던 옛 시인,
뭐라고 말할까, 가을바람에 울고 있는
이 아이를 본다면?[25]

흥미롭게도 여기에서 하이쿠 자체의 형식이 강조된다. 일반적인 5-7-5 음절수 대신 이 하이쿠는 불규칙한 7-7-5 음절수를 사용한다. 바쇼는 다른 시에서도 종종 그랬듯 자신의 경험을 이전의 시들과 대조하는데, 이 경우엔 9백 년 전 중국 당나라 시인 이백이 쓴 여행 시가 사용된다. 바쇼는 이 장면에 대해 판단을 내리기보다, '옛 시인'이 아이를 보았다면 뭐라고 말했을지 궁금해한다. 가난으로 인한 고통에 동참하고 산문체 묘사로 리얼리즘을 살리면서 이 질문은 바쇼를 오래된 전통 속 작품과 연결하는 동시에 그것을 뛰어넘게 만든다.

하지만 바쇼는 아이를 연약한 싸리나무꽃에 비유한 처음에는 하이쿠를 짓지 않았다. 이 장면은 하이쿠를 위한 좋은 기초가 되었을 테지만, 그것으로는 충분하지 않았던 모양이다. 결국 바쇼가 경험하고 있는 것은 심오하되 *시적이지 않은* 순간으로, 중국의 고전 시인이나 바쇼의 전임자들이 거의 기록하지 않았을 장면이다. 싸리나무꽃에 대해 시를 짓는 일로 도피하는 대신, 바쇼는 멈추어 자신의 음식을 전부 아이에게 주고, 그의 빈약한 음식은 그와 빈곤한 아이를 연결한다. 그런 다음에야 바쇼는 시를 짓는데, 여기에서 그는 이백이 이토록 시적이지 않은 주제를 다루었다면 뭐라고 썼을까 하는 답 없는 (아마도 답을 할 수 없는) 질문을 제기한다.

시의 창작 과정은 고독 속에서가 아니라 점차 확장되는 순환 속에서 이루어진다. 이를 보여주는 좋은 예는 바쇼가 북쪽 지역 진입을 표시하는 시라카와 성문을 통과한 후 찾을 수 있다. 그는 이렇게 쓴다.

나는 스카가와라는 역참 마을에 사는 시인 도큐를 방문해 그의 집에서 며칠을 보냈다. 그는 시라카와 성문은 잘 지나왔느냐고 내게 물었다. 나는 길고 힘든 여행으로 심신이 지쳤고 마음은 풍경에 압도당했노라고 말해야 했다. 아득한 과거의 생각들이 나를 관통해 지나가 나는 정신을 차릴 수가 없었던 것이다. 하지만 시 한 줄 짓지 않고 시라카와 성문을 지나온 것이 한심해서 나는 이렇게 썼다.

시의 기원은-
먼 북쪽의
모내기 노래

　바쇼의 시는 풍경에 대한 지극히 개인적인 반응이지만, 그것은 사회적 관계라는 그물망을 통해 연결된다. 피로를 극복하고 흩어진 생각들을 모아 시로 만들도록 자극하는 것은 집주인의 다정한 질문이며, 이제 이 시를 시작으로 한 편의 렌가가 만들어진다. "이 시에서 출발하여 어느새 우리는 여러 개 연을 연결해 세 개의 연작시를 지었다."[26] 더욱이 바쇼는 단순히 시라카와 성문의 광경이나, 여인들이 모를 심으며 부르는 민요 소리에만 반응하는 것이 아니다. 바쇼는 성벽에 서서 "아득한 과거의 생각들"에 사로잡혔고, 여행기 내내 그의 생각은 동일한 장면들에 대한 이전 시인들의 반응에 집중되어 있다. 시라네 하루오 Haruo Shirane는 이렇게 썼다. "여기에서 시라카와 성벽은 거의 전적으로 여행자의 상상 속에서 순환되는 시적 연상들로 존재한다."[27]

오랫동안 일본 고유의 시 형식이었던 하이쿠가 세계적인 장르가 된 데는 바쇼의 공이 적지 않다. 오늘날 미국 하이쿠 협회(http://www.hsa-haiku.org)는 그와 적합한 이름의 저널 〈개구리 우물Frogpond〉을 발행한다. 바쇼는 〈심슨 가족The Simpsons〉의 한 에피소드에도 등장했는데, 현대 미국의 국민 시인 로버트 핀스키Robert Pinsky가 바쇼를 칭송하는 하이쿠를 낭송한다. 티셔츠에 붉은색으로 바쇼의 이름을 새기고 방송을 시청한 팬들은 이 장면에 크게 열광했다. 이들은 심지어 바쇼Bashō 이름의 철자 중 ō의 장음 기호까지 정확하게 표기한다. 오늘날 바쇼가 보았다면 덧없는 불멸, 잠깐의 영광을 노래했으리라.

54

미시마 유키오

풍요의 바다

일본의 가장 위대하고 가장 기이한 작가 중 한 사람인 미시마 유키오는 소설가, 극작가, 시인, 배우, 영화 제작자로 일약 성공을 거두었고, 1970년 45살의 나이로 자살하기 전까지 30여 편의 소설과 50편의 희곡을 발표했다. 우익 민족주의자인 미시마는 사설 민병대를 설립했고, 일본의 서구화를 견제하기 위해 동포들을 독려하여 천황을 진정한 정치 권력으로 되돌리려 했다. 일본 문화의 방향성에 절망하고, 자신이 늙어가는 것을 증오한 미시마는 일본 자위대 도쿄 사령부 사령관과 약속을 잡았다. 그리고 마침내 그와 네명의 추종자들은 문을 막고 사령관을 의자에 묶었고, 미시마는 아래 안뜰에서 군인들에게 연설을 하며 쿠데타를 일으키는 데 동참할 것을 촉구했다. 청중들이 (그의 예상대로) 야유를 퍼붓자, 미시마는 다시 안으로 들어가 추종자들에게 자신의 목을 베어 임무를 완수하도록 지시한 뒤 할복했다.

그날 이른 시간, 미시마는 『봄눈』, 『달아난 말』, 『새벽의 사원』, 『천인오쇠天人五衰』 4부작으로 이루어진 대작의 마지막 문장을 썼다. 이 4부작의 전체 제목은 아이러니하게도 달의 한 부분의 이름을 딴 '풍요의 바다'다. 1912년부터 가까운 미래인 1975년까지 이어지는 이 4부작은 1권 마지막에 사망한 마쓰가에 기요아키의 삶의 이력을 따라간다. 그는 처음엔 민족주의적인 극단주의자로, 다음엔 태국의 공주 잉찬으로, 마지막으로 영악한 고아(불량 청소년 히구치 이치요)로 세 차례 다시 태어난다. 『풍요의 바다』는 전근대적인 과거의 아시아와 전 세계의 근대성을 다양한 전략을 이용하여 한데 엮는다. 이 4부작을 작업하는 동안 미시마는 태국뿐 아니라 인도를 여행하면서 사원과 강가의 화장터를 방문하고, 간디와 농촌 개발 문제를 논의하기도 했다. 동시에 그는 동서양의 소설 속 모델들을 광범위하게 이용했는데, 그가 주로 참고한 텍스트에는 무라사키 시키부와 마르셀 프루스트의 작품들이 포함된다.

『봄눈』에서 미시마는 『겐지 이야기』를 신랄하게 재구성하여 일본 생활의 구질서와 신질서를 모두 풍자한다. 헤이안 시대의 유산은 여자 주인공 사토코가 속한 수동적이고 퇴락한 아야쿠라 귀족 가문을 통해 구체적으로 드러나는 한편, 메이지 시대 이후의 서구화 문제는 기요아키의 아버지 마쓰가에 후작의 어리석은 모습에서 풍자적으로 드러난다. 미시마는 메이지 시대 이전의 영광스러운 과거를 되살리겠다는 환상에 돌이킬 수 없이 빠져들었지만, 아야쿠라 가문에 대한 묘사는 과거의 전통에 의지하는 일이 사실상 불가능함을 드러낸다. 대신 미시마는 고대 아시아와 현대 유럽 사이의 복잡한 삼각관계를 그려낸다.

미시마의 안티히어로 기요아키는 삶의 목적이 없는 겐지 왕자이며, 실제로 그는 겐지가 등장하는 장면 뒤에서 (아마도 무라사키의 소설 속 이미지들로 장식했을 오래된 여섯 폭 병풍 뒤에서) 사토코와 처음으로 성관계를 맺는다. 하지만 기요아키는 기억이 정교하게 떠오르는 순간이 오기 전까지, 사토코에게 아무런 감정도 느끼지 못한다. 그는 청혼을 계속 미루다가 사토코가 천황의 아들과 약혼했다는 사실을 알게 된다. 기요아키는 이 소식에 충격을 받기는커녕 알 수 없는 만족감으로 가득 차 있다. 그는 어린 시절 시 쓰기를 연습할 때 그와 사토코가 사용했던 두루마리를 집어 들다가, 그들이 장기를 둘 때 그가 받았던 국화 모양 쿠키를 문득 떠올린다.

스고로쿠 놀이의 우승 상품인 황후의 과자는 각각 황실의 문장 형태를 본떠 만들어졌다. 그가 작은 이로 진홍색 국화 모양을 깨물 때마다 꽃잎의 색깔이 짙어졌다가 이내 스르르 녹았고, 혀에 닿을 땐 섬세하게 새겨진 백색의 국화 모양 선들이 흐릿해지다가 이내 달콤한 액체로 녹아서 사라졌다. 모든 것이 떠올랐다. 아야쿠라 저택의 어두운 방들, 교토에서 가져온 가을꽃들의 문양이 수놓아진 궁정의 병풍들, 밤의 엄숙한 정적, 쓸어 넘긴 까만 머리칼 뒤로 반쯤 가려진, 살짝 하품을 하느라 벌어진 사토코의 입. 모든 것이 그가 그때 경험했던 그대로 몹시도 쓸쓸하고 우아하게 되살아났다. 그러나 이제 그는 전에는 감히 품어본 적 없는 한 가지 생각을 서서히 인정하고 있음을 깨달았다.

기요아키의 내면에서 집합 나팔 소리 같은 어떤 소리가 들렸다. **나는 사토코를 사랑한다.**[28]

국화 모양 과자가 기요아키의 혀에서 녹는 순간, 그것은 프루스트의 유명한 마들렌이 된다. 프루스트는 이미 물이 담긴 그릇에 넣으면 꽃처럼 피어나는 일본의 종이꽃 오리가미를 비유로 들면서 "내가 마시는 차 한 잔 속에 콩브레와 그 주변 전체가 모양과 견고함을 갖추었고, 마을과 정원들이 똑같이 생겨났다"[29]라고 묘사했다.

국화 모양 과자는 기요아키의 잃어버린 어린 시절 기억들을 떠올리게 하는 것 이상의 역할을 한다. 그것은 기요아키에게 프루스트식 욕망이라는 새로운 세계로 다가가게 한다. 스완과 오데트, 마르셀과 알베르틴과의 고통스러운 연애와 마찬가지로, 기요아키는 사토코를 가질 수 없게 되었기 때문에 마침내 그녀를 욕망한다는 사실을 깨닫는다. 과자를 통해 지나간 시간이 회복되자, 기요아키는 "지금까지 그토록 소심했던 그의 성적 충동에는 그처럼 강력한 충동이 빠져 있었음"을 깨닫는다. "그는 인생에서 자신의 역할을 찾기까지 너무도 많은 시간과 노력이 들었다."[30] 그는 사토코를 찾아 그녀와 은밀하고 치명적인 연애를 시작한다.

하지만 이야기의 결론은 프루스트를 단순히 모방하지 않는다. 미시마에게 그것은 기요아키의 천박한 아버지가 보여주는 어리석은 서구화보다 나을 게 없다. 그에게 프루스트는 오히려 이야기를 무라사키 시키부의 세계로, 새롭고 현대적인 방식으로 다시 데리고 가는 통로 역할을 한다. 『봄눈』에서 기요사키는 계속 신비한 꿈을 꾸지만, 프루스트나 프로이트처럼 이 꿈들은 잃어버리거나 억압된 과거를 드러내는 것이 아니라, 시리즈 다음 권에 나올 기요아키의 **미래의** 환생들을 예시한다. 그는 (그리고 우리는) 아직 알지 못하지만, 그의 꿈들은 이른바 미래의 기억들을 보여준다.

수십 년에 걸친 기요아키의 모든 환생은 친한 친구 시게쿠니 혼다가 목격한다. 『천인오쇠』에서 기요아키의 마지막 환생이 확실치 않은 죽음을 맞은 이후 마침내 환생의 패턴과 궁극적인 무의미함을 알아차린 사람도 혼다다. 이후 혼다는 사토코를 만나기 위해 순례를 떠나지만, 이제 여든세 살의 승려가 된 사토코는 어린 시절 대단했던 연애에 대해 전혀 기억나지 않는다고 주장할 뿐이다. "기요사키라는 사람을 정말 아셨습니까?" 그녀가 혼다에게 묻는다. "우리 둘이 전에 만난 적이 있다고 확실하게 말씀하실 수 있나요?" 일본 소설들 가운데 가장 프루스트적인 이 소설은 혼다를 의기양양하게 **되찾은 시간** temps retrouvé으로 데리고 오는 대신, "기억도 아무것도 없는 곳"으로 끌고 왔다.[31] 혼다는 소설의 마지막에 이렇게 숙고한다. "여름 한낮의 태양이 고요한 정원 위로 흘러갔다." 이것은 마지막 페이지에 적힌 날짜 1970년 11월 25일(미시마가 극적으로 자살하기 위해 외출한 날)에 작가가 쓴 글이다.

비록 혼다는 "기억도 아무것도 없는" 곳으로 왔다고 생각하지만, 우리는 이 긴 프루스트적 우회로를 통해 구체적인 문학의 현장, 바쇼가 즐겨 방문하던 '시적 장소'에 해당하는 소설적 장소에 도착했다고 말할 수 있다. 실제로 소설이 우리를 데려온 곳은 『겐지 이야기』다. 기요와키와의 연애가 기억나지 않는다고 선언하는 사토코의 모습은 무라사키의 위대한 모노가타리의 결말 부분을 유사하게 반영한다. 이 작품의 마지막 여자 주인공 우키후네는 달갑지 않은 두 구혼자, 겐지의 아들이라는 카오루와 손자라는 니오우의 함정을 피해 달아난다. 그녀는 신분을 숨기기 위해 기억상실증이라고 주장하며 절로 피신한 다음 머리를 깎고 승려가 되겠다고 고집한다.

무라사키의 완결되지 않은 이야기는 우키후네를 되찾기 위해 카오루가 계략을 꾸미는 데서 중단된다. 우리는 그녀가 속세로부터 탈출하는 데 성공할지 알 수 없지만, 미시마는 우키후네가 실패했을 수도 있는 출가를 사토코가 이루게 한다. "기억은 환상의 거울과 같습니다." 사토코가 혼다에게 말한다. "때로는 아주 멀리 보이도록 비추고, 때로는 바로 이곳에 있는 것처럼 비추지요." 당황한 혼다는 말을 더듬는다.

> "하지만 애초에 기요아키가 없었다면 … 잉찬도 없었을 테고, 또 누가 압니까, 어쩌면 나도 없었을지."
> 처음으로 그녀의 눈에 힘이 들어갔다.
> "그것 또한 각자의 마음 안에서 일어나는 일입니다."[32]

미시마는 불교를 실존주의적이고 심지어 허무주의적인 방향으로 가지고 와, 프루스트를 이용해 헤이안 시대의 세계를 새로운 측면에서 환생시켰고, 동시에 무라사키를 이용해 프루스트를 해체했다. 미시마는 이 이중의 과정을 통해 두 전통을 모두 깊숙이 끌어들이면서도 어느 한쪽을 모방하거나 의존하지 않는다. 미시마가 세계 문학에 가장 야심 차게 기여한 것은 이 같은 고대와 현대, 아시아와 유럽 전통의 **비교 불가능성**이다.

제임스 메릴

출발의 산문

James Merrill, Prose of Departure

바쇼의 **하이분** 장르를 현대적으로 뛰어나게 활용한 시적인 여행기, 미국 시인 제임스 메릴의 「출발의 산문」(1986)으로 우리의 일본 방문을 마무리하겠다. 메릴은 그의 세대에서 가장 창의적인 시인들 중 한 사람으로 퓰리처상, 볼링겐 시문학상, 전미 도서상 등을 수상했다. 메릴은 장난기 많고 반어적인 시를 썼고, 소네트와 전원시 같은 전통적인 형식을 즐겨 활용했다. 그는 20쪽 분량의 「출발의 산문」에서 하이쿠를 중심으로 자신의 이야기를 엮는다. 적절하게도 메릴의 하이분은 일본 여행에 대해 이야기한다. 하이분은 보통 한두 페이지 분량의 에피소드 형식으로, 메릴은 바쇼가 덧없는 아름다움과 정신적 성찰의 장소로 몸을 강조한 것을 바탕으로 자신이 지은 한두 편의 하이쿠를 엮어 구성했다.

「낡은 여행 가방에 대한 기록」의 앞부분에서 바쇼는 시적 정신이 담긴 장소로서 썩어가는 몸을 강조했다. "백 개의 뼈와 아홉 개의 구멍으로 이루어진 내 필멸의 몸 안에 무엇인가가 있다. 더 나은 이름이 없으니 그것을 바람에 휩쓸리는 정신이라고 하겠다. 바람이 살짝만 불어도 찢어지고 휘몰아치는 얇은 휘장과 같기 때문이다. 내 안에 있는 이 무언가가 몇 년 전부터 시를 쓰기 시작했다."[33] 메릴은 1980년대 에이즈 공포의 그늘 속에서 「출발의 산문」을 썼다. 많은 친구들이 죽어가고 있었고 그 자신도 병에 걸렸지만, 메릴은 이 사실을 직접적으로 표현하지 않고, 책의 앞부분에 실린 짤막한 글에서 '항해로서의 삶'이라는 바쇼의 주제를 환기시키며 아이러니하게 묘사한다. 메릴과 그의 연인은 일본으로 막 여행을 떠나려는 순간 그들의 절친한 친구 폴에게 걸려온 전화를 받는다. 폴은 미네소타 메이요 의료원에서 암 치료를 받고 있다. 메릴은 이 의료원에 대해 주로 노부부들이 이용하는 "원양 여객선처럼 거대하고 복잡하다"라고 묘사한다.

> 하지만 폴은 혼자였고, 아마 '항해'조차 하지 않았을 것이다. 그는 ***'관광객은 해안으로 오시오!'*** 라고 외치는 단호한 목소리를 몸으로 듣길 기다리면서, 너무 젊고 어설픈 승무원을 제외하고, 성실한 승객들만이 그곳을 둘러보리라는 생각이 들기 시작했을 것이다. 같은 배에 타고 있던 모두는 공통된 두려움을 숨기고 있지만,

각자의 두려움이 확연하게 눈에 띄는

바다에서. 그래요, 그래, 여기 이
노인들은 함부로 나서지 않도록 자랐지
거의 일본인처럼

너무 일찍 배에 올랐어
-여행 잘 다녀와Bon voyage! 쓰세요Write!- 그들의
마지막 신혼여행에 대해.[34]

여기에서 메릴 자신의 시는 '거의 일본어'에 가깝다고 할 수 있
다. 심지어 하이쿠에서 주로 그러듯 '절제된 단어'를 사용하기도
하는데, 여기에서는 대시 기호(-)로 표시된 '쓰세요!'가 그렇다.

메릴과 그의 연인은 일본으로 떠나지만 폴을 돕기 위해 머무르
지 않은 것에 죄책감을 느끼는데, 이는 「날씨에 바랜 해골의 기록」
시작 부분에서 바쇼가 우는 아이를 남겨 두고 떠나는 것을 후회하
는 일과 다르지 않다. 이어지는 짧은 글은 현대의 시적 장소, 도쿄
의 아오야마 공동묘지로 향하는 여행자들을 보여준다. 그곳에서
그들은 고대 시인의 무덤이 아닌 현대 게이 소설가, 바로 미시마의
무덤을 찾아다닌다. "미시마 유키오는 벚꽃이 만개하여 장관을 이
루는 길들 중 한 곳에 묻혀 있다."[35] 그들은 무덤을 찾지 못하고,
대신 해 질 녘 무덤 사이에서 소풍을 즐기고, 트랜지스터 라디오를
들으며 '유령 파티'를 벌이는 살아 있는 사람들을 만난다.

세 번째 짧은 글에서 그들은 '도널드의 이웃Donald's Neighbor-hood'[36]에게 향한다. 이 글은 1947년 이후 일본에 거주해온 미국인 영화평론가 도널드 리치Donald Richie를 묘사한다. 리치는 종종 외국인 방문객들을 집으로 초대하거나 가이드를 해주었다. 그는 얼마 전 마르그리트 유르스나르(미시마의 열혈 팬)가 일본을 방문했을 때 그녀를 집으로 초대했다. 「출발의 산문」은 미시마에게 헌정된 작품으로, '출발'의 의미를 일본에서의 출발뿐만 아니라 미국에서 일본을 향한 출발까지 확장한다면 이별 시의 연작으로도 볼 수 있다.

역시나 바쇼의 작품에서처럼 여행은 삶과의 작별이기도 하다. 메릴의 죽어가는 친구 폴은 현대 시의 권위자이자, 메릴을 미국의 주요 시인 5인 중 한 명으로 선정한 데이비드 칼스톤David Kalstone이 모델이다. 칼스톤은 1986년 6월 에이즈 관련 질병으로 사망했다. 메릴은 그해 12월 〈뉴욕 리뷰 오브 북스New York Review of Books〉에 「출발의 산문」을 발표했다. 그러나 메릴의 전기 작가 랭던 해머Langdon Hammer는 칼스톤이 메이어 의료원에서 치료를 받은 적이 없다고 밝힌다. 메릴은 자신이 그곳에서 보낸 시간을 떠올리면서 칼스톤의 경험들을 더해 폴이라는 복합적인 인물을 창조했다. 해머의 말처럼 메릴의 일본 여행은 "바쇼의 경우와 마찬가지로 자아의 포기와 관련이 있다."[37]

메릴과 그의 동행이 도널드 리치의 도쿄 아파트를 방문했을 때, 그들은 도널드가 탐미주의자이자 고행자임을 알게 된다. "아주 작은 방 두 개, 실용적인 벽감들. 잡다한 물건들은 전혀 없다. 그가 소유한 것은 눈에 보이는 것이 전부이며, 여기에는 이미 다 쓴 것들은 버리겠다는 결심도 포함된다. 책들과 기록들도. 그에게는 연인들이 있지만 친구로서 존재하며 친구는 공간을 차지하지 않는다. 그는 이제 밤에 그림을 그린다."[38] 다음 짧은 글에서 메릴은 하이쿠를 지으면서 걱정으로부터 도피하는 모습을 묘사한다.

지구 반대편에 있는 폴에게 최악이 닥치고 있다는 생각이 줄곧 우리 머리에서 떠나지 않는다. … 나는 고작해야 이상한 순간을 허용하는, 의식적인 회피의 형태가 필요하고, 그럴 때
이 문제는

다른 곳을 보다가 길을 잃고는
그 지역 뮤즈의
숫자에 무딘 시선으로 빠져든다

그곳에 붙박인 채, 그녀가 눈을 깜박이고 파도가 부서질 때까지, 음절에 체크 표시를 한다. … 모든 여행이 세밀화의 현현이라면, 이번 여행에서는 나를 꽃처럼 그려주길. 참선하는 궁수가 감은 눈으로 보는 과녁처럼 평정심을 겨냥하여.[39]

리치는 손님들을 교토와 오사카로 안내하고, 그곳에서 그들은 연인들의 죽음을 이야기하는 분라쿠bunraku 인형극을 본다. 여자 주인공은 연인을 단념하지 않으려 하다 목이 베인다. 그녀의 목은 상자에 담겨 그녀와 연인을 갈라놓은 강 건너로 보내지고, 연인은

상자를 받은 즉시 자살한다. 하이쿠에서 메릴은 폴의 죽음을 예상하며, 배를 타고 그의 재를 뿌리는 상상을 한다.

> (사운드 속으로, 폴,
> 우리는 네 상자를 비울게,
> 어둠처럼, 작은 조각처럼.)**40**

미묘한 말장난은 물리적·시적 장난과 연결된다. 메릴과 그의 연인은 롱아일랜드 사운드Long Island Sound(sound에는 소리, 해협의 의미가 있다 – 옮긴이)에서 폴의 유골을 뿌리지만, 텅 빈 유골 상자를 기념하는 하이쿠의 고요한 사운드도 뿌려줄 것이다.

바쇼의 여행기처럼 메릴의 「출발의 산문」은 여행 중인 현재의 시간이 배경이지만 사실상 여행에서 돌아온 후에 쓰였다(혹은 적어도 완성되었다). 데이비드 칼스톤의 죽음은 1988년 「출발의 산문」이 실린 전집 『내면의 방The Inner Room』의 다른 글에서도 언급된다. 책의 마지막에서 두 번째 시 「작별 공연Farewell Performance」에 유골을 뿌리는 장면이 나오는데, 이제는 상상이 아닌 사후의 실제 상황이 묘사된다. "피터는 부표浮漂를 붙잡고, / 나는 물속에서 상자를 잡고, 풀어주네 / 그 안에 담긴 모든 것들을."**41** 『내면의 방』은 물방울 하나가 "극지방의 바람에 의해 변한다 살을 에는 듯한 / 육각형의 귤로"(즉 눈송이로)라는 짧은 시로 끝난다. 이것은 곧 녹아서, "지금은 새의 시선이, 지금은 은행잎의 부채꼴이" 되었다가, 납이 금이 될 때까지 '납lead'에서 '짐load', '막대기goad', '금gold'으로 장난스

럽게 철자를 바꾼다.[42]

바쇼와 마찬가지로 메릴의 변함없는 주제는 과거의 존재, 기억과 욕망에 대한 집중으로, 이 모두는 죽음을 앞두고 글을 씀으로써 가능해진다. 『내면의 방』에는 「출발의 산문」 바로 앞에 「정중앙Dead Center」이라는 제목의 전원시가 있으며, 실제로 전집의 한가운데 위치한다. 시는 이렇게 시작한다.

깊은 생각에 잠기어, 펜을 담그자
오늘 밤, 메시지는 암호가 되어 잔물결처럼 밖으로 퍼진다.
지금의 검은 물속에서 **그때**의 별들을 태운다.

시인의 사색은 그를 과거로 데리고 간다.

혹은 나는 할머니 집으로 돌아간다. 내 나이 열 살,
거리에서 내 부모님의 로드스터 자동차를 감추던 먼지는
사색 **속으로** 빠져든다, 내 펜과 함께.

「정중앙」은 누군가(아마도 중환자실의 폴이거나 메릴 자신)가 숨을 헐떡이는 장면으로 끝난 다음, 다시 처음으로 인상적인 복귀를 꾀한다.

가쁘게 숨을 쉰다. 산소oxygen의 O마저도 냉혹해
전혀 모르겠어, 그들은 무엇을 예감하는지?

지금의 검은 물속에서 별들이 타고 있다. 아 그때

뛰어오름, 기억, 최고의 여자 기수,
불의 고리들을 통과하며, 당신은 주변을 너무 많이 돌고 있다!
사색 너머로, 내가 펜을 담그면
지금의 검은 물속에서, **그때**의 별들을 태운다.⁴³

블라디미르 나보코프의 『말하라, 기억이여』의 역동적인 메아리 속에서 기억은 과거 속으로 뛰어든다. 이 전원시는 첫 번째 연의 마지막과 같은 구절로 끝을 맺지만, 작고도 중요한 변화가 있다. 쉼표가 첨가되어 선언적 진술을 시적 명령으로 바꾼 것이다. 이런 식으로 전근대 일본 문학은 바쇼의 연약한 몸과 그의 세계가 소멸

사진 48 1973년의 제임스 메릴

사진 49 1990년대의 제임스 메릴

된 후에도 오랫동안 살아남아 시인과 독자 모두에게 영감과 도전
을 불러일으킨다.

브라질-콜롬비아

Brazil

유토피아, 디스토피아, 헤테로토피아

Colombia

56

토머스 모어

유토피아

Thomas More, Utopia

필리어스 포그는 일본에서 출발해 샌프란시스코까지 항해했지만, 우리는 그의 여정을 계속 확장해나갈 것이다. 이제 최초의 유럽 탐험가들 중 한 명인 아메리고 베스푸치Amerigo Vespucci의 가상의 궤적을 따라 남아메리카 대륙에 다다른다. 베스푸치(혹은 그의 이름을 사칭한 누군가)는 1499년과 1502년 사이 브라질 해안을 탐험한 후 『신세계Mundus Novus』라는 대담한 제목의 글을 발표했다. 이 제목은 콜럼버스가 10년 전에 우연히 발견한 땅이 결국 아시아 해안이 아닌 완전한 '신세계'였음을 알렸고, 1507년 지도 제작자 마르틴 발트제뮐러Martin Waldseemuller는 베스푸치를 기념하여 이 거대한 땅을

'아메리카America'라고 명명했다. 이제 세계 지도, 그리고 세계 문학의 지도는 영원히 바뀔 것이었다.

젊은 영국 변호사 토머스 모어에 따르면, 베스푸치의 승무원 라파엘 히슬로다에우스Raphael Hythlodaeus는 브라질에 상륙한 뒤 내륙으로 향했다. 마침내 그는 태평양 연안에 도착했고, 그곳에서 유토피아라는 섬에 살고 있는 독특한 사회를 발견했다. 1515년 그는 앤트워프의 집에 돌아와, 영국에서 그를 방문한 모어를 비롯해 여러 친구들에게 자신이 발견한 것들을 이야기했다. 『유토피아』(1516)는 모어의 시대, 세계의 아찔한 팽창을 보여주는 최초의 작품이라는 점에서 새로운 종류의 세계 문학을 대표한다. 이제 유럽인들은 부모 세대에는 그 크기가 제대로 알려지지 않았던 세계에서 자신의 위치를 찾아야 했다. 베스푸치 같은 탐험가들은 대중의 상상 속에서 미개척지의 문을 열었고, 그곳에서 낡은 '구세계'는 신세계를 만나 활기를 되찾았다. 얀 반 데르 스트라트Jan van der Straet의 그림 〈베스푸치, 미국을 깨우다Vespucci Awakening America〉에서 종교와 과학(십자가와 육분의)으로 무장한 베스푸치는 브라질 처녀에게 다가가 말을 걸어, 뒤편 배경에서 적의 다리를 굽고 있는 식인종 무리로부터 그녀를 벗어나게 하려는 참이다(사진 50).

모어의 『유토피아』는 신세계에 대한 초기 사람들의 이상을 바탕으로 '유토피아적인utopian'이라는 형용사를 세상에 선보였다. 샤를 푸리에Charles Fourier의 『사랑이 넘치는 신세계Le Nouveau Monde Amoureux』(1816)의 관능적인 낙원, 성평등, 일부다처제, 심지어 '다부다처제'의 땅에서부터, 사회주의자 윌리엄 모리스William Morris의

사진 50 <베스푸치, 미국을 깨우다>

『유토피아에서 온 소식 News from Nowhere』(1890), 마거릿 애트우드의 『시녀 이야기』와 『신약성서』의 어두운 **디스**토피아적 시각에 이르기까지 유토피아 소설이라는 장르를 낳았다. 모어가 평등, 공동 재산, 종교의 자유로 이루어진 사회를 진지하게 제안했는지는 여전히 미해결 문제로 남아 있다. 유토피아는 그리스어로 '어디에도 없는 곳'이라는 의미이며, 모어의 이른바 정보원인 히슬로다에우스는 '허튼소리를 퍼뜨리는 사람'이라는 의미다. 무려 C. S. 루이스 Lewis 같은 독자는 『유토피아』를 유쾌한 판타지 작품 정도로 간주해야 한다고 제안했다.

철학자 미셸 푸코 Michel Foucault 가 말한 이른바 **헤테로토피아** heterotopia 로 유토피아를 생각하는 것이 더 나을지 모른다. 즉 세계 안의 세계, 위기에 처한 현재 사회의 긴장을 폭로할 수 있는 타자

성의 장소로 말이다. 모어는 사회 병폐의 근본적인 치료법으로 유
토피아를 창조했다. 책의 대부분은 귀족(모어 시대의 1퍼센트에 해당
하는)의 과시적 소비와 그들을 뒷받침했던 농민들의 빈곤 문제 해
결책을 상상하는 데 할애된다. 그리하여 유토피아에서는 모두가
일해야 하지만 하루에 여섯 시간만 일하고, 모두가 돌아가면서 농
사를 짓는다. 결핍과 과로에서 벗어난 유토피아인들은 쾌락을 위
해 산다(이성적인 쾌락이지만 쾌락은 쾌락이다). 모든 이웃이 드넓은
식당에 함께 모여 풍성한 음식과 즐거운 대화를 즐긴다. 유토피아
인들은 배우는 걸 좋아하고, 그들이 사용하는 철자와 유사한 그리
스어에 타고난 소질이 있음이 밝혀진다. 모어의 가정에서 그랬던
것처럼 유토피아에서도 음악은 인기가 있다. 모어는 두 번 결혼했
는데 두 아내 모두에게 악기 연주를 가르쳤다. 유토피아에서 결혼
은 실질적인 경제적 결정 이상의 의미를 갖는다. 육체적 매력이 결
혼 생활을 뒷받침할 터이므로 예비 배우자들은 서로의 알몸을 확
인할 수 있다.

'어디에도 없는 곳'이자 아주 좋은 곳(그리스어로 'eu-topos')인
유토피아는 플라톤이 말한 철학자 왕의 민주화된 버전으로, 선출
된 치안 판사가 다스리는 지상 낙원이다. 그러나 이 신세계 New World
사회는 뉴 에이지 New Age 공동체가 아니다. 고정된 계층이 질서를
부여하고 모두에게 삶의 목적과 분수를 알게 한다. 자녀는 부모에
게, 아내는 남편에게 순종하며, 아들은 모어 자신이 그랬던 것처럼
아버지의 직업을 이어받는다. 가장 바람직하지 않은 과업은 노예
들에게 주어진다. 노예들 중 일부는 사형 선고를 받은 범죄자들이

고, 그 외 노예들은 (놀라운 제국의 환상 속에서) 본토에서보다 더 나은 삶을 살기 위해 이 섬에 온 **지원자**들이다.

그런데 이런 낙원에 뱀이 있는 것 같다. 이 범죄자들은 잡혀서 노예가 되기 전에 무슨 짓을 하며 살았을까? 일부는 의심할 여지 없이 평범한 탐욕이 동기가 되었지만, 이야기 전반에 또 다른 우려가 깔려 있으니, 종파 간 파벌이 섬나라를 분열시킬지도 모른다는 것이다. 영국은 장기간의 장미 전쟁이 최근에야 막을 내렸고 탐욕스럽고 인기 없는 군주 헨리 7세가 튜더 왕조를 세웠다. 1509년 열일곱 살에 왕위를 계승한 그의 아들 헨리 8세는 보다 촉망받는 인물(4개 언어에 능통하고, 음악에 조예가 깊으며, 책과 지식을 사랑했다)이었지만 왕국을 단결시킬 수 있을지는 아직 두고 봐야 했다. 이 과제는 유럽 대륙에 종교적 논란이 휘몰아치면서 더욱 어려워지게 될 터였다. 프로테스탄티즘은 르네상스 인문주의가 자유로운 탐구와 개인의 완전성을 강조하면서 자연스럽게 생겨난 결과였지만, 교황에 충성하는 모어 같은 이들에게 점차 증가하는 프로테스탄트 종파들은 이단과 내전을 낳는 혼란의 온상이었다. 무엇보다 유토피아인들은 광신주의를 거부한다. 히슬로다에우스의 동료 한 사람이 "분별력이 아닌 열정으로" 기독교를 홍보하기 시작하자 "종교적 모독이 아닌 공공의 혼란을 야기했다는 혐의로" 체포되어 추방되었다.[1]

치안 판사들은 유토피아의 연회장을 감독하면서 모든 사람이 항상 시야에서 벗어나지 않도록 감시하는데, 이것은 빅 브라더 Big Brother가 시시각각 우리를 지켜보는 오웰의 디스토피아 소설

『1984』를 묘하게 연상시킨다. 치안 판사들은 유토피아 전구역에서 사적인 모임과 음모를 꾸밀 기회를 제거한다. 마을 간 이동은 엄격하게 제한되고 술집 이용은 금지되며 섬 어디에도 진정한 사적인 시공간은 없다. 모어는 유토피아인들은 최고의 정치 아래 사는 삶을 기뻐한다고 주장하고, "모든 이는 자신이 선택한 종교를 따를 자유가 있어야 한다"[2]고 강조하지만, 무신론자 혹은 사후 세계를 믿지 않는 사람은 누구든(유대인일 가능성이 높다) 추방되어야 한다는 냉혹한 이유를 제시한다. "이것을 부인하는 이는 누구든 인류의 배신자로 간주되는데, 그는 열망을 품는 영혼의 본성을 동물의 사체 수준으로 끌어내렸기 때문이다. 더욱이 그는 시민으로 인정받을 수도 없을 터인데, 공포에 의해 저지당하지 않는 한 법이나 관습을 존중하지 않을 터이기 때문이다."[3] 죽음 이후의 형벌을 두려워하지 않는 한, 아무도 욕망을 억제하고 도덕적인 삶을 살지 않을 것이라고 유토피아인들은 말한다. 합리적이고 명랑해 보이는 이 공동체는 궁극적으로 공포에 의해 다스려진다.

모어 자신의 두려움은 『유토피아』를 출간한 지 몇 년 후에 현실화되었다. 당시 그의 친구이자 후원자인 헨리 8세는 로마와 관계를 끊고 영국 국교회를 설립했다. 한편으로는 아라곤의 캐서린과 이혼하고 정부인 앤 불린과 결혼하기 위해서이기도 했지만, 그가 총애하는 귀족들에게 교회의 땅을 재분배해 자신의 권력을 공고히 하기 위해서였다. 이런 상황이 두려워진 모어는 대법관직을 사임하고 궁정에서 벗어나려 애썼다. 심지어 그는 교구 교회에 자신의 묘비를 의뢰하기까지 했는데, '사랑하는 군주를 위해 충성을 바

친 후 은퇴하여 말년을 연구와 기도로 보냈노라'는 긴 비문도 작성
해 놓았다. 앞을 내다본 이 묘비는 결국 누구도 기만하지 않았다.
모어는 앤 불린의 대관식에 참석하거나 영국 국교회의 수장이라
는 헨리의 지위를 인정하길 거부했고, 너무 유명했기에 침묵 속으
로 도피할 수도 없었다. 그는 체포되어 반복해서 심문을 받았고,
심문관들은 반역적인 진술을 유도해 그를 함정에 빠뜨리지 못하
자 위증을 했다는 이유로 유죄 판결을 받아냈다.

유토피아는 그 어느 때보다 영국에서 멀리 있었다. 20년간 왕을
섬겼음에도 불구하고, 모어는 1535년 6월 참수당했다. 유토피아인
들과 달리 모어는 죽음 이후 그에게 무엇이 기다리고 있는지 두려
워하지 않았고, 심지어 사형 집행인이 교수대로 다가올 때 그에게
농담을 던지기도 했다("중위님, 내가 무사히 올라갈 수 있도록 잘 부탁
드리오. 그리고 혹시 내가 내려오게 된다면, 알아서 올라가리다").[4] 모어
의 묘비에는 왕의 정탐꾼들이 보아야 할 메시지가 있었지만, 비문
은 그의 옆에 묻히게 될 여인들(네 명의 자녀를 낳은 후 스물세 살에
사망한 아내 제인과, 제인이 사망한 지 한 달도 안 되어 결혼한 두 번째 아
내 앨리스)을 언급하는 좀 더 사적인 메모로 끝을 맺었다. 예수는
천국에는 결혼 제도가 없을 거라고 선언했지만, 모어의 의견은 반
대였다. 그는 메모의 마지막 단락에서 유토피아적 자유주의자 푸
리에는 결혼을 승인했을 것이라고 말하면서 이같이 밝혔다.

나 토머스 모어의 사랑하는 아내이며, 내 아내 앨리스와 나를 위
해 이 무덤을 지정한 제인이 이곳에 잠들다. 한 사람은 나와 결혼

의 인연을 맺어 젊은 시절 세 명의 딸과 한 명의 아들을 낳아주었고, 다른 한 사람은 누구도 그녀보다 더 잘할 수 없을 만큼 내 아이들을 잘 돌보아주었다. 한 사람은 나와 함께 살았고 다른 한 사람은 지금 살고 있으니, 나에게 누가 더 소중한지 확신이 없다. 오, 종교와 재산이 묵인했다면, 우리 셋이 결혼 생활을 하며 다 함께 잘 살 수 있었으리라. 하지만 나는 이 무덤과 천국이 우리를 함께하게 해주길 주님께 간청한다. 그러므로 죽음은 삶이 줄 수 없는 것을 우리에게 줄 것이다.[5]

앨리스와 제인과 함께, 모어는 죽음으로써 마침내 유토피아의 해안에 도착할 수 있었다.

57

볼테르

캉디드 혹은 낙관주의

Voltaire, Candide or Optimism

토머스 모어는 유럽과 서반구의 우연한 만남이 시작된 초기에 『유토피아』를 썼지만, 볼테르가 1759년 『캉디드』를 썼을 무렵 아메리카 대륙은 유럽의 영향력 아래 있었고 '구'세계와 '신'세계가 깊이 얽혀 있었다. 모어와 마찬가지로 볼테르는 주로 자국 문화를 비판하려는 목적으로 남미에 관심이 있었지만, 그가 묘사한 브라질의 장면들은 탐험과 정착을 주제로 한 광범위하고 사실적인 문학에 기반을 두었다.

라파엘 히슬라다에우스의 뒤를 이어, 볼테르의 무한히 낙천적인 젊은 주인공 캉디드는 자신의 연인 퀴네공드를 공유해 격일제로 정부로 삼던 포르투갈 종교 재판관과 유대인 고리대금업자를 무분별하게 살해한 후 퀴네공드와 함께 서둘러 리스본을 떠나 브라질로 모험을 떠난다.

캉디드는 전쟁으로 황폐해진 부패한 유럽보다 더 나은 세상을 희망하지만, 부에노스아이레스에서 퀴네공드는 총독의 유혹을 받고 캉디드는 종교 재판관을 살해한 혐의로 추적당한다. 캉디드는 혼혈인 하인 카캄보를 데리고 내륙으로 달아난다. 볼테르는 남미에 가본 적이 없지만, 탐험 문학에서 가져온 상세한 정보들을 바탕으로 구체적으로 묘사할 수 있었다. "캉디드는 곧 녹색과 황금색의 근사한 대리석 주랑으로 둘러싸여 있고 주랑 사이로 푸른 잎이 무성하게 얽힌 곳으로 안내되었는데, 그곳에는 즐겁게 지저귀는 앵무새, 극락조, 벌새, 뿔닭, 그리고 온갖 희귀한 종류의 새들이 있었다."[6]

브라질에서 캉디드는 미셸 드 몽테뉴Michel de Montaigne의 「식인종에 대하여Of Cannibals」(1580)의 한 토막에서 튀어나온 것 같은 고상한 식인종들을 만난다. 몽테뉴는 루앙에서 브라질의 투피남바족을 만났다. 그는 식인종들이 유럽 사회의 불평등에 충격을 받았다고 묘사하고, 그들이 의식을 갖추고 적을 잡아먹는 행위를 유럽 군대의 무차별적인 잔혹 행위보다 더 명예로운 일로 바라보게 된다. 몽테뉴를 넘어서서 볼테르는 당대 한창이던 노예 무역의 참상 속에서 유럽의 이상에 대한 원주민들의 힘겨운 도전을 보여준다. 캉디드와 카캄보는 예수회 회원으로 위장해 추적자들로부터 달아나지만, 식인종 무리에게 붙잡혀 잡아먹힐 처지가 된다. 캉디드는 그들에게 기독교 윤리를 위반하고 있다고 항의하지만, 이런 주장은 아무런 도움이 되지 않는다. 이때 카캄보가 자신들도 예수회의 적이며 예수회 회원들이야말로 잡아먹혀 마땅하다고 말하면서 식인종들을 진정시킨다. "'신사 여러분.' 카캄보가 말했다. '오늘 예수회 사람 하나를 먹으려 하십니까? 훌륭한 생각이십니다. … 우리 유럽인들은 이웃을 먹을 권리를 행사하지 않지만, 그것은 순전히 우리가 다른 곳에서 좋은 먹을거리를 쉽게 얻을 수 있기 때문이지요.'"[7] 식인종들은 예수회 반대파들을 발견해 크게 기뻐하며 그들을 풀어준다.

그들은 내륙으로 더 깊숙이 들어가 엘도라도를 만나게 된다. 엘도라도 신화는 실제 탐험가들에게도 영감을 주었다. 월터 롤리경 Sir Walter Raleigh이 거리에 보석이 흩어져 있는 이 황금의 도시를

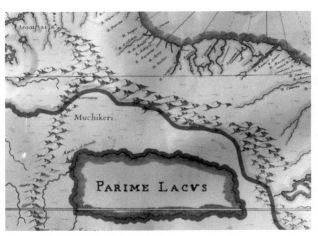

사진 51 엘도라도가 표시된 아마존 지도(1647)

찾아서 기아나를 출발해 오로노코강을 따라 모험을 떠난 이야기가 가장 유명하다. 관심 있는 여행자는 17세기 네덜란드에서 제작한 아마존 지도를 펼치면 광활한 (그러나 안타깝게도 존재하지 않는) 파리마 호수의 북서쪽 기슭에서 엘도라도의 위치를 찾을 수 있다. 이 책에 실은 지도는 예술가이자 탐험가인 나의 고모 헬렌에게서 물려받은 것이다(사진 51).

캉디드와 카캄보가 엘도라도에 도착했을 때, 그들은 거리마다 아이들이 진귀한 보석을 가지고 노는 모습을 발견한다. 모어의 유토피아처럼 이 원시적이지만 고상한 도시국가는 변호사, 법정, 종교 시설이 필요하지 않다. 유럽의 방문자들은 흔히 이런 기관이 없는 것에 대해 한마디씩 언급했고, 콘래드와 아체베에게서 보았듯이 간혹 감탄을 하기도 했지만 대개는 그들의 정복 및 개종 계획을 정당화하기 위해서였다. 1570년 포르투갈의 어느 연대기 작가는 브라질 원주민들은 "신앙도, 법도, 왕도"(포르투갈어로 fe, lei, rei) 소유하지 않았는데, 그들은 철자 F, L, R을 발음할 수 없었기 때문이라고 주장했다.[8] **아마** 농담이었을 것이다.

엘도라도에는 왕이 있지만, 그는 폭정에 반대하고 그의 재치 있는 말들은 실제로 재미있어서 캉디드를 놀라게 한다. 아마존 전사들의 고전 신화를 받아들여, 왕의 호위대는 스무 명의 강한 (그러나 여전히 우아한) 여성들로 구성된다. 원시 사회의 공통된 미덕들 가운데 볼테르의 유토피아가 지닌 가장 독특한 점은 엘도라도가 **기술**의 낙원이라는 것이다. 엘도라도의 공학은 유럽보다 고도로 발달했고, 캉디드는 "과학의 궁전 안에 수학 도구와 물리 도구로 가득한 2천 보 길이의 갤러리를 보고" 감탄한다.[9] 모어의 유토피아가 인문주의의 낙원이었다면, 볼테르의 유토피아는 계몽주의의 이상이다. 그러나 엘도라도에서 한 달을 보낸 후 캉디드는 떠나기로 결정한다. "우리가 이곳에 계속 머물면 다른 사람들과 똑같아질 것이다." 그는 무수한 황금과 보석을 가지고 가서 "모든 왕들을 다 합친 것보다 더 큰 부자가 되겠다"[10]고 말한다. 그러고는 나중에야 생각이 나서 자신이 세상에서 제일 큰 부자가 되면 퀴네공드를 되찾을 수 있을 거라고 덧붙인다.

엘도라도의 공학자들은 급히 정교한 시스템을 제작하고, 캉디드와 카캄보는 외부 세계로부터 엘도라도를 보호하는 절벽 위로 올라간 다음 북쪽으로 향한다. 그들이 도착한 다음 장소는 수리남으로, 볼테르가 이 장소를 택한 이유는 실패로 끝난 이곳의 비극적인 노예 반란 이야기를 담은 에프란 벤Aphra Behn의 『오루노코Oronooko』(1688)에 경의를 표하기 위해서다. 수리남에서 캉디드와 카캄보는 심하게 다친 흑인 노예를 만나고, 삽화 속 흑인 노예는 침착하게 이렇게 설명한다. "우리가 일하는 설탕 공장에서는 손가락 하나가 끼면 손을 자릅니다. 우리가 달아나려 하면 다리를 자르지요. 나는 두 가지를 모두 경험했습니다. 이것이 유럽에서 당신들이 먹는 설탕의 대가입니다."(사진 52)[11]

초기 여행기의 공통된 주제는 유럽인 탐험가가 멀리 떨어진 땅에서 그의 언어를 아는 누군가를 발견하는 놀라움, 현지인과의 소통이 가능해지면서 도움을 얻게 되는 언어적 연결의 순간이다. 볼테르는 캉디드와 퀴네공드가 아직 유럽에 있는 동안 불행한 인생

사진 52 설탕의 대가

을 살아온 노파(교황과 공주 사이에서 낳은 딸)를 만났던 상황을 풍자적으로 표현한다. 노파는 해적들에게 납치되어 모로코에 가게 되고, 자신이 모르는 언어를 사용하는 사람들 사이에 놓인다. 해적들이 그들의 약탈품과 포로들을 갈취하려는 경쟁자들에게 공격을 받으면서 사태는 더욱 악화된다. 노파는 어머니가 겁탈을 당하고 시신이 훼손되는 광경을 목격한 뒤 기절했다가 잠시 후 의식을 되찾았지만, 이제 동포인 이탈리아 죄수 카스트라토가 자신을 강간하려 한다는 걸 알게 된다. 그는 신음하며 숨죽이면서 말한다. "오, 고환이 없다는 건 얼마나 불행한 일인가O che sciagura d'essere senza coglioni!"[12]

노파는 격분하기는커녕 "내 모국어를 듣게 되어 놀라고 기뻤다"라고 말한다. 특히 볼테르의 이야기에 등장하는 여성들은 그들에게 닥친 모든 불행에서 살아남는 적응력을 가지고 있다. 캉디드가 종교 재판관과 고리대금업자를 살해할 때 퀴네공드는 화를 낸다. "우리는 이제 어떻게 살죠? 어떻게 해요? 다른 재판소장과 유대인을 어디에서 찾아요?"[13] 나중에 캉디드가 부에노스아이레스로 달아나야 할 때, 그는 퀴네공드 혼자 어떻게 살아갈지 걱정한다. "아가씨는 할 수 있는 일을 할 거예요." 카캄보가 대답한다. "여자들은 늘 자기 앞가림을 할 줄 아니까요."[14] 카캄보는 캉디드에게 파라과이로 가자고 제안하고, 그곳에서 (볼테르의 또 다른 아이러니로) 캉디드는 유럽의 최신 군사 기술을 이용해 현지 군대를 훈련시켜 큰돈을 번다.

볼테르는 세속적인 배경을 이용하여 자신들의 사회 제도가 "가능한 모든 세계들 중 최상의 세계"를 대표한다는 독자들의 자기만족을 불안하게 만들지만, 그는 급진적 상대주의자도 아니고 다른 문화에는 관심도 없다. 캉디드와 퀴네공드, 그리고 다른 동료들은 인간 본성이 어디서나 대체로 비슷하다는 사실을 발견하지만, 이것은 행복한 발견이 아니다. 결국 카캄보는 브라질에서 캉디드에게 이렇게 말한다. "당신도 알다시피 이쪽 반구가 저쪽 반구보다 별로 나을 게 없어요."[15] 아무래도 유토피아에는 유토피아가 없는 것이 분명하다.

캉디드는 유럽으로 돌아와 늙은 철학자 마르탱에게 묻는다. 그가 생각하기에 "인간은 옛날이나 오늘날이나 항상 그렇게 서로를

학살해왔느냐"고 묻는다. "인간은 늘 거짓말쟁이, 배신자, 배은망
덕한 자, 도둑, 의지박약자, 고자질쟁이, 겁쟁이, 뒤통수치는 자, 식
충이, 주정뱅이, 구두쇠, 출세주의자, 살인자, 중상모략가, 광신자,
위선자, 바보 멍청이들이었습니까?" 마르탱은 그에게 매가 비둘기
를 보면 항상 잡아먹느냐고 묻는다. 캉디드는 대답한다. "물론이지
요." 그러자 마르탱이 쏘아붙인다. "매의 성격은 언제나 변함이 없
다면서, 왜 인간은 변한다고 생각하십니까?"¹⁶

　마침내 재회한 캉디드와 퀴네공드는 터키 변방에 정착하여 본
인들의 삶을 돌보기로 결심한다. 이야기의 유명한 결론은 이렇다.
"Il faut cultiver notre jardin." 단테의 『신곡』이 인생 여정의 한가운
데에서 시작하는 것처럼, "우리는 (우리의) 정원을 가꾸어야 한
다"¹⁷는 문장은 개인적 명령이 아닌 사회적인 명령이다. 캉디드와
퀴네공드는 브라질에 체류하면서 보편적 인류애라는 개념을 철학
적으로 인식하고 유럽인이 선천적으로 우월하다는 환상이 잘못되
었다는 깨달음을 얻었다. 더 넓은 세상은 명성, 재산, 정복을 얻기
위한 기회를 제공하지 않더라도, 무한한 모험의 가능성과 자신을
재창조하는 방법을 제공할 것이다. 카캄보는 캉디드에게 말한다.
"한 세계에 자리가 없으면 다른 세계에서 찾으면 되죠. 그리고 새
로운 것을 보고 새로운 일을 하는 편이 즐겁잖아요?"¹⁸

58

조아킹 마리아 마샤두 지 아시스
브라스 꾸바스의 사후 회고록

450

Joaquim Maria Machado de Assis,
Posthumous Memoirs of Brás Cubas

브라질에 오는 모든 이가 새로운 것을 보고 새로운 일을 하는 것을 즐거워하지는 않았다. 16세기부터 시작해 브라질이 마침내 서반구에서 노예 제도를 폐지한 마지막 나라가 된 1888년까지 아프리카에서 브라질로 약 5백만 명의 노예들이 이송되었다. 수 세기에 걸친 근친혼(강간과 축첩뿐 아니라)의 결과 인구의 거의 절반이 물라토mulatto(혼혈 유럽인과 아프리카인 사이에서 태어난 혼혈인)와 그 밖의 다른 혼혈 인종으로 분류되었다. 사회적 위계는 인종이 아닌 피부색을 바탕으로 점차 발전했고, 마샤두 지 아시스처럼 피부색이 밝은 물라토들은 피부색이 어두운 물라토들보다 사회적 이동가능성이 훨씬 컸다.

그렇다 해도 물라토 집안의 화가와 아조레스 제도 출신 세탁부의 아들이 브라질에서 가장 중요한 세기의 작가로 떠오르고, 브라질 문학 아카데미 회장이 되리라고는 누구도 예측하지 못했을 것이다. 마샤두의 어머니는 그가 열 살 때 돌아가셨고, 아버지는 리우데자네이루에서 북동쪽에 있는 지방 도시 상크리스토방으로 이사해 그곳에서 재혼했다. 마샤두의 계모는 어느 여학교 수업에 마샤두를 집어넣고 자신은 그곳에서 양초 만드는 일을 했지만, 마샤두가 정식 교육을 받은 기간은 전부 합해 몇 년 되지 않았다. 청소년기에 마샤두는 지역 신문을 발행하는 물라토 인쇄업자와 친해졌는데, 마샤두가 열다섯 살 때 그의 첫 시가 이 신문에 실렸다. 열아홉 살에 마샤두는 식자공, 교정직, 시간제 기자로 근근이 살아가고 있었고, 하루 한 끼밖에 먹지 못하는 날이 많았다. 하지만 그에게는 배움에 대한 열의와 작가가 되겠다는 깊은 열망이 있었다. 제빵사 친구에게 프랑스어를 배웠고, 지역 정치인에게 영어를 배웠다(독일어와 그리스어는 나중에 독학했다). 그가 만난 기자와 작가들은 그에게 글을 쓰라고 독려했다. 우리는 스물다섯 살 마샤두에게서 벌써 자신감 넘치는 젊은 신사의 모습을 (적어도 사진가의 스튜디오에서는) 볼 수 있다(사진 53).

사실상 성공은 느리게 찾아왔다. 말더듬과 주기적인 간질 발작에 시달린 마샤두는 처음엔 기자로 이후엔 작은 정부 관직에서 일하면서 퇴근 후에 계속해서 글을 썼다. 초기에 발표한 두 권의 시집은 반응이 좋지 않았고, 희곡을 썼지만 제작되지 못했다. 마샤두

사진 53 마샤두의 젊은 날과 중년 시절

는 마침내 소설을 쓰기 시작했다. 하지만 당시의 낭만주의에 고취된 이 소설들은 대중적 인기를 얻는 데는 성공했지만 비평 측면에서는 실패했다. 그는 물라토 사위를 달가워하지 않는 처가 식구들의 반대에도 불구하고 행복한 결혼 생활을 시작하는 데 성공했지만 부부에게는 아이가 없었다. 마흔 살이 될 무렵엔 미미한 문학경력마저 잊혀질 운명에 처한 듯 보였다. 그의 구레나룻은 이제 가면이나 보호막이 되어가고 있었다.

마샤두가 낭만주의를 과감히 버리고 『브라스 꾸바스의 사후 회고록』(1881)을 쓴 것이 이 무렵이었다. 프랑스의 정치가이자 소설가인 샤토브리앙Chateaubriand은 그의 사후인 1848년 『무덤 너머의 회상록Memoirs d'outre-Tombe』이 출간되도록 준비했지만, 브라스 꾸바스는 한술 더 떠서 실제로 무덤 너머에서 자신의 회고록을 *썼다.*

『브라스 꾸바스의 사후 회고록』은 야심 차고 획기적인 여러 소설들 중 최고의 작품이었고, 1880년대 후반 마샤두는 브라질을 대표하는 소설가로 인정받았다. 그는 1896년 브라질 문학 아카데미 창립 회원이 되어 1908년 사망할 때까지 회장직을 맡았고, 장례식 후 수많은 팬들이 아카데미 정문에서부터 그의 관을 운구했다. 그는 생가에서 1~2마일 떨어진 먼 거리에 안치되었다.

마샤두는 이 파격적인 소설이 성공을 거두리라고는 사실 기대하지 않았다. 그의 소설은 한 세기 전 『신사 트리스트럼 섄디의 인생과 생각 이야기』의 풍자적 유희를 떠올리게 하는 동시에, 화자의 죽음으로 시작한다는 점에서 오르한 파묵의 『내 이름은 빨강』 같은 훨씬 후대의 메타 텍스트적 실험을 예고한다. 서문에서 브라스 꾸바스는 자신의 회고록에 공감하는 독자가 있긴 할지 궁금하게 여기면서, 첫 번째 (그리고 아마도 유일한) 독자이자, (이렇게 말해도 괜찮다면) 첫 번째 소비자에게 자신의 책을 바친다.

> 내 시신의
> 차가운 살점을 가장 먼저
> 갉아먹은
> 벌레에게
> 그리움 가득한 기념품으로
> 이
> 사후 회고록을
> 바친다.[19]

여기에서 이미 우리는 이 책의 독특하고 어두운 유머를 읽는다.

마샤두가 사회적·예술적으로 정체성을 확립하기 위해 노력했다는 점을 고려할 때, 서문 격인 짧은 글에서 브라스가 자신의 책을 다른 인종 간 어색한 결혼의 산물, 사실상 문학적인 물라토라고 묘사하는 것은 결코 우연이 아니다. "솔직히 이 책은 산만한 작품으로, 나 브라스 꾸바스가 만일 스턴이나 그자비에 드 메스트르의 자유로운 형식을 취했다면, 염세주의적인 불평들을 약간 추가했을지도 모른다. 그럴 수도 있을 것이다. 이미 죽은 자의 작품을 나는 우울함의 잉크를 묻힌 유쾌함의 펜으로 썼고, 이런 결합이 어떤 결과를 낳을지 예측하기는 어렵지 않다."[20] 나는 이 프로젝트에 마샤두의 소설을 포함하기로 결정한 후 그의 책을 다시 펼쳐서 이 구절을 읽고 충격을 받았다. 이 구절은 『신사 트리스트럼 섄디의 인생과 생각 이야기』와 드 메스트르의 『내 방 여행하는 법』(우리의 80권의 책과 함께하는 항해에 가장 큰 영향을 준 두 권의 책)을 떠올리게 했기 때문이다. 마샤두는 심지어 그의 소설을 항해로 묘사한다. 4판 서문에서 그는 메스트르는 그의 방을 여행했고, 스턴은 외국 땅(『프랑스와 이탈리아 풍류 기행 Sentimental Journey through France and Italy』에서)을 여행했다고 말한다. "브라스 꾸바스의 경우" 그는 이렇게 결론을 맺는다. "아마도 그는 인생 자체를 여행했다고 말할 수 있을 것이다."[21]

책의 결말은 우리의 프로젝트와 긴밀하게 연결된다. 일련의 낭만적인 불행과 사회적인 실망을 경험한 뒤 브라스는 마침내 젊고 아름다운 여인 도나 에우랄리아(낭롤로라는 별명으로 불리는)와 정착하기에 이르지만 결국 전염병으로 그녀를 잃게 된다. 샌디의 스타일처럼 그녀의 죽음은 「막간」이라는 제목의 한 단락으로 이루어진 장으로 서두를 연다.

삶과 죽음 사이엔 무엇이 있는가? 하나의 작은 다리가 있다. 그럼에도 내가 이번 장을 쓰지 않는다면, 독자들은 이 책의 취지에 크게 반하는 상당한 충격을 받을 것이다. 초상화에서 묘비명으로 넘어가는 것은 지극히 현실적이고 일반적인 일이다. 그러나 독자들은 삶으로부터 도피하기 위해 책에서 피난처를 찾으려고만 한다. 내가 그렇게 생각한다는 말은 아니다. 다만 나는 여기에는 어느 정도 진실이 있고, 적어도 그 형태가 사실적이라고 말하겠다. 그리고 다시 말하지만, 이것은 내 생각이 아니다.[22]

다음 장은 도나 에우랄리아의 묘비명으로만 이루어져 있다.

열아홉 나이에
사망한
도나 에우랄리아 다마세나 드 브리또
이곳에 잠들다
그녀를 위해 기도를![23]

다음 장은 이렇게 시작한다. "묘비명은 모든 것을 말해준다. 냥롤로의 병과 그녀의 죽음, 가족의 절망, 장례식까지 모든 것을 당

455

12장 브라질-콜롬비아 :: 유토피아, 디스토피아, 헤테로토피아

신에게 이야기하는 것보다 더 자세히. 이로써 여러분은 그녀가 사망했음을 알게 되고, 나는 그 시기가 황열병이 처음 발병한 즈음이었다고 덧붙이겠다." 브라스는 전염병을 비극적인 일이라기보다 골칫거리로 여긴다. 그는 이렇게 말한다. "나는 전염병의 무분별함에 약간 상처를 받았다. 그것은 도처에서 사람들을 죽이고, 게다가 내 아내가 될 젊은 여인도 데려갔다. 나는 전염병이 왜 필요한지, 하물며 이 특정한 죽음이 왜 필요한지 이해할 수 없었다."[24] 그리고 이제 그는 다른 대상, 우리가 앞서 만났던 18세기의 모델 볼테르의 캉디드에게 의지하여 이 상실을 처리한다.

소설 전반에 걸쳐 브라스 꾸바스를 돋보이게 하는 인물은 이기적인 철학자 낑까스 보르바다. 그는 불교 교리, 니체의 사상, 사회적 다윈주의를 터무니없이 뒤섞은 일종의 인도주의의 장점을 연설하지만 나중에 브라스의 시계를 빼앗는다. 전염병이 닥치기 직전에 보르바는 고통은 환상이며, 전쟁과 기근은 단조로움에서 벗어나기 위한 사건일 뿐이라고 주장하는 방대한 논문을 발표한다. 인류의 목표는 지구를 지배하는 것이며, "별, 산들바람, 대추야자, 대황과 함께 지구는 오직 인간의 오락을 위해 발명되었다. 그는 책을 덮으며 나에게 말했다. 팡글로스Pangloss(볼테르의 『캉디드』에서 캉디드의 스승으로 위기 상황조차 낙관적으로 여기는 극단적 낙관주의자—옮긴이)는 볼테르가 묘사한 것처럼 그렇게 어리석지 않았다고."[25] 도나 에우랄리아가 죽자, 낑까스 보르바는 브라스에게

전염병이 특정한 개체수에게는 재앙일지라도 종에게는 유용했다

고 단언한다. 그는 나로 하여금 그 광경이 끔찍한 만큼 상당한 이점(대다수는 살아남는다는)이 있다는 생각을 하게 했다. 심지어 그는 주위 사람들이 상을 당해 슬퍼하는 상황에서도 내가 흑사병의 손아귀에서 벗어난 것을 얼마간 은밀히 기뻐하지 않았느냐고 물었다. 그러나 이 질문은 너무 어처구니가 없어서 나는 아무런 대답을 하지 않았다.[26]

적어도 보르바는 최상의 세계인 브라질에 표백제를 주입해 전염병을 멈출 수 있다고 주장하지는 않는다.

도덕적으로 타협한 캉디드라 할 수 있는 브라스 꾸바스는 가부장적이고 노예 제도가 존재하는 사회가 인간의 진보와 자기 실현에 헌신한다는 주장의 모순을 해부한다. 그는 아이를 낳지 않아서 인간의 비참함을 더하지 않은 데 안도를 표하며 회고록을 마친다. 하지만 오늘날 우리는 그를 루쉰의 아Q, 하비비의 비관 낙관론자 사이드의 문학적 계부로 여길 수 있다. 마샤두 지 아시스는 그의 인생만큼이나 '자유로운 형식'으로 구성한 소설에서, 요세미티 자유 등반가처럼 브라질 사회의 균열과 단층선을 따라 올라가면서 자신의 길을 개척했다. 죽었으나 불멸인 주인공의 인생 여정을 그린 우울한 희극에서 마샤두는 명백히 비유토피아적인 브라질을 담아낸 유례없는 지도를 우리에게 남겼다.

59

클라리시 리스펙토르
가족의 유대

Clarice Lispector, Family Ties

클라리시 리스펙토르가 브라질을 상징하는 현대 작가 중 한 명으로 명성을 얻게 된 것은 어쩌면 마샤두 지 아시스보다 훨씬 불가능한 일이었을지 모른다. 우선 그녀는 심지어 브라질 사람도 아니었다. 1920년 우크라이나에서 태어난 리스펙토르의 본명은 차야 핀차소브나 리스펙토르Chaya Pinchasovna Lispector였다. 어린 시절 그녀의 부모는 유대인 집단 학살을 피해 브라질로 달아났는데, 그 과정에서 어머니는 겁탈을 당해 매독에 걸려 리스펙토르가 아홉 살 때 사망했다. 아버지는 브라질 동북쪽 레시페에서 노점상을 하다가 리스펙토르가 십 대가 되었을 때 그녀를 데리고 리우데자네이루로 이사했다. 아버지는 자신이 이루지 못한 문학이란 꿈을 좇도록 리스펙토르를 격려했고, 그녀가 열아홉 살에 첫 번째 단편을 발표한 후 세상을 떠났다.

리스펙토르는 법대에 진학했지만 변호사로 일할 마음은 전혀 없었다. 마샤두와 마찬가지로 그녀는 저널리스트로 일자리를 찾았고 계속해서 소설을 써나갔다. 스물세 살에 쓴 첫 번째 소설 『야생의 심장 가까이 Perto do Conacao Selvagem』(1943)가 상을 받으면서 유명해졌다. 이 소설은 지금까지 브라질 문학에서 볼 수 없었던 강렬한 독백을 사용했으며, 제목은 조이스의 『젊은 예술가의 초상 A Portrait of the Artist as a Young Man』의 한 구절에서 가져왔다. 그 무렵 그녀는 외교관으로 경력을 시작한 동료 법대생과 결혼했고, 1944년 유럽과 미국에서 자리를 잡았다. 차츰 외교관 아내로서의 삶에 불만을 느낀 리스펙토르는 1959년 결혼 생활을 정리하고 어린 두 아들을 데리고 리우로 돌아왔다. 다음 해 그녀는 주목할 만한 단편집 『가족의 유대』를 출간했다.

출판사는 "우리는 클라리시 리스펙토르가 브라질 문학으로 돌아왔음을 독자들에게 알릴 수 있어 기쁘다"는 말이 담긴 서문 격의 짧은 글을 책에 실었다.[27] 오늘날 우리는 '클라리시의 리우'를 둘러보고, 코파카바나 해변을 내려다보는 그녀의 동상 옆에서 셀카를 찍을 수 있다(사진 54). 리스펙토르의 국제적 명성에 대한 존경의 표시로 구글은 (마샤두 지 아시스에게 동일한 영예를 안긴 지 일년 반 만에) 그녀의 98세 생일에 맞춰 홈페이지 두들에 리스펙토르를 소개했다.

사진 54 해변의 리스펙토르

　　외국에 뿌리를 두고 오랜 세월 해외에서 거주한 리스펙토르는 그녀의 소설들이 정밀하게 연출된 집 안 공간을 배경으로 할 때조차 브라질 국내 작가 중 가장 세계적인 면모를 보인다. 예를 들어 『가족의 유대』 이후 발표한 단편집 『외인부대 The Foreign Legion』 (1964)에는 5부로 이루어진 기묘한 이야기 「다섯 번째 이야기」가 수록되어 있는데, 이 단편의 배경에 그녀의 위대한 선조 카프카가 배회한다(두 단편집 모두 그녀의 전기 작가 벤저민 모저가 2015년에 엮은 『단편 모음집』에 포함되어 있다. 이 중 카트리나 도슨스의 번역은 PEN 번역상을 수상했다). 「다섯 번째 이야기」에서 카프카의 주인공 그레고르 잠자는 바퀴벌레 군대로 환생해 한밤중에 배수관을 타고 행진해서 화자의 아파트에 침입한다. 화자는 콘래드의 주인공 커츠의 방식으로 이 작은 짐승들을 소탕하려면 어떻게 이야기를 풀어가야 할지 고민하다가, 벌레들이 석고 혼합물을 먹고 몸속에서 석고가 굳어 죽게 되는 방식을 택한다. 이야기는 이렇게 시작한다. "이이야기의 제목을 '조각상들'이라고 해도 좋을 것이다. '살인자'라는 제목도 가능하다. '바퀴벌레를 죽이는 방법'이라는 제목도 괜찮겠다. 그러므로 어쨌든 나는 적어도 세 가지 이야기를 할 것이며, 이 이야기들은 서로 모순되지 않기에 모두가 사실이다. 하룻밤이지만 이 이야기는 천 한 개의 이야기가 될 것이다, 내게 천 하루의 밤이 주어진다면."[28]

그녀는 독극물 제조법을 만든 다음 날 아침 부엌으로 들어와 "딱딱하게 굳은 채 흩어져 있는 수십개의 조각상들"을 발견한다. 그녀는 자신이 "폼페이에서 새벽을 맞은 첫 번째 목격자"라는 사실을 깨닫는다. 이 이야기의 다른 버전(혹은 재촬영한 장면)에서 그녀는 예수를 부인하는 성 베드로, 마법사, 그리고 악마의 신성이 된다. "차가운 인간의 높이에서 나는 세상의 파멸을 본다."[29] 이야기가 끝날 무렵 우리는 마침내 제목이 약속한 다섯 번째 이야기를 듣는다. 그리고 곧바로 거부당한다. "다섯 번째 이야기는 '라이프니츠 그리고 폴리네시아에서의 초월적 사랑'으로 불린다. 이 이야기는 이렇게 시작된다. 나는 바퀴벌레에 대해 불평하고 있었다."[30]

라이프니츠는 볼테르가 『캉디드』에서 반박한 철학자였다. 브라질은 신이 가능한 최고의 세계를 창조했다고 정당화한 라이프니츠의 신정론Theodicy에 대한 볼테르의 궁극적인 귀류법reductio ad absurdum (어떤 명제의 부정으로부터 모순을 끌어내어 그 명제의 부정이 옳지 않음을 증명하는 간접 증명법-옮긴이)이 되었지만, 이제 리스펙토르는 유토피아라는 환상을 리우의 삶에서 폴리네시아로 옮긴다. 이야기는 중첩되어 화자가 이웃에게 바퀴벌레에 대해 불평하는 것으로 시작하는 첫 번째 이야기로 되돌아간다. 우리는 바벨의 도서관이 아닌 일상생활 속에서 보르헤스의 뫼비우스의 띠에 갇힌다.

『가족의 유대』에 실린 핵심 단편 중 하나인 「생일 축하해요, 어머니」에는 연로한 어머니가 여든아홉 번째 생일을 맞아 식탁에 앉아 케이크가 나오길 기다리는 동안, 그녀의 자녀들, 손자들, 증손자들이 다투는 모습을 불쾌한 듯 찬찬히 바라본다. 그녀의 자손들은 동화할 수 없는 문화 사이에 끼어 있다. 그들은 방 한쪽은 'Feliz Aniversario'라고 새겨진 풍선으로, 다른 한쪽은 'Happy Birthday'라고 새겨진 풍선으로 장식하고 생일 축하 노래를 부르려 하지만 "미리 맞춰보지 않았기 때문에 한쪽은 포르투갈어로 다른 쪽은 영어로 노래를 불렀다. 그러다 그들은 노래를 통일하기 위해, 영어로 노래하던 이들은 포르투갈어로, 포르투갈어로 노래하던 이들은 영어로 아주 부드럽게 노래를 바꾸어 불렀다."[31]

할머니는 이 한심한 자손들에게 넌더리를 느끼고, 그들이 결단력도 없고 기쁨도 느낄 줄 모른다고 생각하면서 "자신처럼 강인한 사람이 어쩌다 저렇게 팔이 축 늘어지고 얼굴은 근심에 찌든 저런 멍청한 인간들을 낳았는지" 의아해한다. 그녀가 유일하게 예외로 둔 사람은 일곱 살 손자 호드리구로, "그녀 가슴의 살이 되는 유일한 혈육 호드리구는 단단하고 조그마한 얼굴에 정력이 넘치고 제멋대로였다."[32] 충격적인 한 장면에서, 할머니는 바닥에 침을 뱉으며 그들을 향한 경멸을 드러낸다.

티격태격 다투는 형제들과 배우자들 사이에서 단 한 사람만이 열정적인 강인함이 돋보이는데, 바로 호드리구의 젊은 어머니 코르델리아다. 어수선한 파티 한가운데 코르델리아는 이상하게도 시어머니가 뭔가 반응을 해주길 몹시 기다리는 것 같다. 그녀는 "너희들은 알아야 한다. 너희들은 알아야 해. 인생이 짧다는 것을. 인생이 짧다는 것을"이라는 말을 듣고 싶은 가망 없는 희망을 품지만 소용없는 일이다. "코르델리아는 두려움에 질린 시선으로 노인을 응시했다. 그리고 이것을 끝으로 노인은 이 말을 두 번 다시 반복하지 않았다. 생일을 맞은 여인의 손자인 호드리구가 코르델리아의 손을, 죄책감으로 망연자실한 채 서 있는 절망에 빠진 그 어머니의 손을 잡아끄는 동안, 코르델리아는 다시 한번 노인을 뒤돌아보며 가슴 찢어지게 비통한 충동에 사로잡힌 한 여인에게 최후의 기회를 붙잡아야 한다고, 그리고 살아가야 한다고, 단 한 번만이라도 더 암시해주길 간청했다." 『율리시스』에서 조이스의 남자 주인공 스티븐 디덜러스는 햄릿이 되고자 하는 인물이다. 그런가 하면 이 소설에서 리스펙토르는 『리어 왕』을 다시 쓰면서 세대뿐 아니라 성별도 달리한다. 이제 나이 든 리어왕이 요구하는 애정 어린 말을 거부하는 쪽은 딸 코딜리어가 아니다. 오히려 "홀笏(왕이 왕권을 상징하기 위해 드는 장식 — 옮긴이)을 움켜쥐듯 식탁보를 꼭 쥔 채"[33] 며느리의 요구에도 침묵으로 일관하는 쪽은 여성 가장이다.

하지만 코르델리아는 왜 그렇게 죄책감에 시달리고 절망하는 것일까? 우리는 결코 이유를 알 수 없지만, 루쉰의 「광인일기」에서처럼 여기에는 끼워 맞출 수 있는 증거가 있다. 할머니가 가족들을

463

12장 브라질·콜롬비아 :: 유토피아, 디스토피아, 헤테로토피아

비난할 때 어쩌면 그녀는 자신이 인지하는 것보다 더 많은 진실을 말하고 있는지도 모른다. "빌어먹을 것들, 죄다 기생오라비 같은 놈들, 오쟁이 진 놈들, 창녀들뿐이로구나!"[34] 어쩌면 온 집안 식구 중 유일하게 '정력적인' 호드리구는 결국 자신의 손자가 아닐지 모른다. 죄책감에 시달리던 코르델리아는 마지막 기회를 붙잡고 기어이 살겠다는 가슴 아픈 충동으로 마침내 소년의 생부나 어쩌면 새로운 연인과 함께 달아날 생각을 할지 모른다.

흥미롭게도 이 소설을 훌륭하게 번역한 카트리나 도슨스는 이 감추어진 이야기를 보지 못했고, 따라서 중요한 문장을 잘못 번역한다. 도슨스는 말 없는 할머니가 "돌이킬 수 없을 만큼 사랑한 불행한 며느리에게 아마도 마지막으로" 인생은 짧다고 말하는 것으로 묘사한다.[35] 그러나 포르투갈 원문에서 코르델리아는 할머니가 돌이킬 수 없을 만큼 사랑하는 사람, 즉 'quem sem remédio amava' 이 아니다. 실제 표현은 마지막으로 사랑을 하고 있는 사람('que') 인 불행한 며느리라는 의미다.

리스펙토르는 명민한 관찰자이자 정확한 작가로, 리우데자네이루와 밀접하게 관련되어 있는 동시에 이상하게도 멀리 떨어져 있다. 브라질 시인 레도 이보Lêdo Ivo는 이렇게 썼다. "그녀의 산문에서 느껴지는 이질감은 우리 문학사에서, 심지어 우리 언어사에서 가장 압도적인 사실 중 하나다."[36] 포르투갈 원문에서든 번역서에서든, 그녀의 작품들은 우리에게 일련의 불가사의한 통찰을 제공하여 각자의 고단한 삶을 최선을 다해 번역하게 한다.

60

가브리엘 가르시아 마르케스

백 년 동안의 고독

라틴아메리카에서 발표된 가장 유명한 소설 『백 년 동안의 고독Cien años de soledad』(1967)은 남미에서 멕시코로 전환하기에 적절한 작품으로, 가르시아 마르케스가 1961년 정착한 멕시코시티에서 이 위대한 소설을 썼기에 더욱 그렇다. 소설에는 지명이 나오지 않지만, 우리는 브라질과 콜롬비아의 국경을 이루는 오리노코강을 건너면서 소설 속 마콘도에 관념적으로 도착할 수 있다. 백 년 동안 일곱 세대에 걸친 부엔디아 가문을 중심으로 마콘도의 흥망성쇠를 다룬 이 대하소설은 라틴아메리카의 탐험, 국가 건설, 정치적 혼란, 그리고 현대 시대로의 불안한 진입에 이르기까지 전체적인 역사를 개괄한다.

가르시아 마르케스는 종종 자신의 소설이 윌리엄 포크너 소설 속 가상의 지역 요크나파토파 카운티Yoknapatawpha County의 연대기에 빚지고 있다고 밝혔지만, 마콘도는 엘도라도를 비롯한 신세계 유토피아들을 다룬 오래된 이야기들의 계보를 잇기도 한다. 가르시아 마르케스는 노벨상 수상 연설 '라틴아메리카의 고독'(1982)에서 이 계보를 분명히 밝혔다. 그는 초기 탐험가들의 이야기 속에는 환상적인 요소들이 자주 등장한다고 말하면서, "우리가 그토록 열심히 찾아다니던 환상의 땅 엘도라도는 지도 제작자들의 환상에 맞추어 그 위치와 형태를 바꾸어가며 오랜 세월 수많은 지도에 등장했다"고 덧붙인다. 그는 이 지역의 오랜 역사는 유토피아라기보다 디스토피아에 훨씬 가깝다는 걸 인정하면서도, 작가들에게 더 나은 유토피아를 상상하도록 촉구하며 강연을 마무리한다.

오늘 같은 어느 날 내 스승 윌리엄 포크너는 "나는 인류의 종말을 받아들이길 거부한다"고 말했다. 32년 전 그가 인정하길 거부했던 거대한 비극이, 한낱 과학적 가능성에 지나지 않는다는 사실을 내가 충분히 인식하지 않았다면, 나는 이 자리에 설 자격이 없었을 것이다. 인류의 역사 이래 줄곧 한낱 유토피아로 여겼을 이 환상적인 현실을 마주한 우리는, 무엇이든 믿으려 드는 이야기 발명가인 우리는, 지금이라도 정반대의 유토피아를 창조하기에 그리 늦지 않았다고 믿고 싶다. 새롭고 완전한 유토피아의 삶에서 누구도 다른 사람의 죽음을 결정할 수 없고, 사랑은 진실되고 행복은 가능할 터이며, 백 년의 고독을 선고받은 인종들은 마침내 그리고 앞으로도 영원히 지상에서 두 번째 기회를 갖게 될 것이다.[37]

볼테르의 엘도라도처럼, 마콘도는 통행이 거의 불가능한 산맥에 가로막혀 외부 세계로부터 차단되어 있다. 이 도시를 설립한 호세 아르카디오 부엔디아는 바다로 향하는 출구를 찾기 위해 잡다한 부류의 추종자들과 함께 이 산을 넘어가다가, 늪에 가로막혀 더 이상 전진할 수 없게 되자 이곳에 정착한다. 유토피아라기보다 모호한 헤테로토피아에 더 가까운 마콘도는 부패한 국가 정부의 통제에서 벗어난 불안정한 공간이자, 불가능해 보이는 사건들이 일상적으로 일어나는 곳이다.

『백 년 동안의 고독』은 마샤두 지 아시스의 『브라스 꾸바스의 사후 회고록』에서 라틴아메리카 정치와 인간관계를 바라보는 어둡고 아이러니한 관점을 공유하지만, 마샤두가 소설에서 '자유로운 형식'을 구축하기 위해 볼테르와 스턴을 되짚었다면 가르시아 마르케스는 당대의 작가들에게 의지했다. 마콘도는 카프카의 시선을 통해 바라본 포크너의 세계가 호르헤 루이스 보르헤스의 기괴한 거울 속에 굴절된 장소로 생각할 수 있다. 실제로 가르시아 마르케스는 대학 친구에게 보르헤스가 번역한 카프카의 『변신』을 건네받고 작가가 되기로 결심했다.

첫 줄을 읽고 하마터면 침대에서 떨어질 뻔했다. 너무 놀라웠다. 첫 줄은 이렇다. "그날 아침 그레고르 잠자는 불안한 꿈에서 깨어나, 거대한 곤충으로 변해 침대에 누워 있는 자기 자신을 발견했다." 첫 줄을 읽었을 때 나는 이런 글을 써도 괜찮은지 미처 몰랐다고 속으로 생각했다. 알았다면 오래전부터 글을 썼을 것이다. 그래서 나는 당장 짧은 이야기들을 쓰기 시작했다.[38]

카프카와 마찬가지로 가르시아 마르케스는 기이한 사건들을 건조하게 서술한다. 집시들은 공중을 나는 카펫을 타고 떠다니고, 사람들의 혼령이 수시로 자기 집으로 돌아가며, 어떤 인물은 145번째 생일이 지난 뒤 죽는다. 소설의 대표적인 초현실적 순간 중 하나는 눈부시게 아름다운 미녀 레메디오스가 어느 날 담요를 개는 동안 하늘로 승천하는 장면이다. "그녀는 공중으로 떠올라 펄럭이는 담요 한복판에서 손을 흔들어 작별을 고하고, 풍뎅이와 달리아가 있는 정원을 뒤로 하고 오후 네 시의 하늘을 날아올라서, 아무리 높이 나는 새도 쫓아가지 못할 만큼 높은 창공으로 영원히 사라졌다." '외부인'은 이 이야기가 더 불미스러운 무언가(그녀는 연인과 도망쳤을까?)를 은폐하기 위한 것이 아닌지 의심하지만, 가족들은 그녀의 승천을 신이 내린 은총의 표시로 받아들인다. 레메디오스의 시누이 페르난다는 그녀의 성취를 부러워하지만 그녀가 가장 애석하게 여기는 것은 지극히 실용적이다. "오랫동안 그녀는 담요를 돌려달라고 하느님께 매일 기도했다."[39]

『백 년 동안의 고독』은 풍성한 과잉의 방식으로 일상생활을 묘사한다. 이야기에 간혹 등장하는 '마술적' 요소는 기본적으로 부각되는 현실적인 사건들에 비하면 덜 두드러진다. 아우렐리아노 부엔디아 대령은 중앙 정부에 대항해 반란을 일으키는 것으로 그치지 않는다. 그는 서른두 차례 내전을 벌이지만 모두 실패하고, 결국 그의 자유당 동맹자들은 보수당이 집권한 정부에서 요직을 매수한 뒤 그를 버린다. 반란의 세월 동안 그가 낳은 사생아는 한둘이 아니다. 그는 전국에 무려 열일곱 명의 사생아를 낳았고 모두 아우렐리아노라는 이름을 지어주었다. 폭우가 시작되면 일주일, 심지어 성서에 묘사된 40일 밤낮이 아니라, 과장되지만 정확히 '4년 11개월 2일'[40]이라는 기간 동안 지속된다. 하지만 우리는 이 끝도 없는 폭우에 놀라서는 안 된다. 이미 우리는 도시를 건설한 호세 아우렐리아노에서 그의 아들 아우렐리아노와 호세 아르카디오, 그들의 아들들인 아우렐리아노 호세와 아르카디오, 아르카디오의 아들 호세 아르카디오 세군도와 아우렐리아노 세군도, **그의** 아들 호세 아르카디오와 여섯 번째 세대에서 단명한 마지막 아우렐리아노의 사촌이자 아버지인 아우렐리아노 바빌로니아에 이르는 부엔디아 가문의 폭우를 경험했기 때문이다.

비슷한 이름의 등장인물들을 잔뜩 등장시켜 지면을 가득 채우고, 플래시백과 플래시포워드의 잦은 사용으로 서사를 한층 복잡하게 만들면서, 가르시아 마르케스는 우리에게 수십 아니 수백 페이지 전에 읽었던 인물과 세부 내용을 기억하도록 요구한다. 그의 소설은 거대한 기억의 궁전이지만, 그곳은 계속해서 바뀌는 거울 방으로 만들어졌으며, 소설이 진행될수록 건물 전체가 무너지기 시작한다. 개인과 집단의 기억은 질병, 노화, 정치적 억압, 인간 존재의 순수한 덧없음 등으로 늘 동일하게 위협받는다.

보카치오의 『데카메론』과 타고르의 『집과 세상』과 마찬가지로, 가르시아 마르케스의 소설은 부분적으로 전염병에 관한 서사다(이 주제는 20년 뒤 『콜레라 시대의 사랑』에서 다시 언급된다). 특징적인 사실은 전염병이 한 번이 아니라 수차례 반복된다는 것이다. 집시 멜키아데스는 "인류를 채찍질한 온갖 전염병과 재앙을 피해 도망쳤다. 그는 페르시아에서 펠라그라를, 말레이시아 군도에서 괴혈병을, 알렉산드리아에서 나병을, 일본에서 각기병을, 마다가스카르에서 림프절 페스트를, 시칠리아에서 지진을, 그리고 마젤란 해협에서 처참한 조난을 겪었다."[41] 전 세계 80개의 전염병을 겪었다고 말할 수 있을 것이다. 마콘도 마을은 곧 불면증이라는 전염병에 휩싸이고, 사람들은 사물의 이름을 잊기 시작한다. 아우렐리아노 부엔디아는 사물에 이름표를 붙여 이 문제를 잠시 해결하지만, 이내 사람들은 이 단어가 무슨 뜻인지 기억하지 못한다. 소설 전반에서 부엔디아 가문 사람들은 "고독이라는 천연두"[42]에 시달려 서로를 고립시키지만 통제할 수 없는 근친상간의 열정이 일어나기도 한다. 보카치오와 타고르의 작품에서처럼 등장인물들은 사랑으로 괴로워하는 것이다.

이 책의 핵심에는 1928년 콜롬비아의 바나나 농장 노동자들이 정부군에게 학살당한 충격적인 사건이 자리 잡고 있다. 미국에 기반을 둔 바나나 농장 유나이티드 프루트 컴퍼니의 노동자 천여 명이 노동 조건을 보장받기 위해 파업을 벌이면서 일어난 사건이다. 소설에서 정부는 시체들을 몰래 기차에 싣고 가 학살이 일어난 적이 없다고 주장하고, 오래지 않아 사람들은 친구들과 친척들이 사라졌다는 사실을 잊는다. 소설이 끝날 무렵 마을 사람들은 얼마 남지 않은 부엔디아 가문 사람들을 알아보지 못하고, 심지어 그들의 도시를 세운 가문이 존재했었다는 사실조차 기억하지 못한다. 이윽고 아우렐리아노 바빌로니아가 양피지의 마지막 페이지를 해독하고 허리케인이 닥치는 순간, 그리고 멜키아데스가 이 순간까지 포함해 전체 이야기를 예언하며 산스크리트어로 쓴 필사본의 해독을 마치는 순간, 거대한 바람이 불어와 세상으로부터 마콘도를 지운다.

　정치적 혼란과 가족 간 갈등이라는 변화하는 흐름 속에서 부엔디아 가문을 하나로 묶는 사람은 대개 여성들이다. 최초의 호세 아르카디오가 죽은 지 한참 후에 그의 강인한 아내 (그리고 사촌) 우르술라가 그녀의 자녀들, 손자들, 증손자들과 고손자들의 삶을 돌본다. 클라리시 리스펙토르의 작품 속 할머니처럼 우르슬라는 백 번째 생일을 보내면서 타락한 후손들에 대해 곰곰이 생각한다. 소설 후반부에 그녀가 죽자 집은 고손녀 "아마란타 우르술라의 의지만큼이나 단호하고 강한 의지로도 구제할 수 없을 지경으로 방치된다."[43] 볼테르의 퀴네공드처럼 이 여성들은 생존자이며, 마지막에 아마란타 우르술라는 『캉디드』에서처럼 최선을 다해 자신의 정원을 가꾼다. 퇴락해가는 집을 돌보면서 그녀는 장미 덤불을 되살리고, 현관 화분에 양치식물, 오레가노, 베고니아를 심는다. 아마란타 우르술라는 벨기에 콩고에서 사업을 발전시키기 위해 떠난 남편(콘래드의 커츠를 연상시킨다)에게 버림받은 뒤, 멀리서 그녀를 흠모하던 조카 아우렐리아노 바빌로니아를 연인으로 받아들인다.

새들에게조차 잊힌 곳, 먼지와 열기가 너무도 강해 숨쉬기조차 힘들어지고, 붉은 개미 소리 때문에 거의 잠을 이룰 수 없는 집에서 고독과 사랑, 그리고 사랑의 고독에 격리된 그 마콘도에서 아우렐리아노와 아마란타 우르술라는 세상에서 유일하게 행복한 존재, 가장 행복한 존재였으며 … 집 안에 단둘이 남겨지게 되면 그들은 그동안 잃어버린 시간을 보상하기 위해 정신을 잃을 만큼 사랑에 열중했다.[44]

마르셀 프루스트는 『잃어버린 시간을 찾아서』를 독자가 오랫동안 잃어버린 기억들을 되찾으려는 주인공의 탐색을 따라가는 동안 자기 자신을 들여다보는 광학 도구라고 생각했다. 가르시아 마르케스는 세계와, 세계의 문학을 그 자신의 대하소설 속으로 끌어들이면서 우리가 우리 자신을 넘어서서 외부를 바라보고 전체 문화권의 기억을 복구하게 만드는 광학 도구를 창조했다.

13장

멕시코-과테말라

Mexico

교황의 화살통

Guatemala

멕시코 칸타레스
아즈텍 귀족의 노래

Cantares Mexicanos, Songs of the Aztec Nobility

이제 북쪽의 멕시코와 과테말라로 가보자. 이곳에서 문학은 유럽 후손들과 토착 공동체 주민들의 문화적 기억을 보존하는 중요한 역할을 했다. 이 지역에 사는 약 9백만 명이 토착어를 사용하는데, 주로 나우아틀어 Nahuatl(멕시코 남부 일부 지역에서 오늘날까지 널리 사용되고 있는 아즈텍 제국의 언어 – 옮긴이)나, 종종 스페인어가 많이 섞인 스물한 개의 마야어 중 하나를 사용한다. 멕시코와 과테말라 는 종교적으로나 문화적으로 복잡하게 뒤얽힌 지역이다. 30년 전 에 나는 멕시코시티 변두리 노천 시장에서 눈에 띄는 가면 하나를 구입했다. 가면은 할리우드 신인배우가 될 수도 있을 여성을 묘사

사진 55 말린체의 가면

하지만, 그녀의 뿔은 신성한 네 방향을 가리키는 색색의 리본으로 장식되어 있었다(사진 55).

내가 판매자에게 이 여자가 누구냐고 묻자 그가 대답했다. "말린체예요Esa es La Malinche." 말린체는 에르난 코르테스Hernan Cortes(에스파냐 탐험가이자 멕시코 제국을 무력으로 정복한 사람—옮긴이)의 마야어 통역사이자 연인이다. 그들의 아들 마르틴은 남반구에서 태어난 최초의 메스티조mestizo(중남미 원주민인 아메리카 인디언과 에스파냐계나 포르투갈계 백인과의 혼혈—옮긴이) 중 한 명이었다. 말린체의 피부는 종종 동족을 배신하게 만든 열정을 표현하려 분홍색으로 그려지는데, 이 가면의 경우 그녀를 파란 눈의 외국 여자로 만들기까지 했다.

1519년부터 1521년에 걸쳐 아즈텍 제국을 점령한 코르테스는 1525년 로마 교황 클레멘트 7세에게 사절단을 파견했다. 클레멘트의 지원으로 코르테스는 식민지 '누에바 에스파냐Nueva Espana'의 정신적 정복을 진척하고, 마드리드에서 자신의 정치적 입지를 굳건히 할 수 있었다. 코르테스는 교황의 관심을 불러일으키기 위해 다수의 아즈텍 귀족들, 즉 참된 신앙으로 개종할 만반의 준비가 된 2천만 영혼들을 의미하는 화려하게 장식된 토착민의 깃털 작품을 선물로 보냈다. 코르테스에게는 불행히도 교황 성하(줄리아노 데 메디치의 사생아)께서는 깃털 작품에 깊은 인상을 받지 않았다. 클레멘트는 이탈리아의 권력 투쟁 문제에 사로잡혀 있었고, 따라서 지구 반대편에서 온 이국의 방문자들을 맞이할 시간이 없었다. 그러나 이 반갑지 않은 손님들 중에는 나우아틀어로 이 만남을 냉소적으로 기록한 시인이 있었다.

친구들이여, 버드나무로 만든 사람들이여, 교황을 보아라,

하느님을 대신하고, 그를 대변하는 이다.

교황은 하느님의 자리와 좌석에 앉아 그를 대변한다.

황금 의자에 기대어 있는 이 자는 누구인가? 보아라! 교황이다.

그는 청록색 화살통을 쥐고 세상을 향해 활을 쏘고 있다.

사실인 것 같다, 그는 자신의 십자가와 황금 지팡이를 쥐고 있고,

이것들은 빛나고 있다.

이 세상에서.

나는 로마에서 비통해하다 그를 직접 보니, 그는 산 페드로San Pedro, 산 파블로San Pablo다!

사방에서 그들이 잡힌 것 같다.

당신은 그들을 황금의 피난처에 들여보냈고, 그것은 빛나고 있다.
교황의 집은 황금 나비들로 그려진 것 같다. 그것은 환하게 빛나
고 있다.[1]

    교황이 자리에 앉아 청록색 화살통에서 화살을 꺼내 쏘지야 않
았겠지만, 이것은 청중들에게 교황의 권력을 전달하기 위한 묘사
였다. 시인은 계속해서 성 베드로와 성 바오로의 후계자의 진정한
관심사를 압축해 설명한다. "그는 말했다. 나에게 무엇이 필요한
가? 황금이다! 모두 절하라! 지극히 높은 곳에 계신 하느님께 큰
소리로 말하라Tlamataque Tiox in excelsis!"[2] 여기에는 네 개의 단어를
위해 세 개의 언어가 사용된다. 나우아틀어 'tlamataque(큰소리로
말하다)'와 라틴어 'in excelsis(최고의, 높은 곳의 라는 의미 – 옮긴이)'
사이에 끼어 있는 이질적인 듯 보이는 형태 'Tiox'는 다름 아닌 스
페인 사람들의 신이며, 시인이 '하느님Dios'에 가장 가깝게 표현한
단어다. 세계 문학은 이따금 충돌하는 세계의 산물이다.

    16세기 이후 약 150편의 나우아틀어 시가 살아남았다. 이 시들
은 아즈텍족과 그들의 동맹국들의 사고 체계에 독특한 방식으로
접근해 스페인 침략자들이 이질적으로 보았던 문화를 우리가 이
해할 수 있도록 도와준다. 코르테스의 병사였던 베르날 디아스 델
카스티요는 말년에 이렇게 회상했다. "우리가 물속에 세워진 이 도
시와 마을을 보고, 마른 땅에 세워진 다른 큰 도시들을 보았을 때
… 우리 병사들 중 일부는 꿈이 아니냐고 물었다. 그러므로 내가
이런 맥락에서 글을 쓰는 것은 그리 놀랄 일이 아니다. 이전에는

들어본 적도 본 적도 꿈꾼 적도 없는 것들을 이처럼 처음 얼핏 보았을 때, 너무도 경이로워 어떻게 묘사해야 할지 모를 정도였다."[3] 칼데론 데 라 바르카Calderon de la Barca는 훗날 그의 유명한 희곡『인생은 꿈이다La vida es sueno』에서 이렇게 기술한다. 다신교를 믿고 식인 풍습이 남아 있는 아즈텍 부족은 놀라움을 금치 못하는 그들의 방문자들과 많은 점에서 근본적으로 달랐지만, 그들의 시인들도 너무나 자주 인생을 꿈이라고 이야기했다.

> 토치휘친Tochihuitzin(아즈텍 제국에 살았던 귀족 여류 시인 – 옮긴이)도 그렇게 말했고,
> 코욜치우키Coyolchiuqui(아즈텍 신화에서 달의 여신 – 옮긴이)도 그렇게 말했다.
> 우리는 단지 잠을 자기 위해 이곳에 왔고, 우리는 단지 꿈을 꾸기 위해 이곳에 왔다고.
> 사실이 아니다, 사실이 아니다, 우리가 살기 위해 지상에 온다는 것은.[4]

인생무상의 느낌이 가득 담긴 많은 시들에는 섬세한 심미주의가 배어 있다.

> 우리는 도착했는가? 우리는 헛되이 이 세상에 나타났는가?
> 나도 꽃처럼 스러질까?
> 내 명성은 마침내 희미해지고,

내 명망은 이 세상에서 아무런 의미도 없게 될까?

적어도 꽃들은, 적어도 노래들은![5]

아즈텍 부족은 특정한 부분에서 그들의 상대였던 유럽인들과 공통점이 있었다. 그들은 열정적인 제국주의자들로서 타국을 정복하고, 동맹국을 바꾸고, 잔인하게 반란을 진압하면서 제국을 확장했다. 시인들은 이런 활동들을 시로 찬양했는데, 그들은 아름다움과 공포를 결합한 빼어난 이미지를 창조하기 위해 서로 경쟁하는 듯 보인다. "재규어 꽃들이 피고 있다. / 칼에 찔려 죽은 꽃들이 들판에서 맛있게 익고 있다."[6] 심지어 전쟁은 소녀들의 기괴한 소풍이 되기도 한다. "자매들아, 일어나 가자! 꽃을 찾으러 가자. … 여기에 있다! 여기에 있어! 활활 타오르는 꽃, 방패 꽃! 바람직하고 즐거운 전쟁의 꽃들!"[7]

아즈텍의 섬세하고도 폭력적인 세계는 스페인의 정복으로 엉망이 되었다. 16세기 회화에서 에르난 코르테스가 아즈텍 지배자들의 항복을 받아내는 장면에서 볼 수 있듯이, 언어와 글은 소총과 갑옷만큼이나 중요한 정복의 도구들이었다(사진 56).

다음의 틀락스칼라Tlaxcala족(멕시카족의 가장 큰 경쟁 부족으로 코르테스와 동행하여 다른 토착 멕시카인들을 학살한 부족—옮긴이) 회화는 깃털 달린 왕관으로 다소 어울리지 않게 꾸민 위풍당당한 코르테스가 말린체를 통역관으로 뒤에 세우고, 틀락스칼라족의 숙적 멕시카족(오늘날 흔히 아즈텍족으로 알려진)의 패배를 받아들이는 장면을 묘사한다. 말린체의 뒤에 헤로니모 데 아길라르Jerónimo de Aguilar

사진 56 **틀락스칼라족 승리의 순간(1500년경 다시 그린 것)**

가 그의 이름을 상징하는 독수리를 들고 서 있다.

아길라르는 스페인의 수사로, 몇 년 전 유카탄 해안에서 조난을 당해 이곳에 머물며 가정을 꾸렸고 마야어를 배웠다. 말린체는 마야어뿐 아니라 나우아틀어에도 능통해서 후안을 위해 아즈텍 부족의 진술을 마야어로 통역할 수 있었고, 그러면 후안이 이 말을 스페인어로 코르테스에게 전달할 수 있었다. 애초에 신대륙에서의 의사소통은 복잡한 일이었고, 글쓰기는 종종 그 자체로 모호한 부분이 있었다. 그림 속 문자는 "Yc poliuhque mexiica(이곳에서 멕시카족이 항복했다)"라고 읽는다(혹은 읽어야 한다). 이 토착민 화가는 'poliuhque'의 첫 번째 'u'를 'n'으로 보이도록 거꾸로 썼지만, 낯선 로마 알파벳을 제법 제대로 썼다.

틀락스칼라족은 아즈텍족의 통치자 모크테수마 Moctezuma에게 승리한 결과, 그들이 얼마나 큰 손해를 입었는지 곧 분명하게 알게 된다. 강제 노역과 극심한 천연두의 영향으로 세기가 끝날 무렵 멕시코 토착민 인구는 약 90퍼센트가 감소했다. 이 정복에서 살아남은 시인들은 지도자들의 승리나 제국의 부로 거머쥔 즐거움을 더 이상 찬양할 수 없었다. 대신 시는 저항의 수단이 되었다. 어떤 시는 스페인 사람들이 숨겨둔 금을 찾으려고 아즈텍 부족의 지도자들을 고문할 때 그들에게 힘을 실어준 노래를 이야기한다. "모텔치우와 틀라코틴이 평화롭게 제거되었다. 그들은 코요아칸의 화형장으로 끌려갈 때 아카치난코에서 노래로 마음을 다잡았다."[8]

스페인 사람들은 토착민들의 책을 발견하는 족족 전부 불태웠지만 구전되는 전통은 뿌리 뽑기 어려웠다. 스페인 사람들은 정복으로 많은 것을 파괴했지만, 토착민들에게 강력한 기술(로마 알파벳)을 전해주어, 오늘날 우리가 아즈텍 제국의 궁정 시를 읽는 데 결정적인 역할을 했다. 16세기 사제 베르나디노 데 사아군Bernardino de Sahagún은 토착민들을 개종하기 위해 그들을 더 잘 이해하고자, 2개 언어로 쓰고 여러 권으로 구성한 민족지학적 백과사전『누에바 에스파냐의 문물 일반사Historia general de las cosas de la Nueva España』를 편찬했다.

뿐만 아니라 그는 토착민들의 노래와 춤의 끈질긴 생존력에 방해를 받자, 시편 전체를 나우아틀어로 작성했다.『그리스도교 찬미가』서문에서, 그는 토착민들은 성실하게 미사에 참석하지만 "다른 장소에서는 (즉 대부분의 장소에서는) 그들의 집이나 궁전에서 부르는 옛 찬가들을 다시 부르려고 고집한다(그들의 기독교 신앙의 진실성에 상당한 의심을 불러일으키는 상황이다)."⁹라고 지적한다. 그는 토착민에게 친숙한 용어로 쓴 시편으로 그들을 설득하려 애썼다. 예수는 케찰의 깃털에 의해 마리아의 자궁에서 잉태되고, 트루피얼과 트로곤 같은 현지의 명금류들이 그의 탄생을 축하한다. 그러나 이 책은 지역의 전통 문화에 대해 그 정도 기반조차 인정하지 않으려 했던 교회 당국이 곧 금지시켰고 수 세기 동안 잊혀졌다.

사아군의 반反시적 노력이 영속적으로 영향을 미친 유일한 결과는 그가 자신의 작품을 만들기 위해 자료로 수집한 것으로 보이는 방대한 양의 토착 시들이었다. 이 시들은 오늘날『새로운 스페인 영주의 발라드Romances de los señores de la Nueva España』와『멕시코 칸타레스Cantares Mexicanos』라는 제목으로 알려진 두 개의 원고에 보존되어 있다. 존 비어호스트가 두 가지 언어로 편집한 훌륭한 판본『칸타레스Cantares』가 있고, 미겔 레온-포르티야와 얼 쇼리스가 엮은 선집『왕들의 언어로In the Language of Kings』에서는 사아군의 두 원고에서 선별한 작품들을 볼 수 있다.

이 시들에서 우리는 아즈텍 내부 세계를 들여다볼 수 있으며, 모크테수마를 수수께끼 같은 패배자가 아니라 잃어버린 세계를 불멸의 노래로 보존하는 시인으로 상상할 수 있다. "모크테수마, 하늘의 창조물이여, 당신은 멕시코에서, 테노치티틀란Tenochtitlan(아즈텍 제국의 수도-옮긴이)에서 노래 부른다. / 독수리 무리가 폐허로 쌓인 이곳에서 당신의 팔찌 보관함이 빛나고 있으니 / 그곳 우리 아버지 티옥스Tiox의 집에서… / 그리고 그곳에서 이 귀족들은 명성과 명예를 얻고, / 종소리는 흩어지고, 먼지와 귀족들은 황금빛으로 빛난다."[10]

　인생의 덧없음을 깨닫고 시의 초월적인 힘을 믿었던 아즈텍 제국의 궁정 시인들은 그들의 노래를 뿌리 뽑으려는 사아군의 시도 덕분에 오늘날까지 그 노래들이 살아남게 된 시적 아이러니를 분명히 높이 평가할 것이다.

마야의 키체족 작가들

포폴 부

Kiché Writers of the Maya, Popol Vuh

유카탄과 치아파스, 그리고 지금의 과테말라를 차지했던 마야족은 아즈텍족과 마찬가지로 정교한 상형문자를 만들었다. 약품 처리한 사슴 가죽이나 나무껍질로 만든 수천 권의 책을 쓰거나 비문에 문장을 새길 때 이 문자를 사용했다. 스페인은 토착민들의 이야기가 악마를 묘사한다고 간주하여 정복 이후 수년 동안 거의 모든 책을 눈에 보이는 대로 압수해 불태웠다. 오늘날 남은 책은 소수에 불과하다. 가장 중요한 마야의 책『포폴 부 Popol Vuh』즉 '(마야 키체족의) 위원회' 책이 살아남을 수 있었던 것은 코르테스의 잔인한 심복 페드로 데 알바라도가 과테말라를 정복한 지 삼십 년 뒤인 1550년대 초 어느 시점, 과테말라 고지대 키체족 마을의 작가들이 그간 상형 문자로 썼던 그들의 글을 새로운 로마 알파벳으로 쓴 덕분이다. 마틴 푸크너Martin Puchner는 이렇게 말했다. "그들은 자신들의 문학을 보존하기 위해 자신들의 귀중한 문자 체계를 포기하고 적의 무기를 이용해야 했을 것이다."[11] 키체족 작가들은 마야어 형태의 상형 문자가 감춰져 있는지 혹은 파괴되었는지에 대해 말을 아끼는데, 당시 존재했다 하더라도 이후 유실되었을 것이다.

1701년 키체 지역에 거주하던 프란시스코 히메네스Francisco Ximenez라는 사제가 우연히 로마자로 표기된 키체어 형태의 『포폴 부』를 발견하고, 스페인어로 번역해 옮겨 적었다. 히메네스의 필사본은 오랫동안 잊혀진 채였다가 19세기 중반 유럽에서 두 가지 언어로 번역되었다. 키체어 텍스트는 1941년 현대 스페인어 번역본이 출간되었고, 이후 여러 차례 영어 번역본이 출간되었다. 특히 1985년 데니스 테드록Dennis Tedlick은 원본의 느낌을 전달하기 위해 원어를 '외국어화foreignizing'하여 아름답게 번역했다. 그가 번역한 텍스트의 시작 부분은 이렇다. "자, 여기에 창조의 이야기가 있다. 이제 여전히 잔물결이 일고, 여전히 속삭임과, 파문과, 한숨과, 웅얼거림이 있으며, 하늘 아래는 텅 비어 있다. 이제 첫 번째 말씀, 첫 번째 웅변을 따르라."[12] 2007년에 앨런 크리스텐슨은 시적인 느낌은 덜하지만 매우 명확하게 옮기고 수백 개의 주석을 단 또 다른 번역본을 펴냈다.[13] 앨런과 테드록은 모두 마야의 샤먼들과 협의하여 작업했는데, 샤먼들은 한 번도 텍스트를 본 적은 없지만 그 안에 기술된 많은 개념과 관례들을 여전히 따르고 있었다.

『포폴 부』는 신화적이면서 역사적인 작품이다. 이 책에는 태초가 시작되기 전 바다와 하늘의 신들이 함께 모여 지상에 땅과 식물, 살아 있는 생물을 창조하고, 하늘에 별과 행성과 태양을 창조했다는 이야기가 담겨 있다. 신들은 네 차례의 시도 끝에 인간을 창조한다. 한 번은 원숭이를 만들지만 원숭이는 기도를 하거나 말을 하지 못한다. 또 한 번은 진흙 인간을 만들지만 물에 녹아버린다. 세 번째로 나무 인간을 만들지만 기도를 하지 않아 신들이 부숴버렸다. 책이 끝나갈 무렵 신들은 네 번째 시도에서 옥수수로 인간을 만드는 데 성공한다. 본문은 이 최종적인 창조 이전에 성스러운 영웅들이 지상과 지하 세계 시발바Xibalba에서 겪는 모험을 이야기한다(나우아틀어와 마찬가지로 당시 스페인어에서 파생된 철자법에서 'X'는 'sh'로 발음된다).

이야기의 많은 부분이 세상을 인간이 살기에 더 안전한 곳으로 만들기 위해 지상과 지하로 수차례 모험을 하는 두 쌍의 신성한 쌍둥이의 업적을 중심으로 전개된다. 더 나이 많은 쌍둥이와 그들의 자손들이 일곱 마코 앵무새와 그의 자식들, 지진을 상징하는 악마, 악어처럼 생긴 괴물 지파크나 등 일련의 사악한 등장인물들을 물리치는 이야기가 시공간을 넘나들면서 진행된다. 마침내 더 나이 어린 쌍둥이 우나푸와 스발란케가 마야의 신성한 구기 경기에서 뛰어난 기술과 속임수를 이용하여 지하 세계의 지배자인 '첫 번째 죽음'과 '일곱 번째 죽음'을 이긴다. 마야의 사원 단지에는 항상 이 구기 경기용 코트가 마련되어 있고, 여러 쌍의 선수들이 승부를 겨루고 패배한 선수들의 제의로 경기는 끝이 난다. 경기가 끝날 때

스발란케는 우나푸를 희생시킨 다음 마법으로 다시 살려내어 지하 세계 관중들을 놀라게 한다. 지하 세계의 신들은 이 행위에 열광하며 그들에게 차례로 죽여보라고 요청한다. 쌍둥이들은 요청에 응하지만, 지하 세계의 신들이 잔혹한 행위를 삼가겠다고 동의하기 전까지는 죽은 이들을 되살리길 거부한다. 그들은 늘 인간의 희생이라는 제물을 요구했지만 이제부터는 사람 대신에 동물을 제물로 받아야 하고, 악한에게만 권세를 행사할 것이다. 이제 책은 옥수수에서 창조된 최초의 여덟 사람(네 곳의 신성한 방향에 각각 배치된 아담과 이브)에 대해 자세히 다룬다.

『포폴 부』는 종종 시간을 초월한 신화적 서사로 여겨져 왔지만, 정복 이후 불과 삼십 년 만에 쓰였음에도 불구하고 이미 알파벳과 더불어 『포폴 부』의 저자들에게 전해지고 있던 성서의 이야기들이 함께 쓰여 있다. 저자들은 처음부터 현재 그들이 처한 배경을 암시한다. "우리는 고대의 말씀을, 키체족의 성채에서 키체족 사람들의 나라에서 행해진 모든 일의 잠재력과 근원을 이곳에 새기고 이식할 것이다. … 우리는 이제 전 세계 기독교 국가들에서, 하느님의 설교 중에 이 일을 기록할 것이다."[14] 로마 알파벳을 수입하면서 작가들은 상형문자로 쓰인 '위원회의 책'을 새롭고 훨씬 완전한 형태로 보여줄 수 있었다. 비록 그들은 자신들의 책을 잃어버렸다고 주장하지만("더 이상 그 책을 볼 수 있는 곳이 없다"), 이야기를 다시 전할 때 여전히 그것을 참고하는 것 같다. "원본과 옛글이 있지만, 그것을 읽고 숙고하는 자는 얼굴을 감춘다."[15]

당시 상형문자는 기본적으로 점성술의 보조 도구로 사용되었던 것으로 추측된다. 태양, 달, 행성의 움직임을 도표로 나타냈고, 별자리의 기초가 된다고 여겼던 영적 활동들에서 쓰였다. 그러므로 알파벳으로 쓰인 『포폴 부』는 상형문자로 기록된 이전의 책보다 훨씬 완전한 문학 작품에 가깝다. 동시에 이 책에는 외부 세력에게 침략당해 이제 '기독교 국가의' 알파벳을 받아들여야 하는 위협 속에서 자신들의 문화적 기억을 잃을까 두려운 마야 저자들의 두려움이 깊이 새겨져 있다. 『포폴 부』의 후반부는 유카탄 동부 툴란에서 과테말라의 새로운 땅으로 이주하는 키체족 조상들의 이야기를 중심으로 전개된다. 그들은 서쪽으로 향하면서 자신들의 고향을 잃은 것을 애통해하며, 이를 언어의 상실이라고 묘사한다. "'아! 우리는 우리의 언어를 뒤로 하고 떠났다. 어쩌다 이렇게 되었는가? 우리는 잃어버렸다! 우리는 어디에서 속았던 것일까? 툴란에 왔을 때 우리는 한 가지 언어만 가지고 있었고, 기원의 장소도 오직 하나였다. 우리는 잘 싸우지 못했다'고 모든 부족들이 나무와 덤불 아래에서 말하였다."[16] 이후 원정대는 그들의 신성한 글을 되찾고, 그로 인해 새 땅에 정착하게 된다.

선조들의 여정은 토착민의 문화적 기억을 따르기도 하지만 성서의 주제에 기반을 두기도 한다. 따라서 키체족 선조들은 카리브해를 가르고 새로운 고향에 도착한다. "그들이 어떻게 바다를 건넜는지는 분명하지 않다. 그들은 마치 바다가 없는 것처럼 건넜다. 그들은 몇 개의 돌, 모래에 쌓인 돌들을 밟고 건넜다. 그리고 그들은 여기에 이름을 부여했다. 바다 한가운데를 통과해 건넌 그 장소에 그들은 줄지어 선 바위, 주름진 모래라는 이름을 붙였다. 그들은 물이 갈라진 곳에서 건너갔다."[17] 이 이야기는 바다를 건너는 두 가지 독특한 방식, 즉 바위 다리를 건너거나 물이 갈라지는 방식을 결합한다. 바위 다리는 '줄지어 선 바위'라는 이름에서 알 수 있듯이 원래 이용했던 방법이었을 가능성이 크고, 두 번째 방법은 모세가 홍해를 가른 이야기에서 가져왔을 것이다.

우리가 관련 텍스트인 『토토니카판 군주들의 칭호Title of the Lords of Totonicapán』에서 성서 역사 중 바로 이 부분에 대한 직접적인 언급을 발견하지 못했다면, 이렇게 출처를 밝히는 일이 다소 억지스러워 보일지 모른다. 1554년 발표된 이 책의 저자는 아마도 알파벳으로 『포폴 부』를 쓴 저자 혹은 저자들과 동일인일 가능성이 크다. 이 텍스트에서 토토니카판의 토착민 귀족은 그들의 땅을 점령하려는 스페인을 직면하자, 소유권을 지키기 위해 자신들의 역사를 기록한다. 정복자들은 메소아메리카의 거대한 피라미드 신전을 마주했을 때, 한낱 원주민이 이처럼 놀라운 건축물을 건설할 수 있다는 사실이 믿기지 않았다. 마야의 주요 도시들과 사원 단지들은 분명히 전쟁과 인구 과잉, 그로 인한 환경 파괴의 결과로 900년경에 이미 버려진 상태였다. 이러한 고대 문화의 흔적들을 발견한 스페인 사람들은 이집트 피라미드를 떠올렸고, 이 토착민들이 이스라엘의 잃어버린 부족들이라고 추측했다. 이 생각은 끈질기게 이어져 19세기 몰몬교 신앙의 일부가 되었다. 다음 사진은 멕시코 남부 치아파스의 팔랑케에 있는 한 쌍의 마야 사원을 보여주는데, 지금까지 내가 본 유적지 중 가장 신비한 유적지였다(사진 57).

사진 57 **팔랑케의 사원**

　　토토니카판의 군주들은 스페인 사람들이 주장하는 이론을 분명하게 알고 있었고, 이를 자신들에게 유리하게 활용했다. 그들은 문명을 창조한 영웅 발람 키티제Balam-Quitzé('다정하게 웃는 재규어')의 안내를 받아 툴란에서 카리브해를 건넌 상황을 다음과 같이 기술한다. "그들이 바다 끝에 이르렀을 때, 발람 키티제가 지팡이로 바다를 건드리자 즉시 길이 열렸고 곧이어 다시 길이 닫혔으니, 이는 그들이 아브라함과 야곱의 자손들이었기에 위대하신 하느님께서 그렇게 되길 원하셨기 때문이다."[18] 토토니카판의 군주들은 압제자들의 경전에서 한 페이지를 가져와, 자신들의 땅에 대한 권리는 스페인 사람들의 하느님이 부여했다고 주장한다. 『포폴 부』는 스페인 정복 이전의 마야 전설을 다룬 가장 위대한 편집본인 동시에 정복이라는 도전에 대한 가장 단호한 대응이기도 하다.

63

후아나 이네스 데 라 크루즈 수녀
작품 선집

Sor Juana Inés de la Cruz, Selected Works   491

팬데믹 시대인 만큼 우리는 보카치오의 『데카메론』에서부터 타고르, 가르시아 마르케스의 문학적·은유적 전염병들에 이르기까지 모든 유행병 주제에 민감하다. 그러나 후아나 수녀는 실제로 유행병으로 사망한 최초의 저자다(그리고 유일한 저자이길 바란다). 1695년 전염병이 멕시코 전역을 휩쓸었을 때, 약 47세였던 후아나 수녀는 수녀원에서 자매들을 돌보다 사망했다. 그때까지 그녀는 삼십 년 동안 문학계에서 경력을 쌓았다. 후아나 수녀의 시집들이 이미 여러 판본으로 만들어졌고, 사망 직후 마지막 시집이 마드리드에서 출간되었다. 이 유명한 작가는 이곳에서 "멕시코의 불사조", "열 번째 뮤즈"(고전 문학 아홉 여신의 계승자) 그리고 "미국의 여성 시인"[19]으로 묘사된다. 후아나 수녀는 여덟 살에 시를 쓰기 시작했고 곧 라틴어에 능숙해졌으며, 이후 나우아틀어를 배웠다. 뿐만 아니라 화학, 천문학, 광학을 포함한 과학에도 관심이 많았다. 자전적인 글 「필로테아 수녀에 대한 응답Response to Sor Filotea」에서 그녀는 원장 수녀가 세속적인 책 읽기를 금하려 했을 때조차 요리를 하는 동안에도 관찰과 추론을 멈추지 않았다고 말한다. "아리스토텔레스가 요리를 했다면 그는 훨씬 많은 글을 썼을 것이다."[20]

식민지 누에바 에스파냐는 스페인 왕을 대신해 여러 총독들이 다스렸고, 열여섯 살의 젊은 후아나 라미레즈 데 라 아수부제Juana Ramírez de Asbuje는 총독 궁정의 시녀가 되었다. 이것은 헤이안 시대 일본에서 무라사키 시키부에 필적할 수 있는 직책이다. 그녀는 여러 명의 총독과 그 부인들과 가까워졌고, 그들은 곧 그녀의 놀라운 재능을 알아보았다. 이 짧은 풍자시에서 볼 수 있듯이, 이미 후아나의 초기 시에는 고전적인 지식과 함께 주변 세계에 대한 예리한 동시에 풍자적인 관찰이 조화를 이룬다.

> 당신은 말하지, 레오노르, 아름다움을 위해
> 종려나무 잎을 받아야 한다고
> 종려나무 잎은 처녀에게 더 좋아,
> 그리고 이건 당신 얼굴이 보증하지.[21]

사생아로 태어난 후아나는 또 다른 풍자시에서 자신의 탄생을 무시했던 "어느 오만한 남자"에게 맞선다. "당신 어머니는 더 자비로우셨다 / 당신을 많은 남자들의 상속자로 만들었으니까 / 당신이 그들 모두 중에서 / 당신에게 가장 잘 맞는 이를 택할 수 있도록."[22]

　　그녀는 사랑과 궁정의 사건들을 주제로 한 수백 편의 진지한 소네트와 '데시마décimas(10행 시)'를 써서 널리 칭송받았다. 일부 연애 시는 여성이 대상인데, 실제로 그녀가 누군가를 사랑했는지 혹은 주로 남성 위주의 페트라르카Petrarca(단테의 뒤를 이은 중세 이탈리아 문학의 대표 작가. 연인 라우라를 그리며 지은 시는 최초의 소네트 형식으로 알려진다─옮긴이) 전통에 단순히 참여한 것인지는 알 수 없다(심지어 종종 그녀의 수신인이 되는 사람들 중 한 명에게 '라우라'라는 시적 이름을 부여하기도 한다). 어느 쪽이든 이 시들은 고백과 은폐 사이에서 섬세한 게임을 한다.

　　　　나는 리시를 숭배하지만 상상하진 않아.
　　　　리시가 내 사랑의 표시에 응할 거라고,
　　　　내 손이 미치는 곳에 그녀의 아름다움이 있다고 생각하면,
　　　　나는 그녀의 명예도 내 마음도 모두 해칠 테니까.
　　　　내 의도는 오직 아무것도 의도하지 않는 것.[23]

　　'라우라'의 이른 죽음에 대해 그녀는 이렇게 쓴다. "당신이 영감을 준 곳에서, 내 쓸쓸한 리라lyre가 죽음을 맞게 하시고 / 당신을 위해 슬피 울부짖는 메아리가 되게 하소서 / 그리고 이 못난 필체들조차 / 내 우울한 펜의 검은 눈물이 되게 하소서."[24]

후아나는 궁정 생활을 좋아했지만, 가족의 지원이 없는 그녀가 인생에서 할 수 있는 괜찮은 선택은 결혼을 하거나 수녀원에 가는 두 가지뿐이었다. 「필로테아 수녀에 대한 응답」에서 볼 수 있듯이 후아나는 "결혼 생활에 대한 전적인 반감을 고려하면" 수녀원은 그녀가 선택할 수 있는 가장 명예로운 결정이었다. 그녀는 "내 공부의 자유를 제한할" 규칙적인 일상이나 "내 책의 고요한 침묵을 방해할 공동체의 소음"[25]에 대한 두려움에도 불구하고 열아홉 살에 수녀가 되었다. 그녀는 적어도 자기만의 방을 가졌고, 수천 권의 책이 있는 도서관과 과학 도구들을 차지했다. 당대에 그려진 그녀의 초상화는 현재 남은 것이 없지만, 1750년 그녀를 회고하며 그린 초상화에 그녀의 성격과 배경이 잘 반영되어 있다(사진 58).

494

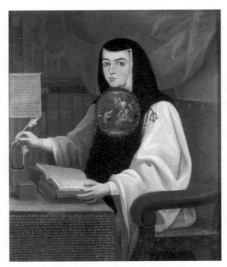

사진 58 미겔 카브레라Miguel Cabrera가 그린 그녀의 초상

그녀는 성모 마리아를 찬양하는 찬송가를 포함해 다작을 이어 갔다. 축일에 공연할 희곡을 쓰고, 민속 춤 토코틴과 함께 부를 노래 '비얀시코'를 작곡했다. 사아군이 한 세기 전에 개척한 혼합주의 방식을 이어서, 후아나는 일부 시는 전체를 나우아틀어로 쓰는 한편, 일부 비얀시코는 나우아틀어와 스페인어를 혼합했다. 어느 아즈텍 부족의 가수가 불렀던 「스페인과 멕시코 메스티조의 토코틴 Tocotin mestizo de Español y Mejicano」은 이렇게 선언한다.

Los padres bendito	축복받은 교부들에게는
tiene un Redentor	구세주가 있도다
amo nic neltoca	믿음이 헛되구나
quimati no Dios.	하느님을 알지 못하니.
Sólo Dios *Piltzintli*	성자만이
del Cielo bajó,	하늘에서 내려오시어,
y nuestro *tlatlácol*	우리의 죄를
nos lo perdonó.	사해주셨다.[26]

희곡 『성스러운 나르키소스 The Divine Narcissus』에서 후아나는 고전적 인물 나르키소스의 죽음과 부활을 통해 예수의 삶을 비유적으로 표현한다. 이 고전-기독교 혼합주의는 로아 loa(스페인 연극의 개막극)에서 소개되며, 기독교-멕시코 혼합주의 또한 보여준다. 아즈텍 부족의 귀족(옥시덴테 Occidente)과 그의 아내(아메리카 America)는 그들이 씨앗의 신 Dios de las Semillas으로 공경하는 비의 신 트랄로

크Tlaloc가 다름 아닌 예수 그리스도임을 알게 된다. 로아 업계의 편협한 비평가 젤Zeal은 그리스도를 나르키소스로 묘사하는 희곡을 쓰는 일이 타당한지 공격적으로 의문을 제기한다. 이 비판에 대해 올바른 사고의 소유자 렐리히온Religion이 대답한다.

> 한 곳에서 만들어진 것이
> 다른 곳에서 사용되는 것을
> 본 적이 없단 말입니까?
> 더욱이, 그것을 쓰는 일은
> 일시적인 기분이나 단순한 변덕이 아니라
> 불가능한 것을 위해 노력하는
> 정당한 순종의 행위였습니다.[27]

후아나 수녀의 명성이 높아질수록 글의 적절성에 대한 반대 의견도 커졌고, 1691년 푸에블라 주교(하느님의 연인이란 뜻의 '필로테아'를 필명으로 쓰는)는 그의 '자매'에게 종교적인 주제로 글쓰기를 제한하도록 엄격하게 훈계하는 서신을 발표했다. 후아나 수녀는 이 비평가의 실제 정체를 모르는 척하면서 「매우 탁월한 필로테아 데 라 크루즈 수녀에게 보내는 시인의 답장Response of the Poet to the Very Eminent Sor Filotea de la Cruz」이라는 비범한 글을 써, 하느님이 주신 배움에 대한 애착은 그녀 자신도 그 누구도 억제할 수 없다고 설명한다. 세속적인 허영심에 대해, 그녀는 자신의 글이 가져온 명성에 골치가 아프고, 더욱이 "이 같은 환호의 꽃들 속에서 셀 수 없을 만

큰 많은 경쟁과 박해의 뱀들이 깨어났다"[28]고 주장한다. 후아나 수녀는 흠잡을 데 없는 논리와 함께 성경과 교부들, 고전 철학의 예를 들면서 여성에게는 모든 종류의 지식을 알 권리가 있다고 주장한다. 성난 주교의 마음을 좀처럼 누그러뜨리지 못하자, 그녀는 수사학적인 표현을 사용해 심지어 자기 자신을 그리스도와 비교한다. "세상에서 지혜로운 두뇌는 조롱받는 것만으로는 충분하지 않기에 상처와 학대도 받나 봅니다. 지혜의 보고인 머리는 가시관 외에는 어떠한 왕관도 기대해서는 안 될 것입니다."[29]

후아나 수녀는 싸움에서는 이겼지만 전쟁에서는 패했다. 1694년 그녀의 지지자들과 비방자들 간에 일련의 격론이 오간 뒤, 그녀는 책과 과학 도구를 모두 팔고 종교적 서원에 다시 헌신하라는 명령을 받았다. 그녀는 자신의 피로 서명한 선언문에 따라 그렇게 했다. 일 년 뒤, 전염병이 그녀를 데려가 성모 마리아와 그 아들을 만나게 했고, 후아나 수녀는 그들에게 푸에블라 주교에게 받은 것보다 더 따뜻한 환대를 받았으리라 기대해본다. 그녀는 아메리카 대륙에서 당대 그 어떤 지식인보다 가장 광범위한 저술을 남겼다. 「꿈」(혹은 '첫 번째 꿈', 그녀는 연작시를 쓰려 했는지도 모르겠다)이라고 알려진 가장 길고 야심찬 시에서 몇 구절을 살펴보겠다. 꿈속에서 그녀의 영혼은 침대에서 일어나 우주를 이해하고자 창공으로 날아오른다. 시의 핵심은 배움의 기쁨을 진심으로 불러일으키는 것으로, 그녀의 영혼은 "한 계단 한 계단 / 자신의 능력에 전념하면서 / 높은 계단을 올라간다."

영예로운 정상을,

고된 열정의 달콤한 결과를 얻을 때까지

(통렬하게 씨를 뿌려, 기쁨의 맛이 나는 열매를 얻으니

긴 피로조차 작고 보잘것없는 대가로다)

그리고 용맹한 걸음으로 그녀는

저 드높은 산등성이의 우뚝 솟은 정상을 밟노라.[30]

그러나 그녀의 유한한 마음은 하느님만이 알 수 있는 진리를 결코 진정으로 이해할 수 없고, 꿈속에 영원히 머무를 수도 없다. 서서히 잠에서 깨어난 그녀는 프루스트의 마르셀보다 2세기 전에, 자신의 환상을 아주 잠깐 스쳐 지나가는 마술 환등기의 영상에 비유한다. 그녀는 유령들의 이미지가 달아난다고 말한다. "그 형태는 덧없는 연기처럼 바뀌었다.", "그림자만큼이나 / 빛의 도움을 받아 / 흰 벽 위에 / 꾸며지고 칠해진 다양한 형상들을 / 마법의 등불이 드러낸다: 흔들리는 잔상 속에서 / 학습된 시각에 의해 / 요구된 거리를 유지하면서."[31] 이제 마지막 구절에서 태양이 솟는다.

태양의 아름다운 황금빛 머리칼이

빛과 분산의 명령에 따라 우리의 반구를 비추고,

눈에 보이는 모든 것에 각각의 색깔을 입혀,

외부의 감각 기능을 회복시키는 동안,

세상은 더 분명한 빛으로

밝아지고, 나는, 깨어난다.[32]

64

미겔 앙헬 아스투리아스
대통령 각하

Miguel Ángel Asturias, The President   499

멕시코와 과테말라의 활발한 토착 문화는 크레올계 creole(서인도제
도나 남미에 거주하는 유럽인과 흑인의 혼혈인 – 옮긴이) 작가들의 문학
세계에 주요한 영향을 미쳤다. 과테말라의 노벨문학상 수상자이자
외교관인 미겔 앙헬 아스투리아스의 경우, 그가 마야 문화로 향하
는 길은 파리를 경유했다. 1899년 과테말라시티에서 태어난 아스
투리아스는 어린 시절엔 토착민 보모가 들려준 신화와 전설에 매료
되었고, 고등학교 시절엔 그의 혁신적인 소설의 모태가 된 이야기
의 초고를 작성했다. 판사였던 아버지는 과테말라의 독재자 마누
엘 에스트라다 카브레라 Manuel Estrada Cabrera를 불쾌하게 만든 판결

을 내린 후 직업을 잃었다. 이 독재자는 아스투리아스의 소설 속 인물인 편집증적이고 권위주의적인『대통령 각하』의 모델이 된다.

아스투리아스는 1920년 이 독재자에게 반대하는 봉기에 참여했고 진보 정당을 공동 설립했다. 1923년 인디오족 문제에 관해 쓴 논문으로 수상하고 법학 학위를 받은 뒤 공부를 계속하기 위해 유럽으로 건너갔다. 마야 문화와 동시대 정치에 관한 그의 두 가지 관심은 파리에서 구체화되었다. 소르본 대학에서 마야 종교 전문가인 조르주 레노Georges Reynaud의 지도하에 민족지학을 공부했다. 아스투리아스는 조르주의 도움을 받아『포폴 부』의 프랑스어 번역을 준비했고, 이후 프랑스어에서 모국어인 스페인어로 번역했다. 동시에 앙드레 브레통Andre Breton과 그의 초현실주의 모임 멤버들과 친해졌다. 마야의 삶에 관한 일련의 이야기들을 썼고, 이 이야기들은 그의 첫 번째 소설『과테말라의 전설Leyendas de Guatemala』(1930)이 되었다. 이 책의 프랑스어 번역본 서문에서 폴 발레리는 이 이야기들을 '꿈의 시'[33]라고 극찬했다. 라틴아메리카 마술적 리얼리즘의 원조로 종종 여겨지는 이 이야기들은 그가 '마술적 세계un mundo mágico'[34]라고 묘사했던 보헤미안적인 몽파르나스 시절을 반영하기도 한다.

에스트라다 카브레라는 1920년 자리에서 쫓겨났지만 이후 마찬가지로 권위주의적인 통치자들이 뒤를 이었고, 아스투리아스의 학생 시절 십 년간은 파리 망명 시기가 되었다. 그는 1932년『대통령 각하』를 완성했고 이듬해 과테말라에서 출판하길 희망했지만, 호르헤 유비코의 명령으로 출판이 금지되었다. 1931년에 집권한 그는 당연히 이 소설이 자신의 정권을 부정적으로 반영할 거라고 생각했다. 소설은 과테말라에서 처음으로 민주적으로 당선된 대통령, 후안 호세 아레발로의 재임 기간인 1946년에 마침내 출간되었다. 3년 뒤 아스투리아스는 또 다른 그의 역작 『옥수수 인간들 Hombres de maiz』을 발표했는데, 이 제목은 『포폴 부』에서 보았던 최종적으로 창조된 인류를 연상시킨다.

『대통령 각하』는 시골의 마야인이 아닌 도시의 크레올인을 중심으로 전개되지만, 이름을 밝히지 않는 대통령의 손아귀 아래에서 벌어지는 초현실주의적인 삶의 묘사 속에 토착적인 요소들이 개입된다. 소설이 시작되면 한 무리의 거지들이 한밤중에 도시의 대성당으로 향하고 있다. "궁핍하다는 것을 제외하면 아무런 공통점이 없는 그들은 주님의 현관 Porch of Our Lord에서 함께 잠을 청하기 위해 모여들었다."[35] 스페인어로 '주님의 문 el Portal del Señor'은 신 같은 악마인 '대통령 각하 Señor Presidente'와 아이러니하게 유사한 조합이다. 그들이 다가올 때 성당의 종소리가 울리며 사람들에게 저녁 기도를 하도록 명하는데, 이 부분은 아스투리아스가 크게 감탄한 조이스의 『율리시스』 가운데 「세이렌」 장의 음악적인 첫 부분을 연상시킨다. "Alumbra, lumbre de alumbre, Luzbel de piedralumbre! Como zumbido de oídos persistía el rumor de las campanas a la oración, maldoblestar de la luz en la sombra, de la sombra en la luz. ¡Alumbra, lumbre de alumbre, Luzbel de piedralumbre, sobre la podredumbre! ¡Alumbra, lumbre de alumbre, sobre la podredumbre, Luzbel de piedralumbre!"(파트리지 Frances Partridge의 번역: "붐 Boom, 블

룸bloom, 부싯돌을 밝히는 종소리여, 사탄의 찬연한 빛을 내는 불을 밝혀 주소서!…)[36]

거지들 중에는 '모기'라고 불리는 다리 한쪽 없는 장님, 홀아비라고 알려진 타락한 '물라토', 펠렐레라는 별명을 가진 '바보'(파트리지의 번역에서는 '돌대가리Dummy' 혹은 '얼간이Zany')가 있다. 지나가던 대령이 바보의 죽은 어머니를 모욕하며 장난을 치자, 분노한 바보는 그를 살해하고 달아난다. 이 충동적인 폭력의 순간은 일련의 비극을 촉발한다. 대통령은 자신의 적들 중 누가 대령을 살해했는지 밝히려 하며, 이 수색 과정은 그와 그의 교활한 부하들이 경쟁자를 파괴하려는 마녀사냥이 된다.

미겔 카라 데 앙헬Miguel Cara de Ángel(천사의 얼굴)이라는 아스투리아스의 안티히어로로는 변호사이자 대통령의 고문으로, 범인을 찾는 과정에서 덫에 걸리게 된다. "아름답지만 사탄처럼 사악한"[37] 미겔은 그의 창조자 미겔 앙헬의 부정적 이미지다. 그는 편안한 생활을 누리는 한편 대통령의 과욕을 조절할 수 있다고 생각하면서 정권에 휩쓸리게 된다. 은퇴한 장군에게 대통령의 체포령을 알리는 과정에서 미겔은 장군의 딸 카밀라와 엮이고, 대통령의 명목상 축복하에 두 사람은 결혼하고 카밀라는 임신하게 된다. 하지만 그 무렵 대통령은 미겔이 나라를 떠나 침략을 준비 중인 퇴역 장군과 한통속이라는 말에 설득당한다.

아스투리아스의 조이스식 이야기는 점차 카프카적으로 변한다. 대통령의 부하 중 한 명인 법무관은 선량한 보좌관에게 이렇게 말한다. "사람들에게 희망을 부추겨서는 안 된다는 걸 언제쯤 이해하겠나? 누구도 어떠한 종류의 희망의 근거조차 가져서는 안 되며, 그건 우리 집에선 고양이까지 전부 다 가장 먼저 배워야 할 지침이네."[38] 미겔 주변으로 그물이 죄어들 무렵, 그는 꿈에서 살바도르 달리가 그렸을 법한 초현실적 이미지로 가득한 폭풍 속에서 카밀라의 장례 행렬을 본다.

성난 태풍을 향해 말의 늑골은 바이올린처럼 소리를 낸다. 그는 카밀라의 장례 행렬이 지나가는 것을 본다. 그녀의 두 눈은 검은 마차라는 강물의 고삐로부터 거품 속을 헤엄치고 있다. … 사해死海에는 틀림없이 두 눈이 있으리라! 그 녹색의 눈! … 장례 행렬 뒤에선 어린아이들의 허리뼈들로 가득한 유골 단지가 노래하고 있다. "달님, 달님, 당신의 선인장 열매를 먹고 껍질은 늪에 버리세요! 볼기 뼈에 단춧구멍 같은 눈알이 있네. … 왜 일상은 계속되어야 하는가? … 왜 전차는 계속 달리는가? … 왜 모두가 죽지 않는 걸까?"[39]

꿈의 절정에서는 『포폴 부』의 책략가인 쌍둥이 우나푸와 스발란케가 등장해 지하 세계 신들보다 한발 앞서 그들을 속인다. 빨간 바지를 입은 사내들이 자신의 머리를 가지고 서커스를 하고 있다. "빨간 바지를 입은 남자들이 자신의 머리를 베어 공중에 던지지만 머리가 떨어져도 끝내 받아내지 못한다. 두 줄로 나란히 서서 등 뒤로 팔이 묶인 채 꼼짝 못하는 사람들 앞에서 해골은 바닥에 떨어져 박살이 난다." 꿈에서 깬 미겔은 생각한다. "끔찍한 악몽이다!

현실은 전혀 다르니 얼마나 다행인가."[40]

　물론 그의 생각은 틀렸다. 결혼 후 잠시 시골 지역으로 도피했을 때 짧은 시간 카밀라와 목가적인 경험을 한 적은 있지만. 개울에서 그녀와 목욕을 하면서 "그는 여린 잎 사이로 매끈하고 부드럽고 촉촉한 옥수수 알갱이를 느끼듯이, 카밀라의 얇은 블라우스 사이로 그녀의 몸을 느낄 수 있었다."[41] 그러나 이후 그들은 수도로 돌아왔고, 대통령은 그의 정권을 향한 거짓말에 대항하기 위해 미겔을 대사 자격으로 워싱턴에 보내려 한다. 미겔은 이 계획을 두려워하며 임무를 거절하려 하지만 대통령은 고집을 굽히지 않는다.

　대통령 집무실을 막 나서려 할 때, 미겔은 "돌이킬 수 없는 시간의 흐름을 알리는 지하 세계 시계의 진동을 인식하기 시작한다." 그는 "얼굴이 말린 과일 같은 작은 남자"의 환영을 본다. "그의 혀는 두 뺨 사이로 튀어나왔고, 이마에는 가시들이 박혔으며, 귀는 없고, 배꼽 주변에 달린 모직 끈에는 전사들의 머리와 조롱박 잎들이 걸려 있었다."[42] 이것은 인간의 희생을 요구하는 토힐Tohil, 즉 불의 신임이 드러난다. "이 불가해한 환영을 본 후 미겔은 대통령에게 작별을 고했다."[43] 그가 무의식적으로 깨달은 것처럼 그의 운명은 대통령이 가슴 아플 정도로 잔인하게 설계한 방식대로 결정되었다. 하지만 카밀라는 아들을 낳고 이름을 미겔이라고 짓는다. "어린 미겔은 시골에서 성장하여 시골 사람이 되었다. 카밀라는 다시는 도시에 발을 들이지 않았다."[44]

　이 작품은 라틴아메리카 독재자 소설 장르 최초의 대표작으로, 아스투리아스는 유럽의 초현실주의와 마야의 신화를 탁월하게

504

사진 59 아스투리아스의 얼굴들

조합함으로써 기묘한 힘을 부여했다. 『옥수수 인간』, 바나나 농장에서 벌어진 인디언 착취에 관한 3부작과 함께 『대통령 각하』는 1967년 노벨문학상을 수상했다. 그 무렵 아스투리아스는 프랑스의 과테말라 대사로 일했고, 말년을 마드리드에서 보낸 뒤 파리의 페르 라셰즈 묘지에 (마르셀 프루스트와 함께, 그리고 거트루드 스타인과 멀지 않은 곳에) 묻혔다. 묘비에는 그의 얼굴과 매우 닮은 얼굴이 마야의 부조 양식으로 새겨져 있다(사진 59). 작가 경력 초기 과테말라에 초현실주의를 가져온 아스투리아스는 죽어서는 페르 라셰즈에 과테말라를 가지고 왔다.

로사리오 카스텔라노스
통한의 서

Rosario Castellanos, The Book of Lamentations

멕시코의 선구적인 여성 작가 로사리오 카스텔라노스(1925~1974)는 많은 작품을 발표한 시인이자 소설가였으며, 멕시코 최초로 페미니즘 에세이를 출간했다. 그녀는 인구 대다수가 마야족인 치아파스의 과테말라 국경 지대에서 성장하여, 아스투리아스와 마찬가지로 토착 문화에 대한 깊은 관심을 지속적으로 발전시켰다. 카스텔라노스는 어린 시절부터 작가로서 경력을 쌓는 데 전념했지만, 20세기 중반 멕시코에서 보잘것없는 배경을 가진 젊은 여성에게는 실현 가능성이 희박한 일이었다. 열일곱 살에 고아가 된 그녀는 간신히 대학을 졸업한 뒤 국립 토착 연구소에서 직업을 구해 치아파스의 장날에 공연할 인형극의 대본을 썼다. 그러는 동안에도 토착민과 여성 문제에 관한 저널리즘을 포함한 자신의 글쓰기를 계속해나갔다. 그녀의 동포 엘레나 포니아토프스카_{Elena Poniatowska}의 말처럼 "카스텔라노스 앞에는 후아나 수녀를 제외하고 다른 여성은 아무도 없었다. … 카스텔라노스는 자신의 소명에 진정으로 헌신했다."[45]

카스텔라노스의 페미니즘에 대한 인식은 어릴 때부터 시작되었다. 그녀의 인생 초기 기억 중 하나는 이모가 어머니에게 당신의 자식 둘 중 한 명이 어린 나이에 죽는 환영을 보았다고 말한 것이었다. 어머니는 겁에 질려 소리쳤다. "아들은 안 돼!" 카스텔라노스는 평생 소외감을 느꼈고, 훗날 쓴 글에서 부모님의 죽음조차 자신에게는 자연스럽게 여겨졌다고 밝혔다. "청소년 시기 내내 상상력이라는 자원 속에 버려졌던 터라, 갑자기 철저히 고아로 남겨지는 일이 나에게는 매우 자연스럽게 여겨졌다." 그녀는 계속해서 말한다. "나는 누군가와 사귀기 위해 다른 사람의 육체적인 존재가 사실상 전혀 필요하지 않았다."[46] 카스텔라노스는 삼십 대 중반에 결혼해서 아들을 낳았지만, 후아나 수녀처럼 진정한 친구들을 책에서 찾았다. 그리고 결혼 생활은 오래 지속되지 않았다.

그녀는 어린 시절에는 부유하게 살았지만, 1930년대 후반 라자로 카르데나스 대통령이 시행한 토지 개혁과 농민 해방 프로그램을 겪으면서 가족의 소유물을 대부분 빼앗긴 뒤 멕시코시티로 이사했다. 카스텔라노스는 『통한의 서』(1962)에서 이 고통스러운 변화의 시대로 되돌아왔다. 이 책은 토지 개혁을 직접적으로 다루지만, 조상들의 땅에서 거의 노예처럼 일하는 초칠족 마야인에게 커피와 코코아 농장을 내어주지 않으려고 할 수 있는 모든 일을 다 하는 마을 사람들을 일말의 동정심도 없이 표현했다.

소설의 사건은 산 크리스토발 데 라스 카사스를 본뜬 도시 안팎에서 일어난다. 자갈길과 연철 소재의 발코니가 있는 산 크리스토발은 정부에 의해 '푸에블로족 마을Pueblo Magico'로 지정되었다. 그러나 마법의 도시 밖 넓게 펼쳐진 빈곤한 시골 지역은 카리스마 있고 수수께끼 같은 부사령관 마르코스가 지휘하는 사파티스타 민족 해방군이 통제하고 있다. 『통한의 서』는 19세기 농민 반란의 초기 역사와 1930년대를 뒤덮은 불안을 배경으로 한다. 도시를 장악하는 부유한 스페인계 라디노ladino(중남미에서 스페인어를 쓰는 혼혈 스페인인─옮긴이)들은 그들의 인디언 하인과 시골 지역 농민들에게 태연하게 인종 차별을 일삼는다.

소설은 "인디언 소녀들이 취향인"[47] 부유한 라디노 레오나르도 시푸엔테스가 초칠족 소녀(그녀는 자기 나이를 모르지만 아마 열네 살쯤일 것이다)를 강간하면서 시작된다. 『대통령 각하』의 초반에 묘사되는 대령의 살인처럼 이 폭력 행위는 광범위한 결과를 초래한다. 강간으로 인해 태어난 소년 도밍고의 죽음은 기독교의 자기 희생과 마야의 인간 제물이 기이하게 결합되어 소설은 충격적인 절정을 맞는데, 불안한 자기 파괴적 혼합주의가 전혀 마술적이지 않은 리얼리즘으로 표현된다.

마을 사람들은 '외국인들(즉 치아파스 외부에서 온 사람 모두)'이 종래의 질서를 바꾸려 할지 모른다며 깊은 의심을 품는다. 이상주의자인 두 청년이 애석하게도 이 교훈을 배우게 된다. 새로 부임한 마누엘 신부는 그의 신자들에게 진정한 신앙과 도덕성을 심어주려 한다. 신경이 거슬린 교구민들의 불만이 점차 거세지자, 마누엘 신부의 주교는 징벌의 의미로 그를 시골 교구로 내보낸다. 한편 토목 기사 페르난도 울로아가 토지 개혁 전 이 지역을 측량하기 위해 수도에서 파견되어 아내와 함께 마을로 이사를 온다. 그 결과 울로아 자신과 토착민들의 재난을 초래하게 되는데, 토착민들은 자신들의 땅을 직접 장악하겠다고 술렁대다가 라디노들에게 잔인하게 짓밟히고 만다. 다시 한번 전염병 서사가 등장하는데, 이번에는 사실이 아닌 기사로 등장한다. 반란이 진압된 직후, 무슨 일이 일어났는지 알아보기 위해 치아파스의 총독이 방문했을 때, 그는 "마을들, 심지어 유명한 마을들까지도 마치 전염병이 닥친 것처럼 버려진" 것을 발견하고 크게 놀란다. 그의 지역 담당자는 말한다. "마을들이 전염병으로 훼손되었습니다, 총독 각하. 하지만 비난받을 대상은 우리가 아닙니다. 마을들을 뒤덮은 오물이지요."**48**

아스투리아스의 『대통령 각하』가 정치적 갈등에 연루된 남성들에게 주로 초점을 맞춘다면, 카스텔라노스는 학대당한 초칠족 소녀부터 레오나르도 시푸엔테스에게 소녀를 넘긴 뚜쟁이 여자, 시푸엔테스의 냉정한 아내, 그들의 딸 이돌리나에 이르기까지 소란에 휘말린 여성들에게 더 큰 비중을 둔다. 카스텔라노스 자신이 가족으로부터 느낀 고립과 소외가 고조된 형태로, 이돌리나는 절름발이인 척하며 몇 년 동안 침대에 틀어박혀 지낸다. 도시 여성들 사이에서 온갖 험담과 비난이 난무하는 가운데 이따금 연대의 순간이 찾아온다. 이돌리나는 초칠족 간호사 테레사에게 애정 어린 보살핌을 받고, 페르난도 울로아의 아내 줄리아는 가족들의 접근을 차단할 정도로 관심의 중심이 되고 싶은 이돌리나의 교묘한 노력을 꿰뚫어 보고 그녀를 달래어 마침내 다리가 마비된 척하는 연기를 그만두게 한다.

이야기의 중심에는 토착민 치료사 카탈리나 디아즈 푸일자라는 복잡한 인물이 있다. 그녀는 신성한 돌의 형태로 동굴에 감춰진 무수한 마야의 신을 발견했다고 확신한다. 사람들은 그녀의 동굴에 모여들기 시작하고, 무아지경에 빠진 그녀가 내뱉는 예언에 경외감을 느낀다. 그 과정에서 카탈리나는 같은 처지의 마을 사람들뿐 아니라 동굴의 석상에 대해서까지 권력을 장악한다. "그녀는 그들과 동등한 존재로 자리 잡았다. … 그렇다. 그들은 시간의 내장을 들여다보았고, 그들이 손가락 사이로 세상을 쥐어짜면 세상을 황폐하게 만들 수 있을 터였다. 하지만 카탈리나가 없다면, 그들을 드러낸 카탈리나가 없다면, 그들의 통역자 역할을 하는 그녀가 없다면 그들은 무엇이 될까? 또다시 보이지 않는 존재, 말 없는 존재가 될 것이다."[49]

한편 줄리아는 그녀의 신분이 자기들보다 천하고 낮다고 여기는 마을 여자들 사이에서 친구를 사귈 수 없었다. 지루하고 초조해진 그녀는 오랫동안 바람을 피우는데도 남편의 질투심을 자극하지 못하자 시푸엔테스의 정부가 된다. "페르난도 자신이 레오나르도의 잠자리를 마련한 거야, 라고 그녀는 악의적으로 결론을 내렸다."[50] 그러나 그의 조수가 이런 상황을 암시할 때 페르난도는 이렇게 말한다.

> 나는 항상 집을 비우고, 어쨌든 시우다드 레알에서는 별로 할 일도 없기 때문에 그녀를 데리고 나갈 수도 없네. 일정이 바뀌면 일주일에 두 번 이상 영화를 보러 가기도 힘들고. 간다 한들 전혀 흥미도 없지. 필름은 계속 깨지고 소리는 제대로 들리지 않아서 무슨 내용인지도 모르겠는 아주 오래된 영화를 참고 봐야 하지 않나. 게다가 발코니석 관객들은 오케스트라석에다 침을 뱉고 상스러운 소리를 외치면서 다른 사람들에게 불편함을 드러내고 말일세.[51]

『통한의 서』는 가부장적인 지방 사회에서 모든 계층의 여성들에게 동일하게 주어지는 제한된 기회를 신랄하게 묘사하는 한편, 고매한 전통을 수호한다는 껍데기를 쓰고 개혁을 억제하는 남성들에게 풍자적인 시각을 취한다. 소설은 억압을 완화하기 위한, 아니 심지어 생계만이라도 유지하기 위한 초칠족 사람들의 노력이 계속해서 좌절되는 상황을 크게 세 가지 차원으로 보여준다. 『통한의 서』는 장대한 서사와 다양한 등장인물들로 멕시코의 다차원적 현실을 가장 설득력 있게 묘사한 작품들 중 하나다.

영어판 제목이 암시하는 것처럼 소설은 통한의 어조를 띠고 있지만, 스페인판 제목 '어둠의 의식Oficio de tinieblas'은 보다 구체적이다. '어둠의 의식Office of Darkness(라틴어로 Tenebrae)'은 성주간 동안 행하는 저녁 예배로, 성 금요일에 예수의 죽음과 매장을 기념한다.

카스텔라노스는 가톨릭적인 제목을 따르는 한편 전혀 다른 종교적 출처인 『포폴 부』의 글을 제사로 사용한다.

당신의 영광은 더 이상 위대하지 않지만
당신의 힘은 더 이상 존재하지 않지만
그래서 존경받을 권리도 별로 없지만
당신의 피는 잠시 승리할 것이다….

모든 새벽의 아이들, 새벽의 자손들은,
당신의 백성에 속하지 않고
수다쟁이들만이 당신에게 굴복할 것이다.

해를 입히고, 전쟁을 일으키고, 불행을 저지른 사람들,
잘못을 행한 당신들은,
그 때문에 눈물지으라.[52]

14장

앤틸리스 제도 너머

Antilles

서사적 기억의 파편들

$$\textcircled{66}$$

데릭 월컷
오메로스

Derek Walcott, Omeros

이제 우리는 1992년 데릭 월컷의 노벨상 수상 강연 제목인 '앤틸리스 제도, 서사적 기억의 파편들The Antilles, fragments of epic memory'과 카리브해 너머의 섬들로 이동한다. 섬은 더 넓은 세상으로부터 고립된isolated 동시에 격리되어insulated 있다는 작가들의 감각에 뿌리를 둔 독특한 글쓰기 방식을 만들어낸다. 두 용어는 모두 라틴어 '인술라insula'에서 유래되었다. 월컷, 제임스 조이스, 진 리스 등은 모두 식민지 섬에서 성장한 작가들로, 섬의 소박한 물질적 환경, 강렬한 지역주의, 그리고 정치·역사·문화가 집약된 대도시 중심지들로부터 느끼는 거리감에 적합한 언어를 발명할 필요성을 느꼈을 것이다. 그러나 군도는 섬이 아니다. 섬을 기반으로 한 작가들이 세상에 적응하는 한 가지 방법은 종종 가깝거나 먼 다른 섬들에 대한 문학적 표현을 참고하는 것이다. 이번 장에서 우리는 월컷에서 시작해 조이스와 리스(월컷에게 영감을 준 두 작가)로 이동한 다음, 호메로스를 다시 쓴 조이스와 페미니즘적으로 다시 쓴 마거릿 애트우드, 마지막으로 유디트 샬란스키의 전 세계 외딴섬들의 지도로 이동할 것이다.

월컷은 1930년 세인트루시아의 작은 도시 캐스트리스에서 태어났다. 한 살에 아버지가 돌아가셨고, 어머니는 학교 교사와 재봉사로 일하면서 그와 그의 두 형제를 키웠다. 아프리카, 영국, 네덜란드의 혼합된 유산을 물려받은 월컷은 섬의 작은 감리교 공동체 안에서 성장했다. 인구의 95퍼센트가 프랑스어와 아프리카어에서 파생된 앤틸리언 크레올어Antillean Creole(앤틸리스 제도에서 주로 사용하는 프랑스계 크레올어 – 옮긴이)를 사용하는 섬에서 감리교 학교는 영어를 중심으로 교육했다. 노벨상 수상 강연에서 월컷은 자신의 교육 환경을 박탈이 아닌 기회의 측면에서 설명한다.

작가 자신이 스스로를 정의하는 문화의 신새벽의 증인임을, 가지마다 잎마다 스스로를 정의하는 새벽의 증인임을 깨달을 때, 거기에는 행운을 기념하는 힘찬 환희가 있다. 그렇기에 특히 바닷가에서 일출 의식을 거행하는 것이 좋다. 그때 '앤틸리스 제도'라는 명사는 반짝이는 바다처럼 잔물결이 일고, 그 소리와 나뭇잎, 종려나무 잎, 새들의 소리 들은 신선한 방언의 소리, 모국어의 소리가 된다. 개인의 어휘, 각 멜로디의 음은 한 사람의 전기이며, 운이 좋으면 그 소리에 합류해, 몸은 걷고 있는 섬, 깨어 있는 섬처럼 움직인다.[1]

월컷은 이전의 마샤두 지 아시스와 후아나 수녀만큼이나 단호했고 또 조숙했다. 열네 살에 지역 신문에 첫 번째 시를 발표했고, 4년 뒤 (트리니다드섬에서) 펴낸 첫 시집 인쇄 비용을 지불하기 위해 어머니를 설득해 200달러를 긁어모았다. 시집은 「서곡」이라는 예언적인 시로 시작하는데, 그는 이 시에서 벌써 세계적인 작가가 되겠다는 야심을 선언한다.

나는, 햇빛을 따라 다리를 꼬고서, 지켜본다
구름의 다채로운 손짓들이 여기
추레한 형상으로 엎드린 나의 섬에 모여드는 것을.

그 사이 수평선을 가르는 증기선은 증명한다
우리가 졌다는 것을
오직 관광책자 안에서만, 열정적인 쌍안경 뒤에서만
발견된다
도시를 알고 있고 이곳의 우리가 행복하다고 생각하는
두 눈에 비친 파란 영상 속에서 발견된다.

유람선이 카리브해의 섬들을 침입하기 시작했다. 파란 눈의 관

광객들이 그를 관찰하는 걸 관찰하면서, 열여덟 살의 월컷은 생각
한다.

> 물론 내 인생은 심오한 담배를 피우기엔 너무 이르다
> 시간의 가장 깊은 곳에서,
> 돌린 문손잡이, 돌아가는 칼은, 공개되어서는 안 된다
> 내가 정확한 강약의 리듬으로
> 고통을 배울 때까지.[2]

너무 서둘러서 대중 앞에 나타나지 말자고 스스로에게 경고했
음에도 불구하고, 월컷은 트리니다드섬에 본사를 둔 새 잡지 〈계
간지 카리브해 Caribbean Quarterly〉의 편집부에 얇은 시집을 보냈다.
그들은 월컷의 시들 중 한 편(아버지의 무덤을 방문한 일을 묘사한 「노
란 무덤 The Yellow Cemetery」)을 재인쇄했고 이로써 월컷의 국제적인
경력이 시작되었다.

「서곡」에서 이미 우리는 월컷의 지속적인 주제를 볼 수 있다.
외세, 유람선을 탄 관광객들에게 침입당한 그의 '엎드린' 섬, 모호
한 사후 세계(호메로스가 오디세우스를 묘사한 것처럼 관광객들은 '도
시들을 알고 있다'). 또한 이 시는 '우리 인생의 여정 한가운데에서'
로 시작하는 단테의 『신곡』을 연상시킨다. 단테는 욕망의 상징 표
범과 맞닥뜨려 여정에 방해를 받는데, 월컷은 이 내용을 이렇게 반
영한다. "내 인생의 여정 한가운데에서, / 오, 내가 어떻게 너를 발
견했을까, 나의 / 느린 눈의 주저하는 표범이여."[3]

그의 시 「기원Origins」에서 월컷은 그의 섬과 자기 자신을 위해 새로운 언어를 찾는다. 그는 이렇게 쓴다. "단단한 이빨로 쌉쌀한 아몬드의 자음 소리를 깨물고, / 물결의 곡선에 맞추어 새로운 입술 소리를 만든다."[4] 아버지를 닮아 월컷은 재능 있는 화가였고, 그가 그린 수채화로 자신의 책 표지를 장식했다(사진 60). 언젠가 그는 이렇게 말했다. "열대 지방에서 물감은 대단히 까다로운 도구다. 그것은 온대 기후에 적당한 도구다. … 열대 지방의 믿을 수 없는 푸르름(그 푸른 열기)은 물감으로는 도무지 표현이 불가능하다." 그는 "너무도 푸르러 그곳의 색을 칠할 수 없다"[5]고 말했던 어느 독일인 관광객을 만난 일을 떠올린다. 그는 「섬 Islands」(1962)에서 이렇게 썼다.

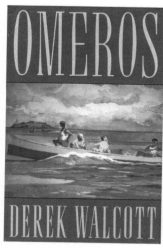
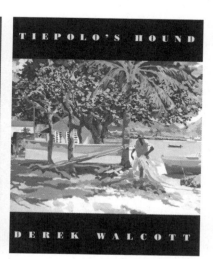

사진 60 월컷의 표지들

모래처럼 파삭한, 태양 빛처럼 맑은,

굽은 물처럼 차가운, 큰 컵에 든

섬의 물처럼 평범한 시를 쓰기를.⁶

물론 아무도 무無에서 시를 발명할 수는 없으며, 1986년 〈파리
리뷰Paris Review〉와의 인터뷰에서 월컷은 이렇게 말했다.

> 우리가 빼앗긴 것은 우리의 특권이기도 했다. 그때까지만 해도,
> 지금까지 정의되지 않았던 세계를 만든다는 것이 큰 기쁨이었다.
> … 내 세대의 서인도 제도 작가들은 처음으로 장소와 사람에 대해
> 글을 쓰는 특권을 가졌다는 사실에, 동시에 그들 뒤에는 (디포, 디
> 킨스, 리처드슨과 같은) 전통이 있어 그들이 얼마나 잘 쓸 수 있는지
> 알 수 있다는 사실에 큰 기쁨을 느꼈다.⁷

그가 시인이 아닌 세 명의 소설가를 언급한 것은 주목할 만하
다. 우리가 누군가를 '시인'이나 '소설가'라고 묘사하면서 생각하
는 것과 달리 작가들은 대체로 장르에 갇혀 있지 않다.

그의 시 「화산Volcano」(1976)에서 월컷은 두 명의 소설가, 콘래드
와 조이스를 읽었던 젊은 시절 경험을 되새긴 다음, 잠시 멈추어
조이스가 취리히에서 죽었는지 트리에스테에서 죽었는지 곰곰이
생각한다. 그러고는 그것은 중요하지 않다고 결론 내린다. "콘래드
는 죽었으며 / **승리**는 아이러니하다는 무성한 소문"⁸처럼, 조이스
의 죽음은 전설이 되었다고. 여기에서 승리는 콘래드의 1915년 소

설, 『승리: 어느 섬 이야기Victory: An Island Tale』를 말한다.

계속해서 월컷은 메트로폴metropole(식민지 제국에 대해 권력을 행사하는 유럽 본국 영토-옮긴이)의 소식을 뒤늦게야 접하는 주변부 식민지 주민이라는 비유를 사용한다. 그런 다음 다국적 기업이 해저에서 자원을 추출하려고 설치한 석유 굴착기 한 쌍과 자기 자신을 말장난을 섞어 연결한다.

> 밤의 수평선 가장자리
> 절벽 위의 이 해변 별장에서
> 지금, 새벽녘까지
> 수 마일 밖 두 개의 번득이는 빛
> 해상 유정탑의 그것은 마치
> 담배 불빛 같기도 하고
> 화산의 불빛 같기도 하다
> **승리**의 끝에 있는.[9]

여기에서 그는 위대한 선조들의 이상적인 독자가 되고 싶은 유혹을 느끼지만, 글쓰기를 포기하는 대신 바로 이 충동을 바탕으로 감동적인 시를 만들어낸다.

월컷은 세계적인 작가가 되기 위해 카리브해를 떠날 필요가 없었다. 그는 트리니다드섬에서 먼저 시인이자 극작가로서 입지를 굳혔다. 노벨상 수상 연설에서 그는 아프리카, 아시아, 유럽의 유산이 혼합된 트리니다드섬을 세계의 축소판이라고, "조이스의 더

블런보다 더 흥미진진한 다채로운 인간들"이 있는 곳이라고 설명한다. 그는 『오메로스』를 발표한 지 2년 뒤에 노벨상을 수상했다. 이 작품은 그의 고향 섬을 배경으로 하지만 아프리카, 유럽, 북아메리카에 이르는 넓은 세계의 다양한 인간군상을 향한 여행을 다룬다. 이 책의 제목 '오메로스'는 '호메로스'를 고대의 작품명이 아닌 살아 있는 인물로 떠올리게 한다. 월컷은 시에서 주기적으로 나타나는 등장인물로, 보스턴에 사는 그리스인 여자 친구는 그에게 현대 그리스에서는 이 이름을 '오메로스'라고 발음한다고 알려준다. 월컷은 즉시 이 단어를 크레올어로 번역한다.

> O는 소라껍질의 주문, mer는
> 우리 앤틸리스 방언으로 어머니요 바다,
> os는 회색 뼈고, 부서지는 흰 파도였다.

> 그리고 레이스로 장식한 바다에 치찰음의 옷깃을 펼친다.
> 오메로스는 마른 잎 밟는 소리, 그리고
> 썰물 때 동굴의 입에서 울려 퍼지는 파도가 밀려가는 소리였다.[10]

월컷은 시와 소설의 혼합물인 이 작품에서 앤틸리스 제도를 그리스 군도와 조이스의 아일랜드에 대비시킨다. 주요 등장인물인 어부 헥토르와 아쉴은 아름다운 웨이트리스 헬렌의 애정을 얻기 위해 경쟁한다. 헬렌의 이름에는 아이러니한 지역적 의미가 있는데, 프랑스와 영국 사이에서 수차례 주인이 바뀐 세인트루시아는

19세기 '서인도 제도의 헬렌'으로 불렸다. 그들의 싸움을 지켜보는 사람은 은퇴해서 이 섬에 들어온 아일랜드 이주자 부부 플런켓 소령과 그의 아내 마우드다. 소설 후반부에 월컷은 더블린을 방문하고, 그곳에서 제임스 조이스에게 직접 안내를 받는다.

보스턴에서 집으로 돌아오는 길에 월컷은 아버지의 유령을 만나 시적 소명을 부여받는데, 이 장면은 베르길리우스의 『아이네이드』에서 아이네아스와 아버지가 지하 세계에서 만나는 장면을 연상시킨다. 월컷의 아버지는 그를 캐스트리스 항구로 데려가 그의 젊은 시절 환상을 보여주는데, 이때 월컷은 노동에 시달리는 여성들, '그 옛날 헬렌들'이 '균형 잡힌 아름다운' 걸음걸이로 수백 파운드의 석탄 포대를 증기선에 실어 나르는 모습을 보게 된다. 아버지는 물리적인 '발'과 시적인 '발'을 연결하여 아들에게 지시한다.

> 네 짐 앞에 무릎을 꿇어, 네 비틀거리는 두 발의 균형을 잡고
> 사다리처럼 높이 쌓인 석탄 위를 그들이 시간 맞춰 올라가듯 올라
> 가거라,
> 조상들의 운율에 맞추어 맨발로 한 발씩 한 발씩.

그리고 이렇게 말을 맺는다. "네 임무는 곧 네게 주어진 기회, 그들의 발에 목소리를 주는 것이다."[11]

67

제임스 조이스

율리시스

데릭 월컷은 『오메로스』의 낭만적 갈등을 『일리아드Iliad』에 기반을 두고 묘사했지만, 아일랜드인 주인공 플런켓 부부를 통해 『오디세이아Odyssey』를 구체적으로 드러낸다. 플런켓 소령이 "그 카키색 율리시스"[12]라면, 페넬로페를 닮은 그의 아내 마우드는 수년간 거대한 이불을 바느질하며 시간을 보낸다. 그녀는 이불에 새를 수놓아 "눈먼 새들blind birds이 노래하게 한다"[13](여기에서 월컷은 눈먼 시인blind bard 호메로스를 비유하며 말장난을 한다). 우울한 반전으로, 마우드가 수놓은 이불은 결국 시아버지의 관이 아닌 자신의 관을 덮고, 월컷은 유령 같은 그의 환영을 통해 이 사실을 알게 된다.

"나는 내가 창조한 인물의 장례식에 / 참석하면서, 그 자리에 존재하는 동시에 부재했다."[14] 이제 그는 "내 안에, 그리고 그가 부재한 전쟁에 / 텔레마코스(오디세우스와 페넬로페의 아들 – 옮긴이)의 달라진 그림자가 있었고, / 마우드의 근사한 이불에는 한 가지 무늬로 수놓아진 제국의 죄책감이 있었다"[15]고 인식한다.

플런킷 소령은 카키색 율리시스일지 모르지만, 호메로스의 그리스 영웅과는 이름이 다르다. 율리시스는 (오디세우스의) 라틴어 이름으로, 베르길리우스와 단테의 작품에 등장하고 조이스의 『율리시스』에서는 레오폴드 블룸으로 등장하는 인물이다. 그의 아내 몰리 블룸은 지조 없는 페넬로페고, 조이스의 분신 스티븐 디덜러스는 텔레마코스를 대신한다. 월컷은 텔레마코스와 자신을 동일시하면서, 조이스 버전으로 묘사된 젊은 시절 모습과 자신을 연결 짓는다. 마우드의 새 이불에서 충분히 짐작하듯이 『율리시스』에서 스티븐은 자신을 날지 못하는 이카루스로 여기며 마지못해 집으로 돌아온다. "훌륭한 숙련공. 매를 닮은 남자. 당신은 날았지. 어디로? 뉴헤이븐-디에프, 3등실 승객. 파리 왕복행. 댕기물떼새. 이카루스. 아버지, 그는 말했지. 바닷물에 젖고, 추락하고, 뒹굴고 있어요. 너는 댕기물떼새. 댕기물떼새가 되거라."[16]

『오메로스』의 후반부에 월컷은 아일랜드를 방문하고, 그곳에서 "우리 시대의 오메로스, 변함없는 스승이자 / 그곳의 진정한 테너 가수"를 찾는다. "마치 그가 / 안대와 기울어진 모자를 쓰고, / 어깨에는 멋진 지팡이를 메고서 / 황혼이 찾아올 때마다 그곳에 꽃을 피웠던 것처럼" 그를 발견하길 바라면서.[17] 그는 마우드가 피아노로 연주하던 아일랜드 멜로디를 흥얼거린다. "바로 그때 나는 그를 보았다." 월컷은 마우드가 술집에서 피아노를 연주하는 동안 조이스가 '죽은 사람들the Dead'과 함께 서서 노래를 부르며 그들을 이끄는 환영을 본다. 그는 조이스를 '애꾸눈 율리시스'라고 여기면서 그가 "머리the Head 위에서 부딪치는 우편물 꾸러미와 / 그 흔적이 열쇠처럼 반짝거리는 것을 지켜보고 있다"고 묘사한다.[18] 여기에서 월컷은 『더블린 사람들』의 마지막 이야기에서 『피네간의 경야』로 우리를 데려가고, 이제 반쯤 눈이 먼 조이스 자신은 율리시스가 되어 죽은 사람들을 떠나 그의 생애 마지막 삼십 년 동안 가보지 못한 섬으로 돌아간다.

조이스는 1904년 노라 바나클과 함께 아일랜드를 떠나 이탈리아 트리에스테에서 제2외국어로 영어를 가르쳤다. 1907년 조이스는 '아일랜드, 성인들과 현자들의 섬Irlanda, Isola dei Santi e dei Savi'이라는 주제로 공개 강연을 했다. 이때 그는 아일랜드어가 '무역과 항해의 창시자들'에 의해 북쪽으로 전파된 페니키아어에서 유래했다고 주장했다.[19] 조이스는 아일랜드의 고대 문화를 강조하면서, "자기만의 문화를 독자적으로 발전시켜야 한다는 아일랜드의 주장은 유럽과 성공적으로 조화를 이루고자 하는 젊은 국가의 요구라기보다, 새로운 형태 아래 과거 문명의 영광을 재현하고자 하는 오랜 역사를 지닌 국가의 요구다"라고 선언한다.[20] 그러나 조이스가 아일랜드 문명을 구별하는 특징은 민족적 혼종성이다. "우리는 아일랜드 안에서 덴마크인, 피르볼그Firbolg인(초기에 그리스에서 이주한 켈트족―옮긴이), 스페인에서 온 밀레토스Milesian인(아일랜드인의 전설적 조상-옮긴이), 노르만 침략자들, 그리고 앵글로색슨 출신 정착민들이 연합하여 이를테면 현지 신의 영향 아래에서 새로운 독립체를 형성한 것을 알지 않습니까?" 조이스는 아일랜드가 마침내 영국으로부터 (그리고 로마 가톨릭으로부터) 독립하길 고대하면서, 그리스 세계 가까이로 돌아와 이렇게 묻는다. "이 나라는 언제쯤 북쪽의 헬라스Hellas(그리스의 옛 이름)처럼 고대의 위치를 회복하게 될까요?"[21]

『율리시스』 앞부분에서 스티븐의 불쾌한 룸메이트 벅 멀리건은 스티븐의 이름이 "고대 그리스어처럼 우스꽝스럽다!"고 말한다.[22] 더블린만灣을 내다보면서 그는 빅토리아 시대 앨저넌 스윈번Algernon Swinburne의 서정적 표현을 호메로스 풍의 형용어를 사용해 풍자적으로 번역한다. "세상에! 그는 조용히 말했다. 앨지는 바다를 위대하고 달콤한 어머니라고 부르지 않나? 코웃음치는 초록 바다. 음낭이 조여드는 바다로군. 포도주 빛 검은 바다를 향해Epi oinopa ponton. 아, 디덜러스, 그리스어로 읽어! 내 자네에게 가르쳐주지! 자네는 원어로 읽어야 해. 바다여Thalatta! 바다여! 바다는 우리의 위대하고 감미로운 어머니야."[23] 하지만 멀리건은 '원어'가 단일 언어가 아닌 여러 방언들의 집합체임을 깨닫지 못한다. '포도주 빛 검은 바다'는 크세노폰Xenophon의 아티케 그리스어Attic Greek(고대 그리스에서 가장 우세한 방언-옮긴이)에서처럼 'thalattark'가 아니라, 호메로스의 이오니아 방언으로 'thalassa'일 것이다. 조이스의 그리스는 그의 아일랜드나 월컷의 앤틸리스 제도와 마찬가지로 혼종된 문화를 갖고 있다.

로사리오 카스텔라노스의 치아파스에서 보았듯이 섬 공동체는 종종 외부인에게 깊은 의심을 품는다. 내가 태어난 메인주의 마운트데저트섬 사람들이 하는 말처럼, 레오폴드 블룸과 몰리 블룸은 둘 다 어떤 의미에서 '멀리서' 온 사람들이다. 이 표현은 뱅고르에서 온 사람들이나 베를린에서 온 사람들에게도 똑같이 적용된다. 블룸은 더블린 태생이지만 헝가리 출신 유대인 이민자의 아들이고, 몰리는 지브롤터에서 성장했지만 아일랜드인 아버지와 스페인 (아마도 유대인이나 무어인) 혈통인 어머니의 딸이다. 조이스의 더블린 사람들은 혼종성을 무시하거나 저항하면서, 대체로 섬의 민족적 순수성이라는 인위적 이미지에 집착한다. 두 번째 장에서 학교 교장 디지 씨는 아일랜드는 "영광스럽게도 유대인을 결코 박해하지 않은 유일한 나라"라고 단언하는데 그 이유는 단순히 "유대인을 들여보낸 적이 없기" 때문이다.[24] 레오폴드 블룸이 민족적 다양성의 전형임을 디지 씨는 알지 못하지만, 블룸조차 혼혈인이다. 그 자신도 그렇듯 모두가 그를 유대인으로 여기지만, 우리는 우선 그가 아침 식사로 돼지고기 콩팥을 튀기는 걸 보고, 나중엔 아버지만 유대인이고 어머니는 아니므로 유대법 상으로 그는 유대인이 아니었음을 알게 된다. 무엇보다 그는 실제로 세례도 받았다. 할례를 받은 적도 없기 때문에 그의 유대교는 지극히 피상적이다.

트리에스테 강연에서 조이스는 아일랜드의 고대 켈트 문명을 강조했지만, 노르웨이인부터 영국인에 이르기까지 수 세기에 걸친 침략으로 위협받았다고 언급했다. 월컷의 세인트루시아에서 사라와크어가 사라진 것처럼, 조이스의 더블린에서 아일랜드어는 거의 사장된다. 한 영국 민속학자는 아일랜드를 방문해 마텔로 타워에서 스티븐과 멀리건과 함께 지낸다. 그는 나이 많은 유모에게 아일랜드어로 자신 있게 말을 걸지만, 그가 확인한 사실은 유모는 그가 프랑스어를 말한다고 생각한다는 것이다. "그 언어를 말하지 못해서 부끄럽군요." 그가 유모의 오해를 바로잡자 그녀는 고백한다. "그 말을 아는 사람들이 그러던데 아주 멋진 언어라면서요."[25] 아일랜드 서쪽 지방 외곽에서 게일어가 사라지자, 조이스의 더블린 사람들은 영국 영어의 뻣뻣한 이질감과 그들의 생생한 일상 사투리 사이에서 갈팡질팡한다. 블룸도 스티븐도 아일랜드 영어를 사용하지 않는 것은 그들의 지위가 외부인임을 드러내는 표시다. 하지만, 월컷이 자신의 브랜드인 대단히 문학적인 영어를 쓰면서도 등장인물들의 앤틸리스 크레올어를 표현하기 위해 혼성된 영어를 사용한 것처럼, 스티븐은 (그리고 조이스도) 그들의 아일랜드 등장인물들의 대화를 정확하게 기록하려 한다.

역시나 월컷과 마찬가지로 조이스도 자신의 목적을 위해 영어를 재창조한다. 그는 자신의 편집자에게 말한 것처럼 '세심하고 인색한 문체'로 『더블린 사람들』을 쓰기 시작했는데[26], 마치 자신의 문장에서 형용사 하나 더 추가할 여유가 없다는 듯 '궁핍'의 의미로 '인색한'이라는 단어를 사용했다. 『율리시스』에 이르러 그는 훨씬 확장된 (때로는 환각적인) 언어로 진입하기 시작했고, 이는 『피네간의 경야』에서 가장 완벽하게 실현된다. 이 소설에서 그의 대역을 맡은 문필가 솀은 "한때 유행하던 단어 놀이, quashed quotatoes(quote와 potatoes를 조합, '망친 인용 감자들' 정도의 의미 – 옮긴이)"와 "messes of mottage(창세기에서 형 에사우가 동생 야곱에게 장자권을 팔고 얻어 먹은 팥죽 한 그릇mess of pottage을 비튼 단어로 'mortgage'와 'pottage'를 조합, 엄청난 대출금 정도의 의미 – 옮긴이)"[27]의 성찬을 위해 자신의 타고난 언어적 권리를 팔아버린다. 어리둥절한 목소리가 묻는다. "우리가 영국 땅에서 말하고 있는 걸까요, 아니면 당신이 독일 바다에서 말하고 있는 걸까요are we speachin d'anglas landage or are you sprakin sea Djoytsch?"[28] 아일랜드는 둘 다로, 바다에 있는 땅이다.

조이스는 풍요로운 언어 속에서 결정적인 순간마다 단순한 섬의 언어로 돌아오는데, 가장 유명한 부분은 소설 마지막에 나오는 몰리의 대사다. "그리하여 네, 나는 네라고 말했어요. 네 그렇게 하겠어요and yes I said yes I will Yes."[29] 이 한 음절을 이루는 말들에 나는 'We'라는 단어를 하나 더 추가하고 싶은데, 이 단어는 소설에서 한 단어로 이루어진 단락으로 두 번 나온다. 7장에서 블룸은 그가 광고를 판매하는 신문사 사무실에서 광고주에게 광고문을 신도록 설득하고 있다. 그는 무시당하거나 배제되는 상황에 익숙하지만, 교열 편집자가 그의 말에 동의한다. "짧은 광고 하나도 괜찮으면, 레드 머레이가 귀 뒤에 펜을 꽂으며 진지하게 말했다. 하나 주지 뭐."[30] 조이스는 블룸의 무언의 반응을 제시하며, 이것은 그 자체로 하나의 단락이 된다.

우리We.

1백 페이지 뒤에, 스티븐은 그가 파리에 가 있는 동안 여자 형제들이 자신의 책을 거의 다 전당포에 맡겼다는 사실을 알게 된다. "어쩔 수 없었어." 누이동생 딜리가 말한다. 아버지는 돈을 버는 대로 전부 술 마시는 데 쓰기 때문이다. 스티븐은 침몰하는 가족에 의해 그들 모두가 무너지고 있다고 고통스럽게 생각한다.

그녀는 그녀의, 눈과 머리카락으로 나를 익사시킬 거야. 나를, 내 마음을, 내 영혼을 부드럽고 기다란 해초 같은 머리털로 칭칭 감 겠지. 소금기 묻은 녹색의 죽음.

우리 We.

양심의 가책 Agenbite of inwit. 가책의 양심 Inwit's agenbite.

불행! 불행![31]

이 두 차례 'We'는 스티븐과 블룸의 가장 내밀한 생각을 연결하지만 정반대의 효과를 보여준다. 즉 블룸은 한 번이라도 복수 대명사에 포함된 것에 고마워하지만, 반면 스티븐은 익사하는 여동생에게 끌려가 갇힌 기분이다. 이 한 음절로 된 두 단락은 말하자면 거친 파도 한복판에 떠 있는 외로운 섬처럼 눈에 띈다.

68

진 리스

광막한 사르가소 바다

데릭 월컷이 『율리시스』에서 고전을 다시 쓰겠다는 영감을 받았다면, 진 리스는 더 핵심적인 모델을 발견했다. 1981년 발표한 시「진 리스」에서 월컷은 대부분 남성으로 이루어진 그만의 개인 신전에서 드물게 여성에게 경의를 바친다. 이 시에서 월컷은 세인트 루시아 북쪽 도미니카섬에서 1890년에 태어난 진 리스의 어린 시절 사진에 대해 사색한다. 월컷은 "한 세기의 거리에서는 / 모두가 채색되어 보이지만" 리스는 세피아 톤 이미지 안에서 "말라리아의 천사"처럼 보인다고 말한다. 그는 조용한 이미지를 숙고하면서, "이 아이의 한숨은 / 도미니카의 덤불 속 / 딱딱한 통나무에 핀 /

난초처럼 하얗다"고 상상한다. 그런가 하면 "오후의 시멘트 숫돌은 / 천천히 돌아서 그녀의 감각을 날카롭게 하고, / 그 아래 월계수 는 사르가소를 끓이는 수프처럼 녹색이다."[32] 시의 마지막에는 한 아이가 바람 없는 촛불을 응시한다. "그녀의 오른손은 제인 에어와 결혼했고 / 그녀의 흰 웨딩드레스가 / 흰 종이가 될 것을 예견한 다."[33]

리스가 1960년대 『제인 에어』를 다시 쓰게 되었을 무렵 그녀는 실제로 세 번 결혼한 상태였다. 리스는 영국 남서부의 어느 마을, "술을 마셔도 별로 기운이 나지 않는 따분한 곳"에서 조용히 혼자 살고 있었다.[34] 리스는 1939년 이후 책을 발표하지 않았다. 마르그 리트 뒤라스처럼, 리스는 인생의 말년에 사라진 식민지 시대의 청 소년기로 돌아갔다. 리스의 상징적인 초기 사진은 젊은 시절 뒤라

사진 61 진 리스의 얼굴

스와 상당히 닮았지만, 76세에『광막한 사르가소 바다』를 발표한 후 그녀의 사진들은 뒤라스가『연인』첫 부분에 '황폐해진' 얼굴이라고 묘사한 실제 모습을 보여주었다(사진 61).

회고록『좀 웃어봐요 Smile Please』[35]에서 알 수 있듯이, 리스는『광막한 사르가소 바다』에서 도미니카에서 보낸 어린 시절을 재현했다. 리스는 이 소설을 뒤라스가 묘사한 *자화상*이나, 1920년대와 1930년대에 런던과 파리 주변을 떠도는 뿌리 없는 여성으로서 역시 그곳을 떠도는 뿌리 없는 여성들에 관해 글을 쓰던 시절의 초기 작품들과는 전혀 다르게 표현했다. 대신 자신의 경험을 샬럿 브론테『제인 에어』의 안티히어로 로체스터가 자메이카에서 데려온 크레올인 아내, 버사 앙투아네트의 알려지지 않은 이야기로 옮겨 썼다.

로체스터 딸의 가정교사로 고용된 젊은 제인 에어는 '다락방의 미친 여자'가 외치는 소리에 괴로워한다. 로체스터는 버사를 돌보는 정신이 불안정한 하인 그레이스 풀이 지르는 소리라고 말한다. 제인과의 사랑에 필사적이 된 로체스터는 버사의 정체가 밝혀지자 중혼을 성사시키려고까지 한다. 제인은 그 집을 떠나 다시는 돌아오지 않겠다고 결심하지만, 일 년 후 그곳을 지나치게 되자 안을 들여다보지 않을 수 없다. 그녀는 폐허가 된 집을 보고 충격을 받고, 자신이 떠난 지 얼마 후 버사가 집에 불을 질러 숨지고 로체스터의 눈이 멀게 되었다는 사실을 알게 된다. 제인은 눈이 멀고 불구가 된 로체스터를 만나 그를 받아들이면서 조용히 해피엔딩에 이른다. 그녀는 마지막 장 첫마디에서 우리에게 유명한 말을 남긴다. "독자들이여, 나는 그와 결혼했다."[36]

리스는 버사의 카리브해 생활을 이야기로 만들어, 이제 앙투아네트 코즈웨이라는 이름의 여자 주인공의 인생에 자신의 경험을 겹쳐 놓는다. 소설 중반 둘의 관계가 악화되면서 남편은 갑자기 그녀를 '버사'라고 부르기 시작한다. 그녀는 이제 다른 나라뿐 아니라 다른 사람의 소설 속으로 이동하게 될 것이다. 작가에게는 앙투아네트/버사로 이름을 바꾸는 것에도 개인적인 의미가 있었다. 엘라 그웰돌린 리스 윌리엄스Ella Gweldolyn Rees Williams로 태어난 그녀는 1925년 연애 중이던 포드 매독스 포드의 조언에 따라 진 리스라는 필명으로 정착하기 전까지 여러 차례 이름을 바꾸었다. 로체스터의 이름은 소설에서 한 번도 언급되지 않는데, 한편으로는 리스가 자신의 작품이 독자적으로 설 수 있길 바랐기 때문이기도 했지만, 아마도 그에게는 딱히 명확한 정체성이 없기 때문이기도 할 것이다. 로체스터의 아버지와 숙부는 그가 아버지는 없지만 재산이 많은 자메이카 처녀와 결혼을 하도록 계획을 꾸몄지만, 그는 자신을 이런 식으로 식민지로 쫓아내는 데 크게 분개한다. 이 섬은 최근 노예 제도가 폐지되었지만, 그와 앙투아네트는 사실상 친척들에 의해 노예처럼 매매되고 있는 것이다.

소설의 첫 부분과 마지막 부분에서 앙투아네트가 이야기를 전하는데 첫 부분은 자메이카에서, 마지막 부분은 끌려간 다락방의 '판지로 된 세계'에 갇혔을 때다.[37] 중간 부분은 주로 로체스터의 목소리로 신경쇠약 직전인 남자의 냉혹하지만 공감하는 바가 없지는 않은 분석을 절묘한 솜씨로 전달한다. 그러나 여러 가지 면에서 『광막한 사르가소 바다』의 중심 주인공은 자메이카다. 그곳의 풍경과 복잡한 인종 구성 모두 앙투아네트와 남편이 관계를 쌓으려는 시도나, 최소한이나마 서로를 이해해보려는 시도조차 실패하게 만드는 기폭제가 된다. 노예 해방은 농장주들의 재산에 심각한 영향을 미쳤다. 앙투아네트는 그들의 정원에 대해 이렇게 말한다.

> 그곳은 성경에 나오는 동산처럼 크고 아름다웠고, 생명의 나무가 자랐다. 하지만 이제는 야생적으로 변했다. 길에는 잡초가 제멋대로 자랐고 죽은 꽃들의 냄새와 싱싱하게 살아 있는 꽃들의 냄새가 뒤섞였다. 숲에서 자라는 나무고사리만큼 키가 큰 나무고사리 아래의 빛은 녹색이었다. 난초는 손이 닿지 않는 곳에 무성하게 피어 있었다.[38]

그녀는 이 부패해가는 에덴에서 안전하다고 느끼지만, 그녀의 남편은 "야생적일 뿐더러 위협적"이라고 느껴지는 이 풍경의 "극단적인 녹색"이 싫다.[39] 집 부지를 벗어나 거닐면서 그는 회상한다. "흰개미 떼가 우글거리는 쓰러진 통나무를 밟고 지나갔다. 어떻게 진실을 발견할 수 있을까, 하고 나는 생각했고 그 생각은 나를 어디에도 이끌지 못했다. … 이곳에 폐허가 된 돌로 지은 집이 있고 폐허 주변에는 장미 나무들이 믿을 수 없을 만큼 높이 자랐다. 폐허 뒤에는 열매가 가득 달리고 잎이 짙은 녹색인 야생 오렌지 나무가 있었다."[40] 이것은 월컷이 그의 그림들에서 즐겨 묘사한 카리브해의 강력한 색채들이지만, 로체스터에게는 열대의 석양조차 부담스럽다. 그는 자메이카를 떠날 준비를 하는 동안 앙투아네트에게 함께 가자고 강요하면서 반추한다.

나는 산도 언덕도 싫었고, 강도 비도 싫었다. 나는 어떤 색깔이든 노을도 싫었고, 그것의 아름다움도 마법도 내가 결코 알 수 없을 비밀도 싫었다. 나는 그것의 냉담함과 그것의 아름다움의 일부인 잔인함도 싫었다. 무엇보다 나는 그녀가 싫었다. 그녀는 마법과 사랑스러움의 영역에 속했기 때문이다. 그녀는 나를 목마르게 했고, 나의 온 인생은 내가 찾기도 전에 잃어버린 것을 갈망하고 열망하게 될 것이다.[41]

536

그가 결코 알지 못할 비밀들은 겹겹의 층으로 이루어져 있다. 섬의 은밀한 생활, 섬에 사는 사람들의 정신 세계, 그리고 무엇보다 앙투아네트 집안의 유전적 광기와 혼혈인 사촌과 그녀와의 어린 시절 성관계에 대한 소문의 진위 여부 등. 이런 주장들은 앙투아네트의 이복형제(그가 정말 그녀의 이복형제라면) 다니엘 코즈웨이가 그에게 보낸 악의적인 편지에 담겨 있었다. 다니엘은 시중 드는 여자아이 아멜리가 자신의 주장을 보증할 거라고 말한다. "그 애가 알고 있소. 그리고 그 애는 나를 압니다. 그 애는 이 섬 사람이니까요."[42]

혼란스러워진 이 영국 젊은이는 자신이 섬에 속하지 않는다는 사실을 알게 되지만, 앙투아네트도 그런지는 확신이 없다. 다니엘과 아멜리 같은 아프리카계 카리브해인들에게 유럽계 크레올인들은 몇 세대를 섬에서 살았어도 모두 '멀리서 온' 사람들이다. 아멜리가 로체스터가 알아들을 수 없는 '방언'으로 뭐라고 중얼거리자, 앙투아네트가 그에게 말한다. "흰 바퀴벌레에 대한 노래였어요. 바로 나를 말하는 거랍니다. 저 사람들은 그들의 아프리카 조상들이 노예 무역상에게 팔려가기 전부터 이곳에 살고 있는 우리를 그렇게 불러요. 영국 여자들은 우리를 백인 깜둥이라고 부르더군요. … 그래서 당신들 사이에 있으면 종종 나는 궁금해져요. 내가 누군지, 내 나라는 어디고 나는 어디에 속해 있는지, 대체 나는 왜 태어났는지."[43]

카스텔라노스의 『통한의 서』에서처럼 토착민 치료사는 상황을 도우려 애쓴다. 앙투아네트의 다급한 요청에 오비어obeah(아프리카, 서인도의 흑인들이 행하는 마술―옮긴이)를 신봉하는 여인 크리스토핀은 로체스터를 위해 최음제를 준비하지만, 약을 마신 뒤 오히려 병이 난 그는 놀아난 기분을 느끼게 되어 이 시도는 역효과를 낳는다. 그는 생각한다. "그녀는 나에게 그런 짓을 할 필요가 없었어. 맹세코 그럴 필요가 없었지."[44]

제목의 사르가소 바다는 해류들이 합류해 만들어진 곳인데, 사르가소라는 해초가 무성하게 자라서 배들이 갇히면 빠져나올 수 없었다고들 한다. 1930년대 초에 나의 고모할머니 헬렌은 저명한 생물학자 윌리엄 비브가 이끄는 버뮤다 해안 연구 탐사에서 과학 삽화가로 일했다. 그들의 연구에는 사르가소 바다의 수생 생물 연구가 포함되었고, 그가 여행 중에 쓴 『논서치: 물의 땅Nonsuch: Land of Water』에는 물고기 한 마리가 긴 해초 속에 몸을 숨기고 있는 고

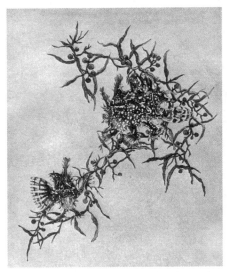

사진 62 떠다니는 잡초 사이 사르가소의 물고기

모할머니의 삽화가 포함되어 있다(사진 62). 비브는 이렇게 발표한
다. "최초의 사르가소가 폭풍에 의해 서인도 제도의 바위와 암초에
의해 찢기고, 바람과 해류에 의해 250만 평방마일의 거대한 사각
지대 안으로 휩쓸려 들어가, 오늘날 사방으로 흩어지게 되었음은
의심할 여지가 없다."[45]

　사르가소 바다가 카리브해가 아닌 대서양에 있다는 것은 중요
한 의미를 갖는다. 앙투아네트와 로체스터는 둘 다 자메이카와 영
국 사이 소용돌이에 휘말려 있으므로, 만일 리스가 디킨스식 제목
을 선택했다면 '두 섬 이야기A Tale of Two Islands'라고 지었을 수도 있
었다. 앙투아네트가 영국을 "차갑고 어두운 꿈"이라고 묘사하자 짜
증이 난 로체스터가 대답한다. "당신의 아름다운 섬이 나한테 딱

그렇게 보여. 아주 비현실적이고 꿈같다고."⁴⁶ 그러나 크리스토핀은 앙투아네트에게 묻는다. "영국이라 … 그런 곳이 있다고 생각해?"⁴⁷ 가장 제국주의적인 섬과 카리브해의 다른 섬을 연결하는 리스의 소설은 이상의 장소와 어디에도 없는 장소가 불가분의 관계로 얽혀 있는 모어의 『유토피아』의 환상이 깨진 버전이다.

69

마거릿 애트우드
페넬로피아드

Margaret Atwood, The Penelopiad

조이스와 월컷이 『오디세이아』를 더블린과 세인트루시아로 옮겼
다면, 마거릿 애트우드는 오디세우스의 고향 이타카를 『페넬로피
아드』의 배경으로 설정했다. 『광막한 사르가소 바다』와 마찬가지
로 이 소설은 두 가지 목소리로 이야기된다. 페넬로페의 냉소적이
고 자기 변명적인 인생 이야기는 '코러스 라인The Chorus Line'이 부
르는 노래에 방해받는다. 이들은 열두 시녀들의 유령으로, 오디세
우스와 텔레마코스는 페넬로페의 달갑지 않은 구혼자들을 처형한
다음 서사시가 절정에 이를 무렵 구혼자들과 함께 잠을 잔 시녀들
을 한꺼번에 묶어 매달았다. 진 리스가 앙투아네트의 숲이 무성한

자메이카와 사후 세계와도 같은 춥고 어두운 영국을 대비시켰다면, 애트우드는 화자들을 지하 세계에 직접 배치한다. 그곳에서 페넬로페와 그녀의 시녀들은 자신들의 이야기를 들려주고, 영원히 함께 갇힌 유령 같은 등장인물들을 맞서거나 피한다.

초반에 애트우드는 사후 세계의 즐거움을 희극적으로 해체하면서 시작한다.

> 물론 아스포델asphodel(수선화 혹은 그리스 신화 속 낙원에서 피는 지지 않는 꽃-옮긴이)이 피어나는 들판들이 있다. 원하면 언제든지 그 들판을 거닐 수도 있다. 가끔 맥 빠진 춤을 추는 이들도 눈에 띈다. 그러나 말처럼 그렇게 멋진 곳은 아니다. '아스포델이 피어나는 들판'이라고 하면 제법 시적으로 들린다. 하지만 생각해보라. 아스포델, 아스포델, 아스포델 … 최소한 히아신스라도 한두 포기쯤 있었으면 좋겠고, 거기에 군데군데 크로커스가 피어나길 바란다면 너무 큰 욕심일까? 그러나 이곳에는 봄도 없고, 여하간 계절이란 게 없다. 대체 누가 이곳을 설계했는지 몹시 궁금하다.[48]

결국 낙원은 낙원이 아닌 것으로 밝혀진다.

하물며 "암석 위에 염소가 흩어져 있는"[49] 이타카는 더더욱 아니다. 페넬로페는 열다섯 살에 오디세우스와 결혼하기 전 본토의 부유한 왕국에서 성장했다. 이타카로 향하는 항해는 "길고 무서웠고 욕지기도 일었는데"[50] 도착하자마자 실제로 "이타카가 낙원이 아니라는 걸" 발견한다. "그곳은 자주 바람이 불고 수시로 비가 오고 추웠다. 귀족들의 모습은 이곳에 오기 전의 나보다 초라했고, 궁전은 충분하긴 하지만 크다고 여길 정도는 아니었다." 하지만 그녀는 (처음엔) 새 남편과 행복했고 "시간이 갈수록 이곳에 익숙해졌다."[51]

2005년 발표한 『페넬로피아드』는 유명한 작가들을 선정하여 고대의 이야기를 '현대적이고 인상적인 방식으로' 재창조한 스코틀랜드의 야심 찬 시리즈 『신화들The Myths』의 첫 번째 중편 소설이었다. 이 시리즈에는 예수의 생애를 다시 쓴 필립 풀먼Phillip Pullman의 작품과, 이스라엘의 데이비드 그로스먼David Grossman이 쓴 삼손 이야기, 그리고 우리가 다룬 작가 올가 토카르추크가 쓴 이난나Inanna 여신 신화가 있다. 애트우드는 영원한 사후 세계를 배경으로 이야기를 전개하면서, 고대와 현대 세계를 한데 엮는다. 페넬로페는 지상의 새로운 발전 상황을 알고 있고("나는 빛나는 구체의 발명에 큰 흥미를 느꼈다")[52] 완전히 현대적인 목소리로 말한다. 그녀는 시어머니가 "태양신 헬리오스의 고환이 얼어버릴 만큼 차갑다"라고 말한다.[53]

애트우드는 재판 기록, 열두 시녀를 태양의 상징적인 표현으로 분석하는 인류학자의 강의 등으로 호메로스 이야기를 현대적인 방식으로 다양하게 재구성한다(여기에서 우리는 애트우드가 1985년 발표한 디스토피아 소설 『시녀 이야기The Handmaid's Tale』의 마지막 학술 회의 장면을 다시 볼 수 있다). 조이스의 벅 멀리건과 마찬가지로 페넬로페는 전혀 서사시답지 않은 직유를 사용하는데, 자신의 결혼에 대해 이렇게 말한다. "나는 마치 고깃덩어리처럼 오디세우스에게 건네졌죠. … 금박을 입힌 선지 푸딩이라고나 할까." 그녀는 애트우드 특유의 아이러니로 이렇게 덧붙인다. "하지만 어쩌면 당신이 듣기엔 너무 거친 비유일지 모르겠군요. 우리에겐 고기가 아주 귀한 음식이었다고 말해두겠어요. 귀족들은 고기를 엄청 먹었어요. 고기, 고기, 고기 늘 고기만 찾았고 전부 구워서 먹었답니다. 우리는 최고급 요리를 먹는 시대가 아니었으니까요."[54]

『페넬로피아드』는 평범한 페넬로페와 그녀를 "걸어 다니는 독약"[55]이라고 묘사하는 유혹적이고 자기애 가득한 사촌 헬레네의 경쟁 구도 속에 고백적 회고록과 칙릿 요소가 뒤섞여 있다. 헬레네의 전문 분야는 못되게 말하는 것이다. "나는 오디세우스가 우리 귀여운 오리에게 아주 잘 어울리는 남편이 될 거라고 생각해. … 페넬로페는 그가 염소들을 돌보도록 도와줄 거야. 페넬로페와 오디세우스야말로 천생연분인걸. 둘 다 다리가 짜리몽땅하잖아." 키득대며 웃는 시녀들 앞에서 굴욕을 느낀 페넬로페는 말한다. "비참하기 짝이 없었다. 내 다리가 그렇게 짧다고 생각한 적은 없었다."[56]

소설의 중심 정서는 살해당한 시녀들이 코러스 라인을 통해 수시로 개입하는 형태로 드러난다. 이후에 애트우드는 이 코러스에 대해 "그리스 연극에서 그와 같은 코러스들을 사용한 데 대한 경의의 표시"[57]라고 설명하지만, 이때에도 고대와 현대의 방식을 뒤섞고 있다. 애트우드는 시녀들을 "코러스 라인"이라고 부르면서, 1975년부터 1990년까지 15년 동안 공연되고 1985년 대작 영화로 탄생한 브로드웨이 뮤지컬을 암시한다. 뮤지컬 〈코러스 라인〉에서 무대에 오르길 열망하는 젊은 연기자들은 여덟 명의 가수와 댄서로 구성된 코러스 라인에 뽑히기 위해 깐깐한 감독 앞에서 실력을 뽐내며 경쟁해야 한다. 1976년 토니상 수상식에서 뮤지컬 출연진들이 공연할 때 한 아나운서가 무심코 호메로스를 연상시키는 말을 꺼냈다. 그는 연극적인 어조로, 노련한 연기자든 이제 막 첫발을 내딛은 연기자든 배우들은 "모두 무대에 미친 사람들로, 브로드웨이에서 성공하기 위해 뉴욕에 와야 합니다. 이 오디세이는 오랜 시간 이어져 왔으며, 지금도 계속되고 있습니다!"[58]

애트우드는 『페넬로피아드』 집필을 마친 뒤 실제로 연극 버전으로 각색해, 2007년 오타와 국립예술센터와 스트래트퍼드 어폰에이번에서 로열 셰익스피어 컴퍼니와 초연했다. 애트우드는 소설과 연극 모두 코러스 라인을 브로드웨이 '오디세이'에서 연출된 것보다 훨씬 더 어둡게 바꾼다. 시녀들은 오프닝 넘버에서 노래한다.

우리는 시녀들
당신이 죽여버린 시녀들
당신이 저버린 시녀들

우리는 허공에서 춤추었네
맨발을 움찔거리며
너무너무 억울했어 [59]

시녀들은 지하 세계에서 오디세우스를 괴롭히고, 오디세우스는 계속해서 그들을 피해 지상 세계로 탈출하여 프랑스 장군, 보르네오의 인간 사냥꾼, 영화배우, 광고업자(어쩌면 레오폴드 블룸에게 고개를 까딱이며 인사했을지도?)에 이르기까지 다양한 모습으로 다시 태어난다. 그러나 페넬로페가 우리에게 말하는 것처럼 "그는 언제나 자살, 사고, 전사, 암살로 매번 좋지 않게 생이 끝나 이곳으로 다시 돌아온다."[60] 시녀들은 오디세우스를 괴롭히는 반면, 페넬로페가 그들과의 우정을 회복하기 위해 계속 노력하는데도 페넬로페를 피해 다닌다. 이야기가 전개되면서 구혼자들의 계획에 관한 정보를 얻어내기 위해 그들과 잠자리를 갖도록 시녀들을 부추겨 무심코 그녀들의 몰락을 꾀한 사람은 바로 페넬로페였던 것으로 보인다. 그리고 더 어두운 가능성도 있다. 페넬로페는 오디세우스가 집을 비운 수십 년 동안 그에게 그다지 정절을 지키지 않았다는 소문을 시녀들이 퍼뜨리고 다닌다는 걸 알았고, 그래서 그녀들이 이 정보를 오디세우스에게 전하기 전에 그녀들을 처형할 계획을 세웠을지도 모른다.

시녀들을 향한 페넬로페의 무언의 적대감은 소설 초반부터 넌지시 드러난다. 고립된 이타카에서 오디세우스와의 결혼이 임박할 무렵, 시녀들은 그녀가 아침에 눈을 뜨면 오디세우스의 가축들과 함께 침대에서 눈을 뜨게 될 거라고 암시하면서 외설적인 말로 그녀를 조롱했다. "크고 힘센 숫양과 함께! 우리 어린 암오리는 분명 숫양을 좋아할 거야! 머지않아 메에 하고 울지도 모르지!" 페넬로페는 말한다. "나는 모멸감을 느꼈어. 아직은 저 상스러운 농담을 이해할 수 없어서 그들이 왜 웃는지 정확히 알지 못했지만, 그들의 웃음이 나를 향한다는 건 알 수 있었지. 하지만 그 웃음을 멈추게 할 방법이 없었어."**61** 오디세우스가 이타카로 돌아왔을 때 그녀는 마침내 방법을 찾는다.

시녀들의 코러스가 『페넬로피아드』에서 마지막 말을 전한다. 마지막 장 「우리는 당신 뒤를 따르렵니다, 사랑 노래We're Walking Behind You, A Love Song」에서 그들은 오디세우스를 향해 이렇게 외친다. "이봐요! 아무개 씨Mr. Nobody! 속임수의 대가 씨! 손재간의 천재 씨, 도둑들과 거짓말쟁이들의 자손! 우리도 여기 있어요. 이름 없는 우리들이." 그들은 이름 대신 번호를 가지고 있다. "우리는 열둘. 달처럼 생긴 엉덩이 열둘, 맛있는 입 열둘, 깃털 베개 같은 가슴 스물넷, 그리고 무엇보다 움찔거리는 발 스물넷."**62** 산문체로 표현된 그들의 사랑 노래 마지막은 이렇다. "우리는 당신을 합당하게 섬기기 위해 이곳에 있어요. 우리는 절대로 당신을 떠나지 않을 거예요. 당신의 그림자처럼, 부드럽고 끈끈한 접착제처럼 우리는 당신 곁에 꼭 붙어 있을 거예요. 어여쁜 시녀들이 모두 일렬로 서서."**63** 그리고 마지막 「이별의 말Envoi」은 이렇게 시작한다.

우리에겐 목소리가 없었어
우리에겐 이름이 없었어
우리에겐 선택이 없었어
우리에겐 하나의 얼굴이 있었어
모두 똑같은 하나의 얼굴**64**

『오메로스』에서 월컷의 아버지 유령은 월컷에게 노동자가 된 여자들이 석탄 포대를 짊어지고 경사진 증기선 진입로를 힘겹게 올라가는 환영을 보여주고, 아들에게 네 의무는 "곧 네게 주어진 기회, 그들의 발에 목소리를 주는 것이다"라고 말한다. 『페넬로피아드』에서 마거릿 애트우드는 삼천 년의 침묵 후에 시녀들의 움찔거리는 발에 그들의 목소리를 부여한다.

유디트 샬란스키
머나먼 섬들의 지도

Judith Schalansky, Atlas of Remote Islands

앞서 보았듯이 섬에 기반을 둔 작가들은 종종 상상력을 발휘해 방
대한 시공간을 넘나들면서 다른 곳에 있는 섬들과의 관련성을 그
려왔다. 유디트 샬란스키의『머나먼 섬들의 지도』(2009)는 멀리 있
는 섬들의 전체 지도를 그리고, 각각의 지도 맞은편 페이지에는 짧
은 설명(사실상 산문시)을 제시하기까지 한다. 각 항목의 맨 앞에는
섬의 위치가 표시된 간략한 반구형 지도와 함께 연대표와 멀리 떨
어진 다른 장소들과의 거리를 제시한다. 샬란스키는 각각의 섬을
1 대 12만 5천의 동일한 축척으로 꼼꼼하게 그렸고, 그 결과 어떤
섬들은 아주 큰 페이지의 여백을 가득 채우는 반면 어떤 섬들은

푸른 바다 속에서 행방불명된다.

전체적인 구성과 우울한 정조를 띠는 묘사들은 이탈로 칼비노의 『보이지 않는 도시들』과 공통점이 많지만, 샬란스키의 『머나먼 섬들의 지도』는 우리에게 보이지 않는 도시들 대신 가보지 않은 섬들을 제시한다. 부제 'Fifty Islands I Have Never Set Foot On and Never Will'에서 알 수 있듯, 이 50개 섬들은 내가 한 번도 발을 들인 적 없고 앞으로도 가보지 않을 곳이다. 서문에서 샬란스키는 "이 작은 대륙들에 작은 세계들이 만들어진다"[65]고 말하면서, 자신의 산문시들은 작은 서사시이며, 대체로 베를린에 있는 자신의 서재에서 발견한 자료들을 기반으로 시인이자 소설가의 시각을 불어넣었다고 밝힌다.

서문의 제목은 '낙원은 섬이다. 지옥 또한 그렇다Paradise is an island. So is hell'[66]이다. 샬란스키는 사람들이 종종 '유토피아적 실험을 하기에 완벽한 장소'(여기에서 우리는 모어의 유토피아를 생각할 수 있다)이자 지상낙원이라고 생각해온 멀리 있는 섬들의 이중적 성격에 대해 이야기한다.[67] 그녀는 이렇게 말한다. "혁명은 배에서 일어나고, 유토피아는 섬에 살아 있다. 지금 여기가 아닌 다른 무엇인가가 틀림없이 있을 거라고 생각하면 위안이 된다."[68] 그러나 일단 상륙하고 나면, 탐험가들은 이 에덴들이 사람이 살 수 없는 척박한 곳임을 알게 된다. 샬란스키는 이처럼 황량한 섬에서 펼쳐지는 이야기들에 끌리지만, 간혹 섬에서 경험하는 천국 같은 측면들을 환기시키기도 한다. 그녀는 남태평양의 섬 푸카푸카에서 미국인 정착민 로버트 딘 프리스비가 그의 작은 상점 베란다에 앉아 있는 모습을 묘사한다.

갑자기 이웃 사람 하나가 목욕을 마치자마자 곧장 그에게 달려온다. 완전히 벌거벗은 몸은 젖어 있고 머리카락은 황금빛 피부에 착 달라붙어 있다. 그녀가 숨을 헐떡이며 무슨 음료 한 병을 달라고 급하게 말하는 동안 그녀의 가슴이 오르락내리락 한다. 프리스비는 그녀가 원하는 것을 얼른 건네주고, 그녀가 땅거미 속으로 사라지는 동안 그 모습을 오래 응시하면서 이상하게 감동을 받는다. 이제 이곳에 산 지 몇 년이 되었지만, 그는 아직도 나체에 익숙하지 않다. 이런 점에서 그는 여전히 이곳의 자유를 전혀 상상할 수 없었던 클리블랜드 출신 소년이다.

샬란스키는 건조하게 이야기를 끝맺는다. "이런 점에서 확실히 푸카푸카가 클리블랜드보다 좀 낫지, 라며 그는 베란다 조명을 끄면서 생각한다."**69**

여기에서 샬란스키는 아마도 실존하는 작가 프리스비의 『푸카푸카에 대한 책: 남태평양 바다 환상 산호도의 고독한 상인 The Book of Puke-Puke: A Lone Trader on a South Sea Atoll』(1929)을 참고했을 것이다. 그와 아내 응가토코루아에게는 다섯 명의 자녀가 있고, 딸 플로렌스는 폴리네시아 최초의 여성 작가가 된다. 푸카푸카어, 라로통가어, 영어를 혼합해 쓴 다음 아버지가 번역한 그녀의 첫 책은 남태평양에서 생활하는 가족의 삶을 이야기한다. 이 책은 플로렌스가 열다섯 살인 1948년 맥밀란에서 출판되었고 거의 70년이 지난 뒤

에도 여전히 인기가 있어 2016년 재판을 찍었다. 책에서 플로렌스
는 해변에 양배추 잎을 다발로 쌓아놓고 종려나무 잎의 뾰족한 부
분으로 첫 번째 이야기들을 썼다고 설명하고, 어쩌다 개신교 선교
사가 방문했다가 나체의 현지인들 때문에 고충을 겪은 일화를 재미
있게 언급한다. "그가 자기 마음대로 했다면 우리에게 한겨울 에스
키모인들처럼 옷을 입혔을 것이다"라고 그녀는 말한다.[70] 다음 사
진은 신예 작가와 뿌듯해하는 아버지의 모습을 담고 있다(사진 63).

놀랍게도 이번 장의 주제 오디세우스에 걸맞게, 플로렌스의 책
제목은 『푸카푸카에서 온 율리시스 양Miss Ulysses from Puka-Puka』이다.
그녀는 이렇게 쓴다. "과거를 생각할 때면 나는 종종 나 자신을 에
게해의 섬과 섬 사이를 떠도는 일종의 율리시스 양이라고 생각하

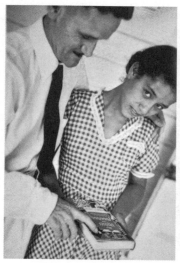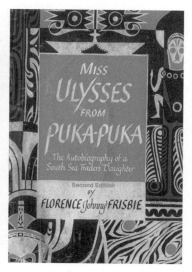

사진 63 율리시스 양과 그녀의 책

는데, 이것은 호메로스의 책 두 권이 나에게 아주 큰 의미가 있었기 때문이다. 나는 호메로스의 이야기로 상황을 설명하는 자신을 발견한다."[71] 그녀의 뒤를 이은 데릭 월컷처럼, 플로렌스는 남태평양의 환상 산호도에서 자신만의 칼립소, 로토파고스, 그리고 세이렌을 발견한다. 이런 이야기는 실제로 아무나 지어낼 수 없으며, 샬란스키도 마찬가지였다. 샬란스키는 『푸카푸카에서 온 율리시스 양』이나 심지어 로버트 딘 프리스비의 책을 언급하지는 않았지만, 기발하고 도발적인 그녀의 해설은 그녀가 소개하기로 선택한 에피소드가 무엇이든 그 너머의 섬을 탐험하고 싶은 유혹을 불러일으킨다.

한 가지 좋은 예는 피트케언섬Pitcairn Island으로, 1970년 HMS 바운티호의 선원들은 폭동을 일으켜 블라이 선장을 작은 배에 태워 표류시킨 뒤 이 섬에 정착했다. 샬란스키는 고립된 섬의 위치가 그들을 보호하기에 유리하다는 설명으로 시작한다. "교역로에서 멀리 떨어져 있고 해군 기지의 도표에 잘못된 위치로 표시되어 있어 이 섬만큼 숨기 좋은 섬은 없다."[72] 그리고 이 위치의 간략한 스케치에서 피트케언섬은 바다 한가운데 작은 점 하나로 표시되고 태평양 주변에는 대륙이 거의 보이지 않는다.

그러나 샬란스키는 이 섬의 초기 정착 과정을 자세히 설명하는 대신, 영화 〈바운티호의 반란Mutiny on the Bounty〉 촬영을 위해 말론 브란도가 섬을 방문한 이야기로 방향을 돌린다. 이야기는 이렇게 마무리된다. "화려한 커튼들이 일제히 휙 소리를 내며 휘날리고 역대 가장 많은 돈이 투자된 영화가 막을 내린다. 하지만 섬의 이야

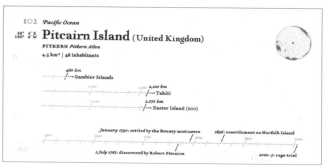

사진 64 피트케언섬의 연대표

기는 결코 끝나지 않는다."[73] 예리한 눈을 가진 독자라야 이 끝나
지 않은 이야기가 무엇인지 파악할 수 있겠지만, 피트케언섬의 연
대표를 자세히 들여다보면 '2002년 5월: 강간 재판'이라는 놀라운
최종 항목을 보게 될 것이다(사진 64).

  샬란스키는 섬에 거주하는 대부분의 남자들이 미성년인 소녀들
을 강간해 유죄 판결을 받은 이 재판에 대해 아무런 말도 하지 않
는다. 그들의 변론은 자신들은 반란자들의 후손으로서 영국 법의
적용을 받지 않으며, 12세는 합법적으로 성관계에 동의할 수 있는
연령이라고 늘 생각해왔다는 것이다. 뉴질랜드에서 모인 배심원단
은 이 변론에 설득되지 않았는데, 희생자들 일부는 그보다 훨씬 연
령이 낮았던 것도 어느 정도 이유가 되었다. 그 가운데 한 명은 다
섯 살이었다. 샬란스키는 이 이야기를 도입부에 암시하지만, 섬의
기재 사항에는 취급하지 않고 연대표에 단 하나의 흔적만 남겼다.
이렇게 『머나먼 섬들의 지도』는 우리가 페이지 너머로 탐험을 계
속할 수 있음을 내비치고, 바로 이런 샬란스키의 불완전한 설명들

은 그녀가 만든 섬들의 세계, 이야기의 파편을 낳는 땅의 조각들과 잘 어울린다.

서문에서 샬란스키는 이렇게 말한다. "이 끝없이 펼쳐진 지구 끄트머리에 위치한 에덴 동산에 사람의 손길이 닿지 않은 곳이 없다. 오히려 인간은 널리 곳곳으로 이동하면서 그들이 지도에서 쫓아낸 바로 그 괴물로 변해갔다." 하지만 그녀는 이렇게 덧붙인다.

> 그러나 가장 끔찍한 사건이야말로 이야기를 전달할 수 있는 가장 큰 잠재력을 가지고 있고, 섬은 그 이야기들을 위한 완벽한 배경이 된다. 현실의 부조리가 광대한 땅덩어리에서는 사라졌지만, 이곳 섬에는 역력히 드러난다. 섬은 무대를 제공한다. 섬에서 일어나는 모든 일은 사실상 하나의 이야기가, 멀리 외떨어진 곳에서 벌어지는 은밀한 이야기 조각이, 문학의 소재가 될 수밖에 없다. 이런 이야기들의 독특한 점은 사실과 허구가 더 이상 분리될 수 없으며, 사실은 허구처럼 바뀌고 허구는 사실로 바뀐다는 것이다.[74]

이런 변화는 칠레 연안에 위치한 로빈슨 크루소 섬에서 잘 드러난다. 1704년부터 1708년까지 알렉산더 셀커크Alexander Selkirk라는 한 스코틀랜드 해적이 이곳에 좌초되어 섬 이름을 'Isla Más a Tierra'라고 불렀다('육지에 더 가까운'이라는 뜻으로, 더 멀리 떨어진 이웃 섬과 구별하기 위해 지은 이름이다). 그는 자신의 모험담을 출판했고, 대니얼 디포가 이 이야기를 바탕으로 선구적인 소설 『로빈슨 크루소』를 펴냈다. 샬란스키의 말처럼, "농장주 크루소가 된 해적 셀커크는 먼 육지를 여행하려는 들끓는 욕망에 시달리지만, 막상 욕망을 실현하자마자 고향을 그리워한다."[75] 이제 섬은 역사적 인물 셀커크가 아닌 디포의 소설적 인물인 그를 기념하기 위해 이름이 바뀌었다.

디포의 소설은 '로빈슨 부류의 문학Robinsons'이라는 전체 장르를 탄생시켰다. 가장 유명한 작품은 요한 위스Johann Weiss의 『스위스 로빈슨 가족Der schweizerische Robinsons』(1812)으로 심지어 주인공 이름도 로빈슨이 아닌 스위스 로빈슨이다. 이 이름은 이후로도 계속 여러 섬을 빛내준다. 몇 년 전 나는 아프리카 디아스포라를 주제로 과들루프에서 열린 학회에서 데릭 월컷에 관해 강연했다. 푸엥타피트르Pointe-à-Pitre에서 해안을 따라 4마일 떨어진 곳에 작은 고시에섬Îlet de Gosier이 있다. 온라인 저널 〈캐리비언 저널Caribbean Journal〉은 이 고시에섬이 "과들루프의 오아시스 같은 섬"이며 과들루프의 "본토"로부터 도피처를 제공한다고 소개한다.[76] 모든 무인도는 자신만의 무인도가 필요한 모양이다.

이 작은 섬은 그곳의 술집 'Ti' Robinson(작은 로빈슨)'을 좋아하는 사람들에게 인기 있는 목적지로, 『로빈슨 크루소』의 영어권 독자들과 위스의 스위스 로빈슨들의 유럽 팬들뿐 아니라 그저 럼 한 잔을 마시러 가는 모든 현지인에게도 매력적인 이름이다. 〈트립어드바이저Tripadvisor〉에는 크레올어로 작성된 이곳의 후기가 있다. "Wepas twès bon, alcool au bon degwé. Cadwe magnifiqwe, twèsbon accueil. Twanquille donc no stwess. Nous wecommandons(쾌적한 분위기, 다양한 주류. 규모가 넓고 친절해서 편안하게 즐길 수 있음. 한잔

하기 좋은 장소)."**77**

현재 우리의 여행 목적과 가장 관련이 깊은 것은 포제션섬Posses-sion Island에 대한 샬란스키의 설명이다. "1962년, 프랑스인들은 최북단 단층 지괴로 향하는 그들의 첫 번째 파견단 이름을 자국이 배출한 가장 위대한 판타지 엔지니어의 이름을 따서 지었다. 오늘날 포제션섬의 험준한 산맥과 달 저편의 분화구는 쥘 베른이라는 이름으로 불린다. 둘 다 그가 자신의 특별한 여정에 따라 여행했음 직한 장소다." 그녀는 "쥘 베른의 신비한 섬은 멀리 태평양 어딘가에 있으며, 아무리 로빈슨 크루소를 꿈꾸는 사람이라도 지내기 힘든 곳이다"라고 경고한다.**78** 한편으로 샬란스키는 베를린을 떠나지 않고도 우리를 그곳으로 데려다준다. 말하자면 '50개 섬으로의 세계 일주'를 통해서. 샬란스키는 확실히 베른에게 특별한 애착을 느끼고, 그의 소설들을 "일상에서 사용할 수 있는 백일몽, 집에 머무는 사람들을 위한 지도"라고 묘사한다. 적어도 지금으로서는 여행하기에 이보다 더 좋은 방법은 없다. 또한 편안하게No stwess.

바 하버
Bar
무인도라는 세계
Harbor

71

로버트 맥클로스키

어느 날 아침

558   Robert McCloskey, One Morning in Maine

나는 메인주 마운트데저트섬Mount Desert Island에서 태어났지만, 이 곳이 정말 무인도desert island가 된 지는 꽤 오래되었다. 아베나키 인 디언 부족은 프랑스 탐험가 사뮈엘 드 샹플랭Samuel de Champlain이 1604년 이곳에 도착해 지금의 이름을 부여할 때까지 적어도 6천 년 동안 섬에 살고 있었다. 그도 무인도일 거라고는 생각하지 않았 고, 섬의 높은 산 정상이 나무 한 그루 없이 화강암으로 이루어진 데 충격을 받아 섬 이름을 '벌거벗은 산들의 섬Île des Monts Déserts'이 라고 지었다. 월컷의 세인트루시아와 마찬가지로, 이 지역은 영국 과 프랑스를, 그들의 언어 사이를 오락가락하다가, 1763년 마침내 영국이 메인주를 뉴잉글랜드로 통합했다. 월컷이 우리 지역 방언이라고 할 법한 말로 섬 이름을 더 변형해보면 '데저트'는 아이들이 듣기에 딱 좋은 이름 '디저트dessert'로 발음된다.

18세기 메인주에 정착한 사람들은 대부분 어부들과 소농민들처럼 말수가 적은 사람들이었다. 수년간 이 지역에 관한 대부분의 글은 헨리 데이비드 소로Henry David Thoreau[(『메인 숲The Maine Woods』(1864)]에서부터 소설가 리처드 루소Richard Russo, 환경 운동가 헬렌과 스콧 니어링 부부Helen and Scott Nearing에 이르기까지 '멀리서 온' 사람들에 의해 쓰였다(가장 유명한 메인주 출신 작가 스티븐 킹Stephen King은 1960년대 후반에야 소설을 발표하기 시작했다). 19세기 후반부터 마운트데저트섬은 '전원 생활자들', 즉 여름의 무더운 도시를 피해 증기선을 타고 오는 보스턴, 뉴욕, 필라델피아의 부유한 주민들을 끌어들이는 매력적인 장소가 되었다. 이들은 처음엔 현지의 집을 임대해서 살다가 차츰 지붕널을 이은 정교한 '별장'을 짓기 시작했다.

세기가 바뀔 즈음 전원 생활자들 중에는 내 증조할아버지 프랭크 댐로쉬와 지휘자인 그의 형제 월터 댐로쉬가 있었다. 그들은 뉴욕 음악계가 잠시 휴식을 취하거나 프랭크가 설립한 음악원인 음악예술교육원(오늘날의 줄리어드)에 수업이 없는 여름 몇 달 동안을 마운트데저트섬에서 보냈다. 내 아버지는 여름마다 실 하버Seal Harbor의 '할아버지 집'에서 보낸 기억을 소중하게 간직했고, 아버지와 어머니가 12년간 필리핀에서 생활한 뒤 미국에 돌아오기로 결정했을 때 메인주 교구들 중 가장 먼저 이 섬에 정착했다. 내 열

살 생일 직후에 우리는 맨해튼으로 이사했지만, 그때까지 마운트 데저트섬은 나에게 깊이 각인되었고, 이제는 나도 조상들처럼 가족들과 함께 매년 여름 이곳으로 돌아온다.

내가 태어나기 몇 개월 전, 로버트 맥클로스키는 『어느 날 아침』(1952)을 발표했는데, 내가 혼자 힘으로 책을 읽을 수 없던 시절 어머니가 나에게 읽어준 책이다. 영어권 가정에서 어린이책이란 베아트릭스 포터 Beatrix Potter에서 케네스 그레이엄 Kenneth Graham, A. A. 밀른 Milne에 이르기까지 영국 작가들의 작품이 대부분이었지만, 『어느 날 아침』에서 나는 일종의 이상화된 사실주의로 묘사된 내 주변 환경을 볼 수 있었다. 1914년에 오하이오에서 태어난 맥클로스키는 뉴욕에 와서 삽화가가 되었고, 곧 자신의 책을 쓰고 삽화를 그리기 시작했다. 『어느 날 아침』과 상을 받은 전작 『살을 위해 블루베리를 Blueberries for Sal』은 갈매기가 나는 바 하버에서 약 15마일 떨어진 리틀디어섬 Little Deer Island 앞바다 6에이커 크기의 스콧섬에 지은 맥클로스키 부부의 여름 별장 안팎이 배경이다. 맥클로스키는 사생활이 매우 철저한 사람이라 리틀디어섬보다 더 작고 더 한적한 섬이 필요했고(겨울에는 인구가 300명이지만 여름에는 좀 더 많다), 따라서 그들은 스콧섬의 유일한 주민이 되었다.

『어느 날 아침』에서 맥클로스키는 그의 딸 살과 아직 아기인 살의 여동생 제인을 데리고 벅스 하버 Buck's Harbor가 내려다보이는 사우스 브룩스빌 South Brooksville 마을로 쇼핑을 하러 작은 보트를 타고 출발한다. 기억을 환기시키는 맥클로스키의 그림들 속 마을은 생활에 필요한 모든 것이 갖추어진 세계의 축소판이다. 이 안에는 항구,

when she started to brush her teeth something felt *very strange! One of her teeth felt loose!* She wiggled it with her tongue, then she wiggled it with her finger.

"Oh, dear!" thought Sal. "This *cannot* be true!"

Standing on the stool, she looked in the mirror and wiggled her tooth again. Sure enough, it was loose! You could even *see* it wiggle.

사진 65 살의 흔들리는 이

교회, 그리고 콘돈 형제가 소유한 식료품점과 차량 정비소가 있다. 하지만 살은 아침에 이를 닦다가 이 하나가 흔들리는 걸 발견하고, 하마터면 아빠와 동생과의 모험이 좌절될 뻔한다(사진 65).

> "살은 혀로 그것을 움직여보았고, 이번에는 손가락으로 움직여보았다. '오, 이런!' 살은 생각했다. '이럴 순 없어!'"[1]

부모님은 살에게 여전히 외출할 수 있고, 이가 빠져도 비밀 소원을 빌면 이를 구할 수 있다고 말해서 살을 안심시킨다. 먼저 살과 아빠는 조개를 따기 위해 섬 해안으로 내려가는데, 그곳에서 살의 이가 빠져 진흙 속으로 사라진다. 언제나 꾀 많은 살은 깃털 하나를 찾아 여기에 소원을 빌기로 한다. 이윽고 그들이 벅스 하버를 향해 떠날 준비를 하는데, 아빠는 선체 바깥쪽 모터가 시동이 걸리지 않는다는 걸 발견한다. 이제 만을 건너기 위해 모두 노를 저어야 한다. 아빠의 할 일에 엔진 수리도 포함되어, 그는 콘돈 씨의 차량 정비소까지 엔진을 끌고 가서 점화 플러그를 교체한다. 이 일을 마친 뒤 식료품점에서 산 아이스크림콘을 얻게 되어 운 좋게 비밀 소원이 이루어지고, 세 사람은 맛있는 점심 식사를 기대하며 만을 건너 집으로 돌아간다.

대단한 이야기는 아니라고 할 수 있겠지만, 수백만 명의 어린이들(그리고 부모들)이 발견한 것처럼 맥클로스키는 일상적인 대화를 위한 완벽한 귀와, 그의 가족과 그들의 주변을 묘사하기 위한 예리한 눈을 가졌다. 이 책은 살과 아빠가 예상치 못한 어려움을 극복하는 과정을 보여주고, 살이 자기 세계를 책임질 준비가 된 사람으로 스스로를 인식하는 과정을 극적으로 그린다. 고통스럽게 잃어버린 치아는 이제 성숙해지고 있다는 신호가 된다. 이야기가 끝날 무렵, 어린 동생이 아이스크림콘을 하나 더 달라고 조르자 살은 동생을 꾸짖는다. "'바보야!' 살이 소리친다. '우리는 소원을 다 써버렸단 말이야.' 그러고는 자신이 철이 들고 있다는 걸 떠올리며 어른처럼 말했다. '그리고 제인, 아이스크림콘을 두 개나 먹으면 밥맛이 없어지잖아. 집에 가서 *점심에 클램 차우더* 먹어야지!'"[2]

문학은 언제나 상상력을 통해 스스로를 변화시키는 즐거움을 준다. 나는 크리스토퍼 로빈이나 피터 래빗과 마찬가지로 살처럼 당찬 소녀에게 쉽게 공감할 수 있었다. 고향과 아주 가까운 곳이 배경인 이야기를 따라가는 데는 특별한 매력이 있었고, 이것은 치마만다 아디치에가 늘 영국에서 들여온 이야기만 접하다 마침내 이를 보완할 나이지리아 이야기를 발견했을 때 느꼈던 기쁨과 비교할 만하다. 맥클로스키 작품의 마법은 몇 시간을 들여 연구할 가치가 있는 그의 삽화와 떼어놓을 수 없다. 개구쟁이 아기 제인은 한 쌍의 타이어 위를 기어 올라가고, 다 쓴 점화 플러그를 얻어 한참 동안 들여다보는 등 끊임없이 자기 세계를 탐색하고 있다. 고양이 한 마리가 벤치 아래에서 제인을 노려보는데, 다음 페이지에서는 달아나더니, 세 번째 페이지에서는 제인을 엿보고, 마지막으로 제인이 정비소를 떠나자 아쉽다는 듯 지켜본다.

맥클로스키는 장면들을 매우 정밀하게 연출하되 한 페이지에서 다음 페이지로 넘어갈 때 원근감에 흥미로운 변화를 주고, 때로는 사물이 이상하게 변형되거나 움직인다. 우리가 방금 콘돈 정비소 바닥에서 본 너트와 볼트는 어떻게 되었을까? 왜 지금은 나무틀이 네 줄이 아닌 세 줄의 판자로 만들어졌을까? 이처럼 이미지적 요소들이 이야기를 완성하는데, 한 페이지에서 우리는 콘돈 씨가 새 점화 플러그 상자를 바닥에 던지는 장면을 보고, 맞은편 페이지에서는 살이 다 쓴 점화 플러그를 제인에게 건네는 장면을 본다. 이 이미지들이 너무도 강렬해서 가장 최근인 2000년대 초반에 콘돈 씨는 이 책을 사랑하는 방문자들에게 중고 점화 플러그를 선물할 정도였다. 그는 한 기자에게 이렇게 말했다. "그들은 그것으로 무척

행복해할 겁니다."³

맥클로스키는 윤곽과 명암을 인상주의적으로 변주해 우리의 시선을 미묘하게 안내한다(사진 66). 마지막 장면에서 작은 보트를 탄 세 인물은 윤곽이 선명하게 그려진 반면(다른 곳에서처럼 여기에서도 맥클로스키는 자신을 엉덩이 시점으로 표현하는 것을 즐겼다), 왼쪽으로 갈수록 명암이 옅어지고 선도 덜 분명하다. 부두 위 인물이 판화가 M. C. 에셔Escher의 인물과 같은 자세로 아래를 내려다보는 모습이 거의 일본식 서예풍으로 스케치되어 있다.

내 아버지가 매년 여름 가장 행복한 시간을 보냈던 섬에서 내가 태어나게 되는 이런 대물림은 책, 특히 어린이책으로 확장된다. 『피터 래빗Peter Rabbit』에서 『버드나무에 부는 바람The Wind in the Willows』에 이르기까지 내가 처음 접한 책들 대부분이 부모님과 조부모님

사진 66 벅스 하버의 삽화

이 한때 즐겨 읽던 책들이었음은 결코 우연이 아니다. 『어느 날 아침』은 내가 태어났을 무렵 막 발표되었지만, 지금 내가 보고 있는 판본은 큰딸 디아나의 첫돌 선물로 메인주에 사는 친구들에게 받은 것이다. 몇 년 후 디아나가 처음으로 문학적 인용을 한 것도 바로 이 책에서였다. 당시 살과 비슷한 나이였던 디아나는 혼자서 책을 읽을 수 있었지만, 내가 동생들에게 책 읽어주는 소리를 듣는 걸 여전히 좋아했다. 브루클린에서 어느 날 아침 디아나는 욕실 거울을 들여다보면서 흔들리는 이 하나를 살펴보았다. "오 이런! **살은 생각했어요.**" 디아나는 장난스러운 미소를 지으며 외치고는, 그 대목을 읽는 내 목소리를 흉내 내어 목소리를 낮추며 "살은 생각했어요"라고 말했다. 하지만 디아나는 나머지 대사("이럴 순 없어!")를 완성할 필요가 없었다. 자신의 이가 정말로 빠질 거라는 걸 알고 있기 때문이다. 하지만 디아나는 벅스 하버와 그 너머의 세계와 대결할 준비가 되어 있는, 맥클로스키의 모험심 강한 여자 주인공과 자신을 동일시할 수 있었다.

72

세라 오언 주잇

뾰족한 전나무의 고장

Sarah Orne Jewett, The Country of the Pointed Firs

세라 오언 주잇의 이야기들만큼 메인주 해안의 전통적인 생활을 감동적으로 다룬 작품은 없다. 1849년 메인주 남부의 사우스 버윅South Berwick 마을에서 태어난 주잇은 일찍부터 재능을 드러내며 많은 작품을 발표한 작가다. 19살에 첫 번째 단편을 〈애틀랜틱 먼슬리Atlantic Monthly〉에 발표했고, 1902년 마차 사고로 작가 경력이 거의 끝날 때까지 단편과 장편 소설을 꾸준히 발표했다. 주잇은 오랫동안 미국 문학을 지배해오던 뉴욕과 보스턴 대도시 지역을 벗어나 삶의 정취를 전하자는 운동의 일원으로 1880~1890년대에 당대를 대표하는 지역 작가 중 한 명이 되었다. 주잇은 성인이 된 후에도 자매와 함께 계속 사우스 버윅에서 살았지만 정기적으로 보스턴을 오갔다. 그녀와 친분이 있던 보스턴의 지식인들 중 헨리 제임스는 그녀를 "장인이자 천재성과 용기를 지닌 동료 여성"이라고 일컬었다.[4]

주잇은 작가 애니 애덤스 필즈Annie Adams Fields와 오랫동안 친밀한 우정('보스턴 부부'로 알려진)을 나누었다. 필즈의 남편은 미국의 대표적인 문학 출판사 중 하나인 티크너 앤드 필즈Ticknor and Fields를 운영했다. 1881년 필즈의 남편이 사망하자 여자들은 해마다 여름엔 사우스 버윅에서 겨울엔 보스턴에서 함께 지냈고 여러 차례 유럽으로 여행을 떠났다. 다음 사진에는 그들이 정기적으로 작가, 예술가, 배우들을 초대한 넓은 응접실에서 (각자 사회적 거리를 두고) 앉아 있는 모습이 담겨 있다(사진 67).

사진 67 보스턴의 주잇과 필즈

가장 널리 알려진 주잇의 작품 『뾰족한 전나무의 고장』(1896)은 여름 방문객의 관점으로 쓰였다. 이는 독자들에게 메인주 생활을 묘사하는 특별한 방식으로, 독자들에게 그녀의 등장인물들은 키플링의 인도 이야기 속 등장인물들만큼이나 이질적이었다. 실제로 키플링은 주잇의 작품에 감탄했지만, 주잇에게 보낸 편지에서 "정력은 소음이 아닌 힘과 균형"이라고 설명하면서 그녀의 단편들은 웬만한 남성 작가들의 단편보다 "더 정력적"이라고 칭찬했는데, 여기에 대해 주잇이 어떻게 생각했을지 궁금하다.[5]

주잇의 1인칭 화자는 더넷 랜딩이라는 가상의 마을에 방을 얻은 작가다. 1994년 라이브러리 오브 아메리카Library of America에서 주잇을 다룬 책을 출간했을 때 한 평론가는 더넷 랜딩에 대해 "아카디아 국립공원이나 마운트데저트섬 지역에 가본 사람이라면 누구나 알아볼 수 있을 상상의 마을"이라고 언급했다.[6] 화자는 조용하고 평화롭게 글쓰기에 전념하기 위해 이곳에 왔다. 하지만 안타깝게도 그 집에는 한 가지 결점이 있었으니, "고립이 전혀 불가능하다"는 것이었다.[7] 수다스러운 집주인 토드 부인은 약초상으로 그녀의 많은 고객들은 마을의 남자 의사보다 그녀를 더 신뢰한다. 더 많은 고독이 (사실상 더넷 랜딩 안에 자기만의 작은 섬이) 필요한 화자는 한 학급만 있는 마을 학교를 수업이 없는 여름 몇 개월 동안 주당 50센트에 빌린다. 그곳에서 그녀는 토드 부인과 마을 사람들에게 그들과 외딴섬 사람들의 생활을 들으며 이야기들을 숙고하고 기록한다.

유디트 샬란스키의 포스트모던한 작품 『머나먼 섬들의 지도』를 읽은 직후에 『뾰족한 전나무의 고장』을 다시 읽으면, 한 세기 이상의 거리를 두고 두 책이 얼마나 많은 공통점을 지니고 있는지 발견하고 깜짝 놀랄 것이다. 주잇의 책은 화자가 섬에 도착해 여름이 끝날 무렵 떠난다는 기본적인 이야기 외에 딱히 줄거리랄 게 없다. 이 틀 안의 열아홉 개 이야기들은 서로 느슨하게 연결되어 있지만, 샬란스키의 머나먼 섬들에 관한 명상과 다르지 않게, 분량이 짧고 대체로 결말이 명확하지 않다. 주잇은 척박한 풍경과 제약이 많은 환경에서 생활하는 꾸밈없는 사람들을 묘사하고, 그것은 등장인물뿐 아니라 자신의 작가적 야망을 자극한다. 토드 부인은 외딴섬 셸-힙에 혼자 살기로 한 여성의 결정을 설명하면서 이렇게 말한다. "폭풍 속에서 소금 가루가 날리지 않는 곳이 얼마나 되겠어. 그래도 거긴 사람이 살기엔 끔찍하게 작은 곳이야."[8]

그렇지만 셸-힙의 빈약한 풍경은 (맥클로스키의 작은 섬에서처럼) "남쪽에는 비바람이 들이치지 않는 작은 만이 있고, 썰물 때면 한쪽에 펼쳐진 개펄에 훌륭한 조개들이 있어" 은둔자가 사는 데 필요한 모든 것을 제공한다. 그곳에는 토드 부인의 아버지가 조개를 캐던 시절에 사용하려고 지어놓은 오두막도 있다. "아버지는 며칠씩 오두막에 머물렀지. 아버지는 작은 범선을 정박해놓고 조개를 캐서 배에 한가득 채워 포틀랜드까지 올라갔어. 사람들 말로는 상인들이 항상 아버지에게 웃돈을 주었고 아버지의 조개들이 그렇게 유명했대."[9] 여기에서 우리는 주잇이 토드 부인의 보고를 매우 정확하게 표현했다는 걸 알 수 있다. 거트루드 스타인이라면 조개가 다 같은 조개라고 생각할지 모르지만, 토드 부인은 조개의 특별한 품질과, 비싼 가격이라는 실질적인 이익을 강조한다. 더욱이 외부인은 포틀랜드가 마운트데저트에서 북동쪽으로 해안을 따라 내려가는 곳에 위치한 지역으로 여기겠지만, 부인의 아버지는 탁월풍을 거슬러 침로를 바꿔가며 올라가야 하는 곳이기에 '포틀랜드까지' 항해해야 하며, 메인주 해안을 '다운 이스트Down East'라고 일컫는 이유도 그래서다.

주잇은 이후 여러 이야기들에서 더닛 랜딩으로 돌아왔다. 「윌리엄의 결혼식William's Wedding」에서 주잇은 등장인물들이 툭하면 말도 없이 떠난다는 항의에 답한다. 화자는 "바쁜 대도시 생활, 자신이 좋아하는 것을 번번이 제쳐두고 가장 만족스럽지 않은 활동에 양보해야 하는 일상"에 지쳐 다음 해 여름을 보내기 위해 더닛 랜딩으로 돌아왔다. "해안은 아직 겨울의 모습을 간직하고 있었다." 그녀는 보고한다. "5월이 한참 지났는데도, 해변은 온통 차갑고 황량해 보였다."[10] 그녀는 토드 부인과 함께 숙소로 돌아오지만, "차가운 새 껍질 속에" 들어 있는 소라게처럼 "이상하고 낯선 기분이 들었고, 내가 발견한 그 조용한 생활을 결국 잃어버린 것만 같았다"고 말한다.[11] 그녀는 부인의 남동생이자 수줍음 많은 섬 주민 윌리엄스가 본토에 사는 약혼녀와 예기치 않게 결혼하게 된 일을 포함하여 지난가을과 겨울 동안 일어난 사건들을 어렴풋이 알게 되지만, 좀처럼 모든 이야기를 들을 수는 없다. 이제 그녀는 『뾰족한 전나무의 고장』에 극적인 사건이 없다고 불평한 평론가들에게 답하기라도 하듯, 독자들에게 직접 이야기한다.

뉴잉글랜드의 큰 사건들을 보고하기란 쉬운 일이 아니다. 표현력은 지극히 보잘것없고, 순간순간 감정이 깊어질 때 몇 마디를 꺼내 보지만 인쇄된 종이에 드러내기엔 빈약하기 짝이 없다. 우리는 책을 읽는 동안 뭔가 극적인 열정이 있을 거라고 지나치게 넘겨짚게 되지만, 내가 아침 식사 때 방에서 나와 토드 부인과 대면했을 때 부인은 나에게 말했다. "오늘 같은 날씨라면 윌리엄이 그녀를 따라 들어오겠지. 오늘은 그들에게 행복한 날이 될 거야!" 나는 이 차가운 페이지에 가장 공감하지 않는 독자에게 이 일을 있는 그대로 전달해야 한다는 생각에 사로잡힌 기분을 느꼈다. 나는 이 책을 자신만의 더넷 랜딩을 가진 사람들, 혹은 친절하게도 그것을 작가와 공유하거나 공유할 다른 누군가가 있는 사람들을 위해 썼다.[12]

『뾰족한 전나무의 고장』에서 화자는 여름 내내 토드 부인이 넌지시 비치는 낭만적인 삶의 이야기를 정리했다. 토드 부인은 젊은 시절 실연을 당한 뒤 형편이 더 나은 그 지역 청년과 짝을 맺었지만, 결혼식을 치른 지 얼마 안 되어 그는 폭풍에 휩쓸려 익사했다. 해안에서는 좌초된 남편의 배를 볼 수 있었다. 화자를 데리고 약용으로 쓰는 페니로열 꽃을 따던 토드 부인은 갑자기 오랫동안 묻어 둔 감정을 드러낸다.

　　"우리에겐 한낱 꿈이었지." 토드 부인이 말했다. "그이가 떠났을 때 난 그렇게 될 줄 알았어. 알았다고." 그리고 그녀는 마치 고해성사라도 하는 듯 소곤거리며 말했다. "난 그이가 바다로 떠나기 전부터 알았어. 네이선을 보기도 전에 벌써 마음이 내키지 않더라고. 하지만 그이는 나를 무척 사랑했고, 날 정말 행복하게 해주고는 죽어버렸지. 우리가 오래 함께 살았다면 알게 될 일을 알기도 전에 말이야. 사랑은 참 이상하지. … 그런데 내가 이렇게 앉아서 이페니로열 꽃을 모으고 그가 말하는 소리를 듣고 있으면 항상 생각이 나지 뭐야. 항상 그렇게 떠오르더라고. 다른 사람이 말이야."[13]

이 부분은 우리가 흔히 접하는 드라마(혹은 트라우마) 같은 이야기지만, 화자에게 그리고 주잇의 독자에게는 이 정도로 충분하다.

여름이 끝날 무렵 화자는 생각한다. "예전에는 어디로 산책을 해야 할지조차 몰랐지만, 이제는 마치 런던에 있는 것처럼 하고 또 할 수 있는 즐거운 일들이 많아졌다." 하지만 결국 그녀는 "자신이 이방인으로 느껴질까 봐 두려웠던 세상으로 돌아가야" 한다.[14] 집은 더 이상 집이 아닐지 모른다. 그녀가 떠나는 모습을 보고 싶지 않아서 토드 부인은 애써 약초를 캐러 나서고, 화자는 멀리서 부인의 모습을 바라본다. 무언가를 따기 위해 몸을 굽힌 "그 모습에는 이상하리만치 침착하고 신비로운 무엇이 있었다. 아마 부인이 가장 좋아하는 페니로열 꽃을 따고 있었을 것이다."[15] 이윽고 화자는 부인의 모습을 놓치고, 자신을 데리고 갈 작은 증기선을 타기 위해 해안으로 내려간다.

앞서 토드 부인이 실연과 짧은 결혼 생활에 대한 이야기를 마치자 화자는 이렇게 말한다. "부인은 내게서 시선을 돌렸고, 곧이어 일어나 혼자서 걸어갔다. 부인의 건강하고 다부진 몸에서 외롭고 고독한 무언가가 느껴졌다. 어쩌면 그녀는 테베 평원에 혼자 남겨진 안티고네였는지도 모른다. … 절대적인 태고의 슬픔이 이 시골 여인을 사로잡았다."[16] 플로렌스 프리스비가 남태평양을 항해하면서 자신을 미스 율리시스로 여겼다면, 세라 오언 주잇은 북대서양 군도의 소포클레스가 되었다.

73

마르그리트 유르스나르
하드리아누스 황제의 회상록

Marguerite Yourcenar, Memoirs of Hadrian

세라 오언 주잇의 소설 속 화자처럼 그리고 현실의 로버트 맥클로스키처럼, 마르그리트 유르스나르는 매해 여름을 보내기 위해 마운트데저트에 왔지만, 가장 유명한 소설 『하드리아누스 황제의 회상록』을 완성할 무렵엔 아예 이 섬으로 거주지를 옮겼다. 이 책은 1951년 프랑스어로 출간되었고, 1954년 그녀의 오랜 동반자 그레이스 프릭Grace Frick이 정성스럽게 번역해 영어로 출간되었다. 노스이스트 하버Northeast Harbor에 있는 그들의 집 '프티트 플레장스Petite Plaisance'는 이제 박물관이 되었고, 그곳에 소장된 수천 권의 책에는 함께 책을 들고 있는 두 사람의 손 모양이 그려진 장서표가 붙어 있다. 『하드리아누스 황제의 회고록』은 세계적인 베스트셀러가, 유르스나르는 당대의 주요한 프랑스 작가 중 한 명이 되었다.

유르스나르는 1980년 350년 역사의 저명한 학술 단체인 아카데미 프랑세즈에 여성 최초로 선출되었다. 그녀는 40년 전 미국으로 이주했고, 1947년 실제로 미국 시민이 되었기 때문에 여러 가지 면에서 예외적인 선택이었다. 유르스나르는 초기에 발표한 소설들로 1930년대 아방가르드 문학계에서 성공을 거두었지만, 파리의 문학적 환경 안에 갇힌 느낌이 들었다. 훗날 그녀는 미국에 정착하기로 한 선택은 "프랑스 대신 미국이 아니라, 모든 국경이 제거된 세계에 대한 자신의 기호가 반영된 것"이라고 말했다.[17]

진 리스의 『광막한 사르가소 바다』처럼, 유르스나르의 소설은 오랜 침묵의 시간 후에 탄생되었다. 작가 후기에서 그녀는 1940년 대 당시 심경을 "절망에 빠져 글을 쓰지 않는 작가가 되었다"[18]라고 한 줄의 단락으로 묘사한다. 하지만 1948년에, 제2차 세계대전 직전 프랑스를 떠날 때 두고 온 오래된 종이 뭉치를 받고서 '친애하는 마르쿠스Mon cher Marc'라고 시작하는 몇 페이지의 글을 발견했다. 유르스나르는 자신이 누구 앞으로 이 글을 썼는지 궁금해하다가, 1938년에 오랫동안 숙고하다 포기한 작업의 도입 부분이었다는 것이 떠올랐다. 후기에서 밝혔듯이, "그 순간부터 무슨 수를 써서라도 이 책을 다시 시작해야 한다는 데 의심의 여지가 없었다."[19]

유르스나르가 유럽에서의 경험을 고대 후기라는 아주 먼 세계로 옮길 수 있게 된 것은 자신이 파리에서 아주 멀리 떨어져 있었기 때문에 가능했다. 소설 연구 과정을 설명하면서 그녀는 이렇게 말한다. "가장 단순한 것, 그리고 가장 보편적인 문학적 관심사를 발견하려면 주제로부터 가장 멀리 떨어진 구석으로 들어가야 한다."[20] 마운트데저트섬 역시 세계에서 아주 '멀리 떨어진 구석'이었고, 그레이스 프릭과의 삶은 단연코 소박한 삶이었다. 그들은 으리으리한 지붕널 양식의 '별장'이 아닌 프랑스 시골 농가와 유사한 집에서 살았다(사진 68).

로마 황제의 목소리로 전개되는 『하드리아누스 황제의 회상록』은 풍부한 상상력으로 공감을 불러일으키는 작품이다. 치명적인 병에 걸린 하드리아누스 황제는 자신의 삶을 평가하는 한편 후계자인 미래의 황제이자 철학자 마르쿠스 아우렐리우스를 위한 지침을 전달하려고 회고록을 쓰고 있다. 유르스나르는 2세기 로마를

사진 68 프티트 플레장스의 유르스나르

집중적으로 연구했지만, 고대에 대한 상상과 재현은 세계대전이라는 유럽의 위기 때문에 더욱 구체화되었다. 후기에서 밝힌 것처럼, 유르스나르는 처음엔 시인으로서 하드리아누스 황제에 매력을 느꼈지만, 전쟁을 경험한 후에는 분열된 제국을 하나로 통합한 데서 그의 성공의 핵심을 보았다. 그녀는 또 전쟁으로 인한 혼란은 "아마도 나와 하드리아누스 황제 사이의 거리뿐 아니라, 무엇보다 나와 진정한 나 자신 사이의 거리를 메우기 위해 반드시 필요했을 것"이라고 덧붙인다.[21]

하드리아누스 황제의 명상적 고독은 마운트데저트섬의 제한된 공간으로 드러난다. 소설에서 황제는 두 페이지에 걸쳐 다가오는 죽음에 대해 이야기한다. "섬들 사이를 항해하는 여행객의 눈에 저녁 무렵 부유스름한 옅은 안개가 솟아오르는 것이 보이고 조금씩 조금씩 해안선이 드러나듯이, 나에게도 내 죽음의 윤곽이 보이기 시작한다."[22] 후기에서 유르스나르는 책을 완성한 날을 다음과 같이 기술한다.

> 1950년 12월 26일, 영하의 추위가 몰아치는 저녁, 대서양 연안 마운트데저트섬의 거의 극지대에 가까운 고요 속에서, 나는 서기 138년 7월 어느 날 바이아의 질식할 것 같은 더위, 무겁고 지친 두 다리를 누르고 있는 시트 자락의 무게, 자신의 임종을 둘러싼 소문들에 정신을 빼앗기고 있는 사람에게 여기저기서 들려오는 잔잔한 바다의 거의 감지되지 않는 물결 소리, 이런 것들을 느껴보려고 애썼다. 나는 임종을 눈앞에 둔 그 사람의 마지막 물 한 모

금, 마지막 고통의 경련, 그의 마음속 마지막 영상에까지 이르러 보려 애썼다. 황제는 이제 죽기만 하면, 그것으로 끝인 것이다.[23]

'대서양 연안'의 거의 극지대에 가까운 섬의 이미지에는 자기 현시적 허구의 요소가 있으며, 그녀의 소설 속 가족을 유디트 샬란스키의 몹시 황량한 북극 황무지처럼 느끼게 만든다. 섬은 사실상 짧은 다리 하나로 본토와 연결되고 여섯 개 마을에 연중 수천 명의 주민이 거주하지만, 메인주의 겨울에는 확실히 깊고 사색적인 정적이 감돈다.

유르스나르와 프릭은 섬을 벗어나 여행하면서 미국을 폭넓게 이동했고, 유르스나르는 그 광활한 규모를 극찬했다. "내가 당신이라면 나는 히치 하이킹으로 샌안토니오나 샌프란시스코를 향해 출발할 거야." 그녀는 한 친구에게 이렇게 썼다. "이 대단한 나라는 매우 넓게 펼쳐져 있고 또 몹시 비밀스러워서 이곳을 다 알기엔 시간이 걸릴 것 같아."[24] 아마도 미국 문화에 선별적으로 깊은 흥미를 가졌던 모양인지, 유르스나르는 남부의 아프리카계 미국인 영가를 수집하고 번역해 『깊은 강, 어두운 강물Fleuve profond, sombre riviere』(1964)이라는 제목으로 출간했다. 유르스나르의 미국 방문 경험은 멀리 떨어진 하드리아누스 황제의 제국에 대한 관조를 풍성하게 했고, 고대 로마령 유대의 유대인들과 같은 소수 민족에게 베푼 이 영웅의 당혹스러운 관용을 이해하게 했다. 하드리아누스 황제는 "나는 이국적인 것을 사랑한다. 나는 이방인들을 상대하는 것이 좋았다"[25]라고 말한다. 유르스나르는 그가 신대륙을 여행하기 위해 그리스어를 배우는 모습을 묘사하기도 한다. "나는 아직 어린아이였을 때 처음으로 내 서판에 적힌 알 수 없는 알파벳 문자들의 의미를 밝혀내려 애썼다. 여기에 새로운 세계가 있었고 그 것이 내 위대한 여행의 시작이었다."[26]

유르스나르는 후기에 뉴멕시코로 향하는 기차 여행 중에 오랫동안 버려두었던 소설을 다시 시작하게 된 기쁨을 강렬하게 느꼈다고 밝혔다.

> 나는 뉴욕에서 시카고로 향하는 동안 마치 이집트 무덤 속 좁은 방에 갇힌 듯 내 객실 칸에 갇혀 밤늦도록 글을 썼고, 다음 날은 시카고역 식당에서 폭풍과 눈에 막혀 오지 못하는 기차를 기다리며 종일 썼으며, 그런 다음 다시 샌타페이행 급행 열차 전망차에 혼자 앉아 콜로라도 산맥의 검은 낭떠러지와 영원한 별들의 무늬에 둘러싸인 채 새벽녘까지 썼다. 그리하여 음식, 사랑, 잠, 그리고 인간의 지식에 대한 구절들이 단숨에 충동적으로 쓰였다. 나는 그보다 더 열정적으로 보낸 하루나 더 의식이 명료한 밤들을 거의 떠올릴 수 없다.[27]

유르스나르는 자기 자신을 고대 로마로 옮겨놓으면서, 자신의 성적 취향 또한 소설의 중심인 사랑 이야기, 즉 이집트에서 자살한 안티누스를 향한 하드리아누스의 열정적인 애착으로 옮길 수 있었다. 미국판 『하드리아누스 황제의 회상록』에는 하드리아누스가 그를 기념하려고 세운 동상 이미지가 여러 장 수록되어 있는데, 언제나 속마음을 드러내지 않는 황제가 넌지시 비치는 감정들이 이 이미지들에 조용히 드러난다. "우리는 현명하지 못했다, 그 소년도 나도."[28] 안티누스는 나이 드는 것을 두려워했고, 황제는 "그는 노쇠의 첫 징후가 보이거나 심지어 그 전에라도 죽겠다고 오래전에 스스로에게 약속했으리라"는 것을 깨닫는다.[29] 여기에서 유르스나르는 20년 뒤 미시마 유키오의 자살을 예상이라도 한 것처럼 보인다. 그녀가 미시마의 삶과 죽음에 관한 한 권 분량의 명상록『미시마 혹은 공空의 통찰Mishima, ou le vision du vide』(1980)을 썼을 때, 그녀도 이 유사점에 분명히 충격을 받았을 것이다.

『잃어버린 시간을 찾아서』에서 프루스트는 소설은 작가의 삶에 등장한, 더 이상 이름을 읽을 수 없는 사람들로 가득 찬 공동묘지 같다고 말한다. 하드리아누스가 안티누스의 죽음을 말할 때 유르스나르는 프루스트의 이미지를 각색한다. "대부분 사람들의 기억은 버려진 공동묘지, 이름도 없고 명예도 없는, 더 이상 누구에게도 소중히 간직되지 않는 죽은 자들이 누워 있는 곳이다."[30] 안티누스가 이 운명을 함께하자고 했지만 거부한 하드리아누스는 제국 전역에 안티누스를 모시는 신전을 세우고, 그를 기념하기 위해 이집트 도시 안티누폴리스Antinoöpolis를 세웠다. 이제 유르스나르의 소설은 하드리아누스와 안티누스의 이름을 영원히 남기고, 우리는 안티누스를 통해 유르스나르가 후기에 'G…'와 'G. F.'로만 이름을 남긴 그녀의 연인을 엿볼 수 있다. 그녀는 "나는 개인적인 내용을 완전히 지우려 애쓰고 있었지만, 작품의 앞부분에 개인적인 제사를 넣는 일이 불손한 행동 같은 것이 아니었다면" 그녀에게 이 책

을 헌정했을 것이라고 말한다.[31]

　그런 다음 G. F에게 감동적인 구절을 바치고, "우리를 완전히 자유로운 상태로 버려두며, 그러면서도 우리를 온전히 있는 그대로가 되도록 강요하는 사람. 손님이며 반려인 그대여 Hospes Comesque." 라고 묘사하며 끝을 맺는다.[32] 이 마지막 말은 책의 제사로 사용된 하드리아누스 황제의 시에서 인용한 것으로, 시에서 황제는 부드럽게 표류하는 자신의 영혼을 육체의 "손님이며 반려"로 묘사한다. 25년 후 유르스나르는 그레이스 프릭의 묘비에 이름 아래 이 구절을 새겼다(사진 69).

　내가 이 글을 쓰고 있는 곳에서 몇 마일 떨어진 솜스빌의 브룩사이드 묘지에는 서로 얽혀 있는 한 쌍의 자작나무가 있는데, 그 아래 이 묘비가 있으며 옆에는 유르스나르가 몇 년 뒤 자신을 위해 준비한 묘비가 함께한다.

사진 69　손님이자 반려인 그레이스 프릭에게

『스완네 집 쪽으로』 도입부에서 마르셀은 자신의 사라진 어린 시절을 이렇게 회상한다.

> 그러한 시간의 가능성은 두 번 다시 내게 생기지 않을 것이다. 그
> 러나 얼마 전부터 귀를 기울이면, 아버지 앞에서는 억제하다가,
> 엄마와 단둘이 되고 나서야 터져 나왔던 흐느낌이 다시 뚜렷이 들
> 리기 시작한다. 실제로 그 흐느낌은 결코 멈춘 적이 없었는데, 이
> 제 새삼 그 소리가 들린 이유는 단지 내 주변 삶이 더 깊이 침묵하
> 고 있기 때문이다. 마치 낮 동안 도시 소음에 파묻혀 들리지 않던
> 수도원 종소리가 저녁의 고요함 속으로 다시 울리는 것처럼.[33]

582

새로운 미국 생활자의 관점에서 사라진 과거(고대 로마, 전쟁 전 파리)를 감동적으로 재현하기 위한 무대를 펼치며, 마르그리트 유르스나르는 마운트데저트섬의 '거의 극지대에 가까운 침묵' 속에서 프루스트의 코르크를 두른 서재를 자신만의 방식으로 만들었다.

$$\boxed{74}$$

휴 로프팅
두리틀 박사의 바다 여행

Hugh Lofting, The Voyages of Doctor Dolittle   583

바 하버 시절, 내가 더 넓은 세상으로 가는 주요 관문은 우리가 살던 교구 목사관에서 마운트데저트 스트리트 바로 맞은편에 있는 제섭 기념 도서관이었다. 나는 사서인 스테이플 양과 친해졌는데, 조금 신기하게도 그녀는 같은 성을 가진 어느 신사와 결혼해서 스테이플 부인이 되었다. 아홉 살이 되었을 때 나는 주말마다 책을 한 아름 안고 집에 돌아왔다. 당시 휴 로프팅의 열두 권짜리 소설 두리틀 박사 시리즈보다 내 상상력을 깊이 사로잡은 것은 없었다.

퍼들비-온-더-마시Puddleby-on-the-Marsh 마을에 사는 이 훌륭한 박사는 전형적인 영국인처럼 보이지만, 그의 창조자 휴 로프팅은

15 장 바 하버 : 무인도라는 세계

마르그리트 유르스나르보다 훨씬 어린 나이에 미국에 온 이민자였다. 로프팅은 1886년 런던 서쪽의 어느 마을에서 아일랜드계 가톨릭 부모 사이에서 태어났다. 공학을 공부한 뒤 토목 기사가 되어 캐나다, 아프리카, 쿠바에서 일하다 1912년 뉴욕으로 이주해 저널리스트로서 경력을 시작했다. 이후 전쟁이 시작되자 1916년 영국으로 돌아와 입대했다. 플랑드르와 프랑스에서 중위로 복무하는 동안, 로프팅은 뉴욕에 있는 어린 자녀들에게 쓸 편지에 적절한 내용을 찾고 싶었다. 전선에서 중상을 입은 말들이 치료받는 광경을 보면서, 그는 수의사가 동물 환자들과 이야기를 할 수 있다면 치료에 도움이 되겠다는 상상을 하기 시작했고, 그렇게 두리틀 박사를 탄생시켰다. 전쟁이 끝나 로프팅과 가족들은 코네티컷으로 이사했고, 그곳에서 그는 자신의 편지들을 책으로 확장했다.『두리틀 박사의 이야기』는 1920년 뉴욕에서 출간 즉시 성공을 거두었다. 2년 뒤 영국에서도 출간되었는데,『이상한 나라의 앨리스』이후 최초의 진정한 어린이 고전이라고 극찬한 영국 소설가 휴 월폴 Hugh Walpole의 빛나는 서문이 수록되었다.

존 두리틀은 가정의학과 의사로, 말하는 앵무새 폴리네시아에게 동물의 언어는 대개 비언어적이라는 설명을 들은 후부터 새로운 방향으로 진료를 전개한다. 예를 들어, 폴리네시아는 개들은 "질문을 하기 위해 거의 항상 코를 사용한다"고 말하고, 두리틀의 개가 코를 씰룩거리는 것은 "비 그친 거 안 보여?"라는 의미라고 설명한다. 로프팅은 우리에게 말한다. "얼마 후 박사는 앵무새의 도움으로 동물들의 언어를 아주 잘 배워서 직접 동물들과 대화를 할 수 있게 되었고 동물들이 하는 말을 전부 이해할 수 있게 되었다. 이윽고 그는 사람을 치료하는 의사를 완전히 그만두었다."[34] 더 이상의 설명은 제시되지 않으며, 이 있을 법하지 않은 상황에서 전개되는 많은 모험들을 어린이 독자들은 행복하게 따라갔다.

로프팅은 그의 남자 주인공에게 초자연적인 언어 능력뿐 아니라 특유의 덤벙대는 기질을 부여했다. 두리틀은 주로 다른 동물들이나 물고기, 곤충의 언어를 배우려 애쓰면서 한 해의 절반을 멀리 떨어진 지역에서 보낸다. 그 과정에서 그는 난파선, 해적, 부족 간 전투, 사라진 문명 등 흥미진진한 모험에 수시로 빠져든다. 두리틀에게는 목적지를 결정하는 독특한 방법이 있다. 그는 지도책을 아무 데나 펼쳐놓고 눈을 감은 다음 연필로 페이지를 찍는다. 그런 다음 연필이 결정하는 곳이면 어디든 가지만, 한 가지 유의할 사항은 이미 가본 곳은 절대로 가지 않는다는 것이다. 이 규칙을 지키기 위해 종종 여러 번 연필로 지도를 찍어야 했다.

약 400페이지에 달하는 『두리틀 박사의 바다 여행』(1922)은 로프팅이 그린 생생한 선화線畵와 함께 수많은 여행기가 담겨 있다. 바다 여행은 스파이더몽키섬(떠다니는 섬)에서 벌어진 전쟁에서 절정에 이르는데, 두리틀은 팝시페텔 부족의 군대를 이끌고 고약한 백재그더래그 부족을 물리친다. 두리틀의 공에 고마움을 느낀 팝시페텔 부족은 그를 좀 싱크어랏King Jong Thinkalot 왕으로 부르며 그들의 통치자로 삼고, 책의 속표지 삽화에서 볼 수 있듯이 그들의 그림 문자로 쓴 역사적 기록에 그를 올린다(사진 70).

이야기는 두리틀 홈즈의 여행에서 왓슨 박사 역할을 맡은 토미

사진 70 『두리틀 박사의 바다 여행』 속표지

스터빈스가 내레이션을 맡는다. 노인이 된 토미는 아홉 살 때 박사의 조수로 그와 함께 떠난 모험들을 회상하며 글을 쓴다. 내가 여덟 살이나 아홉 살 무렵엔 토미의 시선으로 이야기를 읽을 수 있어 즐거웠지만, 이 책의 진정한 즐거움은 박사와 그의 방대한 가족들 간의 사무적인 상호작용에서 찾을 수 있었다. 여기에는 집안에 찍힌 진흙 자국에 영원히 짜증을 내는 살림꾼 오리 대브대브, 모르는 게 없는 앵무새 폴리네시아(183년을 살면서 모든 것을 보아왔다), 그리고 매력적인 돼지 거브거브가 있다. 『두리틀 박사의 우체국』에서 거브거브는 박사에게 온 엄청난 양의 편지들을 질투하게 되고, 자기만의 펜팔 친구를 갖고 싶어 자신에게 익명의 편지들을 보내기 시작한다. 하지만 다른 동물들은 이 일을 의심하고, 마침내 '편지들'이 사실은 바나나 껍질이라는 것을 알게 된다. 거브거브는 자신이 진정으로 즐길 수 있는 편지를 자기에게 보내기로 결심한다.

오랜 세월이 지나 이 책을 다시 읽으니 잘 이해되지 않는 측면들이 있다. 박사의 친구인 아프리카 왕자 범포는 옥스퍼드에서 휴학 중이다. 범포는 키케로를 즐겨 읽지만 키케로의 아들이 자신과 같은 대학 조정 경기 팀에 있다고 생각하고, 우아하게 재단한 정장을 입지만 맨발을 고집하며("나는 오늘 아침 경기장에서 나오자마자 벽에다 신발을 던져버렸어요.")[35], 오늘날보다는 확실히 1922년에 더 재미있었을 게 분명한 일종의 아프리카식 키플링어를 말한다.

두리틀이 아이디어를 교환하길 열망하며 위대한 아메리카 원주민 동식물학자 롱 애로우를 찾아 떠나는 탐험이 『두리틀 박사의 바다 여행』의 주요 모험이지만 여기에도 모호한 성격이 있다. 두리틀은 마침내 스파이더몽키섬에서 롱 애로우를 찾는데, 이 장면에서 리빙스턴 박사를 찾았다고 추정하는 스탠리가 연상된다. 롱 애로우와 범포는 두리틀과 합세하여 백재그더래그족에 맞서 팝시페텔 왕국을 지키기 위해 싸우고, 그들의 성공은 노래가 된다.

> 오, 붉은 피부는 강했고, 검은 피부는 사나웠지.
> 백재그더래그족은 벌벌 떨며 돌아가려 했네.
> 하지만 그들이 외친 상대는 백인이었지, "조심해!

저 자는 사람들을 한 움큼씩 움켜쥐고 공중으로 곧장 던져버린단 말야!"**36**

로프팅의 이야기는 제국주의적 판타지와 노골적인 패러디의 경계에 걸쳐 있다. 고마움을 느끼는 팝시페텔족은 두리틀을 왕위에 앉히려고 고집하고, 이를 거절하기엔 두리틀은 너무나 예의가 바르다. 그는 섬에 평화와 질서를 가지고 오지만 자신의 과학 연구에 지장이 생기자 짜증을 낸다. 그는 갑각류의 언어를 배우러 떠나고 싶고, 화려하게 장식된 왕관은 나비 사냥을 방해한다. 그가 나비를 잡는 이유는 죽이기 위해서가 아니라 대화를 하기 위해서다. 책의 마지막에 두리틀, 토미, 동물 선원들은 팝시페틀족이 이제 알아서 하도록 내버려 두고, 거대한 바다 우렁이의 도움으로 그 몸 속으로 들어가 영국의 집으로 향한다.

우리는 이 제국주의적 모험을 어떻게 해석해야 할까? 로프팅은 제1차 세계대전에서 확고한 평화주의자가 되어 돌아왔고, 그의 뿌리가 아일랜드계 가톨릭인 만큼 대영제국을 결코 열렬히 숭배하지 않았을 것이다. 아마도 이것은 그가 이민자가 된 한 가지 요인이었을 테다. 두리틀은 짧은 통치 기간 동안 백재그더래그족과 평화 조약을 꾀한 후 섬을 민주 사회로 이끈다. 토미는 "대부분의 평화 조약들과 달리" 이 조약은 "엄격하게 지켜졌고 오늘날까지 지켜지고 있다"고 회상한다.**37** 『두리틀 박사의 바다 여행』은 인종 간 종족 간의 조화로운 공존을 옹호하지만, 그럼에도 불구하고 모든 어린이 독자들이 두리틀의 남태평양 모험으로부터 평화로운 교훈

The Terrible Three
From an Indian rock-engraving found on Hawks'-Head Mountain, Spidermonkey Island

사진 71 전쟁 중인 두리틀 박사

을 얻지는 않았을 것이다.

　내 경우 이 책의 매력은 글쓰기 방식으로까지 차원이 확장되는 화려한 다국어 사용에 집중되어 있다. 중요한 순간에 롱 애로우는 딱정벌레 등에 새겨진 그림 문자로 두리틀과 소통하는데, 이 에피소드는 책의 속표지에 기념 삽화로 담겨 있다. 백재그더래그족과의 전쟁을 그린 로프팅의 삽화는 나에게는 전사들의 강인함보다 (통통한 박사를 포함해 코믹하게 묘사되었다) 마야의 벽화에서 영감을 받은 옆모습과 그림 문자가 더 인상적이었다(사진 71).

　나는 말, 독수리, 거대한 달팽이들의 언어를 결코 로프팅처럼 유창하게 습득할 수는 없지만, 지금도 로프팅의 덤벙대는 다국어의 발자취를 따라가고 있다. 두리틀이 그가 지도책을 찍은 연필이 그를 어디로 데리고 가는지 결코 알지 못했던 것처럼, 작가들은 그들의 책이 독자들을 어디로 데리고 갈지 결코 알지 못할 것이다.

75

E. B. 화이트

스튜어트 리틀

E. B. White, Stuart Little

로버트 맥클로스키가 『어느 날 아침』을 발표한 해와 같은 해인 1952년 E. B. 화이트는 역대 미국 베스트셀러 어린이책 『샬럿의 거미줄Charlotte's Web』을 출간했다. 두 작품은 시간뿐 아니라 공간적으로도 가까웠다. 화이트는 마운트데저트섬에서 블루 힐 베이 바로 맞은편, 맥클로스키 부부의 집에서 불과 몇 마일 떨어진 메인주 노스 브루클린에 있는 그의 농가 헛간에서 거미가 거미줄을 잣는 모습에 영감을 받았다. 화이트 역시 여름엔 메인주를 겨울엔 뉴욕을 오가며 시간을 보냈고, 1925년 〈뉴요커New Yorker〉가 창간된 이후부터 뉴욕에서 기고자로 활동했다. 1977년 그는 이렇게 썼다.

"당시 나는 그럴듯해 보인다는 이유로 수년 동안 메인주와 뉴욕 사이를 정신없이 오갔다." 이제는 메인주에 완전히 정착해 "마침내 안정을 찾게 되었다."³⁸

화이트는 『섹스가 필요한가Is Sex Necessary?』(조언집을 패러디한 책으로 제임스 서버James Thurber와 함께 썼다) 같은 책들뿐 아니라 〈뉴요커〉에 많은 유머러스한 글을 발표했지만 어린이책들로 유명해졌다. 휴 로프팅과 마찬가지로 그는 말하는 동물들을 중심으로 이야기를 만들었다. 『샬럿의 거미줄』의 경우 샬럿은 작가이기도 하다. 샬럿은 '대단한 돼지', '겸손한 돼지', '특별한 돼지' 같은 메시지로 거미줄을 쳐서 친구인 아기 돼지 윌버를 도살장에서 구한다. 기적처럼 보이는 이 일로 윌버는 관광객들의 인기를 얻게 되고, 윌버가 목숨을 구하자 식용으로 윌버를 키우던 농부의 딸이자 윌버의 어린 친구 펀은 몹시 기뻐한다.

화이트가 이전에 발표한 어린이책 『스튜어트 리틀』(1945)은 처음으로 불확실한 미래를 마주했던 어린 나에게 특별한 의미를 남겼다. 내 열 번째 생일 몇 주 전 아버지는 맨해튼의 어느 교구로 부임하라는 요청을 받아들였고, 늘 그렇듯 조바심을 내며 부활절 직후지만 아직 학기 중인 4월에 이사를 하기로 결정했다. 이 새로운 생활은 어떻게 될까? 내가 사랑했던 사서 스테이플 부인은 뉴욕에도 도서관들이 있을 거라고 확신을 주었지만 나는 항의했다. "하지만 그 도서관들은 내가 데이비Davy라는 걸 모를 거잖아요." 이 대답은 소도시 생활의 미덕을 극찬한 사설 「바 하버 타임스」의 기초가 되었다. 나는 곧 거대한 도시로 떠밀린 교회의 쥐가 된 기분을 느껐고(맨해튼만 해도 메인주 전체 도시보다 인구가 많았다), 번화한 대도시에서 대단한 수완을 발휘하며 자기 길을 찾아가는 작은 생쥐 인간에 대해 읽으면서 위안을 얻었다.

뉴요커들은 언제나 그들의 도시를, 그리고 자기 자신을 인생보다 크게 생각하길 좋아한다. 화이트의 영감은 인생보다 훨씬 **작은** 주인공의 시선으로 이런 특징을 극적으로 만드는 것이었다. "사실 아기는 모든 면에서 생쥐와 너무도 흡사하게 닮았다. 아기의 키는 고작 2인치 정도였고, 생쥐의 뾰족한 코, 생쥐의 꼬리, 생쥐의 수염, 그리고 생쥐의 유쾌하고 수줍은 태도를 지니고 있었다."[39] 화이트는 종종 낯선 방문객을 피하기 위해 〈뉴요커〉 사무실 밖 비상구로 달아나는 등 수줍음이 많은 것으로 유명했지만, 가스 윌리엄즈Garth Williams의 초상화에서 볼 수 있듯이 그는 『스튜어트 리틀』

사진 72 도시로 간 스튜어트 리틀

에서 훨씬 세련되고 자신감 넘치는 모습을 창조했다(사진 72).

스튜어트의 부모님과 형은 스튜어트의 크기와 외모에 아연실색하지만 금세 적응한다. 어머니는 그에게 작은 세일러복을 포함해 여러 벌의 옷을 짓고 아버지는 네 개의 옷핀과 담배 상자로 아늑한 침대를 만든다. 한편 어린 스튜어트는 자신을 둘러싼 커다란 세상을 재빨리 습득한다. 그는 아침 목욕을 위해 작은 나무망치를 휘둘러 수도꼭지를 틀고, "삶의 기쁨과 개들에 대한 두려움으로 가득 찬"[40] 아침 산책 길에는 배의 삭구 위에 오르는 선원처럼 소화전으로 올라가 작은 망원경을 이용해 위험을 경계한다.

스튜어트에 대한 나의 동일시는 가족이 뉴욕으로 이사하면서 더욱 커져만 갔다. 우리 식구는 센트럴 파크 연못에서 몇 블록 떨어지지 않은 곳에 살았다. 나를 포함해 많은 사람들이 모형 보트를 즐겁게 탔던 이 연못은 스튜어트가 가장 극적인 모험을 하는 배경이 된다. 스튜어트는 모형 요트 릴리안 B. 웜래스의 조타수로 등록해 "뚱뚱하고 부루퉁한 열두 살 소년"의 요트와 경쟁한다. squall(돌풍)과 squib(폭죽), jib(지브, 큰 돛 앞에 다는 작은 돛 – 옮긴이)와 jibe(험담)를 구분하지 못하는 이 소년은 "청색 서지 정장을 입고 오렌지 주스 얼룩이 묻은 흰색 넥타이를 맸다."[41] 소년의 단정치 못한 옷차림은 언제나 말쑥한 차림의 스튜어트와 대조를 이루고, 스튜어트는 갑작스러운 돌풍에 요트들이 축축한 종이봉투에 뒤엉킨 후에도 경기에서 우승한다.

이 우승 직후 책은 한층 우울한 분위기를 띤다. 스튜어트는 가족으로 합류한 작은 새 마갈로와 금세 친구가 되지만, 마갈로는 고양이 가족이 자신을 잡아먹으려 한다는 걸 알고 어느 날 밤 날아가 버린다. 슬픔에 잠긴 스튜어트는 마갈로를 찾기 위해 작은 모형 자동차를 타고 북쪽으로 향한다. 가는 길에 일일 교사가 되는 등 여러 가지 코믹한 사건들이 벌어진다. 그는 "흰 점과 검은 점 무늬가 뒤섞인 재킷, 낡은 줄무늬 바지, 윈저 타이, 그리고 안경"으로 갈아입고 일할 준비를 마친 뒤[42] 교실로 향한다. 그는 "교수님처럼 보이기 위해 양손으로 코트 옷깃을 쥐고서"[43] (내가 추천하는 기술) 학생들에게 그날의 주제에 대해 짧게 퀴즈를 낸 다음 인생에서 중요한 것이 무엇인지 자유로운 형식으로 토론을 이끈다. 그 대답들로 한 곡의 음악, 초콜릿 소스를 곁들인 아이스크림, 그리고 "어두운 오후가 끝날 무렵 한줄기 햇빛"이 이야기된다.[44] 스튜어트는 물건을 슬쩍하지 말 것과 심술궂게 굴지 말 것이라는 규칙을 발표하고, 기뻐하는 아이들을 집으로 돌려보낸다.

여행을 재개한 스튜어트는 만나는 모든 사람들에게 마갈로("가슴에 노란 줄무늬가 있는 갈색의 새")를 본 적 있느냐고 묻지만, "이러다간 지금부터 죽을 때까지 북쪽만 여행하게 될 거라는 걸" 인정한다.[45] 책의 마지막 삽화에서 우리는 구불거리는 풍경 속에서 앞으로 나아가는 그의 작은 차를 자세히 들여야 봐야만 발견할 수 있다(사진 73).

『스튜어트 리틀』보다 4년 앞서 출간된 미국 유머집 서문에서 화이트는 유머 작가들을 종종 "마음에 상처를 입은 광대들"이라고 묘사하고, 계속해서 이렇게 말한다.

사진 73 북쪽으로의 여행

이렇게 말하는 것이 더 정확할 것 같다. 모든 사람의 삶에는 깊은 우울의 기운이 흐르고 있고, 유머 작가들은 아마도 다른 사람들보다 우울을 더 예리하게 인식하기에 그것을 적극적이고 긍정적으로 보완한다고. 유머 작가들은 문제를 기반으로 배를 채운다. 그들은 항상 문젯거리들로 보수를 받는다. 그들은 이것이 머지않아 달콤한 결과를 안겨주리라는 걸 잘 알기에, 선의를 갖고 고군분투하고 유쾌하게 고통을 견딘다.[46]

스튜어트가 마지막으로 만나는 사람은 전화 수리공으로, 그는 사람은 삶이 끝나는 날까지 북쪽으로 향하는 일보다 더 나쁜 짓을 할 수도 있다고 말한다. 그리고 "끊어진 전화선을 따라 북쪽으로 향하다가 아주 근사한 장소들을 발견했다"고 말한다. 그곳에는 "거북이들이 통나무 위에서 무언가를 기다리지만 딱히 기다리는 대상은 없는" 늪과 "너무 오래되어 농가가 어디에 있는지도 잊어버린 과수원들"이 포함된다.[47] 수리공은 스튜어트에게 주의를 준다. 이런 장소들은 "여기에서 멀리 떨어져 있어. 그 사실을 잊지 마. 그리고 무언가를 찾는 사람은 너무 빨리 이동하지 않아." 스튜어트는 이 말에 동의하고, 책의 마지막에 다시 길을 나선다. "앞에 펼쳐진 드넓은 땅을 내다보니 길은 멀게만 느껴졌다. 하지만 하늘은 밝았고, 그는 어쨌든 올바른 방향으로 향하고 있다는 느낌이 들었다."[48] 스튜어트의 금욕적인 낙관주의에 힘입어, 나도 미지의 남쪽 목적지를 같은 방식으로 생각할 수 있었다.

16장

뉴욕

New York

이민자들의 메트로폴리스

매들렌 렝글

시간의 주름

Madeleine L'Engle, A Wrinkle in Time

나는 메인주에서 책을 읽으면서 더 넓은 세계를 경험하기 시작했고, 뉴욕으로 이사하자마자 처음으로 본격적인 전문 작가를 만나게 되었다. 이 사람은 아버지의 교구 주민인 프랭클린 부인으로 필명 매들렌 렝글로 더 잘 알려졌다. 렝글은 우리가 뉴욕에 도착하기 몇 달 전에 『시간의 주름』을 발표해 친구들의 자녀들에게 책을 나누어주고 있었다. 내가 부인에게 이 책이 너무 좋아서 두 번이나 읽었다고 말하자 그녀는 기뻐했다. 톰 형과 내가 부인의 아이들도 다니는 성공회 교구 학교에 다니기 시작하면서 우리의 관계는 더 발전했고, 부인은 우리에게 정기적으로 창조적인 글쓰기를 가르쳤다.

　뉴욕에서 태어난 매들렌 렝글 캠프는 수줍고 어수룩한 소녀였고 사교성이나 학업 문제로 고전하고 있어, 세련되고 성공한 부모(어머니는 피아니스트고 아버지는 외국 특파원이었다)를 당황하게 했다. 그녀의 어린 시절 경험들은 자기 자신을 몹시 의심하지만 굴하지 않는 여자 주인공 메그 머리를 묘사하는 데 직접적으로 반영되었다. 1963년 뉴베리상을 수상하고 이후 꾸준히 베스트셀러가 된 『시간의 주름』의 눈부신 성공은 꼬박 십 년간의 실패 후에 찾아온 것이었다. 렝글은 이십 대에 세 편의 자전적인 소설을 발표했는데, 모두 가족이나 학교에 적응하지 못하는 어수룩한 소녀들이 등장한다. 이 가운데 첫 번째 작품은 제법 잘 팔렸지만, 이후 두 작품은 판매량이 저조했고, 렝글은 이후 계속해서 원고를 거절당하기 시작했다. 1958년 마흔 살 생일에 또 거절당한 그녀는 글쓰기를 완전히 포기하기로 결심했다. 하지만 렝글은 자신이 결정을 하자마자 바로 그런 선택에 관한 이야기를 구상하려 든다는 걸 깨달았다. 그녀는 책상으로 돌아와, 아무리 괴상하고 안 팔리는 조합이라 할지라도 자신의 모든 관심사가 합쳐진 소설을 쓰기로 결심했다.

　렝글의 새 원고는 이전 십 년 동안 썼던 원고들보다 훨씬 크게 실패할 게 뻔해 보였다. 소설은 한 번도 결합된 적 없는 요소들 즉 공상과학, '테서링tessering(일종의 순간 이동 방식–옮긴이)'과 우주여행, 노골적인 판타지(왓츠잇Whatsit 부인, 후Who 부인, 위치Which 부인이라는 천사 같은 세 마녀), 그리고 청년기의 리얼리즘을 특징으로 한다. 메그는 학교의 못된 여학생들을 상대해야 하고, 인기 많은 운동선수 캘빈 오키프에게 차츰 사랑을 느끼지만 자신에게는 그가 너무 과분하다고 믿는다. 이 모든 요소들에 대중문화와 심오한 기독교 신학이 더해져 전혀 시장성 없는 원고가 완성되었다. 서른 군데 출판사에서 거절당한 뒤 마침내 렝글은 편집자 존 파라에게 원고를 보여주었다. 그는 이름도 적절한 부활의 교회에 같이 다니는 동료 교구 주민이었고 그녀의 경력은 다시 태어났다. 뉴베리 상을 받은 후 렝글은 〈뉴욕 타임스 북 리뷰〉에 실은 에세이에서 청소년 대상 작품에서 판타지의 중요성을 이야기했다. 그녀는 "어른에게는 불가능한 것을 종종 아이에게 기대할 수 있다"라고 말한다.

> 어른은 과학적 개념들에 당황해하지만 아이는 곧장 이해할 것이다. 아이는 상상력의 비약으로 이해할 수 있지만, 어른은 위험한 작은 지식으로 상상력을 거부하기 때문이다. … 아이는 열린 마음으로 책에 다가가지만, 많은 어른들은 열린 책에 닫힌 마음으로 다가간다. 이것은 많은 작가들이 중요하지만 말하기 어려운 주제를 다룰 때 판타지(아이들이 자기들 것이라고 주장하는)에 눈을 돌리는 한 가지 이유다.[1]

이 의견은 책의 도해에서 잘 드러난다. 왓츠잇 부인은 메그, 캘빈, 메그의 남동생 찰스 월리스에게 테서렉트tesseract 개념을 설명한다. 개미 한 마리가 후 부인이 양손에 쥐고 있는 치마를 가로질러 가는데, 만일 부인이 양손을 모으면 개미는 한쪽 손에서 다른

사진 74 왓츠잇 부인의 테서링

쪽 손으로 즉시 점프하게 된다(사진 74).

　다섯 살 찰스 월리스는 이 설명을 직관적으로 이해하지만, 메그
는 알아듣지 못하고 한숨을 쉬며 말한다. "아무래도 난 바보인가
봐요." 그러자 왓츠잇 부인이 말한다. "그건 네가 공간을 삼차원으
로만 생각하기 때문이야. 우리는 오차원 안에서 이동하는데 말이
야. 이해하도록 해 보렴, 메그. 시도를 두려워하지 말아라."[2] 도해
는 결과를 설명하지만, 사실상 기본적인 과학 지식은 전혀 말해주
지 않는다. 휴 로프팅이 "얼마 후 앵무새의 도움으로 박사는 동물
들의 언어를 배우게 되었다"라는 단 한 문장으로 우리에게 전달하
거나, J. R. R. 톨킨이 마법 반지의 신비한 힘을 중간계 내부의 자
명한 진실로 상기시킬 수 있었던 것처럼, 렝글은 어린이 독자들은
과정을 이해할 필요 없이 개념을 받아들일 거라고 믿었다.

메그와 찰스 월리스의 아버지인 물리학자는 테서링을 실험하다가 사악한 행성 카마조츠에 갇히고, 아이들은 세 마녀의 도움을 받아 그를 구출하기 위해 외계로 모험을 떠난다. 그곳에는 육체를 벗어나 팔딱거리는 '잇IT'의 뇌가 빛의 세력에 맹렬하게 맞서 우주 대부분에 어둠을 퍼뜨린다. 카마조츠에서의 삶은 엄격하게 획일적으로 관리된다. 모든 아버지들은 같은 시간에 직장으로 향하고, 똑같이 생긴 집 밖에서 모든 아이들이 똑같은 박자에 맞추어 줄넘기를 하거나 공을 튀기며 논다. 잇은 찰스 월리스의 정신을 마음대로 움직이는 데 성공하고, 찰스는 메그에게 이렇게 설명한다. "카마조츠에는 개인이 사라졌어. 카마조츠는 **한** 마음이지. 그것은 바로 잇이야. 그래서 이곳 사람들은 모두 행복하고 효율적이야."[3]

언젠가 나는 렝글이 내 딸 에바에게 증정할 수 있도록 이 소설의 중고본을 구했는데(새 책은 품절 상태였다), 그 책에서 열광적인 독자가 상세하게 주석을 달아놓은 것을 발견했다. 그 독자는 이 부분에 분노의 메모를 남겼다. '그래, 이제 분명히 알겠어. 잇=사회주의/공산주의라는 걸. 빌어먹을 미친 렝글.' 이것은 분명 지나치게 제한된 시각이다. 카마조츠는 공산주의뿐 아니라 자본주의 대중문화와 집단 사고를 풍자하는 올더스 헉슬리의 『멋진 신세계』와 조지 오웰의 『1984』 속 디스토피아에 비하면 나은 편이다. 카마조츠 행성은 허버트 마르쿠제Herbert Marcuse가 1964년 『일차원적 인간One-Dimensional Man』에서 설명한 내용을 향한 미국의 비평들과 유사하다. 로버트 맥클로스키도 『호머 프라이스Homer Price』(1945)에서 유사한 마을을 묘사했는데, 이 책에서는 센터버그 사람들이 똑같이 생긴 조립식 주택 단지 안에서 길을 잃는다.

렝글의 종교는 일부 독자에게 더 많은 항의를 받았다. 근본주의자들은 후 부인, 위치 부인, 왓츠잇 부인이 여성화된 삼위일체를 형성하고, 심지어 왓츠잇 부인은 '위안을 주는 사람the comforter(the comforter는 성령이라는 의미다-옮긴이)'으로 불린다는 사실을 제대로 보지 않은 채, 마녀들이 등장한다는 이유로 책을 보이콧하고 심지어 금지하기까지 했다. 일부 열성적인 종파의 신자들은 렝글의 기독교적 보편주의에도 반대했다. 렝글은 어둠에 맞서 빛의 세력을 위해 싸우는 사람은 모두가 영적 지도자라고 주장하고, 책의 핵심 구절에서 이 인물들로 예수와 성 프란체스코뿐 아니라 셰익스피어, 베토벤, 퀴리 부인, 아인슈타인, 심지어 간디와 부처도 포함한다.[4]

소설의 정치적 비판과 종교적 그림자는 모두 메그의 가족 관계, 특히 카리스마 넘치지만 행방불명된 아버지와 기이할 정도로 현명하지만 자폐증일지 모르는 남동생 찰스 월리스와의 역학 관계에 기반을 둔다. 렝글은 찰스 월리스에게 아버지와 시아버지의 이름을 부여했고, 이 소설을 두 사람에게 바쳤다. 렝글의 아버지는 제1차 세계대전 중 독가스를 마신 탓에 폐가 손상되었다. 렝글의 어린 시절 내내 건강이 좋지 않았던 아버지는 그녀가 대학생 때 사망했다. 『시간의 주름』에서 메그는 마침내 아버지를 찾았지만, 아버지가 모든 것을 바로 잡을 수는 없다는 사실을 받아들여야 한다. 메그가 잇의 세력이 승리하는 것처럼 보일 때 깨달았듯이, "그녀의 아버지는 그녀를 구하지 못했다."[5] 사실 그는 어른이라고 하기 어렵다. 그가 캘빈에게 말한 것처럼 "우리는 아무것도 몰라. …

우리는 다이너마이트를 가지고 노는 아이들이지. 우리는 미친 듯이 돌진해 여기에 뛰어들고 나서야…"[6] 그는 문장을 완성하기 전에 말을 중단했는데, 아마도 "우리가 무엇을 하고 있는지 알게 되었지"라고 말을 맺거나 "이 지경이 되리라는 걸 알았지"라고 말하려 했을 것이다. 다이너마이트를 가지고 노는 아이들은 세계대전과, 이후 렝글이 소설을 발표하기 전 해의 쿠바 미사일 위기 당시 거의 세계를 폭파시킬 뻔했던 핵무기 경쟁을 향한 미친 듯한 돌진을 암시할지도 모른다.

결국 혼자 대담하게 카마조츠 행성으로 돌아가 잇의 손아귀에서 찰스 월리스를 구하는 데 가까스로 성공한 사람은 메그다. 왓츠잇 부인은 메그만이 어린 남동생을 찾으러 갈 수 있다고 암시하고, 메그는 저항하지만("난 못해요!" 메그는 소리쳤다. "못한다고요! 내가 못한다는 거 아시잖아요!")[7], 마침내 임무를 수락한다. 이 결정은 모르도르의 운명의 산으로 절대 반지를 가지고 가는 프로도의 결정과 유사하다. 역설적이게도 메그가 탐험에서 성공할 수 있었던 요인은 그녀의 장점이 아닌 단점 때문이었고, 처음부터 왓츠잇 부인은 메그에게 필요한 것은 바로 이 단점이라고 말했다. "그녀의 가장 큰 단점은 무엇이었을까?" 메그는 스스로에게 묻는다. "분노, 조바심, 고집. 그래, 그녀가 지금 자신을 구할 수 있었던 이유는 바로 그녀의 단점들 때문이었어."[8] 꼬박 십 년 동안 거절을 당했지만 굴하지 않고 한결같이 고집스러운 태도를 보인 매들렌 렝글은 판타지, 과학, 기독교를 혼합하여 외롭고 어수룩한 어린 시절을 받아들이고, 사라진 아버지를 되찾을 수 있었다.

77

사울 스타인버그

미로

Saul Steinberg, The Labyrinth

605

전후 몇십 년 동안 사울 스타인버그만큼 뉴욕의 생활을 완벽하게 구현한 작가나 예술가는 없을 것이다. 스타인버그는 상징적인 〈뉴요커〉 표지 〈9번가에서 본 세상 View of the World from Ninth Avenue〉으로 널리 알려져 있다. 이 표지에서 뉴저지는 허드슨강 너머 가느다란 띠로 그려지고, 서쪽의 극단적으로 압축된 공간에 도시 몇 개가 드러나며, 수평선 너머로 중국, 일본, 시베리아가 얼핏 보인다. 그러나 이 작품은 그가 뉴욕을 재현한 수십 가지 작품 중 하나에 불과하다. 그는 뉴욕의 혼란스러운 활기에 매료되었고, 그가 그린 〈뉴요커〉 표지 〈블리커 스트리트 Bleecker Street〉는 뉴욕의 길거리를 생생하게 묘사한다(사진 75).

이 책에 스타인버그를 포함시킨 이유는 그가 시각 예술가인 동시에 작가이기 때문이다. 그는 휘트니 미술관에서 열린 어느 회고전 카탈로그에 이렇게 썼다. "예술가(나는 예술가, 시인, 화가, 작곡가 등을 모두 **소설가**라고 생각한다)는 세상과 어쩌면 자기 자신을 이해하기 위해 다른 모든 삶을 탐구하고, 그런 다음 종종 따분할 때 아주 잠시 자기 자신의 삶으로 돌아간다." 그는 비꼬듯 이렇게 덧붙인다. "이것은 예술가의 미루는 (심지어 늦된) 성격을 말해준다."⁹

스타인버그는 1914년 루마니아 남동쪽 어느 도시의 유대인 소수 민족 집단에서 태어났다. 이후 부쿠레슈티에서 자랐고 아버지는 인쇄업자이자 판지 상자 제조업자였다(훗날 아들의 예술에 가장 즐겨 사용된 재료이다). 스타인버그는 부쿠레슈티 대학교에서 철학과 문학을 공부한 다음 1933년에 밀라노로 건너가 건축학을 공부하고 지역 신문에 만화를 그리기 시작했다. 1941년에 파시스트 이탈리아를 탈출해 산토도밍고를 경유하여 간신히 미국에 도착했다. 이때 벌써 미국의 주요 잡지사들에 그림을 발표했고, 군 복무를 마친 뒤 〈뉴요커〉 지와 긴밀한 관계를 맺게 되어 수십 장의 표지를 비롯한 무수한 그림을 그렸다.

검정색 잉크 선은 그에게 자연스러운 형태를 제공했고, 그는 단순한 선 하나가 끝없이 변형되는 방식에 매료되었다. 군 복무 시절의 일부 경험을 바탕으로 한 첫 번째 화집 제목은 말장난처럼 『**올인 라인**All in Line(직선 하나로 모든 것을 표현했음을 장난스럽게 드러낸 제목인 듯하다 – 옮긴이)』(1945)이었다. 그는 카탈로그에서 이렇게

사진 75 사울 스타인버그, <블리커 스트리트>(1970), 종이에 잉크, 연필, 색연필, 크레파스, $29^{3/8} \times 22^{3/8}$인치, 개인 소장, 1971년 1월 16일 <뉴요커> 표지

사진 76 사울 스타인버그, <무제>(1968), 종이에 잉크, $14^{1/2} \times 23$인치, 예일대학교 베이네케Beinecke 희귀 서적 및 필사본 도서관 소장, 1968년 12월 7일 <뉴요커> 게재

말했다. "나는 어린 시절이 지난 뒤에도 계속해서 그림을 그리는 몇 안 되는 사람 중 하나로, 어린 시절의 그림을 (전문적 훈련이라는 전통적인 개입 없이) 계속해서 그리며 완성시키고 있다. 내 그림에서 연속적으로 이어지는 선은 어린 시절부터 시작되었고, 아마도 내가 글을 읽을 줄 모르던 시절부터 나의 글쓰기 방식이었을 것이다." [10] 일곱 페이지에 걸쳐 이어지는 직선으로 시작하는 『미로』는 3년마다 한 번씩 개최되는 1954년 밀라노 전시회에서 〈어린이들의 미로Children's Labyrinth〉라는 벽화 작업을 위해 33피트 길이로 확대된 그림을 기반으로 했다. 하나의 직선이 베네치아 운하에서 빨랫줄, 철교, 뉴욕의 거리, 이집트 사막 등등에 이르는 일련의 트롱프뢰유 trompes l'oeil(눈속임 기법 — 옮긴이)를 만들어낸다.

　　뉴욕은 평생 동안 스타인버그의 본거지가 되었을 뿐만 아니라 그의 여러 화집에 연대순으로 기록된 수차례의 세계 여행 출발지이기도 했다. 스타인버그는 자신이 이민자라는 의식을 한 번도 잃지 않았고 (그의 작품집 중 하나의 제목은 『패스포트 The Passport』다) 가짜 서류, 고무 스탬프, 이해할 수 없는 관공서 용어가 그의 많은 그림들에 등장한다. 그는 신선한 활기와 예리한 관찰력을 지니고 언제나 자신이 본거지로 선택한 도시로 돌아왔다. 뉴욕의 거리를 그린 그림들 중 하나에서 스타인버그는 96번가 너머로 부유한 파크 애비뉴에서 빈곤한 이스트 할렘으로 분위기가 반전되는 가운데 철로가 시야에 들어오도록 코믹하게 묘사한다(사진 76). 왼편의 어린 소녀들은 거의 똑같이 생겼지만, 96번가는 폭이 두 배인 양방향 도로인 만큼 스타인버그는 재치 있게 정확성을 기해 96번가를 뚱뚱하게 표현했다.

나는 『미로』가 출간된 지 몇 년 후인 1968년에 스타인버그를 만났다. 9학년 때 영어 선생님이었던 매기 슈타츠 선생님의 소개로 스타인버그를 알게 되어 한동안 정교한 미로를 그린 적이 있다. 나는 선생님에게 내가 그린 미로를 주었고, 선생님은 교사가 되기 전 〈뉴요커〉에서 일하며 알게 된 스타인버그에게 내 미로를 보여주었다. 스타인버그가 그림을 교환하자고 제안해서 나는 그에게 미로 한 장을 그려주었고, 그는 나에게 '노스다코타North Dakota'라고 적힌 띠를 두른 아름다운 여왕이 그려진 만화 한 컷을 주었다. 여왕의 머리 위 말풍선에는 그녀의 출신지 비즈마크(노스다코타주의 주도−옮긴이)에 대한 꿈이 그려져 있다. 슈타츠 선생님이 나를 데리고 스타인버그를 만나러 갔을 때, 나는 그가 자기 작품을 얼마나 사랑하는지 여러 모습을 통해 알 수 있었다. 그는 피카소에게 받은 것으로 짐작되는 피카소의 에칭 작품집 한 권을 나에게 보여주었는데, 거기에는 피카소가 직접 쓴 극찬의 메시지가 있었다. 당시 그는 인터뷰차 방문한 기자가 볼 수 있도록 커피 테이블에 이 작품집을 올려놓았었는데, 피카소가 스타인버그의 작품에 감탄했다는 내용이 기사에 실렸을 때 정말 기뻤다고 말하면서 "사실이란 다"라며 우리에게 확실하게 강조했다. 친구 외젠 이오네스코Eugene Ionesco에게 뉴욕을 구경시켜준 일도 이야기했다. 이오네스크는 방문하는 동안 영어를 모르는 척했고 스타인버그가 통역을 해야 하는 척했다고 한다.

내가 가장 좋아하는 스타인버그의 이미지들 가운데 두 가지는

사진 77　(좌)사울 스타인버그, <번영(행복의 추구)>(1958~9), 종이에 연필, 색연필, 잉크, 크레파스, 22½×15인치, 크렘스 캐리커쳐Karikatur 박물관 소장, 1959년 1월 19일 <뉴요커> 표지

사진 78　(우)사울 스타인버그, <국적기>(1959), 종이에 연필, 색연필, 잉크, 크레파스, 22½×15인치, 1960년 9월 17일 <뉴요커> 표지

『미로』의 면지로 사용되고 있다(사진 77). 시작 부분의 면지 이미지는 아이젠하워 시대 미국의 자아상을 훌륭하게 풍자한다. 피라미드 상단에는 해방된 번영Prosperity이 있고 양측에 각각 산타클로스와 지그문트 프로이트가 있으며, 그들 아래로 일련의 대척점을 대표하는 사람들(예술과 산업, 악과 미덕, 노동과 여가)이 이런저런 코믹한 방식으로 모두 화해를 한다. 행복과 추구는 서로의 꼬리를 물고 있고 기념비 아래 샘 아저씨와 톰 아저씨가 축하 인사를 주고받는다.

　책의 뒷부분 면지(사진 78)에는 미국이 꿈에 그리던 미래를 향해 출항하고, 바다에서 진실Truth이 신화Myth에게 잡아먹히고 이

유Why는 실용주의적인 어떻게How에게 잡아먹힌다. 민주당과 공화당은 라이벌 야구팀으로 등장하고, 아메리카 원주민은 아이러니하게도 자유의 상징으로 이용되며, 학자는 사업Business을, 프리메이슨은 질서Order를 대표한다. 맨 위 창공에는 마르크스, 프로이트, 조이스의 이름과 흰머리 독수리, 그리고 쥘 베른의 이름이 눈에 띈다(이 그림의 다른 버전에는 실제로 배 이름이 '쥘 베른'이다[11]). 쥘 베른을 향한 스타인버그의 애정은 매우 당연하다. 베른의 작품들은 백여 점이 넘는 이미지를 통해 우리를 전 세계로 데려다주었고, 그 전체 이미지들이 모여 당대 최고의 미국 소설 한 권이 만들어졌기 때문이다.

78

제임스 볼드윈
원주민 아들의 노트

James Baldwin, Notes of a Native Son

뉴욕처럼 거대한 도시는 결코 한 가지 관점으로 다 담을 수 없다. 뉴욕은 오 헨리가 단편집 『4백만 The Four Million』(1908)을 발표한 이후 규모가 두 배로 늘어났다, 그의 책 제목은 사회에서 알아둘 가치가 있는 뉴요커는 4백 명에 불과하다고 주장한 어느 저널리스트의 말에 대한 날카로운 반응이었다. 그는 이렇게 단언했다. "만일 당신이 이 숫자에 들지 않으면, 당신은 연회장에서 본인이 거북하거나 아니면 다른 사람들을 거북하게 만드는 사람을 만나게 될 것이다."[12] 이 4백 명 중에 할렘에 사는 사람은 아무도 없었을 것이다. 사울 스타인버그를 다루면서 나는 그가 도로의 폭이 두 배 넓은 96번가를 묘사한 정확성에 주목했지만, 그는 분할선 북쪽에 거주하는 소녀들이 라틴계 여성이거나 흑인 여성이었을 것이라는 점은 표현하지 않았다. 이런 뉴욕을 표현하려면 푸에르토리코 이민자들의 '흑인' 자녀 관점에서 이스트 할렘에 대한 복잡한 견해를 제시한 피리 토마스Piri Thomas의 회고록『이 비열한 거리 아래에Down These Mean Streets』(1967) 같은 작품을 쓴 다른 작가들에게 의지해야 한다. 피부색이 밝은 이웃들은 그를 멸시했고, 그의 부모는 조상 대대로 내려온 아프리카 혈통을 부인했다.

성직자의 자녀로서 나는 제임스 볼드윈의 에세이집『원주민 아들의 노트』를 특별히 흥미있게 읽었다. 이 에세이집의 표제작은 할렘의 침례교 목사인 아버지와 볼드윈과의 어려운 관계를 묘사한다. 볼드윈은 31살인 1955년 이 에세이집을 발표했고, 내가 1968년 이 책을 구입했을 무렵엔 이미 반탐Bantam 출판사의 '모던 클래식' 시리즈에 포함되었다. 표제작은 개인적인 상실과 사회적 혼란이라는 극적인 장면으로 시작한다.

> 1943년 7월 29일에 아버지가 돌아가셨다. 같은 날 몇 시간 뒤에 그의 마지막 자식이 태어났다. 그보다 한 달 전, 우리의 모든 에너지가 이 사건들을 기다리는 데 집중되어 있던 사이에, 디트로이트에서는 이번 세기에 가장 피비린내 나는 인종 폭동이 일어났다. 아버지의 장례식을 마치고 몇 시간 뒤, 아버지가 장의사의 예배당에 안치되어 있는 동안 할렘에서 인종 폭동이 일어났다. 8월 3일 아침, 우리는 깨진 판유리가 흩어진 버려진 땅을 지나 묘지를 향

해 아버지를 모시고 갔다.[13]

이 정도로 충분하지 않다는 듯 그는 이렇게 덧붙인다. "아버지의 장례식 날은 내 열아홉 번째 생일이기도 했다." 그리고 잠시 후 건조하게 언급한다. "생일 축하 행사를 계획하면서 장례식과 경쟁하게 되리라고는 당연히 아무도 예상하지 못할 것이다."[14]

이후로 여러 해 동안 볼드윈은 아버지와 멀어졌다. 그는 그리니치 빌리지에 살면서 작가로서 입지를 굳히려 애썼고 예술계에 진입하고 있었다. 당시 배우 지망생이었던 말론 브란도는 그의 룸메이트였고 오랫동안 친구로 지냈다. 아버지에 관해 볼드윈은 이렇게 묘사한다. "그는 내가 아는 사람들 중 단연코 가장 비통한 사람이었다. 하지만 그의 내면에는, 내면 깊숙한 곳에는 다른 무언가가 있어서, 그것이 그에게 엄청난 힘과 심지어 상당히 압도적인 매력을 부여했다고 말해야 할 것이다."[15]

에세이가 진행되면서 볼드윈은 아버지의 비통함의 뿌리를 탐구한다. 그리고 뉴저지의 어느 음식점에서 웨이트리스에게 "우리 음식점에서는 흑인을 받지 않습니다"라는 사과의 말을 듣고 거의 재앙에 가까운 돌발 사고를 일으킨 일화를 이야기한다.[16] 볼드윈은 방금 공장에서 해고되었는데, 대부분의 노동자들이 남부 출신인 공장에서 맨해튼에서는 접한 적 없는 극심한 인종 차별에 맞서 싸웠기 때문이다. 그는 갑자기 분노가 차올라 웨이트리스에게 물주전자를 집어 던졌고, 보복하기 위해 재빨리 몰려든 사람들을 간신히 피해 달아난다. 그는 이렇게 말한다. 그날 밤 "나는 두 가지 사실을 받아들일 수 없었다. 둘 다 아무리 생각해도 이해할 수 없었는데, 그중 하나는 내가 살해당했을 수도 있다는 것이었다. 하지만 다른 하나는 내가 살인을 저지를 준비가 되어 있다는 것이었다. 나는 아무것도 명확하게 생각할 수 없었지만 이것만은 분명하게 알 수 있었다. 내 인생, 내 **진짜** 인생이 위험에 처했으며, 그 이유는 다른 사람들이 무슨 짓을 해서가 아니라 내 마음속에 품고 있는 증오 때문이라는 것을."[17] 볼드윈의 많은 작품들과 마찬가지로 이 에세이는 불평등에 희생당한 이들이 증오를 일으키는 요인들을 분석하고, 그러한 증오는 증오의 대상 즉 빈민가 상점의 판유리가 깨져도 아무런 상관이 없을 특권층 개인이나 기관보다 오히려 희생자들에게 훨씬 파괴적이라고 주장한다.

볼드윈이 가족과 그리고 대부분의 미국 문화와 멀어진 또 다른 요인은 십 대 시절 자신이 게이라는 사실을 깨달았기 때문이다. 그 이전의 거트루드 스타인과 주나 반스와 마찬가지로, 볼드윈은 더 자유로운 환경을 찾아 24살에 파리로 이주했고, 결국 프랑스에 영구적으로 정착했다. 볼드윈의 작품은 대체로 미국적인 맥락에서 읽히지만, 우리가 그를 세계 문학 작가로 바라보면 새로운 관점(해외에서 미국인으로 살면서 자신을 작가로서 인식하게 된 사람)을 갖게 된다(사진 79).

『원주민 아들의 노트』는 프랑스를 배경으로 한 네 편의 에세이로 마무리된다. 이 가운데 첫 번째 에세이 「센강에서의 만남: 검은색이 갈색을 만나다Encounter on the Seine: Black Meets Brown」는 흑인이자 미국인이라는 이중적 정체성의 양면성을 주제로 이야기한다. 볼드

사진 79. 파리의 볼드윈

윈은 파리에서 동정심 많은 프랑스 사람들에게 모멸감을 느낀다. "그들은 모든 흑인이 트럼펫을 메고 날렵하게 발을 움직이며, 프랑스 공화국의 모든 영광들도 그들을 치유하기엔 충분하지 않을 만큼 차마 말로 다하지 못할 고통스러운 상처를 안고 미국에서 이곳으로 넘어온다고 생각한다."[18] 그는 또한 프랑스어를 사용하는 아프리카 학생들을 만나면서 자신이 그들과 얼마나 다른지 깨닫게 된다. "그들은 3백 년이라는 세월의 간극을 뛰어넘어 서로를, 흑인과 아프리카인을, 대한다."[19] 그는 소외감과 단절감 속에서 파리로 이주하기 전까지 깨닫지 못했던 미국인다움의 본질을 차츰 발견하게 된다.

에세이의 결말에서 볼드윈은 외국에 거주하는 미국인들은 언젠가 고향으로 돌아갈 것이라고 쓰고 이렇게 예견한다. "미국인들에게 다가올 시간이 마침내 그들의 정체성이 될 것이다. 미국의 흑인은 이 위험한 항해에서 한 배를 타고 자기 자신과, 그리고 그보다 앞서 떠난 수천 명의 목소리 없는 선조들과 화해할 것이다."[20] 볼드윈은 민권 운동에 참가하기 위해 이따금 방문할 때를 제외하면 다시는 고향에 가지 않았다. 볼드윈과 그의 파트너 버나드 하셀은 마침내 프랑스 남부에 정착했고 그곳에서 예술가, 음악가, 작가들로 이루어진 많은 친구들을 대접했다. 음악가 마일스 데이비스Miles Davis와 나나 시몬Nina Simone은 정기적으로 그들의 집에 머물렀고, 볼드윈의 희곡 『아멘 코너The Amen Corner』를 번역한 마르그리트 유르스나르도 마찬가지였다.

볼드윈은 종종 유르스나르가 반대 방향으로 이동한 거리와 비슷한 거리의 프랑스에서 미국의 경험을 되짚으며 단편과 장편, 희곡을 썼다. 종종 선집에 포함되는 그의 단편 「소니의 블루스Sonny's Blues」[21]에서 우리는 볼드윈의 아프리카계-미국인의-프랑스적 글쓰기라는 생산적인 이중성(혹은 삼각 구도)을 볼 수 있다. 재즈와 블루스는 오랫동안 파리에서 큰 인기를 유지했다. 이에 대한 남다른 애정 표현으로 장 폴 사르트르는 1938년 발표한 소설 『구토』에서 고통스러운 주인공 로캉탱에게 잠시나마 마지막 평안을 주기 위해 재즈 녹음을 이용한다.

이제 이 색소폰 가락이 있다. 그리고 난 부끄럽다. 영광스러운 작은 고통이, 모범과도 같은 고통이 태어난 것이다. 색소폰이 만드는 네 개의 음색. 그것들이 오고 가면서 이렇게 말하는 것 같다. 당신

도 우리 같아야 해. 박자에 맞추어 고통받아야 해. 좋았어! … 나
는 무언가가 나에게 살짝 닿는 것을 느끼지만, 그것이 사라질까
봐 두려워 감히 움직이지 못한다. 내가 더 이상 알지 못했던 무엇,
그것은 일종의 기쁨이었다. 흑인 여자가 노래한다. 그렇다면 당신
은 당신의 존재를 정당화할 수 있단 말인가? 아주 조금이라도?[22]

볼드윈의 단편은 사르트르의 소설과 마찬가지로 음악을 통해서
실존적 구원을 향해 나아가고, 음악은 작곡가이자 피아니스트인
소니와 그의 보수적인 형 사이의 화해를 촉진한다. 그러나 볼드윈
은 소니의 블루스를 아프리카계 미국인과 뉴욕이라는 복잡한 맥
락에서 설명해 사르트르를 훨씬 뛰어넘는다.

작가로서 볼드윈의 중요성은 2016년 라울 펙Raoul Peck 감독의 홀
륭한 다큐멘터리 〈나는 당신의 니그로가 아니다 I Am Not Your Negro〉
에서 부각되었으며, 그의 작품은 2016년보다 지금 훨씬 더 시의적
절한 것 같다. 나는 『원주민 아들의 노트』 도입 부분에 나오는 깨
진 유리는 늘 기억에 남아 있었지만, 폭동의 원인은 잊어버렸다.
볼드윈은 아버지의 장례식이 끝난 뒤 시내에서 "필사적으로 자신
의 생일을 축하하는"[23] 동안, 흑인 군인과 백인 경찰이 둘 다 흥미
를 느낀 흑인 소녀(볼드윈은 매춘부라고 밝힌다)를 두고 할렘의 한
호텔에서 싸움을 시작했다고 말한다. 경찰이 군인에게 총을 쏘아
싸움은 끝났고, 뉴스는 루머와 허위 진술을 상세하게 기술함으로
써 폭동을 촉발시켰다.

볼드윈이 1955년에 집필한 에세이는 미국의 현장 상황과 성찰

적 거리를 유지한 가운데 특히나 명료하게 쓰여진 작품으로, 오늘날 미국 신문에 거의 매일 실리는 뉴스들을 직접적으로 다루고 있다.

79

솔 벨로

비의 왕 헨더슨

Saul Bellow, Henderson the Rain King

파리와 마찬가지로 뉴욕은 오랫동안 작가들의 성지였다. 미국의
출판사 대부분이 뉴욕에 위치하므로 다른 지역에 거주하는 작가
들도 정기적으로 뉴욕을 방문한다. 솔 벨로가 노벨상을 받기 7년
전인 1969년 내가 그를 만난 때도 바로 그가 이처럼 정기적인 방
문을 한 어느 날이었다. 벨로의 명성은 그의 말년에 다소 퇴색되었
는데, 한편으로는 그의 문화적 견해가 보수적으로 바뀌었고(트로츠
키주의자였던 젊은 시절과 비교하면 현저한 변화다), 또 한편으로는 그
의 실존주의적 리얼리즘이 토머스 핀천 같은 작가들의 포스트모
더니즘과 가브리엘 가르시아 마르케스의 마술적 리얼리즘에 추월

당했기 때문이다. 그러나 1960년대에는 그의 명성이 절정에 달했고 그의 영향력은 문학계를 넘어서 뻗어갔다. 1967년 가수 조니 미첼Joni Mitchell은 비행기에서 『비의 왕 헨더슨』을 읽으면서 아프리카를 향해 날아가는 헨더슨의 생각에 깊은 감동을 받았다. "나는 발아래 구름을 향해 꿈을 내려보냈다. 어릴 적에는 구름을 향해 꿈을 올려보냈건만. 이전의 어떤 세대도 해보지 못한, 구름의 아래위로 모두 꿈을 꾸어보았으니 이제는 죽어도 여한이 없을 것이다."**24** 이 구절은 구름의 환상이 삶과 사랑의 환상에 그늘을 드리운다는 미첼의 가장 유명한 노래 〈보스 사이즈, 나우Bothe Sides, Now〉에 영감을 주었다. 비욘세가 치마만다 아디치에를 인용하기 몇십 년 전에 조니 미첼은 솔 벨로를 인용하고 있었다.

벨로의 뉴욕 방문은 출판사나 홍보 담당자와의 업무 때문이었지만 낭만적인 목적도 있었다. 당시 그는 네 번째 벨로 부인(그는 총 다섯 번 결혼했다)이 되어달라고 청혼하던 매기 슈타츠(나의 영어 선생님이었던)의 집에 머무르고 있었기 때문이다. 매기가 생각을 바꾸기 전까지 그들은 한동안 약혼한 상태였다. 매기는 내가 쓴 짧은 저널을 벨로에게 보여주었고, 어느 토요일 아침에 나와 그와의 만남을 주선했다. 나는 새뮤얼 피프스Samuel Pepys(1655~1669)의 훌륭한 작품 『일기Diary』(1660)를 기리기 위해 내 저널에 '데이비드 피프스의 세계David Pepys at the World'라는 제목을 붙였고, 벨로는 나에게 그 시기의 책들을 좀 더 폭넓게 읽어보라고 권했다. 내가 필딩, 디포, 리처드슨, 스몰레트를 읽게 된 것은 벨로 덕분이었다. 친절하게도 벨로는 과도한 관대함을 베풀어, 내 저널을 읽고 내가 작가가 될지도 모른다는 '경고'의 메모를 써주기도 했다.

작가 존 포드호레츠John Podhoretz는 벨로에 대해 "우리 같은 사람들이 공기를 호흡하듯 책과 아이디어를 들이마시는" 사람이라고 묘사했다.[25] 벨로는 도스토옙스키, 플로베르 등 19세기 위대한 작가들의 작품을 읽으며 성장했고, 근대 초기의 피카레스크 전통과 18세기 서간체 소설들에도 매력을 느꼈다. 따라서 그가 많은 사람들의 독서 목록에 포함되지는 않지만, 다수의 목소리를 지닌 서간체 작품의 위대한 실험 중 하나인『험프리 클링커의 탐험Expedition of Humphrey Clinker』의 작가 토비아스 조지 스몰레트Tobias George Smollett를 나에게 지목한 것은 우연이 아니었다. 내가 벨로를 만나기 5년 전, 벨로는『허조그Herzog』로 전미 도서상을 수상하고 베스트셀러 목록에 오르는 작가가 되었다. 『허조그』는 불평 많고 아이디어 넘치는 주인공이 상상 속의 다양한 수신자들에게 장황한 편지를 쓰는 서간체 형식을 취한다. 주인공 허조그는 실제로 옛 친구들, 과거의 연인들, 전 부인들에게는 결코 편지들을 보내지 않고, 어쨌거나 니체와 신과 같은 인물들에게도 보낼 수 없기에 이 편지는 상상에 불과하다.

벨로의 이전 소설『비의 왕 헨더슨』(1959)의 가장 가까운 모델은 또 다른 18세기 작품『캉디드』다. 동아프리카는 볼테르의 상상 속 브라질을 대신하는 지역으로, 주인공은 철저히 비서구적인 문명을 접하고 현지의 철학자인 왕과 토론에 참여하면서 차츰 자기만의 세계를 받아들이게 된다. 헨더슨은 와리리라는 고립된 부족일에 주로 관여한다. 볼테르의 엘도라도를 직접적으로 연상시키는 와리리 부족의 영토는 산들로 가로막혀 외부 세계와 차단되고, 그곳의 왕 다푸는 심지어 '여전사 즉 아마존'을 보유하고 있다.[26] 볼테르와 마찬가지로 벨로는 이국적인 다른 세계에 가본 적이 없지만, 여행자들의 이야기와 그 이상의 많은 것들을 기반으로 장면을 구상할 수 있었다. 노스웨스턴 대학교와 위스콘신 대학교에서 인류학을 공부했던 그가 쓴 소설은 인류학자들의 설명에 기초한다. 『비의 왕 헨더슨』에 등장하는 대부분의 부족 관습과 일부 실제 구절은 벨로의 졸업 논문 주제인 멜빌 헤르스코비츠Melville Herskovits의 『동아프리카의 가축 단지The Cattle Complex in East Africa』(1926)에서 가져온 것이다.

벨로는 전형적인 시카고 소설가로 여겨지지만, 『비의 왕 헨더슨』을 썼을 당시엔 뉴욕에 거주하고 있었다. 그의 남자 주인공 유진 헨더슨은 뉴욕시 외곽 코네티컷에 있는 자신의 부지에서 다소 기이하게 돼지 농장 일을 시작했는데, 어느 날 57번가에서 "하포니라는 이름의 헝가리 출신 노인에게" 바이올린을 수리받으러 간다.[27] 벨로의 뉴욕은 자신과 같은 이민자들의 도시였다. 헨더슨은 심지어 도시를 자신의 몸과 연관시킨다. "내 얼굴은 모종의 터미널 같았다. 그러니까 그랜드 센트럴 터미널이라고 할까. 거대한 말코에 커다란 입을 쩍 벌리면 콧구멍까지 닿았고 두 눈은 터널 같았다."[28] 자기 자신을 찾아 아프리카로 달아날 때, 헨더슨은 계속 뉴욕을 기준으로 자신의 위치를 파악한다. 그리하여 다푸 왕의 목소리는 윙윙거리는 저음이어서 "무더운 밤 뉴욕 16번가 발전소 소리를 떠올리게" 했다.[29]

헨더슨이 자신의 갑작스러운 비행에 대해 할 수 있는 최선의 해명은 "내 마음 안에 소란이 일었고 그곳에서 어떤 목소리가 말했다. **나는 원해! 나는 원해! 나는 원한다고!** 매일 오후 그 소리가 들렸다."[30] 헨더슨은 호전적인 부족 와리리로 이동하기 전에 평화로운 아르느위 부족과 지낸다. 이처럼 부족의 상반된 성향을 짝짓는 것은 전사들을 진압하고 평화로운 부족을 착취하는 임무를 맡은 헨리 모턴 스탠리 같은 인물들이 주로 다루던 핵심 담론이다. 벨로의 소설은 치누아 아체베가 콘래드의 『어둠의 심연』에서 매우 불쾌하게 여겼던 오래된 제국주의적 비유들에 여전히 의존하고 있다고 해야 할 것이다. 그러나 헨더슨은 두 사회 모두에서 극적으로 제국주의적 지배에 실패한다. 아르느위 부족과 함께 지낸 장들에서 소설은 전염병 서사로 전환한다. 가뭄이 길어지고 마을 사람들이 물을 저장하는 거대한 저수지는 개구리 떼가 몰려들어 사용할 수 없게 되자 물이 부족해 소들이 죽어가고 있다. 헨더슨은 마을 사람들에게 말한다. "나는 전염병으로 고통받는 심정이 어떤 것인지 안다고 말하며 동정심을 보였습니다. 또한 모두가 눈물의 빵을 먹어야 했다는 것을 깨달았고, 내가 이곳에서 폐가 되지 않기를 바랐습니다."[31]

하지만 헨더슨은 원주민 문제를 해결해 줘야 한다는 백인의 책무를 거부하지 못한다. 그는 말도 안 되는 계획을 세우고, 개구리 떼를 죽일 목적으로 소형 폭약을 제조해 저수지 속에 던져 넣지만, 저수지가 붕괴되어 물이 전부 다 빠져나가 버린다. 당황한 헨더슨은 황급히 마을을 떠난다. 이후 와리리 부족에 오게 된 헨더슨은 부족 주민 누구도 들지 못한 무거운 우상 조각상을 옮긴 후 이내 성고Sungo 즉 '비의 왕'이 된다. 그가 이 일을 마치자 마법처럼 비가 내린다. 하지만 결국 이 승리는 다푸 왕의 적들이 꾸민 계략이었음이 밝혀지는데, 그들은 왕을 제거하고 무지한 외부인을 후계자로 내세워 자신들이 부족을 통제하려 했다.

이 사건들이 해결되기 전 헨더슨은 다푸에게 애착을 갖게 된다. 다푸는 다양한 지역을 여행하고 의학을 공부하며 대단한 독서가다. 휴 로프팅의 범포와 마찬가지로 다푸는 지나치게 공들여 영어로 말하지만("나는 당신이 매우 강한 사람으로 사료되오. 오, 그것도 대단히 I esteem you to be very strong. Oh, vastly.")[32], 벨로는 왕을 놀리지 않는다. 벨로는 방대한 독서를 바탕으로 심리적으로 매우 예리한, 일종의 신탁의 목소리로 왕을 이용한다("(윌리엄) 제임스의 『심리학』, 아주 매력적인 책이지").[33] 다푸는 인간의 조건과 특히 헨더슨에 대해 깊은 통찰력을 갖고 있다.

"선생은 아주 많은 걸 보여주고 있소." 그가 말했다. "내게는 선생이 실례實例의 보고寶庫요. 선생의 외모를 탓하는 게 아니오. 단지 선생의 체질에 담긴 세계를 보는 거요. 의학 공부를 할 때 제일 관심을 가졌던 분야가 체질이어서 나는 혼자 유형별로 연구를 했소. 완벽히 분류했지. 예를 들면 고뇌형, 식욕형, 고집불통형 … 미친 폭소형, 좀팽이형, 의지의 나사로형이 있지. 아, 헨더슨 성고, 얼마나 많은 형태와 모양이 있는지! 셀 수도 없소."[34]

점차 다푸는 벨로가 다니던 뉴욕의 정신과 의사 같은 소리를 하기 시작한다. "선생은 상상력이 막혀 있지만 독창성만큼은 독보적이오." 다푸가 그에게 말한다. "선생은 격렬한 힘들이 예외적으로 합성된 융합체요."[35] 그는 헨더슨에게 내면의 짐승과 알몸으로 접촉하라고 강요하면서 사자를 키우는 지하의 작은 방에서 고단하고 위험한 운동을 하도록 임무를 부과한다. 이상한 오리엔탈리즘식 판타지처럼 여겨지겠지만, 사실 이것은 벨로가 라이히Reichian 요법 분석가와의 경험을 풍자적으로 과장되게 표현한 것으로, 벨로는 2년 동안 알몸으로 누워서 이 치료를 받았다. 헨더슨은 이런 식의 취급에 짜증이 나고, 이윽고 자신에 대해 새로운 인식을 갖고 집으로 돌아와 그의 삶을 정리할 수 있게 된다. 끝도 없는 '되기'에 질린 헨더슨은 이렇게 결심한다. "이제는 존재할 시간! 잠자는 영혼을 깨부숴라. 깨어나라, 미국이여! 전문가에게 도전하라."[36] 벨로는 뉴욕의 부정적인 이미지(미국의 정신을 번쩍 들게 할지 모를 뒤집힌 거울)로 자신의 아프리카를 구축했다.

벨로는 『비의 왕 핸더슨』을 자신의 작품들 가운데 가장 아끼는 작품이라고 설명하면서, 핸더슨에게 다른 어떤 등장인물들보다 더 많은 것을 쏟아 부었다고 말했다. 이 주장은 놀랍게 여겨질 수 있는데, 모지스 허조그와 새믈러 씨 같은 인물들에게서 더 직접적인 유사성이 드러나기 때문이다. 그러나 벨로는 아프리카의 경우에서와 마찬가지로 반전을 통해 주인공을 창조했다. 다시 말해 벨로 자신은 캐나다에서 이민 온 가난한 유대인이자 배움이 짧은 밀주업자의 아들인 반면, 헨더슨은 앵글로색슨계 백인이며 아버지는 억만장자이자 여러 권의 책을 쓴 작가로 그에게서 물려받은 코네티컷 사유지에서 살고 있다. 벨로는 키는 작지만 세련되고 잘생긴 반면, 헨더슨은 덩치가 크고 못생겼으며 엄청난 힘을 지닌 씨름꾼이다. 그의 코네티컷 사유지는 물이 풍족한 들판과 잘 먹는 돼지들로 가득한 데 반해, 그가 이동하는 곳은 가뭄으로 소들이 갈증에 시달려 죽어가는 아프리카 동부 평원이다. 뉴욕과 코네티컷을 상상 속 아프리카로 바꾸고 자신을 물리적·문화적으로 반대편에 놓음으로써, 벨로는 자신과 자신의 나라를 더 명확하게 보는 데 필요한 거리를 찾았다. 벨로는 파리에서 몇 년을 보내면서 제임스 볼드윈과 친구가 되었고 이후 미국으로 돌아와 이제 세계를 맞이할 준비를 갖추었다. 그는 다푸를 회상하면서 말한다. "세상에! 집에서 멀리 떠나와서 만난 이 사람을 보라지. 그래, 여행은 권할 만해. 정말이지, 세상살이는 다 마음에 달린 거야. 여행은 정신의 여정이지."[37]

80

J. R. R. 톨킨
반지의 제왕

J. R. R. Tolkien, The Lord of the Rings

이제 여정도 막바지에 이르러, 우리는 여든 번째 책과 함께 영국으로 돌아온다. 『반지의 제왕』은 여러 가지 이유에서 이 목적에 이상적인 책 같았다. '또다시 시작하는there and back again'(『호빗 The Hobbit』의 부제를 떠올리게 하는) 서사시적 탐구와 긴장감 넘치는 이야기로서, 책(과 필사본, 설화, 전설)에 대한 책으로서, 20세기 가장 인기 있는 소설이자 현재까지 1억 5천만 부 팔린 역대 가장 인기 있는 소설로서, 제1차 세계대전의 여파로 탄생해 제2차 세계대전 이후 완성된 책으로서, 그리고 개인적인 차원에서 내 청소년기 전반에 걸쳐 책 중의 책으로 남아 있으며, 지금도 읽고 또한 가르치면서 계속해서 새로운 차원을 펼치고 있는 대하소설로서 말이다.

모어의 유토피아, 솔 벨로의 아프리카와 마찬가지로 톨킨의 중간계는 우리 자신의 영역과 떼려야 뗄 수 없게 얽혀 있는 상상의 영역이다. 매들렌 렝글의 『시간의 주름』에서처럼 일상생활에 틈입하는 마녀들을 보여주기보다, 톨킨은 정반대되는 접근 방식을 취해 상상의 존재들로 이루어진 광대한 세계로 우리를 데려간다. 그곳에서 인간은 수많은 종족 가운데 하나에 불과하다. 톨킨의 많은 훌륭한 선택 중 하나는 핵심 주인공들인 호빗족으로, 이들은 털이 뒤덮인 맨발로 걸어다니며 각 영역에서 활약을 펼치는 경계의 인물들이다. 이들은 영국인과 상당히 유사하지만 결코 인간이 아니며, 익숙하게 지내온 작고 조용한 구석 마을 에리아도르보다 훨씬 큰 세상으로 나아가야 한다.

톨킨은 풍부한 상상력으로 모든 부류의 중간계 존재들에게 뚜렷한 개성을 부여할 수 있었다. 백색의 마법사 사루만은 비극적이게도 권력의 유혹에 빠져, 반지의 유혹적인 힘을 거부하는 회색의 간달프와 다른 행보를 보이는 한편, 그들의 동료인 갈색의 라다가스트는 순진한 기질에서 차츰 쉽게 속는 기질로 변질되는 위험성을 보여준다. 엔트족 대장 트리비어드는 수 세기가 아닌 수십 년으로 생애를 측정하는 호빗들의 사고방식을 이해하려 애쓰고, 트리비어드가 질문을 끝내기도 전에 대답을 해서 이름이 지어진 조급한 퀵빔Quickbeam에게서 볼 수 있듯이 엔트족 중에도 다양한 부류가 존재한다.

휴 로프팅과 매들렌 렝글처럼 그리고 그들 이전의 루이스 캐럴처럼 톨킨 역시 『호빗』에서, 앵무새가 박사에게 모든 동물의 언어를 가르치거나 앨리스가 토끼굴 속으로 뛰어드는 순간 곧바로 판타지 세계로 뛰어들 줄 아는, 어린이의 능력에 의지했다. 그러나 『반지의 제왕』을 위해 톨킨은 스스로에게 다른 임무를 부과했다. 즉 그가 소중히 여기고 편집하고 가르쳤던 『베어울프Beowulf』, 『거윈 경과 녹색의 기사Sir Gawain and the Green Knight』와 같은 고전 작품들과 함께, 이제 성인들에게도 설득력 있는 판타지 세계를 만드는 것이었다. 이 임무를 위해 그는 현실 세계, 정확히 말하면 그가 일생을 보낸 세 가지 중첩된 세계(연이은 전쟁에 고통받는 자신의 나라, 자신의 가톨릭 신앙, 그리고 중세 언어와 문학 학자로서 자신의 직업)에 소설의 기반을 두었다.

『반지의 제왕』 3부작은 역사적인 세계대전에 초점을 맞춘다. 톨킨은 자신의 이야기가 제2차 세계대전과 아무런 관련이 없다고 애써 부인했지만, 제1차 세계대전 당시에 받은 충격적인 경험과 연관이 있음은 인정했다. 그는 1916년 솜 전투에 참전했고, 전쟁이 끝날 무렵엔 가까운 친구들 중 한 명을 제외하고 모두 참호에서 사망했다.

1917년 상이군인 신분으로 영국으로 송환된 후 『잃어버린 이야기들의 책The Book of Lost Tales』이라는 공감을 불러일으키는 제목의 원고를 시작으로 방대한 판타지 세계를 정교하게 작업하기 시작했다. 곤도르와 모르도르 사이에 놓인 죽음의 늪은 플랑드르의 킬링필드를 연상시킨다. 피터 잭슨이 감독한 영화의 오르크족이 동양인 혐오를 함축하는 공포 영화 속 괴물이라면, 톨킨의 오르크족은 보다 복잡하고 현실적인 인물이다. 그들은 거칠고 폭력적이지만, 무능한 사령관들 때문에 참호 속에서 떼죽음을 당하는 병사들로 여겨질 수 있다. 오르크족 한 명이 동료에게 으르렁거리면서 『반지의 제왕』의 흐름이 바뀌기 시작한다. "누굴 탓하는 거야? … 내 탓은 아니야. 상부에서 내려온 지시 사항일 뿐이니까." 동료가 동의한다.

> "아!" 정탐병이 소리쳤다. "정신이 나간 거야. 소문대로라면 대장 몇쯤은 머리가 날아갈 거라던데. 탑이 공격당해서 네 놈 같은 전투병 몇 백 명이 쓰러지고 포로가 달아났다니까. 너희들 전투병이 하는 짓이 그 모양이니 전쟁에서 좋지 않은 소식이 들려오는 게 당연하지."
>
> "좋지 않은 소식이 있다니, 누가 그래?" 전투병 오르크가 외쳤다.
>
> "뭐야! 없다고는 누가 그래?"**38**

톨킨의 전쟁 경험을 바탕으로 만들어진 『반지의 제왕』은 심오한 종교적 작품이기도 하다. 매들렌 렝글과 달리 톨킨은 자신의 대안적인 세계에 기독교를 직접적으로 이식하려 하지는 않았지만, 사실상 엘프족의 음식인 렘바스 한 조각은 그리스도를 떠올리지 않을 수 없는 상징적인 음식이다. 작품 속에서는 슬픔의 남자 아라곤, 죽은 뒤 다시 살아나 백색의 간달프로 변모한 회색의 간달프, 세상을 구하기 위해 자신을 희생할 각오를 하는 어린 프로도가 그리스도의 대역이 된다. 결정적으로 프로도가 성공한 이유는 권력에 대한 교만한 유혹을 끝내 피해내기 때문이며, 『호빗』에서 골룸이 빌보에게 잃어버린 반지를 다시 빼앗기 위해 프로도를 죽이려할 때 빌보가 골룸에게 자비를 베풀기 때문이다. 이 주제는 소설 초반에 간달프가 프로도에게 사우론의 부하들이 지금 샤이어에서 반지를 찾고 있다고 말할 때 이미 암시된다.

> "하지만 정말 끔찍해요!" 프로도가 외쳤다. "제가 가끔씩 받은 암시나 경고로 상상했던 최악의 상황보다 훨씬 위험한 상황인데요. 오, 간달프, 내 가장 친한 친구여, 이제 전 어떻게 해야 하죠? 정말 두려워요. 제가 뭘 해야 하죠? 빌보 아저씨는 기회가 있었을 텐데도 왜 그 나쁜 녀석을 죽이지 않고 쓸데없이 동정을 베풀어 살려 준 걸까요!"
> "동정이라고? 그래, 빌보가 행동을 자제한 것은 바로 동정심 때문이었지. 부득이한 경우가 아니라면 죽이지 않으려는 동정과 자비 말이다. 그리고 프로도, 빌보는 충분히 그 보상을 받았단다. 그렇게 자기가 반지의 주인이라고 주장했으면서도 결국 악의 세력한테 큰 피해를 당하지 않고 도망칠 수 있었던 것도 동정을 베풀었기 때문이지."[39]

간달프는 지혜의 원형이자 서로 다른 종으로 이루어진 (하마터면 서로 다른 종파라고 말할 뻔했다) 반지 원정대의 리더지만, 창조자의 간접적인 자화상이기도 하다. 결정적으로 간달프는 미나스 티리스의 왕실 도서관에서 오랫동안 잊힌 문서들을 해독하여 빌보의 반지의 정체를 밝혀낸다. 원정대가 결성된 엘론드 의회에서 그가 말한 것처럼, 도서관에는 "많은 기록들이 있지만, 그들의 문자와 언어가 후대 사람들에게 거의 잊혀 지금은 구전 설화의 학자들조차 기록을 해독하지 못한다."[40] 그곳에서 간달프는 절대 반지가 어떻게 골룸의 손에 들어가게 되었는지 알 수 있는 두루마리 하나를 발견한다. 간달프가 미나스 티리스에 한두 해 더 머물러 원전의 교정판을 준비하지 않은 것이 의아하다.

톨킨의 중간계 창조는 언어와 문자에서부터 시작되었다. 책의 속표지 제목 위에 룬 문자가 한 줄, 아래에 톨킨이 발명한 엘프족 문자가 두 줄 드러나 있는 것으로 우리는 이미 그가 이 점을 강조하고 있음을 알 수 있다. 3부작의 방대한 부록들에 실린 유용한 문자 표를 이용해 이 글을 해독하면, 이것은 중간계 언어가 아닌 음역된 영어임을 알 수 있다. "반지의 제왕, 웨스트마치의 붉은 책, 존 로널드 루엘 톨킨 번역: 호빗족이 목격한 반지 전쟁과 왕의 귀환에 대한 역사가 이곳에 기록되다." 그러므로 이 책은 사실상 톨킨 자신의 창조물인 빌보 배긴스가 쓴 역사를 번역한 것이다.

첫 번째 장에서 빌보는 간달프에게 샤이어를 떠날 거라고 말한다. "어딘가 내 책을 완성할 수 있는 곳을 찾아서 말이지. 마지막 문장은 이미 멋진 말을 생각해 두었네. **그 후로 그는 죽는 날까지 행복하게 살았다,** 라고 말이야." 간달프는 웃으며 대꾸한다. "하지만 마지막 문장이 어떻게 끝나든 아무도 그 책을 읽지 않을 것 같은데."[41] 그러자 빌보는 프로도가 이미 읽고 있다고 반박한다. 이후 프로도는 전개되는 일련의 모험담에 대해 빌보에게 정보를 제공

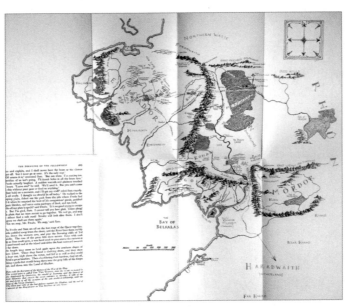
사진 80 크리스토퍼 톨킨이 그린 중간계 지도

해야 하고, 마침내 빌보를 위해 웨스트마치의 붉은 책을 완성해야
한다. 프로도는 이 책의 첫 번째 독자이자 최종 저자이다.

『유토피아』에서 토머스 모어는 그가 창조한 대안 세계의 연대
기와 지도, 심지어 유토피아의 문자를 소개하는 페이지까지 제공
했다. 톨킨도 우리에게 철자뿐 아니라 지도를 제공한다. 내가 가진
1966년 영국 판본에는 그의 아들 크리스토퍼가 그린 두 가지 색
지도가 포함돼 있다. 우리가 헨리 모턴 스탠리의 여행기에서 본 것
과 같은 빅토리아 시대 여행기에 실린 지도들처럼 각 권의 끝에
접혀 있다.

그러나 톨킨은 모어를 훨씬 뛰어넘어 (아마도 전후의 그 어떤 작

가도 훨씬 뛰어넘어) 소설 지면 너머의 전체 세계를 창조했다. 토머스 모어는 자신의 목숨을 구하기 위해 유토피아어로 대화를 할 수 없었지만, 톨킨은 비현실적이지만 언어로 충분히 기능하는 엘프족 언어를 실제로 발명했다. 「비밀스러운 악A Secret Vice」이라는 제목의 에세이에서 톨킨은 엘프어를 "그 친밀함과 특유의 수줍은 개인주의에"[42] 끝없이 빠져들게 만드는 언어, 자신 외에 누구도 말할 수 없는 언어라고 설명했다.

톨킨의 3부작은 그가 수십 년 동안 작성한 방대한 아카이브를 기반으로 했기에, 그는 완전히 실현된 '하위 창조sub-creation' 혹은 '제2의 세계secondary world'를 완벽하게 자연스럽게 그릴 수 있다. 톨킨은 『반지의 제왕』 집필을 시작하던 1939년 '요정 이야기들에 관하여On Fairy-stories'라는 어느 강의록(사실상의 성명서)에서 이 용어를 사용했다. 여기에서 그는 콜리지의 낭만적 개념이자 움베르토 에코가 『소설의 숲으로 여섯 발자국Six Walks in the Fictional Woods』에서 독자가 작가와 함께 맺는 필요한 합의라고 설명한 '불신에 대한 자발적 유예the willing suspension of disbelief'에 반대하는 주장을 전개했다.[43] 톨킨은 허구적인 합의를 다르게 보았다. 그는 불신에 대한 자발적 유예에 대해 이렇게 말한다.

> 나에게 이 표현은 작품의 상황 묘사에 대한 좋은 설명은 아닌 것 같다. 실제로 작품 속 상황은 이야기를 만드는 사람이 성공적인 하위 창조자sub-creator임을 증명한다. 그는 독자의 마음이 들어갈 수 있는 제2의 세계를 만든다. 그 안에서 그가 하는 말은 '사실'이

며 그 세계의 법에 부합한다. 그러므로 독자는 말하자면 그 안에 있는 동안 그것을 믿는다. 불신이 시작되는 순간 주문은 효력을 잃고, 마법은, 더 정확히 말하면 예술은 실패한다.[44]

톨킨의 견해에서 불신을 유예해야 하는 때는 작가가 실패했을 때뿐으로, 이것은 우리가 "경기에서 잘난 체하거나 사실인 척 가장할 때 사용하는 속임수"다.[45] 톨킨은 우리가 엘프와 드워프들을 생각하며 짐짓 아는 체하면서 킬킬 웃고는 책을 책장의 청소년 칸에 꽂는다든지, 진지한 감정이나 윤리적 고민 없이 눈으로만 읽길 원하지 않았다. 그는 바이런이나 조이스와 달리 하느님의 창조에 필적하려 하지 않았지만 충분히 믿을 수 있는 세계를 창조하려 했으며, 이런 이유에서 중간계는 우리 세계와 혼동해서는 안 되는 하위 창조물이다. 중간계에는 아라곤과 보로미르 같은 '진짜' 인간, 반쯤 진짜 인간들(호빗족), '진짜' 동화 속 인물들(엘프, 드워프, 마법사), 그리고 새롭게 창조된 존재들(오르크족, 엔트족, 나즈굴)이 뒤섞인다. 이런 등장인물들이 전체적으로 하나의 세계를 구성함으로써, 우리는 도덕적 공감을 일깨우고 이끌어줄 이야기의 세계 안에 있다는 것을 기억하면서 그 세계로 들어갈 수 있다.

결국 악은 스스로 파멸을 자초하지만 가까스로 살아나고, 프로도와 그의 조력자 샘 겜지는 불굴의 용기로 모르도르의 어둠의 심연을 향해 결연히 여행을 떠나며, 골룸이 심연 속으로 추락해 반지가 파괴됨으로써 이야기는 절정에 달한다. 책의 두 번째 장 「과거의 그림자」에서 프로도는 불안해하면서 "우리 시대에는 제발 그런 일이 일어나지 않았으면 좋겠다"고 말한다. "나도 그렇단다." 간달프가 대답한다. "그리고 살아서 그런 시대를 보아야 하는 모든 사람들도 마찬가지 심정이겠지. 하지만 시대는 우리가 선택하는 게 아니란다. 우리가 해야 할 일은 주어진 시대를 어떻게 살아가는가 하는 것뿐이야."[46]

여든 한 번째 책

자, 마침내 우리는 모든 여정의 시작이었던 쥘 베른의 소설 속 리폼 클럽으로 돌아왔다. 하지만 독자들은 내가 80권이라는 한도를 초과하려는 데 이의를 제기할지 모르겠다. 내 프로젝트에 영감을 준 『80일간의 세계 일주』를 이야기하면서 이 여정을 시작했으니 말이다. 하지만 사실 이것은 필리어스 포그가 내기에서 진 것 이상으로 한도를 초과하는 일은 아니다. 필리어스 포그는 그가 두려워했던 대로 막판에 예정보다 일정이 지연되어 클럽에 나타나기로 한 시간보다 5분 늦은 오후 8시 50분에 런던에 도착했기 때문이다. 대신 그는 침착하게 집으로 향하고 다음 날 다시 일상에 적응한다. 그런데 그날 저녁 파스파르투가 신문을 사서 그날이 여전히 약속한 날임을 확인하고 깜짝 놀란다. 그들은 동쪽에서 서쪽으로 지구를 돌았기 때문에 국제 날짜 변경선을 넘었을 때 하루를 벌었던 것이다. 내 경우 이 책을 소개할 때 포그와 파스파르투의 여러 가지 여행 수단으로 열기구도 포함한다. 그러나 소설에서 그들은 열기구를 이용한 적이 없다. 이 수단은 1956년 개봉한 영화에서 감독이 영화가 할 수 있는 파노라마 효과를 활용하고 싶어 추가한 것이었다. 사실 나는 어릴 땐 이 책을 읽지 않아서 내 기억에 박힌 것은 영화였다. 베른이 자오선으로 구제되었다면, 나는 매체로 구제되었다.

그럼 이제 우리는 어디로 갈까? 우리의 상상 속에서 아름다운 시설을 갖춘 리폼 클럽 도서관으로 돌아와, 도서관 벽들을 따라 죽 늘어선 우아한 오크나무 책장 앞에서 선택해도 좋겠다. 1884년 리폼 클럽은 7만 5천 권의 장서를 650쪽 분량의 도서 목록에 실었다. 이 가운데 상당 부분은 클럽의 성격에 걸맞게 사회 및 정치 문제를 다룬다. 1836년 만들어진 이 클럽은 신사들이 담배도 피우고 카드놀이도 하고 정부 개혁을 두고 토론도 하는 장소였지만, 좋은 문학 작품들도 보유하고 있었다.

한 가지 좋은 방법은 늘 시선을 사로잡는 작가의 책을 더 읽는 것이다. 『캉디드』를 읽고 볼테르에 대한 흥미가 자극되었다면, 클럽에 소장된 볼테르 전집Oeuvres complètes을 정독할 수 있을 것이다. 1775년부터 1790년 사이 출간되어 62권으로 구성된 이 전집은 볼테르의 풍자시부터 그의 기초적인 역사 연구서 『루이 14세의 시대Siècle de Louis XIV』, 러시아 예카테리나 2세와 '그 밖의 여러 군주들과et plusieurs Souverains' 주고받은 서신 전체가 담긴 서한집에 이르기까지 더 깊은 독서를 위해 많은 읽을거리를 제공할 것이다. 시대가

지남에 따라 취향이 어떻게 달라지는지 보여주는 예로, 『캉디드』는 볼테르의 『로마 철학서 Romans philosophiques』 31권 옆에 간신히 끼어 있다. 볼테르의 서사시 『앙리아드 Henriade』와 지금은 잊힌 9권으로 이루어진 극작품들보다 한참 아래에 있다.

아니면 9학년 때 내 인생을 바꾼 책, 로렌스 스턴의 『신사 트리스트럼 샌디의 인생과 생각 이야기』로 돌아갈 수도 있다. 이 책은 10권 전집으로 구성된 스턴의 전 작품 중 첫 네 권을 차지한다. 그다음 이어서 스턴의 유쾌한 책 『프랑스와 이탈리아 풍류기행』을 읽을 수도 있고(내가 『신사 트리스트럼 샌디의 인생과 생각 이야기』를 읽은 후 그랬던 것처럼), 어쩌면 그의 설교집을 읽어도 좋겠다. 스턴의 선례를 따라 그가 좋아하는 작가들, 세르반테스와 라블레로 이어갈 수도 있을 것이다(라블레는 도서관에서 프랑스어판이나 혹은 스턴이 읽은 토머스 우르콰트 Thomas Urquhart의 초기 번역본을 구할 수 있다). 아니면 새로운 목적지를 정하기 위해 두리틀 박사의 무작위 기법을 이용할 수도 있다. 눈을 감고 도서관 주변을 손으로 더듬거리다 보면 개혁적인 프랑스 작가 에드몽 아부 Edmond About의 소설 열 권 중 한 권을 손에 쥐거나, 라틴어 판본이나 영어 판본으로 베르길리우스의 작품들을 발견할지도 모른다.

리폼 클럽 도서관을 벗어나, 개인적인 취향에 맞춰 80권의 목록을 짜고 싶었던 내 바람과 달리 다른 작품에 밀려 선택되지 못한 많은 책들 중 한 권으로 눈을 돌릴 수도 있다. 아마 『길가메시 서사시』나 안나 아흐마토바 Anna Akhmatova의 시, 혹은 인도네시아의 위대한 작가 프라무디아 아난타 투르 Pramoedya Ananta Toer의 『부루 4부작Buru Quarter』 등을 선택하게 될 것 같다. 작품이 훌륭한지 가늠하는 한 가지 척도는 다시 읽을수록, 심지어 여러 차례 다시 읽을수록 더 좋아지는 것이다. 하지만 유디트 샬란스키의 한 번도 본 적 없는 외딴섬들처럼 새로운 탐험의 가능성은 언제나 열려 있다. 샬란스키와 달리 나는 결국엔 읽고 싶은 책들을 선택하지만 말이다. 도스토옙스키의 『분신The Double』, 르베르트 무질Robert Musil의 『특성 없는 남자The Man without Qualities』, 조지 엘리엇George Eliot의 『플로스 강변의 물방앗간The Mill on the Floss』, 다니자키 준이치로Tanizaki Junichiro의 『세설The Makioka Sisters』 등 모두가 수년 동안 내 책장에 꽂힌 채 조용히 나를 나무라며 차례를 기다리고 있다.

이 책에 실린 현대 작가들의 최근 작품을 읽어도 좋겠다. 부커상 수상작인 마거릿 애트우드의 디스토피아 소설 『증언들The Testaments』(2019)은 30년 먼저 발표된 훌륭한 작품 『시녀 이야기』보다 훨씬 뛰어난 작품으로 문학사상 드물게 전작보다 훌륭한 속편이다. 도나 레온은 가장 최근에 발표한 매력적인 제목 『덧없는 욕망Transient Desires』(2021)을 포함하여 브루네티 형사의 미스터리 시리즈 전편을 새로 출간했고, D. A. 미샤니는 아비 아브라함에서 여성 탐정으로 초점을 이동한 오싹한 (비非)속편 『쓰리Three』를 발표했다. 전염병이라는 주제를 더 이어가고 싶다면, 미래를 예견한 듯 오스만 제국 시대의 전염병 발병을 배경으로 한 오르한 파묵의 소설 『페스트의 밤Nights of Plague』(2021)을 읽을 수 있다.

런던으로 돌아와 『댈러웨이 부인』에서 이미 예시된 세계화 진행을 반영하는 작품들로 이어가도 좋겠다. 새뮤얼 셀본Samuel Selvon

의 『외로운 런던 사람들The Lonely Londoners』(1954)은 전후 카리브해 이민자들의 관점에서 전후 런던의 주요 장소들을 묘사한 작품으로, 현재 펭귄 모던 클래식 판으로 영국에서 출간되고 있다. 보다 최근 작품으로 앤드리아 레비Andrea Levy의 『작은 섬Small Island』(2004)은 자신의 아버지의 이민 경험을 회고한다. 트리니다드의 노벨문학상 수상자 V. S. 나이폴Naipaul로 넘어갈 수도 있다. 나이폴의 작품들은 대체로 우울하지만(데릭 월컷은 어느 시에서 'V. S. 나이트폴Nightfall'이라고 냉소적으로 언급한다)[47], 그의 회고록 『중심 찾기Finding the Centre』는 옛 제국의 중심에서 자기 자신을 찾고 글의 무게 중심도 찾으려는 젊은 난민 작가의 투쟁을 아름답게 묘사한다. 또 다른 노벨상 수상자 가즈오 이시구로Kazuo Ishiguro나 소설가이자 영화 제작자인 하니프 쿠레이시Hanif Khureishi, 제이디 스미스Zadie Smith의 작품을 살펴볼 수도 있겠다. 제이디 스미스의 『하얀 이빨White Teeth』(2000)은 본인의 가족(자메이카인 어머니와 영국인 아버지를 둔)과 유사한 가족들이 중심 인물로, 방글라데시 출신인 이크발 가족이 유대인 피가 일부 흐르는 찰폰트 씨와 교류하면서 이야기가 전개된다. 이제 우리는 런던 중심부 블룸즈버리에서 한참 떨어져 있다.

우리가 어떤 방향으로 정하게 되든 확실히 80권으로 그칠 수는 없다. 쥘 베른은 포그의 80일간의 여정에 만족하지 못해, 주인공들을 달에도 보내고 해저 2만 리 저 아래로 잠수도 시켰다. 고대로 넘어가면, 잠시도 가만히 있지 못하는 오디세우스는 말년에 이타카를 떠났다. 또 다른 바다 여행이 아니라 정반대로, 노가 어디에 쓰는 물건인지 모르는 사람들이 사는 장소를 발견할 때까지 육지

사진 81 조르조 데 키리코 Giorgio De Chirico, <율리시스의 귀환>(1968)

를 향해 여행했다고 한다. 새로운 문학의 목적지 목록은 끝이 없다. 세계가 수많은 방식으로 무너지고 있고 팬데믹의 여파가 오랫동안 남게 될 지금, 우리는 모두에게 중요한 일들을 우리가 할 수 있는 방식으로 연결하는 것이 좋을 것이다. 우리의 정원을 가꾸고 **방 안에서 세계 일주를 하는 것처럼** *le tour du monde dans nos chambres*.

644 이 책은 책들뿐 아니라 많은 사람들에게도 도움을 받았다. 처음 슈타츠 양으로 알게 된 현재 매기 슈타츠 시몬스Maggie Staats Simmons 부인은 거의 동화 속 기부자처럼 이 책에 등장해 세 가지 필요한 선물을 준비한다(처음엔 책으로, 다음엔 그림과 편지로 나에게 두 차례나 사울 스타인버그를 소개하면서). 내 아내 로리 피셔 댐로쉬Lori Fisler Damrosc와 수년 동안 많은 책을 공유하고 많은 여행을 함께했다. 우리는 열렬한 독서가인 세 아이들과 함께 팔렝케, 베니스, 테헤란 등을 여행했다. 자랄 때 나는 형 톰과 책을 주고받았고, 동생 레오는 문학에 관해 명료하고 힘 있는 글을 써 오랫동안 나에게 모범이 되었다.

가장 직접적으로 이 책이 존재하도록 도움을 준 사람은 런던 펠리컨 북스의 편집자 로라 스티크니Laura Stickney다. 그녀는 7년 전

나에게 일반 독자를 대상으로 세계 문학에 관한 책을 쓰는 것이 어떻겠느냐고 물었고, 그 후로 변함없이 지원을 아끼지 않았다. 스티크니와, 지금은 미국 펭귄 북스에서 일하는 그녀의 동료 버지니아 스미스Virginia Smith와 함께 일하게 되어 무척 기뻤다. 뛰어난 화법과 기술로 가능한 최선의 방식으로 출판사들에게 이 책을 소개한 내 에이전트 에릭 시모노프Eric Simonoff에게도 매우 감사한다.

사마란다 무라루스Smaranda Murarus가 아름답게 디자인한 사실상 초기 버전의 『80권의 세계 일주』는 전 세계 팔로워들, 특히 거듭 통찰력을 전해준 몇몇 독자들에게 큰 도움을 받았다. 라나 아테프RaNa Atef, 대니얼 베하르Daniel Behar, 룩스 첸Lux Chen, 안네마리 피셔Annemarie Fischer, 시몬 게부어Szymon Gebur, 루시 헤Lucy He, 아슈미타 카슈나비시Ashmita Khashnabish, 타데우시 로제비치Tadeusz Rożwicz, 프랭크 왕Frank Wang, 로라 빌헬름Laura Wilhelm, 테오도르-셰판 조테스쿠Teodor-Şefan Zotescu. 또한 우리 학과와 세계 문학 연구소의 동료들, 특히 루이스 기론-네그론Luis Giron- Negron, 마틴 푸쉬너Martin Puchner, 브루스 로빈스Bruce Robbins, 매즈 로젠달Mads Rosendahl Thomsen, 갤런 티하노이Galin Tihanov, 델리아 웅구레아누Delia Ungureanu, 사울 자리트Saul Zaritt, 그리고 장 롱시Zhang Longxi에게 반가운 피드백도 받았다. 부다페스트에서 페이터 다비하지Péter Dávidházi와 나눈 잊지 못할 대화는 아우슈비츠가 남긴 개인적·문학적 유산에 대한 내 접근 방식을 구체화했다.

온라인 프로젝트는 번역가들의 노고 덕분에 큰 도움을 받았다. 아랍어 번역에는 카이로의 마이클 야쿱Michael Yacoub과 그의 동료들,

중국어는 웨슬리 칼리지의 밍웨이 송Mingwei Song과 그의 동료들, 독일어는 안네마리 피셔Annemarie Fischer, 루마니아어는 게오르게타 콘스탄틴Georgeta Constantin과 모니카 도브레스쿠Monica Dobrescu, 세르비아어는 비쉬야 크르스티츠Višja Krstić, 스페인어는 마누엘 아수아헤 알라모Manuel Azuaje Alamo, 터키어는 데니즈 권도안 이브리심Deniz Gundogan Ibrisim과 그녀의 동료들, 그리고 우크라이나어는 올하 보즈니우크Olha Voznyuk에게 도움을 받았다. 드로 미샤니와 연결해준 마얀 에이탄Maayan Eitan, 조카 알하트리와 연결해준 무니라 헤자이에즈Mounira Hejaiej에게 감사하고, 에밀리 자키르를 소개해준 타렉 엘-아리스Tarek El-Ariss, 베이다오를 소개해준 장옌핑Zhang Yanping에게 감사한다. 원고를 훌륭하게 교정해준 클레어 펠리그리Claire Peligry에게도 감사를 표한다. 처음 블로그 버전으로 선보인 후 세심하고 예리한 편집자의 눈으로 포스팅과 원고를 읽어주었던 아내 로리, 그녀 덕분에 프로젝트의 결과물인 이 책이 더욱 빛을 발할 수 있었다.

나의 장모님이자 전후 폴란드에서 관광 비자를 받은 최초의 미국인 중 한 명인 진 바우어 피슬러Jean Bauer Fisle가 3장의 아우슈비츠의 문 사진을 찍어 주었다. 이 책의 원고가 완성될 때쯤 투병 중일 아흔다섯 살의 그녀가 다시 비행기를 타거나 여행에 관련된 책을 읽을 수 있기를 진심으로 고대한다.

이 책에 수록된 여러 작품들의 초기 판본은 내가 쓴 학술서 『세계 문학이란 무엇인가What Is World Literature?』(2003), 『세계 문학 읽는 방법How to Read World Literature』(2009, 2017), 『문학 비교: 글로벌 시대의 문학 연구Comparing the Literatures: Literary Studies in a Global Age』(2020)에 처음 소개된 것이다. 그 밖에도 수년간 내 수업에서 함께한 작품도 있지만, 어떤 경우 이 프로젝트를 통해 내가 수년 전 혹은 수십 년 전에 읽었던 작가들에게 돌아가기도 했고, 때로는 특정 지역의 주제가 내가 늘 읽으려 했던 작품으로 나를 이끌기도 했다. 그러므로 이 프로젝트는 과거를 회복하는 동시에 현재를 발견하는 항해였다.

이 책에 두 점의 그림이 실린 고모할머니 헬렌 댐로쉬 티-반Helen Damrosch Tee-Van에게 특별히 은혜를 입었다. 1893년 태어난 고모할머니는 그녀가 성장한 음악 세계와 (그녀는 저녁 식사에 말러를 초대한 일을 기억했다) 나의 살아 있는 연결 고리였고, 아멜리아 에어하트, 장개석의 부인, E. B. 화이트 같은 다양한 친구들과의 추억을 들려주며 예술가이자 작가, 세계 여행가, 재담가로서 나에게 영감을 불어넣어주었다. 고모할머니가 책에 대한 구상을 마지막으로 한 때는 일흔다섯 살이었다. 꿈속에서 배트맨이 창가에 나타나 박쥐에 관한 책을 쓰라고 명령했다고 한다. 1930년대 어느 신문의 인물란에는 고모할머니가 색을 정확하게 표현하기 위해 카리브해에서 다이빙 헬멧을 쓰고 물속에 들어가 물고기를 그리는 모습이 담겨 있다. 고모할머니는 붓이 떠다니지 않도록 이젤에 붓들을 묶어놓았다고 했다. 삼가 고인의 명복을 빌며, 이 책을 고모할머니에게 바친다.

사진

1. 'The Emperor of Abyssinia and his Suite'. *Daily Mirror*, February 16, 1910. © National Portrait Gallery, London.

2. Charles Dickens, *Great Expectations*(Baltimore: Pengiun English Library, 1965; and London: Penguin Classics, 1966).

3. Virginia Woolf, *Mrs. Dalloway*(New York: Harcourt Brace Jovanovich, 1981), Arnold Bennett, *Riceyman Steps*(London: Penguin, 1991).

4. Henri Raczymow, *Le Paris retrouvé de Marcel Proust*(Paris: Parigramme. 2005).

5. Djuna Barnes, portraits of Gertrude Stein and James Joyce, Djuna Barnes papers, Special Collections and University Archives, University of Maryland Libraries.

6. Marguerite Duras, *The Lover*(New York: Harper & Row, 1985); Jean-Jacques Annaud and Benoît Barbier, *L'Amant: Un film de Jean-Jacques Annaud*. Paris: Grasset, 1992.

7. Axolotl, Warren Photographic: portrait of Jorge Luis Borges by Eddie Kelly, *Irish Times*, 1982.

8. *In Memoriam-Leopold Damrosch, Puck* magazine, New York, 1885.

9. Poznań old town, photograph by David Damrosch, 2013.

10. Auschwitz entrance, photograph by Jean Bauer Fisler, 1948.

11. Anselm Kiefer, *Für Paul Celan: Aschenblümen*(2006, detail), Photo by Raphael Gaillarde / Gamma-Rapho via Getty Images.

12. Saint Petersburg map(1850), Olga Tokarczuk, *Flights*(New York: Riverhead Books, 2018), 37.

13. Domenico di Michelino, *La commedia illumina Firenze*(c. 1465). Niday Picture Library / Alamy Stock Photo.

14. Louis Chalon, illustration for *The Decameron*(London: A. H. Bullen, 1903).

15. Karina Puente Frantzen, *Valdarada City*. © Karina Puente Frantzen.

16. Pyramid burial chamber ramp, Sakkara; el-Fishawy Café, Cairo. Photograph by David Damrosch, 2005.

17. Egyptian musicians, tomb of Djeserkareseneb, Thebes, c. 1400 BCE, copied in 1912-2. Metropolitan Museum of Art, New York, Rogers Fund 1930.

18. Edward William Lane, from *Description of Egypt: Notes and Views in Egypt and Nubia*(1831; Cairo: American University in Cairo Press, 2000). Harvard University Libraries.

19. Emily Jacir, *Materials for a Film(Performance)*, 2008, Courtesy of Emily Jacir.

20. Portrait of Orhan Pamuk in the Museum of Innocence, Istanbul, by Ali Betil. © Innocence Foundation-Masumiyet Vakfi, courtesy of Orhan Pamuk.

21. Jokha Alharthi, *Celestial Bodies*(New York: Catapult, 2019).

22. *'Look out. You drop that box, I'll shoot you!'*, Henry Morton Stanley, *How I Found Livingstone: Travels, Adventures and Discoveries in Central Africa*(New York: Scribner, Armstrong, 1872), 642.

23. *A Map of the Emin Pasha Relief Expedition through Africa*, Henry Morton Stanley, *In Darkest Africa: or the Quest, Rescue, and Retreat of Emin, Governor of Equatoria*(New York: Scribner's, 1890), pocket insert in Vol. 1.

24. Studio photograph of Elizabeth Hammond Damrosch and Leopold Damrosch, Bontoc, Philippines, 1940.

25. Elizabeth Hammond Damrosch, *Mountain Province Women*(c. 1949).

26. Yòùbá People, Egúngún Masquerade Dance Costume, early to mid-twentieth century. Collection of the Birmingham Museum of Art, Alabama; Anonymous gift.

27. Well panel relief, South West Palace of Sennacherib, Nineveh, Assyria, c. 700 BCE(detail). British Museum.

28. View from Masada, looking toward the Dead Sea. Photograph by David Damrosch, 2014.

29. Dror Mishani, *Tik ne'edar*(Jerusalem: Keter Books, 2011); *The Missing File*(New York: HarperCollins, 2013).

30. Freda Guttman, *The Earth Is Closing on Us: The Nakba.* © Freda Guttman.

31. Ali Essa, mosaic of Mahmoud Darwish's line 'He thinks of the journey of ideas across borders'. Madaba, Jordan, 2014.

32. Airport sign, Tehran, Photograph by Lori Fisler Damrosh, 2011.

33. Marjane Satrapi, *The Complete Persepolis*(New York: Pantheon, 2004), 142.

34. Marjane Satrapi, *The Complete Persepolis*(New York: Pantheon, 2004), 28.

35. *Zal is Sighted by a Caravan.* Attributed to 'Abdul-'Aziz, Tabriz, Iran, c. 1525. Arthur M. Sackler Gallery, Smithsonian Institution, Washington, DC: The Art and History Collection, LTS1995.2.46(detail).

36. Left: Verses in Praise of Sultan Hasan 'Ali Shah and Verses by Hafiz, folio from an album. Right: Poet Conversing with Drinkers in a Tavern, illustrated folio 116 from a *divan* of Hafiz, c. 1550. Harvard Art Museums / Arthur M. Sackler Museum, Gifts of John Goelet. © President and Fellows of Harvard College.

37. Stacey Chase, portrait of Agha Shahid Ali. Copyright © 1990, Stacey Chase.

38. Helen Damrosch Tee-Van, portrait of Rabindranath Tagore, 1916. Collection of the author.

39. Jamyang Norbu, *Sherlock Holmes: The Missing Years*(New York: Bloomsbury, 2001); *The Mandala of Sherlock Holmes: The Missing Years*(London: John Murray, 2000); *The Mandala of Sherlock Holmes: The Adventures of the Great Detective in India and Tibet*(New York: Bloomsbury, 2003).

40. Carvings on the Temple of the Sun, Konarak, Orissa, India, thirteenth century. Werner Forman Archive, HIP / Art Resource, NY.

41. *La Jeunesse / New Youth* magazine, cover and sample page, 1916, Harvard-Yenching Library, Harvard University.

42. Eileen Chang, Hong Kong, 1954(photographer unknown).

43. 'The Tractor-ploughing Squadron'(1965). Stefan R. Landsberger / Private Collection. International Institute of Social History(Amsterdam), http://chineseposters.net.

44. Bei Dao, *Moment*(2013), Courtesy of Bei Dao.

45. Low-ranking geishas, Yoshiwara district, Tokyo, 1890s. Pump Park Collection / MeijiShowa.

46. Young Murasaki(Wakamurasaki), Illustration to Chapter 5 of *The Tale of Genji*, mid-seventeenth century. Harvard Art Museums / Arthur M. Sackler Museum, Gift of Charles Parker. © President and Fellows of Harvard College.

47. Painting by Morikawa Kyoriku, with calligraphy by Matsuo Bashō(1693). Tenri Central Library, Tenri University. The Picture Art Collection / Alamy Stock Photo.

48. James Merrill, 1973. © Jill Krementz.

49. James Merrill, c. 1992(photographer unknown), James Merrill Papers, Julian Edison Department of Special Collections, Washington University Libraries.

50. Theodore Galle, after Jan Van der Straet, *Vespucci Awakening America*(early 1600s). Sarah Campbell Blaffer Foundation, Houston.

51. Johannes Janssonius, *Guiana wive Amazonum regio*, Amsterdam, 1647. Collection of the author.

52. Jean-Michel Moreau, Ie Jeune, illustration for Voltaire's *Candide*, 1787.

53. Left: Portrait of Machado de Assis in 1864(photographer unknown), Acervo da Fundaco Biblioteca Nacional, Rio de Janeiro. Right: Portrait of Machado in 1884 by Joaquim Insley Pacheco, Gilberto Ferrez Collection / Instituto Moreira Salles.

54. Statue of Clarice Lispector, Copacabana, Rio de Janeiro. Photograph by Simon Mayer(Adobe Stock).

55. Mask of La Malinche, Guerrero, Mexico, c. 1980. Collection of the author.

56. Aztec surrender, *Lienza de Tlaxcala*, sixteen century. Artwork published in *Homenaje a Cristobal Colon: Antiguedades mexicanas*(1892). British Museum, Science Photo Library.

57. Palenque temples, Chiapas, Mexico. Photograph by David Damrosch, 1983.

58. Andrés de Islas, portrait of Sor Juana Inés de la Cruz, 1772. Museo de América, Madrid.

59. Miguel Ángel Asturias, headstone and portrait. Headstone photograph courtesy of Professor Jorge Antonio Leoni de León; portrait from UNESCO.

60. Derek Walcott, *Omeros*(New York: Farrar, Straus and Giroux, 1990); *Tiepolo's Hound*(New York: Farrar, Straus and Giroux, 2000).

61. Portrait of Jean Rhys as a young woman(Bridgeman Image), and in 1976 Elizabeth Vreeland in Jean Rhys, *Smile Please: An Unfinished Autobiography*(New York: Harper & Row, 1979).

62. Helen Damrosch Tee-Van, *Sargassum Fish among its floating weed*. In William Beebe, *Nonsuch: Land of Water*(New York: Brewer, Warren and Putnam, 1932), 97.

63. Florence and Robert Dean Frisbie examining her book, in Brandon Oswald, *Mr. Moonlight of the South Seas: The Extraordinary Life of Robert Dean Frisbie*(Newport Beach, CA: Dockside Sailing Press, 2nd ed. 2017), 126; *Miss Ulysses of Puka-Puka: The Autobiographt of a South Sea Trader's Daughter*(Newport Beach, CA: Dockside Sailing Press, 2nd ed. 2016).

64. Judith Schalansky, *Atlas of Remote Islands: Fifty Islands I Have Never Set Foot On and Never Will*(London and New York: Penguin, 2010), 102.

65. Robert McCloskey, *One Morning in Maine*(New York: Viking, 1952), 10.

66. Robert McCloskey, *One Morning in Main*(New York: Viking, 1952), 62-3.

67. Photograph of Annie Fields and Sarah Orne Jewett, in M. A. De Wolfe Howe, *Memories of a Hostess: A Chronicle of Eminent Friendships, Drawn Chiefly from the Diaries of Mrs. James T. Fields*(Boston: Atlantic Monthly Press, 1922), 349.

68. Marguerite Yourcenar in her kitchen at 'Petite Plaisance', 1979, Photograph by Jean-Pierre Laffont, © JP Laffont.

69. Grace Frick's headstone, Brookside Cemetery, Somesville, Maine. Photograph by David Damrosch, 2020.

70. Frontispiece to Hugh Lofting, *The Voyages of Doctor Dolittle* 속표지(Philadelphia: Lippincott, 1922, 1950).

71. 'The Terrible Three', Hugh Lofting, *The Voyages of Doctor Dolittle*(Philadelphia: Lippincott, 1922, 1950), 279.

72. E. B. White, *Stuart Little*(New York: Harper & Brothers, 1945), 1.

73. E. B. White, *Stuart Little*(New York: Harper & Brothers, 1945), 130.

74. Madeleine L'Engle, *A Wrinkle in Time*(New York: Farrar, Straus and Giroux, 1962), 76.

75. Saul Steinberg, *Bleecker Street*, 1970. © The Saul Steinberg Foundation / Artists Rights Society(ARS), New York.

76. Saul Steinberg, *Untitled*, 1968. © The Saul Steinberg Foundation / Artists Rights Society(ARS), New York.

77. Saul Steinberg, *Prosperity(The Pursuit of Happiness)*, 1958-9. © The Saul Steinberg Foundation / Artists Rights Society(ARS), New York.

78. Saul Steinberg, *Ship of State*, 1959. © The Saul Steinberg Foundation / Artists Rights Society(ARS), New York.

79. Shophie Bassouls, photograph of James Baldwin, 1972, via Getty Images.

80. Christoper J. R. Tolkien, map of Middle-earth, Endpaper to J. R. R. Tolkien, *The Fellowship of the Ring*(London: Allen and Unwin, 2nd ed., 1966).

81. Giorgio de Chirico, *The Return of Ulysses*, 1968. Artists Rights Society(ARS), New York.

도서

- Ali, Agha Shahid, 'Arabic', 'Tonight', and 'Existed', from *Call Me Ishmael Tonight: A Book of Ghazals*(New York: W. W. Norton, 2003).

- Attar, Farid ud-Din, *The Conference of the Birds*(London: Penguin, 2001). Translation © 1984 Afkham Darbandi and Dick Davis.

- Aztec poetry: John Bierhorst, ed. and tr., *Cantares Mexicanos: Songs of the Aztecs*(Stanford: Stanford University Press, 1985).

- Bashō, Matsuo, *The Narrow Road to the Deep North: And Other Travel Sketches*(London: Penguin Classics, 1967). Translation © Nobuyuki Yussa.

- Bei Dao: 'Language', from *The August Sleepwalker*, copyright © 1988 by Bei Dao. Translation copyright © 1988, 1990 by Bonnie S. McDougall. Reprinted by Permission of New Directions Publishing Corp.

- Bei Dao: 'The Answer', 'Black Map', 'The Rose of Time', 'The Art of Poetry', and 'Road Song', by Bei Dao, Bonnie S. McDougall, and Chen Maiping, from *The Rose of Time*, copyright © 2010 by Zhao Zhenkai, translation copyright © 1988, 1990 by Eliot Weinberger, Bonnie S. McDougall, and Chen Maiping. Reprinted by permission of New Directions Publishing Corp.

- Celan, Paul: *Selected Poems and Prose*, tr. John Felstiner(New York: W. W. Norton, 2001).

- Darwish, Mahmoud: *The Butterfly's Burden*, tr. Fady Joudah(Port Townsend, WA: Copper Canyon Press, 2007).

- Darwish, Mahmoud: 'Diary of a Palestinian Wound: Rubaiyat for Fadwa Tuqan', *Palestine-Israel Journal*(http://www.arabicnadwah.com/arabicpoerty/darwish-diary.htmshe).

- Davis, Dick, ed. and tr., *Faces of Love: Hafez and the Poets of Shiraz*(London: Penguin,

653

출처

프롤로그

1 로렌스 스턴Laurence Sterne, 신사 트리스트럼 섄디의 인생과 생각 이야기*The Life and Opinions of Tristram Shandy, Gentleman*(London: Penguin, 2003), 173.

2 그자비에 드 메스트르Xavier de Maistre, 내 방 여행하는 법*Voyage Around My Room*, tr. Stephen Sartarelli(New York: New Directions, 1994).

3 아풀레이우스Apuleius. 변신*Metamorphoses*, ed. and tr. J. Arthur Hanson(Cambridge, MA: Harvard University Press. 2 vols., 1989, 1996). 황금 당나귀*The Golden Ass*, ed. and tr. P. G. Walsh(Oxford: Oxford University Press, 1994), 3.

1장

1 버지니아 울프Virginia Woolf, 댈러웨이 부인*Mrs. Dalloway*(New York: Harcourt Brace Jovanovich, 1981), 4.

2 Ibid., 20.

3 앤 마틴Ann Martin, '하늘의 유령: 영국 자동차 산업과 세계 대전Sky Haunting: The British Motor-Car Industry and the World Wars', 버지니아 울프가 그리는 세상*Virginia Woolf Writing the World*, ed. Pamela L. Caughie and Diana Swanson(Clemson, SC: Clemson University Press, 2015), 52.

4 울프, 댈러웨이 부인, 18.

5 Ibid., 23~24.

6 조셉 콘래드Joseph Conrad, 어둠의 심연*Heart of Darkness*, ed. Ross C. Murfin(Boston: Bedford St. Martins, 2011), 20.

7 울프, 댈러웨이 부인, 8, 15, 27.

8 울프, '러시아인의 시각The Russian Point of View', 보통의 독자*The Common Reader, First Series*, ed. Andrew McNellie(New York: Harcourt, 2002), 182.

9 Ibid., 186.

10 울프, 로저 프라이에게 보낸 편지letter to Roger Fry, 무슨 일이 일어나고 있는지에 대한 질문: 버지니아 울프의 편지들 1912~1922*The Question of Things Happening: The Letters of Virginia Woolf 1912~1922*, ed. Nigel Nicolson and Joanne Trautmann

(London: Hogarth Press, 1976), 565.

11 울프, '이것은 현대인에게 어떤 반응을 일으킬까How It Strikes a Contemporary', 보통의 독자, 234.

12 울프, 리턴 스트레이치에게 보내는 편지letter to Lytton Strachey, 마이클 롤로이드 Michael Holroyd, 리턴 스트레이치Lytton Strachey(London: Heinemann, 1968)에서 인용, 2:368.

13 버지니아 울프, 자기만의 방A Room of One's Own(New York: Harcourt Brace Jovanovich, 1989), 100.

14 울프, 댈러웨이 부인, 9.

15 Ibid., 9.

16 Ibid., 16.

17 버지니아 울프, '데이비드 코퍼필드David Copperfield', 순간과 그 밖의 에세이들The Moment and Other Essays(New York: Harcourt, 1948), 78.

18 Ibid., 75.

19 Ibid., 76.

20 오스카 와일드Oscar Wilde, '거짓의 쇠락The Decay of Lying', 의도들Intentions(New York: Brentano, 1905), 41.

21 에이다 레버슨, 오스카 와일드가 스핑크스에게 보낸 편지들Letters to the Sphinx from Oscar Wilde에서 인용(London: Duckworth, 1930), 42.

22 울프, '데이비드 코퍼필드', 77.

23 Ibid., 78~79.

24 찰스 디킨스, 위대한 유산Great Expectations(London: Penguin, 2005), 3.

25 버지니아 울프, '베넷 씨와 브라운 부인Mr. Bennett and Mrs. Brown', 선장의 임종과 그 밖의 에세이들The Captain's Death Bed and Other Essays(New York: Harcourt, Brace, 1950), 103.

26 아서 코난 도일Arthur Conan Doyle, 셜록 홈즈 전집The Complete Sherlock Holmes (Garden City, NY: Doubleday, 2 vols., 1930), 1:19~20.

27 Ibid., 1:93.

28 Ibid., 1:24~5.

29 Ibid., 1:93.

30 Ibid., 2:1034.

31 Ibid., 2:1043.

32 패트릭 J. 라이언스Patrick J. Lyons, '수마트라의 거대 쥐, 건강하게 살아 있다The Gant Rat of Sumatra, Alive and Well.' 뉴욕 타임스The New York Times, 17 December 2007. https://thelede.blogs.nytimes.com/2007/12/17/the-giant-rat-of-sumatra-alive-and-well/.

33 도일, 셜록 홈즈 전집, 2:1034.

34 Ibid., 1:15.

35 Ibid., 1:164.

36 P. G. 우드하우스P. G. Wodehouse, 우드하우스가 우드하우스에 관하여*Wodehouse on Wodehouse*(London: Penguin, 1981), 313.

37 P. G. 우드하우스, 아서 코난 도일의 네 사람의 서명*The Sign of the Four*(New York: Ballantine, 1985) 서문에서, iii.

38 P. G. 우드하우스, 지브스와 봉건 의식*Jeeves and the Feudal Spirit*(New York: Harper & Row, 1954), 6.

39 P. G. 우드하우스, 계속해, 지브스*Carry On, Jeeves*(Harmondsworth: Penguin, 1977), 30.

40 P. G. 우드하우스, 신선한 어떤 것*Something Fresh*(London: Penguin, 1979), 새로운 어떤 것*Something New*(New York: Ballantine, 1972), 14~15.

41 P. G. 우드하우스, 소리 없는 번개*Summer Lightning*(New York: W. W. Norton, 2012), 5.

42 우드하우스, 새로운 어떤 것, 7.

43 P. G. 우드하우스, '커스버트의 의기투합The Clicking of Cuthbert', P. G. 우드하우스의 대부분의 글들*The Most of P. G. Wodehouse*(New York: Simon & Schuster, 1960), 394.

44 버지니아 울프, 버니지아 울프의 편지들 1923~1928*The Letters if Virginia Woolf, 1923~1928*, ed. Nigel Nicolson and Joanne Trautmann(London: Hogarth Press), 100~1.

45 아놀드 베넷Arnold Bennett, '소설은 퇴락하고 있는가?Is the Novel Decaying?', 아놀드 베넷의 작가의 기술과 그 밖의 비평 작품들*The Author's Craft and Other Critical Writings of Arnold Bennett*(Lincoln: University of Nebraska Press, 1968), 88.

46 울프, '베넷 씨와 브라운 부인', 105.

47 아놀드 베넷, 저널들*Journals*, ed. Newman Flower(London: Cassell, 1932), 1:68.

656

2장

1 마르셀 프루스트Marcel Proust, 스완네 집 쪽으로*Swann's Way*(잃어버린 시간을 찾아서*In Search of Lost Time*, vol. 1), tr. C. K. Scott Moncrieff and Terence Kilmartin, revised by D. J. Enright(New York: Modern Library, 1992), 60~61.

2 https://parisinstitute.org/quarantine-quill/.

3 마르셀 프루스트, 생트뵈브에 반대하며*Contra Sainte-Beuve*, 마르셀 프루스트의 예술과 문학에 관하여*Marcel Proust on Art and Literature*에서, tr. Sylvia Townsend Warner(New York: Carroll & Graf, 1997), 19.

4 프루스트, 스완네 집 쪽으로, 576.

5 Ibid., 579~80.

6 마르셀 프루스트, 되찾은 시간*Time Regained*(잃어버린 시간을 찾아서, vol. 6), tr.

Andreas Mayor and Terence Kilmartin, rev. by D. J. Enright(New York: Modern Library, 1993), 261.

7   주나 반스Djuna Barnes, 나이트우드Nightwood(New York: New Directions, 2006), 73.

8   Ibid., 80.

9   Ibid., 53.

10 Ibid., 122.

11 Ibid., 185.

12 Ibid., 115.

13 Ibid., 151.

14 Ibid., 118.

15 Ibid., 137.

16 Ibid., 142.

17 Ibid., 173.

18 마르그리트 뒤라스Marguerite Duras, 연인The Lover, tr. Barbara Bray(New York: Harper & Row, 1986), 3.

19 마르그리트 뒤라스, 전쟁 시기의 글들 1943~1949Wartime Writings 1943~1949, ed. Sophie Bogaert and Oliver Corpet, tr. Linda Coverdale(New York: New Press, 2009), 16.

20 Ibid., 25~26.

21 Ibid., 26~27.

22 뒤라스, 연인, 27.

23 Ibid., 62~63.

24 Ibid., 8.

25 '아르헨티나 작가 훌리오 코르타사르 최고의 작품 『팔방치기』의 출간 50주년을 기념하여Les cinquante ans de 『Marelle』 livre culte de l'Argentin Julio Cortázar', 르 몽드 Le Monde, 10 May 2013.

26 훌리오 코르타사르Julio Cortázar, '아홀로틀Axolotl', 게임의 끝 외 그 밖의 단편들he End of the Game and Other Stories, tr. Paul Blackburn(New York: Harper & Row, 1967), 9.

27 라이너 마리아 릴케Rainer Maria Rilke, '표범The Panther', 시 선집Selected Poetry, tr. Stephen Mitchell(New York: Vintage, 1989), 129.

28 호르헤 루이스 보르헤스Jorge Luis Borges, '피에르 메나르, 돈키호테의 저자Pierre Menard, Author of the Quixote', 픽션들Collected Fictions, tr. Alexander Hurley(New York: Viking, 1998), 91.

29 Ibid., 94.

30 훌리오 코르타사르, '아홀로틀', 5~6.

31 Ibid., 7.

32 호르헤 루이스 보르헤스, '보르헤스와 나Borges and I', 픽션들, 324.

33 조르주 페렉Georges Perec, 인터뷰와 강의 모음Entretiens et conferences, ed. Dominique Bertelli and Mireille Ribiere(Nantes: Joseph K., 2003), 1:49.

34 데이비드 벨로스David Bellos, 조르주 페렉: 글 속의 인생Georges Perec: A Life in Words(London: Harville, 1999), 360.

35 조르주 페렉, W 또는 유년의 기억W or The Memory of Childhood, tr. David Bellos(Boston:Godine, 1988), iii.

36 Ibid., 6.

37 Ibid., 89.

38 Ibid., 117.

39 Ibid., 158.

40 Ibid., 33.

3장

1 프리모 레비Primo Levi, 이것이 인간인가If This Is a Man, tr. Stuart Woolf(New York: Orion, 1959), 134.

2 Ibid., 39.

658

3 프리모 레비, 가라앉은 자와 구조된 자The Drowned and the Saved, tr. Raymond Rosenthal(New York: Simon & Schuster, 1988), 124~6.

4 프리모 레비, 주기율표The Periodic Table, tr. Raymond Rosenthal(New York: Schocken, 1984), 97.

5 Ibid., 157.

6 Ibid., 233.

7 프란츠 카프카Franz Kafka, 일기, 1910~1923Diaries, 1910~1923, tr. Joseph Kresch and Martin Greenburg(New York: Schocken, 1948, 1976), 447.

8 발터 벤야민Walter Benjamin, '이야기꾼The Storyteller', 조명: 에세이와 성찰들 Illuminations: Essays and Reflections, ed. Hannah Arendt, tr. Harry Zohn(New York: Harcourt, Brace & World, 1968), 94.

9 프란츠 카프카, 변신 외 단편들The Metamorphosis and Other Stories, tr. Michael Hofmann(London: Penguin, 2008), 87.

10 Ibid., 281.

11 프란츠 카프카, 막스 브로트Max Brod에게 보내는 편지, 베이직 카프카The Basic Kafka(New York: Pocket Books, 1979), 292.

12 이안 톰슨Ian Thomson, '프리모 레비의 윤리The Ethics of Primo Levi', 타임스 문예 부록Times Literary Supplement, June 17, 2016.

13 파울 첼란Paul Celan, 전집Selected Poems and Prose, tr. John Felstiner(New York: W. W. Norton, 2001), 30~31.

14 Ibid., 33.

15 파울 첼란과 넬리 작스Paul Celan and Nelly Sachs, 편지들Correspondence, ed. Barbara Wiedemann, tr. Christopher Clark(Riverdale-on-Hudson, NY: Sheep Meadow Press, 1995), 14.

16 첼란, 전집, 405.

17 Ibid., 141.

18 Ibid., 360~61.

19 Ibid., 395.

20 체스와프 미워시Czesław Miłsz, 선집과 후기 시들Selected and Last Poems, 1931~2004, tr. Czesłw Miłsz et al.(New York: HarperCollins, 2011), 204.

21 체스와프 미워시, 새로운 시들 외 시 작품집, 1931~2001New and Collected Poems 1931~2001, tr. Czesłw Miłsz et al.(London: Penguin, 2006), 715.

22 미워시, 선집과 후기 시들, 212.

23 미워시, 새로운 시들 외 시 작품집, 111.

24 미워시, 선집과 후기 시들, 208.

25 Ibid., 275~6.

26 미워시, 새로운 시들 외 시 작품집, 716.

27 미워시, 선집과 후기 시들, 317.

28 올가 토카르추크Olga Tokarczuk, 방랑자들Flights, tr. Jennifer Croft(New York: Riverhead Books, 2018), 7.

29 Ibid., 226.

30 Ibid., 17.

31 Ibid., 212.

32 Ibid., 175.

33 Ibid., 19.

34 올가 토카르추크, '다정한 서술자The Tender Narrator', https://www.nobelprize.org/ prizes/literature/2018/ tokarczuk/lecture/.

35 토카르추크, 방랑자들, 227.

36 토카르추크, '다정한 서술자'.

4장

1 프루스트, 되찾은 시간, 6:256.

2 마르코 폴로Marco Polo, 동방견문록The Travels, tr. Ronald Latham(Harmondsworth: Penguin, 1958), 119~20.

3 새뮤얼 테일러 콜리지Samuel Taylor Coleridge, '쿠블라이 칸: 혹은 꿈속의 환영; 하나의 단편Kubla Khan: Or, A Vision in a Dream; A Fragment', 시 모음집The Compete Poems, ed. William Keach(London: Penguin, 1997), 252.

4   폴로, 동방견문록, 216.

5   Review by 'Sammycat', 9 February 2010, http://www.amazon.com/Dantes-Inferno
    -Divine-Playstation-3/dp/B001NX6GBK.

6   단테 알리기에리Dante Alighieri, 이탈리아어에 관하여De Vulgari Eloquentia, tr. Steven
    Botterill(Cambridge: Cambridge University Press, 2008), 33.

7   Ibid., 31.

8   단테, 신곡The Divine Comedy, John D. Sinclair의 번역과 해설이 실린 이탈리아 원
    문(New York: Oxford University Press, 3 vols., 1979), 2:394.

9   Ibid., 1:39.

10 조반니 보카치오Giovanni Boccaccio, 데카메론The Decameron, tr. G. H. McWilliam
    (Harmondsworth: Penguin, 1972), 52.

11 Ibid., 53.

12 Ibid., 55.

13 Ibid., 49.

14 Ibid., 256.

15 주디스 파워스 세라피니-사울리Judith Powers Serafini-Sauli, 조반니 보카치오
    Giovanni Boccaccio(New York: Twayne, 1982), 84.

16 보카치오, 데카메론, 829.

17 Ibid., 832~3.

18 Ibid., 45.

19 Ibid., 47.

20 Ibid., 45.

21 Ibid., 405.

22 도나 레온Donna Leon, 겉으로 보기엔By Its Cover(New York: Grove Press, 2014),
    69~70.

23 Ibid., 173.

24 Ibid., 44.

25 Ibid., 6.

26 도나 레온, 나의 베니스 외 에세이들My Venice and Other Essays(New York: Grove
    Press, 2013), 49.

27 레온, 겉으로 보기엔, 9.

28 Ibid., 17.

29 Ibid., 31.

30 Ibid., 115.

31 '브루네티 경감의 발자국을 따라가는 개인 투어Private Tour on the Footsteps of
    Commissario Brunetti', https://www.lonelyplanet.com/italy/venice/activities/venice-
    private-tour-on-thefootsteps-of-commissario-brunetti/a/pa-act/v-39613P207/
    360029.

32 제이슨 호로비츠Jason Horowitz, '다시 북적이는 베니스를 상상하다Picture Venice Bustling Again', 뉴욕 타임스The New York Times, 3 June 2020, A1.

33 이탈로 칼비노Italo Calvino, 보이지 않는 도시들Invisible Cities tr. William Weaver (San Diego: Harcourt, Brace, 1974), 75.

34 Ibid., 53.

35 이탈로 칼비노, '발표Presentazione', 보이지 않는 도시들Le citta invisibili(Milan: Mondadori, 1993), ix.

36 칼비노, 보이지 않는 도시들, 85.

37 Ibid., 86.

38 Ibid., 5.

39 Ibid., 87.

40 Ibid., 5~6.

41 Ibid., 165.

5장

1 칼비노, 보이지 않는 도시들, 110.

2 W. K. 심슨W. K. Simpson 번역(약간의 수정을 가함), in Simpson ed., 고대 이집트 문학he Literature of Ancient Egypt, Yale University Press, 1972), 324.

3 Ibid., 305.

4 Ibid., 324.

5 Ibid., 299.

6 Ibid., 50.

7 Ibid., 53.

8 후사인 하다위Hussain Haddawy, ed. and tr., 아라비안 나이트The Arabian Nights (New York: W. W. Norton, 1990), xii.

9 로렌스 베누티Lawrence Venuti는 그의 에세이집『번역은 모든 것을 변화시킨다: 이론과 실제Translation Changes Everything: Theory and Practice(New York: Routledge, 2013)』에서 이 주제에 대해 다양한 예를 제시한다.

10 호르헤 루이스 보르헤스, 논픽션 선집Selected Non-fictions, ed. Eliot Weinberger, tr. Esther Allen London and New York: Penguin, 1999), 96.

11 원-친 어우양Wen-chin Ouyang, ed., 아라비안 나이트The Arabian Nights(London: Everyman's Library, 2014).

12 N. J. 다우드N. J. Dawood, tr. 천일야화의 이야기Tales from The Thousand and One Nights(Harmondsworth: Penguin, rev. ed., 1973), 406.

13 포위스 매더Powys Mather, tr. 천일야화의 책The Book of the Thousand Nights and One Night(New York: St. Martin's Press, 4 vols., 1972), 4:532.

14 https://www.nobelprize.org/prizes/literature/1988/mahfouz/lecture/.

15 나기브 마푸즈Naguib Mahfouz, 아라비아의 밤과 낮*Arabian Nights and Days*, tr. Denys Johnson Davies(Cairo: American University in Cairo Press, 1995), 2.

16 Ibid., 3~4.

17 Ibid., 55.

18 Ibid., 31.

19 Ibid., 9.

20 Ibid., 29.

21 Ibid., 19.

22 Ibid., 222~4.

23 오르한 파묵Orhan Pamuk, 내 이름은 빨강*My Name Is Red*, tr. ErdağM. Goknar (New York: Vintage, 2001), 51.

24 Ibid., 399.

25 오르한 파묵, 다른 색들: 에세이와 단편*Other Colors: Essays and a Story*, tr. Maureen Freely(New York: Knopf, 2007), 168~9.

26 이메일 대화mail communication, 20 June 2020.

27 파묵, 내 이름은 빨강, 43.

28 Ibid., 413.

29 아이다 에데마리암, 조카 알하르티와의 인터뷰, 가디언*The Guardian*, 8 July 2019. https://www.theguardian.com/books/2019/jul/08/jokha-alharthi-a-lot-ofwomen-are-really-strong-even-though-they-are-slaves.

30 조카 알하르티Jokha Alharthi, 천체*Celestial Bodies*, tr. Marilyn Booth(New York: Catapult, 2019), 1~2.

31 Ibid., 8.

32 Ibid., 11.

33 Ibid., 204.

34 Ibid., 239.

35 Ibid., 178~9.

36 Ibid., 153.

37 Ibid., 231.

38 Ibid., 185.

6장

1 헨리 모턴 스탠리Henry Morton Stanley, 리빙스턴 구출기: 중앙아프리카에서의 여행, 모험, 발견: 리빙스턴 박사와 함께 한 4개월간의 체류기 외*How I Found Livingstone: Travels, Adventures and Discoveries in Central Arica: Including an Account of Four Months'Residence with Dr. Livingstone*(New York: Scribner, Armstrong & Co.,1872), 642.

2   헨리 모턴 스탠리, 콩고와 자유국가 설립: 일과 탐험 이야기*The Congo and the Founding of Its Free State: A Story of Work and Exploration*(New York: Harper and Brothers, 1885), 386.

3   조셉 콘래드, 어둠의 심연*Heart of Darkness*, 25.

4   치누아 아체베Chinua Achebe, '아프리카의 이미지: 콘래드의 『어둠의 심연』에 나타난 인종 차별주의An Image of Africa: Racism in Conrad's *Heart of Darkness*', *The Massachusetts Review* 18:4 1977), 794.

5   콘래드, 어둠의 심연, 43.

6   Ibid., 21.

7   Ibid., 23.

8   Ibid., 94.

9   Ibid., 20.

10   치누아 아체베, '아프리카 작가와 영국 언어The African Writer and the English Language', 창조의 날 아침*Morning Yet on Creation Day*(New York: Anchor Books, 1976), 82.

11   치누아 아체베, 모든 것이 산산이 부서지다*Things Fall Apart*(London: Penguin, 2001), 61.

12   밥 톰슨Bob Thompson, '모든 것이 제대로 이루어지다Things Fall into Place', *Washington Post* 9 March 2008, https://www.washingtonpost.com/wpdyn/content/article/2008/03/07/AR2008030700987.html.

13   아체베, 모든 것이 산산이 부서지다, 53.

14   빌 모이어스Bill Moyers, 치누아 아체베와의 인터뷰, 29 September 1988, https://billmoyers.com/content/chinua-achebe/15 https://medium.com/@bookoclock/netflix-partners-with-mo-abudu-to-adaptbooks-by-shoneyin-and-soyinka-1a535a47728a.

16   두로 라피도Duro Ladipo, 왕이 죽다*Oba Waja*, 소잉카 죽음과 왕의 기병*Death and the King's Horseman*에서, ed. Simon Gikandi(New York: W. W. Norton, 2003), 81.

17   월레 소잉카Wole Soyinka, 죽음과 왕의 기병*Death and the King's Horseman*, 49.

18   Ibid., 28.

19   Ibid., 44.

20   Ibid., 28.

21   Ibid., 30.

22   Ibid., 31.

23   Ibid., 19.

24   Ibid., 27.

25   Ibid., 43.

26   조르주 응갈Georges Ngal, 지암바티스타 비코, 혹은 아프리카 담론에 대한 강간 *Giambatista Viko, or The Rape of African Discourse*, ed and tr. David Damrosch(New

York: Modern Language Association, forthcoming 2021).

27 Ibid., 45~6.
28 조르주 옹갈, '진정성과 문학Authenticite et litterature', 작품 비평집Oeuvre critique (Paris: Harmattan, 2009), 2:197.
29 옹갈, 지암바티스타 비코
30 Ibid., 45.
31 ttps://www.ted.com/talks/chimamanda_ngozi_adichie_the_danger_of_a_single_story#t-5732.
32 치마만다 웅고지 아디치에, 숨통The Thing Around Your Neck(New York: Anchor Books, 2009), 21.
33 다리아 툰카Daria Tunca, 치마만다 아디치에와의 인터뷰, 2005. http://www.cerep. ulg.ac.be/adichie/cnainterviews.html.
34 치마만다 아디치에, '제임스 머스티츠와의 대화Conversation with James Mustich', Barnes and Noble Review, 29 June 2009, http://www.barnesandnoble.com/review/ chimamanda-ngozi-adichie.
35 아디치에, 숨통, 107.
36 Ibid., 108.
37 Ibid., 114.
38 Ibid., 102.
39 Ibid., 201.
40 Ibid., 214.
41 Ibid., 215.
42 Ibid., 217.
43 Ibid., 218.

7장

1 모턴 스미스Morton Smith, '구약성서 연구의 현황The Present State of Old Testament Studies', Journal of Biblical Literature 88(1969), 29.
2 시편 137:1~4, 개정표준역Revised Standard Version(New York: Oxford University Press, 1971).
3 '두 형제 이야기The Tale of the Two Brothers', tr. Edward F. Wente, 고대 이집트 문학The Literature of Ancient Egypt, ed. William Kelly Simpson(New Haven: Yale University Press, 3rd ed. 2003), 80~90.
4 아가서, 새개정표준판New Revised Standard Version(New York: Oxford University Press, 1989), 8:6.
5 사도행전 2:5~11, 새개정표준판.
6 마태복음 27:35의 각주 Footnote to Matthew 27:35, 새개정표준판.

7   D. A. 미샤니D. A. Mishani, 사라진 파일*The Missing File*, tr. Steven Cohen(New York: Bourbon Street Books, 2013), 4.

8   https://www.jewishbookcouncil.org/pb-daily/d-a-mishani-and-the-mystery-ofthe-hebrew-detective.

9   마얀 에이탄Maayan Eitan, '사라진 문학: 드로 미샤니와 이스라엘 범죄 소설의 사례A Missing Literature: Dror Mishani and the Case of Israeli Crime Fiction', 세계 문학으로서의 범죄 소설*Crime Fiction as World Literature*, ed. Louise Nilsson, David Damrosch, and Theo D'haen(New York: Bloomsbury Academic, 2017), 181.

10 미샤니, 사라진 파일, 11~12.

11 Ibid., 89.

12 Ibid., 5.

13 Ibid., 48.

14 D. A. 미샤니, 폭력의 가능성*A Possibility of Violence*, tr. Todd Hasak-Lowy(New York: Harper, 2014), 3.

15 에밀 하비비Emile Habiby, 비관 낙관론자 사이드 씨의 비밀 생활*The Secret Life of Saeed the Pessoptimist*, tr. Salma Khadra Jayyusi and Trevor LeGassick(New York: Interlink Books, 2002), 9.

16 Ibid., 13.

17 Ibid., 72.

18 Ibid., 45.

19 Ibid., 16.

20 Ibid., 9.

21 Ibid., 160.

22 마흐무드 다르위시Mahmoud Darwish, 불행히도 그것은 낙원이었다*Unfortunately, It Was Paradise*, ed. and tr. Munir Akash and arolyn Forche, with Sinan Antoon and Amira El-Zein(Berkeley: niversity of California Press, 2013), 9.

23 마흐무드 다르위시, 부재가 존재하는 곳에서*In the Presence of Absence*, tr. Sinan Antoon(Brooklyn, NY: Archipelago Books, 2011), 42.

24 Ibid., 29

25 Ibid., 31.

26 마흐무드 다르위시, 나비의 짐*The Butterfly's Burden*, tr. Fady Joudah(Port Townsend, WA: Copper Canyon Press, 2007), 235.

27 Ibid., 175.

28 파드와 투칸Fadwa Tuqan, '광야에서 잃어버린 얼굴Face Lost in the Wilderness', *Palestine-Israel Journal* 2:2(1995), https://www.pij.org/articles/663/face-lost-in-the-wilderness.

29 마흐무드 다르위시, 시선집*Selected Poems*, tr. Ian Wedde and Fawwaz Tuqan(Cheshire: Carcanet, 1973), 82.

30 에드워드 W. 사이드Edward W. Said, '망명에 대한 성찰들Reflections on Exile', 망명에 대한 성찰들과 그밖에 에세이들Reflections on Exile and Other Essays(Cambridge, MA: Harvard University Press, 2002), 137.

31 마흐무드 다르위시, '대위법Counterpoint', tr. Mona Anis '에드워드 사이드: 대위법적 읽기Edward Said: A Contrapuntal Reading'로서, Al-Ahram Weekly, 30 Sept.~6 Oct. 2004. http://weekly.ahram.org.eg/2004/710/cu4.html. Repr. in Cultural Critique 67, Fall 2007, 177~8.

32 https://www.youtube.com/watch?time_continue=683&v=G-Cxxg-D2TQ& feature=emb_title.

33 Ibid., 176.

34 Ibid., 182.

8장

1 페르세폴리스Persepolis, 뱅상 파로노Vincent Paronnaud와 마르잔 사트라피Marjane Satrapi 감독(2.4.7. Films, 2007), 예고편을 통해 시적인 결말을 느낄 수 있다 https://www.youtube.com/watch?v=3PXHeKuBzPY.

2 마르잔 사트라피, 페르세폴리스 전집The Complete Persepolis(New York: Pantheon, 2004), v.

3 Ibid., 341.

4 Ibid., 272.

5 Ibid., 60.

6 윌리엄 셰익스피어William Shakespeare, 템페스트The Tempest(London: Penguin, 2015), 4.1.1887~9.

7 파리드 우-딘 아타르Farid ud-Din Attar, 새들의 회의The Conference of the Birds, tr. Afkham Darbandi and Dick Davis(London and New York: Penguin, rev. ed. 2011), 254.

8 Ibid., 181.

9 Ibid., 55.

10 Ibid., 160.

11 Ibid., 122.

12 Ibid., 221.

13 Ibid., 234.

14 Ibid., 235.

15 Ibid., 234.

16 요한 볼프강 폰 괴테Johann Wolfgang von Goethe, 서-동 시집West-Eastern Divan, ed. and tr. Eric Ormsby London: Gingko, 2019), 76.

17 하피즈Hafez, 카Khatun, 자카니Zakani, 사랑의 얼굴: 하피즈 외 시라즈의 시인들

Faces of Love: Hafez and the Poets of Shiraz, tr. Dick Davis(New York: Penguin, 2013), 104.

18   Ibid., 193.

19   Ibid., 207.

20   Ibid., 39.

21   Ibid., 162.

22   Ibid., 129.

23   Ibid., 154.

24   Ibid., lxi.

25   Ibid., 209.

26   Ibid., 189.

27   Ibid., 106.

28   Ibid., 34.

29   Ibid., 111.

30   Ibid., 41.

31   갈리브Ghalib, 갈리브에게 번개가 떨어졌어야 했다Lightning Should Have Fallen on Ghalib, tr. Robert Bly and Sunil Datta(New York: Ecco, 1999), 22.

32   Ibid., 114.

33   Ibid., 76.

34   프란시스 W.프리쳇Frances W. Pritchett과 오웬 T. A. 콘월Owen T. A. Cornwall, 편집 및 번역, 갈리브: 시 선집과 편지Ghalib: Selected Poems and Letters(New York: Columbia University Press, 2017), 111.

35   프란시스와 콘월, 갈리브: 시 선집과 편지, 24.

36   Ibid., 26.

37   Bly and Datta, 갈리브에게 번개가 떨어졌어야 했다, 34.

38   프란시스와 콘월, 갈리브: 시 선집과 편지, 29.

39   Ibid., 10.

40   Ibid., 112.

41   갈리브, '가잘 16Ghazal XXVI', tr. Adrienne Rich, Hudson Review 22:4(1969~70), 622.

42   프란시스와 콘월, 갈리브: 시 선집과 편지, 33.

43   프란시스와 콘월, 갈리브: 시 선집과 편지, 42.

44   프랜시스 W. 프리쳇, 장미 가득한 사막: 미르자 아사둘라 칸 '갈리브'의 우르두어 가잘 모음집A Desertful of Roses: The Urdu Ghazals of Mirza Asadullah Khan 'Ghalib', http://www.columbia.edu/itc/mealac/pritchett/00ghalib/.

45   프란시스와 콘월, 갈리브: 시 선집과 편지, 67.

46   에드워드 W. 사이드, '세속적 비평Secular Criticism', 세계, 텍스트, 비평가The World, the Text, and the Critic(Cambridge, MA: Harvard University Press, 1983), 1~30.

47 아그하 샤히드 알리Agha Shahid Ali, ed. 황홀한 분열: 영어로 읽는 진짜 가잘들 *Ravishing Disunities: Real Ghazals in English*(Middletown, CT: Wesleyan University Press, 2000).

48 아그하 샤히드 알리, 오늘밤 나를 이스마엘이라 불러주오: 가잘 모음집*Call Me Ishmael Tonight: A Book of Ghazals*(New York: W. W. Norton, 2003), 24.

49 Ibid., 25.

50 Ibid., 83.

51 Ibid., 84.

9장

1 러디어드 키플링Rudyard Kipling, 킴: 신뢰할 수 있는 텍스트, 배경, 비평*Kim: Authoritative Text, Backgrounds, Criticism*, ed. Zohreh T. Sullivan(New York: W. W. Norton, 2002), 9.

2 러디어드 키플링, 시 모음집: 결정판*Complete Verse: Definitive Edition*(New York: Anchor Books, 1989), 14.

3 Ibid., 16.

4 Ibid., 147~8.

5 Ibid., 198~9.

6 https://www.nobelprize.org/prizes/literature/1907/summary/.

7 라빈드라나드 타고르, 기탄잘리*Gitanjali*, http://www.gutenberg.org/cache/epub/7164/pg7164-images.html.

8 조이스 킬머Joyce Kilmer, '라빈드라나드 타고르 경과의 대담A Talk with Sir Rabindranath Tagore', *New York Times*, 29 October 1916.

9 라빈드라나드 타고르, 집과 세상*The Home and the World*, tr. Surendranath Tagore(London: Penguin, 2005), 162.

10 Ibid., 157.

11 Ibid., 106, 178.

12 Ibid., 166.

13 Ibid., 200.

14 살만 루슈디Salman Rushdie, 이스트, 웨스트*East, West*(London: Vintage, 1995), 45.

15 Ibid., 44.

16 Ibid., 153.

17 Ibid., 166.

18 Ibid., 149.

19 Ibid., 151.

20 Ibid., 165.

21 Ibid., 170.

22 살만 루슈디, '상상의 조국들Imaginary Homelands', 상상의 조국들: 에세이와 비평 1981~1991*Imaginary Homelands: Essays and Criticism 1981~1991*(London: Penguin, rev. ed. 1992), 17.

23 아서 코난 도일Arthur Conan Doyle, 셜록 홈즈 전집*The Complete Sherlock Holmes*, 2:488.

24 잠양 노르부Jamyang Norbu, 셜록 홈즈의 만다라: 명탐정의 인도와 티베트 탐험*The Mandala of Sherlock Holmes: The Adventures of the Great Detective in India and Tibet*(New York: Bloomsbury, 2003), 86.

25 Ibid., x.

26 Ibid., 6.

27 Ibid., 138.

28 Ibid., 242.

29 아서 코난 도일, '종이 상자의 모험The Adventure of the Cardboard Box', 셜록 홈즈 전집, 2:901.

30 잠양 노르부, 티베트의 그림자: 선집 1989~2004*Shadow Tibet: Selected Writings 1989~2004*(New Delhi: Bluejay Books, 2006), 7.

31 줌파 라히리Jhumpa Lahiri, 축복받은 집*Interpreter of Maladies*(Boston: Houghton Mifflin, 1999), 57.

32 Ibid., 59.

33 Ibid., 58.

34 Ibid., 66.

35 Ibid., 175.

36 Ibid., 195.

37 Ibid., 196.

38 Ibid., 179.

39 Ibid., 195.

40 Ibid., 197~8.

41 Ibid., 198.

10장

1 오승은Wu Cheng'en, 서유기*The Journey to the West*, ed and tr. Anthony C. Yu (Chicago: University of Chicago Press, 4 vols., rev. ed. 2012), 4:265.

2 Ibid., 1:78.

3 오승은, 원숭이*Monkey*, tr. Arthur Waley(New York: Grove Press, 1984), 60.

4 Ibid., 39~40.

5 Ibid., 284.

6 앤서니 유Anthony Yu 번역, 4:353.

7   Ibid., 4:354.

8   루쉰Lu Xun, 아큐정전 외 중국 소설들: 루쉰 소설 전집*The Real Story of Ah-Q and Other Tales of China: The Complete Fiction of Lu Xun*, tr. Julia Lovell(London and New York: Penguin, 2009), 17.

9   Ibid., 17.

10   Ibid., 79~80.

11   Ibid., 82~3.

12   Ibid., 120, 122.

13   Ibid., 22.

14   Ibid., 21.

15   Ibid., 31.

16   Ibid., 19.

17   Ibid., 20.

18   장아이링Eileen Chang, 경성지련*Love in a Fallen City*, tr. Karen S. Kingsbury(New York: New York Review Books; London: Penguin, 2007), 239.

19   Ibid., 242.

20   Ibid., 241.

21   Ibid., 241.

22   Ibid., 251.

23   Ibid., 144~5.

24   Ibid., 135.

25   Ibid., 164.

26   Ibid., 161.

27   Ibid., 167.

28   모옌Mo Yan, '이야기꾼들Storytellers', https://www.nobelprize.org/prizes/literature/2012/yan/25452-mo-yan-nobel-lecture-2012.

29   모옌, 인생은 고달파*Life and Death Are Wearing Me Out*, tr. Howard Goldblatt (New York: Arcade, 2012), 539.

30   Ibid., 8.

31   Ibid., 248.

32   Ibid., 250.

33   Ibid., 540.

34   Ibid., 266.

35   Ibid., 47.

36   Ibid., 421.

37   Ibid., 237.

38   베이다오Bei Dao, 시간의 장미: 신작 시 및 시 선집*The Rose of Time: New and Selected Poems*, ed. Eliot Weinberger, tr. Yanbing Chen et al(New York: New Directions, 2009), 7.

39 Ibid., 7.

40 Ibid., 49

41 베이다오, 가을의 몽유병자: 시집*The August Sleepwalker: Poetry*, tr. Bonnie S. McDougall (New York: New Directions, 1988), 121.

42 베이다오, 시간의 장미, 277.

43 베이다오, 푸른 집*Blue House*, tr. Ted Huters and Feng-ying Ming(Brookline, MA: Zephyr, 2000), 26.

44 베이다오, 시간의 장미, 99.

45 Ibid., 253.

46 유튜브 92nd Street에서 Bei Dao: https://www.youtube.com/watch?v=0XA3hBPBOOU.

47 베이다오, 먹과 점의 계시 The Ink Point's Revelations, tr. Lucas Klein, from *Jintian* (Summer 2018, no. 118), 242.

48 마이클 파머Michael Palmer, '서문Foreword', 베이다오, 하늘의 가장자리에서: 1991~1996년의 시들*At the Sky's Edge: Poems 1991~1996*(New York: New Directions, 1996), xi.

49 베이다오, 시간의 장미, 281.

11장

1   월터 데닝Walter Dening, '일본의 현대 문학Japanese Modern Literature', 제9회 국제 동양학자 학술대회 자료집*Transactions of the 9th International Congress of Orientalists*, ed. E. Delmar Morgan(London: International Congress of Orientalists, 1893), 2:662.

2   http://www.dnp.co.jp/eng/corporate/history01.html.

3   로버트 라이언스 댄리Robert Lyons Danly, 봄 잎 그늘에서: 히구치 이치요의 삶과 베스트 단편소설 아홉 편*In the Shade of Spring Leaves: The Life of Higuchi Ichiyō with Nine of Her Best Stories*에서 인용(New York: W. W. Norton, new ed. 1992), 148.

4   Ibid., 294.

5   Ibid., 293.

6   Ibid., 295.

7   Ibid., 289.

8   Ibid., 290.

9   Ibid., 324.

10 조셉 콘래드, 어둠의 심연, 9.

11 레이 키무라Rei Kimura, 이치요의 메모*A Note from Ichiyo*(Phoenix: Booksmango, 2017), 83.

12 무라사키 부인Lady Murasaki, 겐지 이야기*The Tale of Genji*, tr. Arthur Waley(London: Allen & Unwin, 1935), title page.

13 무라사키 시키부Murasaki Shikibu, 겐지 이야기, tr. Edward G. Seidensticker(New

York: Random House, 2 vols. 1976), 1:437.

14 Ibid., 1:437.

15 Ibid., 1:439.

16 세이 쇼나곤Sei Shōagon, 잠들기 전 읽는 책The Pillow Book, ed. and tr. Ivan Morris(New York: Columbia University Press; London: Penguin, 1967), 49.

17 무라사키 시키부, 겐지 이야기, 2:733~4.

18 Ibid., 2:717.

19 http://www.bopsecrets.org/gateway/passages/basho-frog.htm에 실린 하이쿠의 30개 번역본 중 하나다.

20 우에다 마코토Makoto Ueda 번역, 모리카와 교리쿠Morikawa Kyoriku의 폭포 그림 reproduction at https://basho-yamadera.com/en/yamadera/horohoro/.

21 마쓰오 바쇼Matsuo Bashō, 깊은 북쪽으로 가는 좁은 길 외 여행기The Narrow Road to the Deep North and Other Travel Sketches, tr. Nobuyuki Yuasa(London and New York: Penguin, 1966), 97.

22 Ibid., 97.

23 Ibid., 51.

24 Ibid., 52.

25 Ibid., 52.

26 Ibid., 106~7, 시라네 하루오Haruo Shiranedml, 근대 초기 일본 문학: 선집Early Modern Japanese Literature: An Anthology, ed. Haruo Shirane(New York: Columbia University Press, 2002), repr. in David Damrosch et al., eds., The Longman Anthology of World Literature (New York: Pearson Longman, 6 vols., 2009), D:417.

27 Ibid., D:410.

28 미시마 유키오Yukio Mishima, 봄눈Spring Snow, tr. Michael Gallagher(New York: Vintage, 1990), 178.

29 마르셀 프루스트, 스완네 집 쪽으로, 64~5.

30 미시마, 봄눈, 179.

31 미시마 유키오, 천인오쇠The Decay of the Angel, tr. Edward G. Seidensticker(New York:Knopf, 1974), 247.

32 Ibid., 246.

33 바쇼, 깊은 북쪽으로 가는 좁은 길 외 여행기, 71.

34 제임스 메릴James Merrill, '출발의 산문Prose of Departure', 내면의 방The Inner Room(New York: Knopf, 1988), 53.

35 Ibid., 54.

36 Ibid., 55.

37 랭던 해머Langdon Hammer, 제임스 메릴: 삶과 예술James Merrill: Life and Art(New York: Knopf, 2015), 699.

38 메릴, '출발의 산문', 55.

39   Ibid., 57.

40   Ibid., 67.

41   Ibid., 93.

42   Ibid., 95.

43   Ibid., 50.

12장

1   토머스 모어Thomas More, 유토피아*Utopia*, tr. Dominic Baker-Smith(London: Penguin, 2012), 108~9.

2   Ibid., 109.

3   Ibid., 110.

4   엘리자베스 M. 놀스Elizabeth M. Knowles, 옥스퍼드 인용 사전*The Oxford Dictionary of Quotations*(Oxford: Oxford University Press, 1999), 531.

5   모어의 묘비명은 라틴어 원문과 1577년의 이 번역본에 나와 있다https://www. thomasmorestudies.org//1557Workes/TM_Epitaph.pdf.

6   프랑수아-마리 아루에 드 볼테르Francois-Marie Arouet de Voltaire, 캉디드 혹은 낙관주의*Candide, or Optimism*, ed. Nicholas Cronk, tr. Robert M. Adams(New York: W. W. Norton, 3rd ed. 2016), 30~31.

7   Ibid., 35.

8   페로 드 맥할헤이즈 드 간다보Pêro de Magalhaes de Gandavo, 브라질 토지 조약*Tratado da Terra do Brasil*(Sao Paulo: Belo Horizonte, 1980), 124.

9   볼테르, 캉디드, 42.

10   Ibid., 42.

11   Ibid., 44.

12   Ibid., 24.

13   Ibid., 20.

14   Ibid., 29.

15   Ibid., 36.

16   Ibid., 50.

17   Ibid., 81.

18   Ibid., 29~30.

19   조아킹 마리아 마샤두 지 아시스Joaquim Maria Machado de Assis, 브라스 꾸바스의 사후 회고록*The Posthumous Memoirs of Bras Cubas*, tr. Flora Thomson DeVeaux(New York: Penguin, 2020), xli.

20   Ibid., 3.

21   Ibid., xliii.

22   Ibid., 240.

23 Ibid., 241.

24 Ibid., 242.

25 Ibid., 231.

26 Ibid., 242.

27 '초판 출간에 대한 편집자 주Nota da Editora para a premeira edicao', 클라리시 리스펙토르Clarice Lispector, 가족의 유대*Lacos de Familia*(Sao Paulo: Editora Paulo de Azevedo, 2d ed., 1961), 5.

28 클라리시 리스펙토르, 단편 모음집*The Complete Stories*, tr. Katrina Dodson(New York: New Directions, 2015), 309.

29 Ibid., 310~11.

30 Ibid., 312.

31 Ibid., 155.

32 Ibid., 157.

33 Ibid., 161.

34 Ibid., 159.

35 리스펙토르, 가족의 유대, 75.

36 벤저민 모저Benjamin Moser, 이 세상의 이유: 클라리시 리스펙토르의 전기*Why This World: A Biography of Clarice Lispector*(Oxford: Oxford University Press, 2009), 126.

37 가브리엘 가르시아 마르케스Gabriel García Márquez, '라틴아메리카의 고독The Solitude of Latin America', https://www.nobelprize.org/prizes/literature/1982/marquez/lecture.

38 가브리엘 가르시아 마르케스와 피터 H. 스톤Gabriel García Márquez and Peter H. Stone, '소설의 예술 No. 69The Art of Fiction No. 69', 파리 리뷰*The Paris Review* 82 1981), https://www.theparisreview.org/interviews/3196/gabriel-garcia-marquez-the-art-of-fiction-no-69-gabriel-garcia-marquez.

39 가브리엘 가르시아 마르케스, 백 년 동안의 고독*One Hundred Years of Solitude*, tr. Gregory Rabassa(New York: Harper and Row, 1970), 236.

40 Ibid., 315.

41 Ibid., 5.

42 Ibid., 395.

43 Ibid., 345.

44 Ibid., 404~5.

2   Ibid., 341.

3   베르날 디아스 델 카스티요Bernal Díaz del Castillo, 새로운 스페인 정복*The Conquest of New Spain*, tr. J. M. Cohen(Harmondsworth: Penguin, 1963), 214.

4   멕시코 칸타레스*Cantares Mexicanos* folio 14v, as translated in Miguel Leon-Portilla, 아즈텍의 사상과 문화: 고대 나우아틀족의 정신*Aztec Thought and Culture: A Study of the Ancient Nahuatl Mind*, tr. Jack Emory Davis(Norman: University of Oklahoma Press, 1963), 73.

5   미겔 레온-포르티야Miguel León-Portilla와 얼 쇼리스Earl Shorris, et al., 왕들의 언어로: 중남미 문학 선집-콜럼버스의 아메리카 발견 이전부터 현재까지*In the Language of Kings: An Anthology of Mesoamerican Literature-Pre-Columbian to the Present*(New York: W. W. Norton, 2001), 84.

6   비어호스트, 멕시코 칸타레스, 213.

7   Ibid., 385.

8   Ibid., 153.

9   베르나디노 데 사아군Bernardino de Sahagún, 그리스도교 찬미가*Psalmodia Christiana*, tr. Arthur J. O. Anderson(Salt Lake City: University of Utah Press, 1993), 7.

10   비어호스트, 멕시코 칸타레스, 361.

11   마틴 푸흐너Martin Puchner, 글이 만든 세계: 인간, 역사, 문명을 만드는 이야기의 힘*The Written World: The Power of Stories to Shape People, History, Civilization*(New York: Random House, 2017), 183.

12   포폴 부: 생명의 태동에 관한 마야의 책*Popol Vuh: The Mayan Book of the Dawn of Life*, ed. and tr. Dennis Tedlock(New York: Touchstone, 1985), 72.

13   앨런 크리스텐슨Allen Christenson, ed. and tr., 포폴 부: 마야의 경전*Popol Vuh: The Sacred Book of the Maya*(Norman: University of Oklahoma Press, 2007).

14   테드록Tedlock 번역, 포폴 부*Popol Vuh*, 71.

15   Ibid., 71

16   Ibid., 173.

17   Ibid., 177.

18   칵치켈족 연대기: 토토니카판 군주들의 칭호*The Annals of the Cakchiquels: Title of the Lords of Totonicapan*, tr. Adrian Recinos et al.(Norman, OK: University of Oklahoma Press, 1953), 170.

19   멕시코 걸작의 명성과 사후 작품들*Fama y obras posthumas del Fenix de Mexico, Decima Musa, Poetista Americana, Sor Juana Ines de la Cruz*(Madrid: Manuel Ruiz de Murga, 1700).

20   후아나 이네스 데 라 크루즈 수녀Sor Juana Inés de la Cruz, 작품 선집*Selected Works*, ed. Anna More, tr. Edith Grossman(New York: W. W. Norton, 2016), 110.

21   Ibid., 23.

22   Ibid., 24.

23 Ibid., 39.

24 Ibid., 41.

25 Ibid., 97.

26 나탈리 언더버그Natalie Underberg, '후아나 수녀의 비얀시코: 배경, 성별, 장르Sor Juana's Villancicos: Context, Gender, and Genre', 서양의 전통문화Western Folklore 60:4 (2001), 307에서 인용.

27 후아나 수녀, 선집, 80~1.

28 Ibid., 103.

29 Ibid., 106.

30 Ibid., 58.

31 Ibid., 64.

32 Ibid., 65~6.

33 루이스 레알Luis Leal, '미겔 앙헬 아스투리아스의 신화와 사회적 사실주의Myth and Social Realism in Miguel Angel Asturias', 비교문학 연구Comparative Literature Studies 5:3(1968), 239.

34 주세페 벨리니Giuseppe Bellini, '아스투리아스와 파리의 마술적 세계Asturias y el mundo magico de Paris', 20, https://www.biblioteca.org.ar/libros/134465.pdf.

35 미겔 앙헬 아스투리아스Miguel Ángel Asturias, 대통령 각하The President, tr. Frances Partridge(London: Gollanz, 1963), 7.

36 아스투리아스, 대통령 각하El Senor Presidente(Madrid: Cátedra, 1997), 43; Asturias, The President, 아스투리아스의 추가 글은 영문판에서 인용, 7.

37 아스투리아스, 대통령 각하The President, 37.

38 Ibid., 234.

39 Ibid., 180.

40 Ibid., 182.

41 Ibid., 237~8.

42 Ibid., 259.

43 Ibid., 260.

44 Ibid., 277.

45 로사리오 카스텔라노스Rosario Castellanos, 통한의 서The Book of Lamentations, 서문, tr. Esther Allen(New York and London: Penguin, 1998), ix.

46 Ibid., x.

47 Ibid., 12

48 Ibid., 350.

49 Ibid., 251.

50 Ibid., 191.

51 Ibid., 174~5.

52 Ibid., xvii.

1   데릭 월컷Derek Walcott, '앤틸리스 제도: 서사적 기억의 파편들The Antilles: Fragments of Epic Memory', http://www.nobelprize.org/prizes/literature/1992/walcott/lecture.

2   데릭 월컷, 시 모음집 1948~1984*Collected Poems 1948~1984*(New York: Farrar, Straus and Giroux, 1986), 3.

3   Ibid., 3~4.

4   Ibid., 14.

5   데이비드 몬테네그로David Montenegro, '데릭 월컷과의 인터뷰An Interview with Derek Walcott', *Partisan Review* 52:2(1990), 203.

6   월컷, 시 모음집, 52.

7   에드워드 허쉬Edward Hirsch, '데릭 월컷: 시의 예술Derek Walcott: The Art of Poetry 37', *The Paris Review* Issue 101(Winter 1986). https://www.theparisreview.org/interviews/2719/the-art-of-poetry-no-37-derek-walcott.

8   월컷, 시 모음집, 324.

9   Ibid., 324.

10 데릭 월컷, 오메로스*Omeros*(New York: Farrar, Straus and Giroux, 1990), 14.

11 Ibid., 75~6.

12 Ibid., 263.

13 Ibid., 88.

14 Ibid., 266.

15 Ibid., 263.

16 제임스 조이스James Joyce, 율리시스*Ulysses*, ed. Hans Walter Gabler(New York: Random House, 1986), 173.

17 월컷, 오메로스, 200.

18 Ibid., 201.

19 제임스 조이스, '아일랜드, 성인들과 현자들의 땅Ireland, Land of Saints and Sages', 제임스 조이스 비평집*The Critical Writings of James Joyce*, ed. Ellsworth Mason and Richard Ellmann(New York: Viking Press, 1959), 155.

20 Ibid., 165.

21 Ibid., 171.

22 조이스, 율리시스, 3.

23 Ibid., 4~5.

24 Ibid., 30.

25 Ibid., 13.

26 제임스 조이스의 편지들*Selected Letters of James Joyce*, ed. Richard Ellmann(New York: Viking, 1975), 83.

27 제임스 조이스, 피네간의 경야*Finnegans Wake*(London: Penguin, 1999), 183.

28 Ibid., 485.

29 조이스, 율리시스, 644.

30 Ibid., 97.

31 Ibid., 200.

32 월컷, 시 모음집, 427~8.

33 Ibid., 429.

34 줄리아 로체스터Julia Rochester, '광막한 사르가소 바다의 영향력에 관하여On the Influence of *Wide Sargeasso Sea*'에서 인용, https://www.penguin.co.uk/articles/2016/julia-rochester-on-the-influence-of-wide-sargasso-sea.html.

35 진 리스Jean Rhys, 좀 웃어봐요: 미완성 자서전*Smile Please: An Unfinished Autobiography*(London: Penguin, 2016).

36 샬럿 브론테Charlotte Bronte, 제인 에어*Jane Eyre*(New York: New American Library, 1982), 452.

37 진 리스, 광막한 사르가소 바다*Wide Sargasso Sea*(New York: W. W. Norton, 1966), 181.

38 Ibid., 19.

39 Ibid., 69.

40 Ibid., 104.

41 Ibid., 172.

42 Ibid., 99.

43 Ibid., 102.

44 Ibid., 137.

45 윌리엄 비브William Beebe, 논서치: 물의 땅*Nonsuch: Land of Water*(New York: Brewer, Warren and Putnam, 1932), 190.

46 리스, 광막한 사르가소 바다, 80.

47 Ibid., 111.

48 마거릿 애트우드Margaret Atwood, 페넬로피아드*The Penelopiad*(Edinburgh: Canongate, 2005), 15~16.

49 Ibid., 31.

50 Ibid., 55.

51 Ibid., 57, 59.

52 Ibid., 19.

53 Ibid., 61.

54 Ibid., 39.

55 Ibid., 79.

56 Ibid., 33~4.

57 Ibid., 198.

58 'A Chorus Line 1976 Tony Awards', https://www.youtube.com/watch?v=htLGQ3C

DODY.

59 애트우드, 페넬로피아드, 5.

60 Ibid., 190.

61 Ibid., 32.

62 Ibid., 191.

63 Ibid., 193.

64 Ibid., 195.

65 유디트 샬란스키Judith Schalansky, 머나먼 섬들의 지도: 간 적 없고 앞으로도 가지 않을 50개의 섬들Atlas of Remote Islands: Fifty Islands I Have Never Set Foot On and Never Will, tr. Christine Lo(London and New York: Penguin, 2010), 19.

66 Ibid., 6.

67 Ibid., 14.

68 Ibid., 48.

69 Ibid., 88.

70 플로렌스 (조니) 프리스비Florence (Johnny) Frisbie, 푸카푸카에서 온 율리시스 양: 남해 무역상 딸의 자서전Miss Ulysses from Puka-Puka: The Autobiography of a South Sea Trader's Daughter(Newport Beach CA: Dockside Sailing Press, 2nd ed. 2016), 36.

71 Ibid., 164.

72 샬란스키, 머나먼 섬들의 지도, 102.

73 Ibid., 102.

74 Ibid., 19~20.

75 Ibid., 74.

76 https://www.caribjournal.com/2013/01/13/an-island-oasis-in-guadeloupe/.

77 https://fr.tripadvisor.ch/ShowUserReviews-g644387-d6419076-r637470971-Ti_Robinson-Le_Gosier_Grande_Terre_Island_Guadeloupe.html.

78 샬란스키, 머나먼 섬들의 지도, 58.

15장

1 로버트 맥클로스키Robert McCloskey, 어느 날 아침One Morning in Maine(New York: Viking, 1952), 10.

2 Ibid., 63~4.

3 리치 휴잇Rich Hewitt, '콘돈의 정비소에 관한 책을 마치며Closing the Book on Condon's Garage', 뱅고어 데일리 뉴스Bangor Daily News, 12 July 2007.

4 세라 오언 주잇Sarah Orne Jewett, 뾰족한 전나무의 고장 외 단편들The Country of the Pointed Firs and Other Stories, 피터 발람Peter Balaam의 후기 수록(New York: Signet, 2009), 236.

5 가이 레이놀즈Guy Reynolds, '대서양 연안의 가상의 살롱: 캐더와 영국 작가들The Transatlantic Virtual Salon: Cather and the British', 소설 연구*Studies in the Novel* 45:3 (2013), 358.

6 유디트 던포드Judith Dunford, '메인주의 길들The Ways of Maine', 시카고 트리뷴 *Chicago Tribune*, 27 March 1994.

7 주잇, 뾰족한 전나무의 고장, 3.

8 Ibid., 66.

9 Ibid., 66.

10 Ibid., 218.

11 Ibid., 222.

12 Ibid., 223.

13 Ibid., 49.

14 Ibid., 127.

15 Ibid., 129.

16 Ibid., 49.

17 조시앙 사비뇨Josyane Savigneau, 마르그리트 유르스나르: 삶의 창조*Marguerite Yourcenar: Inventing a Life*, tr. Joan E. Howard(Chicago: University of Chicago Press, 1993), 197.

18 마르그리트 유르스나르Margaret Yourcenar, 하드리아누스 황제의 회상록*Memoirs of Hadrian*, tr. Grace Frick(New York: Farrar, Straus and Giroux, 1954), 323.

19 Ibid., 326.

20 Ibid., 338.

21 Ibid., 325.

22 Ibid., 5.

23 Ibid., 342.

24 사비뇨, 마르그리트 유르스나르, 197.

25 유르스나르, 하드리아누스 황제의 회상록, 47.

26 Ibid., 35.

27 Ibid., 328.

28 Ibid., 173.

29 Ibid., 184.

30 Ibid., 209.

31 Ibid., 342.

32 Ibid., 343.

33 마르셀 프루스트, 스완네 집 쪽으로, 1:49~50.

34 휴 로프팅Hugh Lofting, 두리틀 박사의 이야기*The Story of Doctor Dolittle*(New York: Frederick Stokes, 1920), 11.

35 휴 로프팅, 두리틀 박사의 바다 여행*The Voyages of Doctor Dolittle*(Philadelphia:

Lippincott, 1922, 1950), 150.

36 Ibid., 281.

37 Ibid., 281.

38 E. B. 화이트E. B. White, E. B. 화이트의 에세이집*Essays of E. B. White*(New York: Harper & Row, 1977), ix.

39 E. B. 화이트, 스튜어트 리틀*Stuart Little*(New York: Harper Collins, 1973), 1~2.

40 Ibid., 26.

41 Ibid., 36~7.

42 Ibid., 86.

43 Ibid., 89.

44 Ibid., 92.

45 Ibid., 128~9.

46 화이트, 에세이집, 243~4.

47 화이트, 스튜어트 리틀, 129.

48 Ibid., 131.

16장

1 매들렌 렝글Madeleine L'Engle, '어떻게 말해야 할까?How's One to Tell?', 뉴욕 타임스 북 리뷰*New York Times Book Review*, 12 May 1963, BR24.

2 매들렌 렝글, 시간의 주름*A Wrinkle in Time*(New York: Farrar, Straus and Giroux, 1962), 76.

3 Ibid., 142.

4 Ibid., 89.

5 Ibid., 170.

6 Ibid., 168.

7 Ibid., 195.

8 Ibid., 159.

9 사울 스타인버그와 해럴드 로젠버그Saul Steinberg and Harold Rosenberg, 사울 스타인버그*Saul Steinberg*(New York: Knopf, in association with the Whitney Museum of American Art, 1978), 243.

10 Ibid., 235.

11 In the Eskenazi Museum of Art, Indiana University, Bloomington.

12 러네이 서머스Reneé Somers, 공간 활동가이자 분석가로서 이디스 워튼*Edith Wharton as Spatial Activist and Analyst*(London: Routledge, 2013), 27에서 인용.

13 제임스 볼드윈James Baldwin, 원주민 아들의 노트*Notes of a Native Son*(New York: Bantam, 1968), 71.

14 Ibid., 86~7.

15   Ibid., 72.

16   Ibid., 80.

17   Ibid., 81.

18   Ibid., 101.

19   Ibid., 103.

20   Ibid., 104.

21   제임스 볼드윈, '소니의 블루스Sonny's Blues', 남자 만나러 가기Going to Meet the Man(New York: Vintage, 1995), 소니의 블루스 외 단편들Sonny's Blues and Other Stories(London: Penguin, 1957).

22   장 폴 사르트르Jean-Paul Sartre, 구토Nausea, tr. Lloyd Alexander(New York: New Directions, 1964), 174, 177.

23   볼드윈, 원주민 아들의 노트, 91.

24   솔 벨로Saul Bellow, 비의 왕 헨더슨Henderson the Rain King(New York: Viking, 1959), 46.

25   존 포드호레츠John Podhoretz, '솔 벨로, 신보수주의자의 이야기Saul Bellow, A Neocon's Tale', 타임스(런던)The Times(London), 10 April 2005, timesonline.co.uk.

26   벨로, 비의 왕 헨더슨, 141.

27   Ibid., 30.

28   Ibid., 54.

29   Ibid., 208.

30   Ibid., 29.

31   Ibid., 73.

32   Ibid., 154.

33   Ibid., 222.

34   Ibid., 205.

35   Ibid., 254.

36   Ibid., 153.

37   Ibid., 159.

38   J. R. R. 톨킨J. R. R. Tolkien, 왕의 귀환The Return of the King, 반지의 제왕 3권volume 3 of The Lord of the Rings(London: Allen and Unwin, 3 vols. 2nd ed., 1966), 202.

39   J. R. R. 톨킨, 반지 원정대The Fellowship of the Ring, 반지의 제왕 1권volume 1 of The Lord of the Rings, 68~9.

40   Ibid., 265.

41   Ibid., 41.

42   J. R. R. 톨킨, '비밀스러운 악A Secret Vice', 괴물과 비평 그 밖의 에세이들The Monsters and the Critics and Other Essays(Boston: Houghton Mifflin, 1983), 213.

43   움베르토 에코Umberto Eco, 소설의 숲으로 여섯 발자국Six Walks in the Fictional

Woods(Cambridge, MA: Harvard University Press, 1994), 78.

44 J. R. R. 톨킨, '동화에 관하여On Fairy-stories', 나무와 잎*Tree and Leaf*(London: Allen and Unwin, 1964. Repr. in Tolkien, *The Monsters and the Critics*, 109~61), 132.

45 Ibid., 132.

46 톨킨, 반지 원정대, 60.

80권의
세계 일주

1판 1쇄 인쇄 2023년 9월 26일
1판 1쇄 발행 2023년 10월 19일

지은이 데이비드 댐로쉬
옮긴이 서민아

발행인 양원석 **편집장** 차선화 **책임편집** 차지혜
디자인 남미현, 김미선 **영업마케팅** 윤우성, 박소정, 이현주, 정다은, 박윤하

펴낸 곳 ㈜알에이치코리아
주소 서울시 금천구 가산디지털2로 53, 20층 (가산동, 한라시그마밸리)
편집문의 02-6443-8862 **도서문의** 02-6443-8800
홈페이지 http://rhk.co.kr
등록 2004년 1월 15일 제2-3726호

ISBN 978-89-255-7592-6 (03800)